前环衬图片：

白天的乔治·蓬皮杜国家艺术文化中心，悬挂纪念蓬皮杜百年诞辰的海报

后环衬图片：

夜间的乔治·蓬皮杜国家艺术文化中心

iHuman

新民说

成 为 更 好 的 人

GEORGES POMPIDOU

Lettres, notes et portraits / 1928-1974

双面蓬皮杜
1928—1974 书信、笔记和照片

[法] 乔治·蓬皮杜 著
[法] 阿兰·蓬皮杜　埃里克·鲁塞尔 编选
史利平 译　邱举良 审校

GUANGXI NORMAL UNIVERSITY PRESS
广西师范大学出版社
·桂林·

SHUANGMIAN PENGPIDU

© Editions Robert Laffont, S.A., Paris, 2012
著作权合同登记号桂图登字：20-2016-213 号

图书在版编目（CIP）数据

双面蓬皮杜：1928—1974 书信、笔记和照片 / （法）
乔治·蓬皮杜（Georges Pompidou）著；（法）阿兰·
蓬皮杜（Alain Pompidou），（法）埃里克·鲁塞尔
（Éric Roussel）编选；史利平译. —桂林：广西师范
大学出版社，2017.10
　ISBN 978-7-5598-0200-2

　Ⅰ．①双… Ⅱ．①乔…②阿…③埃…④史… Ⅲ．①书
信集－法国－现代②日记－作品集－法国－现代③蓬皮杜
（Pompidou, Georges 1911-1974）－生平事迹－图集
Ⅳ．①I565.6②K835.657-64

　中国版本图书馆 CIP 数据核字（2017）第 208139 号

广西师范大学出版社出版发行

（广西桂林市中华路 22 号　邮政编码：541001）
　网址：http://www.bbtpress.com
出版人：张艺兵
全国新华书店经销
湖南省众鑫印务有限公司印刷
（长沙县榔梨镇保家村　邮政编码：410000）
开本：880 mm × 1 240 mm　1/32
印张：19.125　　　字数：480 千字
2017 年 10 月第 1 版　　2017 年 10 月第 1 次印刷
定价：98.00 元

如发现印装质量问题，影响阅读，请与印刷厂联系调换。

致中国读者

在蓬皮杜总统逝世四十三年之际,本书从另一视角呈现了他非凡的一生。这不是一本单纯的传记,而是一部蓬皮杜个人视角的见证录:以蓬皮杜总统与他最亲密的友人之间未曾公开的书信、他与戴高乐将军的私人信件、他关于重大政治问题的个人笔记,以及他希望公之于众的一些"人物描写"手稿为基础汇编而成。这部作品以详尽、私密的笔触描绘了一位政治家的成长经历:出身低微,却凭借个人天赋当上了法兰西共和国总统。

在汇编这本书时,我提供了基本素材,埃里克·鲁塞尔作为戴高乐和蓬皮杜的传记作者,巧妙地将这些素材置于它们所处的历史背景之下。从这些通信中,我们可以看到,乔治·蓬皮杜性格复杂、多元。同时,本书也向我们展现了他的理想抱负、兴趣爱好、同情心和善良天性。

他的理想抱负是建立在对国家的责任感、捍卫国家利益和法国人民福祉的决心,以及对戴高乐将军的忠诚之上的。

他对艺术的痴迷源于对古希腊罗马文化的热爱。后来,他对现代艺术表现出极大的热情。1929 年,年仅 17 岁的乔治·蓬皮杜买下了马克思·恩斯特的超现实主义拼贴画集《女人头像百图》的原版,这一具有前瞻性的举动拉开了他广泛涉猎各种形式的艺术的帷幕。他喜欢诗歌和音乐等语言表达艺术,欣赏绘画和雕塑等造型艺术;20世纪50年代,他与安德烈·马尔罗有过多次长谈,这使他对艺术有了更加深入的认识。他与妻子克洛德在艺术方面志趣相投,克洛德在他逝世三十多年后出版了自己的回忆录,该书对此做了回顾。

　　建造蓬皮杜艺术中心[1]的想法就是在这样的背景下产生的。这座建筑位于巴黎市中心,建筑风格前卫。跨学科的文化在此交流碰撞,这种特质不仅吸引了世界各地最优秀的艺术家,也为法国民众提供了丰富的文化盛宴。

　　乔治·蓬皮杜极富同情心,善良宽容。1962年被任命为总理后不久,为了拯救被戴高乐总统视作叛徒的茹奥将军,他不惜以辞职相抗衡;1970年,在他的推动下,他的妻子成立了以她名字命名的基金会,帮助残疾儿童和老年人;1973年,当记者问他对女教师因与未成年学生发生恋情而自杀身亡这件事(加布里埃尔·吕西耶事件)的看法时,他引用保罗·艾吕雅的诗句[2]作为回答。乔治·蓬皮杜擅长用简单明了的方式解释周遭一切。

1　即乔治·蓬皮杜国家艺术文化中心。——中文版编辑
2　愿意理解她的,自然明白一切
　　可怜的女人啊
　　依然流落街头
　　无辜的受害者
　　衣衫褴褛
　　眼神似迷途孩童
　　任凭秀发不复,遍体鳞伤
　　恍若那些逝者
　　以香消玉殒来换取被爱
　　于我是全部的愧惜
　　…………

他珍视家庭(家庭是他重获力量的港湾),看重友谊(他时常与儿时伙伴罗贝尔·皮若尔以及介绍他进入戴高乐将军办公室的勒内·布鲁耶等亲密好友祖露心扉)。

同时,他又充满矛盾:既对幸福平凡的生活充满渴望,却又为命运安排带来的束缚所吸引。他对事业有着深刻敏锐的观察力,为维护国家利益和国家独立,谋求法国人民的福祉而殚精竭虑。他既有远见卓识,又有务实精神。他率先成立了环境保护部,以降低工业发展对环境造成的影响。

1973年,在戴高乐将军承认中华人民共和国,与中国建交十周年的前夕,蓬皮杜总统访问了中国。这次访问使他感受到领土广阔、历史文化悠久的中国所蕴藏的巨大发展潜力。而现在中国的发展已经证明了他的眼光。

总之,在本书中我们可以看到,乔治·蓬皮杜始终在为解决难题以及为民众谋求福利而奔走。在制定政策时,他时刻以国家安全和社会进步为重,为达成目标付出了超常的努力,在困难面前他总是保持乐观的态度和精准敏锐的决断力。他懂得如何以实力击败对手。在1968年危机期间,尽管与爱丽舍宫意见相左,但他坚持自己的处事策略,成功地平息了这场风暴。当戴高乐将军突然离开之时,他独自掌控国家机器,使其正常运转。当他不再担任总理职务时,"马尔科维奇事件"使他陷入一场政治阴谋,他成了记者的猎物,有人企图通过抹黑他妻子的名誉,以共同犯罪的罪名来打击他。

他遭到过否定、伤害和打击,但他知道如何将挫折转化为机遇。1969年1月,他在罗马宣布,如果戴高乐将军决定隐退,他已经做好了准备。戴高乐将军在全民公投失败后辞职,蓬皮杜以58%的选票率当选共和国总统。

　　作为与戴高乐将军并肩作战近二十五年的合作者，他确保了戴高乐主义的延续，坚定地捍卫了法国在欧洲乃至在世界的地位。

　　他为戴高乐主义增添了人文气息，使法国在这段历史时期跟上了世界的步伐。

　　　　　　　　　　　　　　　　阿兰·蓬皮杜（Alain Pompidou）

　　　　　　　　　　　　　　　　2017 年 8 月 25 日于法国

我写信是经过严密构思的，

我会先谈政治，然后谈爱情。

乔治·蓬皮杜八岁时与父亲莱昂、祖父让合影

1
2

1. 图卢兹中学预备班，乔治·蓬皮杜（一排右一）与罗贝尔·皮若尔（二排左一）
2. 1936年夏天，与克洛德、列奥波尔德·塞达·桑戈尔在夏多贡捷市的马耶讷河边度假

1. 1967年，在沙多希农，与弗朗索瓦·密特朗辩论
2. 1963年，总理在工作，右边墙上挂的是苏拉热的画作

1972年，英国女王伊丽莎白二世访问巴黎

1971年，乔治·蓬皮杜与沙加尔、克洛德·蓬皮杜、玛格丽特·玛格、艾梅·玛格合影（从左至右）

1973年，在布雷冈松，与儿子阿兰在船上

目　录

序　言

序　言

1982 年《恢复事实真相》[1]问世之后,有关乔治·蓬皮杜的作品再未出版过。这一沉寂就是三十年,而在大多数国家,档案公开期也多为三十年。

现在呈现在读者面前的这本书,完全不是官方文件汇编。与英美国家相似,书中内容会涉及伟大政治家的后代。法国出版的《书信、摘要和笔记》(*Lettres, notes et carnets*,戴高乐著)、《七年任期日记》[*Journal du septennat*,樊尚·奥里奥尔(Vincent Auriol)著]、《莱昂·布鲁姆全集》[*Œuvres complètes*,莱昂·布鲁姆(Léon Blum)著]、《皮埃尔·孟戴斯-弗朗斯全集》[*Œuvres complètes*,皮埃尔·孟戴斯-弗朗斯(Pierre Mendès France)著]都属于此类作品,对这类出版物有更严格的规定,虽然规定有时会被打破。

本书收录了蓬皮杜总统不同时期的书信、笔记和评述,不求面面俱到。阿兰·蓬皮杜(Alain Pompidou)教授和我共同承担了筛选工作,同任何选择一样,我们的选择可能有值得商榷之处,不过绝非主观之选。鉴于前总统乔治·蓬皮杜的公务档案现在已经可以自由查阅,他的大部分官方讲话也已集结成册,我们认为是时候关注一下乔治·蓬皮杜生命轨迹中非常私人的一面,当然,不是马尔罗

1　乔治·蓬皮杜:《恢复事实真相》(*Pour rétablir une Vérité*),弗拉马里翁出版社(Flammarion),1982 年。本书注释未有特别说明者,皆为原书注。

（Malraux）所指的"逸闻趣事"，而是乔治·蓬皮杜在职业生涯中对所经历事件采取行动时的动机、感受和自处之道。

本书资料来源不同，绝大多数来自乔治·蓬皮杜家人保存的私人档案，并且这些资料未收录在《恢复事实真相》一书中，因为有些资料的年代不在此书所叙述的时期内，有些资料在三十年前还不允许公开。

在这些书信中，乔治·蓬皮杜与罗贝尔·皮若尔（Robert Pujol）1927—1974 年间的通信尤为珍贵。这位教师无疑是蓬皮杜最亲密的朋友，在任何情况下都值得信赖。[1] 两人性格、兴趣爱好迥然不同。罗贝尔·皮若尔为人低调，不爱出风头，却异常精明，他是乔治·蓬皮杜四十多年的密友，也可能是他最知心的朋友。[2] 我们尽可能全文公开前国家元首与他的通信内容，但对涉及第三方隐私的部分内容，则予以保密。在《恢复事实真相》中，乔治·蓬皮杜曾明确表示必须保护个人隐私权。我们坚持这一原则，并将此原则贯彻于处理乔治·蓬皮杜与其他密友的书信中，包括 1945 年担任戴高乐将军办公室主任的勒内·布鲁耶（René Brouillet），1962 年 4 月至 10 月担任蓬皮杜总理办公室主任的让·多纳迪厄·德·瓦布尔（Jean Donnedieu de Vabres）。当然，在超过保密期后，历史学家可以在国家档案馆任意查阅这些书信。由于乔治·蓬皮杜与弗朗索瓦·莫里亚克（François Mauriac）、米歇尔·德勃雷（Michel Debré）等密友的通信不会引起太多麻烦，我们通常会全文公开。

首先，这本书以事实为依据，展现了一位人所未料，却最终登上

　　1　他们均就读于阿尔比中学，四年级时相识，之后从未有过隔阂，彼此之间始终坦诚相待，无拘无束。

　　2　皮若尔最初在马赛当教师，后被分配到德拉吉尼昂（Draguignan）。他是个温和的无政府主义者，对政治漠不关心；还是虔诚的教徒，对用拉丁语做弥撒非常热衷，幽默风趣，从未利用与乔治·蓬皮杜的关系为个人谋取丝毫利益，最多不过是接受了一枚荣誉勋章。

国家权力顶峰的政治家的独特经历。辉煌夺目的履历,充分证明了他的雄心壮志。然而,他的艺术嗜好、独特的诗歌品位,与众多文化艺术界人士的交往,使他与以往法国政治精英给人留下的刻板印象完全不同。他自由逍遥、充满魅力的个性,使他成为 1969 年以来独一无二的另类总统。其他总统都是在早年间就立志要成为国家元首的。

　　这种漫不经心在他与罗贝尔·皮若尔的书信中展露无遗。凡是重要考试前夕,包括巴黎高等师范学院的入学考试在内,乔治·蓬皮杜总是以不努力复习为荣。他的朋友以及他本人都承认,他的确有一学便会,迅速抓住问题核心的禀赋。不过,有时他也会因此而栽跟头。他没有通过会考,只得在文科预备班(khâgne)复读一年。后来他在巴黎高师的考试中笔试成绩名列第一,经过口试后总成绩排名第八,被位于乌尔姆街(Rue d'Ulm)的巴黎高师录取。考取第一名的是他的朋友让·布斯凯(Jean Bousquet,后来被他任命为巴黎高等师范学院校长)。乔治·蓬皮杜曾向让·布斯凯坦言:"你曾经让我感到自责。"

　　年轻时候的乔治·蓬皮杜,兴趣广泛,生活丰富多彩。他周围总有一大群朋友,包括列奥波尔德·塞达·桑戈尔(Léopold Sédar Senghor)。他博览群书,热衷外出,经常光顾电影院和剧场,参观各种展览。年轻女性在他生活中始终占有重要位置,直到 1933 年与克洛德·卡乌尔(Claude Cahour)相遇。两人很快便结了婚,他在婚后并未完全放弃过去的爱好。在马赛圣夏尔中学(lycée Saint-Charles de Marseille)任教期间,他工作尽职尽责,业余时间则消遣享乐,到处探索马赛这块游人尚未涉足之地。1938 年,他调到巴黎亨利四世中学任教,生活方式也没有丝毫改变。1944 年解放日第二天,他能进入戴高乐将军办公室工作,这的确令人惊奇。

实际上,乔治·蓬皮杜在书信中所表现出的心不在焉不足以解释他为什么迟迟未能确定自己最终的发展道路。他当然有雄心壮志,但当时的社会环境与现在不同,现在的晋升渠道虽然也不尽畅通,但社会阶层之间的流动性与过去相比已有很大改善。1940 年前的法国,等级森严,社会阶层之间几乎完全固化。为了解决这个问题,1945 年政府专门创立了国家行政学院。我们有理由相信,假如这个学院早几年成立的话,乔治·蓬皮杜毕业后一定会去那里继续深造,因为他曾告诉罗贝尔·皮若尔,自己有可能会参加财务督察员考试,由此可见一斑。显然,中学教师的职位无法承载乔治·蓬皮杜的梦想。此外,尽管他对泰纳[1]十分仰慕,并为泰纳的一套学术全集作序,却毫不掩饰自己对这位史学家提出的有关法国大革命的社会决定论持保留意见。他厌恶社会的封闭僵化,自己也曾深受其害。出于相似的执念和同样的动机,莫里斯·巴雷斯(Maurice Barrès)的小说令他动容。乔治·蓬皮杜对《背井离乡》[2](Les Déracinés)中作者所描写的外省小团体所信奉的观念再熟悉不过了。

那时,乔治·蓬皮杜热切地宣称自己是社会主义者。从他与罗贝尔·皮若尔的通信中可以看到,他在青年时期对此表现出令人震惊的热情。皮埃尔·孟戴斯-弗朗斯面带微笑地讲述了自己与未来共和国总统于 20 世纪 20 年代末期相识于"共和及社会主义大学行动联盟"(LAURS)的经历。这是一个反法西斯联盟,孟戴斯-弗朗斯担任主席。他说道:"我们的关系不算亲密,原因很简单,我是激进

1　伊波利特·阿道尔夫·泰纳(Hippolyte Adolphe Taine,1828—1893),法国哲学家和历史学家。1848 年进入巴黎高等师范学院学习。著有《现代法国的起源》(Origines de la France contemporaine,1875—1893)。

2　《背井离乡》描写洛林省七个青年受了哲学教师布泰伊埃的影响,背井离乡,到巴黎寻找出路的故事。布泰伊埃启迪了他们的批判能力,但没有给他们的思想以任何基础。离开故土后,他们中两人流落街头成为杀人犯,一人钻到书本中去,一人重返家园。巴雷斯认为这些青年应该在乡土和家族里面落地生根,才能够生存发展。——译者

派,蓬皮杜自称社会主义者,一个摇摆不定的社会主义者!"孟戴斯-弗朗斯的话并不夸张,因为我们从一些未公开的档案里得知,乔治·蓬皮杜曾加入一个神秘组织,一个"在世界各地设有分支机构的社会主义秘密团体"。他的父亲莱昂·蓬皮杜(Léon Pompidou)是一名西班牙语教师,是饶勒斯(Jaurès)的忠实崇拜者,儿子追随父亲的足迹,从一开始就有点左倾。乔治·蓬皮杜带着这个标签生活了好几年,但对自己所标榜的社会主义始终没有理出十分明确的理论内容,这从他与罗贝尔·皮若尔的书信交流中可以得到证实。

1924 年,莱昂·蓬皮杜作为工人国际法国支部(SFIO)活动家,帮助约瑟夫·保罗-邦库尔(Joseph Paul-Boncour)成为阿尔比左翼联盟书记,以此来制衡强硬派。秩序维护者并不担心保尔-邦库尔胸怀异志,而他也成了乔治·蓬皮杜的日后标杆。对于乔治·蓬皮杜来说,加入社会党首先意味着与右翼和极右翼的决裂,他对夏尔·穆拉(Charles Maurras)组织的保王派——"法兰西行动"(Action Française)极度反感。除此之外,他对社会主义的认知十分宽泛,更多的是主观感受,基本不受束缚。这样也就能理解,虽然桑戈尔刚到法国时就表示拥护君主制,但蓬皮杜还是把他拉入自己的阵营中。这位塞内加尔共和国第一任总统说道:"是他把我转变成一名社会主义者,后来我之所以能废除以我父亲为代表的旧有制度,都是因为受到他的影响。"同时,他对法国政治集团在二战前的做法越来越不满。

乔治·蓬皮杜没有向罗贝尔·皮若尔隐瞒自己的失望,甚至是愤怒之情。欧洲危机升级令他陷入思考,他很快便意识到,法国领导人无法带领国家走出危机。尽管他并未刻意了解国际局势,但通过与罗贝尔·皮若尔的德国和奥地利之行,他已经感受到纳粹造成的致命危险。在慕尼黑,敌视法国人的目光令他震惊。不久之后,由高师人联盟(SDN)组织的意大利之旅,进一步坚定了他的看法。勒内·比耶尔(René Billères)是乔治·蓬皮杜在巴黎高师的同窗,这位第四共和国激进派的部长表示,当时蓬皮杜在都灵被法西斯学生的行为惊得目瞪口呆。相比之下,法国各种政治力量似乎仍然沉湎于一些无关痛痒的把戏,这让乔治·蓬皮杜忧心忡忡,愈发担心。法国政治家也令他失望,冈贝塔(Gambetta)、克列孟梭(Clemenceau)、卡约(Caillaux)和庞加莱(Poincaré)等第三共和国初期的政治名流,已经被一些小格局的人物所取代。爱德华·埃里奥(Édouard Herriot)、卡米耶·肖当(Camille Chautemps)和皮埃尔·拉瓦尔(Pierre Laval)这些人更擅长起草妥协书,却无法解决当下面临的重大问题。强硬派在政府中被逐渐边缘化,右翼的塔尔迪厄(Tardieu)和左翼的布鲁姆虽然鹤立鸡群,但他们的参政议政只是坐实了这一点:这类知识分子形象更适合投机炒作,却不能投身行动。

乔治·蓬皮杜很强烈地感受到政府中缺乏有见地的政治家,他在"奇怪战争"[1]和战败后所做的评论表明,在面对残酷考验时,这个问题显得尤为严重。他认为,共和国的超级议会制是问题症结所在。因此,1944年与戴高乐将军的见面,对他产生了决定性影响。

乔治·蓬皮杜从未掩饰,自己是在1944年9月,也就是解放日第二天,经朋友勒内·布鲁耶介绍进入戴高乐办公室后,才得以结识戴高乐的。在此之前,他虽然对这位"6月18日英雄"所领导的战斗充满同情且寄予希望,也曾冒着风险帮助过抵抗者,但并没有直接参加过抵抗斗争。1944年夏末,他与绝大多数法国人一样,对戴高乐知之甚少。不管怎样,从1940年6月起,戴高乐已经成为一位标志性人物,一项伟大事业的旗手,坚定地捍卫祖国是其历史功绩。有些人认为戴高乐是个潜在的独裁者,美国人赞同这一观点。有些人,有时还是前一批人,认为戴高乐只会变成共产主义的傀儡。自从有机会

1　奇怪战争,指二战全面爆发初期英法在西线对德国"宣而不战"的状态。

在戴高乐身边工作以后,乔治·蓬皮杜认为戴高乐的出现适逢其时,这正是法国长期以来一直等待的能够拯救国家于水火之中、与恶势力斗争到底的人物。1973年春,乔治·蓬皮杜在去世前一年,曾对戴高乐将军有过这样深情的描述:"是他发掘了我的潜力。"这句话简单纯粹,却很好地提炼了两位风格迥异、在某些方面甚至背道而驰的政治家能够相遇相知的决定性因素。长期以来,上千万法国民众都认为他们正好性格互补。

　　乔治·蓬皮杜相信戴高乐就是自己一直以来所期待的人,他曾经困惑甚至绝望,在战争前夕他曾向朋友,国务委员罗杰·格雷戈里(Roger Grégoire)坦言:"我真搞不懂政治。"他对极权主义和独裁倾向深恶痛绝,但对共和国没有丧失信心,只是为共和国精英的盲目感到痛心,期望能够恢复祖国往日的辉煌。他坚信,戴高乐绝不是冒险家,也不是某些人所说的法西斯分子,而是能够且应该承担这项历史使命的合适人选。

　　经过最初的愉快接触后,乔治·蓬皮杜加入戴高乐的团队,然而并非是完全地无条件服从,在他向勒内·布鲁耶提交的关于成立法兰西人民联盟[1]的任务报告中可以看出这种独立性。从法兰西人民联盟的文件资料中可以清楚地看到,这位未来的国家元首对联盟行动有诸多不满。他同意弗朗索瓦·莫里亚克的看法,担心反对"自由法国"[2]前领导人的政策会引发有关联盟搞专制的责难,从而导致事业从一开始就遭受挫折。管理团队的成员,包括安德烈·马尔罗(André Malraux),加斯东·帕莱夫斯基(Gaston Palewski)和雅克·苏斯戴尔(Jacques Soustelle),都是乔治·蓬皮杜比较亲密的朋友,但他对朋友们欠缺考虑的冒险、沿用1940年以前极右翼联盟曾饱受争议

　　1　法兰西人民联盟(RPF),戴高乐于1947年4月14日创建的政党,以实现其在贝叶演说中提出的政治纲领。

　　2　自由法国,第二次世界大战期间戴高乐领导的法国反纳粹德国侵略的抵抗组织。

的作风, 感到忧心。一方面, 他相信随着政治时局的不断恶化, 戴高乐将军必然重新领导国家; 另一方面, 他对于身边存在的反对势力感到遗憾, 并曾与朋友勒内·布鲁耶一起尝试过与之对抗。为此, 他感受到联盟施加的压力, 但他并不回避: 相信在体制中, 为富有良知、严肃认真、具有民主精神的真知灼见保有一席之地很有必要。[1]

　　人们总是这样描述戴高乐, 说他是一位训练有素的战士, 只赏识绝对服从他的人。显然, 乔治·蓬皮杜的独立性没有冒犯戴高乐将军。戴高乐在辞去临时政府首脑职务之前曾表示, 希望蓬皮杜担任最高行政法院(Conseil d'État)审案官。他在 1946 年接到任命。事实上, 蓬皮杜很快就不合常理地成为戴高乐身边令人羡慕的人物。他置身法兰西人民联盟之外, 不久成为国家旅游事务专员亨利·安格朗(Henry Ingrand)的助理。蓬皮杜的内政摘要总是内容准确、条理清晰, 他因此受到戴高乐将军的注意和赏识, 成为其最欣赏的工作伙伴。在让·多纳迪厄·德·瓦布莱斯(Jean Donnedieu de Vabres)的建议下, 蓬皮杜被任命为安娜·戴高乐基金会秘书长, 这是一个非官方职位, 但充分体现了戴高乐将军和夫人对他的信任。基金会是为了纪念 1948 年去世的戴高乐将军的女儿创立的, 它致力为残疾儿童谋福利。

　　这个令人尊重的职位交由"自由法国"之外的人担任引起轩然大波, 远远超出了对乔治·蓬皮杜从不参加联盟和苏斯戴尔组织的公开辩论所产生的非议, 戴高乐主义强硬派还认为蓬皮杜缺乏激情。然而这位教师仕途平坦, 扶摇直上。1948 年 4 月, 戴高乐将军把蓬皮杜留在身边, 任命他为办公室主任, 这个职位可以使他与法兰西人民联盟保持距离, 还可以兼顾最高行政法院的工作, 并保持与外界的联系。在此之前, 蓬皮杜对能与勒内·布鲁耶一起回到戴高乐身边工

1　1947 年 6 月 7 日致勒内·布鲁耶函。

作有些担心，因为他知道这位伟人欣赏绝对"忠诚"的下属，而这可能会让一些有能力的人受到排挤，毕竟总统的满意度并非无足轻重。

从那一刻开始，乔治·蓬皮杜的态度几乎从未有过改变。"蓬皮杜对戴高乐绝对忠诚，他是法兰西人民联盟中最大公无私的成员之一，在政治上没有野心。"雷蒙·阿隆（Raymond Aron）如是说道。蓬皮杜具有很强的洞察力，他很快就发现戴高乐这位"自由法国"前领导人重掌政权的机会越来越渺茫。蓬皮杜虽然对戴高乐充满钦佩，甚至怀有崇拜之情，但这并没有影响到他的思考。在书信和笔记中，他有时会对戴高乐毫不妥协的态度和不肯变通的行动方式产生质疑，虽然议会制度弊端重重，但议会自我捍卫的能力远远超出人们的想象。多年后，蓬皮杜曾这样描述戴高乐，以突出其性格特征：将军只有和与其相当的巨人在一起时才会游刃有余，一旦身陷与自身不相匹配的环境中就会被束缚手脚。蓬皮杜出于忠诚留在了戴高乐身边，作为戴高乐的心腹，执行一些秘密任务。1951 年议会选举前，法兰西人民联盟盘根错节和混乱不堪的组织机构还没有彻底垮台，但蓬皮杜已经对联盟的前途失去信心，决定开始新的职业生涯。1953 年，他进入罗斯柴尔德银行，选择奥利维耶·吉夏尔（Olivier Guichard）接替他在戴高乐身边工作。

这段时间，乔治·蓬皮杜为戴高乐将军工作的动机是无私的，而且很可能也是在这一时期，他获得了将军的长期信赖。法兰西人民联盟中有些人建议将军应该寻求议会的支持，雅克·苏斯戴尔就是其中之一，并对将军多次发表与"体制"对抗的言论感到愤怒。从蓬皮杜实用主义的性格出发，他本应该站在苏斯戴尔一边。但是，由于他对戴高乐越来越了解，并且已经洞察到戴高乐隐秘性格的本质，所以他避免自己被卷入即将寿终正寝的第四共和国的政治泥潭。蓬皮杜在自己的笔记中承认，万万没有想到，他也需要为自己的这种态度付出政治代价。不过,他的历史学修养使他相信,维护"自由法国"前领导人的形象就是维护国家的利益。

事实证明,戴高乐对蓬皮杜这种不夹杂个人情感的态度十分赞赏,因此留他在身边工作,但是没有给予任何官方或半官方职务。1958 年春,当戴高乐重掌政权时,人们发现两人的关系比任何时候都更加亲密。通常这需要经过一系列复杂且有争议的政治运作才能实现,然而银行家蓬皮杜却什么都没做过,他的性格亦注定如此。当将军入主马提尼翁宫(总理府)时,立即任命他为办公室主任。蓬皮杜也承认,事实上他还被赋予了更多的权力:戴高乐将军只过问阿尔及利亚、国际事务和新宪法的起草,其余绝大多数事务都交给蓬皮杜处理,这让他成为新总理身边的关键人物。这段鲜为人知的经历,在乔治·蓬皮杜的档案中有大量详细的记载。从档案中可以看出,蓬皮杜仍然保持了自己的独立性。他在戴高乐将军的强烈要求下离开了银行,但只是暂时离开。毕竟,他还是想过普通人的生活。1959 年第五共和国成立伊始,他是第一个法国人,也是"法国第一个"拒绝进入政府工作的人。他重新回到位于拉斐特街(Laffitte)的罗斯柴尔德银行工作,只领取宪法委员会(Conseil constitutionnel)发给委员的微薄薪水。

有人怀疑这一切都是乔治·蓬皮杜事先算计好的,他的所作所为是为了有朝一日能直接入主马提尼翁宫,况且以他的能力和与国家元首的特殊关系,这也不会是问题。不管怎样,他的选择还是有一定的风险,因为没人能向他保证戴高乐几个月后会需要一位有个性的总理。因此,他做决定时可能对家庭因素考虑得更多。自从担任罗斯柴尔德银行总经理后,蓬皮杜的经济条件有了很大改善,能够满足家人的物质需求,这在青年时期是无法实现的,他为此感到高兴。有一点可以确定无疑,那就是戴高乐不接受别人的不服从,却没有对蓬皮杜拒绝出任部长心怀不满,甚至对他更加器重,秘密委托他与阿尔及利亚民族解放阵线(FLN)的代表斡旋,为无休止的冲突寻求解决办法。对于这段不为人熟知的经历,本书提供了有价值的资料。未来的共和国总统再次保持了对将军的忠诚,并在完成使命的过程中保持了自己的独立性。

之后的大部分事件都有历史资料记载,乔治·蓬皮杜在他的著作中记录了大量细节和感想,有助于我们更好地了解他在 1969 年登上总统宝座前与戴高乐将军的关系演变。1962 年 4 月,第五共和国的缔造者向他的前办公室主任发出召唤,要求其接替总理米歇尔·德勃雷。当时,米歇尔·德勃雷已经担任了三年总理,大多数观察家和几乎所有的政治家将这一新任命视作一种挑衅。蓬皮杜的一切都是戴高乐所赋予的,他从未经历过普选的考验,还是法国一家大资本银行的董事。事实上,只有戴高乐能够以其权威和地位冒着风险任命蓬皮杜担任总理。弗朗索瓦·密特朗(François Mitterrand)是当时就发现这个在国民议会上显得有些笨拙的政坛新人其实是一流政治动物的少数人之一。蓬皮杜很快就在公开辩论中证明了自己的实力,随着时间的推移,他的总理形象逐渐深入人心:人们本以为他不过是个单纯的助手,但很快发现他在国民议会上充满权威感,除了专属总统的个别领域之外,他在各领域都发挥了突出的作用。当总统把注意力集中在国际事务和军事上时,总理则在产业政策、社会事务和国土整治方面大下功夫。借助于"辉煌三十年"(Trente glorieuses)的发展机遇,一个现代法国由此诞生了,这在很大程度上受到了蓬皮杜的荫护。

总体来说,在最初阶段,国家元首和政府首脑之间并没有不和谐之处。乔治·蓬皮杜在接受将军任命时,完全没有从政经验,他知道这得益于戴高乐对自己的恩情,更重要的是,得益于他从 1959 年以来所坚持的独立政策。这个时期,他与戴高乐的意见几乎完全一致。不过人们很快注意到,蓬皮杜完全无意成为反对派媒体所嘲讽的"无条件服从派"。在漫长的穿越荒漠期,即使与"科隆贝孤独者"[1]的意见相左,他也会毫不犹豫地捍卫自己的观点。总理从上任伊始便始终坚持自己的原则,在是否特赦茹奥(Jouhaud)将军的问题出现争议时,他宁愿选择离开,也绝不放弃自己的信念。茹奥是 1961 年阿尔及利亚政变的领导人之一,后来成为美洲国家组织(OAS)领导人之一。由于茹奥的上级萨兰(Salan)将军未获死刑,这惹怒了共和国总统,随后茹奥即被判处死刑。总统为了报复,决定处决茹奥,《快报》(L'Express)记者让-雅克·塞尔-施赖伯(Jean-Jacques Servan-Schreiber)要求必须严格遵守审判程序等反对意见更加剧了总统的怒火。蓬皮杜不同意总统的做法。他认为,茹奥在军队叛乱中的责任比萨兰小得多,而且他还是侨居阿尔及利亚的法国人。总理在整个事件中态度坚决,他深知即便得罪总统本人,也要维护总统的利益,必须避免戴高乐犯下类似拿破仑对待昂吉安公爵(duc d'Enghien)军队的错误。我们知道,在此事件中,蓬皮杜得到了司法部部长让·富瓦耶(Jean Foyer)的支持,他表现得异常坚决,甚至不惜以辞职作为代价。仅从蓬皮杜相关档案中或许无法想象两位国家领导人之间的关系已经到了何等紧张的地步。当新任命的总理以立即辞职相威胁时,总统才最终做出让步。总理还强烈反对援引宪法第十六条进行处置,当时总统府已经准备这么做,这在多份未公开的记录中都有记载。

乔治·蓬皮杜是个信念坚定的人,他在接替米歇尔·德勃雷入主马提尼翁宫后,出于对戴高乐将军的忠诚,总是对总统府的决定照

1　以宅邸所在镇指代戴高乐。——译者

单全收,尤其是有关阿尔及利亚的事务。茹奥事件之后,形势发生了变化,总理在某种程度上拥有了自主权。人们知道,虽然他忠于共和国总统,但如果需要的话,即便身处权力顶端,他也愿意放弃自己的职位。

新生的第五共和国在相当长的时间里始终保持着这种平衡。总统府和总理府之间时而发生意见分歧,这是很自然的事情。乔治·蓬皮杜反对延长财政稳定计划,他担心这样做会损害经济活力。1965 年,随着总统大选的临近,他又遭遇了一些麻烦——这在他对戴高乐将军的描述中毫不隐晦——他发现共和国总统在做出任何公告前都不会告知他。当 1967 年准备议会选举时,两人之间的矛盾日益激烈。蓬皮杜不理解戴高乐对这场选举全力以赴的目的何在,他对将军的计划表示反对。国家元首则坚持自己的想法,要求计划不折不扣地得以执行。我们现在确切地知道,戴高乐本来决定在选举结束后由莫里斯·顾夫·德姆维尔(Maurice Couve de Murville)代替蓬皮杜担任总理,但这一计划因顾夫·德姆维尔在巴黎七区竞选败给爱德华·弗雷德里克-杜邦(Édouard Frédéric-Dupont)而告终。

乔治·蓬皮杜在各种力量的推动下继续履行自己的职责,命运主宰着他与共和国总统的关系。当戴高乐这位伟大人物的政治生涯即将结束时,各种冲突和矛盾不断聚集,蓬皮杜身不由己地在公共事务中扮演了救世主的角色。这时,爆发了 1968 年的“五月风暴”,蓬皮杜在《恢复事实真相》一书中详细分析了当时的形势,国家元首和政府总理对这场危机的见解完全不同。用国家元首的话来说,局势“变化莫测”,必须不惜一切代价维持秩序。总理则认为,学生运动反映了民众对政府的不满,只要政府分解问题,就可以找到解决办法。戴高乐认为只有通过全民公决才能走出困境。蓬皮杜认为解散议会并重新进行选举才是回应学生运动和工人罢工的唯一方法,而这个解决方案最终获胜。5 月 29 日,戴高乐将军突然消失,这标志着总统与总理关系的转折。虽然学生运动有所缓和,然而巴黎局势依然严峻,戴高乐在没有任何表态的情况下悄然离开,这让总理深感不快。蓬皮杜判断将军似乎还在犹豫下一步该如何行动,在考虑过"各种可能性"后,他认为将军没有通知自己就离开法国国境的行动十分冒险。两人这次在政治上的分歧显然为他们之间长期保持的密切关系增添了裂痕。

此后,两人在平息"五月风暴"中发挥了互补作用,一个代表了历史地位的合法性,另一个则直接介入危机——但命运让两人开始渐行渐远。七月,乔治·蓬皮杜辞职,不久之后发生了"马尔科维奇案件",他的继任者莫里斯·顾夫·德姆维尔迫不及待地予以揭露。

乔治·蓬皮杜早已痛苦地觉察,他与将军之间曾经无比信任的关系已经发生了变化,但还不知道这会对他们的私人关系以及政治立场产生怎样的影响。他有两篇对戴高乐将军的重要论述。第一篇写于 1960 年初,在被任命为总理之前,他对戴高乐将军是毫无保留的。从他 50 年代的笔记中可以看出,他会根据规则提出更加系统和有条理的看法,只是偶尔对将军的个别提议提出质疑。第二篇写于 1973 年春,语气已完全不同。他把戴高乐将军的公众形象和生活形象加以区分。公众面前的戴高乐功高盖世,备受拥戴。蓬皮杜对生活中的戴高乐做了更为冷静的分析,认为他的确是一个历史伟人,但过于将自己依附于国家,对人性不抱任何幻想,甚至很少肯定他人。显然,蓬皮杜对戴高乐将军在马尔科维奇案件中的态度耿耿于怀。

人们早已有所察觉,从 1968 年 5 月至 1969 年 4 月,第五共和国的缔造者和继任者之间的关系正在经历一场深刻的变化,蓬皮杜的文章证实了这一点,同时也证明了自己出于对戴高乐将军的忠诚,继承了戴高乐的政治遗产。在政府制度和外交政策这两个重要方面，第五共和国第二任总统延续了戴高乐的政策，只做了必要的调整。内政方面，蓬皮杜加强了总统权力。对外方面，与前任相比，他对苏联更加不信任。第五共和国戴高乐时期和蓬皮杜时期的最大特点仍然是连续性。

从心理学角度解读，或许是因为与戴高乐渐行渐远的关系让他感到痛苦，蓬皮杜把坚持戴高乐的既定路线视为对后者的尊重。直到最后，他似乎一直希望能驳斥那些对他出卖戴高乐主义的严厉控诉。

乔治·蓬皮杜与戴高乐将军性格迥异。他在历史上留下了鲜明的个人印记——包括入主爱丽舍宫之前的经历。蓬皮杜的家庭出身、教育背景、文学艺术修养都有别于戴高乐将军、他后来的内阁总理。法国不仅拥有思想，而且它的历史、愿景以及所拥有的资本，都维系着它的世界大国地位。蓬皮杜以其特有的个性毫不懈怠地追求着这个目标。在他的领导下，戴高乐主义变得更加人性化。戴高乐以绝不妥协的态度在战争中维护了国家利益，在任何情况下都始终坚持国家利益高于一切，即便会触犯他人的敏感神经。蓬皮杜的经历和性格与戴高乐不同，从本书收录的书信中可以看出，蓬皮杜非常重视友情，交友广泛，还与政见不同者来往密切。他对那些处于困境中的人十分同情，无论是自己的亲人，还是陌生人。大家都记得，加布里埃尔·吕西耶案件中的女教师，因为与未成年学生产生恋情而自杀身亡后，蓬皮杜曾引用艾吕雅的诗对她表示同情。此外，在"拒服兵役"代言人路易·勒库安（Louis Lecoin）以绝食主张权利时，时任总理的蓬皮杜同样展露出自己的真性情，对绝食者予以支持。虽然这件事的影响力不大，但意义却很重大。"蓬皮杜，你要强硬些！"这是将军对他的劝诫。当然，以上事件也说明他没有接受劝言。

1969 年,乔治·蓬皮杜入主爱丽舍宫之前,戴高乐将军制定的民族独立政策已经拥有良好坚实的基础。在这种有利环境下,蓬皮杜提出了"塞内克模式"(formule de Sénèque),即"繁荣的状态就是永不停歇"。他认为法国要保持大国地位,必须发展工业。他始终秉持这种信念,在管理国家的过程中,国情也进一步印证了他的信念。第四共和国的经济增长就是得益于工业生产的发展。在担任将军的内阁总理后,他认为必须继续这方面的努力,大力加强工业生产,并充满热情地投入其中。成为总统后,他加快工业化进程,以间接方式鼓励大量企业合并。通过法国通用电气公司(CGE)对汤姆森(Thomson)的收购,实现了法国电气和电子工业部门的重组。通过对蓬塔穆松(Pont-à-Mousson)、圣戈班(Saint-Gobain)、佩希内(Pechiney)和优劲-库尔曼(Ugine-Kuhlmann)的整合,实现了铝合金、钛、锆的行业联合。此外,在他的支持下,其他产业优化也得以实现。

在总统任期内,乔治·蓬皮杜推动了许多重大项目建设,包括与德国合作的空中客车,以及法国高速列车(TGV)。我们现在可以更容易地做出判断,如果当时不采取这些激发活力的政策,会给国家造成怎样的损失。弗朗索瓦·密特朗曾积极评价其前任所取得的成绩,弗朗索瓦·奥朗德(François Hollande)在 2012 年 5 月 15 日的就职演说中也做出同样的评价。

乔治·蓬皮杜的另一项重大举措是进行国土整治。在他上任之前,1947 年,地理学家让-弗朗索瓦·格拉维耶(Jean-François Gravier)在题为《巴黎和荒漠化的法国》(Paris et le désert français)一书中,曾提出许多缓解巴黎过于集中的建议,这本书大获成功。1950 年起,皮杜尔(Bidault)政府开始致力解决法国东西二元化问题:勒阿弗尔(le Havre)至马赛一线以西的地区发展缓慢,以东地区则汇集了全国 2/3 的人口和 3/4 的财富。1955 年,皮埃尔·孟戴斯-弗朗斯宣布法令,禁止在巴黎周边 80 公里内创办新厂。然而这些措施还远远不够,应当优先工业化的地区尚未划定。戴高乐将军的第二位总理蓬皮杜在朋友奥利维耶·吉夏尔的协助下开始着力解决这个问题。1962 年 5 月,奥利维耶·吉夏尔成为法国国土整治部际委员会第一任部长级代表。

乔治·蓬皮杜在国际事务中也留下了自己的印记。在蓬皮杜去世后,安德烈·方丹(André Fontaine)曾这样评述:"戴高乐退出了政治舞台,法国也随之从国际舞台上消失了。然而,毫无疑问的是,乔治·蓬皮杜懂得如何扮演好自己的角色,而且是重要的角色。"总体而言,蓬皮杜延续了前任的方向,重申了反对集团政治的立场。蓬皮杜在欧洲构想方面则显更具个人特色,这倒不仅仅是因为他同意英国加入欧盟。蓬皮杜主张建立严格的政府间框架,但不排除有利于长期快速发展的变通;支持建立货币联盟和真正的欧洲防务,时常谈到欧洲大陆政治一体化的前景,接受让·莫内(Jean Monnet)提出的欧洲议会设想,这个设想最终由继任者瓦莱里·吉斯卡尔·德斯坦(Valéry Giscard d'Estaing)得以实现。

乔治·蓬皮杜的主张和行动在他的书信、笔记和评述中都有所体现。从他的文字中也可以看出他是一位性格复杂、神秘,在某些方面有些自相矛盾的人。他处理政务时开放包容,但尊重传统;对大胆新颖的观点充满好奇心,但憎恶放纵主义;主张在高等教育面前人人平等,同时又很欣赏传统的教育方式。这使得第五共和国第二任总统的言行经常看上去前后不一致。事实上,从这二十页的文字中,也可以看出他作为知识分子和作为伟大政治家之间的反差。作为知识分子,他全力以赴地推进在波布尔空地(plateau Beaubourg)上建设一个创新文化中心的计划;作为伟大政治家,他总是与对手正面激烈交锋,为了捍卫真理从不妥协。1973 年春,蓬皮杜已经隐约感到所剩时日不多,可能不允许他完成计划中的回忆录,于是撰写了几则让人很感兴趣的人物印象笔记,上面已经提到过他对戴高乐将军的描述。关于弗朗索瓦·密特朗的文章,令人出乎意料:一直以来,大家都认为蓬皮杜对这位隔代继任者印象不佳,然而他的文字却表明,他注意到密特朗无论是在郁郁不得志还是春风得意时,都有可称道之处。与此不同,他对阿兰·波埃(Alain Poher)的描述则满是嘲讽,甚至有些刻薄。波埃是参议院议长,也曾是他在 1969 年总统选举时的竞争对手,他们的个人恩怨众人皆知。然而蓬皮杜最不满的当属雅克·沙邦-戴尔马(Jacques Chaban-Delmas)。1969 年,他虽然选择雅克·沙邦-戴尔马出任内阁总理,但却从未对其有过任何好感。他们很快就在机构和政策方面出现分歧,这些都已成为历史。我们对蓬皮杜在文章中所描述的两人在人性方面的巨大差异毫不怀疑。性格差异,理论上说可以互补,实际上相互间的不理解最终导致无法合作。蓬皮杜从一开始就不信任这位总理,认为雅克·沙邦-戴尔马对工作毫不专注,总想搅局,对扩张自己的权势则野心勃勃。1969 年 9月,雅克·沙邦-戴尔马在最后时刻才提交关于"新社会"的演讲稿。沙邦与有着学者气质的蓬皮杜之间毫无共同语言,以皮埃尔·朱耶(Pierre Juillet)为首的总统身边人利用了他们之间的不和。事实上,国家元首和内阁总理之间的立场并非大相径庭,产生这样的冲突的确令人遗憾。在社会事务方面,蓬皮杜持开放态度,在他的总统任期伊始,就推出了一项前卫措施:月薪制。这一举措与民众生活息息相关,勒内·雷蒙(René Rémond)甚至撰文称赞他在五年任期中取得的社会进步可以与 1936 年的成就相媲美。对内阁总理提出的计划,蓬皮杜最不满意的地方就是花架子和喊口号。总理的抱负是要改变人与人之间的关系,而蓬皮杜完全不相信能够做到。他是个不折不扣的保守派,坚信人性只能改善。

　　基辛格在自己的回忆录中对乔治·蓬皮杜大加赞赏,虽然他们之间曾经有过无数分歧,但书中强调的是他的文化修养、性格力量和个人魅力。这些特点在基辛格的文章中俯拾皆是,有些人甚至认为全书都是这样的描述。我们看到,第五共和国第二任总统与艺术家、作家的交往绝无政治派别之分。当总统看到令他不悦的评论文章,会对撰文的记者做出猛烈回击。这就是蓬皮杜,充满悖论和矛盾的性格。阅读这些文字,我们感到他已离开我们很久,从而能够更好地审视他的伟大之处。不管人们如何看待他的政策,他必将在当代历史中占据重要地位。蓬皮杜担任国家元首五年、内阁总理六年多的从政记录,至今仍无人打破。在后人面前,他最重要的头衔可能还是戴高乐将军理所当然的继承者。在蓬皮杜的庇护下,1958 年由戴高乐创建的机制,在 1969 年后仍然得以保留。参议院议长阿兰·波埃以及其他在总统竞选中支持过阿兰·波埃的人,毫不掩饰地希望总统回到充当仲裁者角色的时代,也就是要重蹈第三、第四共和国时期由议会统治国家导致政权运行崩溃的覆辙。面对这样的威胁,蓬皮杜认为别无他法,只能加强总统的职能和权力,他的继任者也都延续他的做法。

　　在伟大政治人物的当代著作中,很少有比本书阐述得更深刻清晰的。在戴高乐和密特朗的自传中,他们首先塑造的是自己在后人心目中的形象,他们阐述自己的想法和抱负,却没有讲述自己的心路历程。然而,乔治·蓬皮杜撰写的《书信、笔记和照片》却向人们揭示了他的性格形成和命运发展过程。在这部作品中,我们既能看到兢兢业业的国家元首形象,也能看到他作为普通人犹豫、困惑、受伤害和痛苦的经历。他的升迁之路与众不同,速度之快令人眩晕,对此,他也毫不掩饰。他全面承担起总统的职责,以不容他人侵犯的态度行使职权,有时他会有不堪重负之感,对此,他也没有刻意隐瞒。

乔治·蓬皮杜面对疾病所表现出的勇气，得到各方一致称赞。他的健康状况何时出现恶化的迹象？他何时接到警告？他为何不听从某些人私下劝他辞职的建议而要继续工作？这些问题的答案在1974年尚无法公之于众，阿兰·蓬皮杜教授在其见闻录中做出了回答，并且讲述了总统的真实性格、家庭生活，以及文学艺术修养。阿兰·蓬皮杜一直待在父亲身边，从刚发现病情时就予以积极协助，因此是消除误会和澄清不实假设的最佳人选。通过他的陈述，我们可以了解当时要把病情的可能进展告知蓬皮杜是件多么困难的事情。也正是因为不知情，蓬皮杜才决定要泰然面对，没有考虑过隐退。

或许因性格腼腆，乔治·蓬皮杜对现代社会的"传媒"不甚重视，因此他并不全然洞察某些事实真相。他积极推动法国工业化和现代化的重大项目，因此往往被视作一个纯粹的实用主义者。这是一个很大的误解。他是行动派，必要时会亲力亲为；但他也是一个深思熟虑的人，总是有条不紊地分析局势。当社会出现危机时，他首先将问题分解，然后尝试逐一解决。他始终以历史和文化典例为借鉴，这并不是因为自己的爱好使然，而是他知道这些因素可以改变决定。他虽然放弃了青年时期的左倾思想，但也没有让自己封闭在一个狭窄的保守主义圈子里……

本书想要讲述的正是这样一位令人惊叹，也被人误解的乔治·蓬皮杜。希望这本书能够引起历史学家和法国民众对这位出乎意料的伟大人物的新关注。

埃里克·鲁塞尔（Éric Roussel）

阿兰·蓬皮杜见闻录

我从小就被灌输以独立的意识，成年后选择了医学事业，从此走上了科研的道路，并以此服务社会。我把家庭生活深埋于记忆，因为我所从事并付出全部身心的行业与此全然不同，我对自己的选择从未有过遗憾。然而，我有时会受使命感驱动，觉得应该告诉大家那段在自己生活中留下深刻烙印的过去。

在收集父亲这些从未公开的私人书信的过程中——时间跨度从父亲的青年时期直至生命尽头，我对他的性格也更加了解。从那时起，我感觉，似乎我的生活见闻可以更准确地还原他真实的形象。我非常感激埃里克·鲁塞尔，他答应和我共同完成这项工作，让这本书具有历史参考价值。

在父亲去世将近40年后，我努力从家庭的角度还原他的个人生活和职业经历，并将二者区分开来。他的职业生涯，与同戴高乐将军一起带领法国重新崛起、改善法国人民的生活水平这一事业相交融。虽然这两部分无法分割，但出发点不尽相同。这本书的初衷就在于缩小国家历史与个人历史之间的距离。

我父亲天资聪颖，痴迷古典文化，热爱艺术。他对现代艺术持开放态度。

此外，他一直保留着宗教传统，这既源于他对古典文化的特别嗜好，也出于他对古希腊罗马废墟以及各种文明古迹访古寻幽后所激发的诗意情怀。

周日无论是在奥维利埃（Orvilliers）、布列塔尼，还是洛特省（Lot）举行家庭聚会，我父母总会参加当地的教会弥撒。在父亲担任总统时，他们每次去布雷冈松（Brégançon）小住，参加博尔姆-莱-米莫萨（Bormes-les-Mimosas）的弥撒已经成为惯例。在这些教区，他们给予教士们物质上的帮助。父亲就曾自己出资，对奥维利埃附近的里奇伯格（Richebourg）教堂的木制品和祭坛（15 世纪的瑰宝）进行了翻修。

我还记得父亲与杰出的多米尼加神父库蒂里耶（Couturier）之间的热烈谈话，他们经由安德烈·马尔罗介绍相识。安德烈·马尔罗是父亲的朋友，他们经常就艺术创作和艺术史的话题进行讨论，我那时虽然年龄尚小，但有时也会参与。我一直对安德烈·马尔罗的语言表达能力印象深刻。他曾亲手把刚出版的《上帝的嬗变》（*La Métamorphose des dieux*）一书赠予我，附上掷地有声的题词："在千百年来的帝国更替中，被遗忘的雕刻家的重要性与母爱的重要性同样坚不可摧。"

"艺术是至尊天使之剑，能够直刺我们的内心。"父亲这样写道。他爱好古典文化和传统艺术，也很喜欢现代艺术活动。他的艺术敏锐度使他对具有挑战性的艺术创作形式更感兴趣。总理府的办公室里，一直挂着苏拉热（Soulages）的画作；总统府的办公室里，则添置了马克思·恩斯特（Max Ernst）、奥迪隆·雷东（Odilon Redon）和索尼娅·德洛奈（Sonia Delaunay）的画作。我父母始终坚持提携年轻艺术家，在装修爱丽舍宫的私人居室时，他们选择了皮埃尔·保兰（Pierre Paulin）和亚科夫·阿加姆（Yaacov Agam）的画作，即便年代最为悠久的客厅也不例外。

从 1950 年起，父亲心中萌发了一个宏伟的、完全创新的文化计划。他后来说:"我渴望巴黎拥有一个跨学科的文化中心……它既是一个博物馆,也是融造型艺术、音乐、电影、阅读、视听为一体的创新中心……"遗憾的是,1977 年乔治·蓬皮杜国家艺术文化中心竣工时,父亲没来得及见证这座以他的名字命名并蜚声海内外的建筑的落成。

我看到,父母总是惊讶于当代艺术和戏剧、电影等各种艺术创作需要依靠制造话题和游说才能得到关注。父亲去世后,每每遇到艺术中心要更名去掉蓬皮杜时,母亲总会强烈反对,她认为乔治·蓬皮杜国家艺术文化中心绝不应被改为"波布尔"[1]。

我时常自忖,现代和传统这两种力量是如何在乔治·蓬皮杜的思想和行动中并存,且相互渗透的。乔治·蓬皮杜很早就意识到保护环境的重要性。1964 年,他采取措施保护和管理水资源。1970 年,他在芝加哥发表演讲时,使用了"环境道德"的表述。一年后,他率先成立环境部,由罗贝尔·布热德(Robert Poujade)担任部长。布热德最近刚发表演讲,阐述了蓬皮杜尤为看重的"掌握现代性"。[2] 这也是蓬皮杜能够融合农业传统和城市现代性的原因。

乔治·蓬皮杜对生活品质的追求并没有影响其制定工业政策,促进法国经济发展(包括在照明和采暖中采用核能,建设连接首都和边远地区的高速列车)。他高度重视科技进步,特别是航空航天领域和现代化通信网络建设。

我父母对艺术、文化和环境问题充满热忱。对于他们来说,这些领域也是他们"寻求幸福"的重要源泉。

1970 年 2 月,父亲在芝加哥宣布:"每个问题的解决总会伴随着

1　乔治·蓬皮杜国家艺术文化中心所在位置的地名。——译者

2　罗贝尔·布热德:《与戴高乐和蓬皮杜在一起的日子》(*Avec de Gaulle et Pompidou*),群岛出版社(L'Archipel),2011 年。

另一个问题的诞生,而新的问题往往更难解决。"父亲的这种发展眼光是与生俱来的,他坚信人类的力量源于进化能力。

一　1945 年以前:青年时代

1945 年,我只有 3 岁,我对 1928—1945 年间的记述主要来自家庭见闻、亲友评论和我的个人观察,但我会尽可能地做出客观评价。

父亲的童年生活幸福而艰苦。他的聪明才智很早就被人发现,这点可以从他小学到高中的求学经历中得到证实。

父亲的个性与传统的"班级第一名"完全不同。他信奉阿尔比教派(Albigeois),热衷橄榄球。祖父是名教师,经常检查父亲的功课,对他的管教十分严厉。高中时,他每周日必须在下午 4 点前回家写作业,即使比赛尚未结束也须如此。父亲热爱和崇拜祖父,从未对此怀恨在心,但在内心深处一直觉得痛苦。父亲生性乐观,总是寻找其他消遣,以弥补这些受到限制的乐趣以及在某种程度上"被偷去的"时光。

父亲很早就开始尝试吸烟。15 岁时,有天他在塔恩河(Tarn)的一座桥上以青春期肆无忌惮的少年姿态吸着烟,祖父骑自行车从学校回家路过,正好看到。祖父立即停车,把车停在他面前,走上来呵斥道:"你也成了抽烟的小混混!"然后骑车愤然离去。祖父虽然大发脾气,但没有对父亲进行其他惩罚。然而,从这件事可以看出祖父家庭教育的严厉程度。祖母患有支气管病,身体虚弱,父亲对祖母怀有很深的感情。父亲对祖父则既尊敬又钦佩。祖父曾在 1914 年一战中受过伤,一年半后身体刚刚复原,又再度投入战斗。父亲在阿尔比中学读四年级时,与罗贝尔·皮若尔成为同窗,两人长期保持书信往来,后来他与巴黎高等师范学院文科预备班的朋友勒内·布鲁耶也保持了长期通信联络。[1]

父亲是一个成绩优异的学生,在全国希腊文翻译竞赛中获得一等奖。1928 年,他考取了图卢兹文科预备班一年级(hypokhâgne)时,历史教师加德拉(Gadrat)先生发现了他的才华,要他参加巴黎路易大帝中学(Louis-le-Grand)的招生考试。他没有考上,分数就差了一点,于是开始做第二次准备,这次被乌尔姆街的巴黎高等师范学院录取。

父亲懂得如何带有兴趣地找到窍门来学习,因此可以有更多闲暇用于阅读、诗歌、音乐会、戏剧和电影。他在拉丁区的咖啡馆和大街上闲逛来消磨时间。他对个人政治抱负中应保持独立性的要求,此时已有所体现。他与祖父一样是坚定的左派,祖父是饶勒斯的支持者,担任阿尔比社会主义市政府议员。

父亲评论时事,与朋友罗贝尔·皮若尔一起拟定了上千个计划,虽然都没有下文。他和表弟艾蒂安·安德罗(Étienne Andraud)在家乡蒙布迪夫(Montboudif)度过了青少年时期的最后一个夏天,他醉心于远足和钓小虾这样的乡间乐趣,喜欢壁炉旁的晚间"闲叙"。无论在阿尔比,还是在巴黎,年轻女性对他始终有吸引力,错综复杂的恋爱与邂逅占用了他的大量时间。

父亲在学生时期有三件事情值得一提:

1　我在这里要强调一下罗贝尔·皮若尔的女儿弗朗索瓦兹·皮若尔的重要作用。虽然她受钢琴家工作所限,但还是从她父亲的故纸堆里找出这些信件并转交给我。这些书信之前从未公开,从中不仅可以看出两位儿时伙伴的亲密关系,也可以看到父亲思想的发展历程。另外一些书信也颇有价值,特别是与勒内·布鲁耶的通信,勒内·布鲁耶的儿子阿兰·布鲁耶把这些书信转交给我。乔治·蓬皮杜与勒内·布鲁耶是文科预备班的同学,1945 年在勒内·布鲁耶的介绍下,乔治·蓬皮杜进入戴高乐将军办公室工作。我要向他们表示衷心感谢。没有他们,这本书不可能完成。在现今书信联络越来越少的时代,这些通信越发显示出其独特性。我母亲在她的个人回忆录中,曾颇有先见之明地写道:"难道拉近人与人之间距离必须以不再写信为代价?"[《心潮》(L'Élan du cœur),普隆出版社(Plon),1997 年]

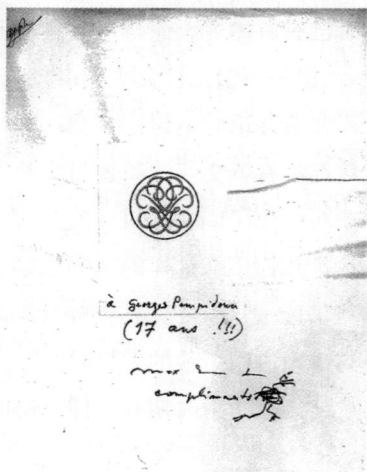

乔治·蓬皮杜十七岁时攒钱购买了马克思·恩斯特拼贴画集《女人头像百图》的原版,后来马克思·恩斯特为他题了词

他在拉丁区发现了马克斯·恩斯特拼贴画集《女人头像百图》的原版,并用零花钱买了这幅作品。40多年后,他还得到了画家本人在作品上的题词。

这是他与超现实主义的首次接触,这个沉浸于古典文学的18岁青年已经表现出对现代艺术和文学的关注。

他在青年时期非常迷恋瓦伦丁·泰西耶(Valentine Tessier),这位女演员在吉罗杜(Giraudoux)的《安菲特律翁38》(*Amphitryon* 38)中饰演阿尔克墨涅(Alcmène)。他为女主角的娇嫩肌肤和充满诗意的台词所驱使,给她写了一封热情洋溢的信。这封信在50年后奇迹般地出现在一次公开拍卖会上,多亏莫里斯·舒曼(Maurice Schumann)夫人的帮助,这封信被及时发现。我母亲决定买下这封信。

父亲在拉丁区的电影院邂逅了一位"金发女孩",两人的目光多次交会。两周之后,他们又在圣米歇尔大街偶遇,于是彼此交谈起来,女孩叫克洛德。他们彼此吸引,一见钟情。父亲有生以来第一次感受到爱情的力量,他的生活为此而改变。年轻时对爱情的想入非非和飘忽不定一扫而空。瓦伦丁·泰西耶太遥远了,不过想想而已。父亲的感情终于泊入港湾,任何事、任何人都无法削弱他对母亲的感情。

1935—1938年,父亲在马赛圣查尔斯高中当教师,生活幸福惬意。他与母亲以及好友罗贝尔·皮若尔一起游遍了普罗旺斯。几年后,他被任命为巴黎亨利四世中学教员。

我无疑是见证父亲对妻子怀有深厚感情的不二人选。1955年,母亲在一场手术中几乎丧命。当晚,父亲从医院回来,把我叫到一边,对我说:"我们差点儿再也见不到她了,我们差点儿就失去她了。"他压制着自己的情感,声音哽咽,目光迷茫而深邃。然而,片刻之后,一切重新变得明朗："不过她已经得救了，我们度过危险了。"他的声调变得坚强而热烈。我因此而感到安心，认为一切又充满希望。我认为这是我童年时期所经历的最严峻的时刻：一切都有可能失去，但一切又都能被赢回。

我之所以要回忆这件在家庭生活中极为普通的往事，是因为它体现了父亲、母亲和我之间的关系。我们是一个整体，这也是父母亲一直以来努力的结果，他们在战争时期想拥有一个属于自己的孩子，即便这个孩子与他们没有血缘关系。

他们不仅给了我一个家，也给了我无尽的关爱。母亲很不幸不能生育，我是在青春期之后才从亲戚那里得知自己的身世。我从来没有寻找过生身父母，这既是出于实际考虑（1942 年的出生记录并不完整），也是因为我与养父母的关系非常亲近，我完全不缺少父母关爱。

当然也有家庭传统的原因，大家从不谈论这个话题，亲戚对父母不愿透露的意愿一直十分尊重。

二　1945—1954：在将军的阴影下

我对父亲与戴高乐将军早期的接触没有确切记忆。父母在二战期间曾经藏匿过英国人。1944 年 8 月 25 日这一天，他们与成千上万巴黎人一样，到香榭丽舍大街上欢庆。

1939 年，父亲被动员入伍，他所在的团及他本人荣获了战争十字勋章。1944 年，他在亨利四世中学担任文学教师时，意识到自己可以从事比教师更重要的工作，母亲也认为暂时离开教育界有助于父亲的成长。1944 年 10 月 1 日，经由文科预备班同学勒内·布鲁耶推荐,父亲进入戴高乐将军办公室工作,成为法兰西共和国临时政府首脑的"专员"。

这段时期,父亲和母亲经常交流,他们都忠诚且钦佩于将军,家庭中荡漾着对这位杰出人物的崇拜氛围。

1946 年 1 月 20 日,将军的引退对我们来说是一个很大的打击。家里"空荡荡的",我的心有种被刺痛的感觉。之后,父亲在巴黎政治学院、最高行政法院和旅游总署任职,尽管母亲和我为此感到骄傲,但是这种失落感依然没有完全被驱散。

1947 年 4 月 7 日,将军成立法兰西人民联盟,担任联盟主席,他与父亲始终保持着密切联系。

1948 年 4 月 23 日圣乔治日,尽管父亲不再"从政",将军还是让他担任了办公室主任。同年,由已经接受赴突尼斯任命的让·多纳迪厄·德·瓦布莱斯推荐,在戴高乐夫人的要求下,将军任命父亲担任安娜·戴高乐基金会的司库,之后又担任了秘书长。

父亲由此成为戴高乐最亲密的合作伙伴。用某些人的话讲,在 1954 年之前他扮演了"智囊团"[1]的角色。

就我而言,我可以讲述 1948(我 6 岁)—1954 年间的亲身经历,这段时期父亲致力于全面捍卫戴高乐所奉行的价值观。他为此投入了所有精力和才干,这也充分锻炼了他的综合能力。

父亲与戴高乐及其周边人的关系迅速升温,社会应酬也很频繁。他在靠近军事学校的一个小公寓内组织简单的晚餐聚会。后来,他搬到马莱区附近的查理曼大街,聚会越来越成功,吸引了很多有影响力的人,这些聚会把各类人聚拢起来。母亲营造的自然随意的氛围,为建立长久关系打下了基础,这不仅对父亲有益,也间接地对将军有益。

1　éminence grise,有影响力但不担任官职的人。——译者

　　有段轶事值得一提：在一次 12 人的晚宴上，朱利安·格拉克（Julien Gracq）到得很早，直奔餐厅去看来宾桌签。他没有留下吃晚饭，说无法勉强自己与其他来宾待上一整晚。他致歉后提前走了，我们都觉得很遗憾。为此，他送给我一本亲笔签名的《沙岸风云》（*Le Rivage des Syrtes*）作为补偿。

　　虽然社会地位不断攀升，但是父亲一直与巴黎高师的朋友定期联络：桑戈尔、范维谦（Pham Duy Khiêm，后来任越南驻法国大使）和皮埃尔·蓬热（Pierre Pouget）[1]。皮埃尔·蓬热来自拉扎克高原（causse du Larzac），外表粗犷，与父亲同年进入巴黎高师。除了共同的出生地带来的亲近感，父亲还很欣赏他的精明能干、才思敏捷和冷幽默。我记得这些高师人会长篇大论地讨论政治，有时还会激烈地辩论。为说服对方，他们总是旁征博引。

　　在频繁参加社会活动的同时，父亲不辞辛苦，不计得失地完成了将军交给的许多任务。工作内容早已超出了撰写教育和信息纪要的范围。他负责接待与将军关系密切的合作者，倾听他们的意见，同时还要关注时事，把将军的观点与时局发展结合起来。在需要时，他还要应对他们波动的情绪，鼓舞消沉的士气。

　　父亲常常很晚才回家，此时他还带着要研究的文件。家里没有书房。晚饭后，他打开一个笨重的留声机，聆听一段古典音乐（主要是巴赫、贝多芬和莫扎特的作品）。他窝在客厅的沙发里，专注地阅读文件，然后完成他的纪要。工作通常在午夜前完成。

　　将军的影子笼罩着我的家庭生活。一切都以将军为中心，他在政治时局中发挥的作用、他的分析、他的热情，还有他的失落。我们对他的信赖与日俱增。

———————

　　1　巴黎高师毕业生，获得文学教师资格，他在突尼斯和阿尔及利亚从事教学工作。先后担任罗德兹中学校长，法国驻拉巴特、雅典和罗马文化参赞。他参加了乔治·蓬皮杜组织的高师校友餐会。

我还记得父亲在收到将军关于父亲对他的生日祝福的回复时的激动心情。写信日期是 1947 年 11 月 22 日。

亲爱的朋友：

您的祝愿让我深受感动，在此谨表谢意，而且我想借此机会告诉您，我对您是多么的器重。未来不属于我们，不过一旦机会来临，您要知道，我对您将有所重托，而且我对您是完全信任的。

亲爱的朋友，请接受我诚挚的情谊。

夏尔·戴高乐

我当时还无法领会这封信的言下之意，然而我能感觉到父母对此兴奋不已。父亲与将军彼此惺惺相惜。自此，他们之间的关系坚如磐石。

15 年后，父亲被任命为内阁总理，他因此被载入史册。1953 年，戴高乐主义者在市政选举中失利，将军决定离开，因为短期内没有任何对他有利的迹象。虽然面临印度支那战争和国内各种危机的内忧外患，父亲感觉周边人仍然在"互相倾轧"，他为此花了不少时间进行调和，但党派之间仍在相互诋毁。

雅克·苏斯戴尔想努力说服将军留下，但父亲从将军那里得知，他离开的原因是不愿面对"理想破灭"。1953 年 5 月 6 日，将军引退到科隆贝，开始撰写回忆录。之后，奥利维耶·吉夏尔担任办公室主任。

父亲不喜欢一成不变，1953 年 7 月以后，他不再编写戴高乐活动"备忘录"。在过去七年中，他一直以清晰简练的文字记录着历史。尽管如此，将军还是把自己的第一份遗嘱（写于 1952 年）交给父亲保

管,并把与普隆出版社商谈出版《战争回忆录》(*Mémoires de guerre*)
的任务委托给父亲。1954 年 10 月 19 日,将军在第一卷第一版题词
中,充分表达了这种信任:

> 致乔治·蓬皮杜:
>
> 　　以此纪念与他在风雨与共的日子里的精诚合作,同时
> 表达我忠诚的友谊。
>
> 　　　　　　　　　　　　　　　　　　　　　夏尔·戴高乐

父亲在为将军工作十年后,仍然维系着这种关系,同时他开始开
拓新的领域。他坚持自己的独立性,并保持自信,社会地位不断提
升。他虽然坚信将军是保证法国持续复苏的唯一选择,但还是坚持
为自己设定目标。他虽然感到政治仕途已经向他敞开怀抱,但并不
想以此作为自己未来的唯一方向。

在这段阴郁的日子里,他与获得教师资格的巴黎高师校友勒
内·菲永(René Fillon)建立了联系。勒内·菲永是罗斯柴尔德银行
的代理,他把父亲介绍给"居伊男爵"(baron Guy)。男爵不愿因为蓬
皮杜的加入而疏离自己过去的导师,于是开启了这种三人交友模式。
勒内·菲永对政治很感兴趣,父亲对私营部门的工作很感兴趣,而居
伊·德·罗斯柴尔德(Guy de Rothschild)并没有明确的倾向。

父亲对最高行政法院的工作已经厌倦,两年间没有任何确切的
事情可做。父母利用这段时间,逛遍附近"瑞士村"(Village suisse)
的古玩店,当时的古玩价格还是可以承受的,他们为公寓添置了家
具。他们还重游了法国和欧洲各大博物馆,参观展览和当代艺术画
廊。他们会带我一起去博物馆,培养我的艺术眼光和敏锐度。父母
的社会活动越来越丰富,但总是围绕自己感兴趣的领域。

1954 年 2 月 1 日,父亲终于从最高行政法院停职三年,加入了罗斯柴尔德集团。

三　1954—1962：自我肯定和命运印记

1954—1958

父亲身处有利环境时,仍然乐于新的尝试。由于他过去的经历主要集中在文学、行政和政治领域,缺乏金融领域的知识和资源,因此,1954—1956 年间,他在担任罗斯柴尔德集团分行经理时,晚上总是带着厚厚的文件回家。

公寓里依旧没有独立书房,父亲每晚的惯例是,晚饭后立即窝在床上,身旁放着一摞文件,已经研究过的文件则摊在地板上。在我看来,他像是一个文件"过滤器",一个接一个地吞入这些包含大量图表和数字的文件。他用两个小时就把工作完成了,这样的效率要求异乎寻常的专注。父亲给我留下的最深印象是,第二天早餐时,他显得非常轻松,询问我在中学的表现和假期计划。

作为新员工,他迅速赢得了居伊·德·罗斯柴尔德的信任。居伊·德·罗斯柴尔德是一位才华横溢的银行家,在其无与伦比的幽默后隐藏着与生俱来的深厚的人道主义情感。父母与居伊·德·罗斯柴尔德,以及他的妻子玛丽-埃莱娜(Marie-Hélène)经常见面。据他们身边的人说,玛丽-埃莱娜·德·罗斯柴尔德早就预感到蓬皮杜必将前途辉煌。

父亲非常重视家庭生活。1954 年,父母在乌当(Houdan)附近的奥维利埃看中了一处 19 世纪的驿站。这里后来变成一家杂货店,之后被一个奥弗涅人买下来,根据当地传统舞蹈的名字把它命名为"林间小道"（Yoyette）。父母被房子附带的小花园和附属建筑所吸引。其时，父亲刚进入私营部门，他是个花钱大方的人，没有多少存款。虽然这座房子价格相对便宜，但是他不愿意向刚入职的银行申请贷款。于是，母亲的叔叔出钱买下了这处房产，在 1962 年之前，这里一直是家庭聚会的地方。

每到周末，全家人都在这里相聚。买下后，父亲马上规定每个人负责装修自己的房间，房屋外部以及公共区域的修葺则由全家人共同承担，大工程交由工程公司完成。整个房屋只用了 6 个月，就焕然一新。

在近 15 年的时间里，父母和我与亲友们一起共度周末，下国际象棋、玩纸牌、打台球。天气好的时候，我们还一起玩槌球。

在那之后，家里的留声机换成了立体声音响，唱片永远是前面提到的那些古典大师的作品，还有德彪西（Debussy）、拉威尔（Ravel）、迪蒂耶（Dutilleux）、布莱（Boulez），以及贝托尔特·布莱希特（Bertolt Brecht）的《三便士歌剧》（*L'Opéra de quat'sous*），生活幸福惬意。家里人很少看电视，也不讨论政治。对于总是大量阅读，并尽可能用最快速度完成工作的父亲来说，这个三世同堂的家庭对于保持他的生活平衡必不可少。后来，当父亲成为内阁总理时，年长的一辈去世了，卡雅克（Cajarc）和奥维利埃的住所成了他的避风港。

不久，父亲在罗斯柴尔德集团开始负责更多事务，总经理的职位薪金使他原本紧张的财政状况变得宽松起来。

1956 年，奥维利埃的房子和花园整葺一新。这次整修都是由专业人员完成的。父亲特别注重聘用当地工匠，他和母亲负责指挥。

1958 年，父母开始寻找一处可以看到塞纳河的住所。他们在圣路易岛（Saint-Louis）的贝蒂纳河畔（quai de Béthune）租了一套公寓。他们立刻喜欢上了那里。当夜间游船通过时，明晃晃的导航灯把河岸照亮,屋里的天花板上会映出河水潺动的倒影。

他们进入了所谓"巴黎世界"。父亲的事业似乎已经开辟成功,母亲也找到了自己的兴趣,我与朋友皮埃尔·德·克鲁瓦塞(Pierre de Croisset)、大卫·德·罗斯柴尔德(David de Rothschild)、弗朗索瓦·德勃雷(François Debré)、戈捷(Gauthier)和樊尚·马尔罗(Vincent Malraux)、弗朗索瓦·罗沙(François Rochas),还有许多可爱的女孩子度过了一段无忧无虑的时光……

父亲的事业非常成功。他在紧张的工作与家庭生活之间找到了更好的平衡。在奥维利埃的住所,叔叔弗朗索瓦·卡斯泰(François Castex)性格开朗,营造出良好的家庭气氛。叔叔娶的是母亲的姐姐,她们之间一直非常亲近,房子里充满家庭的舒适惬意。

然而,历史将再次出现转折。虽然父母在1954年已经改变了他们的工作领域,却一直与将军保持着持续和稳定的联系。

1958—1959

1958年5月13日,阿尔及利亚起义失败后,总统勒内·科蒂(René Coty)向戴高乐将军发出呼吁,希望将军再次为国家服务。将军就任内阁总理后,立刻想到了自己最亲密的合作伙伴和最信任的人。5月24日,将军在拉布瓦瑟里(La Boisserie)召见父亲。没有因为他已经改变职业方向而受影响,仍任命他为总理府办公室主任。与1945年不同的是,这次父亲什么都没问。

当父亲与母亲谈及此事时,他们发生了激烈的争论。母亲更希望采取像1953年那样保持距离的做法,并且认为父亲在私营部门晋升很快(他已经赢得了居伊·德·罗斯柴尔德的充分信任和其家庭成员的满意)。但母亲也知道,这个任命将改变父亲的命运。母亲认为,只要保持1944年所做的忠于将军的承诺就好。

父亲认为，在法国深陷阿尔及利亚战争之际，自己不能置身事外，不应拒绝担负应有的责任。于是他们彼此妥协，商定只暂时接受这个职务，但绝不因此而重新开启政治生涯，也不接受部长的职位。将军同意了父亲短期履职的请求，居伊·德·罗斯柴尔德也予以批准。居伊·德·罗斯柴尔德对父亲十分了解，知道父亲绝不会借机为银行谋取利益。为了国家利益，居伊·德·罗斯柴尔德认为自己必须服从。

1958 年 6 月 1 日，乔治·蓬皮杜接受任命。1959 年 1 月，戴高乐将军当选共和国总统，蓬皮杜提出辞职，随后进入宪法委员会工作，在那里参与制定了大量法律，并主动放弃领取工资。因此，接受任命的这一天标志着父亲开启了新的人生阶段，也标志着他与戴高乐将军的关系登上新台阶。

实际上，"只是短暂履职"的决定被将军保守的一个秘密所改变。1959 年 1 月 9 日，新任共和国总统乘敞篷车从凯旋门向爱丽舍宫行进，父亲受邀坐在戴高乐旁边。我还记得那天晚上全家人都兴奋极了。事先也无人知道，将军对所有礼仪置之不理，做出了这一惊人之举。

这个意外插曲可以视作乔治·蓬皮杜跨入政坛的开端。他是如何在机遇和道德约束中走到这一步的？似乎事情本身的发展在替父亲做出决定。

当然，内阁总理是由米歇尔·德勃雷担任的。然而，1958 年被任命为将军办公室主任，1959 年 1 月陪同将军穿越香榭丽舍大街的蓬皮杜，他的未来将如何？

1959—1962

父亲重新回到银行工作。他与银行同事以及居伊·德·罗斯柴尔德夫妇的关系更加密切，密切到甚至让母亲产生某种重负感，她希望只要尽本分就好。

父亲又一次改变了原定的命运轨迹，以避免再次担任公职，他甚至还担心我对政治产生兴趣。下面还有一个重要细节：

我小时候住在外公家，外公是马耶讷省（Mayenne）夏多贡捷医院（hôpital de Château-Gontier）的主任医生。还是小孩子的我，每天上午陪外公去医院，下午陪他去附近农场。农场里的狗狂吠着冲向我们，外公打着皮绑腿，穿着结实的鞋，一点儿也不害怕。外公在患者及其家属面前的淡定从容和权威感令我着迷。从我最初有记忆起，我就一直梦想能成为一名医生。

1959 年我 17 岁，进入朱西厄（Jussieu）学院预备班。我的成绩不是最好的，一方面因为学院的教学过于学术化，另一方面也因为自己有点漫不经心。

虽然父亲银行事务缠身，社会交际和政治活动繁忙，但他总是随时过问我的考试成绩。让我惊讶的是，他（在我之前）亲自去看了学院张贴的成绩榜，以确认我的确成功走上了医学研究的道路。后来我才明白，他担心的是我会受到政治诱惑，甚至可能会投身其中。当天晚上，我看到他一副很放心的样子。他坚持让我自己证明自己。

现在我对此心存感激。从医学院一年级开始，我就发现自己身处另一个世界，没有政坛的喧嚣和新闻界的压力。我的选择避免了家庭被政治所绑架，从而保持了一贯团结快乐的气氛。我也找到了自己的发展方向。29 岁时，我通过了医学教师资格考试。15 年后，我进入部长办公室工作。1989 年，我当选欧洲议员。我已经逐渐成熟，并且保持了必要的独立性。

让我们回到 1959 年。正是在这一时期，父母开始与当代艺术家

（画家、雕塑家、音乐家等）和艺术评论家进行私人会面。他们对青年艺术家看得很准，去画廊的次数也越来越多，最早购买的有阿尔曼（Arman）、汉德瓦萨（Hundertwasser）、克莱因（Klein）的作品，后来，还有托马塞罗（Tomasello）、克鲁兹－迭斯（Cruz-Diez）、马夏尔·雷斯（Martial Raysse）……父亲还收藏自己喜欢的古典作家和当代作家作品的独特版本。母亲喜欢利用各种机会送给他这些珍爱的书籍，还送过一幅尼古拉·德·斯塔尔（Nicolas de Staël）1952年创作的著名小画《巴黎的屋顶》。父母对一切新鲜、美好和有创造性的事物都很有兴趣。这段时期他们的生活以追求艺术、访朋交友和兴趣分享为主。

父亲在与将军谈过几次话之后，再也无法拒绝接受新职务。

有一则轶事可以佐证。1960年，贝蒂纳河畔公寓要出售，价格非常合理。母亲非常高兴，劝父亲买下公寓。结果他不假思索地回答："要当总理的人不应该购买房产，除非他非常富有。"母亲对他斩钉截铁的态度感到失望，毕竟时代不同，时移俗易了……然而，现在对于我来说，我为自己没能继承这所享有盛名的公寓而感到骄傲。如果当时买下了这所公寓，父亲从跨入政界的那一刻起，一定会因此饱受争议。我的父母一直只是房客，后来只剩母亲时她依然如此。他们始终保持着精神上的独立。

也许是为了求得母亲的原谅，同年，父亲在洛特省靠近卡雅克的地方，购买了一栋破败的农舍。卡雅克是弗朗索瓦兹·萨冈（Françoise Sagan）家族的发源地。农舍地处山谷之上，风景秀美，周边是石灰岩高原，视线所及可以延伸至奥弗涅省的玛丽山（Puy Mary）。母亲被这个地方深深吸引，父亲也被征服了。父亲一直想拥有一块土地，在上面种植蔬菜和水果，再养一群羊……

这处房产说不上奢华，只是环境不错，可以看到媲美希腊的蓝色天空。农舍里有一个陈旧的蓄水池,可以收集雨水;还有一个游泳池,经过修葺之后,成了在这个乡间别墅短期度假时可供休息和放松之处。父母亲买了几只当地品种的母羊,田野里变得生机勃勃。他们特意邀请一些朋友前来做客,父亲负责拟定菜单。大家一起玩纸牌、打台球,这也是在奥维利埃住所的主要娱乐。此外,还可以游泳、打乒乓球。还有一群狗可以做伴,两匹骏马可供骑乘,可以在高原上自由驰骋。虽然工作占据了父亲大量的时间,然而我们的假日生活依然丰富多彩。他们有时会去参观当地为数众多的史前遗址和巨石堆。在朋友和家人的陪伴下,假日总是热闹非凡。后来,大家又前往布雷冈松相聚,换换环境。

如何才能平衡工作、家庭生活以及与亲朋好友相聚的时间安排,这日益成为父亲需要解决的难题。他觉得必须通过阅读和音乐才能滋养身心。正是在这一时期,他把对诗歌的热情付诸行动,出版了《法兰西诗选》(*Anthologie de La Poésie Française*)。

父亲与将军之间保持着多么理智的距离!然而他的理想是为国家效力,这样内心多少会有些烦恼。可能就是在这个时期里,父亲心中萌发了放弃一直努力避免受政治约束的想法。在历史转折点到来之前,通常有一个过渡阶段值得一提,它能够提供许多重要细节。

父母亲除了在奥维利埃度周末,在卡雅克和布列塔尼短暂度假外,也会去圣特罗佩(Saint-Tropez)。这座小城汇聚了许多时尚人士,拉扎雷夫[1]在卢弗西恩(Louveciennes)举办午餐会,邀请艺术家、政治家和知名人士参加,父母亲得以与这个星光闪耀、追求享乐和悠闲自得的阶层熟识。

父亲拒绝了将军任命他为财政部部长的提议,不过在米歇尔·

1　皮埃尔·拉扎雷夫(Pierre Lazareff)管理《法兰西晚报》(*France Soir*),他的妻子埃莱娜管理时尚杂志 *Elle*。

德勃雷的建议下,他没有与政界断绝联系。1960 年,他也拒绝了罗斯柴尔德集团邀请他当"合伙人"的提议! 这点可以作为证明。

将军让人告诉父亲,让他随时做好准备。他非常清楚在政府工作的艰难,没有接受将军的推荐。

1961 年,将军委托父亲完成一项秘密任务:在布鲁诺·德·勒斯[1]陪同下,与阿尔及利亚共和国临时政府(GPRA)的代表在讷夏泰勒(Neufchâtel)谈判。这个使命他无法拒绝。他与布鲁诺·德·勒斯分别收到一份由将军手写的内容相同的详细指令,他们须严格遵照指令行事。父亲在事后给将军的信中表示,他们严格执行了将军交付的指令。

在将军身边的小圈子里,有些人试图抹黑蓬皮杜,然而没能得逞。将军很快让父亲知道自己需要他。父亲得到了这个消息,但是母亲不愿提及此事,在她看来,从政之事已经结束。

四   1962—1968:担任将军的内阁总理

1962 年 3 月签订《埃维昂协议》后,将军召见父亲,要求他接受总理一职。

我对此没有感到吃惊。当天晚上在贝蒂纳河畔的家里,母亲像以往那样,心情忧郁,一言不发;父亲表情严肃,在客厅里踱步,沉默不语,好像要更好地领会将军的话。

几分钟如同几个世纪般漫长,父亲注视着母亲的脸,带着无限的温情,但他还是要做出有违爱人意愿的决定。"不应该拒绝这样的职

---

1   布鲁诺·德·勒斯(Bruno de Leusse),1961—1962 年间在国务部负责阿尔及利亚事务,担任政治事务和信息司司长,后担任法国驻外大使。

位,况且这是将军的意愿。"母亲听到后半句话后不再沉默,回答道:"如果必须这样的话。"但她接着说道:"我们还住在贝蒂纳河畔的家里。"原因显而易见。双方都感到,为将军效力就是为国家效力,这种责任感压倒了一切。

我对这个场景记忆犹新,因为所有的一切,瞬间被改变了,如同古典悲剧里的剧情,"某天,在某个地方……"。1962 年 4 月 14 日,父亲成为法国第二位戴高乐派总理,从此置身于政治舞台中心。虽然他对幕后政治了如指掌,但未必洞悉其中的奥秘。

将军是经过深思熟虑做出这个决定的,他早就希望自己最亲信的人能够在台前主事,于是力排众议,坚持让父亲同他一起推行他制定的政策。

我当时 20 岁,开始准备医学院考试。父亲让我住在圣路易岛的一间小公寓内,同住的是我高中的一位朋友,我们大学也是同系。我学习非常用功,每个上午都在医院度过,我既不读报,也不听广播,就像居住在另一个星球。

然而一切都改变了。父亲身边总有两位"保镖",母亲配备了专车,警察局局长充当她的司机。想与父母见面的时间总是与他们繁忙的日程安排相冲突,我对此难以适应。

我们约定除了在卡雅克度假外,全家每个周末都在奥维利埃一起度过。不过,我既不玩纸牌,也不打台球或门球,我在那里无所事事。我有自己的爱好——制作黏土雕塑。我的朋友们也都很少参与我的家庭活动,他们与政治、艺术、文化领域没有任何关系。父亲和我约定每周至少共进两次早餐。我们总是遵循相同的模式:父亲先花一刻钟翻阅报纸,搜索他需要的信息。然后合起报纸,温和地看着我问道:"你怎么样啊?"我们简短交流几句,然后各自忙碌。尽管他没对我多说什么,我还是能感觉到他有时比较平静,有时比较紧张,有时则非常懊恼，甚至愤怒。除了这些父子相处的特殊时刻外，马提尼翁宫的工作总是异常繁忙，政治新闻层出不穷。

总有许多曲折和反复、千头万绪的事情等待父亲做决定。他的很多同事后来和我回忆时说道：他们在这段时期内印象最深的事就是，每次带着要解决的难题走进父亲的办公室，出来时即便没有具体的解决方案，也已经有了明确的方向。

父亲在工作中才思敏捷、淡定从容、有条不紊。每天他要不停地从一个主题转向另一个主题，而每个主题都需要深入仔细地研究，这是他在日常工作中所面临的唯一难题。他对礼宾上的约束则以幽默的态度听之任之。他的个人生活因奥维利埃和卡雅克的假期而得以保留，他与母亲仍然保持着许多共同爱好，他们在周二公众闭馆日参观展览，还经常一起参观艺术画廊、拜访艺术家。他在处理每天带回家的文件时，总会在间歇时段欣赏音乐和阅读书籍。他最初只有一个公文包，很快增加成两个容量很大的棕色皮革公文包。

1962 年 8 月 22 日，在帕蒂-克拉马（Petit-Clamart）发生的袭击事件让父亲经受了一次考验，幸好得知戴高乐将军夫妇成功躲过一劫。美洲国家组织策划了一系列针对父亲的袭击，包括 9 月在奥维利埃的刺杀都被挫败。

除了在贝蒂纳河畔的家里共进早餐外，父亲在马提尼翁宫的时候，我与他也保持着联系。马德莱娜·内格雷尔（Madeleine Négrel）夫人帮了很大忙，在让·多纳迪厄·德·瓦布莱斯 1947 年赴突尼斯任职后，她就开始成为父亲的私人秘书。她是最早的戴高乐主义者，对父亲非常忠诚。她既熟悉将军身边的工作人员，也了解罗斯柴尔德银行的秘密。她一直跟随父亲工作，几乎是唯一能够快速辨识他字迹的人。她总是尽职尽责，把父亲的日程安排和公务活动告诉我。

我姑夫亨利·多梅尔（Henri Domerg）很早就为总理内阁效力。

他有教师资格,先后担任过教师和总督察。姑姑是文学教师,他们夫妻俩经常过问我的学业。

我念小学时,姑姑决定给我单独授课,她对我这样的小学生很有办法,知道如何吸引我的注意力。后来我从她教过的学生那里听到过同样的赞誉。

他们的孩子个个学业优秀。父亲把自己在蒙布迪夫的祖宅赠予我表妹,后来这所房子改建成乔治·蓬皮杜博物馆,作为对父亲的永久性纪念。

我们与亲戚的来往非常密切。祖父完成了一本西班牙语字典的编撰,他是一位正直善良的老人,天性乐观,对我疼爱有加。姑姑和姑父是孟戴斯派(1962年之前,他们总是与父亲争论不休,因为父亲在巴黎解放后放弃了自己的左派立场),但后来被为戴高乐将军效力的父母说服。姑父亨利·多梅尔是一位正直、严肃,甚至有些严厉的人,但与他相处十分愉快。他为国民教育做出了重大贡献。我成为医学院教师后,与他的交流更加随意自如。他接受了总理府顾问一职,尽管与总统府的同事雅克·纳尔博纳(Jacques Narbonne)相处不易,但他总是坚决执行父亲制定的政策。

我没有被卷入政治漩涡和亲信斗争中,更没有被牵扯到戴高乐将军与总理微妙的关系中。唯一一次与将军的私下接触是1966年在贝蒂纳河畔的家庭晚宴上,我当时是名青年助理讲师,在医学院教书,还没有进行论文答辩。戴高乐夫妇抵达后,我向他们致以问候,他们是当晚唯一的客人。在短暂沉默后,将军直接问我:“医生,当医生怎么样?”这是我在医院出诊之外第一次听到别人称呼自己“医生”。我立即做出详细回答,对话由此开始。这个伟大人物给人留下的深刻印象是,即使与他如此接近,也能感受到强烈的距离感。从那天起,我明白只有为他工作才能了解他,并在必要时说服他。我对父亲也更加钦佩。

这段时间内，我并没有意识到乔治·蓬皮杜和戴高乐将军两人之间的风格差异。将军相信父亲总能找到折中的解决办法，即便这种办法（完全）不符合将军的禀性。将军打算以积极的方式治理法国，推动国家朝他认为正确的方向发展。

父亲的目标与将军一致，但他对复杂局面的处理方式更加人性化，总是三思而后行。父亲在竞选时表现出优秀的辩才，在电视上展现了他的渊博学识和必胜决心，这些都散发出他与生俱来的人道主义魅力。

1945 年，父亲为拯救布拉西雅克（Brasillach）到处奔走，但没能成功。1962 年 4 月，他拒绝执行将军要求处决茹奥将军的命令，甚至不惜以辞去总理职务进行抵抗。在他的坚持和让·富瓦耶的支持下，将军最终听取了他的意见。

1965 年 3 月，父亲应当地邀请当选卡雅克市议员，他告诉母亲和我，自己不会加入任何政党。他想保持仲裁者的角色，偶尔也会偏离将军的路线。他在这一时期内获得了更多的独立性，在驾驭权力方面积累了更多经验。将军对此有些不悦，他没有把自己参加总统选举的决定告诉父亲。

1965 年，将军再次当选总统，对总理表示了信任。1967 年，戴高乐派在议会选举中险胜。成功后的父亲被自己的乐观主义天性蒙蔽，没有察觉顶层发生的变化。将军准备任命一位新总理，爱丽舍宫秘书长艾蒂安·比兰·戴·罗奇耶（Étienne Burin des Roziers）证实了这一点。但由于莫里斯·顾夫·德姆维尔在巴黎七区的竞选中失败，这个计划未能实施，父亲留任原职。虽然多数派在国民议会中不占优势，但父亲依然坚持既定政策，他工作毫不懈怠，比以前更注重自己的判断，并做出决定。

将军对此感到不满。

父亲在多年执政中逐渐培养起自己的权威感、判断力和行动力，并经受了 1968 年事件的考验，而他与将军之间的分歧也由此暴露出来。

五　1968 年危机和影响

关于 1968 年"五月风暴"的谈论和描述已经很多，父亲也曾对这场表现为文明危机的社会事件进行过深入分析（他的分析仍有现实意义）。1968 年夏天，父亲撰写了《难以解开的结》；1982 年出版了《恢复事实真相》，这本书是他于 1973 年完成的，去世后才出版，其中有一个章节专门介绍了 1968 年 5 月发生的事。

我在这里想引用这两本书的几个段落。其中一段是关于戴高乐将军的困惑："将军不明白，在繁荣的法国，这种觉醒和对改变的渴望会产生怎样的结果。"另一段清楚地反映了前总理、教师、人道主义者和这场让法国震撼的危机的分析家的所思所想："……如今，信仰倒退，妇女解放和科技进步盘根错节，导致道德自由化和对传统价值观的否定，所有藩篱已经消失，然而新的规矩尚未建立。……显而易见的是，对于那些勤于思考的人和大多数青年来说，社会的物资富足并不能满足人们的渴望，这也绝不是生活的全部意义。"

这场危机造成的一个影响就是，人们要求改变过于刻板的大学教育。对大学进行重组，改变青年的思想才是这场危机的诉求，远非只是一场社会革命那么简单，父亲认为必须得知道 1968 年"五月危机"到底带来了什么。

社会在这场危机中经历了阵痛，却没有发生根本性的变革。

共和国总统和总理之间的分歧很大程度上是因为他们的执政方

法截然不同。将军不愿做出让步,乔治·蓬皮杜总是采取灵活务实的解决办法。蓬皮杜敏锐的分析能力和决策能力,使他得以比所有前任都执政更久。他赢得了大众的欢迎,成为政客们的威胁。

除性情和个性不同,戴高乐和蓬皮杜所接受的教育也大相径庭。他们向自己下属下达的指令也各有不同,爱丽舍宫的指令是保守和"墨守成规"的,马提尼翁宫则是建立在教师职业性的对他人的尊重之上,且更加自由。1963 年后,甚至雅克·纳尔博纳与亨利·多梅尔都因此同蓬皮杜本人发生过争执。

亨利·多梅尔在 1962—1968 年间的笔记可以引证[1]。

在这段证词里,可以更清楚地看出,处理 1968 年事件时,戴高乐将军和内阁总理的意见存在分歧。由于这个原因,面对快速升级的暴力抗议,时任国民教育部部长的阿兰·佩尔菲特(Alain Peyrefitte)陷入无所适从的困境。蓬皮杜正在阿富汗和伊朗进行访问,不便联络,阿兰·佩尔菲特只得执行爱丽舍宫的命令。蓬皮杜回国后,已经难以做出彻底改变。

由于没有察觉危机爆发的深层原因,将军并没有意识到这场大学生危机的威力。尽管将军无法控制危机的蔓延,但态度仍然强硬。5 月 10 日,索邦大学[2]关闭当晚就发生了"街垒夜战"。米歇尔·若贝尔(Michel Jobert)事先向蓬皮杜发出预警,让他尽快回国。父亲回国后,立即说服将军重新开放索邦大学,以安抚民心。戴高乐将军非

1　乔治·蓬皮杜和雅克·纳尔博纳(爱丽舍宫教育事务顾问)不仅在原则问题上有争议,对各自的重要性也持不同意见。雅克·纳尔博纳受规划委员会影响,倾向于选择技术官僚,并限定行业人数,乔治·蓬皮杜则倾向于更加灵活的立场。关于中学教育问题,蓬皮杜曾说过:"别指望让我把年轻人关起来。"[见亨利·多梅尔:《乔治·蓬皮杜与教育:1962—1968—1974》(*Georges Pompidou et l'éducation*:1962-1968-1974)]。

2　即指当时的巴黎大学。1968 年法国学生运动之后,巴黎大学被拆分成 13 所独立的大学,沿用"索邦"称谓的为巴黎第一大学(先贤祠-索邦大学)、巴黎第三大学(新索邦大学)和巴黎第四大学(巴黎-索邦大学)。——中文版编辑

常沮丧,尽管想努力保持过去的活力,却心有余而力不足。将军承认自己累了。当戴高乐夫人在街上遭到粗暴袭击时,局势的发展已令他无法承受,他疲惫不堪,于是让内阁总理独自面对。

此时,我在医学院继续从事研究工作。5月11日,我从电视上看到父亲发表讲话。他神情凝重,态度坚决,宣布重新开放索邦大学,并颁布特赦令,以抚慰民心。讲话没有产生效果。冲突继续升级,从对社会的不满转向对政治的愤怒。

共和国治安部队(CRS)和宪兵在遭到袭击后,仍然保持克制。街垒战的组织者使用了无线电通讯和大马力摩托车,极其灵活机动,行动神出鬼没。治安部队则缺乏机动性,所接受的训练也不适应街战。面对骚乱,内阁总理通过设在马提尼翁宫的危机办公室与警察局局长莫里斯·格里莫(Maurice Grimaud)保持紧密磋商,亲自掌控着局势。

5月13日,巴黎举行了大规模示威游行,游行队伍涌向丹费尔-罗什洛广场(Place Denfert-Rochereau)。5月14日星期二,父亲在国民议会发表演说,但未采取行动。

当学生骚乱令舆论感到厌倦时,工会,尤其是劳工总联盟(CGT)号召的罢工使国家陷入瘫痪。

在整个过程中,父亲从未想过辞职。出于安全考虑,我们全家留在马提尼翁宫,28日在那里过夜。29日早晨8点半,我在早餐时见到了父亲。8时45分,国民议会议长雅克·沙邦-戴尔马来到餐厅报告:"坦克已经就位,只要下达命令就可以包围市政府。"父亲跟他打了招呼,请他坐下来喝咖啡,告诉他这一军事部署并非为了立即执行任务,沙邦随即迅速离开。我感到惊讶,询问父亲为何议长如此紧张,父亲幽默狡黠地一笑:"不必担心,他可是想当总理的人!"

一上午过去了,我们一直在收听广播,这是母亲和我唯一的信息来源。

我们简单用过午餐,大约 14 时 30 分,我正在陪母亲喝咖啡,父亲从旁边的办公室过来,步入客厅。他脸色苍白,几乎说不出话。母亲担心地问道:"乔治,你怎么了? 事情不顺利? 你不舒服吗?""不是……将军失踪了! ……"沉默片刻,母亲接着问道:"他是怎么走的?""坐直升机去了科隆贝。他出发前给我打过电话,告诉我他要离开,并说拥抱我。之后就没了消息,军方也找不到他的行踪。"

内阁总理再次陷入孤立无援之境。父亲感觉自己从 1945 年开始追随的人于公于私都抛弃了他,把他丢给一个走投无路的政府。连将军的目的地都不知道,该如何向公众宣布将军的出走? 父亲不是"落井下石之人",更不会借机发动"政变"。在经过最初的忧虑和失望之后,他平复了情绪,决定拖延时间,等待时机。(他在回忆录中写道)"重要的是使舆论感到没有出现任何不正常的情况……我让人宣布,星期四的部长会议后,我要对议会发表一项声明。为了以防万一,我还让人联系电视台,告知当晚我有可能发表电视讲话……在安排好这些防范措施后,我只能等待。"这时,武装部部长皮埃尔·梅斯梅尔(Pierre Messmer)打电话告诉父亲,已经发现将军乘坐的直升机朝巴登-巴登方向飞去。我们通过各种记录,特别是安德烈·拉朗德(André Lalande)将军(总统的私人参谋长)的记录得知,马絮将军在改变戴高乐将军的决定中发挥了重要作用。戴高乐将军在这趟旅行后重新焕发精神,恢复了活力。18 时 30 分,将军打电话给内阁总理,语气坚定,表示他会返回,并主持第二天的部长会议。父亲接完电话后,我感觉他轻松了许多,母亲和我也放下心来。

将军似乎准备放任事态发展,他缺乏信心,无论是对自己,还是对他最信任的人。父亲被将军"随意"对待自己的态度激怒,不过还是全力以赴应对危机。父亲写了封辞职信,表示如果将军同意解散议会,他可以考虑继续留任。与此同时,内阁总理连续进行了超过 36 小时的昼夜谈判。分管社会事务的爱德华·巴拉迪尔(Edouard Balladur)在与工会代表达成《格勒奈尔协议》(*Accords de Grenelle*)的过程中发挥了不可低估的作用。

5 月 30 日,将军在电台发表了立场坚定的讲话。成千上万的巴黎人涌向香榭丽舍大街。父亲决定坐镇马提尼翁宫,以免游行失控或发生对抗事件。

显然,将军的电台讲话引发了 5 月 30 日的大规模示威。如果没有内阁总理运筹帷幄,维持秩序,在冲突中最大限度地确保稳定,示威游行不会进行得如此顺利。危机的化解充分体现了将军和内阁总理之间的相互配合。然而,两人之间的关系早已今非昔比。

父亲不仅感到疲惫,也非常失望。他想辞职,休息一下。虽然他自己想从中解脱出来,但是周围人的不断推动和家人怕他因此失掉颜面的担心,令他犹豫不决。他知道自己对化解这场危机所起的重要作用:"在五月的那些日子里,我经常参加讨论,对全国发表讲话,在议会演讲,与工会、政治家们对话。在广大民众眼中,那时是我在支撑局面。"将军也在犹豫,他避免与总理谈论任何实质性的问题。贝尔纳·特里科(Bernard Tricot)在爱丽舍宫告诉父亲,将军对顾夫·德姆维尔非常倚重,有意让他取代父亲。父亲整晚没有睡着,对问题的方方面面进行了思考。第二天他给贝尔纳·特里科打电话,说自己决定留下来,后者感到很尴尬。中午时分,贝尔纳·特里科打电话告诉父亲——"将军大声嚷了起来:'真糟糕!事情已经无法挽回了!我已经建议莫里斯·顾夫·德姆维尔担任总理了。'"

7 月 10 日,将军任命他一年前就考虑过的顾夫·德姆维尔担任总理。将军在当天致蓬皮杜的信中写道:"亲爱的朋友,请相信,不管您到哪里,我都愿意与您保持特别密切的关系。最后,我希望您做好执行任务的准备，以便有朝一日承担国家委托于您的任何使命。"

父亲感觉很心酸，他与将军曾经那么亲密。7 月 22 日，他写信给经常联系的弗朗索瓦·莫里亚克（François Mauriac）："显然，我辞职的想法和将军要独掌政权直至引退之日的愿望相吻合。……我更希望他一开始就把话说清楚。但是，以我对他的了解和钦佩，我不会不知道，也不得不承认，他从未向任何人真正吐露过心声。"

父亲成功地走出了 1968 年"五月危机"，经受住一场真正的烈火洗礼，然而却付出了与戴高乐将军决裂的代价。他在遗作《回忆录》中写道："突然间，我觉得自己受到了伤害。我内心十分震动。我们之间的关系原来只不过是一种临时的职务关系，而并非一个伟大人物和一个完全忠诚于他、勤勤恳恳地以自己全部才干为他服务的人之间的特殊关系。"

几个月后，乔治·蓬皮杜身陷困境。

30 年前，他与妻子克洛德相识，从此他的生活充满乐趣；1945 年他与将军相识，在这位杰出人物身边工作，曾赋予他存在感。然而出乎意料的厄运即将到来。在竞选总统的过程中，发生了马尔科维奇案件，这是一桩想要玷污他妻子的名誉从而削弱他的影响力的事件，将军的有意疏远加速了事件的升级。之后又有一场意想不到的疾病等着他。

六　1968—1969：对抗厄运

父亲经历了精神和肉体的双重考验，他决定全家去布列塔尼度假，放松一下心情。母亲如释重负，在卡纳克（Carnac）租了一套房子，全家人在那里团聚，重现了在奥维利埃度周末时的那种气氛，享受着海水浴场、海产、鲜鱼和其他当地美食。

父亲的牙龈开始变得脆弱,这是血液中血小板数目偏低造成的。他除了感觉劳累,并无其他症状,所以只是注意多休息,并没有采取任何措施,回到巴黎后才进行了一次全面检查。

父亲到了卡纳克才终于能够抛开纷繁复杂的 1968 年事件。我看到他饶有兴致地阅读赫伯特·马尔库塞(Herbert Marcuse)的著作《单向度的人:发达工业社会意识形态研究》(*L'Homme unidimensionnel*)。赫伯特·马尔库塞是美籍德裔的黑格尔派哲学家,他认为社会的富足必将导致社会的封闭和压抑,因此必须打破枷锁。这本书刚被译成法文,对这场学生运动起到了一定的煽动作用。父亲告诉我,马提尼翁宫审查了让-吕克·戈达尔(Jean-Luc Godard)的电影《中国姑娘》(*La Chinoise*),他被导演的预见性震惊。电影突出展现了法国社会正在发生的变化。

父亲对这场危机的分析不只限于阅读马尔库塞,1969 年他还撰写了一篇关于当代社会的评论,文中阐述了他对这场危机的第一感觉,但过去这一直都是保密的。他与几位密友探讨过此事,其中一位才华横溢的年轻编辑向记者们透露了这篇文章,但有关消息被封锁起来。1974 年 5 月,父亲去世之后,《难以解开的结》一书随即出版,其中的见解如此公正且引人注目,直到今天依然吸引着很多读者。它对这场学生运动和社会不同阶层的未来进行了阐述。这是一部完全意义上的政治著作。

在这一时期,我很少与父亲讨论。他对过去的事情不做解释,也不做评论,就像有所忌讳,他必须忘却所有的失望、愤怒和希望的幻灭。然而,他在吸取以往教训的同时,已经做好迎接未来的准备。

只有一件事让我感到惊讶,那就是父亲再也没有考虑过重返罗斯柴尔德银行或是在任何私营部门工作。他有解决危机的能力,但是在政治上遭到孤立,只能处于蛰伏状态。他不得不面对缺乏认同的挑战,但还是决定继续在全国范围内从事政治工作。度假回来之后,体检结果也让他放了心。父亲恢复了体力,重新充满了战斗力。与此同时,还有一件对他至关重要的事,那就是我成家了,他希望我们能够幸福愉快地生活。这再次展现了他的乐观主义,他总是鼓励别人追求幸福。

然而,他的命运即将面临挑战。由于他深得民心,再加上他在政治上愈加成熟,国内便出现了一些反对他的人。各种政治利益集团联手,企图阻止父亲成为总统候选人。父亲做好准备,等待"时机到来",他并不急于一时。

新总理发表第一份声明时,乔治·蓬皮杜是以康塔尔省议员的身份出现在国民议会的坐席上。多数派议员向他致以经久不息的掌声。后来他说:"无须否认,当时我表面平静,其实内心很激动。"短短一句话表露出他的性格,既从容淡定,又情感炽烈,这种性格使他分析问题时多了一个角度。

父亲知道应当如何保持距离,如何自我排解,如何把兴趣转移到文学、艺术、创作和宗教等其他事情上,这些都是他的优势,他还具有迅速抓住问题本质的天赋。

父亲与自己的亲信以及一批最忠诚的合作者搬进了拉图尔-莫堡大街(Boulevard de La Tour-Maubourg)的办公室,面积虽小,但很舒适。经常出入其间的除了雅克·希拉克[1],还有米歇尔·若贝尔、爱

1　雅克·勒内·希拉克(Jacques René Chirac),法国著名右翼政治家,曾任法国总统、法国总理、安道尔大公。1932 年 11 月 29 日出生于法国巴黎科雷兹镇的一个富豪家庭(独生子)。1951 年考入巴黎政治学院,后在国立行政学院和美国哈佛大学暑期班学习。希拉克曾于 1977—1995 年间 3 次连任巴黎市长,并于 1995 年 5 月第一次当选为法兰西第五共和国的第五任总统。之后,又在 2002 年 5 月连任。希拉克是一个为中国人所熟悉的名字。作为戴高乐将军政治遗产的继承者,他在中法两国关系的发展中留下了自己的深刻印迹,造就了中法关系的黄金十年。

德华·巴拉迪尔、玛丽-弗朗斯·加罗（Marie-France Garaud）、皮埃尔·朱耶、西蒙娜·塞尔韦（Simonne Servais），此外还有一直追随父亲的私人秘书马德莱娜·内格雷尔，以及行动果断的安妮-玛丽·迪皮耶（Anne-Marie Dupuy）。

我曾去那里找过父亲几次。整个团队团结一致，为参加总统选举做着准备，这让我非常震惊。

一切都已准备妥当，只等发动政治进攻，然而马尔科维奇案件却在此时爆发了。尽管这场风暴已经发酵了几周，但当消息传到蓬皮杜团队耳朵里的时候，每个人还是大吃一惊，无法相信，希望这只是一场阴谋陷害。父亲则是偶然从以前的一位同事让-吕克·雅瓦尔（Jean-Luc Javal）那里获知这件事，这位前同事经常参加"城里的宴请"。这个消息也得到了内政部部长雷蒙德·马塞兰（Raymond Marcellin）办公室主任皮埃尔·松韦耶（Pierre Somveille）的证实。

在与皮埃尔·松韦耶见面后的当晚，父亲把我叫到一边。他声音阴沉，流露出受到伤害的眼神，让我想起1955年那个他担心失去妻子的日子。"我刚得知一件卑鄙的事，有人企图通过抨击我夫人的品行以在政界除掉我。"我问他："您准备怎么办？""我要和他们斗争，决不容忍这种行为，我可以为此杀人，我必须报仇。"这些话只是他一时情感压倒理智的宣泄。我并不打算澄清这一可悲事件的复杂情况。父亲最为珍视的诚实品质遭受攻击，他努力找出推动事件迅速演变为阴谋的主使者。

父亲掌握权力后，对情报部门进行了重组，确保情报工作不被卷入诉讼，避免发生像在这起案件中被政治目的利用的情况。

父亲无法忍受外界对他夫人的质疑和道德贬低，但他表面上很快就恢复了平静。父亲和他的亲信意志坚定，成功地还原了事情真相。这实际上是一起凶杀事件。他在《回忆录》中对同事们的忠诚和积极介入表达了敬意，尤其是玛丽-弗朗斯·加罗法官、负责与媒体打交道的西蒙娜·塞尔韦，以及发挥了独特作用的雅克·希拉克。

在挑衅面前，母亲也没有退缩，她等待媒体风暴自行平息。事件结束后，他们都已伤痕累累。这场斗争损害和动摇了他们对戴高乐将军及其周围人的忠诚与信赖。他们发现，很多部长在整个事件中默不作声，既没有对他们予以提示，也没有提供任何帮助，有些人甚至还助长了谣言。顾夫·德姆维尔没有任何表态，这种行为本身就是背叛。将军的态度也让人深感失望，他对父亲希望他做出澄清的各种请求置若罔闻。后来无论是私人会面，还是在与米歇尔·德勃雷夫妇一起出席的小范围晚宴上，他们都无法恢复双方之间的信任。将军没有保护曾经的下属，可能是希望这位被他视作未来继承人的最佳人选，能体会到"被人戴上嚼子的感觉"。"五月危机"后，将军的态度变得暧昧不清。

父亲认为这次针对他夫人的攻击对他造成了很深的伤害。他努力从这场阴谋中全身而退。在这段时期，他的行动越发坚定，他下定决心，一定要获得别人企图从他那里攫取的位置。然而他没有对将军及其行为怀有怨言，也没有加入任何可能会阻碍自己行动的政治集团，他始终坚定地沿着将军确定的道路前进——为了将军，也超越了将军。

父亲与一些记者保持联系，他在罗马表明了自己的立场，并对将军的恪守职责表示敬意，完全没有提及将军之前的失踪事件。一旦时机成熟，父亲将以总统候选人的身份出现，这已经是顺理成章的事情。他的罗马讲话在巴黎记者的评论下产生了放大效应，被解读为总统候选人宣言。法新社（AFP）驻罗马记者罗贝尔·芒然（Robert Mengin）写的一篇快讯，引起广泛关注，父亲认为这篇文章"令戴高乐将军不悦，也庸俗化了我的本意"。

虽然出了这个"意外事件",父亲还是向美国驻法国大使主动提起这段讲话,后来在日内瓦也重述过。对某些政治大佬的手腕,他绝不示弱。但他的目的不是要赶走将军,而只是要守住自己的地盘。

有件事可以证明这一点:尽管父亲认为举行全民公投既不合理,也不合时宜,但还是投了"赞成票"。父亲始终忠诚于将军,尽管将军埋怨他因过早宣布成为候选人而令其失去了一些选票,但大多数国民还是希望由蓬皮杜接替戴高乐。

本为抹黑前总理候选人资格的马尔科维奇案件,却产生了两个与此相反的结果:

一是增强了蓬皮杜成为戴高乐将军继承者的决心。蓬皮杜对将军的态度感到失望,被顾夫·德姆维尔的行为刺伤,但他更加坚定信念,决心斗争到底,积极争取中间派和左派的支持。他在坚持戴高乐主义的同时,注意对戴高乐主义的继承和发展,以适应法国社会的期望。

二是蓬皮杜被推到了公众视线下。除了来自同一阵营内部某些政治人物的敌对,蓬皮杜在民众中的支持率很高,这也招致了卑鄙恶毒的攻击,反对派的头面人物甚至不惜使用卑劣手段。

公投的失败以及戴高乐将军的辞职拉开了总统选举的序幕。由于参议院议长阿兰·波埃也是候选人,因此选战异常艰难。蓬皮杜第一轮得票率为45%,遥遥领先。1969 年 6 月 15 日,他以 58.2% 的得票率当选为共和国总统。

七 1969—1974:未完成的总统任期,宿命终结

就职典礼当晚,我与家人待在一起。父亲临睡前亲吻了我,并说

道：“现在我是孤家寡人了。”

在对涉及整个国家的事务做决定时，他只能依靠自己的判断。

1970 年戴高乐将军去世后，这种感觉陡然变得更加明显。“法国成了寡妇”，父亲在向法国人民发表讲话时如是说。他痛苦万分，内心深处有种孤儿的感觉。即便有些事情在 1968 年 6 月至 7 月间已经过去了，但是在将军身边的那些岁月是无法抹杀的。戴高乐夫人以及布瓦西厄（Boissieu）将军夫妇在悲伤之余，给了他安慰与支持，填补了他日后的情感空白，缓解了他强烈的悲伤之情。

戴高乐与蓬皮杜，两人天生个性强烈，相互取长补短，配合默契，虽然最终关系破裂，但是父亲从 1945 年起始终是将军的忠实追随者，后来又担任了将军的总理，全身心投入到捍卫国家利益的事业当中。后来，父亲的个人风格越来越明显，但他从来没有质疑过戴高乐将军确定的大政方针。

雅克·沙邦-戴尔马的经历、地位和政界朋友的支持，使他顺理成章地成为总理。他身材魁梧，风度翩翩，知道如何取悦媒体，如何与议员打交道。他擅长交际，但做事寥寥，说得总是比做得好。

父亲与家人不讨论政治，但有时也听家人聊聊那些他认为值得注意的事。他经常被迫承受着巨大的心理压力，哪怕压力只是暂时的。最常见的情况是，父亲受到攻击，这反而让他的精神压力得到释放。

我曾问过他与雅克·沙邦-戴尔马关系如何。他说这不是问题的根本所在，“新社会”也不是关键。他认为，与将军希望推行的“参与”政策一样，沙邦及其顾问虽然反复强调“新社会”的重要性，却没有提出明确的原则和坚实且可持续的基础方针。某天我们一起乘车时，他大发脾气，向我吐露说，他的总理总是一副挑衅的样子，还很有演员的天赋，他感到非常厌烦。这已经说明了一切。对他的信任和愤怒，我没有发表任何评论。但这已经充分说明父亲与总理的密切关系不会持续很长时间了。

1972年6月，父亲告诉我："我需要一个可以完全信任的人担任总理，皮埃尔·梅斯梅尔是最忠诚可靠的人选，他会大吃一惊的。"

在人身攻击的考验和行使权力的过程中，父亲的态度越来越强硬。虽然强硬，但也很脆弱。仿佛知道剩余时间不多似的，他变得很容易失去耐心。然而，他依然不出纰漏，意志坚定地履行着自己的职责。

1972年，父亲的身体出现巨球蛋白血症[1]的初期症状，他更加需要值得信赖的人留在身边。考虑到父亲的年龄，医生只针对症状进行了治疗。由于当时医学知识所限，无法准确探知他的病因。尽管他的免疫力降低，很容易受感染，但是经过治疗，能够得到很大缓解。

让·贝尔纳（Jean Bernard）教授是著名的血液病专家，父亲的私人医生让·维尼卢（Jean Vignalou）教授曾向他咨询。维尼卢是老年医学专家和优秀的全科医生。经过全面检查，两位医生认为经过适当治疗，并且随时观察的话，病情可以控制。他们为父亲繁重的公务活动感到惊讶，为了让父亲保持乐观，我们决定不向他透露疾病名称，况且这种疾病在当时还知之甚少。由于无法预测病情的发展，缺少针对性的治疗，两位医生难以就病情向国家元首做出解释。因此，他们决定以"骨髓生成不足"为由，这既便于理解，也能够避免父亲不必要的恐慌。

1　一种罕见疾病，1944年瑞典医生让·G.瓦尔登斯特伦（Jan G. Waldenström）对此有过描述。这是一种骨髓造血功能减退的病症。具体来说，就是由于淋巴细胞增生，导致瓦尔登斯特伦"巨球蛋白"过度产生，影响血小板的形成，造成凝血功能异常。在50岁以上的病人身上，这种疾病发展缓慢，并且难以预测。与淋巴瘤性质类似，但目前专家对病因尚不清楚。

两位医生商定,如果他们当中任何一人认为总统的身体状况已经妨碍到他行使职责,他们会及时向总统报告诊疗详情。

有些人认为,甚至宣称(尤其在国外),父亲的病情影响到了他的智力。事实恰恰相反,他在 1972—1974 年间所采取的对内和对外政策都可以驳斥这种说法。

父亲对他的医疗团队非常信任,对母亲也同样如此。当我后来从医生那里得知真实情况时,我认为他们的决定不仅合情合理,而且也有助于父亲保持必要的体力。我的作用就是每次在他感觉不安或沮丧时,让他树立信心。

我现在仍然清楚地记得两个细节。

1973 年,总统与亲信们进行过一次商议,一改最初的打算,准备在本届任期结束后,将总统任期由七年缩短为五年。总统认为,这样他就可以从容不迫地实现连任。然而,他的健康状况极不稳定,影响到设想的实现。

父亲的行为变得难以捉摸,因为他对人与人之间的关系心存疑虑。

大概是为了向我打探他的病情,有一天早上,他向我谈起五年总统任期的想法:"我想把总统任期缩短为五年。这样做有几点好处,我也可以在 1976 年参加竞选,准备连任。你认为呢?"我马上回答道:"这真是一个好主意。"他没再多问,继续阅读报纸。我想我的回答让他重获希望。然而,出于政治方面的原因,任期缩短为五年的想法没能实现:提案必须由国会五分之三以上的议员同意才能通过,但最终没能成功。

几个月后,父亲血液中的血小板数量显著减少。他大吃一惊,开始焦虑:"我的病好不了了。"实际上,他只是想得到确认:他一定能轻而易举地战胜病魔。很快他就与往常一样,乐观主义战胜了焦虑。经过治疗,他的血小板指数恢复了正常。在这种情况下,也就没有必要指定继承者。

感冒和支气管炎反复发作,免疫力缺乏,父亲一直在与病魔带来的不便进行抗争。[1]《健康公报》对他的病情做了详细记录。他从未因病耽搁政府工作,也没有影响出访活动,1973 年 5 月他与理查德·尼克松(Richard Nixon)在雷克雅未克(Reykjavik)会晤,1973 年 9 月与毛主席在北京会谈。

从 1974 年 2 月起,父亲出于使命感,以极大的毅力与令他万分痛苦的内痔做斗争,但他还是按照约定,于 1974 年 3 月 13 日在皮松达(Pitsounda)与勃列日涅夫(Brejnev)会晤。负责日程的外交官告诉我,会谈一分钟也没有推迟。

尽管病症发作愈加频繁,但父亲依然使出浑身力气对抗疾病。在他离世的六天前,他还在内阁会议上宣布:“我信心很足,但还要麻烦你们大家……”爱德华·巴拉迪尔的会议记录令人震惊。[2]

1974 年 3 月 27 日,内阁会议第二天,他决定去奥维利埃休息。3 月 31 日晚间,一个痔疮脓肿破裂引发败血症。4 月 1 日星期一,父亲开始高烧不退,他被送回巴黎家中,传染病医生被紧急招来会诊,进行必要的治疗,防止感染扩散。在与父亲交谈过后,爱德华·巴拉迪尔想尽一切办法调整了下周日程,晚上在我们贝蒂纳河畔的住所待

1　面对这种险恶且基本不了解的疾病,除了身体上的不适以及常人都会有的不便,父亲的行为堪称“模范病人”。他严格遵照医生的要求:在轻度化疗的常规治疗之外,辅以对症治疗,可的松的剂量由医生定期调整。与坊间传言相反,父亲从未自行调整过服药剂量。我要强调的是,他从来没有出现过大出血。在对病情进行讨论(尤其是通过电话)时,可能会把“血液”和“出血”相混淆。

2　参阅由时任爱丽舍宫秘书长爱德华·巴拉迪尔起草的最后一次部长会议纪要,见本书 506 页。

了一段时间,以备父亲的不时之需。

　　4月2日星期二,皮埃尔·朱耶要求见总统,并提交一份据他说极其重要的文件。我在爱德华·巴拉迪尔的陪同下与皮埃尔·朱耶见了面。我看着痛苦万分但意识清醒的父亲,说道:"皮埃尔·朱耶在外面,他有一份重要文件要交给你。""告诉他我现在在医生手里,等我好些了,我要去卡雅克休息几天,等我回来再见他。"皮埃尔·朱耶于是带着公文包走了,没有见到总统。

　　不久,父亲的体温急剧上升,高烧使他失去了知觉,生命体征逐渐消失。

　　母亲在隔壁房间。她并未抱有幻想,但对医生表现出极大的信任。

　　母亲陪在父亲身边,可以带给他不可或缺的精神安慰,当她再见到他时,他已经离开了人世。她痛不欲生,但没有哭泣,也没掉眼泪。

　　医生起草了一份声明,详细说明了病情,称父亲是被并发症夺去生命的。母亲对此强烈反对,她要求对病情绝对保密。

　　她和父亲是密不可分的伴侣,这是保护他们私人生活的方式。很久之后,父亲所患的疾病才被公布。

　　有些人觉得医生对诊疗结果闭口不谈很奇怪。用母亲的话说,"根本记不住父亲得的病的名字"!更重要的是,在20世纪70年代的法国,向患者通报准确病情还不是通行做法,这是为了维护医疗机构的独立性。美国与此不同,医生和病人之间的关系更加直接。自19世纪80年代起,随着医疗模式和治疗记录的完善,法国的这种做法已经发生改变,治疗过程中需要家庭的参与,而患者更是重要参与者。在法国,医疗信息的保密受法律保护,不过在实践中并没有那么严格。2004年,法国制定建立个人医疗记录(病人和家属不能查阅)的法律;2009年,该法律规定,记录只能用于医疗目的,直到最近才可以随意查询。[1]

我认为,父亲得的是一种罕见的疾病,当时还不清楚病因。他知道自己使用可的松的剂量越来越大,但他相信这是在医生的可控范围内。两年前刚出现症状时,医生无法对病情发展做出预测,于是决定不把病情告诉父母亲,这绝对是个正确的决定。现在,对于得同样疾病的患者来说,他们的治疗条件要好得多;而在当时,即使是国家元首,也必须接受相对更加痛苦复杂的治疗。

现在回想起来,父亲很可能是因病情发展过快而离世的。医生们使出浑身解数对付疾病,在治疗效果良好的情况下,他们尤其不愿

1 关于戴高乐将军,在这里有必要提及他于1955年面临健康问题时的情况。

1994年11月16日,阿兰·拉康(Alain Lacan)医生和让-弗朗索瓦·勒迈尔(Jean-François Lemaire)医生在德格拉斯谷医院(Val-de-Grâce)举行研讨会,主题是"戴高乐和医学"。研讨会上,保罗·米列(Paul Milliez)教授演讲的题目是"1955年3月11日那一晚"。

1955年,在戴高乐基金会和色伊(Seuil)出版社两大机构的指导下,研讨会论文结集出版(合刊:《圆滑的掩盖者》)。这本刊物准确重现了1955年发生的事。

在这一年,将军刚刚按计划接受了白内障手术,术后他出现不适,血压突然下降。当时,人们联系不到他的私人医生安德烈·利希特维奇(André Lichtwitz)。

医院让保罗·米列教授立即进行适当的治疗。将军的病情得到了控制。

但是,保罗·米列在检查时发现了一个动脉瘤。这与眼疾没有关联,但对将军后来的健康影响很大。第二天,两位医生在将军身边碰面。

两人经过深入协商,他们一致同意不向外界透露任何情况。这一决定得到了充分的尊重,即使在1958年将军重新掌权后也是如此。

动脉瘤在15年前已经确诊,但直到1970年才发作。

如果戴高乐将军当时就得知患上这个致命疾病的话,情况会怎样?

他会同意置之不顾,重返政坛?

历史的方向可能会彻底改变。

在将军离世多年之后,保罗·米列根据当年撰写的现场笔记,四次回忆过这件事,包括:1980年《自由的医生》(色伊出版社)、1986年《我的信念》(格拉塞出版社)、1989年《我的希望》(奥迪尔·雅各布出版社),以及在此之前,1976年的一篇评论手稿,作为1955年笔记的补充。

这些记述中有两个基本信息点:虽然保罗·米列发现了动脉瘤,但他把是否告知将军或其家人的决定权交给了将军的私人医生;安德烈·利希特维奇决定保密,保罗·米列同意他的决定。

无论这样做对1955年以及之后产生过怎样严重的影响,他们的初衷都是为了严格遵守医疗信息保密的规定,这也是当时人们的普遍想法。

预测病情的发展。然而,最后几个月里,状况频发,虽然父亲大脑的功能没有受到影响,但很可能对他们的中期预测构成了挑战。

实际上,父亲之所以没有要求更详细的病情说明,有两方面的原因:一是他的抵抗力很强,不希望外界知道他的病情;二是他得了败血症的消息不胫而走会使他很生气。

尽管父亲的外貌有些变形,身体忍受着几乎无法承受的痛苦,但他还是坚持履行职责,直到生命的最后时光。他不仅要捍卫戴高乐主义的遗产,而且要使自己为国家所做的各项工作保持延续性。

1974 年 4 月 2 日晚间,法国所有国家电视频道都中断节目,插播"共和国总统病逝"的消息。父亲驾鹤西去的消息震惊了法国民众。人们虽然知道他身患疾病,面容变形,但他的强大信念和决心使民众产生了某种"群体麻痹"。出于对总统的爱戴,他们都不愿相信总统会这么快去世。记者们发现舆论不想对这个消息反应过激。整个法国显得很平静,大家都避而不谈,这既是对曾经勇敢对抗疾病的逝者的隐私的尊重,也是由于当时还难以了解这种病情的发展过程。这个消息突如其来,所有人都惊呆了,没有人质疑官方声明中准确全面的陈述。大多数法国人,无论政治立场如何,都把父亲的去世视作一个巨大损失。直到父亲下葬并在巴黎圣母院举行完安息弥撒后,政治活动才重新恢复。

37 年后,在父亲诞辰 100 周年之际,法国电视二台播出了一部由让-皮埃尔·盖兰(Jean-Pierre Guérin)担任制片人、皮埃尔·阿克尼纳(Pierre Aknine)担任导演的纪录片。剧本是虚构的,演员们演技出色。影片中提到了父亲所患疾病的名称,但这已无关紧要。这部影片让法国民众更好地了解到已逝总统曾以过人的勇气和责任心恪尽职守,直到生命的终点。影片彰显了这位伟人高尚、勇敢、内敛的性格。

让我们再回顾一下当时的情景。我独自一人与总理皮埃尔·梅斯梅尔见了面，当时家人、同事和亲朋好友都不在场，我交给他一个信封，里面放着法国开启核武器的密码，父亲生前总是把它挂在胸前，从不离身。

1972年，父亲曾在布雷冈松起草过一份遗嘱，他在附件中写道，死后要葬在奥维利埃，在圣路易昂勒教堂（Eglise Saint-Louis-en-l'Île）举行弥撒，咏唱格列高利歌调的圣歌，仪式只邀请亲朋好友参加。

为了完成父亲的遗愿，我们决定举行两次宗教仪式。一次是在奥维利埃的圣路易昂勒教堂举行的下葬仪式，之后在当地公墓的协助下进行了火化。另一次是两天后在巴黎圣母院举行的盛大弥撒，参加人员包括各国首脑和政要、议员以及所有希望向他致敬的民众团体。

结　语

父亲出身平民家庭，智力超群，性格复杂，洞察力强，行动低调谨慎，为人内敛谦逊。这些性格特质只有在他与家人和儿时伙伴相处时才会完全展现出来。他坚定乐观、热爱生活、幽默风趣、时而尖锐，这些构成了他充满人道主义精神的性格。他对周围的人信守诺言，体贴友好，关爱备至。

父亲的一生始终对人类的苦痛充满怜悯之情，他曾在某次电视新闻发布会结束前，就记者提出的有关加布里埃尔·吕西耶事件的问题,引用艾吕雅的诗句予以回答。在这个事件中,加布里埃尔·吕西耶与自己的一名学生发生了不伦恋情,最终在舆论的压力下以死谢世。

父亲深爱诗歌,追求生活中的一切和谐之美:乡间小路的曲径通幽、抑扬顿挫的语调、行云流水的画笔、才华横溢的画作、对伟大作品的冥想。

他热爱一切生机勃勃、推陈出新、能够促进文化、社会、科学和工业进步的新鲜事物。他对新生事物投注了极大热情。

我看不出他有唯我独尊的野心,或许因为他与生俱来的低调谦逊和对现实的敏锐判断,他总是对旁人所遭受的苦难怀有恻隐之心。

他喜欢开动脑筋,对此驾轻就熟。他对美食虔诚有加。他追求简单的愉悦,喜欢与人分享,不断追求幸福。终其一生,他始终在为家人、朋友以及法国民众生活的不断改善而努力。他一生戒奢戒欲,从不说谎,我认为这对他来说是再平常不过的事情。他还有许多不可多得的品质,对亲朋好友态度自然忠诚,为人内敛,勇气过人。

阿兰·蓬皮杜

1

生命启航
1928—1934

都灵,1933 年

　　本章收录的文献几乎全部都是乔治·蓬皮杜致朋友罗贝尔·皮若尔的信函,从中可以窥探这位未来的共和国总统的早期生活状况。通信始于1928年,其时乔治·蓬皮杜年仅17岁,铺陈在他面前的是似锦前程。他的祖上是奥弗涅地区的农民,1911年7月5日,他在康塔尔省蒙布迪夫呱呱坠地。父亲莱昂·蓬皮杜是名小学教师,后来当了西班牙语教师。母亲玛丽·路易斯·夏瓦尼亚克(Marie Louise Chavagnac)也是小学教师。乔治·蓬皮杜很早就显露出天赋异禀。受家庭熏陶,他3岁就读书识字,不久即开始斩获奖项。他如饥似渴地阅读,但老师发现他学习并不用功。

　　他的学生时代完全印证了老师的看法。他在1929年希腊语全国比赛中获得第一名,后来却因对科学和过时的语言[1]这样的科目兴趣索然,未通过高中会考。但他并未因此而消沉,在图卢兹上了一年文科预备班后,他几乎包揽了当年所有科目的桂冠,获得希腊语、拉丁语、历史、古代史和德语课程的五个第一,法语作文名列第二。这样的好成绩让他轻松进入法国最负盛名的路易大帝中学巴黎高师预备班。同班同学中有勒内·布鲁耶、保罗·居特、未来越南驻法国大使范维谦以及列奥波尔德·塞达·桑戈尔。

　　这一时期的乔治·蓬皮杜对社会主义的热情有目共睹,众人皆知,他也从未试图掩藏自己的态度。本章收录的文献展现了他对社

　　1　过时的语言,如拉丁语和古希腊语这些死语言。——译者

会主义的热情和忠诚。他反对极右行动，态度有时甚为强硬，这在他的一些信件里有所体现。此外，他于 1930 年 4 月 1 日在《共和国大学》(*L'Université Républicaine*)发表的文章也表明了他的观点，他当时为这份"共和及社会主义大学行动联盟"的机关报服务，基调是强烈反对莫拉斯[1]。众所周知，他后来担任共和国总统时，曾猛烈抨击拉丁区那些自称是"法兰西行动"的学生。

乔治·蓬皮杜在文化方面的品位尤为突出。他兴趣广泛，热爱经典，在其他人还未发现普鲁斯特这位文坛巨匠时，就已经对普鲁斯特十分倾心。他还广泛涉猎了当代作家和艺术家的作品。他认为当代文学不够繁荣，这与那些自认为身处人才辈出时代的人们的观点相悖。他喜欢时髦的表达方式，还购买了马克斯·恩斯特的《女人头像百图》。

乔治·蓬皮杜通过了巴黎高师入学考试，我们在前面已经提到他的成绩。他在巴黎高师度过的时光对他的教育和前程都至关重要。这段时光的重要性在许多文章中都有所体现，其中最突出的一篇文章是他多年后为阿兰·佩尔菲特的书《乌尔姆街》作的序。本书在附录中收录了这篇序言。乔治·蓬皮杜承认在这座智慧的殿堂里，他的独立精神得以充分发展。他对一切充满好奇心，喜欢外出，与各类哲学圈子和政治圈子保持着距离，似乎他所做的一切都是在为未来担任政府要职做准备，尤其是他还旁听了巴黎政治学院的课程，这似乎更能说明问题。不过最终他还是转向了教育。1935 年，他获得文学教师资格考试第一名，在圣迈克桑(Saint-Maixent)服完兵役后，被任命为马赛圣夏尔中学教师。

此间，他的私人生活也发生了改变。在最初那段时间里，女性是他的生活重心。他曾向女演员瓦伦丁·泰西耶寄出热烈的求爱信。

1　夏尔·莫拉斯是法兰西行动发起人。——译者

1933 年，用他的话说，就是在合适的时间遇到了克洛德·卡乌尔。她的父亲是夏多贡捷市医院的医生。1935 年，他们举行了婚礼，本章收录的文献可以佐证婚姻在他生命中的重要性。

埃里克·鲁塞尔

乔治·蓬皮杜致罗贝尔·皮若尔函

皮若尔老兄：

[……]¹

和我说说你最近都在忙什么吧。我跑步、钓鱼、打猎，对这些都很痴迷。如果这么继续下去的话，我怕是要变成职业运动员了。我的希腊语和拉丁语有点儿退步了，父亲为此十分恼火。他说我待在书房里的时间太少，还好他不知道我待在书房里干吗，其实我把大部分时间都用在写信上了！就像现在这样！！

就此搁笔了，老兄。代我问候你的母亲和妹妹。向你的朋友们致意。再见。

乔治·蓬皮杜

1928 年 8 月 8 日

乔治·蓬皮杜致罗贝尔·皮若尔函

皮若尔老兄：

中午收悉你的来信。我现在在历史课上给你回信，鲁博²在哇啦

1　此为原书编者对书信选编内容所做的删减省略。因书中信函有段落内省略与段落间省略，为作者书写时所做省略，故以[……]与其区分。——中文版编辑

2　阿尔方斯·鲁博（Alphonse Roubaud），巴黎路易大帝中学的历史教师。

哇啦地讲着对我完全没用的东西,他就是照本宣科,根本没法和加德拉[1]的课比。

　　你可能不相信我念书如此不用功,但你说的没错,我的热情已经开始消退。我在课堂上倒是能专心一会儿。我经常出去玩,周日全天和周四下午,我一般什么都不做。晚上五点到八点是学习时间,有时也会干点儿别的,我总能为没有好好利用学习时间找到借口。总的来说,我学习还算努力,虽然时间花费不多,但你知道我学得很快。法语成绩已经公布了,我得了 11.5 分,应该排在七八名。这个成绩不太理想,但也还过得去。法语不是我的强项,我都不知道勒南(Renan)是谁,我付出的努力与对自己的要求相距甚远。如果用功的话,我想应该能进前五名。……以法语这门课的成绩来看,我还是有机会的。总体而言,我想我应该很可能会被录取,不过进不了前几名。

　　我已经交了拉丁语和希腊语的译文,等成绩出来后再告诉你。后天还要交一篇拉丁语论文,以前从来没有觉得这么难,这次成绩肯定会很差。我们刚刚补了课,我虽然觉得挺烦,不过肯定是有帮助的,可以学会如何在口试中正确地即席作答。

　　［……］

　　这儿没有什么新鲜事。我每天吃饭、睡觉、学习。学校饭菜还可以。面包特别棒,比在图卢兹吃得好。

　　总体来说,我觉得有点儿烦,经常灰心丧气,不过我还是相当用

　　1　图卢兹中学的历史教师,乔治·蓬皮杜曾在《恢复事实真相》(法文版 13—14 页)中描述过这位教师并强调了他对自己的深刻影响:"他是法国西南部拥护共和政体的一分子,一个热情的爱国者,脸部曾在 1914—1918 年的战争中受过伤。"

功（比去年努力多了）。

[……]

代我问候各位朋友。

乔治于巴黎路易大帝中学

1929 年 10 月 16 日

乔治·蓬皮杜致罗贝尔·皮若尔函

老兄：

[……]

我读了蒙泰朗（Montherlant）、马拉美（Mallarmé）和瓦莱里（Valéry）等人的许多现代作品。我还摘抄了瓦莱里的一些章节，圣诞节时带给你。我刚刚重温了《如死一般强》（*Fort comme la mort*），这本书精彩绝伦，非常震撼。我还要和你聊聊于思曼（Huysmans）的《逆天》（*À rebours*），书圣诞节时可以借给你。你争取比我先到阿尔比，这样我们就能充分利用好我的假期。我们可以去巴黎高师图书馆（la biblio de la Sup），用十天看上三十本书！然后一起聊天，咱们肯定有很多话题要聊，也可以一起学习。

[……]

我有没有告诉你我的希腊语得了第十七名呢？凯鲁[1]很偏心，还有点儿凶。我的拉丁语成绩排名第三，得了 14 分，这是截至目前我得到的最高分数。我有把握通过考试，一定能被录取，不过

1　加斯东·凯鲁（Gaston Cayrou, 1880—1966），大学教员，著有《适用于词尾变化的拉丁语法》（*Grammairelatine à l'usage des classes terminales*）。

至少要吸取上次的教训。明天要考作文,我还一眼都没看呢,每天照样外出。

[……]

老友:乔治·蓬皮杜

1929 年 11 月 19 日　　星期二

乔治·蓬皮杜致罗贝尔·皮若尔函

亲爱的朋友:

[……]

你不认识 B.B.[1],我对此不甚遗憾,她是值得一交的朋友。她非常有趣,思想自由,腼腆真诚,自尊心很强。我尤其喜欢她的腼腆。我以前说过有些女子腼腆害羞,而有些女子却聪明大方。

[……]

我希望有机会的话你能对她有更多了解,她绝对值得你结识。

[……]

我今晚准备出门。B.B.的哥哥待人热情,对我总是赞不绝口,我对他没有任何怨言。她母亲也很欣赏我。现在还剩最后一步,就是俘获 B.B.的心,然后是让她父亲让步。我觉得最有趣的是,所有一切都可能随时随地砸在我手里。这真是太刺激了,我不知道该怎样做,干脆直接杀死我得了。我绝不能在离目标如此接近时失败!

你能料到我的成绩,最近公布的考试成绩:拉丁语论文,11 分,第 10 名;历史,8.5 分,第 24 名。历史考试之所以取得这样“优异”的成

1　乔治·蓬皮杜儿时的一位女性友人,现在无法确认其身份。

绩,有多方面的原因:一是我没有检查答卷;二是开考后两小时我就交了卷,为的是去见 B.B.,这让老师非常恼火。

[……]

再见。

1929 年 12 月 10 日　星期二

乔治·蓬皮杜致罗贝尔·皮若尔函

老兄:

[……]

最近诸事不顺,我很消沉。身体疲惫不堪,功课成绩也很糟糕。我刚过了哲学口试,考了 11 分,第 13 名。昨天的拉丁语考试,我在译文中犯了一些愚蠢的错误,刚从考场出来我就意识到了,而且错误可能不止一个。我心里很烦,知道今年要失败了。我所见的未来只有痛苦和平庸。说起来这很可笑,但我烦得很。

[……]

你知道吗?布鲁姆和邦库尔[1]已经吵得不可开交了,因为邦库尔

1　约瑟夫·保罗-邦库尔(Joseph Paul-Boncour,1873—1972),律师,政治家,多次担任部长,1932 年 12 月—1933 年 1 月担任法国内阁总理。社会党人,1924 年辞去塞纳省(Seine)议员,竞选塔恩省(Tarne)议员,1928 年再度当选。作为工人国际法国支部成员,同年成为国民议会外交事务委员会主席。在政府参与和军事信贷投票问题上与工人国际法国支部产生分歧(社会党人反对),1931 年脱离工人国际法国支部,之后当选为卢瓦尔-谢尔省(Loir-et-Cher)参议员。1940 年 7 月,作为 80 位持反对意见的议员团主席,他拒绝授予贝当全权。

想发起对国防的投票。他们的朋友都参与进来,双方以侮辱性词语相互攻击,布鲁姆甚至想上手去抓邦库尔。如果下次开会有一部分人分裂出去,我也不会感到意外。我相信,邦库尔的理由充分,布鲁姆和他的团队太夸张了。布鲁姆虽然很有才华,可惜他与塞韦拉克[1]和莫雷尔[2]站在一边。

没有其他新闻了。期待你的来信,我会再写信给你。记得先回我这封信。就此搁笔。

1930 年 1 月 7 日　星期二

乔治·蓬皮杜致罗贝尔·皮若尔函

好脾气的朋友,鉴于我昨天刚给你写了信,今天就开门见山,对你提出的有关社会主义的演讲,我说说我的构思。我认为应该分成三部分。首先介绍理论。其次,我会指出社会主义的优越性,诸如缔造和平。这里可以举例说明,譬如社会党人面对爱国主义者(引证饶勒斯的话),有时甚至当沙文主义者(1914 年的德国人)冒犯他们的时候,他们都没有怒气冲冲,仍然坚持和平主义,法国右翼报纸还为德国社会民主党上台执政感到欢欣鼓舞。最后,我会切入正题,批判资本主义(资产、财产继承、对工人的压迫,等等),对社会主义政权只做大致模糊的介绍,对策略战术的介绍则要具体详细:非暴力,多数

1　让-巴蒂斯特·塞韦拉克(Jean-Baptiste Séverac,1879—1951),工人国际法国支部副秘书长(1924—1940),图瓦兹中学的哲学教师。他支持保罗·富尔(Paul Faure),是和平主义社会党人。

2　阿代奥拉·孔贝尔-莫雷尔(Adéodat Compère-Morel,1872—1941),政治家。1905 年加入工人国际法国支部,1909—1936 年担任加尔省(Gard)议员。1920 年,在结束图尔省议会任期后,他追随布鲁姆留在工人国际法国支部,负责《民众报》(Le Populaire)的行政管理。1940 年赞同维希政府的投降政策。

人的胜利,避免少数人利用"革命力量的发展"夺取政权。我还会用几句话表明我希望实行参与制。不过,我会以邦库尔的说法指出,社会党内阁会变成"民族救亡委员会",我认为如果资产阶级力量施压时,我们可以"质疑其合法性"。[1] 这部分我会以展望社会主义的伟大前程作为结束语(饶勒斯语录:要超越社会主义一点儿也不难,等等)。这是既能满足人类的物质需求,也能满足伟大人物崇高追求的建立在科学和唯物主义基础之上的社会。但物质是确保理想主义信心的重要方式,这是广大选民、工人及其代表、精英知识分子的想法。我会指出社会主义现代工业取得的成就,以及众多改革措施的进展(增强政府干预、罢工权、工作时限,等等)。

这样,把演讲聚焦在批评、战术、理想主义和科学价值上,对成果可以轻描淡写。

必然会有人提出异议,说出"这根本不可行"那样的话,你或是进行辩论,或是"即兴"发表第二篇演讲,列举所有已经取得的成果。你

---

[1] 1930 年 1 月,乔治·蓬皮杜刚满 18 岁,他在巴黎路易大帝中学上预备班,为参加巴黎高师入学考试做准备。他的儿时朋友罗贝尔·皮若尔在准备图卢兹文学教师资格考试,需要撰写一篇关于"社会主义"的论文。

蓬皮杜成长所处的时代对他产生了很大影响。他父亲是饶勒斯派社会党人,祖父是农民。父亲当上了教师,与一位女教师结了婚。1914 年,父亲应征入伍,在战斗中受伤,之后重新入伍,1918 年再度执教,后来成为阿尔比副市长。乔治当时七岁,他对父亲充满敬意。因此,从少年时代开始,他就成为让·饶勒斯的忠实支持者。1895 年,让·饶勒斯当选卡尔莫市议员,距离阿尔比很近。当地一家玻璃器皿厂的工人被集体裁员之后,在饶勒斯的支持下,成立了一家生产合作社。在此背景下,乔治·蓬皮杜深受影响,他在巴黎高师读书时一直是共和及社会主义大学行动联盟的积极分子。

1930 年 1 月,乔治·蓬皮杜沉浸在让·饶勒斯的政治信念中。1 月 8 日的这封信并非他的政治立场,只是帮助皮若尔完成论文的一些建议,而且这封信的语言表达使用了法语条件式时态,以表示假设。从这封信已经能够看出蓬皮杜这位未来的总统思路清晰,善于教导人。

他肯定社会主义是"非暴力,多数人的胜利",但必须避免少数人利用"革命力量的发展"夺取政权。他援引社会党议员保罗·邦库尔的两个原则,这在当时是一种政治模式。邦库尔认为如果资产阶级力量施压的话,成立由社会党导向的"民族救亡委员会"会导致机构运行的合法性遭到质疑。

这些建议显示出青年蓬皮杜及其家庭的政治信念。在坚持社会主义信仰的同时,也很务实,这在他后来从政的过程中一以贯之:他目标明确,但为了国家利益可以务实灵活。这既是蓬皮杜的个人风格,也是他青年时期社会主义信仰的烙印。

可以指出在这方面取得的立法进步，可以提一下澳大利亚的不俗表现，可以引用法学家狄骥[1]有关"必须承认立法越来越多地受到社会主义影响"的说法，也可以谈谈比利时工人的团结一致，可以指出在股份有限公司越来越多的今天，谈论老板对公司的影响是多么愚蠢，你可以随心所欲地说说阿尔比玻璃工厂[2]的工人们的出色表现和令人羡慕的和平共处，反正也没什么人知道，等等。

　　你可能会说，所有这些都不算什么。然后，你来个华丽转身。你接着讲讲社会主义制度（此处可以从饶勒斯那里寻找灵感），指出社会主义不是国家专政，而是"对个人权利的最高确认"（饶勒斯），引用布尔热[3]（社会主义激发了个人主义欲望）和其他人（社会主义摧毁了个人主义）自相矛盾的评论作为证据。你可以指出在工业领域，社会主义制度几乎已经实现，需要做的只是让工人们成为股东，分享收益，而不是交给那些对公司知之甚少的董事会来决定，他们只会把钱存入银行获取利息。你可以指出社会主义是如何保护个人财产的（尤其是农民的财产），只有在资本主义，财产才会受到攻击。你可以指出不考虑技术细节的话，从根本上实现社会主义，就是废除继承权。你可以指出这将是今后的发展方向，在批判继承权时可以引用沙莱[4]的观点，他在这方面有很好的论述。

　　"如果你不相信社会主义是可以实现的话，为何会如此害怕呢？"最后，你以雄辩的口才展现社会主义的美好、正义和辉煌，这个社会

　　1　莱昂·狄骥（Léon Duguit, 1849—1928），法学教授，著有《宪法论》（*Traité du Droit Constitutionnel*, 1930 年）。

　　2　1895 年，塔恩省卡尔莫玻璃厂在集体裁员后关闭。不久之后，工人们打算自己开设工厂。在卡尔莫市（Carmaux）议员让·饶勒斯的支持下，特别是在《图卢兹快报》（*La Dépêche de Toulouse*）发起的联合签名的提倡下，工人们获得了成功。这个工厂逐步转变为工人生产合作社。

　　3　保罗·布尔热（Paul Bourget, 1852—1935），作家、评论家、法兰西科学院院士、传统主义代表，他的著作几乎无一留存。

　　4　费利西安·沙莱（Félicien Challaye, 1875—1967），社会党活动家、反殖民主义者、和平主义者，战时赞同维希政府的投降政策。

仍然保留等级区分,然而这种区分的标准是才干而非金钱。你再次讴歌社会主义的前进步伐,然后结束演讲!!!

　　精彩的演讲结束,我也要就此搁笔了。尽快给我回信,好好润色你的演讲稿。

　　顺致我的诚挚友情。

乔治·蓬皮杜
1930 年 1 月 8 日　星期三

乔治·蓬皮杜致罗贝尔·皮若尔函

　　你真是个可怜爱唠叨的家伙!

　　我觉得你夸大了我对 B.B. 的漫不经心。我其实早已妒火中烧,或许是因为我觉得只有充满嫉妒心才能更好地感知爱情吧。当然,必须先有爱情,才会产生妒意。我被她的自然随性所吸引,你知道,她太优秀了……

　　[……]

　　你如果见过她穿着晚礼服出现在剧院的样子,一定会认为她完美极了。她的时尚独具风格,身材曼妙,健康性感。她的秀发、耳朵、鼻子,还有美妙的手臂和眼睛……说实话,她在我心中已经被神话化了,不能拥有她让我备受煎熬。

我觉得 A [1] 有点儿"外省人"的感觉。你明白我的意思，我不是嫌弃她有南部口音这类事情，这些毛病我也有，谢天谢地！我所说的"外省气"是说她太过天真，思想有些狭隘，有点儿包法利夫人身上的那种浪漫主义，夸张而矫情；有点儿欧仁妮·德·盖兰（Eugénie de Guérin）身上的布道精神。她心灵美好，聪明伶俐，非常善良，但就是走不出自己的井底世界，我得把她招至麾下，对她进行改造，开启她的想象力，打破她思想上的条条框框。此外，她既不优雅，也不苗条。我很难为这样的女人驻足。而且，她不是很漂亮，我对她没有丝毫欲望。如果我和她结婚的话，只能等我到 25 岁之后，已经玩够了，混过政界和文学圈之后才有可能，A 对政治和文学完全不了解，她做梦都想不到那样的生活。政治于她无非是市政选举，文学于她只是拉马丁（Lamartine），她在这些领域对我没有丝毫助益。

［……］

没有比女人更美好的存在，没有比女性身体更曼妙的事物。风流浪荡在理论上不错，但实际上，千万别让自己太受折磨，当然要想受折磨，先得爱上才行。

［……］

我正在读《向普鲁斯特致敬》（*L'hommage à Marcel Proust*），里面都是关于普鲁斯特的文章。精彩极了！复活节时我会把书带给你。普鲁斯特对一位即将远行的朋友说："我的朋友，我很伤心，因为你要离开我了，而我即将把你遗忘。或者说那个将你遗忘的另一个我即将来临。"好家伙！他似乎拥有奇特的记忆力、金子般的心、对女性的异样柔情，还有令人惊叹的洞察力，他能读懂别人的内心。

1　　乔治·蓬皮杜儿时的一位女性朋友，至今无法考证。

我花了 7.5 法郎,买了本几乎全新的《如果麦子不死——纪德自传》(*Si le Grain ne Meurt*),这本书的定价是 17 法郎,不过我实在是没钱了!!!复活节时我把于斯曼的《逆天》也借给你,这本书"很了不起"(hénaurme [1])。

[……]

再见。快点回信。

乔治·蓬皮杜

1930 年 1 月 13 日　星期一

乔治·蓬皮杜致罗贝尔·皮若尔函

亲爱的老友:

[……]

现在谈谈我吧。这也许听着有点自私,但肯定很有必要,因为如果我一直说你,你一直说我的话,我们就永远无法了解彼此,更别说理解对方了。我写信是经过严密构思的,我会先谈政治,然后谈爱情。

政治方面?我强烈建议你购买《民众报》(*Le Populaire*),上面刊登了议会会议纪要和 1 月 27 日周一全天的情况。过程惊心动魄,议

1　此处 hénaurme 一词在法语中不存在,正确拼写应为 énorme,发音与 hénaurme 一致,是乔治·蓬皮杜特有的表述方式,所以在译文处加了引号。——译者

员间相互谩骂。少数派的王牌在所有核心机关,包括秘书处都有自己人,秘书处的总书记保罗·富尔[1]、副秘书长埃米尔·卡恩[2]挤走了无耻之徒塞韦拉克[3]。不过其他人可没这么听话。此外,齐罗姆斯基[4]和勒诺代尔[5]之间的仇恨,勒巴[6]的狡猾奸诈,保罗·富尔由于处在塞韦拉克下风而出言不逊,邦库尔的怒火中烧,这些你都可以看看图片。1月27日星期一的《民众报》尤其对迪阿[7]和保罗·富尔之间关于迪阿发表的短小声明所引发的争吵颇感兴趣。不过,《民众报》回避了两件事,一件是齐罗姆斯基和勒诺代尔之间关于与非社会党报纸合作的事,另一件是对多数派提案的强烈反对。杂志对这件事情的报道极其糟糕,我会讲给你听的。勒巴和布拉克[8]非常精明,他们以堂而皇之的理由,在决议中略微提到:"特殊情况下由国民议会

1　保罗·富尔(Paul Faure,1878—1960),政治家,在两次世界大战期间担任工人国际法国支部领导人。1924—1932年担任索恩-卢瓦尔省议员,1938年再度当选。1936年担任莱昂·布鲁姆内阁的国务部部长。他是坚定的和平主义者,对纳粹的危害估计不足,赞同维希政府的投降政策。

2　埃米尔·卡恩(Émile Kahn,1876—1958),拥有大学教师资格,人权联盟领导人(1953—1958年担任主席),支持殖民统治,赞扬传播文明的行为。

3　参阅1930年1月7日信函。

4　让·齐罗姆斯基(Jean Zyromski,1890—1975),社会主义政治家、工人国际法国支部左派人物、"社会主义战斗"(La Bataille Socialiste)流派领导人,1945年加入法国共产党。

5　皮埃尔·勒诺代尔(Pierre Renaudel,1871—1935),工人国际法国支部全国领导人、饶勒斯的亲信,后来脱离马克思主义,成为改革派。1933年加入由迪阿和马凯为首的新社会主义运动,后脱离该运动。

6　让·勒巴(Jean Lebas,1878—1944),社会主义政治家,1912—1928年担任鲁贝市(Roubaix)市长,建立了一个市级社会党。1919年当选议员,1936年担任莱昂·布鲁姆内阁劳动部部长。他以严厉著称,1940年后加入抵抗组织,后被驱逐出境,在异乡去世。

7　马塞尔·迪阿(Marcel Déat,1894—1955),巴黎高等师范学院毕业生,记者。1926—1928年以及1932—1936年间,担任工人国际法国支部代表。20世纪30年代初起,成为新社会主义流派领导者之一。在法国被占领时期担任全国人民联盟(Rassemblement National Populaire)领袖,第三帝国支持者。1944年担任拉瓦尔内阁的劳动和民族团结部部长,后逃往西格马林根。他被缺席判处死刑,使用假名藏匿,最后在都灵附近的一个修道院结束了一生。

8　亚历山大·马里·德鲁索(Alexandre Marie Desrousseaux),又称布拉克(Bracke)或布拉克-德鲁索(Bracke-Desrousseaux,1861—1955),社会主义政治家,巴黎高等师范学院毕业生,以第一名的成绩通过文学教师资格考试。1912—1924年担任塞纳省议员,1928—1936年担任北方省议员,是盖斯德派(Guesdist)重要人物之一。

或国家宪法委员会三分之二以上选票通过方可。"你明白他们的伎俩了吧。他们已经预先设定赞成职工分红制的议员获胜，希望以三分之二的多数票迫使其他人接受这一结果，使提案被无限延迟。不过斯皮纳斯[1]起身质问道："你们是要用三分之二的多数票向我们施压吗？"他像对聋子说话一样大声地抗议。穆泰[2]、奈热朗[3]和欧内斯特·拉丰[4]加入他的阵营，勒巴不得不打退堂鼓，建议改为"大多数"。一片嘘声！！随后保罗·富尔决定以退为进，提出加上"在被确定为特殊情况下"的建议，才被大家接受。还有许多其他插曲。菲厄[5]想把塔恩省的所有职位都交给少数派。但是，塔恩省的少数派中有人反对职工分红制。奥德省的一个家伙站起来强烈抗议。总体而言，国民议会极其暴力和混乱。保罗·富尔说："我们这是在打仗。"他还说，议员们离开的时候"紧握拳头"。最后会议结束时间一到，孔贝尔-莫雷尔[6]便迫不及待地宣布散会。

双方或多或少都有些不光彩的举动，但主要还是那些反对职工分红派在兴风作浪，他们想以三分之二的投票方式进行独裁，结果不是多数派平息下来，就是发生分裂。邦库尔的态度异常保守，他在会议开始就发表了干脆坦率的讲话，直击布鲁姆，要求保障国防。你还记得我给你讲过的布鲁姆和邦库尔之间的事吧？

1 　夏尔·斯皮纳斯（Charles Spinasse, 1893—1979），政治家。1924—1942 年担任科雷兹省（Corrèze）工人国际法国支部代表，1936—1937 年担任国民经济部部长。他是和平主义者，支持维希政权，1945 年后被工人国际法国支部开除。

2 　马里于斯·穆泰（Marius Moutet, 1876—1968），律师、社会主义政治家。1919—1928 年担任罗纳省议员，殖民地事务专家，自由党支持者，1940 年 7 月反对授予贝当全权的 80 位议员之一。

3 　马塞尔·埃德蒙·奈热朗（Marcel Edmond Naegelen, 1892—1978），文学教授和社会主义政治家，战后担任过议员、部长和阿尔及利亚总督。

4 　欧内斯特·拉丰（Ernest Lafont, 1879—1946），政治家，1914—1936 年担任工人国际法国支部代表。

5 　路易·菲厄（Louis Fieu），1919 年担任卡尔莫市总顾问。

6 　参阅 1930 年 1 月 7 日信函。

　　这家伙做事考虑周全。在国民议会期间,他给我发了邀请函,邀请我参加星期四的会议。谁能想到,他居然还记得我!!!

　　我开始参与一些政治事务。这是我感兴趣的事情,也是能让我忘记爱情(还有功课!!!)的唯一事情。我加入了共和及社会主义大学行动联盟。这是一个左派联盟,主张比较温和,因此比社会党派学生的发动面更广,与法兰西行动也不同。

　　除此之外,我还加入了一个在全球都有分支的秘密团体"唯一战线"(Le Front Unique)。这是一个非常革命的组织,可以结识革命派的知识分子,我尽量多学多问。我越来越认为巴黎的社会主义过于妥协。议员们非常粗暴,勒诺代尔在国会讲台上当场被嘘。

　　我申请入党了。明年我就是青年社会党员和社会党大学生了,如果我考入巴黎高师,我会尽量有所作为的。

　　[……]

　　再见。

乔治·蓬皮杜

1930 年 1 月 30 日　星期四

乔治·蓬皮杜致瓦伦丁·泰西耶函[1]

小姐：

　　我深知这封信将会淹没在无数信件中。但我对此毫无怨言，因为我很清楚您的身份，您有无数崇拜者。我不敢奢望能得到您的回复，虽然您的只言片语都会让我幸福不已。既然我得到回信的机会不大，我想请求您给我一张您的签名照。这样，我就可以随时看到最美丽的阿尔克墨涅了。如果说阿尔克墨涅是希腊最美丽的女人，那您就是最美丽的阿尔克墨涅，您扮演的阿尔克墨涅戴着长长的面纱，有一双清澈而勾人魂魄的眼睛。小姐，对于我这样的一介书生，您就是美丽、智慧和诗歌的化身。我谨借此机会，向您致以我对您的祝福和爱慕之情。请伸出您的纤纤玉手，接受我恭敬的轻吻。

乔治·蓬皮杜

路易大帝中学预备班一年级

巴黎五区

1930 年 3 月

　　1　这封信曾被公开拍卖。20 世纪 90 年代，莫里斯·舒曼拍下这封信并送给克洛德·蓬皮杜。

乔治·蓬皮杜致瓦伦丁·泰西耶函 [1]

瓦伦丁·泰西耶夫人

《山丘》杂志(*La Colline*)

维埃纳省(Vienne)利古热(Ligugé)

夫人:

当我得知您还记得我曾向一位在《安菲特律翁38》中有过出色表现的伟大女演员表达过崇拜之情的幼稚举动时,请相信我为此很感动。

我谨向您在选举期间对我的支持致以谢意,并将铭记在心。

女士,请接受我崇高的敬意。

乔治·蓬皮杜

1969 年 8 月 5 日于巴黎

乔治·蓬皮杜致罗贝尔·皮若尔函

亲爱的老友:

[……]

我很清楚爱情与其他事情一样愚蠢。实际上,只有一件事让我

1　莫里斯·舒曼是瓦伦丁·泰西耶的朋友。乔治·蓬皮杜当选总统后,他曾转交一封演员瓦伦丁·泰西耶的贺信。这封信是乔治·蓬皮杜写给瓦伦丁·泰西耶的回信,以感谢她的忠诚。

感到满意，那就是艺术，其他事情都愚蠢至极。不幸的是，我们在生活中似乎必须相信爱情、无私、幸福、财富、美德和政治这些事情。

[……]

你怎么样呢？在忙什么？我想你应该烦得要死吧，图卢兹的生活太无聊！！在这儿，我们至少还有不少消遣，政治如火如荼，左翼和右翼吵得不可开交，布鲁姆和保罗·富尔怒不可遏。塔尔迪厄[1]是个"厉害"角色，简直是个无赖！此时此刻，他应该正在读部长声明，他应该能赢得多数派的同意，但最终还得被参议院驳回。无论如何，如果现在举行选举的话，一定会很棘手。

[……]

我变得越来越聪明了，把问题看得很通透，这是路易大帝中学预备班学生的共同命运。这里有些出色的家伙值得结识。

[……]

乔治·蓬皮杜
1930 年 3 月 5 日　星期三

[……]

我已经安然度过厌女症危机。我觉得有必要与高雅的"已婚女性"来往。这种情况在这里是很常见的，有几个原因：首先，和这类女性在一起，我不用装腔作势，由于她年长于我，可以引导我，放任我，厌倦我；其次，已婚女性总是精益求精的。实际上，我现在越来越放

1　安德烈·塔尔迪厄(André Tardieu, 1876—1945)，政治家、巴黎高等师范学院毕业生(以第一名成绩考入)。1914—1924 年担任塞纳-瓦兹省议员，1926—1936 年担任贝尔福地区(Belfort)议员(民主联盟，右翼偏中倾向)。1919 年巴黎和会期间曾是克列孟梭的左膀右臂，三次担任政府总理(1929 年 11 月—1930 年 2 月，1930 年 3 月—12 月，1932 年 2 月—5 月)。他对美国极其推崇，努力实施基于基础设施建设(港口、铁路、公路)的大型工业装备计划，推行农村电气化。他希望减少政党数量，加强政府权力，建立全民公决制，这一改革后来对戴高乐将军有所启发。塔尔迪厄的行事方式是典型的巴黎人风格，他希望模仿美国模式，但最终在舆论中沉沦。

荡颓废，对一切事情都感到厌倦，甚至都懒得动。我体会到"不愿接受"的必要，这也许是你所不该了解的事情，但沉醉在一个女人的怀抱里的确是件美好的事，而且，这是只有已婚女性才能给予的。年轻女孩会让人很快心生厌倦，因为她总想被征服，对于爱情来说，被动要比主动好。我在巴黎的生活一团糟，我要从十月开始改变。哎！如果我能进入巴黎高师就好了。遗憾的是，要想我在口试中交好运，如同让我在笔试中交厄运一样困难。我预感明年会和今年一样，我好像没法努力学习。

　　算了，还是不去想它了。咱们谈点别的事情吧。你给我讲讲发洪水的情况吧。阿尔比人是不是深受其害？你没有考虑大学留级吗？否则我将永远都赶不上你。继续参与政治活动吧，不要理会那些社会党学生，他们在图卢兹肯定很疯狂。

　　法共宣布要组织一次大游行，昨天我去街上看了，空空如也。连一个游行者都没有！！！倒是有几百名警察。我被两次拦住查看证件。幸亏我带着学生证。《人道报》（L'Humanité）、塔尔迪厄和夏普[1]都对此冷嘲热讽。什么政府啊！昨晚，塔尔迪厄已遭多数派否决，所幸的是没有碰到信任危机。解散议会势在必行，左派已经提出要求。社会党肯定会赢得法共的二十多个席位。

　　其他没什么事可说了。尽快给我回信，只有你的来信能带给我愉悦。复活节临近，再过一个多月，我就能坐火车去找你，和你度过一段美好时光，不过咱们还得努力学习。

　　快点给我写信。

好友

1930 年 3 月 7 日　星期五

　　1　让·夏普（Jean Chiappe，1878—1940），1927 年担任警察局局长。从布努埃尔（Bunuel）的《黄金时代》（L'Âged'or）一书开始实行审查制。1934 年被爱德华·达拉第（Édouard Daladier）免职。

乔治·蓬皮杜致罗贝尔·皮若尔函

老兄：

我和以前一样，还是在课堂上给你写信。我去卡纳家上历史课，我们以甫斯特尔·德·库朗日 1 的著作为蓝本，内容很吸引人吧？不过，我还是听不进去。

昨天收到你的来信，内容有些乏味。我发现你的生活实在是太老套了，我的生活也差不多，没有什么大事发生。学业上，乏善可陈。感情方面同样如此。我想以正在谈恋爱说服自己，不过没有效果。

［……］

我必须告诉你，看完《安菲特律翁 38》后我兴奋至极。我给瓦伦丁·泰西耶写了信，她饰演阿尔克墨涅非常成功。她给我回了信，邀请我到她的化妆室见面，还给了我一张珍贵的亲笔签名照。有个家伙想用 20 法郎买走，被我拒绝了。这已经算宽宏大量了！

［……］

眼下你应该像我一样，尽量不要让自己为之烦恼。多搞搞政治。你想知道你们是否能够收到《民众报》，可以试试，不过我不太确定。这个杂志社一点儿都不财大气粗。你们可以与《作品报》(*L'Œuvre*)联系，我想你们一定能解决问题的。多进行宣传，还要持之以恒。这里的共和派学生并不团结，为他们调解都是白费心力。左翼的分裂很可悲，学生这样做就太愚蠢了，每个人只信任自己的党魁。我开始感到绝望。当我将不可动摇、无可挑剔的组织 J.F. 2 和爱国青年以及约 130 名把时间都花在相互谩骂上的社会党毛头大学生进行对比

1　努马·丹尼斯·甫斯特尔·德·库朗日(Numa Denis Fustel de Coulanges, 1830—1889)，历史学家，主要作品有《古代城邦》(*La Cité antique*)。

2　J.F.所指代的全称不详。

时,我更是感觉希望渺茫。我明白了一件事情,那就是社会主义绝对需要工人阶级的坚强后盾。知识分子富有批评精神,有时候我本人也怀疑一切,但我克制着不做批判,因为我知道天主教有要求顺从的教条,这是能成就一些事情的唯一途径。

而且,即便多数学生不是反动派(相当多是),至少也是保守派。预备班并不像我们所希望的那样左倾,巴黎高师学生属于左翼,且多数为共产党。他们中间还分成许多团体派别,相互竞争,没有坚定和纯净一说。其实这儿颇有大有可为之处,但经费方面的困难很大。

你会发现我对政治的热情远不及对爱情的高。我疯狂地渴望能够抛开一切。我希望自己能有信仰,拥有饶勒斯那样的热忱,但现在我对克列孟梭[1]的专制几乎是悲观和怀疑的。他是个人物。我觉得如果是我掌握了政权,我也会当独裁者。不过我没什么希望,我能够做到顺从,但很多人则是垂首帖耳!我必须变得同样愚蠢才行!

我觉得这封信写得很愚蠢,不过我心里的确很烦。巴黎非常奇妙,能让人从兴奋的顶点坠落到失落的深渊。这里有绝顶聪明的人,也有愚蠢至极的人;有风雅时尚的人,也有卑鄙无耻的人。想要保持不偏不倚、平静温和是相当困难的。人人都是极端主义者,随波逐流。有时,我觉得自己非常革命,甚至有些残暴。走在香榭丽舍大街上,我会有种掏出左轮手枪的冲动,不过我没枪。

如果你想邀请罗曼·罗兰[2]的话,尽管告诉我。只要他在巴黎,我想应该可以,我会想办法找到他。你想邀请邦库尔吗?我们可以试试看,虽然对我来说有些困难。如果你们需要的话,可以邀请到阿

---

1 乔治·克列孟梭(Georges Clemenceau,1841—1929),政治家、新闻记者,法兰西第三共和国总理,法国近代史上最负盛名的政治家之一,政治生涯延续了半个多世纪。为第一次世界大战协约国的胜利和《凡尔赛和约》的签订做出重要贡献,当时欧洲人称他为"胜利之父"。

2 罗曼·罗兰(Romain Rolland,1866—1944),1915年获得诺贝尔文学奖。

尔贝·巴耶[1]。你负责与加德拉取得联系，我负责去找他。咱们复活
节再商量这件事。你得找出解决之道，要有胆量。如果失败了，那就
自认倒霉。偶尔也会获得成功，这才是最重要的。你通过谁与想邀
请的人取得联系呢？我还可以通过《毕福尔》[2]争取帮你邀请到马尔
罗或者埃马纽埃尔·贝尔[3]，他们都是不错的人选。不过他们都是有
偿的，如果不出钱无论哪一位也邀请不到。除非是使徒，我想现在使
徒已经为数不多了。但是，我觉得阿尔贝·巴耶开价不会很高，请他
来不会太费劲。罗曼·罗兰可能会来，我认为他是个理想主义者，他
应该愿意走一趟，我们至少可以试试。把你的想法告诉我，我可以去
见罗曼·罗兰，以我的雄辩口才说服他。罗曼·罗兰应该和魏刚[4]一
样口才卓越。那位勇敢的魏刚不知道怎样了？他没把我放在眼里，
老天知道我可不是故意要伤害他的。

　　复活节时你帮我摘抄的勒米尔教士[5]的一些锦句箴言，很有用。

　　我在这里基本上算不上政治活动家。我经常与人辩论，能够了
解很多事情，不过这些家伙们过于固执己见，故步自封。我在文学方
面有较大进步，为了推崇波德莱尔，我甚至不惜以放弃卡纳为代价。
事实上，波德莱尔的诗句总能为捍卫他的人提供帮助，对诗歌有些了
解的人都无法抗拒他的诗句。

　　1　阿尔贝·巴耶（Albert Bayet，1880—1961），大学教师，1944—1961 年担任法国国家媒体联
合会（Fédération nationale de la presse française）会长，他后来脱离激进主义，成为共产党的同路人，
担任过理性主义联盟（Union rationaliste）秘书长。

　　2　《毕福尔》（Bifur）是一本文学艺术杂志（1930—1931 年共出版八期），以乔治·里伯蒙-德
萨涅（Georges Ribemont-Dessaignes）为核心，他的艺术家和画家朋友中包括马塞尔·杜尚（Marcel
Duchamp）和弗朗西斯·皮卡比亚（Francis Picabia）。

　　3　埃马纽埃尔·贝尔（Emmanuel Berl，1892—1976），记者、《玛丽安娜》（Marianne）周报经
理、作家。他的作品《资产阶级道德的消亡》（Mort de la morale bourgeoise）和《死亡的存在》
（Présence des morts）惊世骇俗。

　　4　魏刚（Weygand），无法考证，此处不是指魏刚将军。

　　5　勒米尔教士（Abbé Lemire，1857—1928），1893 年至去世，一直担任北方省（Nord）议员，社
会天主教重要人物。

其他方面没有什么可说的了。

[……]

希望两年后我能进入巴黎高师，你能进入巴黎大学，咱们可以一起做很多事情，不过你所在的地方比我这儿更便于行动。

对于从事政治来说，我认为巴黎是一座差劲的城市。如果有机会的话，这里将是我从政地点的最后选择，不过这里的人倒是聪明有趣。我们现在身边就有各种厉害人物。我决定，如果明年能上巴黎高师的话，我就去找吉罗杜或瓦莱里这些人，请他们为我在书上题词。这样既可以与他们建立联系，而且也是件很高雅的事，很有价值。

先写到这里，想收到我的回信的话，就快点给我写信吧。

再见，亲爱的朋友。

乔治·蓬皮杜

1930 年 4 月 7 日　星期三

乔治·蓬皮杜致罗贝尔·皮若尔函

亲爱的朋友：

没等到你的来信我就开始给你写信了，我在上哲学课，没事可干，所以想写信问候你。

[……]

我认为考试无非是在偷懒了三年后，忙上一个月，但也不要让自己太累。可以说，至少大多数同学和老师都认为我一定能考入预备班。你会说："一切都会顺利的，你应该高兴才对。"或许你不会这么说，因为你了解我，我根本高兴不起来。有很多人令我牵挂，既然不能与十个女性同时交往，那就永远不会有幸福感，永远得不到想要的一切,只能不停地见异思迁。最沮丧的是,我现在对任何事情都充满惰性。我觉得因为自己懒,什么事情都做不成,文学也好,政治也罢。如果我所处的环境优于图卢兹的话,我也不过是随波逐流,根本不会崭露头角,就算一切进展顺利,我也只会是一个普通的大学生、普通的高师人、普通的副国务秘书、普通的部长。在图卢兹,我只要用功学习就能名列前茅,但我不大用功,所以经常落在佩罗[1]后面。如果运气不好的话,我会像梅卡迪耶[2]那样,到一所普通中学任教,等40岁时,当个市政府议员或教育官员。这样太可怜了!太可怜!你会说很多人这样就心满意足了,知足者常乐是明智之举。但聪明才智在这里没有用武之地,不会激起任何涟漪。也许我这样想不对,但我感觉这样的话,自己压根儿什么都做不了,这里的人们无法主动工作,只能被动服从,能动性成了一种幻觉。但是当人感觉自己有能力做得更好时,就会梦想和觊觎其他东西,并对此难以放弃。我说这些,既是对你说的,也是对我自己说的,你对学习的兴趣比我大,我认为你更易于服从安排。你缺少胆量和自信心,身体也不算结实,这可能让你变得和我一样,实在令人痛心。我认为两个人一起可以做得更好。我们互相帮助,一起参加教师资格考试吧。特别是政治学和新闻学,必须互相帮助。为此,我们必须团结一致,你必须来巴黎。我咨询过入住大学城需要的手续,你要有学校证明。去找你的老师,特别是文科预备班的老师,说你准备报考巴黎高师预备班。你现在就可以去找加德拉、迪尔邦[3]和洛默尼耶[4]。至于当学院教师的话,可以先等等,这种职位是为本科生和不参加资格考试的人准备的。花销方面,我打听过了,我原来预计大学城住宿和交通需要6000法

1　佩罗(Perrot),乔治·蓬皮杜所在文科预备班的一年级同学。

2　梅卡迪耶(Mercadier),乔治·蓬皮杜所在文科预备班的一年级同学。

3　迪尔邦(Durban),教师。

4　洛默尼耶(Laumonier, 1867—1949),文献学家和文学史学家。

郎,多估了 1000 法郎,这样你可以节省 1000 法郎,但前提必须是高师人。我今年有可能考取,但不敢打保票。可是,如果 7 月 25 日醒来后我成了高师人,该多么不可思议! 除了金钱、荣誉和其他方面的因素,还可以享受不被打扰的静谧! 多惬意平静的生活啊! 那样让你来巴黎就容易多了,来见见我喜欢的女性,我也可以去图卢兹找你……否则,又得过一年闭关的日子,被人管束,捉襟见肘,担心考试,还得用功学习,如果失败了,就要重新回到外省。我越来越意识到考试的重要性,感觉自己已经落后很多,即便如此还是无法踏踏实实学习,这让我越来越紧张。寝食难安,垂头丧气,也不能安心做事。我这样的话,到考试时只能焦虑易怒,甚至连一般水平都发挥不出来,名落孙山。我很有可能历史只得 24 分(满分 60),法语 18 分(满分 60),拉丁语翻译 16 分(满分 40),哲学 24 分(满分 60),希腊语 30 分(满分 60),拉丁语 20 分(满分 40),总分 132!!! 但是要 165 分左右才有可能被录取。

乔治·蓬皮杜

1930 年 4 月 9 日　星期五

　　来信今日收悉,我正边做拉丁语翻译,边给你回信。我待了两个小时,翻译已经做完了。

　　[……]

　　理智与情感毫无关系,理智总是折损情感,而生活是愚蠢的,理智只能让我们忧愁悲伤。波德莱尔曾说过:"人必先跌重才能感觉幸福。"我总是想到这句话。普鲁斯特在《女逃亡者》(*Albertine disparue*)中用一页篇幅描写阿尔贝蒂娜(Albertine)的死亡时也这样提到,非常精彩,我会尽量摘抄给你。

　　你说仅凭胆量和高谈阔论是不够的,我很赞同。不过其他能力你都具备了,即使不具备也很容易获得。人不能相貌太丑,不能让人反感,这点你不必担心。也不能愚蠢,这点你也不必担心。必须从容淡定(这需要与胆量相结合),你可以获得这种能力,我管它叫上流社会染色剂,一种优雅风度。我让你进行战斗,你已经取得了巨大的进步,继续努力。我相信你已经开始具备高谈阔论的能力(当然是在我不说话的时候)。你只差胆量了,这是自信心的问题,你一定能够取得进步,和在其他方面一样成功。

我建议你多看戏剧,少看电影,一定要多看拉蒙·H(Ramon H.)的剧目,他相貌英俊,不过是个白痴。假如你想去剧院看一个美丽的上半身的话,可以去看《托帕兹》[1]。

[……]

我需要知道你的想法,即便不如直接交谈那样便捷,至少也要和我们的通信一样迅速。这是我写信给你的原因,而且我觉得我们非常了解彼此,能够从对方身上找到自己的影子,这样有助于我们走出自我。我们之间的友谊如此深厚持久,我想能够保持这样的友谊实属罕见。它虽然不如爱慕女性那般热烈和甜蜜,没有纪德所说的那种"狂热",但它持续时间最长,能够在连绵的废墟中幸存,帮助我们找到自身之外的存在。友谊会持续多久?我完全没有答案,不过我认为这主要取决于我们。……我们永不分离,除非是我们自愿选择分开。我们只与一座城市关系密切,那就是阿尔比,这样的地方只会让我们更亲近。我们从事同样的职业,品味一致,有许多事情让我们走得更近。所以,假如我们真心希望永远做朋友的话,是能够做到的。我们可能会各自成家,但这也不能把我们拆散。只有在两种情况下,我们会渐行渐远,那就是要么我们的发展方向南辕北辙(对此

1　《托帕兹》(*Topaze*),马塞尔·帕尼奥尔(Marcel Pagnol)于 1928 年创作的剧目,在综艺剧院(Théâtre des Variétés)连续上演了三年。

我们也无能为力,但我认为不大可能),要么我们分属两个完全不同
的领域(这倒是有可能的)。我敢肯定,咱俩都有成功的素质,不过也
有失败的风险。正因如此,我们两人联手就能相对泰然处之,也少些
墨守成规,即使我们的社会地位普普通通,也可以保持自己的思想、
阅读和交谈。但是,假如我们当中一个人成功了,而另一个人却没
有,这就糟糕了。那样的话,我们将不可避免地分开。我们将以什么
取代这种友谊? 25 岁后,不会再产生我们这样的友谊,那时每个人都
困于各自的家庭,与家人相伴,为生活而稳定下来,不再为幻想碰壁。
正是因为我们感到幻想会一个个破灭,我们才能够更加团结,共同见
证这一切的消亡,发现残留下的只剩友谊,我们得不顾一切地紧紧抓
住它。家庭关系是疏远的。父母的关爱不利于自由驰骋,由于两代
人之间的代沟,他们会产生误解,把天性的萌芽扼杀在摇篮里,我们
得为此而改变,否则我们会窒息而死。我们对孩子的感情也如此相
同,只是颠倒过来而已。夫妻之间的感情只是寻常的结合,没有智慧
可言。同女性的友谊必定被生活消磨殆尽。爱情是极端自私的,对
那些短暂交往的情侣而言,更是如此。大概(目前相对而言)除了我
们这样的友谊,一切都是欺骗。我敢肯定我们的友谊几乎是独一无
二的。趣味相投当然至关重要,蒙特尔[1]和克鲁泽[2]两人都喜欢打扑
克,但我们俩的兴趣完全不同,这种情况更是少之又少,我认为这非
常了不起。我自觉高人一等,并把这种傲气传递给你,因为你我比其
他人都聪明得多,我们在不断追求美与智慧。这本已不同寻常,更难
得的是,如此罕见、孤僻、坚信不被理解因而也不信任他人的两个人
居然碰到了一起,并且惺惺相惜。有人说,地位越高,会发现越多与
众不同的人,从某方面来说的确如此。但同样,这样的人也会发现,

1　蒙特尔(Montel),乔治·蓬皮杜所在文科预备班的同学。
2　克鲁泽(Crouzet),乔治·蓬皮杜所在文科预备班的同学。

与他人之间相互理解的难度也越大。以我所处的环境为例，身边人都很出色优秀。但有什么用？这些家伙！我虽然不是人人都了解，但也做过不少尝试，我交了五六个风雅有趣的"朋友"，不过他们都不能和你比。我知道你有许多不足（尤其是词源学方面；你还缺乏胆量和高谈阔论的能力等），但这些在友谊中是微不足道的，两人中一人有胆量就够了。而我偏激的缺点恰恰是你所没有的，我们正好可以互补。但与此不同，其他人的缺点则是无法补救的。如果两个人都只喜欢玩乐，讨厌读书，一想到学习就无精打采的话，这样的交往无法长久。不学习的人是空虚和肤浅的。我在这儿有一个朋友与我比较合拍，不过他加入的是法兰西行动。单从政治角度来看，这已经有很多不便，最终还会影响到其他方面。所以，我还是没有一个朋友。有时候，我需要付出很多才能找到在图卢兹的那种感觉，这样似乎有点可悲，但生命就是这样愚蠢。

快点给我写信吧。我需要你的来信，期待你的长信。

再见。

1930 年 5 月 1 日　星期一晨

乔治·蓬皮杜致罗贝尔·皮若尔函

亲爱的杰出的朋友：

［……］

虽然你的来信内容缺乏想象力，风格和创新不足，但是我要向你致谢，因为你让我想到了莫里斯·布绍[1]的绵绵诗意。我想帮你找些演讲技巧，不过并没有发现特别好的。附上饶勒斯的两段摘录，等你用完后再还给我，这对你一定有用。我还会附上《人民之友》[2]的一篇剪报，你可以用作反面引述。你说 1905 年《官方公报》（*Journal officiel*）上刊登的辩论过于笼统，想回顾一下孔布[3]的——别忘了孔布 1905 年就下台了。

　　另一方面，如果你想就教育的世俗性进行辩论，尽量参考一些更适合大众的温和演讲，我想你在这方面可以大做文章，我建议你关注一下议会的辩论，尤其是参议院朱尔·费里（Jules Ferry）在 1881—1882 年间的辩论。我认为他的演讲对你会有很大帮助。"国家去宗教化不应取代国家的宗教"等，他关于各类事情的论据几乎都无可辩驳。你想强调世俗学校赋予孩子们的宗教自由度，我认为你会遇到传统的反对意见："教师们宣传共产主义和反宗教政策，甚至在课堂上也是如此。"关于这个问题，我想你应该这样回答：

　　　　1.我很了解教师，他们当中的共产主义者很少。

　　　　2.无论如何，他们有发表意见的权利。我没有见过在课堂上表明观点的教师，即便有，我相信也是少之又少。

　　　　3.如果发现有人违反了教育的中立性，只有我们这些世俗之人可以根据我们的原则指责和尽力阻止他们。你们这些总是公开彻底地违反中立性的人，怎么可以指责他们？

　　　　4.你们一边斥责他们的教条有害，一边做着同样的事

　　1　莫里斯·布绍（Maurice Bouchot，1855—1929），诗人和剧作家，世俗学校用他的作品进行圣经教义的听写和朗诵，他的很多灵感汲取自法国流行歌曲。

　　2　《人民之友》（*L'Ami du Peuple*），畅销报，售价 2 苏（5 生丁）。1928 年由香水实业家弗朗索瓦·科蒂（François Coty）创办，报纸立场偏右、排外。

　　3　埃米尔·孔布（Émile Combes，1835—1921），激进社会主义政治家，强烈的反教权者，他在 1902 年 5 月—1905 年 1 月担任政府总理，其间，在激情澎湃的气氛下实现了政教分离。

情。你们懂什么？对政权来说，无神论与基督教具有同等价值，与强加于人都只有一步之遥。如果教会掌握了政权，它会很快跨过这一步，要求信教的。

5.我来自一个教师家庭，并以此为荣。教师们兢兢业业，一丝不苟，具有高尚的道德观。1914—1918年间，教师的死亡率比牧师的还高。但我们无意把牧师和教师对立起来，这是两个同样令人尊敬的群体，然而担负的责任不同，一个负责宗教，一个负责教育。这是两项崇高的使命。

我相信这样的提纲会成就一次出色的"即兴反应"。你可以伺机做些停顿，随后，以热情洋溢的态度做出回应，但要适度。有些话语要振聋发聩，有些则要温柔随和。

我待会儿再翻翻笔记，看看里面是否还有其他东西可用。我摘抄过很多反教权的言论，但我想你需要的不是这些，如果我没有弄错的话，你需要面对的听众主要是天主教民众。

无论如何，我强烈建议你以自己的方式来应对。如果你愿意，可以写几篇文章，譬如就人们普遍感兴趣的话题（共和派学生之间加强团结的必要性、政教分离之类）写两三篇。

你可以从中提炼出一篇关于教育自由的世俗基调的辩论稿。不要太长，三到六页就行。要好好写，清晰地写在纸的一侧，然后寄给我。我会尽量把文章发表在《共和国大学》[1]上。我自己没时间写文章。虽然我能写出看上去像模像样的文章，但我没时间。要写出一篇好文章是必须下功夫的。我也不想给自己增加负担，我已经够累了。无论如何都不要在《社会党南方》[2]发表文章，这是一份卑鄙的

1　《共和国大学》(*L'Université Républicaine*)，共和及社会主义大学行动联盟的机关报。

2　《社会党南方》(*Le Midi Socialiste*)，报道图卢兹地区的社会运动的报纸，该报在1908—1944年间发行。

报纸,登载的文章没有影响力,知识分子从来不读这份无聊的报纸,还会给你带来麻烦。把文章寄给我,我会尽我所能的。等你完成后,我们可以试试在《作品报》[1]上发表,这是左翼大学生最喜欢的报纸。《民众报》[2]只有 60 名会员,人很少,都是些"社会党学生"的极端分子,他们在共和及社会主义大学行动联盟里只是一个资产阶级联盟。我们还可以试试发在勒诺代尔[3]创办的周报《社会主义生活》(*La Vie Socialiste*)上。你可以写篇文章,指出并非所有学生都是右翼,还有很多左翼和社会主义者,但当这些学生看到几十名对左翼政治不感兴趣的极端分子几乎是"社会党学生"的头儿时,他们在入党问题上退缩了,并在巴黎市议会上冲勒诺代尔喝倒彩(1 月 30 日)。你在结束语中可以说,真正信仰社会主义的学生数量很多,他们也很节制。你可以说,这是他们宁愿保持独立或是加入共和及社会主义大学行动联盟和左翼联盟,也不愿加入那些所谓社会党学生,去信奉他们的极端主义的原因。努力好好做事,这样会有所收获,不要过分打击社会党学生,这样做会很危险。如果你愿意,我们可以等复活节时一起完成。我建议这样安排:早上九点你来我家,学习到十一点,聊天;下午一点半你来我家,学习一个小时,然后阅读和聊天;下午四点半到七点之间,外出;然后各自回家阅读。

如果到时候你母亲也在阿尔比,晚上她和你祖母一起外出的话,我们可以再安排些活动,或是一起出去走走,或是一起熬夜聊天,研究政治或文学。星期天当然不工作,最多只在上午工作一会儿。

拉丁语方面,我推荐你阅读塔西佗(《编年史》),不过如果你愿意,我们可以阅读西塞罗或者贺拉斯的作品。告诉我你的想法,我会带上比代(Budé)的译本,这里的图书馆有。我们还可以学希腊语,我

1　《作品报》,1908 年受激进社会主义与和平主义启发创办的报纸。

2　《民众报》,工人国际法国支部机关报。

3　皮埃尔·勒诺代尔,参阅 1930 年 1 月 30 日信函。

推荐你阅读德狄摩西尼（Démosthène）的作品，我们可以看些拉丁文学和法国文学。[我会把卡纳教我的方法告诉你，你会知道他与莱菲（Léfu）和西（Cie）有何不同。如果你用了他的方法，我相信你一定会取得比我更好的成绩，毕业考试可以得 16 分，历史成绩也会有所提高。]我们一起重读加德拉，别担心，我们不会累坏的，实际上不累的话才更可怕。

我对你有关乔治·瓦卢瓦[1]的陈述并不感到非常惊奇。这个被视作理论家的人并不完美，我一直担心的是，在创新马克思主义的节骨眼上，如果他不是饶勒斯派，这是很危险的。

[……]

昨天我去米乔迪热（Michodière）剧院看了布尔代（Bourdet）的《弱者性》（Le Sexefaible），很有趣的剧目。它对社会进行了强烈的讽刺，非常幽默，演员演技精湛。剧场很漂亮，还有女演员的裙装!!! 你无法想象专门为剧目设计的那些服装。我发誓巴黎人的优雅绝非浪得虚名。

你问我正在阅读的书目。少得很，有班维尔[2]的作品，瓦莱里的《文艺杂谈 II》（Variété II），还有一本关于波德莱尔的艰涩的书，也就这些了。

我这次写信写到筋疲力尽了。就此搁笔，顺便提醒你早点给我回信。

乔治·蓬皮杜

1930 年 4 月 24 日   星期二

1　乔治·瓦卢瓦［Georges Valois，本名阿尔弗雷德·乔治·格雷桑（Alfred Georges Gressent），1878—1945］，左翼政治家和思想家，追求国家与社会的协调一致。1925—1928 年，由他推动的"束棒"（法西斯标志）运动具有法西斯倾向。之后，乔治·瓦卢瓦回归左翼，参加抵抗运动。他被驱逐出境，在异乡去世。

2　雅克·班维尔（Jacques Bainville，1879—1936），记者、历史学家、法兰西学院院士。他与莫拉斯很亲近，但后者更温和。他才华横溢，有很大的影响力。他的著作《法国史》（Histoire de France）和《拿破仑》（Napoléon）拥有成千上万的读者。

附：卡蒂尔（Catulle）的这句诗很适合我："突然放弃是困难的。"

毕业考试题目包括：维尼的虚荣论，勒南和伏尔泰、波德莱尔的天主教声誉，1840 年普罗米修斯的成功。

再见。

乔治·蓬皮杜致罗贝尔·皮若尔函

老兄：

[……]

考试临近了，我没有丝毫底气，感觉还不如去年准备得充分，完全不确定能否被录取。我没有踏踏实实地复习，能否成功没个准头。

[……]

所以我很烦，厌倦一切，厌倦自己。我承认此时此刻我烦恼透顶。可惜的是，我必须面对眼下的事情——参加考试，至少要保住老师和父母的面子。

[……]

你知道吗，拉丁区的情况更严重了。最近几天，出门总有警察检查证件。国民议会星期六举行班子选举，即将卸任的班子是暧昧的保皇派，被法兰西行动开除。有两大反对阵营，即爱国青年团[1]（Jeunesses Patriotes）和左翼。左翼人士已做出很大努力，一位慷慨的捐助者为所有想入党的学生支付了费用（每人 26 法郎），我们文科预备班就有十几人这么入了党。但即将卸任的班子都是些狡猾的无

1　国民阵线，极右翼团体，由国会议员皮埃尔·泰坦热创建，约有 65 000 名成员。

赖。他们在国民议会总部睡大觉，却控制着投票箱。最后时刻，出于
各种动机，他们宣布所有竞争对手都没有资格当选，因而，那些想去
投票的人必须冲破手持警棍的管制人员的阻挡，穿过堆满桌子的十
条走廊，最后却只看到一张名单，而爱国青年团和左翼人士的候选名
单被收了起来。现在只有一件事可做，那就是把选举搅黄。为此，必
须制造舆论。星期六晚上，我们大约 300 名学生在巴黎圣母院广场
集结，向国民议会总部进发。我们撬开栏杆，冲入庭院，密集的石头、
椅子、酒瓶向我们头顶袭来。硫黄弹燃烧着，从上面扔下来，氯气扩
散开来。虽然有人受了伤，呼吸也很困难，但我们还是用一根金属大
梁把门撞得变了形。消防员和警察都来了。一场混战之后，所有人
被赶了出来。情况就是这样。我的腰被一把椅子打中，疼得要命。
国民议会的楼房是座历史建筑，损失达 20 万法郎。这是一场很大的
骚乱！我想选举会中止，一切都要重新进行。

　　你问我教育有何技巧，我认为首先要阅读 1909 年的《官方公报》
（白里安和饶勒斯等人的演讲）。阅读几篇重要讲话即可，否则永远
读不完。我在笔记里找找，我相信是有些技巧的，下封信写给你。你
也可以查阅《光明》(La Lumière)部分期刊，会有所"收获"的，假如你
能在图书馆找到的话。我对相关著作没有全面的了解，等做些调查
后，在下封信中一并告诉你。所以，你最好尽快给我回信，因为我只
有收到你的回复后才会写下一封。

　　告诉你一件事，我的文章马上要在《共和国大学》上发表了，这是
共和及社会主义大学行动联盟的机关报。一群"厉害"人物为它撰
稿，我觉得能与他们为伍很骄傲。至于你的演讲，我认为关键是你要
表明立场，必须从孩子的视角而不是从教师自由的角度看问题，孩子
有权利获得中立性教育，而教师只有往孩子头脑灌输知识的自由。

　　[……]

尽快回信。

乔治·蓬皮杜

1930 年 4 月

❧

乔治·蓬皮杜致罗贝尔·皮若尔函

亲爱的：

［……］

在接触一件事情时，我能从总体上把握它，可一旦被我掌握，我就会立即失去兴趣。除了阅读，我凡事不爱深入。也许我可以在新闻行业有所建树，但在文学方面就不可能了。

［……］

我看到普鲁斯特曾在某页中提过同样的问题。他回忆某个夜晚，受他之邀，阿尔贝蒂娜在午夜时分前去探望，他记得当时的喜悦之情。他说，本以为见到阿尔贝蒂娜向他屈服会有种得意的感觉，现在才意识到这种快乐其实是完美的爱情。他爱阿尔贝蒂娜，所以对她的到来很高兴。现在她死了，即便有 30 位女性来看他，他也无动于衷。对我来说，我会采取一种平均分配的解决方法，也就是普鲁斯特在阿尔贝蒂娜死后爱情被激发时的做法。不过，我认为只有在死亡面前，我们才能抛掉邪念，略微走出自我，摆脱社会人的惯常姿态和执着的虚荣心。而且……总是会立刻想到表象。葬礼必须是一流的，因为邻居的总是很风光……这些人一刻不停地装模作样。我看到妹妹的老师凯塞小姐的兄弟,在他父亲的葬礼上依然是一副装腔作势、不可一世的样子。像葬礼这种让人直面死亡,停止说谎或不再自我欺骗的时刻总是短暂的。这种场景下的悲伤和痛苦,又在多大程度上不是因为生理恐惧和对死亡的自私自利的畏惧? 无论如何,回到之前我的观点,我会采取一种平均分配的解决方法。相爱时,我认为其中的欢乐——被爱的感觉和一个女性的屈服,主要是源于爱情,但也有虚荣的成分。虚荣占三分之一,剩下的是爱情。

爱情由何而来尚不得而知,遑论爱国主义,不过是自爱的一种形式罢了。从这个意义上说,像爱与恨之间的差异,不过存在于社会层面,一切取决于我们对社会的价值,对我来说,这是生命中至高无上的全部价值,直到生命结束。从我死亡之日起,一切皆空。

现在我的许多想法是相互矛盾的,我还不能统一起来。我认为悲观主义会使人愈发保守,不过我用维尼和社会主义者勒孔特·德·利勒(Leconte de Lisle)来安慰自己。我不想在这方面太纠结,这样会没完没了。

[……]

我有一个看法。你认为知识分子尤其不幸,不光是思考的时候不幸,即便付诸行动也很不幸。我认为,最不幸的是他们在行动结束后,当总结失败教训并重新思考时,才发现失败并非出于偶然或运气不好,而是一个普遍的必然规律。他们会幼稚地认为这就是浪漫主义的痛苦,自己是个孤胆英雄。某种痛苦的根源是某一具体事件(如恋情失败),但这种痛苦只适合于那些自认命运多舛的人。不过情况并非如此。每个人都备受煎熬,只能忍受痛苦。我相信任何期待都是枉然,除非有另一种更深重、更崇高、更庄严的痛苦让我甘愿承受,以取代肉体上遭受的折磨。因此我选择社会主义(这是我的动机之一)。

顺致诚挚友谊。

1930 年 5 月 17 日　星期六

乔治·蓬皮杜致罗贝尔·皮若尔函

亲爱的朋友：

　　[……]

　　假期由我来安排，我担心蒙布迪夫 900 米的海拔对你来说有点高。¹ 我们可以去距离蒙布迪夫 6 公里处的孔达（Condat），海拔 500 米。这是一座很舒适的小城，有 2000 名居民，还有一个网球场和一个公园。我们每天去那里见面很方便，而且我也经常去孔达。唯一的不便之处是，孔达是个旅游小城，物价较贵（倒是比吕松 ² 便宜）。

　　[……]

　　我们俩都说过这样的话，我凡事不好钻研。但至少我挖掘了自己的灵魂，我发现自己的灵魂没有一致性，矛盾重重，丝毫没有严肃认真之处。我兴趣过于广泛，必须坐井观天，只从天窗中窥探生活才行。我大敞梦想之门，失望随即登堂入室。你知道的，如同空气流通，热气总是在上方通过，而冷气则是从下方潜入。不切实际的愿望消失了，幻灭会侵入，我的灵魂像火焰上方的风一般灼烧着。

　　　　　　　　　　　　　　　　1930 年 5 月 31 日　　星期六

星期一

　　[……]

　　我终于重拾自信，自我感觉非常强大，也许这种感觉维持不了多长时间，真希望能延续到考试。我对考试结果还是没有信心，最可悲的是我居然会词穷。

　　1　罗贝尔·皮若尔患有支气管病。

　　2　吕松（Luchon），位于比利牛斯山脉的中心，上加龙省（Haute-Garonne）的最南边，是一座名副其实的山城。——译者

［……］

布鲁姆和邦库尔走得很近,迪阿本周在《社会主义生活》上发表的文章,让布鲁姆乐得合不拢嘴。

［……］

这段时间富尔[1]组织了一场关于小资产阶级的令人钦佩的运动。这家伙口才了得,但脾气很坏! 勒巴[2]和塞韦拉克[3]这两个捣蛋鬼是他的幕后推手。在我看来,布鲁姆和邦库尔联盟的趋势是好的,1932年一定会取得胜利,只要老天保佑塔尔迪厄[4]能坚持住。糟糕的是,我担心他会下台,那样的话实在是太遗憾了。他是个非常可贵的人! 有过许多失败的经验! 他能让我们赢得160个社会党席位。

［……］

再见。

乔治·蓬皮杜致罗贝尔·皮若尔函

老兄:

［……］

政治方面没有什么大事可言。我们兴致寥寥地追踪着各种无聊事件,我认为激进派和社会党之间已经基本决裂,非常遗憾。不过我想,从某种意义上讲,或许这再好不过。当下极其严重的全球经济危

1　参阅 1930 年 1 月 30 日信函。
2　参阅 1930 年 1 月 30 日信函。
3　参阅 1930 年 1 月 7 日信函。
4　参阅 1930 年 3 月 5 日信函。

机很可能会加速社会主义的实现。

[……]

星期日上午

[……]

你要相信,我绝不是花天酒地的人。我现在喜欢调情,喜欢说漂亮话,喜欢迷人的女子,任凭短暂肤浅的感情发生,但当时必定真诚。我记得普鲁斯特有过描述,说他曾对所有相遇的年轻女性产生爱慕。我也是如此,特别是在能够与之交谈的情况下,会更加爱慕。但丝毫没有情色之意,没有欲望。[……]

我认为,从政治角度来看,如我所说,社会党与激进派已经决裂。我想激进分子心底是希望如此,各方都有错。九月,我可以让你读到一些有意思的东西。

[……]

至于希腊语方面的书,你可以去找我父亲,想拿哪本尽管拿去,不用管书是他的还是我的。向他借些文学书籍,像《帕尔马修道院》(*La Chartreuse de Parme*)、《青年贵族》(*Le Bachelier*)、《叛乱者》(*L'Insurgé*)等,还有圆桌会议小说《梵蒂冈地窖》(*Les Caves du Vatican*)。

我现在正在读普鲁斯特的《女囚徒》(*La Prisonnière*)。写得棒极了。巴耶在文科预备班一年级时曾发起一次对现代作家的投票,要求从以下作家中选出四位:1.普鲁斯特,2.纪德,3.瓦莱里,4.保罗·克洛岱尔(Paul Claudel),5.吉罗杜,6.蒙泰朗。如果是我排名的话,我会把吉罗杜或蒙泰朗排放在克洛岱尔之前。

[……]

好了,期待你的来信。再见,亲爱的老兄。

乔治·蓬皮杜

1930 年 6 月 20 日　星期五

***

乔治·蓬皮杜致罗贝尔·皮若尔函

亲爱的:

　　再过几小时就要公布成绩,我等不及了,开始给你写信,我对自己的成绩不抱任何幻想。前 28 名中有 6 名路易大帝中学的学生,其中 5 人的名字已经知晓。难道我是那个第 6 名?这也太滑稽了。况且,我星期二晚上的哲学口试考得不好,题目是"道德良心是相对的还是绝对的?"我当时表现很糟糕,感觉发挥一般。星期三的法语题目是"《论法的精神》前言",很无聊的考题。古代史的题目是"希腊雅典之外的专制,后期罗马帝国的社会组织",这门课我考得不错。星期四的德语我考得很好,现代史也考得不错。星期五的希腊语题目是"论埃斯库罗斯",我论述得干巴巴的。拉丁语的题目是"论塔西佗",题目很难,印刷模糊,断句错误。我被希腊语搞得有点泄气,拉丁语题目都回答不出。所以,我是没希望了,这绝不是谦虚之词。我想路易大帝中学又要遭殃了。笔试的前 28 名中,有 6 名路易大帝中学学生,包括第 28 名!我同班最优秀的两名学生,一个笔试没过,一个被录取了,排名 74。或许我能超过他(他的哲学成绩可是 38 分,满分 40 啊!),就算不能,也不会相差太多,但是很难!

我承认现在有点气馁,毕竟有段日子我是信心十足的。在开始的口试中,我表现不错,有人告诉我笔试得了 198 分,这样我有可能排在第 12 名。我笔试的注册号恰好是 198! 除了紧张不安,我还疲惫不堪(每天午夜才能上床睡觉。古代史考试前一晚,我从晚上八点至午夜复习罗马史,午夜至凌晨三点复习希腊史)。这些都让我士气低落。我谁都顾不上搭理,心烦意乱。昨天在会考口试中,有个漂亮女孩竟然什么都不知道,我冲她狠狠地吹口哨,这带给我些许快乐。

后天,我总算要到奥弗涅去了。我要好好休息一下,这点你尽可放心。九月,我们俩将一起去阿尔比共度一段美好时光。让我烦心的是未来的学士学位考试,艰苦的一年文科预备班学习,我还必须像个黑奴似的努力用功,因为这是我最后的机会,我可不想浪费机会。结果如何,还是个未知数,我提前一年就担心害怕起来。如果没通过考试,我就白忙乎了一场。

还有一年时间可以思考这个问题,但我发誓我心情很低落,现在什么也帮不了我,什么都不能让我振奋精神。我有一种可怕的结婚冲动,需要制定一个目标,需要一些实在和长久的东西,我连重拾书本,沉浸在诗歌散文中的勇气都丧失了。正如高乃依所说,我在找寻可以痛哭一场的寂静和夜晚! 这是怎样的心情啊!

　　[……]

星期一

　　我考试没过,虽然已经预料到,但看到自己排名 35,却只录取 31
人时,我怨恨极了。今天最大的打击是,我的笔试成绩竟然排名 17!
但口试成绩往后拉了 18 名! 德语考了 12 分(满分 40)!! 我很懊恼,
大哭了一场。我知道一切都结束了,已经错失良机,我彻头彻尾失败
了。快点给我写信吧,我明天或后天再写信告诉你详细情况。

　　再见,老兄。

乔治

1930 年 7 月 20 日于巴黎

乔治·蓬皮杜致罗贝尔·皮若尔函

亲爱的:

　　[……]

　　我感觉自己越来越乐观不起来了。一想到你希望人类永垂不朽
的愿望,我就不寒而栗。我变得越来越挑剔,不愿委曲求全,态度刻
薄,对什么都不屑一顾。我讨厌人群,讨厌有钱人。现在的我变得很
怪,批判精神达到极致,唯美主义到达顶点。艺术是唯一的快乐源
泉。除艺术和思想,其他都很愚蠢。

　　[……]

　　关于布鲁姆的文章以及改变塔尔迪厄 [1] 的可能性,我的看法是,

1　参阅 1930 年 3 月 5 日信函。

布鲁姆并不想自我颠覆,他希望激进派留在反对阵营中。看到中间派 [1](congcentration)有可能胜利,为了打击中间派,阻挠其行动,他果断许诺并公开支持激进派。我猜他会让塔尔迪厄坚持到 1932 年。

[……]

给我的回信写得长点吧。

再见,老兄。

乔治·蓬皮杜

1930 年 10 月 27 日　星期二

乔治·蓬皮杜致罗贝尔·皮若尔函

亲爱的老兄:

[……]

我们可以在阿尔比见面了,周三晚上你来找我吧,我从周三下午两点开始等你。咱们尽量不要虚度光阴。好好讨论一番! 我已经感觉到自己快憋不住了,有满肚子的话要跟你说。说到底,你是对的(你母亲也是如此),咱俩的交情非同一般,我只有一个你这样的朋友。

而且,即使在阿尔比,我也敢说不会再有另外两个人能像我们这样,整日相处。这太神奇了,我自己都很佩服。

[……]

你知道我很笨。拉丁语考了第一名,希腊语(第三名)和法语

1　第三共和国反对极左翼和极右翼的中间派联盟。

（第二名）都不如它。这样的成绩倒也不坏，甚至压根不差，但说明我有偏科的问题，我更擅长把法语译成外语。

［……］

不论如何，让女性爱慕或是取悦她们都是件容易的事情。我相信只需放任自己为她们所吸引，甚至不用努力就能做到。你说为了讨好女性，必须若无其事，这显然正确，但也不能夸大其词。外表要冷酷，貌似难以打动，但有被深深打动的可能。由于难以被诱惑，从而更具诱惑力；因为女人总是坚信"将会拥有你"，认为她是独一无二的，只有珍贵的爱情才能更加深厚。必须激怒她的朋友，要权衡一切。这些是要告诉你，在尝试更多地与女性交往的同时，要做自己的主人，你可以在恋爱中更加自如。

［……］

现在谈谈你"论没落"的大作。观点很好，我完全赞同，但应该分成几篇文章来写。首先篇幅太长，其次文章整体太平稳。整篇文章由你一人完成，我觉得如果与人合作会更好，这个问题我们可以再讨论。不过，可以肯定的是，这是篇不错的文章。但注意，你的观点（欧洲的没落）和我的观点（侵略性的美国人）恰恰相反。我想你大错特错了，认为美国和没落的欧洲之间存在冲突，颓废的精英无法创建新世界；于是，美国占据着统治地位，对民众有强烈的吸引力。我们不是因美国就是因没落而灭亡，结果都一样。不是美国摧毁了精英，就是以此作为正确价值观的精英被颓废所吞噬，结果都一样。精英要想抵抗美国的侵蚀，就必须更具活力，更加蓬勃，但他们现在太缺乏血性。

［……］

接着说你的来信。由于现在我完全不在状态，还是继续回应你的话吧。你说的话不假,你的家人对咱俩友谊的评价非常独特。我的家人对咱们在一起从没觉得奇怪,但也要连蒙带猜才能大致了解我们。你的家人虽然从心底对你无限关爱,但实际上他们完全不了解你,认为我们之间的任何联系对你而言都是堕落。特别是在你祖母眼里,我就是撒旦的象征。你母亲的想法虽然没这么可笑,但她从内心深处也是担心的。父母辈(特别是你的家人,我的家人在这方面没有什么可抱怨的)以为能把我们留在身边,不受外界影响。殊不知我们不可避免地要在外独立生活,要结识我们的同龄人,建立比血脉更为可靠的关系,因为这种关系是基于一种共同的选择。正如你母亲所言,"陌生人"只要被理解,就可能融入家庭。如果家人能够互相理解,该有多好! 因为发生冲突时往往要做出选择,而对家庭来说,选择是致命的。如果不顾一切地选择了家庭,当没有按照家人的要求做出放弃的时候,就无法得到家人的谅解;如果选择背弃家庭的话,这个问题也就不会出现。父母的爱是非常自私狭隘的,对孩子的要求太多,反而对他们造成伤害。

你对我有关美国人,也就是你口中的"泥腿子",正在酝酿毁灭文明的说法提出批评。这正是我谈论毁灭的原因。不过,对我而言,美国代表的是一种精神。

［……］

想说的话已经说完,就此搁笔。快点给我写信,篇幅一定要长。再见。

乔治

1930 年 12 月 2 日　星期二

乔治·蓬皮杜致罗贝尔·皮若尔函

亲爱的：

　　我现在的情绪很好，所以写信给你。我好像说过，"我已经读完了所有的书"。这当然是不可能的！今天我读了两本书，非常高兴。实际上，我又开始疯狂阅读了。第一本是福楼拜的《情感教育》，精妙绝伦。书中的主人公吸引了许多女性，他在她们之间犹豫徘徊，最终却失去了一切，情节引人入胜。你读过这本书吗？赶快告诉我。如果你没读过，圣诞节时我带给你。

　　另一本是阿杰特（Aegerter）写的《圣茹斯特的一生》（*La Vie de Saint-Just*），这本书内容非常做作浮夸，不过很生动。这个冷漠、沉着、神秘、具有铁一般意志的年轻人究竟是怎样的人物？意志到底为何物！你应该有坚定的意志，除了拉丁语翻译，你的意志从来不够坚定。意志在方方面面都非常必要，尤其是在与女性的交往过程中。只要意志坚定，凡事皆有可能。我已经下定决心，要加强和开发自己的意志。我从书中还得出另外两个教训：一个是文学方面的，我们应该多读些虚构的故事，过去这方面的书读得太少，虽然许多作品写得不好，但大部分都刻画了绝妙的人物，即便作者一般，但至少主人公是出色的；第二个教训是政治方面的，我们需要一场革命。来一场颠覆一切的革命吧，让我们不再原地踏步，生活从此瞬息万变，跌宕起伏，让我们能够指点江山、赴汤蹈火、在所不辞。我会带给你这本书。你会发现，现代世界史上没有哪个时代能与热月九日前的国民公会（Convention）时期相提并论。热月九日！圣茹斯特，在审判席上站了四个小时，沉着镇定，上衣纽扣眼上别着红色康乃馨——他要带着它赴死，神态高贵，香粉敷面，精心装扮，毫无疑问他既是女性的朋友，也是女性爱慕之人。罗伯斯庇尔为他辩论……他的弟弟要求与他一同赴死……勒巴有一位年轻的妻子、一个姐姐，还有一个孩子，他们倒平安无事，他拒绝在罗伯斯庇尔的逮捕令上签字，他摆脱前来劝阻的邻居，并要求逮捕自己。第二天，他自杀了。这是一个怎样的时代！如果明天这一切重来的话，我希望能冲锋在前。如果生命能这样度过，即便 26 岁死去也值得。

由此可见，我认为想法不能太绝对。或者说，应该要有与他人对抗的观点。我便是如此，这让我在辩论时令他人不快，但也是我的力量所在，我总是信心十足和不容置疑的。不要半途而废，要对各种观点和可能性了如指掌，因为没有任何绝对真实和确定的事情。我总结唯有三件事可做：艺术、行动和爱情。

艺术：首先是狭义纯粹的智力思辨；其次是狭义普遍的艺术，包括绘画和音乐等；再次是生活方式，奢侈考究和高贵典雅的风格，香水、珠玉、宝石、女人……还有处理事情的方式，可以让人感觉你是唯美主义者。

行动：狭义上的意志外化。但也不能丢掉艺术的眼光，永远不要做任何缺乏风度的事，必须把自己培养成强大的人物，具有领导能力，树立权威。这也是我希望我们的大学院系能够掀起革命的原因，这可以激发大家的昂扬斗志。

爱情：总之，爱包括爱与被爱。被爱因甜蜜而美好，在行动中也是有用的。爱则因美好而甜蜜，也是有益的。你会注意到，这当中包含另外两个观点，我把它们概括为渐进关系：递减时每个层次必须服从前者；向另一个层次递增时则更为复杂。但最重要的是，不要忘记才智的主导和引领作用，它使我们能够被爱，能够欣赏艺术，获得成功，使我们永不停息，因为在批判精神之下，我们能够看到事物虚荣的一面,任何事情都不值得我们为之停留。要想获得幸福,就必须让才智沉默。这可以通过三种方式:或是艺术的麻醉,或是行动的刺激,或是爱情的激情或沉湎(通过自我暗示)。我不想用这些手段解决问题,除非别无选择,因为最好先全部尝试并逐一实现。况且,让人愉快是件美好的事。

仔细一想,这封信非常怪异。我还是感觉很悲观。这两本书给我带来的极大愉悦感,是我在其他地方遍寻不得的,这难道不令人有些伤感吗?生活还要继续,我们还是尽量别自寻烦恼,因为我们根本无法摆脱人性,不如就让我们好好做人吧。

[……]

看到很多人因某种机缘而显赫一时,但旋即被打回原形,做回小资产阶级,沦为可怜的无名氏,混迹于人群,不禁让人悲从中来。这就是生活的教训,特别是当我们想到圣茹斯特那样的人时,这就是对我们这些人的点醒,即使是最优秀的大学院系也能毁灭,每个人都有自己的局限性,并缺乏毅力,我们必须对此格外当心。我们将来可能会当上莫尔莱(Morlaix)、沙托鲁(Châteauroux)或孔多姆(Condom)学校的四年级教师,但我们的志向不应只限于此。我们必须赚钱,搞搞文学和政治,取悦女人以及男性朋友。至少我们在死时可以说,我们已经体验过生命的美好,过得并不无聊。

[……]

所以,我们能够成功,但必须有成功的意愿,并持之以恒。必须保持平静和冷漠,即便内心狂热,也要保持酒窖般的阴冷。对那些没有意愿和未经考虑的事绝不动怒。如果塔尔迪厄能够自我主宰的话,只要稍有运气,他就会成为独裁者。要有他的勇气和智力,并且比他更冷静,更纯粹,尤其是不能忘记美德和正义。这些品质或多或少只存在于幻想中,但对艺术家来说,这些都是美好的,能够愉悦心灵,并对行动产生某种奇特的"巨大力量"。除了美感,绝没有冷嘲热讽。我们要把美感留给自己。我们还要保持神秘,必须具有神秘感。没有神秘感的人永远只是个聪明或愚蠢的"好人"而已,但这样毫无意义。反观罗伯斯庇尔和圣茹斯特们,他们可能压根没有任何秘密,但他们看上去似乎很神秘,并至死保守着秘密。我们的秘密应该存在于看破一切虚荣和无尽的愚蠢当中。当我们不想再怀揣这个秘密的时候,我们可以找个人接续我们的衣钵。

　　[……]

　　再见。

乔治

1930 年 12 月 20 日　星期三

乔治·蓬皮杜致罗贝尔·皮若尔函

亲爱的:

　　[……]

　　让我们谈谈其他感兴趣的话题,咱们先直奔最有趣的章节吧。我最近阅读量很小,刚刚读完巴雷斯的《背井离乡》,这本书排版紧凑,一共 500 页。我对这本书评价一般,虽然里面有些见解,但大多数不适合我,文字也不够出色。论点还过得去,但绝不让人耳目一新,我不是很喜欢。他触及了背井离乡的文化现象,这点是正确的,也是这部作品的优势所在,但以我的拙见,地方主义是最可恨的。民族主义已经让我倒胃口,遑论一个省、一个村的地方保护!!! 我不知道还有什么会比这更荒谬、更虚荣、更无聊。这样说来,米斯特拉尔(Mistral)倒极有可能成为一位伟大的法国诗人,不管他人喜欢与否,他从来只用"方言"写作,虽然没能创新奥克方言(langue d'oc),但他还是让普罗旺斯之外的法国人难以理解这种方言(竟有这样的人!)。同时,他促使某些本无价值的奥克语诗人和作家硬是开出无色无味的花朵。《背井离乡》中阿斯蒂内·阿拉维昂夫人(Astiné Aravian)的东方人形象总是让人莫名地心烦意乱,她散发出鸦片和乳香的气味,身上穿着绿松石色的外衣,这种僵硬古板的审美情趣甚至影响到我对书中思想的认同。你肯定发现我变得越来越颓废,我指的是什么,你不会不知道的。刚才说过,我对书中的见解感到厌恶。事实上,我现在陷入了最深的虚无主义。真的,我不再相信任何东西,除了否定,愤怒地否定,别无他法。我发现任何事情都经不起分析,开诚布公的话更是大错特错。我倍感煎熬,徒劳地寻找坚持下去的支撑。你其实能预料到后果,或许我会突然自杀,或许吸食大量鸦片以获取片刻麻醉。为了避免这两种后果,我必须采取行动和从事政治。只有这样才能遇到对手。至少有一件事可以肯定,那就是他说的都是蠢话,至少在他说的那一刻是愚蠢的。思考如何反击他人成为我唯一的思维方式,但不能贬损他人。最可怕的是,我丝毫也不想放弃自己的爱好。我不吸毒,但喜欢在酒吧消磨时间,与令人钦佩、优雅迷人的女性待在一起,吞云吐雾。我抽烟,爱喝鸡尾酒,直到自己被兴奋麻痹。结果呢? 一是身无分文,二是昏头昏脑。这样做的动机何在? 也许是为了享乐。因为我还未能做到笑对怀疑主义,从而迈入好好吃喝的年龄;我也不再坚持任何价值观,沉溺于各种感官享受,包括音乐、绘画、雕塑、广义上的艺术、优雅漂亮的女人,等等。此外,我还沉溺于喝酒、吃饭、抽烟、亲吻。但真正的动机在于自我麻痹。昏睡的欲望超过了生活的欲望！（以后我在引用波德莱尔的诗句时不加引号。）我从早到晚昏昏欲睡，身心俱疲。我需要遗忘。现实的情况让我厌烦。哎！烦心！只要重读一遍《恶之花》前言，你就会理解我了。除了这些普遍原因，还有一些个人原因更让人烦恼。在我看来文科预备班非常平庸，自从我成了班里的头后，我就有种待错地方的感觉，对将来可能失败的前景感到烦恼。如果失败的话，我的一切都将归零，包括我对自己的了解。更糟的是，我甚至会十分鄙视一直梦想的巴黎高师的生活。高师人有的是时间、自由和金钱；如果这些我都拥有的话，会过着怎样的生活！如果明年我考上巴黎高师，会过上怎样的生活？

［……］

我喜欢追逐爱情，爱情是美好和充满诗意的……波德莱尔在本质上就是缪塞，只不过更经常露面，而且深不可测。不管人们如何评价，我都认为缪塞是最深刻、最不幼稚、最现代的浪漫主义者。正是他的戏剧指引了波德莱尔，使波德莱尔自我满足，慈爱之心也更加炙热。我最近重读了《逆天》，其中有关波德莱尔的描写十分精彩，关于腐朽灵魂的诗句简直无与伦比。只有普鲁斯特的感情才能如此深切。我称之为现代性，如果颓废成为一种普遍现象，文明将走向毁灭。在美国的侵蚀下，文明会以另一种方式毁灭，而这更加不值。文明对我来说，就是身体的一部分，与我同生同灭，如同我所热爱的其他生灵，当它们消亡时，会在我身上复苏，而只有当我死亡时，它们才会与我一同消亡，甚至还能再延续 50 年之久。不知道你是否理解我的意思。这可能是利己主义，也是让我绝望的原因。但我想，这难道不更能体现出我们之间基于相互理解的友谊的价值？这是比爱情更牢固的情感。爱情只有在陌生的状态下才能存在，一旦相互熟悉就会消亡。

星期六，我在香榭丽舍大街喜剧院（Comédie des Champs-Élysées）看了吉纽[1]的《英文教师》（*Le Prof d'anglais*），茹韦（Jouvet）在剧中演技出色，瓦伦丁·泰西耶的话……显然，她这次的角色不如《安菲特律翁 38》中的阿尔克墨涅。虽然她在剧中的角色艺术性稍有欠缺，却更具女性特色，更能感受到她的个性和无法抗拒的魅力。我很兴奋，这种感觉已多年不曾有过。虽然兴奋之情在逐渐减弱，但我一想到她，对她的爱慕之情仍会油然而生。我对她产生了感情，星期六晚上的演出让我想入非非，我愿意以自己 10 年或更长的生命换取这个女人 10 天的爱。如果星期六当天让我在巴黎高师和她之间进行选择，我会毫不犹豫地做出选择。今天的话，我会有些犹豫。等到明天，我会选择巴黎高师。这种沉醉都不超过一个晚上，实在可悲。我边写边又找回点感觉，但与当时的感觉已截然不同。

实际上，除了赚钱，我没有其他目标。必须有钱，才能买我想要的几百本书和汽车，过上宽裕、奢华和精致的生活，与女性交往，给她们购买首饰。这么多事情要做！想到我们要比那些富有且拥有他们不懂得享受的东西的人更加聪明和有品位，就愤愤不平。至少我们要过上几年美好奢华的日子，并尽量使之延长，以后再说以后……解脱。现在已经为时不早。你是否想过，人的意识在死后还会保留一段时间，我们会进入虚无的境界，之后才会结束，圆满彻底地结束……你肯定希望灵魂不死，或者至少会有这个愿望。那就去阅读，反复阅读波德莱尔和普鲁斯特，以及《逆天》等作品吧。如果读完之

1　雷吉斯·吉纽（Régis Gignoux，1878—1931），剧作家。

后,你还想永垂不朽,我就无法理解你了。

　　说真的,只有美是永恒的,一切都应从美学角度进行审视。这样才能立意深远,带来真正的快乐和生活的意义。思想性排在之后,然后才是伦理道德、政党和其他。小资产者只顾着欣赏汽车的坐垫和轮胎,却看不到车的流水线条,只看到妻子令人兴奋的大腿和生儿育女的腹部或某个值得炫耀的部位,却不懂得欣赏漂亮的女人身着优雅的礼服,佩戴闪闪发光的珠宝。的确,就这点来说,你还是有些小资产者情趣,希望你能有所改变。显然,如果我们仔细思考,就会发现美不过是一个幻象,一个由人类创造并注定与之共同消失的东西。但是,我们无论如何也要坚持一个幻象,至少不被欺骗。令我害怕的是,有朝一日,我可能会同其他许多人一样,对美不再有特殊感觉,浑浑噩噩地过日子,你明白吗? 在维冈 [1](Vigan)广场漫步,阅读《快报》,做自己阶层该做的事。你知道这意味着什么? 一想到青年时代的灵魂,就能感受到内心深处的苦楚,除非想着自己当时还是个孩子,对生活尚一无所知。可能我还是个孩子,不愿逆来顺受,我倍感煎熬和气恼。但我知道,我很快就会高兴起来的。

　　再见。

乔治·蓬皮杜

1930 年 12 月

　　附:告诉我你对这封信的看法。

----

[1]　阿尔比中心广场,当地的约会圣地。

乔治·蓬皮杜致罗贝尔·皮若尔函

亲爱的：

来信收悉，你的信缺少一点儿我们之间应有的趣味。我争取能做得好些。你以后给我寄埃斯库罗斯的译文时，无须附原文，就像我每次给你寄送讲义文字那样即可，原文我都有。功课方面，我可以得意扬扬地告诉你，我的拉丁语译法语得了 19.5 分（你没看错哟），第二名 16 分。明白了吧！我的译文被当作标准答案。如果再这样继续下去的话，我会变得骄傲的，但恐怕这种事情还会发生。

你问我对婚姻的看法，这让我想起以前在玛涅[1]夫人家的谈话，本来已经忘记了，当时我还大笑过一场。如你所愿，我已经改变想法，不想太早结婚。不过，不要以为这只是一次简单的转变，我的观点没有改变。过去我支持年轻时结婚，主要是我的外省基因想让自己稳定下来，找到一个目标、一个继续生活的理由。但是我已经前进了一步，不再相信能够找到生活的理由，即便结婚也没用。自从意识到这点，我坚持保有自己的自由。你可能已经注意到，当我们不再相信有幸福和狂热的存在时，态度会转向轻浮。当我们放弃追求永恒时，就会追求昙花一现。这是年轻人的生活令人向往的原因，是我"唐璜"性情的一个方面——希望最大限度地寻求体验，以便接近这种理想状态。我曾经想在婚姻中实现这个理想。我希望婚姻对象至少要符合三个条件：一是必须爱我，二是美丽优雅，三是能够主内。此外，还要有钱。不过这只是私下说说，你是了解我的。如果稍加思考，就会想到莱布尼茨说过的一段恰如其分的话，那些认为世上不存

---

[1]   玛涅（Magna），乔治·蓬皮杜和罗贝尔·皮若尔的一位女性朋友。

在完美的人从未想过绝对完美这个概念本身是否并不矛盾,譬如,上帝既是万能的,拥有无限意志力,也兼有其他一切优点。女人同样如此。想象一下,有个女人既爱我又能在家庭主内;既富有漂亮,还很爱我。然而,富有、美丽,又能主内的女人对我来说已经难以寻觅,就算找到了,她还要爱我,她的(有钱!)父母还要不反对这门婚事。不管怎样,我愿意为之等待。苍鹭的寓言故事很真实。归根结底,一要减少阅读;二要克制焦虑脾气;三要工作;四要当大学教授。

[……]

说到写文章,你向我津津有味地介绍了一本有关颓废的书,我同意你的看法。应该多写文章,但前提条件是"考试成绩要好"。成绩必须出类拔萃,否则我们将会沦为可怜的平庸之辈。其实,"颓废"这个词随处可见。布尔热[1]在《当代心理学随笔》(*Essais de psychologiecontemporaine*)中有过论述,建议你重读(主要是一篇关于波德莱尔的文章)。瓦莱里等许多作家都谈论过这个主题。因此,这篇文章必须集大成,要总结和整合;不能像杜亚美[2]的著作那样,只发出"警示",它要对无法补救的问题进行思考。不要说美国怎样怎样,人们向往的美国是未开化的。可以指出人们为什么要去美国,这会很有意思。这不是西方(主要是指我们的文明)文明的破产,而是西方文明的消亡。说说大学是如何因为布律诺[3]和朗松[4]之流的文学

1　参阅 1930 年 1 月 8 日信函。

2　乔治·杜亚美(Georges Duhamel),小说家、法兰西学院院士,对美国持批评态度。《未来生活情景》(*Les Scènes de la vie future* ,1930 年)一书使乔治·蓬皮杜产生联想。

3　费迪南·布律诺(Ferdinand Brunot,1860—1938),语言学家和文献学家,倾向于改革激进派与和平主义者的共和派,人权联盟首批成员。

4　居斯塔夫·朗松(Gustave Lanson,1857—1934),文学历史学家和文学评论家,1919—1927年担任巴黎高等师范学院校长。

家赞同科学教育占主导而被毁掉的。[一个叫阿达马[1]的法兰西学院院士,专门就此撰文,这篇文章收入《作品报》,他抗议目前留给科学的"荒谬的份额"(太少),理由是物理和数学课共 8 小时,而法语、希腊语和拉丁语课共 11 小时,还归在 A 类,他们还是希腊语专家!]这种论断太过了! 当然每个人都应该接受科学教育,这是件好事,但也不要对此抱有幻想,对那些将来不打算从事科学的学生来说,这应该是次要的。事实上,高中的科学只是不求甚解地学习定理而已。文学则恰恰相反,它能够塑造思想,同时为伟大学者带来科学无法给予的快乐,而更重要的思想则是由哲学完成的。科学的主导地位,归根结底是物质的主导,并由此延伸开来。我说的当然不是那些要当大学者的人。我认为应该为未来的科学家专门设立科学类,像过去的 C 类一样。应当防止目前的改革导致科学比文学显得分量更重,应该让它们得到平等对待。

[……]

我记得自己曾经对浪漫主义有过阐述,一是浪漫主义比古典主义少些病态,二是艺术是一种病。

我在谈到这些关系时用了"梅毒"这个词,表示这有悖于事实,有碍行动。或许有行动的方式,但重点在于是否采取行动,艺术就是思考。我对皮埃尔·拉塞尔[2]和法兰西行动冷嘲热讽,对公职人员的背叛含沙射影,把法兰西行动的理论概括为:"充满激情,多情与共和信

1　雅克·萨洛蒙·阿达马(Jacques Salomon Hadamard,1865—1963),数学家,在数论和密码学方面有研究,反对纳粹主义。

2　皮埃尔·拉塞尔(Pierre Lasserre,1867—1930),文学评论家、记者、散文家,曾担任高等研究应用学院主任。他的研究对法兰西行动有影响力,夏尔·莫拉斯于 1914 年同他决裂,认为他对德国文化敌意太深,夏尔·莫拉斯所接受的日耳曼语教育对此十分敏感。

仰的浪漫主义英雄,综合了所有神经官能症。"我倒要看看蒂弗罗[1]
这个民族主义者会说些什么。

　　我刚阅读完纪德的《阿曼塔斯》(*Amyntas*)和《安德烈·瓦尔德的
记事本》(*Les Cahiers d´André Walter*)。《阿曼塔斯》很一般,《安德
烈·瓦尔德的记事本》是纪德青年时的一部很有趣的作品,但有许多
地方写得不好,无果而终,观点不中立,到处都是引文,还不如咱俩之
间的通信!这让我在写作上受到鼓舞。我还读了《哈姆雷特》,太棒
了!翻译得相当好,我得买这本书。我打算明年开始学英语,德语就
不专门学了,准备 1932 年去德国度假。等到巴黎高师二年级时,我
准备学意大利语和西班牙语,假期去英国,下一个假期再去德国。如
果能考取教师资格,我会尽量去趟马德里。去意大利游历可以提高
语言水平,能更顺畅地阅读但丁、莎士比亚、歌德、塞万提斯等作家的
作品。我放弃了斯拉夫语,学俄语的主要兴趣在于阅读小说,而这方
面已有好的译著。希伯来语也放弃了,虽然有些遗憾,但实在太难。
梵文也放弃了。我猜你也一样吧。我不会说中文。

　　[……]

　　你说我们可以通过废除战争、做素食主义者,或是克制我们的无
限欲望和需求等方式,找到一个更美好的世界,但这些话毫无用处,
就算只是字面意义上来看也是如此(尽管我同意你所说的生活与幸
福的概念相互矛盾)。

　　就此搁笔了。你可能觉得我的信没什么特别之处,但我认为它
绝不无聊。亲爱的老朋友,快点给我回信。

　　再见。

乔治

　　1　保罗·蒂弗罗(Paul Tuffrau, 1887—1973),文学家、作家、巴黎高师教授(1908—1914)。
拥有文学教师资格(1911 年),乔治·蓬皮杜在路易大帝中学文科预备班时的教师。

附：我读了吉罗杜的《热罗姆·巴迪尼》(*Jérôme Bardini*)，内容一般，但结局不错。

乔治·蓬皮杜致罗贝尔·皮若尔函

亲爱的：

[……]

读完《幽谷百合》(*Le Lys dans la vallée*)后，除了路德维希 [1] 的《拿破仑传》，其他作品都让我提不起兴趣来。不是因为这本书写得好，而是因为拿破仑太值得钦佩。我读这本书的感觉，绝不是现在写下"值得钦佩"四个字这么简单！总之，最打动我的，不是看到一个我所了解的军人：路德维希（以和平为目的）是从知识渊博的人的角度来描述他的—— 一个无所不知、无所不能的人，一个拥有坚强意志的人！的确，只有意志才能消除绝望和无休止的消沉。还要工作。所有这些人物都是伟大的实干家，我们必须效仿他们，明年一整年都要不停歇地忙碌。女性、艺术、政治将占据我们学习之外的时间，我们不能忘记学习……此外，还有睡觉、吃饭、喝酒之类的次要事情必须得做（至少对你来说如此）。

[……]

再见。

乔治·蓬皮杜

1931 年 2 月 7 日　星期六

1　埃米尔·路德维希(Emil Ludwig, 1881—1948)，原名埃米尔·科恩(Emil Cohn)，德国作家，以撰写通俗传记(《歌德传》《俾斯麦传》《拿破仑传》《米开朗基罗传》《埃及艳后传》)而享有国际声誉。

乔治·蓬皮杜致罗贝尔·皮若尔函

亲爱的老兄：

　　[……]

　　我的"知识分子"生活有些趣味了。我继续大量阅读，不要以为我会忽视巴雷斯，他的作品我基本全读过了，《在野人眼前》(*Sous l'œil des barbare*s)中有一些段落触动过我，我已经有一阵子没有再读了。你先别看这本书，我会买下来，复活节时带给你，我们一起阅读这本书和《美丽的约定》(*Le Grand Meaulnes*)。我刚刚重温了《安娜·卡列尼娜》，这真是部好作品。但我要批评托尔斯泰，他的风格不够突出，作为全书的次要情节，列文的故事所占篇幅过长。我对这个笨家伙不感兴趣，希望列文和其他次要人物一样，在小说中占的分量更小些，但我理解作者的目的是为了展示生活的复杂性和表现生命之间的反差。这本书在最后给出一个令人厌恶的道德忠告，但更让我气愤的是，小说在安娜去世后，竟用了 40 页篇幅描写列文的信仰皈依。小说中对安娜·卡列尼娜的描写可谓至善至美，包括她是如何离开丈夫，不顾荣誉；感觉到渥伦斯基的爱一点点消失时，她如何进行抗争，以美貌吸引注意力；绝望；自杀……非常精彩。如果你还没读过这部作品，就无法理解我的感受。我的内心深受触动，这部小说展现了人类的痛苦，令人震惊。

　　阅读这本书，我有两点感受。一是我认为当下的文学正处于低谷。我们喜欢的作家非亡(普鲁斯特)即老(纪德、瓦莱里)。"年轻的"像吉罗杜之流虽然有才华，但无一例外地让人感觉"平庸"，缺乏力量，缺乏人性的深度！超现实主义者，这些年轻一代压根不知道艺术为何物。这很糟糕。自古以来，年轻人都有他们心目中的偶像，可以以此与"老一辈"的不理解对抗。但现在谁能担此重任？没有这样的人。诗人不存在了，小说家很平庸，戏剧家也极端无聊。我最近看了朱尔·罗曼（Jules Romains）的剧目《克诺克》（*Knock*），台下观众嘘声一片，作品非常一般，毫无亮点，就连评论也一样。这种衰落是无法补救的，除非新一代突然出现。但是，他们在哪儿？你认为我们这一代有这种能力吗？我们的思想多么贫瘠，感觉似乎所有的话都已经用各种方式表达过了。还有件可怕的事情，那就是像我们这样的年轻人，对"经典"本应既充满激情，同时也不应盲从；但事实上，我们现在只阅读经典或几乎完全如此。为了全身心投入托尔斯泰，我把吉罗杜扔到了一边。虽然在《墓畔回忆录》（*Mémoires d'outre-tombe*）的结尾已经对颓废做过描述，但我们还是应该创作属于我们自己的作品！我们要阅读瓦莱里、巴雷斯、贝尔[1]这些人的作品，尽量从中提炼观点，而不是简单地人云亦云。

　　[……]

　　无法品味浪漫、年轻和天真的爱情，无法体会包法利夫人和安娜·卡列尼娜的决绝和令人扼腕的深情，这难道不是变老的可怕证据吗？从某种意义上说，我相信爱情。毫无疑问，普鲁斯特是正确的，他说我们自我欺骗地相信那些错过的东西。但是我相信，真正的爱情是存在的，因人而生，由人而生。

　　人们也许总是抱有太多幻想，但失去幻想，人们将永远无法再爱，爱情的深度和强度并不会因为失去幻想而有所削弱。只是这样的爱情实属罕见，需要有天时地利才能维持下去。多么神奇的情感。

　　[……]

　　现在的我正清晰地体验着这种人类的痛苦情感。我对普罗大众有种"怜悯"之情，讨厌和鄙视身边那些平庸却自以为是的人。广义的人道是能得到同情的……我现在很想摧毁这个世界，加快人类的

1　参阅 1930 年 4 月 7 日信函。

毁灭,想要在政治上实现自我。……一切都是真真假假,任何问题都无法得到解决,空有人道亦是徒劳的。我们如此渺小,生命如此短暂,我们已经有那么多痛苦要承受,为什么每个人还要世界围着自己转。

　　这些有点儿扯远了。无论如何,看看《安娜·卡列尼娜》吧,第二卷中,安娜去世之前的部分十分精彩,真实、可悲,让人想要嘶吼。她的自杀、无趣、可怜,没有任何虚情假意,都是赤裸裸的,令人害怕。我差点看哭了,阅读这部作品让我感受到一种不寻常的活力。但是,这本书非常朴素真实,是我所读过的书中最动人的一本,至少是最好之一。我三年前曾阅读过,但当时留给我的印象与现在不同。

　　[……]

　　再见。

乔治
1931 年 2 月 21 日　星期六

乔治·蓬皮杜致罗贝尔·皮若尔函

亲爱的老兄:

　　[……]

　　你说只有在"伟大文明"时期,思想才会有沃土,并引用了康德的话来印证。我认为"伟大文明"这个词的含义并不清晰,应该称为"上升的文明"。我们所处的时代,文明其实并不贫乏,而是过于泛滥,甚至会因文明泛滥而死。如果说没有纯粹意义的活跃思想,那就少用"思想"这个词,不应该把美学的一切都归入其中。对瓦莱里、纪德、波德莱尔等人都应如此。只不过人们为了忘掉这些,在行动中不时地逃避。但这只是一种慰藉,对我们懦弱的慰藉。

[……]

你批评我总是玩世不恭,对此我要抗议！的确,我是有些玩世不恭,但其实是以一种怀疑主义的眼光对几乎所有的解决办法进行观察,但从不表态,或只是自我解嘲。玩世不恭绝不是缺乏深度,也不是缺乏学养,更非卖弄学识。无论如何,这完全不是凡事均沾,却不肯做出任何牺牲的态度。譬如,读到一首好诗却不问好在哪里,这绝不算玩世不恭。恰恰相反,玩世不恭是一种美学,是对艺术真谛的深入探寻。在思想方面,玩世不恭表现为对思想的怀疑与把玩,不过前提是先要了解思想。我不是说自己有深度,而是说深度与玩世不恭之间并不矛盾。

我最近阅读了大量书籍,吉罗杜的《蔷薇花》(*Églantine*)好得出乎意料,库特林的戏剧令我开怀大笑,我还读了一个佛教徒的一生的故事,并摘抄了一些格言:"苦行的人和不关心生死苦痛的人只能苦上加苦。""女人伴随世界而来,死神也会到来。采摘鲜花送给你的妻子,耽溺于花朵的色彩,沉醉于花朵的芬芳:死亡窥视着你,你不会感到知足,直到成为他的囊中之物。""这天——与世界告别的日子,终于不可避免地来了。可是,不情不愿地离开又有何益处?"等。

再见。快点写信。

乔治

1931 年 1 月至 2 月

乔治·蓬皮杜致罗贝尔·皮若尔函

老兄:

[······]

我还是疯狂地阅读,间或读一本侦探小说! 我读了爱伦·坡的《新怪异故事集》,重温了精彩的《空谷幽兰》(巴尔扎克),书里有句话写得很好(复活节时给你看我的摘抄,会让你高兴坏了的)。你知道维尼写给德·吉拉尔丹夫人[1](她没结婚时曾经爱慕过他)的诗篇吗? 我最喜欢结尾的两行诗:

> 戴尔菲娜,那时的你不算倾国倾城,
>
> 然而你有忧伤的眼神,白皙的面庞。

总之,我读了很多书,对巴尔扎克、司汤达这些作家的经典作品越来越喜欢,厌烦平庸的现代作品。我找到了满足愿望的途径,那就是把时间用在愉快的阅读上,不停地阅读,阅读……但是时间不够用,我们明年要一起读很多很多书,而且,你可以利用假期赶上进度,我买了很多喜欢的书,我很高兴用自己省下的钱做这件事。我当然要和你一起阅读有关颓废的书。不过,我不认为应该围着美国转。美国只是这个世界的后来者,美国精神的泛滥之势必将退却。此外,我们还应该阅读大量其他书籍,我想写一本关于他的书,因为我觉得现在还没有一本关于波德莱尔的权威书籍,比福[2]在我的作业本上批示,他认为我关于浪漫主义的一些观点非常独特。我们还应该阅读

1　德·吉拉尔丹夫人(Mme de Girardin),原名戴尔菲娜·盖伊(Delphine Gay),曾与维尼过从甚密(1822),后来两人决裂。1848年两人重逢,她已与埃米尔·德·吉拉尔丹(Émile de Girardin)结婚,维尼出版了她的第一部诗作《古今诗集》(*Poèmes antiques et modernes*)。

2　比福(Buffaux),路易大帝中学的文学教师。

普鲁斯特的作品,还要设法在剧院或电影院找些事做。这有两个原因:一是挣钱,二是工作环境好。

　　[……]

　　总体来说,与书本中描述的人生相比,我的生活没有任何惊涛骇浪。而且,我对人类开始感到厌倦。

　　[……]

　　总之,你说的没错,只有我们之间的友谊能够超越一切藩篱。毫无疑问,我们的友谊最为重要。与女性的关系总是掺杂着或多或少的爱情:带着爱情的友谊。这也是我无法对西蒙娜[1]的事情给你提出建议的原因。不要被她牵着鼻子走。你明年就会来巴黎,如果与她恋爱,到时候丢下她自己离开,你会对造成的痛苦感到自责。你无须欺骗自己,到了这里你会很快忘记她的。这样的遗忘会十分残酷,但也没有别的办法,在某种意义上说,这样反而更好。总之,来巴黎时尽可能保有自由吧。我同意你把西蒙娜当作普通朋友,仅此而已。带着爱情的友谊,我很了解,但谁又能不被爱情所伤,全身而退呢?而且,你还有别的事情要忙:你必须在这里准备考试,谈恋爱最浪费时间。你必须非常努力,因为你毕竟不像我,已经上过三年文科预备班,学过八年希腊语,我即便不学习,也可以完成一篇论文或译文。你肯定会因为不适应,感觉笔试和口试练习困难重重,不知所措。必须在历史、哲学、希腊语上,弥补短板、查漏补缺,你也许不知道该如何有技巧地掩饰自己的无知,这种技巧只能来自实践。所以,你得下大工夫,现在就要在口试上多努力,因为在5月5日至7月8日这段时间里,你要准备资格考试,不会有闲暇时间。你必须要考上巴黎高师。赶快准备吧,我觉得你的时间已经很紧张,必须进入"紧急"状态。

　　1　西蒙娜(Simone),罗贝尔·皮若尔的一位女性朋友,现已无法考证。

　　你的社会主义主题演讲有点模糊。总体而言,我之所以接受社会主义,是因为我相信它的未来前景,能够让我们成为主宰;而且至少可以减缓痛苦(贫困、战争)——这其中的任何一项都足以让人痛不欲生,何况是两项的累加。社会主义可以满足我们的同情心。但我不想装作已经统一了思想:仍然有无穷矛盾存在,该如何解决? 是否存在一种比较丰富且没有矛盾的思想? 譬如,我请你去掉"无政府"这个词,因为它意味着过于乐观和天真。用一个非常传神的词"虚无主义"替换它,表达的是极度悲观和无法逃避的情绪。总之,我们的逻辑是不虚无毋宁死,社会主义在行动上的动员正符合我们对当下社会的厌恶,同时满足我们利他主义的愿望。不过我要强调的是,这只是非常有限的调和,我感觉对一切或几乎一切事都可以真诚地表示支持或反对,虽然这样做很艰难,但大家都喜欢明确的态度。

　　再见。请快点给我写信。

乔治
1931 年 2 月 28 日

(竟然与上封信隔了一个月!)

附:把我的希腊语译文寄还给我。

乔治·蓬皮杜致罗贝尔·皮若尔函

亲爱的老兄:

　　[……]

　　我们可以一起完成很多事情。你还记得《传道书》(*L'Ecclésiaste*)中这样说"孤单的人是不幸的,当他跌倒时,没有人会扶起他"吗? 幸亏有上帝,你才不孤单。我们是两个人,我们的友谊毫不盲目,超越了礼节和狭隘，无论他人和命运愿意与否，我们彼此绝不放弃对方。不论发生什么，你都可以信任我；我也一样，不论发生任何变故，都可以信赖你。如果你生病了，也一定会好起来的。我们只需要把计划延迟。如果你生病了，你的病并不能阻止你写作，你可以写一部小说，你肯定不缺题材。你一定能得龚古尔奖！

[……]

1931 年 3 月

乔治·蓬皮杜致罗贝尔·皮若尔函

亲爱的老兄：

[……]

我暂时放下手头所有的事情（至少是我的愿望），疯狂地阅读。不知道上次我是否和你提到《在野人眼前》这本书。我刚刚读完，这本书很精彩，我肯定会给自己买一本，复活节你就可以陶醉一番了。再清楚不过了！巴雷斯这个家伙有种独特风格！除此之外，我还读了《少女求夫记》(Juliette au pays des hommes)，我对吉罗杜真的有些失望。他总是一成不变，风格有点沉闷，就那么零星几个小观点。他的作品缺乏力度和人性真理，文藻虽然华丽，但处处华而不实，让人吃不消。所以，我干脆不再读了。我写了一篇关于他的文章。我既不会毁谤他人，也不愿写任何毫无益处的歌功颂德的文章。我在写作时文字会非常直率，对此我也有些不解：我不会违背心意地赞美，但能够十分得体地避免口诛笔伐，至少在我愿意这样做时如此。

我还读了《安娜·卡列尼娜》，更确切地说是重温了这部美妙的书。我有多讨厌英国小说，就有多喜欢俄国小说，尽管俄国小说与法国小说在理念构思上完全不同。我特别喜欢《安娜·卡列尼娜》,喜爱程度甚至超过了《战争与和平》,虽然后者更加知名,在思想方面也更有成就。我读了波德莱尔非常著名的《浪漫派的艺术》(*L'Art romantique*),如果你想了解文学评论是什么,而不只是想了解德拉克洛瓦(Delacroix)等人的话,你可以看看这本书(我会购买这本书)。

　　这就带出了你向我提出的有关艺术的问题。你的见解很正确。我们自认为是艺术家,其实我们在艺术方面相当无知。不管你是否愿意,我打算明年制定一个卢浮宫研究计划,对每个大厅逐一进行仔细研究,争取增加了解。我希望能深入了解几位画家,参加几次研讨会,只有掌握了这个行业的细节,才能在谈论绘画时不说太多外行话。雕塑方面也是如此。

　　音乐方面,我们争取入门。这里有精彩的音乐会,我们可以经常去听。

　　最后,我们还要做些功课,一起学习。还需要我说吗? 我们应该边阅读边做笔记,否则读了也会忘。我相信我的记忆力很好,但还是会把读过的东西忘得一干二净。我读了很多巴尔扎克的作品,但大部分都忘记了。这很糟糕,既没有从阅读中得到任何裨益,又因为读过而失去了重读的欲望。如果我重读一部曾读过但又记不起内容的巴尔扎克小说的话,我会感觉一切内容都理所当然,不会产生新鲜的愉悦感。作家的名声太大,反而会对许多作品,特别是外国经典作品产生不利影响。譬如,我们反复听到索福克勒斯的故事,即使没有阅读过他的作品,也对他十分了解,因此阅读时不会再有欣喜的感觉。这也是我把普鲁斯特后四部作品——两卷《阿尔贝蒂娜》(*Albertine*)只能算短篇,两卷《重现的时光》(*Le Temps retrouvé*)可以算中篇——放在一边,等假期时再读的原因,因为只有假期的时候才能享受阅读,好好品味书中的内容,像复活节这样的节假日,我们必须好好用功。

[……]

再见。

乔治

1931 年 3 月

乔治·蓬皮杜致罗贝尔·皮若尔函

老兄：

[……]

我基本开始回归家庭观念，并同意普鲁斯特等人的观点：像我们这样的男人，不应找个家庭主妇。找家庭主妇类型的女人只是权宜之计。女人应该像贝丽妮丝·德·巴雷斯 [1]（Bérénice de Barrès）那样，成为我们的弓箭利器（陈词滥调！）。我的意思是，我们必须找到那些被遗忘的以及我们需要的外在东西，波德莱尔就属此类。我对这个问题思考得越多，就感觉与波德莱尔更加接近。不知道是他塑造了我，还是他恰好与我完全合拍，我从他身上发现了自己。阅读了有关他的书，我发现他与我有很多共同的兴趣。

[……]

再见。

乔治

1931 年 3 月 10 日　星期二

1　影射莫里斯·巴雷斯的《贝丽妮丝的花园》（*Le Jardin de Bérénice*），《自我崇拜》（*Le Culte du moi*）三部曲之三。

乔治·蓬皮杜致罗贝尔·皮若尔函

亲爱的老兄：

　　[……]

　　此外，我必须要说的是，波德莱尔并未占据我的全部灵魂，在我的灵魂深处，还有苏格拉底、拿破仑、卡利克勒－尼采（Calliclès－Nietzche）和其他人（饶勒斯、伊壁鸠鲁等）的影子。这说明人心多么复杂，从而对行动产生多么大的危害。这也说明我们不属于当下的时代思想新潮——这类新潮的弄潮儿往往是波德莱尔那种浸透了几个世纪沉淀下来的复杂、无奈、无果和矫情的文明的传承者。我们同时代的人是那么简单和幼稚。要注意到，我们身上也有这种特征，这对我们来说是非常致命的。但是，总体而言，我们正处在一个世界的末日，我相信一个新的社会正在孕育，它将是国有化、机械化和美国化的。这是西博格[1]的《上帝在法国？》（*Dieu est-il français ?*）一书中提出的问题：要么灭亡，要么走上机械化（或多或少）。就算我说要选择灭亡也是枉然。为此，我们要自己写一本关于没落的书，宣布一切都已结束，因为我们认为这种文明是无济于事的。可以确定的是，正在酝酿成形的是一种美式文明、一种野蛮文明，在这种文明中，想要让作品流传下去，远比中世纪时（印刷制品）要容易得多，这将是与我们的希腊罗马文明不同的一种全新文明，其具有扩张性与开阔的眼界，但会略微丧失品位。此外，还有过去不了解的科学。在科学的推动下，人们不知道会被带向哪里。如果科学只用来解释宇宙，它是完美的。然而，各种神奇的应用让人对科学产生恐惧，在得知民粹不可

_____

1　弗里德里希·西博格（Friedrich Sieburg，1893—1964），德国作家和记者，1926—1929 年担任《法兰克福日报》（*Frankfurter Zeitung*）驻巴黎记者。1930 年，格拉塞出版社（Grasset）出版他的成名作品《上帝在法国？》。这部作品引发一场激烈论战，西博格把法国描述成一个不合时宜但充满魅力的国度，人们满足于小家小户的小幸福，轻视德国的工业化进步。

救药的愚蠢之举时，我对未来会爆发一场毁灭一切的战争并不感到
吃惊。这样的生活已是不幸，不应再让它陷入野蛮。我很奇怪他们
怎么会变成民粹。我知道这是（利己主义的）水到渠成，在法兰西行
动的理论中可以找到依据，但这些都是 1914 年以前的情况。一战使
人们明白，人类要不惜一切代价，避免再次爆发战争。而且，我敢说，
我宁愿对德国让步，也不愿打仗。让步只涉及荣誉的问题，但战争会
毁灭掉我们所捍卫的一切，非常愚蠢。从莫拉斯所说的这种实用精
神出发，我们必须坚持和平思想。

　　[⋯⋯]

乔治·蓬皮杜致罗贝尔·皮若尔函

亲爱的老兄：

　　[⋯⋯]

　　接下来要谈谈政治了，这让我想起总统选举 [1]。中间派和许多激
进派愚蠢过头。先不去考虑忠诚、勇气等这些美德，我早就对他们不
抱希望了。但他们的智商也远远低于我的想象，但愿我弄错了。他
们没有意识到这次选举在国外产生的重大的糟糕的影响，这一点着
实令人震惊。如果白里安出于无奈拒绝离开日内瓦——这是很有可
能的——我们就有好戏看了！德国会与英国及意大利联盟，我们要
么选择遭人嘲笑，要么选择发起一场小规模战争。我不知道你是否

　　1　1931 年 5 月 13 日的总统选举，目的是选出加斯东·杜梅格（Gaston Doumergue）的继任
者。参议院议长激进派保罗·杜梅（Paul Doumer）看似最有希望获胜。但大选前两天，外交部部
长阿里斯蒂德·白里安成为候选人。第一轮结束后，杜梅的得票已明显领先，但未获得取胜所需
的绝对多数票。后来，白里安退出选举，保罗·杜梅最终当选。

坚持要为国捐躯。就我而言，我丝毫没有这种想法，这实在太愚蠢了。我确信，白里安能够在日内瓦获得外交上的胜利，他回法国后，在邦库尔和其他人的帮助下，可以将此作为资本大加宣传。1932 年参加选举时，这将成为人们的谈资笑料。我打算等白里安从日内瓦回来时，去里昂车站迎接，冲他高喊"白里安万岁"，至少我可以去一趟。我已经在选举宣传时，在电影院里为白里安喝过彩，冲杜梅格吹过口哨。当时这么做的不止我一个。非常遗憾白里安无法当选。可以期待一下 1932 年的大选，邦库尔会成为议会议长，1938 年当选总统。这样的结果很糟糕。我在想 1932 年会做出怎样的安排，不过我相信邦库尔还是能胜出。

[……]

如果你仔细想想，你会发现，这一年来我们都在为未来而活，不是为眼前的未来（考试），就是为长远的未来，但都算是未来。刚刚结束的一年，我们在大学学业方面都取得了很大成功，尤其是我，你在图卢兹没机会出人头地。但是我们在个人修养方面建树颇少，只读了一点书，仅此而已。在其他方面，我们一直拖拖拉拉，行动涣散，只是尽量不无聊而已，没有尝试新感情（除了西蒙娜对你极其克制的感情）。过去的一年只能算是一个过渡，从我们彻底放下的过去到除制定的计划外一无所知的未来之间的过渡。

唯一的核心问题在于，我们是会获得成功，还是会一事无成。其余事情都是次要的，并取决于此。如果成功了，我们会被生活裹挟，欲望接踵而至，生活不会感到无聊，我们会在行动中忘却一切，可能会从日常生活中找到某种信仰。如果失败了，我们就不得不面临自我毁灭或是完全被禁锢的境况。我担心第二种情况发生，如果发生了，最好的办法就是尽可能地抗争，在纯粹的精神世界里躲避，能多久就多久。

［……］

再见了，我亲爱的老兄，给我写封长信吧。

乔治

1931 年 5 月

乔治·蓬皮杜致罗贝尔·皮若尔函

亲爱的老兄：

［……］

这几天，我对未来感到非常担心，对所有事情都很不耐烦。我的烦恼如下（希望得到你的建议）：

梯也尔基金会（Fondation Thiers）和雅典学派：对我没有吸引力。

罗马学派：同上。

获得巴黎高师教师资格：目前不可能。

索邦大学：同上。

教育职业：优点是有假期；缺点是挣钱少、工作枯燥、社会地位一般（你无法想象《世界报》把老师看作混蛋）。此外，因为我撰写论文很艰难，我可能会一辈子做着每周 15 小时上课改作业的工作。即使我做论文的话，也要为一个职位等上 10 年，并且要为一篇拉丁语论文绞尽脑汁，我的下半生都要与拉丁语打交道了。

财政督察专员：优点是开始时的物质条件一般，但收入很快就会增加，社会地位高，经常出席活动，地点在巴黎，有可能与漂亮风雅的女性相识结婚。圈子虽然普通，但比大学的平庸圈子强。缺点是假期少，工作有点无聊，如果我真喜欢上这份工作的话，文化修养有可能被疏忽,希腊语有可能忘光,阅读有可能停滞等。我在究竟是过知识分子的生活,还是过宽裕且能与漂亮女人周旋的生活之间踌躇不定。似乎有种完美的解决之道,那就是在文学上成名。谈何容易!!!这一切都让我烦透了,我对生活有些灰心。我讨厌选择,觉得自己开始变老(无忧无虑、不顾结果做傻事的时光已不复存在)。我心情烦闷,希望赶紧结婚,却丝毫没有向某个女人求婚的欲望。哎! 身居巴黎,每年 10 万法郎,却无所事事! 但是,唉……

你的建议对我很重要。圣诞节时我们可以好好聊聊,到时候我会做出决定。

[……]

非常想念你。我现在心烦意乱,情绪低落。给我写信吧,多写点儿。

乔治

1934 年 11 月 26 日于圣迈克桑

2

命运的徘徊
1936—1944

奇怪战争时期，与克洛德·蓬皮杜的合影

　　战前的那段时光,乔治·蓬皮杜是在法国南部度过的,当时的生活幸福而快乐,但他为国家的前途命运担忧。

　　他在马赛与当教师的朋友罗贝尔·皮若尔再度重逢。工作之余,他和妻子相伴把这个美丽的地方游览了个遍,那时候游客只在度假时才会光临,平时则少有踏足。"当时一片荒芜的莱博(Les Baux)和更加荒芜的圣特罗佩,是我最喜欢的地方。"[1]他如是说。后来他又结交了新朋友,与三位同事结下友谊:皮埃尔·科洛特(Pierre Colotte)、皮埃尔·吉拉尔[2](Pierre Guiral)、让-保罗·德·达德尔森(Jean-Paul de Dadelsen)。达德尔森后来被调任艾克斯-马赛大学(Université d'Aix-Marseille),期间还有作品问世。此外还有圣夏尔中学的德语教师,他是《最后的公民》(Dernier Civil)的译者。该书是德国作家格莱泽(Glaeser)的一部重要诗作。经由达德尔森引荐,乔治·蓬皮杜进入了以马塞尔·布里翁(Marcel Brion)为核心的《南方杂志》(Les Cahiers du Sud)小圈子。

　　乔治·蓬皮杜虽然对教师职业没有兴趣,并对罗贝尔·皮若尔承认过这一点,但他从未疏忽过自己的学生。他的学生文学评论家菲利普·塞纳尔(Philippe Sénart)证实道:"这位年轻教师有一种执政官的胜利姿态,他征服了我们,我们立刻被他迷住了,他是一个花

　　1　参阅乔治·蓬皮杜:《恢复事实真相》,法文版 20—21 页。
　　2　参阅埃里克·鲁塞尔:《乔治·蓬皮杜》(Georges Pompidou),"在马赛教书的乔治·蓬皮杜"章节,让-克洛德·拉泰出版社(Jean-Claude Lattès),630—636 页。

花公子，衣着时髦……乔治·蓬皮杜在教室里走来走去，双手插在口袋里。他跟我们不停地提到拉辛、龙萨、狄德罗、波德莱尔、肖德洛·德·拉克洛（Choderlos de Laclos）和吉罗杜。有时，他会坐在我们的凳子上，让我们坐到他的椅子上去作报告。让学生讲课在当时还很不寻常。当时，在蓬皮杜先生的课堂上，学生与教师不进行讨论。学生仔细聆听教师的讲解，他们崇拜蓬皮杜，即使得到他的鼓励，也不敢反驳他的话。"[1]

罗贝尔·皮若尔与乔治·蓬皮杜在同一座城市教书，两人经常见面，但是他们之间很少交流。我们从其他渠道可以知道，当时，这位戴高乐将军的未来总理对政治还不感兴趣。皮埃尔·吉拉尔说："乔治·蓬皮杜在马赛的那段时间连报纸都不看。"蓬皮杜信仰共和，坚决反对极权主义，不再信奉行动主义。他对当时统治者的失望情绪扩展到他对整个政治的态度。"难道拉瓦尔这个混蛋决定放弃意大利？"这是 1939 年 10 月蓬皮杜给罗贝尔·皮若尔的信中提出的问题。这也如实反映了他当时的心理状态。

1938 年，乔治·蓬皮杜的申请得到批准，他被调往巴黎工作。先是在凡尔赛的奥诗中学（lycée Hoche）任职；不久，一位同行向他提议对换，他便调入巴黎亨利四世中学任职，这是法国最负盛名的学校之一。他在首都安顿下来，与马赛的朋友开始有所疏远，结识了一批忠实的新朋友，包括阿谢特书店（la librairie Hachette）沃布多勒（Vaubourdolle）经典部主任勒内·马亚尔（René Maillard），后者提出让他为拉辛的《布里塔尼居斯》（*Britannicus*）和泰纳的《现代法国的起源》这两部经典著作撰写介绍，本书附录收入了这两篇鲜为人知的文章。

---

1 菲利普·塞纳尔：《我的老师乔治·蓬皮杜》（*Georges Pompidou, mon maître*），战斗出版社（Combat），1974 年。

　　乔治·蓬皮杜刚到巴黎,他的担心很快就得到了证实:法国与希特勒领导的德国之间会爆发战争的前景愈加清晰。1938年9月召开的慕尼黑会议,让这种紧张状态到达顶点。一年后,战争爆发。乔治·蓬皮杜被动员服役,跟随他所属的第141步兵团向格拉斯(Grasse)开拔,在那里充当阿尔卑斯军的预备队。

　　乔治·蓬皮杜对马内斯上校(colonel Manhès)充满友善和敬意,在这位上校的指挥下,部队在10月份向洛林省进发,来到了同敌人交火的马奇诺防线的前沿,在那里经历了"奇怪战争"。天气异常寒冷,部队与敌人进行了一系列令人意志消沉的小对抗。第二年4月,年轻军官乔治·蓬皮杜志愿前往挪威,在抵达(法国境内的)朗德诺(Landerneau)并准备在那里上船时,德军突然于5月10日向他们发起了进攻。最终,他所在的团在敌人的狂轰滥炸下,被迫向贡比涅撤退,边撤边打。6月16日,全团乘火车到达卢瓦尔河畔叙利(Sully-sur-Loire),与德军交战,损失惨重。6月22日,法国签署停战协定。

　　乔治·蓬皮杜荣获战争十字奖章,11月从部队复员。不久之后,他重返亨利四世中学任教。他坚信法国没有彻底战败,用他的话说,他对戴高乐将军抱有好感,不过没有去参加抵抗运动。与罗贝尔·皮若尔的通信反映了他当时的感受。他擅长以高师人的幽默,以挑衅的眼光观察战败的法国。显然,他担心的是,在盟军取得胜利后,法国在1940年前已经消失的政治传统习俗会死灰复燃。他始终对盎格鲁-撒克逊文明持批评态度,担心英国政府特别是美国政府对法国的托管。他对苏联的制度充满困惑。基于以上原因,戴高乐对他而言无疑是天赐之人。经朋友勒内·布鲁耶推荐,他担任了戴高乐办公室主任,这个决定使他得以投身到伟大的政治事业当中,此后再也没有离开。

埃里克·鲁塞尔

乔治·蓬皮杜致罗贝尔·皮若尔函

亲爱的老兄：

[……]

我们复活节再打一场乒乓球赛，我要扳回一局。

你再加把劲，如果明年你能考取教师资格，然后到马赛来，那简直太棒了。你可以见证一下克洛德的高超厨艺(尽管太油了)。我就像奶酪里的小耗子一样随心所欲地生活，两耳不闻窗外事。我们经常一起看几部好电影，或是在拉瓦尔瀑布下流连忘返。其余时间，我们会待在公寓里，房间里时而爆发出"够了！够了！"的呐喊，但更多时候则是"再来一个！再来一个！"的欢呼。我告诉过你吧？我们有些瓦格纳和德彪西的唱片，你一定会喜欢的。

刚收到弗朗丹 1 的信，他还是老样子。我一会儿要给桑戈尔 2 写信。

[……]

亲爱的老兄，热情拥抱你。

乔治

1936 年 2 月 9 日于马赛

---

1   让-米歇尔·弗朗丹(Jean-Michel Flandin)，乔治·蓬皮杜的朋友和同学，曾担任克莱蒙费朗议员和罗亚市(Royat)市长。

2   即列奥波尔德·塞达·桑戈尔。

乔治·蓬皮杜致罗贝尔·皮若尔函

亲爱的老兄:

　　星期六收到你的来信,本来打算立即回信,但是同时又收到了动员令,你一定能想到我们当时有多郁闷。我叔叔弗雷德里克已经被动员服役了,我还在等具体通知。无论如何,我和克洛德还是决定星期日去趟夏多贡捷市,以前我们去过那里。星期六晚上,巴黎上演了可怕的一幕。到处都是行进的队伍,马路上停满汽车,火车车厢里塞满人,车站里停着很多空车,准备运送新动员的士兵。我早料到会如此。[1]　虽然我知道一切都会过去的,但在此之前我们还是会经历一段痛苦的日子。克洛德紧张得要病倒了,我也很烦心。我们星期四回巴黎,你可以给我们写信,写我父母家的地址:皮埃尔-尼古拉街 17号。当然,如果遇上紧急警报或动员,克洛德、我母亲和妹妹会乘车去夏多贡捷市待着,[2] 我会开车送她们过去(除非我应征入伍)。如果我应征入伍了,我会去马赛,但愿星期日或星期一我不用去马赛和你打招呼! 这真是个令人厌恶的时代。

　　[……]

　　尽量推延一下你姐姐的婚礼,别错过玛丽[3] 做的火鸡,我们到时候可以一起品尝,(用我姨妈马德莱娜的话说)上面还要浇上“希特勒灭亡”的红酒。

　　你过段时间尽量给我们寄些照片。你能否在离开阿尔比之前,

　　1　乔治·蓬皮杜此处是指 1938 年 9 月 29 日到 30 日召开的慕尼黑会议上,由于希特勒对捷克斯洛伐克的进攻所引发的紧张局势。会议结束时,希特勒、墨索里尼、英国首相张伯伦和法国总理爱德华·达拉第会晤,抛弃了盟友捷克斯洛伐克。

　　2　夏多贡捷市是马耶讷省省会,克洛德·蓬皮杜的父亲皮埃尔·卡乌尔(Pierre Cahour)医生在当地一家医院当主任医师。

　　3　指玛丽·博代(Marie Boder)。克洛德·卡乌尔和雅克利娜·卡乌尔的母亲 1919 年在西班牙流感中被夺去了生命,她过世后,两个女孩生活在夏多贡捷市的家里,由玛丽照顾。玛丽所做的菜虽然菜品简单,但味道出众。她一直留在这个家庭里,直到 1961 年去世。

通知阿尔比校友会的司库（或秘书长），说我想留在校友会（去年我说想退出），请他把简讯和收据寄往亨利四世中学？

虽然今年开学有点晚，但考虑到眼下光景，我们还是坚持下来了！

星期六，我们在火车站见到了戈尔，一想到痛揍德国人就特别兴奋，他在巴黎东部找了一套公寓。

这里情况一样，除了普遍的焦虑，现在的巴黎和郊区都很无聊，所谓"民众悄无声息的勇气"主要是顺从。星期六上午九时起，各地连一滴汽油都找不到了，大家都感到惊慌失措。

给我们多写信吧，克洛德和我热情拥抱你。

乔治·蓬皮杜

1938 年 9 月

克洛德·蓬皮杜致罗贝尔·皮若尔函

亲爱的老朋友：

你应该已经收到我从朗德诺返回后寄给你的短信。我无法如愿给你写封更长的信，这儿都乱成一锅粥了。乌塞一家[1]（les Houssaye）来了。我们每天还要在家里接收许多难民，都不知道该怎样安排他们的住宿。想到我的乔治正在参加这场可怕的战争，我的心情就焦虑万分，这种感觉无须向你赘言。17 日他从克莱伊（Creil）发来一封短信，说准备向北部开拔，此后，我再也没收到他的任何消息。我想他们应该会向圣冈丹（Saint-Quentin）方向行进。我尽最大努力，让自己鼓足信心和勇气，但对你我可以承认，现在的每时每刻都很艰难。给我写信吧，你要知道你的友谊对于乔治和我来说是多

1　即克洛德·蓬皮杜的叔叔和婶婶。

么宝贵。马赛那边都在谈论什么？你有什么想法？

　　快点给我些消息。热情拥抱你。

克洛德

1940 年 5 月 21 日 星期二

　　你想象不出我婆婆现在的身体状况！她昨天高烧 40 度，不过我相信她只是受了寒。

克洛德·蓬皮杜致罗贝尔·皮若尔函

亲爱的老朋友：

　　我收到了乔治的来信，他在哈姆（Ham）。他告诉我，他们在"坚持着"。他很疲惫，但身心健康，这对我来说是再好不过的消息了。有那么多可怕的危险存在，这总是让我心惊胆战。不过，我已经振作起来，重拾希望和信心。我们现在处于困境之中，但我坚信，我们一定会走出困境的，因为我们不可能变成德国人。

　　[……]

　　拥抱你。

友：克洛德

1940 年 5 月 24 日于夏多贡捷市

乔治·蓬皮杜致罗贝尔·皮若尔函

亲爱的老兄:

　　我一切顺利。你可能从克洛德那儿知道了我的情况。我希望这几天能给你写封长信。你如果有时间的话可以给我写信,这会让我好过一点。

　　[……]

　　我希望意大利人在最后一刻丧失斗志,但这个想法很不靠谱,因为他们认为我们完蛋了。

　　是不是马赛遭到轰炸了?

　　写信吧。

　　热情拥抱你。

乔治

1940 年 6 月 3 日于朗德诺

克洛德·蓬皮杜和乔治·蓬皮杜致罗贝尔·皮若尔函

亲爱的老朋友:

　　我和乔治在利摩日(Limoges)以南的一个小村庄见面了,重逢的幸福无以言表。乔治压根不知道自己什么时候才能复员,是否能返回被占领区;也不知道我们是否要待在这里。如果他复员的话,我们也许能去趟普罗旺斯,和你共度一段时光。我们似乎已经分开了一个世纪。你准备去哪儿,待在马赛还是去阿尔比? 尽快告诉我们你的消息,信寄到乔治的地址。

　　我们住在一间农舍里,幸运的是,当地人很愿意让我寄宿,乔治在部队食堂吃饭。虽然时局艰难,但我们能够在一起就很高兴,其他的已经变得不重要了。我总感觉自己是在做梦,还昏头昏脑的!所以,我就不和你长篇大论了。

爸爸和雅姬[1](Jackie)还在夏多贡捷市。爸爸工作很忙,他是唯一一名医生。当地民众进行了顽强斗争,现在整个城镇被封锁了。雅姬很苦恼,她不能接受与德军为邻。的确,这很难让人接受!乔治让我告诉你,帮我们在马赛找个能吃饭睡觉的地方。他不愿意没安排妥当就出发!

快点告诉我们你那边的消息吧。

热情拥抱你。我们可能会很快见面。

克洛德

老兄,希望不久之后我们能和你聊上一整天。这些日子过得很平淡,幸好克洛德来陪我,一切都还过得去。你马上要休假了吧?具体什么时间?我们得想方设法一起待几天。我们不用谈论那些“大事件”。

你有没有看到《马赛晨报》(*Marseille-Matin*)上关于“141团史诗”(7 月 16 日)的报道?能给我寄一份报纸吗?

写信吧。我会尽量保持头脑清醒。

热情拥抱你。

乔治

1940 年 11 月

1　克洛德·蓬皮杜的妹妹,嫁给弗朗索瓦·卡斯泰。

乔治·蓬皮杜致罗贝尔·皮若尔函

亲爱的老兄:

今年夏天阴沉沉的,天公不作美,心情郁闷,气氛消沉。有段时间我感觉厌烦透顶,希望一切都尽快结束,我们不用再谈论这些事,并且能尽快团聚。所幸的是,我们有个非常可爱的小阿兰。希望你圣诞节能来见见他。我母亲病得很重,不过情况有些好转,其他人都很好。我的工作很轻松,但毫无乐趣,我做梦都想当个百万富翁,靠利息过活。事实上,不久之后得当个亿万富翁才行。也许最让我愤愤不平的是法国人的心态。我想找两三个既有自己思想,又愿意承认其他人不全是笨蛋的人,但真的是白费功夫。人们什么都没忘记,只等能付诸实施时重新运用政治手腕。我现在待在象牙塔里! 你呢,近来怎样啊? 你是在运筹帷幄,还是小成则满? 尽量让自己变得更加丰盈。

给我们写信吧,充满信心,就算是为了我们。拥抱你。

乔治

1942 年 8 月 10 日

乔治·蓬皮杜致罗贝尔·皮若尔函

我亲爱的老兄:

[······]

先谈谈正题。你一定听说了马赛流传的小道消息,知道 141 步兵团打了一仗,然后开始撤退。在这次撤退中我到了利摩日,克洛德七月份来探视过我。8 月 15 日,我们开着达利拉[1](Dalila)到了巴黎,开到修车行,用完了最后五升汽油,从此达利拉就脱下华装,被闲置起来。我们开始自己挑选公寓,在军事学院附近靠近荣军院的地方,找到一套三居室,有厨房和浴室。我们两人在这里安了家,后来阿兰来了,我们三人生活在一起。克洛德没有变化,我从军后略微消瘦了些,显得更年轻了,与我上文科预备班时差不多。我没有给你寄照片,因为也没拍过任何照片。我们这里食物匮乏,你肯定猜得到,幸好有外省家人的帮助,尤其是夏多贡捷市的家人(如果邮政恢复正常,我会想办法给你寄些东西。我请桑戈尔把他领的一斤白糖送给你,我还有些储备,可以补给他)。我们还能生存下去,但是物价奇高,今年我连同外快一共挣了十万法郎,可还是一贫如洗!! 你一定可以想象时下的情景。

学校方面没有什么新情况。我带二年级 A 班和二年级现代班的课,还与奥迪贝尔[2]每隔一年轮流给移民班补习。我对这个职业完全不感兴趣。我倒不讨厌上课,但很讨厌批改作业,我愈发感觉应该另有作为。家庭生活方面,我们没有因为阿兰而做出任何改变。我认为,我和克洛德算是模范夫妻,幸福美满。阿兰是一个结实的男孩,一头金发,活泼外向,我想他以后会是个体育爱好者。他行动有些冒失,性格很好,不过脾气很固执。虽说我们阅人无数,但朋友对我们来说是无法替代的,尤其是你。我还在阅读大量读物,此时在读圣西门(Saint-Simon)的作品。我对俄罗斯小说以及 17 世纪法国文学的兴趣渐浓,尤其喜欢回忆录,很喜欢拉辛、普鲁斯特和司汤达的作品。

看法:可怜的法国! 重建法国需要付出巨大努力,我常在想这是个无法完成的任务。无论如何,首先必须要不受制于人! 我在很多文学作品中都看到过,其他人什么忙都帮不上。他们的宣传非常虚

1　蓬皮杜夫妇给汽车取的名字。

2　拉乌尔·奥迪贝尔(Raoul Audibert),乔治·蓬皮杜在巴黎高师的同学。

伪，无法令人信服，注定要失败，即便今年没有失败，到 1944 年也必定会失败。此外，我强烈希望他们能拖垮苏联，即使苏联赢得了胜利，也不会让我们享有和平。法国大概还应该枪毙一些人，人们才能过上太平日子，为此，我们的首要目标就是要摆脱盎格鲁-撒克逊的托管。但是这一切的前提是打败德国。某些人只把法国视作白兰地、香槟、优质葡萄酒、高档蔬果的供应地，而在这一过程中，我们得到的只是被奴役的地位和一堆工业垃圾，还要拱手奉上阿尔萨斯-洛林、北部和加来海峡，并且得向阿尔卑斯山那头的朋友赠送小礼物。为此，我们决不与这些人谈论欧洲，况且，所谓被占领区的民意几乎一致，甚至绝大多数人都希望以武力解决问题。我多么希望战争今年就能结束，毕竟这不是我们的利益所在，战争拖得越久，死亡人数越多，法国损失就越大。

个人计划：目前来看就是挣钱。"找客户"、为书店打杂等。战争结束后，希望能做点事情。

其他计划：我们必须联手创作几个电影剧本。你尽量发挥想象力，先给我寄两三个提纲来，我们再详细讨论。

家庭方面：我母亲在夏多贡捷市的圣约瑟夫（Saint-Joseph）养老院，她在那里有一个房间，被护理得很好。今年夏天，她心脏衰竭，医院下发过一次病危通知，现在不便挪动。我父亲和我们住在一起，他还是老样子，非常消瘦。我妹妹今年考取了教师资格。我岳父已届高龄，无法接受战败的现实。而整个西部基本已是网中之鱼。

［……］

悲凉之雾，弥漫巴黎。没有公共汽车，没有出租车，几乎没有任何汽车，黑暗笼罩着城市。偶尔上剧院看场节目［德·蒙泰朗的《死去的王后》（Reine morte）不错］，电影看得少了［《夜幕下的来访者》（Visiteurs du soir）不错，《令人尊敬的凯瑟琳》（Honorable Catherine）很有趣］。最困难的是家里没暖气，今年冬天比较暖和，这个问题还不算太突出。

[……]

我很久不下国际象棋了,不过经常打桥牌。希望等复活节时,我们能一起好好下下国际象棋,打打桥牌。我们都非常怀念你的那些唱片。战争结束以后,一定要组织去度假,开着汽车,带着唱机,大快朵颐。要好好享受生活,弥补浪费的时光,我对未来抱有希望。有时,我会追念那些无法挽回的年月,但依然充满信心。战争一旦结束,如果法国只能隔索姆河而治的话,那就太悲惨了。法国目前有两百万士兵阵亡,虽然我们不在其中,但这一切都已无法挽回。战后要做的事情:1.享受生活;2.法国要在国际上占据一席之地。对我来说,我越来越坚定地要做些事情,并且尽情享受生活。这场战争让我近距离接触到了死亡,增加了对生的欲望,也让我找回了对信仰的渴求。不过,找回信仰是件非常困难的事,我仍然有些抗拒。

热情拥抱你。

乔治

保持乐观,乐观! 振作起来! 吻你,再见。

克洛德

1943 年 3 月 8 日　星期一

乔治·蓬皮杜致罗贝尔·皮若尔函

亲爱的老兄:

[……]

这里的生活单调无聊,情况越来越糟。巴黎的魅力正在不断衰减。全天断电,地铁晚上十点停运,每天会响两三次警报,不是躲进地铁，就是和学生一起躲入地窖。地窖都是空的，没有食物可储藏，高温下也无法保存任何肉食，没有什么东西可吃。咖啡馆和电影院经常遭受野蛮搜捕，只能待在自己家里。虽然地铁晚上十点停运，我们还是会与朋友共进晚餐，只是不能待到太晚。我希望这场战争在冬季前结束，但情况是否会好起来，还不确定。对此人们有很多看法，但都缺乏吸引力。克洛德对35岁公务员的普查感到郁闷。你虽然34岁了，但还是单身，属于调查的目标人群，你还有可塑空间。如果你被列入"培养"梯队，就果断地来我们家看看吧。我们为了提振消沉的意志，对空袭表现得不屑一顾，还购置了家具，买了一张帝国时期的客厅书桌，一个单门细木衣柜，更换掉了餐厅里原来那个质地、风格都与整体不协调的木柜子。这些都是要花钱的，是我努力积攒实现的。这说明有些愿望是可以实现的。

［……］

我继续讲讲自己琐碎的事情。星期天，我（应约）去见凯鲁，他家在六层（没有电梯，因为没电），住在楼层尽头的他是这个地球上最自命不凡的人。假如这就是我们中学教育的成果的话，我想我必须离开中学。他虽然态度友好，但显然认为我太年轻，不够资格在巴黎一流的学校担此重任——他本以为只有40岁的家伙才能调到巴黎。结果是，在亨利四世中学的第一年非常清闲，给我安排的是二年级的班主任。他们误以为我有40年的职业生涯，这样的宣传轰动一时。资历是最重要的！……

为了消遣，我重读了泰纳的作品。《布里塔尼居斯》（*Britannicus*）即将出版，印刷用纸已经就位，还需要同印刷厂斗争，因为缺电的缘故，每天只有上午开工。我在整理"桑戈尔"丛书，主题是"法国的殖民思想史"。此外，我计划年底前完成阿歇特出版社丛书（包括司汤达），一旦做出决定，我会通知你。假如你看到有人在编辑这些作家的作品，记得提醒我。我们需要一个年轻人，思想新潮，很聪明,不迂腐,还得认真。(像你一样! 这么多溢美之词!)

　　[......]

　　尽快给我回信,详细说说司汤达。剧本目前没有进展,制片人都不愿意制作,而且没电也什么都做不成。不过,(关于剧本)我有一个想法。我会发给你,我们尽量在暑假时弄出个样子来,希望你到时候至少给我们留点时间。必须做好全部计划,才能在结束前抓住机会(希望这不是我们计划的结束)。

　　就此搁笔,顺致诚挚友情。克洛德、阿兰和我热情拥抱你。

　　　　　　　　　　　　　　　　　　1943 年 3 月 27 日于巴黎

乔治·蓬皮杜致勒内·布鲁耶函

亲爱的朋友:

　　我希望你能给我打个电话,不过对此也没抱太多期望。星期六,我去了全国抗敌委员会(CNR),但没有找到你。我还是打算见你一面。如果不行的话,我就把这封短信留给你。

　　我从科尔尼(Cornu)夫人那里得知你的消息,感到非常高兴。这位女士热情接待了我。如果你什么时间有空能到我家共进午餐或晚餐的话,只要一个电话,随时都欢迎。

　　我有事情要对你讲,准确来说,是我有事相求:我希望你能帮我找份差事。在目前情况下,我不甘心听天由命下去。我想我应该可以——至少暂时如此——做些事情。不是为我自己做事:你知道我

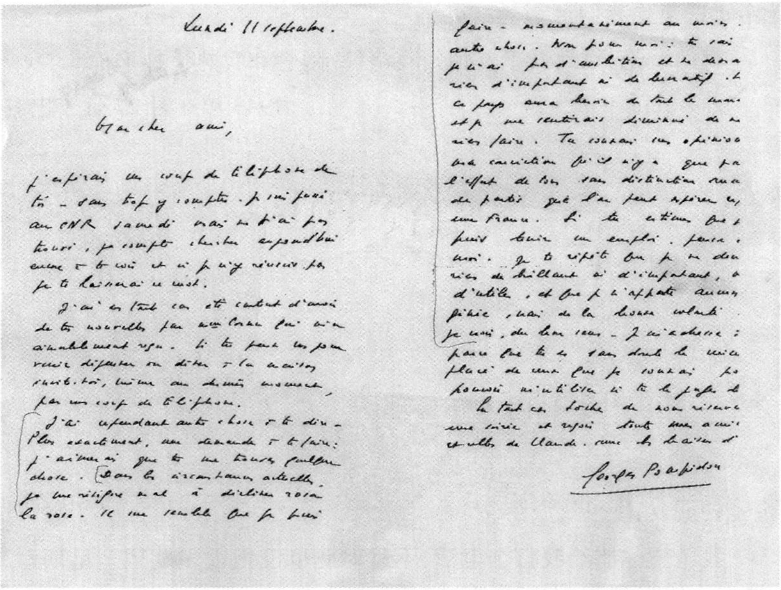

1944 年 9 月 11 日,乔治·蓬皮杜写信给勒内·布鲁耶,希望能在戴高乐将军身边工作

没有野心,也不贪图荣华富贵。国家正需要人,我如果袖手旁观,无所事事的话,便觉得矮人三分。你知道我的想法,我坚信只有不分党派,所有人团结协作,我们才有希望重建法兰西。如果你认为有我适合担任的工作,别忘了我。还是那句话,不求荣华富贵,只要人尽其用,虽然我不是什么天才,不过我有强烈的意志,我相信意志的力量。我之所以给你写信,是因为你是我所认识的人当中最能让我才有所用的人,当然你认为适合才行。

无论如何,尽量抽一晚时间给我们。请接受克洛德和我的诚挚友情,还有阿兰的亲吻。

乔治·蓬皮杜

1944 年 9 月 11 日

克洛德·蓬皮杜致罗贝尔·皮若尔函

亲爱的老兄:

来信收悉,得知你健康平安,我们都很高兴。这周生活非常困难,不过我们还算应对自如。乔治不当教师了,在将军的办公室做事。工作很有趣,不过很忙,我几乎见不到他。

[……]

布鲁耶是将军办公室的副主任。我们在夏多贡捷市的家人一切都好,那里的生活同样艰难。希望不久之后能够与你见面,热情拥抱你。给我们写信吧。

克洛德

1944 年 10 月 3 日

3

追随戴高乐
1946—1947

1954 年 6 月 18 日，戴高乐将军题词的照片

1944 年 8 月巴黎解放，乔治·蓬皮杜在第二天便进入戴高乐将军的办公室工作，这段经历被描述的极具传奇色彩，但在蓬皮杜去世后出版的回忆录中，却被他本人予以澄清。人们以为将军在找一个"会写作并有教师资格的人"，其实不然。将军最终之所以选择乔治·蓬皮杜，是因为后者正好有意从教师转行，并表现出为解放法国这项伟大事业贡献力量的强烈愿望。乔治·蓬皮杜先与巴黎高师的老同学勒内·特多巴（René Trotobas，绰号蒂博，后来当了外交官，是戴高乐将军的亲信，专门负责将军《战争回忆录》的资料收集）联系，但很快就被引见到另一位老同学勒内·布鲁耶那里，勒内·布鲁耶当时是临时政府幕僚长加斯东·帕莱夫斯基的副手，很快他就邀请乔治·蓬皮杜加盟。

勒内·布鲁耶出生于 1909 年，巴黎高师毕业后不久，进入审计院工作，担任参议院议长于勒·让纳内（Jules Jeanneney）的办公室副主任。1943—1944 年，他秘密担任让·穆兰（Jean Moulin）领导的抵抗运动全国委员会主席乔治·皮杜尔（Georges Bidault）的办公室主任。解放后，在米歇尔·德勃雷的支持下，他在戴高乐将军身边得到重要职位。他的能力和性格注定如此。他为人低调，信仰虔诚（1963—1974 年担任法国驻教廷大使），是个敏锐的民主基督教徒，行事光明磊落，从不玩弄权术。他从政绝不是为了操弄政治，为国家效命是他的唯一动因。

勒内·布鲁耶与乔治·蓬皮杜虽然性格迥异,但是两人从合作伊始就不断巩固着彼此的友谊。两人始终保持着亲密的关系,从本章收录的通信可以看出这一点。除了业已存在的相互欣赏,由于他们对所有冒险怀有本能的不信任,这也让两人的关系走得更近。他们之间有天然的共通之处,包括对于法兰西人民联盟的态度。法兰西人民联盟是由戴高乐将军在1947年发起的政治运动,以实现自己重返政坛的目的。自从戴高乐这位发表6月18日宣言的英雄宣布主动隐退后,从1946年1月起,乔治·蓬皮杜最亲密的朋友莫过于勒内·布鲁耶。勒内·布鲁耶当时担任突尼斯政府秘书长(他担任这一职务直到1950年,之后开启了一段辉煌的外交生涯,1958年他与乔治·蓬皮杜再聚首时,担任了内阁秘书长)。

在临时政府总理办公室工作期间,乔治·蓬皮杜与让·多纳迪厄·德·瓦布莱斯建立了稳固的友谊,两人之间经常通信。让·多纳迪厄·德·瓦布莱斯出生于1918年,他的父亲是著名法学家亨利·多纳迪厄·德·瓦布莱斯(Henri Donnedieu de Vabres)。让·多纳迪厄·德·瓦布莱斯是塞文基督徒,学习法律和政治学,被占领时期是学术委员会成员,解放后,担任埃米尔·拉丰(Émile Laffont)的办公室主任,内政部临时秘书长。1944年10月,他加入临时政府总理办公室,担任专员,直到1946年1月戴高乐将军辞职他才离开。他精神上自由独立,对国家无比忠诚。后来他担任了乔治·蓬皮杜的办公室主任,出任总理(1962年4月—1962年10月)。他一直出任政府的各种重要职位:国防部秘书长(1962—1964)、内阁秘书长(1964—1974)、证券交易委员会主席(1974—1980),担任竞争委员会主席直至1986年。

乔治·蓬皮杜很尊敬这位老朋友的品行和能力,对他非常信赖,并赋予他充分的自由。

1944 年 9 月至 1946 年初,戴高乐将军离任这段时期内,有关乔治·蓬皮杜的私人文件已无处可寻,原因很简单:由于他在一位近乎神秘的历史人物身边工作,这位前教师对自己发给朋友的感想心存顾虑。后来人们根据回忆,知道乔治·蓬皮杜进入将军办公室之后,担任的是专员,主要负责国民教育和新闻两个领域的事务。

加斯东·帕莱夫斯基担任办公室主任,对他越来越赏识,很快就让他开始撰写政治事件纪要,这让他获得与临时政府首脑直接接触的机会。不久,将军也注意到他,认为他的文字清晰、准确、有条理。

1946 年 1 月,戴高乐将军离开政府时,已经与乔治·蓬皮杜建立了密切关系,这位“自由法国”前主席任命蓬皮杜到法国最高行政法院任职,但这项任命几个月之后才得以生效。不过,乔治·蓬皮杜这位前专员与戴高乐将军之间并未分道扬镳,在将军做出这个任命决定之前,乔治·蓬皮杜就告诉加斯东·帕莱夫斯基愿意继续为将军服务。在最初 18 个月内,蓬皮杜只与临时政府前首脑碰过几次面。戴高乐待在与世隔绝的马尔利(Marly)一栋租来的房子里,后来回到位于科隆贝双教堂村的家里,始终与政治保持着距离。他的前下属蓬皮杜则在履行行政法院职责的同时,也承担了旅游委员会的工作,非常繁忙。加斯东·帕莱夫斯基赞成蓬皮杜加入将军的核心圈。后来,蓬皮杜被任命为一个特别工作组的秘书长,为将军这位发表 6 月 18 日宣言的英雄重返政坛做准备。此时的前教师乔治·蓬皮杜已经身居要职,与米歇尔·德勃雷、雷蒙·阿隆以及阿尔班·夏朗东(Albin Chalandon)这些人物一起共事。他完成了一项重要任务,起草了一项具有革新意义的法案的法律框架草案,这项工作是他与米歇尔·德勃雷协商完成的。戴高乐主义历史学家让·夏洛(Jean Charlot)指出,“这项法案传承了第四共和国的精华,并试图融入现代化的洪流”。

　　乔治·蓬皮杜对法兰西人民联盟有所保留的态度似乎并不影响戴高乐将军对他的信任,1948 年 4 月 23 日,戴高乐将军任命他担任了总理办公室主任。

埃里克·鲁塞尔

乔治·蓬皮杜致勒内·布鲁耶函

［……］

激进事件继续发酵:米歇尔[1]派和沙邦派都要脱离激进党,而且这也不可能是激进党遇到的最后一件麻烦事。特别是在参议院中,人民共和运动(MRP)成员有可能严重分裂。不过,必须考虑到他们的议员身份,大多数人会为他们的选民权益奋斗。

我希望这样有利于处理好米歇尔事件。

我还是认为六月能赢得 60% 的选票,毕竟到十月份也不会有很大差别。夏尔很乐观。如果你来一趟,我会告诉你他的预测。他和我一样,认为最低也会赢得 200 个席位。

［……］

乔治·蓬皮杜

1946 年 3 月 19 日于巴黎

乔治·蓬皮杜致让·多纳迪厄·德·瓦布莱斯函

议员先生:

我很荣幸地收到您寄来的两封信以及有关基金会[2]的文件。

1　米歇尔·德勃雷。

2　安娜·戴高乐基金会,乔治·蓬皮杜曾担任司库。

我很高兴能去马尔利[1]与基金会主席[2]就有关问题进行商讨，与她丈夫的四十五分钟谈话对我很有裨益。我当专员时不曾有过这样的谈话……

我没有担任任何职务。我可能会与安格朗[3]在旅游方面"稍微做些工作"，并打算专门从事对突尼斯的旅游事务。

我也许还会参加和平大会。

至于其他方面，令人尊敬的掌玺大臣兼司法部部长[4]继续展示出他的才能——您对此很了解——但没有取得任何成效。

伟大的戴高乐对局势非常不满，他或许会要求改变。

您是否还记得，我曾借给您一本瓦隆[5]关于实验社会主义的书？我不知道后来借给了谁，现在这本书的主人迫切地要求索回。如果还在您那里的话，请立刻给我发个电报，让您妹妹去取一下，并找人带给我。

勒内·布鲁耶接到了任命[6]，任命书是由最高当局签署的，他应该很快就得出发赴任，不过好像也不是很着急。

您照片的事[7]我会处理好。

尽量写信说说您的情况。希望我们不久能见面。

请接受我妻子和我对您的最诚挚的友情。

乔治·蓬皮杜

1946 年 4 月 2 日于巴黎

1　戴高乐将军在 1946 年 1 月辞职后，在马尔利租了一处住宅。

2　戴高乐夫人。

3　亨利·安格朗（Henry Ingrand），旅游总署专员。

4　皮埃尔-亨利·泰让（Pierre-Henri Teitgen）。

5　路易·瓦隆（Louis Vallon, 1906—1981），综合理工学校毕业生，从社会党人过渡为新社会党人，后成为戴高乐主义者，并参与创建法兰西人民联盟。1941—1955 年，担任法兰西人民联盟议员，后成为左翼戴高乐派，反对总理乔治·蓬皮杜。

6　出任突尼斯政府秘书长。

7　戴高乐将军签名照。

乔治·蓬皮杜致让·多纳迪厄·德·瓦布莱斯函

亲爱的朋友：

　　很高兴收到您的来信。我看到您的一张照片，完美体现了您的个人魅力。我希望不久之后能去拜访您。

　　选举正在如火如荼地进行。大家都保持着克制，只有《时报》[1]（*L'Époque*）和《人道报》之间相互龃龉，使人沮丧气馁。但他们错了，他们要到10月21日才会重新赢得些选民，而且数量很少。

　　胜利日当天天灰蒙蒙的，非常阴冷，感觉像在过万圣节，举行国丧。有人故意忽视总理人选发生了更迭，高呼"戴高乐万岁"。而此时，前任总理正在旺代（Vendée）的乔治·克列孟梭墓旁沉思。《战斗报》上发表一篇檄文攻击民众，指出"戴高乐将军已经把自己交到了命运手中"。《人道报》记者则更关注事情的另一面，"戴高乐总统在当地赢得了热烈掌声，牧师带着儿童团前去欢迎他。当地市长兼'圣母兄弟'联络网创始人和自由共和党[2]议员米歇尔·克列孟梭[3]先生在城堡里热情接待了他。"

　　我负责的旅游事务进展得不顺利，它患上了严重的"埃尔潘[4]氏"症。这种慢性病的特征是说起话来滔滔不绝、无规律地躁动不安、像两栖动物般自负。对于身体健康的人来说，与病人共处是一件极端痛苦的事情，会让健康人也感觉虚弱无力。这时应该尽快搬离，以便与患者保持距离，拥有更大的空间。不幸的是，旅游总署还患上了另一种病，一种不甚明显却更加危险的癌症。诺埃勒·布鲁耶（Noëlle

---

　　1　由让·路易·维吉耶（Jean-Louis Vigier, 1914—1992）主办的报纸。他是塞纳省议员（1951—1958）。

　　2　自由共和党（PRL），右翼政党，解放后成立，1951年与独立者、农民国家党合并。

　　3　米歇尔·克列孟梭（1873—1964），乔治·克列孟梭之子，解放后担任塞纳-马恩省议员，属自由共和党（右翼）。

　　4　居伊·埃尔潘（Guy Herpin），戴高乐将军的新闻官。

Brouillet)会告诉你的。事事烦心,人们说"路易·菲利普"[1]已经失去了价值,朱勒[2]会在 6 月 2 日以后到财政部任职,这太无耻了。如果真是这样的话,我就得失去与塞加拉[3]的崇高友谊。塞加拉是个让人感到愉悦的人,他把目光投向了联合国(不要把联合国与动物园混淆,虽然两者有些相似之处)。还有什么可以抚慰不幸者的呢?

[……]

最高行政法院也指望不上。伟大领袖因失望而难过,但仍然对强硬反对派和捏造出的各种传闻予以坚决反击。我们经常与特里斯坦(Tristan)打交道,搞不懂伊瑟(Iseult)为什么会喜欢他。他总体来说是出色的,但我发现耶稣会士支持一个叫泽尔比尼[4]的人,这个人非常友好。我得去见见总理,研究一下是否有可能发动新的攻势。

请转告我们的好朋友我会给他写信。我知道他对股市很感兴趣,这里有些信息供他参考:皮杜尔[5]阵营呈上涨趋势,费力克斯[6]呈

1　安德烈·菲利普(André Philip, 1902—1970),新教徒、社会党人。1920 年加入工人国际法国支部,成为罗纳省社会党议员(1936—1940),1940 年反对贝当当权,抵抗运动者,1946 年再次当选罗纳省议员,被任命为布鲁姆内阁经济和财政部部长(1946 年 12 月—1947 年 1 月),1947 年担任拉马迪耶内阁经济部部长。

2　朱勒·默克(Jules Moch, 1893—1985),综合理工学校毕业生、社会党人。1928 年当选德龙省(Drôme)议员,后来当选为埃罗省(Hérault)议员。

3　安德烈·塞加拉(André Segalat, 1910—1986),先后担任国务委员(1935—1945)、政府秘书长(1946—1958)、法国国营铁路公司董事长(1958—1975)、宪法委员会委员(1977—1986)。

4　乔治·泽尔比尼(Georges Zerbini),费力克斯·古安的办公室主任。

5　乔治·皮杜尔(Georges Bidault, 1899—1983),历史学教授,接替让·穆兰,担任全国抵抗运动委员会主席。基督民主人士,解放时期人民共和运动(MRP)领袖人物之一。1946 年 6 月至 12 月,担任临时政府总理;1949 年 10 月至 1950 年 7 月,担任第三势力联盟(SFIO、MRP,多个左右翼政党)的领袖。后来,他反对戴高乐将军的阿尔及利亚政策,被派往美洲国家组织,直至 1968 年才返回法国。他是勒内·布鲁耶和诺埃尔·布鲁耶第二个孩子阿兰·布鲁耶的教父。

6　费力克斯·古安(Félix Gouin, 1884—1977),1928 年起担任罗讷河口省社会党议员,抵抗运动者(1940 年反对贝当当权)。在里昂审判中为莱昂·布鲁姆辩护。1944 年担任临时协商会议主席,接替戴高乐将军担任临时政府首脑(1946 年 1 月至 6 月)。

下跌趋势,但多列士的威胁对他有好处;胡格诺派菲利普[1]没戏,长腿[2]变成了"短腿"(courte cuisse);工人国际法国支部也有麻烦:保罗-邦库尔[3]集团破产,布洛克、格伦巴赫、吉尔贝特·布罗索莱特[4]呈上涨趋势,有损于尔根森[5]的利益。萨尔蒙[6]呈下降趋势,暂时没什么前途。帕尔佩[7]继续压制伊曼[8],一枝独秀,保罗·雷诺[9]负责敦刻尔克重建。我们还会有许多惊喜。

　　我关注着照片的事情。不过,我得告诉您,我只获得了居伊[10]集团的有限支持。如果我能说服他们,我会给您寄去一个精美包裹,以免您舟车劳顿。

　　我们的教士团体[11]已经走上正轨,6 月 15 日会向我们敞开大门。财政方面不是很好,您就任后的任务很重。不过,我们一定能克服困难,我相信睿智和诚实的管理能够让我们坚持下去。

　　请记住,既然有从巴黎到突尼斯的路线,就有从突尼斯回巴黎的

　　1　安德烈·菲利普。

　　2　此处指亨利·隆尚邦(Henri Longchambon,1896—1969)。因亨利·隆尚邦的名字与 long jambon 谐音,故作者戏称为"长腿"。他 1938 年担任法国国家科研中心(CNRS)主任,抵抗运动者,先后担任罗纳省省长,罗纳-阿尔卑斯大区共和国特派员,1946 年担任古安内阁供给部部长。1947 年当选共和国总理(左翼民主派)。

　　3　约瑟夫·保罗-邦库尔。

　　4　吉尔贝特·布罗索莱特(Gilberte Brossolette,1905—2004)是伟大的抵抗运动者皮埃尔·布罗索莱特(Pierre Brossolette)的遗孀,她先后当选为塞纳省社会党参议院议员(1946—1958)和参议院副议长(1946—1954)。

　　5　让·达尼埃尔·于尔根森(Jean Daniel Jurgensen,1917—1987),高师人、抵抗运动者、罗贝尔·萨尔蒙的朋友,1942 年加入"保卫法国"运动。他与萨尔蒙共同起草了总统制宪法草案,对 1958 年宪法的制定有借鉴意义。后来担任外交官和法国驻外大使。

　　6　罗贝尔·萨尔蒙(Robert Salmon),生于 1917 年,高师人、抵抗运动者、"保卫法国"运动创始人,1944 年参与《法兰西晚报》的创办。

　　7　保罗·帕尔佩(Paul Parpais),工人国际法国支部联邦书记。

　　8　马克斯·伊曼(Max Hymans,1900—1961),1928 年当选安德尔省(Indre)社会党议员,1946 年担任民航秘书长,1948 年担任法航经理。

　　9　保罗·雷诺(Paul Reynaud),时任北方省议员。

　　10　克洛德·居伊(Claude Guy,1917—1992),解放时期为戴高乐阵营提供过资助。参见他的日记《倾听戴高乐》(Enécoutant de Gaulle),格拉塞出版社,1996 年。

　　11　安娜·戴高乐基金会是由宗教人士管理。

路线。我们张开双臂欢迎您回来。

亲爱的老朋友,经常给我写写信。请接受我妻子的友谊。

顺致诚挚友情!

乔治·蓬皮杜

1946 年 5 月 16 日于巴黎

附:请寄来些赏心悦目的资料(照片等)。

乔治·蓬皮杜致勒内·布鲁耶函

亲爱的朋友:

你对这个国家有何看法? 还有一个星期就要选举了。公投之后的舆论对法共非常不利。显然除《游击手》之外,所有媒体都开始抨击。你一定看到勒特罗克[1]对逃兵多列士[2]的攻击,许多报纸纷纷转载,昨天《人道报》对这件事进行了广泛报道,但今天已经被大家遗忘;《人道报》又开始列举莫里斯·多列士的爱国行为和道德情操。换句话说,全民公投对法共的打击实在太大,他们必须进行防御,并努力证明莫里斯在位时的影响力微弱,以免影响选举形势。

所以,我自己对选举的预测也没有把握。我认为,全民公投并不意味着共产主义的挫败,可以说"恰恰相反",因为许多社会党人不得不投"反对票"。但是舆论对法共很不利,法共有可能会输掉大选。

1　安德烈·勒特罗克(André Le Troquer, 1884—1963),巴黎工人国际法国支部代表(1945—1958),1948 年担任国民议会议长,抵制戴高乐将军重新执政。

2　莫里斯·多列士(Maurice Thorez。1900—1964),法共总书记。1939 年秋,他听从共产国际书记季米特洛夫的指示,支持签署《苏德互不侵犯条约》,战争期间在莫斯科度过。

不过,我还是坚信法共会保持目前的席位,社会党的席位会略有减少,人民共和运动也会丧失一些席位,这对法兰西人民联盟和自由共和党[1]有利。

总体而言,我不相信会有什么大变化,但我认为法共与其他两大政党集团的距离会拉开。舆论氛围对共产党很不利,省长们认为法共会有所后退。选举完第二天会发生什么事情? 我认为尽管法共目前选情不顺,[2]但是社会党并不想抛开法共单独执政。唯一的问题在于激进党的态度:反对、支持还是参与,取决于他们在选举中获得的选票,我认为他们不会取得很大成功。

社会党人继续执掌政权,到处插手。

[……]

我自己成功躲开了争斗,赢得了尊重。工作很有趣,我制定了出行计划,主要是去国外旅行。如果工作氛围能变好的话,我就没什么要诟病的了。我们在圣多米尼克街工作时的那种友爱和信任的氛围哪里去了? 也许是因为到处充斥着阴谋诡计和阴谋家,这也算是一个理由,但至少你、我和多纳迪厄三个人之间是完全信任的。我现在在这里则是孤军奋战,有时倍感困难重重。

自从伟大的夏尔从旺代回来之后,我还没有见到他。我有两周没见到加斯东[3]了。不过,我知道,他们此行凯旋,情绪很乐观。

他们的第二次出行计划是 6 月 16 日前往贝叶(Bayeux)。伟大的夏尔立场异常坚定,他不会被任何事情或任何人所动摇。我相信

1　自由共和党,1946 年,其成员为反对宪法草案发起全民公投,发动攻势。

2　1944 年 8 月,戴高乐担任法国临时政府总理。1945 年 10 月 21 日的全民公投结果对戴高乐有利。然而,随着德国占领的结束和维希政府的垮台,法国政局再次出现动荡。1946 年 1 月,戴高乐被迫辞职。戴高乐离开之后,国民议会举行了大选,由乔治·皮杜尔领导的人民共和运动成为国民议会第一大党。社会党和法共联盟不愿让人民共和运动成为议会多数党,于是法国出现政党之争。人民共和运动战胜了社会党,势不可挡地成为法国议会第一大党,这让法共的处境变得困难,社会党也进行了重组。

3　指加斯东·帕莱夫斯基。

他对人民共和运动的"反对"毫不陌生。他身边总是充斥着各种不和谐的杂音。米里贝尔[1]在旺代再度聚集了各大狂热的盎格鲁-撒克逊媒体,他们期待能听到引发轰动的宣言。

[……]

我见到了韦迪耶[2],他态度乐观。

大家现在都很兴奋,以后一定会感到失望。四方会议将重启,如果失败的话,夏尔将会立即陷入悲观情绪之中,会认为"没有鼓舞人心的事情"。

请转达我对多纳迪厄的友谊。希望我们很快能见面。记得写信。

顺致友情。

乔治

1946 年 5 月 25 日　　星期六

乔治·蓬皮杜致勒内·布鲁耶函

亲爱的勒内:

[……]

选举明天举行。内政部的预测:社会党将获胜,法共失败,人民

1　伊丽莎白·德·米里贝尔(Élisabeth de Miribel),戴高乐将军的下属,因记录下 6 月 18 日抗战号召而闻名。

2　罗贝尔·韦迪耶(Robert Verdier, 1910—2009),莱昂·布鲁姆的亲信,塞纳省议员(1945—1946)。

共和运动席位减少。大家对布鲁姆[1]寄予厚望。我怀疑有许多选票被改动过。无论情况如何,法共已经向法国劳工总联盟就工资事情发难,为的是博得宣传效果,同时也是为了避免被排斥在政府之外。我们将成立一个三党联合的政府,或许还包括激进党。

这就是全部消息了。我想,如果朱勒·莫克留下的话,塞加拉也会留下,这种可能性是有的。布尔热斯-莫努里[2]可能会在图卢兹当选(自由共和党退出选举),巴斯蒂[3]会被击败,没有其他补充了。明晚我要去布尔西科[4]家做客。

[……]

乔治

1946 年 6 月 1 日

1　莱昂·布鲁姆从集中营释放出来后,拒绝担任部长职务,与规划专员让·莫内前往美国执行公务。1946 年 5 月签署的《布鲁姆-伯恩斯协议》偿还了法国对美国的部分债务,并以有利条件确定了新一轮美国对法国的贷款模式。作为回报,美国电影在法国的发行不再受限。

2　莫里斯·布尔热斯-莫努里(Maurice Bourgès-Maunoury,1914—1993),综合理工学校毕业生、抵抗运动者。1945 年担任共和国波尔多特派员,最初的政治立场是激进派。他当选为上加龙省(Haute-Garonne)议员,多次进入内阁,1957 年 6 月至 9 月担任总理。

3　保罗·巴斯蒂(Paul Bastid,1892—1974),法国律师和政客、法兰西学院院士。当选过康塔尔(Cantal)省议员,先后作为人民阵线代表担任商务部部长,作为激进党代表参加全国抵抗运动委员会,领导《曙光报》(L'Aurore)。

4　皮埃尔·布尔西科(Pierre Boursicot,1899—1986),财政部官员,参加抵抗运动,解放时期担任共和国特派员(夏朗德省和利穆赞省),之后担任重要职位:国家安全总署总干事(1946—1949)、法国外国情报与反谍报局(SDECEE)局长(1951—1957)。

乔治·蓬皮杜致勒内·布鲁耶函

亲爱的勒内：

[……]

我们现在处于政治上的等待期。人民共和运动大获全胜，成为议会第一大党，这出乎我们所有人的意料。你可以研究一下选举结果，以此作为消遣。布尔西科给你寄送了"蓝皮书"，你应该已经对主要内容有所了解：法共在中心大城市停滞不前，但在西部影响有所扩大；社会党几乎全面后退；人民联盟受到挫败，戴高乐派前部长团队全军覆没；人民共和运动在旺代和诺曼底战胜了右翼势力，在其他地区战胜了中间派和社会党；巴黎被自由共和党牢牢控制着；社会党在马赛和埃纳省落败；埃里奥在里昂获胜。

选举带来的结果如何？肯定是一个左翼的议会，但更难治理。开始阶段，社会党虽然势力有所减弱，仍宣布准备继续发挥在三大政党中的核心作用。然而，自从布鲁姆回来之后，他们开始指责人民共和运动，并试图将其推到台前。法共也有所变化：他们之前高喊民主的胜利，强调他们取得的胜利（其实是以微弱优势险胜）和自由共和党的失利，现在又对人民共和运动发起了攻势。

与此同时，他们通过攻击《布鲁姆协议》来打击社会党。人民共和运动显然非常谨慎，并不过分要求政府的领导权。皮杜尔则完全置身事外，让大胡子（莱昂·布鲁姆）出头露面。我认为，在人选尘埃落定之前，还会出很多旁门左道。我相信人民共和运动愿意接受一个社会党总统，不过不是古安，而是樊尚·奥里奥尔[1]。这只是为了

---

1 樊尚·奥里奥尔（Vincent Auriol，1884—1966），社会党人，曾担任莱昂·布鲁姆内阁财政部部长（1936—1937）、制宪会议主席（1946）、共和国总统（1947—1954）。

做出一副革新的样子;而且,这样也可以让事情变得简单。泰让老爹[1]可以当上议会议长。但现在看不出社会党有任何进展,我感觉布鲁姆是持反对意见的。此外,法共会接受奥里奥尔吗?(他们反正不同意勒特罗克)。大家似乎相信人民共和运动会占据内政部部长的位置,但我不这么认为,我想应该还是社会党担任部长。人民共和运动应该会当新闻部部长。

另一个问题是财政困难。这个问题每个月都会遇到,除非人民共和运动决定马上承担起他们的重要责任,但还必须等待社会党的反应。各方"领袖"意识到他们必须制定一个秘密政策,并以此削弱法共;但是,由于人民共和运动突如其来的胜利,社会党怀有很大怨恨。你知道,像桑戈尔这样的社会党人,本来在谈起即将解体的江河日下的人民共和运动时充满同情,他们因为上当受骗而非常生气,因此充满敌意。

我已经把你的信亲手转交给我的半个同事[2]。他看上去很高兴,对自己很有信心。他处事灵活谨慎,对他的政党的掌控算是非常成功。我相信一种猜测,在各方面都面临困境的情况下,他有意保留三党联合执政的可能,建立一个类似全国抗敌委员会的"全国联盟",但我担心这会变成另一个意见各异、无足轻重的组织。

[……]

1946 年 6 月 9 日　星期日

1　亨利·泰让(Henri Teitgen,1882—1969),律师,抵抗运动者,此时担任吉伦特省人民共和运动议员(1945—1951)。

2　此人无法考证。

乔治·蓬皮杜致勒内·布鲁耶函

亲爱的勒内：

[……]

我现在面临的问题还是来自最高行政法院。有两大困难：维吉耶宣称确信这是降福罗马城及全世界，卢特法拉赫[1]似乎认为人民共和运动是大势所趋。我和莫兰[2]谈过，他答应我会防患于未然，我也就没有再过问。需要注意的是，莫坦[3]取代了我们的朋友多纳迪厄担任了议会议长，另外一个消息是，多纳迪厄的大老板辞了职，被施耐特[4]釜底抽薪。

突尼斯的访问被推迟了。安格朗希望是官方访问，默克不愿意，而且突尼斯之行如果不包括阿尔及尔和拉巴特的话，也不像话，得等到十月份了。最好把这次访问安排成一次友好之旅。

[……]

我已经很久没有见到蒙斯[5]他们了，他们很少露面。倒是经常能见到布尔西科[6]他们，这些人总是魅力四射，一副知难而上的样子。

再谈谈政治方面。在我看来，前景从未像现在这样不确定。内政方面有哪些大事？议会与法共的关系紧张。杜克洛不能服众，弗

1　乔治·卢特法拉赫（Georges Lutfalla），时任国民保险（各种风险）和国家保险（再保险）公司总裁。

2　让·莫兰（Jean Morin，1916—2008），抵抗运动者、高级官员。最初在法国审计院任职，1946年担任芒什省省长，之后先后担任临时政府首脑乔治·皮杜尔的办公室副主任、阿尔及利亚总督（1960—1962）。

3　让·莫坦（Jean Mottin，1914—1999），大学法律专业毕业，法国最高行政法院前律师，解放时期多次担任内阁成员，后来担任国家报业公司（SNEP）总裁。

4　皮埃尔·施耐特（Pierre Schneiter，1905—1979），担任马恩省议员（1945—1958）、外交事务副国务秘书（1946年2月8日至12月16日）、德国和奥地利事务副国务秘书（1947年11月24日至1948年7月26日）、公共卫生和人口部部长（1948年7月26日至1951年8月11日）、国民议会议长（1955年1月11日至12月2日）。

5　让·蒙斯（Jean Mons），莱昂·布鲁姆前办公室主任，塞纳省前秘书长。

6　参阅1946年6月1日信函。

雷德里克·杜邦-保罗·梅纳德[1]给他们制造了许多麻烦。此外，三个党派协商一致要制定一部宪法，并在十月份之前和平相处。内阁没有考虑莫洛托夫的立场，一致同意皮杜尔提出的对德意见，但（我认为）对这个结果也不必高估，因为这对莫洛托夫坚持自己的立场不会产生任何影响，所以这不过是柏拉图式的成果。由于没有对《人道报》所报道的苏联立场进行任何反面宣传，我认为，法共想通过对皮杜尔示好，以展示他们对外独立的态度，一本万利。[2] 社会和经济方面，受茹瓦约[3]的激励，劳工总联盟开始重新直面困难。

　　经济形势依然没有好转。物价不断上涨，一年之内几乎翻了一番，而且这种趋势还在继续——除了一些花招和各种小道消息，实际上通货膨胀变得更加严重。大家的共识是，尽量不触碰这个话题，以免影响乐观情绪。股市持续下跌……总体上说，情绪是乐观愉快的，但我认为经济和财政的前景是灾难性的。政治方面，大家都在等待选举，语气坚决解决不了任何问题，只是在消磨时间而已。既要制定一部"贝叶式"[4]宪法，但又不能过头。未来一段时间面临的问题：谁将被提名为共和国总统？提名是否被接受？我认为这个任务能够完成——皮杜尔多次在发言时表示，希望限制总统权力，到目前为止，这种态度深入人心。

　　好了，亲爱的勒内，这就是我的一些很不全面的看法。请转告多纳迪厄我不会忘记他的。我还没有找到当初我们三人在一起工作时

　　1　保罗·梅纳德（Paul Maynard），自由共和党成员。

　　2　三党联合执政（人民共和运动、社会党、法国共产党）表明法国对莫斯科的独立性，这样可以吸引中间派，甚至得到乔治·皮杜尔的支持。乔治·皮杜尔于1946年6月24日至12月16日担任临时政府总统。

　　然而，法国共产党没能获得进入政府的足够选票。1946年1月，最终由樊尚·奥里奥尔当选临时政府总统。

　　3　莫里斯·茹瓦约（Maurice Joyeux），全国劳工联合会（CNT）成员，主持无政府主义者联合会（FA）工会委员会。

　　4　贝叶式（Bayeusaise），源自戴高乐的贝叶演说。

的那种友好的氛围,如果你们有被流放之感,那我在心灵上也有同感。

亲爱的勒内,听说你在那里非常成功……我当然为你感到高兴,但那里绝不是你职业生涯的终点,不要忘记巴黎,还有你的朋友们。

乔治

1946 年 6 月 9 日　星期日

桑戈尔建议我去法属西非洲教育总署工作,我拒绝了,因为那里太远,天气太热,我也不想再听到教育方面的事。

乔治·蓬皮杜致勒内·布鲁耶函

［……］

这是近期的一件大事,我想很快就会落实。[1] 此外,我妹妹刚刚通过教师资格考试。她订了婚,对方也参加了教师资格考试,并通过了。我们家似乎迈入了一个大好时期。

［……］

一两年内会再次爆发战争,这似乎成了不争的预言。大会[2] 在东西阵营的相互厌恶和敌对仇恨的气氛中召开,美国人为了插手,显然在有意挑衅,将法国视作空气。英国的情形也与我们相差无几,这倒是个安慰。赛场上只有"两强"角逐,其他人充其量是捡球的。

内政方面? 我没有看到鼓舞人心的迹象。人民共和运动还有上升势头,但我觉得阿兰教父(皮杜尔)的声誉已经略有下降。法共毫

1　1946 年 8 月 30 日,乔治·蓬皮杜被任命为法国最高行政法院审查官。

2　"21 国大会",世界四强在会上通过了对意大利、罗马尼亚、匈牙利、保加利亚和芬兰的和平条约,提出 1946 年 11 月至 12 月在纽约召开四强会议的建议。

不掩饰他们的对外态度,与苏联立场高度一致,没有丝毫差别。内政方面关系紧张,看不清局势。他们还没有最终决定立场,还在权衡如果对宪法投反对票会造成怎样的风险。态度是何等灵活!一方面,他们声称这是"一部加强总统权力和戴高乐式的宪法",提前扼杀了社会党要求对宪法草案个别条款进行左倾修改的可能性。另一方面,又带领着工人国际法国支部的优秀分子,以对事业的忠诚为理由,反对加强总统权力,声称总统权力尚存争议。他们甚至成功地做了一些改变,但并未因此放弃投"反对票"的可能性,但如果发现到最后时刻投"赞成票"对他们有利的话,他们也有可能这么做……

　　社会党的分崩离析不断加剧,这对以上事情的发展有利。唐吉-普利让[1]的态度无疑是党内多数派的意见。本届制宪议会极可能以"模棱两可"的提案告终,然而在本质上还是分裂的。达尼埃尔·马耶尔[2]和韦迪耶已经失去阵地,布鲁姆和他们一样,这点毫无疑问。唐吉被视为一个重要人物,成了人民共和运动的头号敌人。

　　法共对此感到高兴,他们又可以在选举中争取几十万张选票。我相信他们在公投中可能会投"反对票",因为他们认为,经过唐吉及其同伴对社会党员的不断灌输后,人民共和运动已经成了反动毒瘤,社会党必须与马克思主义拉近关系。这样的话,社会党就无法与人民共和运动联合起来反对法共,对宪法草案投"赞成票"。全民公决使选民第一次开始适应脱离工人国际法国支部的路线。

　　[……]

乔治
1946 年 8 月 23 日

　　1　弗朗索瓦·唐吉-普利让(François Tanguy-Prigent,1909—1970),社会党政治家、菲尼斯泰尔议员。1940 年 6 月,反对贝当元帅当权的 80 名议员之一。1944—1947 年担任农业部部长。

　　2　达尼埃尔·马耶尔(Daniel Mayer,1909—1996),抵抗运动者、莱昂·布鲁姆的亲信、《民众报》主编,曾担任工人国际法国支部总书记(1943—1946)、塞纳省社会党议员(1946—1958)、宪法委员会主席(1981—1986)。

乔治·蓬皮杜致让·多纳迪厄·德·瓦布莱斯函

亲爱的朋友：

　　我们虽然不经常通信，但我常常想念您。

　　后天，也就是 12 号(星期四)，[1] 我就要去最高行政法院工作了。是您推荐我成为这个职位的候选人，并不断促成此事，在将军辞职时还竭尽全力，才会有今天的结果，对此我是不会忘记的。希望有朝一日我能向您表达我的感激之情。

　　勒内近来如何？他没有写信。请转告他，我为没收到他的消息而感到很难过。他回来吗？诺埃尔呢？您呢？如果您和勒内能一起回来一次，塞加拉、莫兰和我都会非常兴奋的。

　　亲爱的朋友，请告诉我您的消息。我一定会详细回复的。

　　顺致友谊。

乔治·蓬皮杜

1946 年 9 月 10 日

1　1946 年 6 月 12 日，乔治·蓬皮杜担任审查官。

笔记

　　将军说:"我了解皮杜尔。他没有外交政策,他也不可能有,他都没有尝试过(制定外交政策)。

　　"皮杜尔,他在美国和苏联之间拉皮条,当管家。他没有法国的对策,无论是顶层设计还是经济政策。他们只是些毛孩子。

　　"如果我留任,如果我同意掩盖这些交易,我就会名誉扫地。"

　　　　　　　　　　　　　　　　　　　　　　1946 年 10 月 3 日

乔治·蓬皮杜致勒内·布鲁耶函

亲爱的勒内：

[……]

接下来谈谈政治。在写这封信的时候,樊尚·奥里奥尔已经当选为议会议长,多列士竞选总理失败。目前情况如何? 我认为,社会党多数、人民共和运动多数人,以及激进党的主要目标是阻止将军回归政坛。为此,他们必须避免内部危机。他们或多或少要下决心成立一个广泛"联盟",劳工总联盟决心助其一臂之力,要求恢复生产,并在最大限度上减少诉求,不过仍有许多干扰因素。

1. 党派

法共主要需要应对的是社会党。为此,他们提名多列士作为候选人,并向党员发出呼吁。出于同样目的,我相信他们也准备支持古安,因为他们认为没有更好的方式可以拉低选民眼中的社会党形象。

社会党方面试图通过各种手段自救。他们尤其对埃里奥充满敌意,认为应该不惜一切代价为激进党的立场站台。另一方面,他们似乎认为过去的行动非常失败,造成了现在的两大走向:要么退出不参加,要么不只满足于现在拥有的"所有可能的席位",而是用五年时间重塑本党地位。

激进党忙于显示他们的参与度,以便留住支持者,但他们的"左倾"立场是为了争取人民共和运动和工人国际法国支部的选民。

人民共和运动颇为尴尬,成了被其他三党孤立的右翼政党,这种趋势在最近的选举中得到了印证,他们对此十分担忧。人民共和运动希望能够获得权力,实施金融改革,但其他大佬们对此持保留意见。

2. 人选

这些人都很难缠。杜克洛似乎要不惜一切代价在明年一月当选议会议长。这个想法有可能实现,但前提:要么与人民共和运动(政府)和激进党(共和国总统)达成一致,反对社会党;要么与激进党(共和派)和社会党(古安内阁)达成一致。

社会党内部,奥里奥尔想入主爱丽舍宫,古安想入主总理府(或许也觊觎爱丽舍宫),两人竞争十分激烈。问题不只这么简单,费力克斯·古安对法共暗送秋波,樊尚与人民共和运动站在一边。

激进党内部,埃里奥肯定想入主爱丽舍宫,他比以往任何时候都更加突显自己是当下的重要人物。或许到明年一月前,可以通过他盯紧政府。

人民共和运动方面,皮杜尔似乎有进入政府的想法。大家认为罗贝尔·舒曼[1]能够"拯救法郎",但我认为他甚至能成功组建舒曼内阁。

结论之个人预测:我认为,目前最有可能的结果是,埃里奥入主爱丽舍宫,这只是因为他是"最强势的人物",最不容易被戴高乐遮住光芒。皮杜尔主持一个四方联盟的政府,也许是一个民族联盟。舒曼主管财政部。可能由勒内·马耶尔[2],或是朱勒·默克(我认为可

1　罗贝尔·舒曼(Robert Schuman, 1886—1963),摩泽尔省人民共和运动议员(1945—1962),1947年担任总理,1948年担任外交部部长。他对法国外交有着深远影响,是"欧盟之父"之一。
2　勒内·马耶尔(René Mayer, 1895—1972),最高行政法院成员、康斯坦丁市议员(1945—1955)、右翼激进党。1953年1月至5月,曾多次出任部长和总理。

能性很小），或是了解古安的什么人主管国民经济。农业部部长可能
由瓦德克·罗歇[1]担任。这就是我对时局的理解。

几乎可以肯定的是，在明年一月选举之前，戴高乐是不会发声
的，他不会参加选举。

唯一的问题：能否化解金融危机？我个人对此持怀疑态度。物
价不断飞涨、货币贬值严重、如何才能存钱等这些问题尚未解决。

面对危机，将军有可能会发出呼吁，但在这种情况下，共产党（会
想尽办法加以阻止）绝不甘心在这个时候被排除在外。你也知道，所
有问题的困惑和主导因素都在于有关人员和政党的利益。显然，法
共和人民共和运动的处境最有利。人民共和运动在走钢丝，无论它
是否愿意，总有点右倾。因此，如果工人国际法国支部分裂的话，（社
会党）这个非法共的左翼政党就有可能获胜。如果一年内还要进行
两次选举的话，这一结果就是确定无疑的。如果议会能够任期满五
年的话，这种结果只会在危机情况下发生。

［……］

乔治

1946 年 12 月 3 日于巴黎

乔治·蓬皮杜致勒内·布鲁耶函

亲爱的勒内：

我在信后附了备注。我认为皮杜尔犯了一个错误，造成他的选

1　瓦德克·罗歇（Waldeck Rochet, 1905—1983），先后担任索恩-卢瓦尔省共产党议员
（1945—1958）、塞纳省共产党议员、塞纳-圣丹尼省共产党议员（1958—1973）。法国共产党三号人
物，排在多列士和杜克洛之后，后担任法共总书记。

票比多列士少。他为什么要这么做？也许是为了遏制人民共和运动
中皮杜尔的对手给予舒曼的支持,以及对抗普利文[1]号召激进党支持
舒曼的行动。什么局势啊！要么选择一个社会党人[法共力推古安,
工人国际法国支部则支持穆泰、默克(其支持率在下降)、拉马迪埃,
再就是布鲁姆],要么选择一个激进党人(似乎埃里奥并不愿意)。
最后,大家在想如果现在不是樊尚·奥里奥尔内阁(他自己也不愿
意),仍是皮杜尔内阁的话会怎样:目前的情况和预算能否坚持到明
年一月。

然而,英国支持舒马赫[2],美国对我们撒手不管,印度支那以脱离
相威胁。共产国际法国支部要求把"与越南达成政治协定,撤回法国
军队"作为参与配合的条件之一,你也了解他们。我们应该比我们的
政治家目光更加长远,这一时刻即将到来,关键是必须避免一场单纯
的"反对者"的胜利,这着实令人担忧！

吻你。

乔治

1946 年 12 月 7 日于巴黎

乔治·蓬皮杜致勒内·布鲁耶函

亲爱的朋友:

[……]

1　勒内·普利文(René Pleven, 1901—1993),战争时期自由法国领导人之一、北海滨省议员
(1945—1969,民主和社会主义抵抗联盟中间派),1950 年担任总理。

2　卡尔·舒马赫(Karl Schumacher, 1895—1952),符腾堡州社会党议员,社会党主席。

我们的政策相对滞后。克耶[1]已经被议会彻底抛弃,他现在身心俱疲。不过,如果不出意外的话,他制定的预算肯定能顺利通过,他也能坚持到美国国会通过马歇尔二号计划的时候。我认为,肯定会爆发危机,也许会引发辞职。勒内·马耶尔[2]、保罗·雷诺[3]和普利文都赞成解散议会,希望重组议会,并要求给予议会充分权力。这些微妙的算计在我看来是不可能成功的,我相信选举会照常进行。

与此同时,还有其他方面的压力(免费教育),这些都导致多数派的分裂。

我给你寄去一些文件,你可能会感兴趣(法兰西人民联盟全国委员会通过的议案)。

亲爱的勒内,尽量给我们写信。祝节日快乐,事业成功。请向多纳迪厄转达问候。

热情拥抱你们。

乔治

1946 年 12 月 21 日

乔治·蓬皮杜致勒内·布鲁耶函

亲爱的勒内:

[……]

1　亨利·克耶(Henri Queuille,1884—1970),科雷兹省激进党议员,多次担任第三共和国部长,三次担任第四共和国总理。

2　参阅 1946 年 12 月 3 日信函。

3　保罗·雷诺(Paul Reynaud,1878—1966),先后担任下阿尔卑斯省和巴黎议员(中间偏右派),多次担任部长和总理(1940 年 3 月 22 日至 6 月 16 日)。从德国集中营释放后,他重新开始部长生涯。1946—1962 年,担任北方省议员。

　　至于这些重大事件,我对幕后情况并未完全掌握,想了解情况变得越来越困难,蒙斯[1]忙得够呛,我几乎见不到他。你是否记得我曾在提到危机时预言过,虽然皮杜尔过早宣布参加选举的行为不当,但他会"再度出山"。总之,在我不了解的情况下,如果勒特罗克[2]起着重要作用,社会党决定不下大赌注,也不赶走布鲁姆的话,最好还是让皮杜尔来领导。但是,你已经看到发生的事情了。我无须赘言减少的5%选票是针对增长工资的要求。他把法共置于大错特错的位置,得到了雇主委员会和证券业的支持。法共试图通过鼓动公务员来间接地恢复优势地位。他们手段灵活,利用情绪高涨的社会党工会力量,反对工人国际法国支部内阁。由于公职正在缩减,这样做在一定程度上倒是恰如其分。勒内·马耶尔很恼火,我听说他对别人差不多在一年前批评他的话怀恨在心,于是对戴高乐发起了猛烈攻击,这让我感觉有些可笑。如果公务员,尤其是低级公务员的工资大幅上涨的话,我们显然就无法阻止工人提出同样的要求,行动会因此失败。但布鲁姆似乎决定坚持下去。他估计反对公务员的要求可以得到舆论支持,但在他的团队看来这并不是合适的举措,特别是只同意给中高级公务员大幅涨工资,低级公务员的工资却一点儿都不涨。我认为,布鲁姆的举动只是在为下届组阁做准备,如果法共没有入阁,他们会让劳工总联盟发起攻势。

　　在此之前,先要进行总统选举。在各种备选方案中,埃里奥似乎势头减弱。奥里奥尔还在赛场上,不过所处位置不太有利。有传闻说埃里奥之外的一位激进党人会出现。社会党-法共多数派被排除在外,爱丽舍宫有四种可能：

1　让·蒙斯,1947年担任突尼斯总领事,参阅1946年7月14日信函。
2　安德烈·勒特罗克,参阅1946年5月25日信函。

社会党-法共-激进党联盟,可能性不大,缺少埃里奥和奥里奥尔;

社会党-人民共和运动联盟,缺少奥里奥尔(在共和议会风波[1]之后这种可能性不大);

右翼-人民共和运动-激进党联盟,克耶、瓦雷纳[2]或德尔博斯[3];

一致同意布鲁姆,或在紧要关头时同意奥里奥尔。

此前,法共曾极尽所能地拉拢工人国际法国支部,他们在参议院大获成功,但奥里奥尔非常清楚这会在选举中牺牲他自己。事实上,最重要的角色可能是普利文、布尔热斯－莫努里和沙邦,他们使埃里奥在左翼阵营中突然变成了少数派。游戏到结果揭晓前都会十分紧张,社会党对爱丽舍宫势在必得,他们可能会成功,皮杜尔或埃里奥将担任政府总理,不过我认为后者的可能性要小很多。还有其他途径可以让纷争之外的布鲁姆介入。但是,只有奥里奥尔出局,布鲁姆才肯答应。事实上,目前还不清楚结果如何,政府将如何组阁。我对布鲁姆会东山再起的传言,没有我的朋友安德烈[4]那么确定。

如果现在从戴高乐的角度观察时局的话,将军的朋友似乎将尽量阻止埃里奥和布鲁姆进入爱丽舍宫。我不清楚他们在奥里奥尔和瓦雷纳、德尔博斯、克耶之间会做出怎样的选择。各党派对戴高乐宣布不参加竞选的反应各具特色:法共出于对将来的考虑,态度有所保留;社会党反应热烈,毫不掩饰其由衷的高兴,目前他们是最坚决的反戴高乐派。显然,戴高乐的想法与他们是完全抵触的。即便是戴高乐的朋友,其中某些人也有类似想法,公开反对戴高乐的主张。目

1　事件无法考证。

2　亚历山大·瓦雷纳(Alexandre Varenne, 1870—1947),多姆山省社会党议员(1906—1910)、印度支那总督(1925—1927)。

3　伊冯·德尔博斯(Yvon Delbos, 1885—1956),多尔多涅省激进党议员,曾担任人民阵线外交部部长和第四共和国部长。

4　安德烈·马尔罗。

前,他们在权力的满足感中像鱼一样畅游,对科隆贝(戴高乐家乡)的反应不像对已经执政一年的政府那么重视。我认为,目前布鲁姆的成功是得到戴高乐支持的:如果说布鲁姆能够做成些事情的话,那是因为他有一个凝聚力强的团队,能够绝对服从他的指令。他不必担心议会多数派,因为根本没有多数派,只需依靠舆论的支持就能对抗各政党的否决。因此,他只有执政的任务。但这样也为戴高乐再度出山设置了障碍:有利的一面是,支持他的人则认为布鲁姆年事已高,身体疲惫,是毋庸置疑的社会党和共和派;反对他的人则认为戴高乐年纪尚轻,是右翼支持的军人,对外不够民主。

　　我尽量客观地描述局势,始终与各种事件保持距离,我也要承认的是,没有人要求我参加任何活动! 至于将来,我对布鲁姆的经验不甚信赖:如果法共被挤出政府,这一定会让联合政府瘫痪流产。如果联合政府成功了,1947 年就不会发生政治动荡,除非明年夏天有外部危机爆发。如果失败了,三四月可能就会爆发危机,这很正常,会需要一位布鲁姆或埃里奥这样的救世主,至少暂时需要;也可能是法共或戴高乐将军。戴高乐将军的机会更大。到时候还会发生社会危机。我忘了把印度支那考虑进来,这会让我们的财政状况更加困难。

乔治

1947 年 1 月 4 日　星期日

乔治·蓬皮杜致勒内·布鲁耶函

亲爱的勒内：

[……]

这里的情况无须我向你介绍。暂时躲过了一场政治危机，但只是推迟到五月而已。议会危机，舒曼与拉穆尔[1]、巴斯蒂[2]、德费尔[3]等人之间斗争激烈，互扇耳光，相互谩骂。勿忙选举，矛盾重重。道德危机使吉安、德费尔和朱利安均因红酒丑闻[4]受到《震旦报》的攻击，皮萨尼在《鸭鸣报》上对若阿诺维奇[5]表示支持，H. 巴耶（H. Bayet）则通过《民众报》支持若阿诺维奇，《人道报》为了支持阿迪[6]，

———————————

1　爱德华·拉穆尔（Édouard Ramoult , 1909—1980），安德尔省激进党议员（1945—1958）、戴高乐内阁的贸易和工业部部长（1958 年 6 月—1959 年 1 月）。

2　保罗·巴斯蒂，参阅 1946 年 6 月 1 日信函。

3　加斯东·德费尔（Gaston Defferre, 1910—1986），抵抗运动者、马赛市长（1944—1945 年、1953—1986 年）、罗纳河口省社会党议员。多次担任第四共和国海外领土部等部长，1956 年制定框架法案，开启非洲非殖民化进程，担任弗朗索瓦·密特朗的内政部部长（1981—1986），地方分权的开山鼻祖。

4　红酒丑闻，1946 年秋开始发酵的一场错综复杂的政治法律事件，临时政府总理费力克斯·古安身边人员被牵涉进去，被指控有欺诈行为，导致红酒短缺，费力克斯·古安被免职。

5　若阿诺维奇（Joanovici），钢铁商、亿万富翁，财富主要来自与德国合作和政治妥协。解放后，卷入一起重大丑闻的漩涡。省长埃德加·皮萨尼当时是内政部办公室主任，后来担任戴高乐将军的议长和部长。1946 年，他宣布曾借拾荒者的名签署一份秘密战斗文书（1997 年 11 月 29 日，布里吉特·维塔瓦·迪朗在《解放报》撰文报道此事）。

6　勒内·阿迪（René Hardy），抵抗运动者，1943 年 6 月被捕，被控向德国人出卖联系人，导致秘密部队首领德莱斯特兰将军和卡吕尔的被捕。1947 年 1 月 24 日，由于证据不足被无罪释放。

对弗雷内[1]和戴高乐将军进行了攻击,等等。政府内部达成一致,那就是既不相互合作,也不做任何事。

我想你应该已经看到了吕泽[2]和德·拉特尔(de Lattre)的《公告》。

没有人能够预言几个月后政权会堕落到什么程度,是否会遇到最坚决的反抗。既然无法让议会变好,那就不如让议会名誉扫地。每个人尤其是议员们都在利用议会。我们究竟会走向何方? 是你所猜测的危机,还是令人生畏的选择,未来将会怎样?

我对这一切都倍感厌倦,准备去晒晒太阳,休息一下,在未来两周内不再去想这些事情。4月14日我会返回巴黎,勒内·卡森[3]任命我在高等行政研究中心工作。我看到注册名单里有你。如果你能借此机会来巴黎一段时间的话,我会非常高兴的,否则我会感到遗憾。我承认自己对这份额外工作没太大兴致,但也许听课的人能激起我的兴趣。我对德勃雷寄予厚望,指望他能让我在那里的工作和生活有声有色。

　[……]

　　　　　　　　　　　　　　　　　　　乔治
　　　　　　　　　　　　　　　1947年3月29日于巴黎

1　亨利·弗雷内(Henri Frenay),伟大的抵抗运动者、《战斗报》创始人。

2　夏尔·吕泽(Charles Luizet,1903—1947),法国官员、军人、抵抗运动者、解放时期战士。1945年担任巴黎警察局局长,1947年受若阿诺维奇事件牵连被免职。

3　勒内·卡森(René Cassin,1887—1976),法学家、外交家、政治家。自由法国成员,最高行政法院副院长(1944—1960),1948年人权宣言起草者之一,1968年获得诺贝尔和平奖。

乔治·蓬皮杜致勒内·布鲁耶函

亲爱的勒内：

  我只在巴黎停留 48 小时，因为戴高乐将军来了，我只能给你简单写几句话，告诉你这个国家正在被衰败和放任自流的氛围所羁绊，这让我不知道你是否应该回来。我昨天见到米歇尔·德勃雷，他告诉我你对突尼斯局势的看法。实不相瞒，巴黎的情况也没有好到哪里去。有种自暴自弃的风气，以处于"准备阶段"为由制定的"保留"路线，使得当局及其党派留有退路。而你要回来的唯一理由是能够真正进行斗争，结束这种状态，但是有希望吗？好好考虑一下。

  [……]

乔治

1947 年 4 月 3 日于巴黎

  附：不要以为我很沮丧！这不是我的个性，我只是告诉你要好好考虑一下。

乔治·蓬皮杜致勒内·布鲁耶函

亲爱的勒内：

　　［……］

　　我想你同我一样，观察到当下总体形势非常严峻，很快会变得更加严重。苏联和美国互相争斗，战争正在酝酿之中。我有证据推测目前英国正在重修1940年从法国到西班牙之间的通道。你也知道法国国内的情况，经济和财政都陷入了僵局。

　　政治方面，法国已经没有政府。只有伟大的夏尔能让政府避免遭遇每周一次的危机。法国即将一分为二，这就是法国在世界上的形象。

　　我对将军的态度，至少对他发动法兰西人民联盟的方式感到遗憾。

　　当然我对情况并不是很了解，但就我所知道的，苏斯戴尔-马尔罗-帕莱夫斯基集团掌控着一切。瓦隆被任命为塞纳省总代表，这种做法既不严肃，还很冒险……

　　我非常理解将军，与布鲁姆说的正相反，将军无法选择自己的同伴，布鲁姆和皮杜尔对此应承担主要责任，结果就摆在那里。我们在过去18个月里所反对的一切现在都重新占了上风，唯一的希望在于将军能够获得一致同意（极左翼除外）回归政府，不要再提法兰西人民联盟，将军可以自由地选择共事者。我对将军的回归基本上没有任何怀疑，布鲁姆可以继续留任，不仅代表社会党，而且代表"托拉斯"和英国派。美国实际上是支持将军的。[1]

　　外界认为法兰西人民联盟在巴黎的冒险似乎希望不大，但在政界的确制造了某种恐慌，人们发现，险象环生的局势愈演愈烈，就连

　　1　戴高乐在斯特拉斯堡成立法兰西人民联盟时，美国驻法国大使杰斐逊·卡弗里（Jefferson Caffery）出席活动，引起广泛关注。

现在政权的利益既得者也有风雨飘摇之感。社会党担心丧失他们的地位，对戴高乐的反应十分冷淡。但是，这也无法阻止他们丧失现有地位，只是有所延迟而已，而且他们将难以东山再起。

这一切是为了向你解释为什么现在几乎无人可与之自由地敞开心扉交谈。也许只有米歇尔·德勃雷可以交往。对其他人则要有所保留，不能完全信任。

据我所知，普利文的态度有所保留，人们对他有些不满。

我没有去比内瓦勒（Buneval），也没有去斯特拉斯堡。斯特拉斯堡之行似乎史无前例地激发了人们的热情，塑造了将军的高大形象。

我担心这种强烈且有周密考虑的情绪不会持久，他们最终会失去耐心。

我尽量避免在新机构里担任一官半职。我没有任何奢望，不过我仍然坚信在未来的道路上，一定会遇到一个十字路口，在那里法国会选择戴高乐。届时，当人们回顾去年七八月的局势时，人们会严厉审视皮杜尔和布鲁姆等人所起的作用。

过段时间抽空来看看我们，给我写信说说你的感受，尤其是对于近来这一行动效果的看法。

热情拥抱你。

乔治

1947 年 4 月 18 日　星期五

乔治·蓬皮杜致勒内·布鲁耶函

亲爱的勒内：

[……]

此外，我猜你对时局的看法与我相同。社会党和人民共和运动对他们的行动非常满意,他们在制定政策的同时,坚信已经把戴高乐甩到了一边,但这只是一种错觉。皮杜尔基于同样的理由已经完全转变为美国派。不过他们终于如愿以偿地摆脱了法共。他们开始互相挖墙脚,最迟到七月份一定会出现裂痕。到时候,国民议会不可能是工人国际法国支部的天下,政府不会公然强烈反对法共。人们会再度考虑四党联盟,除夏尔之外,没有解决危机的其他办法。

几天前,我与安德烈·塞加拉、让·蒙斯一起共进晚餐。显然,安德烈·塞加拉认为当前政权还没有那么糟糕,让·蒙斯则被牵连到其部长的麻烦事里。两人的态度都非常保守,并有所保留,这在一定意义上是相当令人失望的。一个被囚禁其中,另一个则得过且过地支持政府。上周的欢欣鼓舞已经消失殆尽,困难日益加剧。

从另一方面来看,也没有乐观的理由,国家机器已经进入无序和混乱状态。冲突不断加剧,加斯东·帕莱夫斯基对人种学家雅克[1]并不信任,克洛德·居伊在玩其他把戏,米歇尔·德勃雷非常苦闷。幸运的是,除了那些宣称效力的人,夏尔也获得了另一些人的拥护和行动支持。人们似乎意识到了这一点,爱丽舍宫的母豹[2]还邀请我参加晚宴。

［……］

乔治

1947 年 5 月 14 日

1　雅克·苏斯戴尔。
2　可能是奥里奥尔总统之子保罗·奥里奥尔的妻子雅克利娜。

乔治·蓬皮杜致勒内·布鲁耶函

亲爱的勒内：

[……]

你对法国局势的发展还有兴趣关心吗？如果有的话，你应该能够轻而易举地想象出这个国家现在的状态。雅诺[1]会把我的观点详细告诉你。你能想象得到，现在的形势很容易让人态度消极，人们对反对什么一清二楚。要想保持积极的态度则很难，没有能让我感到乐观的事情，所有一切都让人乐观不起来。此外，各政党之间的沟壑越来越深。将军（和他的政府）变得与有名无实的总统没什么两样。我认为，现行体制必然崩溃，但未来会怎样？这台国家机器能否继续运行？既要保证政府的权威，又要避免个人独裁。能否消除派系之争，或者至少把争斗限定在可控范围之内？这些问题都非常值得思考。

在这封信寄出的同时，雅诺会把我的决定告诉你。我认为自己有必要留在体制内，让他们听到富有正义、严肃认真、充满民主精神的声音。能够进入这里却这样做的人太少了，唉！米歇尔·德勃雷能够做到，但他遇到了太多障碍。这个角色由你来扮演再合适不过，我认为你应该在未来几个月内返回法国。

[……]

这场闹剧已经接近尾声，除非决定金盆洗手，否则可能会步入歧途。我每天都会回想起 1946 年 8 月的时光，以及人民共和运动所承

1　让·多纳迪厄·德·瓦布莱斯。

担的责任。

　　[……]

乔治

1947 年 6 月 7 日于巴黎

乔治·蓬皮杜致勒内·布鲁耶函

亲爱的勒内：

　　[……]

　　巴黎的生活太令人失望，也许这里有些乐趣，但我也不想说这里一定比突尼斯好。人们都在为金钱奔忙，总是感觉钱不够。我理解你对是否要重新陷入物质困境的犹豫，毕竟现在比以往更加艰难。正是这个原因，估计你也知道，现在想去摩洛哥的竞争者越来越多：舒曼同意巴拉迪克[1]去，博尔达[2]也是候选人之一。目前看来，巴拉迪克更有胜算。北非的职位"很抢手"！

　　[……]

　　这里的总体情况还是很不错的。这次，人们不再隐藏体制的裂痕。虽然政府无法做出恰当的决定，但这似乎可以得到谅解，因为谁都无法赢得多数。议会很有可能会闭会，推迟到十月再做决定。法兰西人民联盟的支持率在今年春天曾大幅下降，现在开始回升，并且与人民共和运动的关系开始缓和。我想你一定了解皮杜尔的精妙把

　　1　让·巴拉迪克（Jean Baraduc），法国外交部高级官员（罗贝尔·舒曼的亲信）。

　　2　罗贝尔·博尔达（Robert Bordaz, 1908—1996），重建和城市规划部部长欧仁·克洛迪乌-珀蒂（Eugène Claudius-Petit）的办公室主任（1948—1951），后来担任国务委员。1969 年起，受乔治·蓬皮杜委派，负责制定和监督未来蓬皮杜艺术中心项目的兴建。

戏。我认为,1951 年(也可能 1950 年)的大选会对社会党不利,他们在寻求联盟:布鲁姆的伎俩在于保持工人国际法国支部和人民共和运动之间的联盟,但我认为他不会成功。

有两点令人懊恼的情况:一方面,总体而言,法国局势改善及重建政治秩序的机会与日俱减;另一方面,我希望能够更快地全身心投入到行政工作中——当然,我对自己从事的知识分子的工作还是满意的,但许多无法避免的交际令我身心疲惫,心烦意乱。

无论情况如何,我非常希望能与你进行一次长谈。

[……]

乔治

1947 年 7 月 5 日

❖

乔治·蓬皮杜致勒内·布鲁耶函

亲爱的勒内:

[……]

你的来信我逐条回复如下——

阅读书目:《我选择自由》[1],加缪的《鼠疫》,巴代什(Bardèche)的《司汤达》。我很快就能见到布尔西科了,会让他把朱尔·罗曼

1　维克多·克拉夫琴科(Victor Kravchenko):《我选择自由! 一位苏联高级官员的个人生活和政治生涯》(J'ai choisi la liberté ! La vie publique et privée d'un haut fonctionnaire soviétique),自我出版社(Éditions Self),1949 年。

（Jules Romains）的作品借给你。

　　我想提醒你的是,圣西门的《回忆录》和《墓畔回忆录》即将由"七星文库"（La Pléiade）出版,但我在这里找不到。

　　你对整个计划的信心与我一样,这点无须赘言。我们可以好好谈一谈。

　　我认为,一场"阴谋"[1]已经开始了,暗藏玄机,但非常草率。这是以国家机器之名炮制的。事实上,这是因为夏尔使他们感到害怕。

　　［……］

乔治

1947 年 7 月 17 日于巴黎

乔治·蓬皮杜致勒内·布鲁耶函

亲爱的勒内:

　　［……］

　　你应该了解这里的局势毫无精彩可言。人们谈论的事情很多。我坚信一切都会迈入正轨的,不过法国的经济和财政在好转之前会变得更加困难。法共显然想要阻止共和议会的选举,但我不认为他们会成功。选举结果会如何? 我认为:法共占 15—25 席,工人国际法国支部占 60—70 席,人民共和运动占 25—35 席,法兰西人民联盟

1　无法查证。

占 100 席（其中激进党 20 席，各独立政党 70—80 席）。人民共和运动可能会"吸引"三四十人成为重要力量，我们将获得绝对多数。这个体制有可能会动摇。

难道只是这些吗？我怀疑在金融危机和通货膨胀的加持下，一年来"第三势力"欠缺考虑的行为会再度重演：这意味着很难找到解决办法。

许多观点相互僵持，许多预期的缓和没能实现。事实上，"官方"的看法是既然已经维持了一年，那就可以维持三年，从克耶到马里[1]，从马里到舒曼，这样的更迭可以争取些时间。我对此表示怀疑。但这种退却反而让法兰西人民联盟"强硬派"有了理由，事情变得更难以解决。我坚信议会会议开始后，气氛会有所改变，谁又能阻止我们的 12 名议员相信他们的使命是拯救这个国家和共和国？

漫不经心的气氛四处蔓延，政府什么都不管……只有内政部在盯着官员（政权的敌人或者嫌疑人）的行动。

我自己仍怀有热切的希望……不过我还是希望，在这场冒险中，我儿子的教父（也就是你）能够找时间给我一些建议和鼓励。

顺致敬意。

乔治

1947 年 10 月 19 日于巴黎

乔治·蓬皮杜致勒内·布鲁耶函

亲爱的勒内：

你不费吹灰之力就可以想象出这个国家现在所处的状态。我们

1　安德烈·马里（André Marie，1897—1974），律师、下塞纳省（现在的滨海省）激进党议员（1928—1962）。1947—1954 年，多次担任部长，1948 年担任总理。

正在走出一场相当严重的危机,还需要几周时间(经历一些事件后)才能进入缓和期。政府一旦不愿再令警察和军队处于战备状态,社会党内部的分歧就会进一步加剧,工资虽然有所增长,但物价也会上涨,法共将会重建军队和战争机器,罢工和各种事端将重新恢复。不知道舒曼会在此前还是此后下台?我们的社会党人仍然相信莱昂·布鲁姆是救世主,如果进行选举,人民共和运动与工人国际法国支部做好联盟"组阁"准备,但即使这样也无法改变什么。最大的可能是由保罗·雷诺出任总理,否则的话,保罗·雷诺会出任夏尔的财政部部长。

关于加斯东·帕莱夫斯基,没有什么新消息。关于他的传言很多,但都不确切。

我按照你对加斯东交代过的意思行事,但我认为不会取得多大成效。有些活动家是海格力斯风格,有些则是庞贝风格。我感觉夏尔似乎更支持前者,也就是说更喜欢这些拉丁古董。所幸的是,我确信他也会向其他人发出呼吁,这是一场势均力敌的比赛,形势每天都在变化。如果你本月能过来待上两三天,我会非常高兴。如果不行的话,请你在方便的时候派一位特使过来,以便取走我给你的一些资料。

[……]

乔治

1947 年 12 月 6 日于巴黎

乔治·蓬皮杜致勒内·布鲁耶函

亲爱的勒内:

[……]

从突尼斯得到的消息让我相信,预测很可能即将应验,失败在所难免。无论如何,找个时间告诉我一些情况。我想你那里一定能紧跟时事。

你可以估计一下布鲁姆的失败[1]带给将军多大的胜利。勒内·马耶尔和某些人的入阁不受欢迎,而且这也无法改变内阁会很快垮台的结果。过去几周发生了一件大事,那就是法共在罢工问题上的失败,这个事件意义重大。

我们面临新一轮物价上涨以及政治、经济和社会危机。每个人都在积极准备,以应对危机。法共厉兵秣马,倾其所有,集中精力,整改劳工总联盟。"第三势力"试图重组,借助萨特对皮杜尔的声援,或者说萨特对人民共和运动的声援,皮杜尔对此始终保持沉默。人民共和运动正在分裂,每次重要选举都缺三四票,社会党也同样面临分裂的危险。工人国际法国支部离开得既不愉快,也无声势,这不会持续很久。布鲁姆等人努力的唯一结果就是,让事情进展变得更加困难。当然,雷诺、布鲁姆他们还在组建新内阁,但我认为他们不会成功。然而,第二势力,即法兰西人民联盟,正在积极活动,加强攻势,越来越明显地表现出排除异己的倾向,为的是最后的胜利只属于忠诚者。这种倾向在我看来有一定危险。我自忖如果大家把注意力都集中在如何选择最好的或不太差的人身上,将来统治和管理这个国家的人会是谁。

目前,在(根据社会党的讲话)圣艾蒂安(Saint-Étienne),人们正在准备一个大规模示威,这让人想起以前有过类似情况。不过,自从被告在高等法院与法官争执并有可能获胜后,这类判例已失去它的影响力。

1　1947年11月19日,拉马迪埃辞职之后,莱昂·布鲁姆接受委托组建新内阁。11月21日,组阁失败。

　　我还想说的是,目前唯一让我感到乐观的是夏尔的态度。他是个天才,充满自信,战术清晰,准备起用所有可用之人,只是有些怨恨和蔑视那些试图阻止必然结果的老人团体。他曾引用米特里达特(Mithridate)的话予以嘲讽。

　　其他方面就没有新闻了。你也看到,媒体报道了布尔西科的各项活动,他做得很不错;安德烈·塞加拉很明智,讲政治;让·蒙斯在功劳簿上打瞌睡;米歇尔·德勃雷想着巴登-巴登[1];科西阿斯科[2]还在最高行政法院和一个广泛的内阁之间犹豫,认为如果二者能够叠加更好;加斯东·帕莱夫斯基忠诚可靠;米列[3]让人放心;克洛德·居伊准备做些事情;亨利·安格朗[4]想去布拉柴维尔,如果他走了,我想接任他的职务,夏尔已经表示同意。

　　星期三,我们要在蒙帕纳斯圆顶屋咖啡馆重新开始聚餐,像1945年的那些历史性聚餐一样!

　　[……]

乔治
1947 年 12 月 28 日

1　曾是德国最古老的赌场和著名的温泉疗养地,这里意指世外桃源。——译者

2　雅克·科西阿斯科-莫里泽(Jacques Kosciusko-Morizet),爱丽舍宫秘书长,后担任法国驻外大使。

3　玛格丽特·米列(Marguerite Milliez),戴高乐将军的新闻部主任。

4　亨利·安格朗(Henry Ingrand,1908—1923),医生、抵抗运动者、旅游总署署长、法国驻委内瑞拉大使(1961—1963)。

4

在边缘和一切的中心

1948—1958

1948—1958 年，与戴高乐将军共同穿越荒漠（图中法文译为"蓬皮杜先生，您真的是戴高乐将军的发言人吗？"）

"乔治·蓬皮杜是法兰西人民联盟的调和元素。他始终感觉自己的命运与戴高乐紧密联系在一起,对戴高乐的忠诚从未有过一丝一毫改变。因此,他完全没有派别意识。"莫里斯·舒曼的这番话非常准确地勾勒出蓬皮杜被任命为戴高乐将军办公室主任后的角色。"在法兰西人民联盟内部,乔治·蓬皮杜是最纯粹的人之一,他没有政治野心,也没有当议员的诉求,对戴高乐绝对忠诚,真心希望戴高乐获得成功。"蓬皮杜身边的工作人员雷蒙·阿隆这样评价他。

乔治·蓬皮杜在戴高乐将军的光环下度过了十年,这段时期的经历已经在 30 年前出版的《恢复事实真相》中公之于众,包括他与戴高乐将军的谈话记录。这位未来国家元首除了与过去经常通信的朋友继续保持书信联系,还开始与安德烈·马尔罗通信。本章收录了他一些未公开的手记,包括他作为将军身边工作人员所观察到的事情,他对将军的信心,以及他对某些人物的印象和见闻。这些资料不涉及国家机密,但很多关于他人的思考观点非常尖锐,这与他之前的有所不同。

收录这些未公开资料的首要目的是更好地对乔治·蓬皮杜在这十年中的作用进行定位。他的个人经历十分独特,虽然不是法兰西人民联盟的正式成员,但对联盟内部的各项事务完全不陌生。原因很简单:人们(包括那些对他的晋升不怀好意的人)知道,他不但可以随时与戴高乐将军直接联系,而且还得到了将军的充分信任。然而,这并不意味着他总是与将军的意见完全一致。显然，他难以理解自由法国前主席在第四共和国走向崩溃时所采取的战略。本章有多处段落显示出他对将军某些做法持有的怀疑态度，包括将军的行事作风、干预模式和从不改变对他人的主观判断，所有这些都与蓬皮杜的处事方式有些格格不入。由于只是性格的差异而非信仰的差别，乔治·蓬皮杜能够与自由法国前领导人达成一致意见，他对将军的钦佩之情溢于言表。在蓬皮杜看来，这位伟人是如此之伟大，以至他有违自己性格，建议将军应该对抗"体制"。随着时间的推移，蓬皮杜认为将军迅速回归政坛的机会越发渺茫，但他也愈发坚信将军所代表的道德精神的重要性。戴高乐大部分时间待在科隆贝，即便偶尔去趟巴黎，也只做短暂停留，接见一下日渐稀少的访客。在蓬皮杜眼中，戴高乐这样做正是为了展现自己势必回归的决心。

这样，对于 1953 年乔治·蓬皮杜进入私营部门工作的决定就很容易理解。那时，法兰西人民联盟已经衰败，虽然在国民议会占有 120 个席位，但戴高乐派仍无法对时局施加影响。蓬皮杜为乔治·皮杜尔安排的科隆贝会面中，这位将军的办公室主任观察到，大家对欧洲问题的看法相差甚远，根本无法与人民共和运动民主基督派达成一致。最糟糕的莫过于 1952 年春，独立派领袖之一安托万·比内（Antoine Pinay）在 30 多位戴高乐派议员的支持下，当上了总理。比内准备签署置欧盟军队于北约保护之下的条约，而戴高乐与这些叛变议员之间的不和则被利用。乔治·蓬皮杜注意到这一点，于是他选择此时加入罗斯柴尔德银行，后来成为集团总经理。但他并未离开戴高乐。他虽然不再担任将军身边的任何官方职位，但会在将军召唤时与其见面，随时准备为将军执行任务。因此，与普隆出版社商谈合同，出版将军的《战争回忆录》的任务落在了蓬皮杜身上。

埃里克·鲁塞尔

乔治·蓬皮杜致勒内·布鲁耶函

亲爱的勒内：

　　这里没有什么新鲜事发生。局势非常紧张，虽然形势所迫，但是期待的和解仍未能实现。

　　让·莫兰加入了莫克[1]内阁。罢工更加有秩序，布尔西科的爪牙代替了宪兵队的警察，法郎迅速贬值。我想，拉马迪耶先生制定了新规则，维持着表面上的客气，克耶先生与德维纳[2]先生之前有商有量。

　　这些看起来像是一场闹剧，就像奥克塔夫·米尔博（Octave Mirbeau）小说中的情节一样，被告在法庭上的现身令人发笑，起诉书令人发笑，辩护令人发笑，判决令人发笑，被告被送上断头台，总算一劳永逸了，不会再有波折。

　　顺致诚挚友谊。

乔治
1948 年 10 月 7 日于巴黎

1　朱勒·莫克（Jules Moch），莫克当时担任亨利·克耶内阁的内政部部长。

2　保罗·德维纳（Paul Devinat，1890—1980），抵抗运动者、克耶内阁秘书长（1948 年 9 月至 1949 年 10 月）。

乔治·蓬皮杜致让·多纳迪厄·德·瓦布莱斯函

亲爱的朋友：

在我正在给您写一封会使您蒙羞的信的时候，我收到了您的字条，这让我心情轻松了许多，开始期待您在不久之后回到巴黎。

这封信的主题是向您谢罪。

您知道，不巧的是目前没有任何空缺，也不能保证能很快为您找到合适的位置。让您的兄弟和朋友们帮帮忙，尽量加快这一进程。

希望能很快与您见面。看到我现在这种狗一样的生活——怀揣极其渺茫的目标，您会大为快慰。对这种情况，一位您无法与之切断关系的伟大新教徒[1]说过，"坚持也未必能获得成功"。谁能给我在旅游事务总署谋一个小职务，或者类似的岗位？

我夫人向您问好。

您忠诚的朋友。

乔治·蓬皮杜
1949 年 1 月 25 日于巴黎

❧

乔治·蓬皮杜致勒内·布鲁耶函

亲爱的勒内：

当我给你写信时，危机似乎已经不可避免。有两方面的原因：首

1　即纪尧姆·多朗日（Guillaume d'Orange）。

先,现在已经到了必须行动的时候,多数派比以往更不团结,来自戴高乐派的威胁较之似乎都逊色;其次,许多人,包括保罗·雷诺在内,都认为他们登场的时机已到。保罗·雷诺可能知道自己得不到多数派的支持,最大的可能性是等现任政府解散后,由克耶重新执政,克耶会满足他当外交部部长的愿望。

[……]

祝好。

乔治

1949 年 5 月 25 日于巴黎

乔治·蓬皮杜致安德烈·马尔罗函

亲爱的安德烈·马尔罗:

我鼓足勇气借祝福之机写信给你,但我不会说那些炙热的话。1950 年即将来临,然而 1949 年对我来说是重要的一年。这一年里,我对安德烈·马尔罗有了更多了解,我们成了朋友。当一个人像我这样充分认识到自己的优势和不足时,在看不到造物主的情况下,他会封存起自己的无限崇拜之情,希望能有个令人钦佩的人出现。我运气不错,在遇到那么多名不副实的伟人后,能够见到至少两位真正的伟人。您猜得出其中一位,而另一位就是您自己,我要对您表达我的谢意,感谢您在造物主之外让我得以了解人性,您伟大的人文精神如同一部旷世杰作,我希望它还不止于此。

除了祝您健康幸福,我还能祝福您什么呢? 您为人慷慨大方,可以稍微吝啬一些。对于偏离正轨的现象,您总是有勇气与之斗争,您将此归功于将军,认为将军总能让周围一切变得崇高伟大。

请转达我对您夫人的敬意,并接受我对您与夫人以及孩子们的最真诚的祝福和诚挚友谊。

乔治·蓬皮杜

1949 年 12 月 27 日于巴黎

乔治·蓬皮杜致罗贝尔·皮若尔函

亲爱的老兄:

来信收悉。我能体会你的悲伤心情。虽然你的外祖母年事已高,长期卧病在床,但是,我们还是愿意相信她能长命百岁。每次听到我们爱的人,特别是与你有关的人离世的消息时,我们总是感到非常难过,这也意味着童年的一段记忆和见证人的消失。老朋友,请相信我始终惦念着你,分担着你的悲痛。

往事逐渐远去,我们开始成了长辈。如果明天我们死了,人们会说:"这个人曾经那么年轻。"现阶段,对于我们来说,最重要的是,我们在童年和青年时期建立的深厚友谊,我愈来愈体会到这份友谊的可贵和带来的慰藉。

[……]

祝好。

乔治

1950 年 4 月 26 日于巴黎

谈话记录

1950 年 4 月 26 日星期三

[……]我应邀与巴萨卢[1]一同在肖萨德[2]家吃午餐。后来,我与博瓦隆[3]单独待了一会儿,他是我记住的第一个人物,克耶端着咖啡走过来。

要点:

1.希望与我保持联系。

2.因贝尔托[4]和调查委员会之间的危机造成的混乱。

可怜的克耶既害怕社会党,又担心皮杜尔与米什莱建立同盟,既害怕与贝尔托脱离关系,又担心留着他后患无穷!! 我向他们略微暗示应该保留朱勒·莫克与普利文这个组合,这样才能搅局……

1950 年 4 月 28 日星期五

[……]我与达让利厄上将[5]碰面讨论细节,不过只一起待了一个半小时。他非常出色,具有外交才能,忠实可靠,给人一种威严感,不讲人情。他和我谈论了历史上的君主,他说自己从来不是莫拉斯

1　巴萨卢(Barsalou),记者,《南方快讯》(*La Dépêche du Midi*)社论作者,与激进党过从甚密。

2　皮埃尔·肖萨德(Pierre Chaussade),先后担任布里夫省(Brive)副省长、埃罗省(Hérault)省长。

3　博瓦隆(Beauvallon),《自由南方》(*Midi Libre*)记者、亨利·克耶的内阁成员(1949—1950)。

4　皮埃尔·贝尔托(Pierre Berteaux),时任国家安全局局长。

5　乔治·蒂埃里·达让利厄上将(Amiral Georges Thierry d'Argenlieu, 1889—1964),获得法国解放勋章和大十字荣誉勋章。1940 年 6 月投奔戴高乐将军。曾任法国高级指挥官、印度支那总指挥官(1945—1947)。1955 年退出加尔默罗会。

主义者,因为他从不承认"大师如是说"(magister dixit)。"我只承认
一个天主,那就是耶和华。"他与皮杜尔的一次长谈记录非常有趣:
"阁下,听完您的讲话,我想从宗教的角度谈一下,但是……"

1950 年 4 月的第一周,雷米上校[1] 在《十字路口》(Carrefour)周
刊发表文章,特别提到了贝当元帅:"让一位九十五岁的老人入狱,这
是一个耻辱……这不仅仅是一个基本人道主义问题。1940 年 6 月的
法国,既需要贝当元帅,也需要戴高乐将军,如同既需要盾牌,也需要
剑一样。在解放的光荣时刻看到二者联合在一起是件多么令人欣喜
的事。"[2]

媒体广泛引用了这段讲话。

1950 年 4 月 13 日,雷米上校退出法兰西人民联盟指导委员会。
戴高乐将军宣布:"我不同意雷米上校的这一观点。大家应该知道,
我对本书作者的敬重,十年来从未有过改变。我仍旧会任用那些出
于善意犯错的人。但是在任何情况下,我都绝不会为维希政府的政
策和人员辩护,也就是说,在世界大战期间,那些向强敌投降,并与侵
略者合作的行为……"

对雷米事件可以用类似于"天启论"危机的公开忏悔进行解读。
如果只是良心愧疚,(雷米)只需要去找牧师忏悔,因为他是基督徒。

1950 年 5 月 1 日

我发现政府的无序是因为群龙无首。"或许莱昂·诺埃尔[3]可
以当头,"将军说,"苏斯戴尔很聪明,为人友善有说服力,忠诚,他绝

1　雷米上校(笔名吉尔贝·雷诺,1904—1984),法国被占领时期的特工人员,1942 年荣获法
国解放勋章。支持贝当元帅重掌政权。1958 年曾短暂离开法国,后重新投靡于戴高乐将军。
2　雷米此处引用了戴高乐将军的讲话。他省略了将军关于双刃剑和盾牌关系的论述,强调
"只要二者都是为法兰西效力"即可。
3　莱昂·诺埃尔(Léon Noël,1889—1987),抵抗运动者,1947 年加入法兰西人民联盟,任国
民议会副议长;曾任约讷省议员(1951—1955),曾为宪法委员会的首任主席。

不会做出卑鄙行为。但是,他缺乏权威感,更适合当教师。"我抗议道:"是的,但他更是个可以当教师的知识分子。"

1950 年 5 月 2 日至 9 日

[……]戴高乐将军对专员们发表的关于贝当的论述令人印象深刻。"伟大的贝当元帅在 1925 年已经去世,我见证了他的末日。他说法国历史并非自 1940 年 6 月 18 日开始,因为之前有过凡尔登战役。人们说凡尔登战役并非是贝当打赢的,但贝当提出的战术使法国军队得以坚持下来。1917 年,他拯救了法国军队,但他像尼伟勒[1]一样,想法很奇怪,所以一败涂地。福熙就提不出这种战术。"

"他是一位战术家,所以他在 1939 年预见了(法国的)失败,但他没能预见世界局势变化和最终取得的胜利。"

1950 年 5 月 11 日

[……]关于舒曼计划,鲁尔-摩泽尔省联营让将军既烦恼又生气,这是在为煤钢联营做准备,未来要成立欧洲煤钢共同体(CECA)。将军曾对让·莫内做过这样的评价:"这是一个大事件,莫内具有'破冰'能力,能够找到突破的技巧,所以 1940 年时他能为英法联盟找到交易办法。我离开了,因为这样可以赢得一些时间,完成我们的任务!于是他离开了我,对我说我会一事无成。1942 年,他又想重新回到我身边,多么自大的一个人。他被吉罗甩开,在吉罗欺骗性地自称'共和派'时,1943 年 3 月他发表讲话,但对吉罗用处不大!我委托他制订一项计划。这个任务很适合他,因为他工作能力强,拥有一定职权,并且他的放肆无礼恰恰是完成计划所必需的。现在,他对此开

1　尼伟勒将军(Général Nivelle),1917 年 4 月 16 日发起"贵妇小径"(Chemin des Dames)攻势,造成 2.5 万人死亡,4 月 29 日被免职。

始厌烦,发起了法德共治的倡议!"

还有埃米利安·阿莫里[1]:阿莫里是《十字路口》周刊的所有者,他犹豫了一个月后,同意发表了雷米的文章,并且没有把这件事告诉将军。11 时他与将军见面;11 时 30 分,他走出来,脸色非常难看。他告诉我,将军说以后不再信任他。他说了一番很真诚的话:

> 我对媒体这些东西根本不在乎。我会让他看到我这么做没有任何意图。我藐视一切,这也不足为奇。我只在乎两个人的信任:他和马克·桑尼耶[2]。

我尽量让他振作起来。下午我跟夏尔谈话,他心情好了很多,直到我转述了有关马克·桑尼耶的那句话,这又惹恼了他:"哼,又是马克·桑尼耶。"

[……]我说:"您很清楚他在某些方面就是个孩子,应该接受他的样子。"这让夏尔的心情马上好转。我又补充道:"我对阿莫里不感兴趣。"他立即说:"我也不感兴趣。"非常强硬!("布鲁耶,强硬些!"他在 1945 年这样说过。)我略微占了上风。他接着对我说,"他们都是些病人。雷米、马尔罗和阿莫里都有病"等。他又说:"太缺人了。法国人死得太多了。"我回了他两点:"是的,他们都有病,但是让他们保持脆弱的健康会是一项艰苦的任务。其次,必须发挥法国的作用。只有您可以完成这项使命,而您需要与这些人合作。"这样,我既展示了自己的棱角和机智,也显得冷静和骄傲!

1　埃米利安·阿莫里(Émilien Amaury,1909—1977),抵抗运动者,《解放的巴黎人》和《十字路口》周报所有者,与戴高乐派过从甚密。

2　马克·桑尼耶(Marc Sangnier,1873—1950),西龙运动(le Sillon)创始人,致力推进天主教的民主和进步,埃米利安·阿莫里曾担任他的秘书。

1950 年 6 月 12 日至 18 日

[……]6 月 14 日,(将军)情绪一般。我记录了他的一些看法:
"莫里亚克? 所有天主教徒都知道他会被定罪。"

在谈到让·路易·维吉耶时提到马克·桑尼耶:"有必要给他让
路?""他可以和其他人一样等上五年。他有天生的好口才,创办了
《西龙》杂志,虽然遭到谴责[1],但他会继续做下去。两次世界大战期
间,所有能做的蠢事,他都干了个遍。戴高乐派只支持正义的主张。
我告诉他,人民共和运动有两位父亲:他是精神之父,我是物质
之父。"

在西部之旅中,我注意到他对那些势利之人非常反感。这也反
映出他性格的一面:他不希望讨好人,认为这会自降身份。他认为只
有患难方能见真情。

1950 年 7 月 2 日

[……]将军直到 22 日(星期四)晚上才回到巴黎。星期五,我
和他进行了一次有趣的长谈,讨论他的演讲稿。在谈到维希时,他再
次引用了一把弓与两根弦的譬喻,以反驳《法兰西景象》(*Aspects de la
France*)刊登的雷米的新文章。我让他删去了这句话。我指出,他这
样做的话,就是承认自己被击中了。他接受了我的意见。(将军在瓦
恩谈话的"公报"发表之后,雷米寄来一封长信,同时,他的那个当修
女的妹妹雅克琳也来信胡说八道了一通。将军回了一封简短而恰到
好处的信,拒绝通过书信展开讨论,还重申了对他的矢至不渝的友
谊。大概这封信到得太晚了,未能阻止文章的发表。尽管如此,雷米
又寄来了一封信。将军起初拒绝看这封信,后来他又向博纳瓦尔[2]要

1　1910 年,天主教杂志《西龙》受到教会谴责。

2　加斯东·德·博纳瓦尔上校(Gaston de Bonneval,1911—1998),抵抗运动者,曾被关入集
中营,后担任戴高乐将军副官(1945—1964)。

去了。信虽然写得热情洋溢，但什么也没有否认，而且毫无悔恨之意。

接下来我们谈到了国家元首的权力。他对我说了他"内心深处的想法"。法国不可能实行专政，这已有前车之鉴，而且法国还很羸弱，与这种制度不相匹配。因此，应该有一位强有力的、深孚众望的国家元首，"以免各党派做得太过分了"。

1950 年 7 月 7 日

［……］7 号，除了休息还是休息。我被夏尔的过分严苛弄得疲惫不堪。应该如何告诉他，在拒绝他人的同时，自己也会变得更孤独。［……］

1950 年 7 月 11 日

他在谈到资本主义世界时说："这是一些该入地狱的人，一些喜欢搞卑鄙勾当的人。这个世界像地狱一样老朽了。"

我对他说，他最终将接受挑战，亲自出马竞选。他表示："一会儿上台，一会儿又下台，啊，我再也不干了！"我回答他说，骑士的雕像应该走下神坛震慑一下。"我虽然这么说过，但我并不相信这话。"

他对悲剧的崇高伟大心驰神往。泰勒努瓦尔[1]的看法与我相同，认为他有点灰心丧气。

他又对普利文[2]发表了一番评论。"宣言！他应该说'起来！让我们做好准备！'一句话就足够了，用不着分门别类，又是公务员，又是退伍军人……"

1　路易·泰勒努瓦尔（Louis Terrenoire，1908—1992），基督教民主党人、抵抗运动者。1947 年加入法兰西人民联盟，担任总书记（1960—1961），1962 年前一直担任议会关系部部长级代表。

2　彼时勒内·普利文刚刚当上总理。

1950 年 8 月 9 日至 10 日

[……]在一番悲观的言语之后,他再次对我说道:"我告诉您的是我的内心想法。"

一会儿,他让人重新整理普利文的备忘录,不动声色地勾勒出其政策。

"……罢工已经持续了两周……我封锁了斯特拉斯堡。我同阿登纳达成一致。"

他对保罗·雷诺在斯特拉斯堡提出的让丘吉尔担任欧洲防务部部长的倡议非常恼火。

1950 年 8 月 22 日

今天见到比约特[1],他称政府现在处于混乱状态,对签署的军事备忘录没有能力付诸实施。我记下了他的话,自大得不可思议:"北大西洋公约在科隆贝诞生,是我在 1946 年找将军,向他建议的……美国对法国提出的要求全都是我的主意"等。

1950 年 10 月 15 日至 22 日

[……]两件高兴的事情:

——星期天去国民议会,马尔罗对我很友好。

——(将军)冬季赛车场事件的讲话稿做了很大修改,基本上是重写,对细节的修改听取了我的意见。第一稿显得很沉闷,有点拉丁风格,结构过于松散,我的意见得到高度重视:"亲爱的朋友,我很看重您的意见。"

1　皮埃尔·比约特将军(Général Pierre Billotte,1906—1992),抵抗运动者、戴高乐将军的战时总参谋长。1951 年当选法兰西人民联盟议员,曾任法国常驻联合国代表(1946)、科多尔省议员(1951)、埃德加·富尔政府的国防部部长(1955 年 10 月至 1956 年 2 月),戴高乐派左翼。后担任乔治·蓬皮杜内阁的海外领地部部长(1966—1968)。

1950 年 10 月 27 日

[……]我还记录了他评论议会愚蠢的话:"以前的议员虽然也说蠢话,但很有才华,现在的议员什么都没有。这种状况丝毫没有好转的迹象。杜鲁门只是在老生常谈……丘吉尔肯定非常绝望!"

1950 年 11 月 14 日

很有意思的一天。

晚上 7 时至 8 时 15 分,我与马尔罗见面,告诉他我与将军的谈话内容。他认为没有必要在一份报纸上投入太多资金。如果我们能少花钱做成的话,就要少花钱。但是,只是为了取代《解放的巴黎人》(Le Parisien libéré)而投入数千万,有何意义?最好做些其他事情。他的话有道理。他提到应该以将军的名义向所有女选民写封信,相信在现在的环境下,女性对将军会有很大帮助。

他告诉我美国在北极大陆的行动,相当有趣,令人印象深刻:跳伞着陆,与世隔绝,在白雪皑皑和北极熊的世界里,修建前所未有的生活设施。保罗-埃米尔·维克多[1]这个家伙出于兴趣去了那里!我说:这个家伙去那儿不应再把自己视为探险家,而是去驻守!

---

1   保罗-埃米尔·维克多(Paul-Émile Victor, 1907—1995),著名探险家,1955 年首次进行极地考察。

乔治·蓬皮杜致戴高乐将军函

将军：

欣闻将军华诞，请允许我代表您办公室的全体工作人员向您表示热烈的祝贺。

将军，请不要将此举仅仅视为一种惯常的礼节。能够以这种方式表明我们与您之间的私人关系，真是莫大的荣幸。对此，我们感到自豪和光荣。

1950 年不是一个无关紧要的年头。这是您的六十大寿，是您 1940 年拯救了我国荣誉的十周年，也是您已经预见到的危险增加的一年。

因此，我怀着更加诚挚、更加激动——如果您允许我使用这些词——的心情对您说：为了您的亲人，为了法国，愿上帝保佑您。

将军，请接受我的敬意和始终不渝的忠诚情谊。

乔治·蓬皮杜

1950 年 11 月 21 日于巴黎

谈话记录

1950 年 12 月 7 日

苏斯戴尔在将军缺席的情况下召开了管理层会议。人们趁机制定了重大政治战略,态度特别郑重其事。结束后,他们对自己的行为非常满意。

选举方面,瓦隆提议我作为康塔尔省的候选人。卡皮唐[1]表示,这样有助于我走出会客厅。总之不是为了进入议会![……]

我忘了记录与马尔罗的一次非常有趣的谈话,政治方面我们谈得很少,主要谈的是艺术方面(达·芬奇)。

1950 年 12 月 22 日

[……]晚上我与塞加拉见面,他试图说服我对税收法案投赞成票。我对政府政策的一番评述让他目瞪口呆。"在当前形势下,对一个半年都无法武装起部队的政府,对一个摧毁了法国的国际地位、令欧洲遭到遗弃的政府,我是永远不会考虑投信任票的……"

1951 年 1 月初

[……]我给将军写信,请求他在尼姆演说中再次呼吁民族团结。

——作为办公室主任,我决心要得到更多认可。这对今后以及

1　勒内·卡皮唐(René Capitant,1901—1970),法学教授、戴高乐派左翼。

在必要时保护自己很有必要。

1951 年 1 月 11 日至 31 日

[……]博纳瓦尔被前来请他出席六月听证会的克洛德·居伊弄得十分恼火。他拒绝了这一请求,但最终接受了担任艾森豪威尔助手的职位。[1] "他个性不足," 夏尔说道,"况且,战争从来都不是那些以前打过胜仗的老将们打赢的,艾森豪威尔也是如此。" 只有那些有荣誉感的年轻人才能打赢战争。

谈话记录

1951 年 1 月 31 日至 2 月 4 日

[……]2 号,我从突尼斯回来,与夏尔谈了话。夏尔认为,佩里利耶[2]慌了手脚,因为他在努力执行本身就很混乱的政府指令。德·拉特尔和朱安这些人应该独立自主地行动。否则,佩里利耶、皮尼翁[3]他们就得失败。

的确如此。不过我提醒他可以重新掌控他们。他说:"是的,但您知道我要求绝对忠诚:勒克莱尔、达让利厄上将、卡特鲁[4]、埃布

1　在北大西洋公约组织任职。

2　路易·佩里利耶(Louis Périllier,1900—1986),法国驻突尼斯总领事。

3　莱昂·皮尼翁(Léon Pignon,1908—1976),印度支那高级专员,支持保大帝(Bao Dai)反对胡志明,以失败告终。

4　乔治·卡特鲁将军(Général Georges Catroux,1877—1969),1940 年加入自由法国的唯一一位将军,战后担任法国驻莫斯科大使。

埃[1]、普利文,必须给他们安上嚼子,然后他们想往前冲就冲吧,这样就不会有问题。"

1951 年 2 月 6 日

[……]他对候选人做了一番有趣的评论,确信选举后必然会求助于柯尼希,"也是比约特"的军队;他说这些话的时候表情狡黠,带着弦外之音。他还说:"如果我能摆脱沙邦、贝努维尔以及所有这些政客,一切都将易如反掌!"他认为在其他方面都取得了胜利,只要站稳脚跟就行。他强烈抗议为皮杜尔举行就职典礼进行投票的提议。

[……]对于普利文在选举中的有利形势,将军又对我说了一番反对议会的话,他不愿再与之对话,不愿再出面。

1951 年 2 月 26 日至 3 月 11 日

[……]晚上我在马尔罗家见到了福特利耶(Fautrier)。这是一次有意思的会面。我们一起讨论了维梅尔的考验(les épreuves de Vermeer)。玛德莱娜·马尔罗对丈夫非常崇拜。马尔罗准备重新开始宣传,但决心独自从事,不与苏斯戴尔和博泽尔(Bozel)合作,尽管他与苏斯戴尔关系很好。马尔罗提议让我与詹姆斯·伯纳姆[2]见面。

莱恰[3]把将军的指示告诉德勃雷,他听后很伤心,不过还是振作了起来,我也尽力安慰他。

1　费力克斯·埃布埃(Félix Éboué,1884—1944),第一位黑人殖民地总督。

2　詹姆斯·伯纳姆(James Burnham,1905—1987),美国知识分子,成名作《组织者的时代》(*L'Ère des organisateurs*)。

3　约瑟夫·马里·莱恰(Joseph Marie Leccia,1901—1956),安德尔-卢瓦尔省法兰西人民联盟参议员(1948—1955)。

夏尔给我看了德·拉特尔·德·塔西尼的来信,信中主要谈的是朱安。"朱安现在取代了我的位置,控制着整个摩洛哥,等等。"他对我说:"这就是将军们。"(戴高乐将军)刚从布尔日和沙托鲁回来,他被那里的美国殖民化所震动。我们谈到了很难区分联盟和从属关系。

有一天,他向我证实了自己准备站稳脚跟的打算:"战争期间,罗斯福不需要我,但他们现在需要法国。"

关于意大利,他说:"加斯贝利和力量党[1]在意大利殖民地政策上背叛了西方,并且因为我提出了法德和解的主张,他们也不会原谅我。"他对我说的这些话,让我不明白加斯贝利在艾森豪威尔身边究竟对法兰西人民联盟是什么态度,是否认为这是"一个疯狂的政党"。

耶巴内嘎莱[2]求见将军:"亲爱的朋友……如果还像以前一样的话,我会请您来我家坐坐……"最终,他在拉佩鲁斯餐馆(Lapérouse)与将军见了面。

为应对危机,皮杜尔希望加比唐(Capitant)出马。但根据将军的指示,加比唐拒绝了这一提议。我和将军讨论此事,如果皮杜尔向将军提议的话,希望将军能接受皮杜尔的请求,但将军予以拒绝。况且皮杜尔也没有提出这样的要求(加比唐不相信居然没有邀请将军),还利用媒体对加比唐的拒绝大加炒作。

[……]

蒙哥马利元帅[3]的(亲笔)信附:要将军的签名照。

1　阿尔契德·加斯贝利(Alcide de Gasperi,1881—1954),意大利总理(1945—1953)、"欧洲之父"之一,战后创建天主教民主党。意大利力量党(Forza Italia),即天主教民主党。

2　耶巴内嘎莱,拉罗克(La Rocque)上校的法国社会党活动家,保罗·雷诺的国务部长,1940年为维希政府的青年和家庭部部长。

3　蒙哥马利元帅(Maréchal Montgomery),1942年取得阿拉曼战役胜利。

夏尔收到一封信,让他不要去北方省,说如果去的话会丢掉选票,夏尔批示:"贝特朗·莫特先生[1]的来信乃受人指使。不予回复。"10日,我在往返圣芒代的途中得以与马尔罗长时间相处。他对我非常友善,与我津津有味地谈论了艺术。他告诉我,自己用了八个月时间完成《希望》(*L'Espoir*),三年完成《人类的命运》(*la Condition humaine*)。

关于《艺术心理学》(*La psychologie de l'art*)一书,他认同我将这本书与夏多布里昂的《基督教真谛》(*Le Génieduchristianisme*)进行的比较,他指出夏多布里昂在书中说了一些基督教的蠢话,却没有说绘画方面的蠢话!

1951 年 3 月 19 日至 24 日

[……]将军的一件趣事:他认为必须提高工资。虽然这样做既合情合理,又有利于选举,但他拒绝发表声明,因为他不希望(这样做)"看上去是为了蛊惑人心"。

1951 年 3 月 28 日

[……]还有件事:当我宣布贝当元帅逝世的消息时,措辞显得有些笨拙,我说的是"贝当死了"。将军说:"是的,元帅死了。"当我谈到发表一项声明时,他说:"不,以后再说。我不能像保罗·雷诺那样匆匆忙忙地发表声明!"我过了一会儿说:"无论如何,总算了结了一桩事。"他回答说:"不,这是一场历史大悲剧,历史悲剧是永远不会完

1　贝特朗·莫特(Bertrand Motte, 1914 年出生),公司管理者,北方省独立议员(1958—1962)。

结的。"

1951 年 4 月 18 日

　　他又讲了几句不参加竞选的话（1951 年 6 月的议会选举）。他说:"这是我决不屈服于共同法规的一张牌。我不会开牌的。何况,我向法国推荐的正是我自己!"

乔治·蓬皮杜致勒内·布鲁耶函

亲爱的勒内：

　　我利用休会期间给你写这封短信。

　　你应该已经知道了选举结果。法兰西人民联盟在第二轮投票中更有胜算，在我看来，选举的条件非常有利。我认为，总体上，法兰西人民联盟在布列塔尼和下莱茵省的势力有所削弱（因为人民共和运动在地方占据着重要位置），与之相反，在巴黎盆地、卢瓦尔河谷和南部地区的势力有大幅提升。保罗·雷诺拉拢独立议员的希望似乎很渺茫，竞争对手（尤其是佩切[1]）给予了沉重打击。保罗·雷诺试图通过我们的朋友米歇尔与其他人接触。不用说，你也知道没有人会支持他的。克耶还将暂时留任，但他的形势日益恶化；他太过乐观，对成功抱有太多希望。贷款不低于 80%，税收下降，赤字已成定局，印度支那的威胁，迅速恶化的经济危机。五至六月间必然有一个月会动荡不安。（当然）最终也不会取得任何决定性的成果。

　　为此，将军准备 1951 年在几个毫无基础的省份大展身手，如果这样做的话，显然会受到欢迎。

　　无论怎样，这都有助于你重新思考目前的处境。我们已经与安德烈[2]谈过了。我会盯着巴黎所有你可能感兴趣的职位，安德烈会帮助我们的。至于其他事情，我就无能为力了。

　　1　莫里斯·佩切（Maurice Petsche, 1895—1951），政治家、审计法院成员。1925 年当选为上阿尔卑斯省左翼共和派议员，1946 年再次当选，去世前一直在独立者与农民国家党任职。

　　2　安德烈·塞加拉，参阅 1946 年 5 月 16 日信函。

阿兰的教父很可能要去罗马，这对他的个人发展是件好事，不过我不确定这究竟是有去无回的序幕，还是能够按预期归来的前奏。

　[……]

乔治

1951 年 6 月

谈话记录

1951 年 8 月

[……]将军要我密切跟踪事态。"不要告诉别人,我不相信任何人。"我回答:"我看出来了。"将军让我争取吉夏尔。

1951 年 9 月 20 日[1]

我与将军有过两次饶有趣味的谈话:一次是关于他的计划。他说:"应该建设国家。我不过问区议会的选举。我很少过问,是因为这不会获得很大成功。这不是我们的战斗,但我们将欢呼胜利。然后,我们将召开会议,重整国家。议会是一文不值的。"我反驳说,议会是权力之门。他回答道:"我并不是说我拒绝某些形式。但是,只有靠国家的压力才能打开权力的大门。在此期间,他们都在那里说应当请我出山。你见过马尔蒂诺-戴普拉。他们'想搬掉戴高乐这块绊脚石'。1940 年,米塞利埃、丘吉尔等人都一直在说要搬掉戴高乐这块绊脚石。"我回答:搬不掉的绊脚石,终有一天就会成为房子的主人。

[……]19 日晚上,我们进行了一次更有趣的谈话。将军说:"英国将要举行大选,我认为保守党人将获胜。我很乐意看看丘吉尔将如何动作,因为他是政客。他在战争期间还过得去,但现在……不过,英国很需要振兴;然而,它是个岛国。而我们呢,处在我们这个境

1　　参见乔治·蓬皮杜:《恢复事实真相》,弗拉马里翁出版社,1982 年。

况,我们更需要振兴。美国不知道怎样使用自己的财富。但是,我们
……因此,我们需要做出努力。别人的情况也不比我们强多少。罗
斯福死了,接替他的不是巨人。英国人兴高采烈地摆脱了丘吉尔,但
他们推举出来的继任者也不是巨人。在希特勒和墨索里尼之后,德
国和意大利又有什么人呢? 就是在苏联,斯大林的影响也已经消失;
而在战争年代却总是感觉到他的影响,那时一切以他为中心,一切由
他主宰。当今的时代已不是造英雄的时代了。"

他笑着补充说:"其实,这样更好一些,因为永远伟大未免会使人
精疲力竭!"

我的印象:他不想再掌权了。他对"没有戴高乐的戴高乐主义",
对他自己能起良师益友和迦桑德拉[1]的作用感到满足。他已成为一
位"历史学家和旁观者"。

接下来的谈话证实了我的想法。"所以无论是克耶、奥里奥尔,
还是皮杜尔,对我来说都一样。他们都是过客。但普利文令我难以
忍受!!"由于我曾说过应该在一切消失之前达到目标,他说:"任何事
物都不会整个地消失;但是,至少在一代或几代人的时间里,法国处
于无所作为的状态之中。这是自十八世纪大工业出现时开始的。在
此之前,我们曾经是一个农业大国。后来,工业诞生了。我们没有
煤,金属矿藏也不多,没有石油……而且屡遭外国入侵。正是入侵使
路易十六走上了断头台,后来入侵又驱逐了拿破仑;正是对入侵的积
怨点燃了 1830 年和 1848 年的革命之火;正是入侵赶走了拿破仑三
世,随后成立了第三共和国。"他停了下来,我也不敢说下去了。

　　1　迦桑德拉(Cassandre),意为觉醒者——译者

1951 年 9 月 24 日至 30 日

我与冯·莱内男爵[1]会面,他让我转告将军一个口信,阿登纳和哈尔斯坦[2]的立场:不再签署新占领协议,在有关同盟军驻扎德国的特别协定下,保证德国即便不享有完全主权,至少要承担"自己的责任"。如果同意的话,德国将宣布与东方阵营彻底决裂。他强调这是德国政治的核心所在。

这位老先生很有礼貌。他告诉我,以后还会就工商业问题与我见面。这才是让我感到更担心的问题,因为法德经济关系正处在一个微妙的阶段。

[……]

25 日(星期二),我与克里斯蒂昂·富歇[3]在帕莱夫斯基家里(愉快地)共进午餐。帕莱夫斯基非常友好,不过显得有点自以为是。他一刻不停地谈着议会的事,以为如果一旦他沉默的话,法国就要完蛋。我们的很多谈话是围绕将军展开的。富歇已经不再仰慕将军,他问我的想法。我回答说:"我仰慕的不是一个历史、政治和文学方面的天才,而是一个政治家。"

富歇和马尔罗也提出了对上帝的信仰问题。帕莱夫斯基的态度很明确:他的信仰很泛,是一种对世界的精神观,他不是虔诚的天主教徒。加斯东把原因归于伊冯娜。吉利奥[4]告诉富歇,人们认为他是个理论家,只会纸上谈兵。

1　冯·莱内(Von Lesner),德国外交官。

2　瓦尔特·哈尔斯坦(Walter Hallstein,1901—1982),1951 年担任阿登纳的外交国务秘书,欧洲委员会主席(1958—1967)。

3　克里斯蒂昂·富歇(Christian Fouchet,1911—1974),1940 年 6 月加入自由法国,曾任国民议会法兰西人民联盟代表(1951—1955),1954 年担任皮埃尔·孟戴斯-弗朗斯的部长,后出任法属阿尔及利亚高级专员、国民教育部部长(1962 年 11 月—1967 年 4 月)、内政部部长(1967 年 4 月—1968 年 5 月)、默尔特-摩泽尔省议员(1967—1973)。

4　奥古斯特·吉利奥(Auguste Gilliot,1890—1972),抵抗运动者,被驱逐出境。默兹省议员(1951—1955),反对欧洲一体化。

我得写写戴高乐和他身边的人。

1951 年 10 月第一周

28 日（星期五），我对夏尔谈到他的摩洛哥之行，他发怒了。"如果我愿意的话，我才会去。"有趣极了。接下来的一周，将军召见了苏夫莱，让他准备行程。但是，苏夫莱[1]无法接受这项任务，将军只好又找我，让我来负责。我绝不是那种喜欢影射他人或暗中破坏的人。

10 月 2 日（星期二），我与将军有过一次长谈。他对议会大加斥责。事实上，他认为议会党团很可能变成一支独立的力量，准备不顾议员的反对对联盟进行重组。他错在不应言辞激烈地批判此事，这使得人们不断重复或歪曲他的话，故意把议会的无能与只有通过议会才能上台二者相混淆。这是他的本意吗？他把越来越多的时间投入到撰写回忆录中。我对马尔罗说了这些想法，他刚从将军那里回来，对此予以证实。人们都有同感。让·路易·维吉耶[2]对我说："他（将军）是卡尔·马克思，但并不是我们需要的历史哲学家。"星期二的谈话中，将军嘲讽了帕莱夫斯基，认为他把议会太当回事，巴拉尚[3]背叛了将军，比约特的话没人听。

他还对朱耶[4]和泰勒努瓦尔在这方面的表现做了评价。他希望泰勒努瓦尔反对议会。

［……］

目前，显然舆论对我有利，我有些担心他出于好意同意吉夏尔当

1　雅克·苏夫莱（Jacques Soufflet, 1912—1990），军人，获得法国解放勋章。

2　让·路易·维吉耶（Jean-Louis Vigier, 1914—1992），抵抗运动者、《时代》杂志总经理、塞纳省议员（1951—1958）、塞纳省参议员（1958—1980）。

3　埃德蒙·巴拉尚（Edmond Barrachin, 1900—1975），法兰西人民联盟议员（1951），后退出联盟，成立共和社会行动党（戴高乐派中持不同政见者），试图说服戴高乐遵循议会规则。

4　皮埃尔·朱耶（Pierre Juillet, 1921—1999），曾担任乔治·蓬皮杜的政策顾问，后担任过总理和总统。

我的助手。他是想让我成为副秘书长还是类似的人物?!

我读了些资料,他让我看了在渥太华的访谈记录。斯奈德[1]对待勒内·马耶尔就像对待仆人一样。当有人问法国为重振军队采取了哪些行动时,甘代[2]的回答总是结结巴巴。可怜至极!

帕莱夫斯基的公报激怒了所有人。他正在准备的另一个公报,会进一步刺激多数派在议会中的分裂。我费尽心思,总算说服他不要公之于众。无论怎样,他始终是忠心耿耿的。

马尔罗回巴黎了。我事先告诉将军,马尔罗不愿意从事办公室工作,我的话得到了将军的重视,马尔罗很满意对他的安排。我得去见见他。

布丽吉特·弗里昂[3]准备出发去印度支那。我告诉将军,将军同意接见她。将军对印度支那颇感兴趣,因为她要去那里,所以将军对她的品格更加认可。[……]

1951 年 11 月 8 日

[……]工作越来越多,责任越来越大。国民议会(11 月 3 日至 4 日)进展顺利。将军的演讲很成功,但是当天晚上,他在卢瓦雷省和伊勒-维莱讷省的选举中落败。

我从与将军的谈话中记下两件事:

1. 他打算在世时出版自己的回忆录。预计共四卷。第一卷(1940 年)包括五章,三章已经写完。他计划春天完成第一卷,在年底前出版。"我写作不是为了钱。我不会把书给《费加罗报》的。"

2. 对苏斯戴尔的不信任加剧:"必须声明我不会接受妥协。(苏

1　约翰·W.斯奈德(John W. Snyder,1895—1985),美国财政部部长(1946—1954)。

2　纪尧姆·甘代(Guillaume Guindey),对外财政司司长(1946—1953)。

3　布丽吉特·弗里昂(Brigitte Friang,1924—2011),抵抗运动者,后被驱逐出境。战地记者,安德烈·马尔罗的媒体专员。

斯戴尔)被召去商量的那天,他回来时一边走一边说'总统先生要
我……我说要与朋友们商量……',从那天起,他就被扫地出门了!
当晚他就被拒之门外。在此之后,如果他能组阁的话就去组阁了!"
我回答说其实当时他毫无机会,他也知道这一点。苏斯戴尔想与泰
勒努瓦拉近关系,坚持要求我参加他们的定期三方午餐。[……]

1951 年 11 月 9 日至 10 日

[……]我的地位越来越重要,但随着地位的不断攀升,我感受到
更多的嫉妒和敌意。

1951 年 11 月 12 日至 18 日

[……]非常忙碌。

13 日,我与将军仅有过一次平静的长谈。他只有在真正能掌握
权力的情况下才愿意掌权。接下来必须有事件发生,迫使奥里奥尔
和议会向他求救。因此,在人们准备向法兰西人民联盟求救时,苏斯
戴尔要提前发出预警,应该由联盟主席出面解决。人们找将军的话,
如果只是表面上的邀约,他会拒绝。如果情况"紧急",那么"形式就
毫无意义"。我让将军不要太过注重形式。他希望奥里奥尔邀请他
来组阁,内阁提名要在他"到达巴黎"前通过! 科隆贝! 可怜的帕莱
夫斯基以为必须是个中立的地方才能会面,其实路凡西安
(Louveciennes)就可以。

1951 年 12 月 17 日

[……]总体而言,夏尔精神抖擞地参加了宣传活动和新闻发布
会。他完成了要在联盟指导委员会[1]会议上发表的讲话。"达拉第

1　法兰西人民联盟指导委员会。

在慕尼黑会议上,雷诺会战胜我们,因为……,因为……。当你们告诉我们必须贬低法国并抬高德国时,我们为什么还要相信你们呢?"

他告诉我他准备的讲话内容。"缺乏才能的野心就是犯罪,"夏多布里昂曾这样说过:"军队就是服从和强大,失去了强大,让服从见鬼去吧。"

他走之前说道:"我会让他们在新闻发布会上出丑的。"

1951 年 12 月 25 日

[……]将军认为总体形势严峻,令人气馁:"我搓着手,不知道该怎么办。"

"谁知道呢,也许二十年后的苏联会有所不同?"

"无论如何,包括我在内的所有人都会根据大西洋联盟的失败来调整政策。"

乔治·蓬皮杜致戴高乐将军函

将军：

也许我应该在享受滑雪和阳光的时候忘记一切，把所有工作都交给吉夏尔和博纳瓦尔去处理。但只要瞥一眼《尼斯晨报》就能看到，普利文的行为验证了马尔罗的观点，维持不过是灭亡的一种方式。总理府则表明这个国家已经完全丧失了集体意识，对政府部门和议会之间的游戏规则完全不感兴趣。然而，如果有一个值得冒险的明确目标，这里有一群不惧危险、意志坚定的年轻人愿意为之效力。

将军，请接受我和妻子对您与夫人以及您家人的 1952 年的最美好祝愿，其中也包含着我对祖国的情感和信心。

将军，请接受我的崇高敬意和无限忠诚。

乔治·蓬皮杜

1951 年 12 月 29 日于欧龙

谈话记录

1952 年 1 月 7 日至 12 日

非常丰富多彩的一周。7 日,普利文下台,立即引发骚动。9 日,苏斯戴尔被爱丽舍宫召唤,奥里奥尔让他组阁。

他在去之前先与将军会面。很多人(包括帕莱夫斯基)支持他接受这一任命。苏斯戴尔反对,将军也反对。我还在犹豫,感觉有点措手不及。

本来一切都会进展顺利,但是苏斯戴尔在他的声明中没有提将军的名字,这让将军大发脾气。媒体把焦点对准苏斯戴尔。此外,马尔罗提出召开新闻发布会的(倒霉)主意也让将军情绪不佳。

9 日,联盟指导委员会会议在紧张的气氛中结束。10 日,散发出暴风雨的气息。除了迪耶特尔姆[1]重提克里斯蒂昂·富歇的共同市场理念外(目的很晦涩,但针对的是苏斯戴尔),人们相信"巴拉尚[2]、勒让德尔[3]和沙邦在搞阴谋",将军召见了他们几位,他们把这些事情告诉了将军。混乱在不断加剧,联盟被搅得动荡不安,将军对联盟办公室在重新选举时存在一定的欺骗感到愤怒。为了表示不满,领导小组抗议苏斯戴尔行事时只征求联盟办公室的意见。将军认为这样做已经非常过分!

1　安德烈·迪耶特尔姆(André Diethelm, 1896—1954),巴黎高师毕业生、金融督察。先后是驻伦敦法国国家委员会成员和驻阿尔及利亚法国国家解放委员会成员。1951 年,担任塞纳-瓦兹省法兰西人民运动联盟议员,后接替雅克·苏斯戴尔担任国民议会法兰西人民联盟主席。

2　埃德蒙·巴拉尚,参阅 1951 年 10 月谈话记录,1952 年退出戴高乐派,支持比内执政。

3　让·勒让德尔(Jean Legendre, 1906—1994),瓦兹省戴高乐派议员(1945—1962),贡比涅市市长。

无论怎样,一切都平静下来。12 日,除了巴拉尚还在生气外,其他事情都进展顺利。(11 日巴拉尚在阿布拉米夫人家里用晚餐[1],自称戴高乐主义者,但在 12 日,他对米什莱说:"毕竟我是被选上来的,没有将军我也一样当选。")将军的态度让我有点惊讶,吉夏尔把我休假期间发生的事情写了一份报告交给我,从这份报告中可以看出,将军正在考虑参与行动。但将军在对我向他表示祝福的回信中的态度与此不同。

12 日,斯蒂比奥[2]见过将军后走出来,他认为参与行动只是一个陷阱,这让我感到震惊。

12 日晚,将军应该与皮杜尔会面! 将军通知我要绝对保密。但七点时,法莱兹[3]从索尔费里诺(!)打电话告诉我,由于德·拉特的去世,晚上见面不可能了。

两位部长在走廊里思考:"那么,把柯尼希派到印度支那? ——是的,但是如果他成功了……"[……]我在此前一周曾经记录过富歇对阴谋论的兴奋之情(有点孩子气)。"感觉他不会对将军做出任何让步。"

借与勒伊德[4]午餐的机会,我建议将军接受勒伊德。将军(1944年将勒伊德关进监狱)回答道:"这是我欠他的。"我对将军说:"您让他坐了两年牢。"将军说:"可是谁又没坐过牢? 除了我……丘吉尔可是一直想把我关进牢里。有一次,我对他说:'即使您滥用职权,把我关在马恩岛,我也不会退缩的。'丘吉尔回答说:'是伦敦塔。'"

保罗·雷诺寄来他的书,上面有题词:"谨献给永远不会忘记的戴高乐将军。"

1　人民共和运动领导人经常光顾阿布拉米夫人沙龙。

2　安德烈·斯蒂比奥(André Stibio),政治记者。

3　皮埃尔-路易·法莱兹(Pierre-Louis Falaize),乔治·皮杜尔的办公室主任。

4　弗朗索瓦·勒伊德(François Lehideux,1904—1998),战前雷诺集团总经理,担任工业生产部国务秘书(1941—1942),1949 年获得免诉,1958 年受戴高乐将军邀请进入政府。

1952 年 2 月 4 日

没有皮杜尔的消息。

联盟危机——苏斯戴尔越来越气馁。瓦隆向苏斯戴尔发起猛烈攻击,昨晚苏斯戴尔和我聊了一个小时,说他有意退休。幸运的是,我对将军说了此事,他同意 17 日(星期四)21 时 30 分至 23 时 45 分在拉佩鲁斯餐厅的会面。

会面很愉快,我和旺德鲁[1]都做了充分准备,一切都很顺利。但我不确定我们是否触及了问题核心。

将军没有对我掩饰苏斯戴尔犯下的两个大错误。第二个错误是自命不凡:一会儿注意到法兰西人民联盟的共和性——我们在这方面没有经验只有教训;一会儿又大谈特谈多数派,而不谈政权。第一个错误也同样如此:他没能把樊尚交给戴高乐将军制裁。马尔罗告诉我,将军曾对他说过这样一段话:"1944 年我是因为法共失败的。他们是当时唯一的革命力量,但他们依靠的是外国势力……我没有获得进行革命必要的支持。"

(将军对西格弗里德[2]惹人讨厌的文章大发雷霆:"我应该让人绞死西格弗里德,这也好过让人枪毙了他。")

[……]巴拉尚在多维尔时,酒店人员问他:"将军和他的新社团[3]成员近来如何"和"戴高乐什么时候才能带给我们和平"等。

1952 年 3 月 12 日(星期三)

[……]

将军只在巴黎待两天(星期四和星期五)。他对联盟指导委员会

1　雅克·旺德鲁(Jacques Vendroux,1897—1988),实业家、二战后担任加莱市议员和市长、戴高乐夫人的兄弟。1969 年后,他公开反对乔治·蓬皮杜。

2　安德烈·西格弗里德(André Siegfried,1875—1959),社会学家和历史学家、法兰西学院教授、法兰西科学院院士、政治学国家基金会主席。

3　新社团(Nouveau Cercle),与赛马会同为巴黎历史最悠久的社团之一,1835 年成立,最初以农业社团为名,在圣日耳曼长期落户,埃德蒙·巴拉尚是成员之一。

的改组踌躇不定。其他人中,比内有一定影响,夏尔对泰勒努瓦尔说:"现在是该听话的时候。"

1952 年 3 月 31 日

事情很少。将军继续保持游离和缺席。

[……]我顺便对瓦隆做个概述。他是个有趣、善良、友好、聪明的人,但内心深处对自己的人际关系和生活有不确定感。一个小丹东[1],怎么能吸引圣朱斯特的马尔罗?

1952 年 4 月 13 日(复活节)

最近因为形势动荡,我记的笔记很少。比内还在继续。苏斯戴尔走向极左,与瓦隆形影不离!将军隐退了,对领导小组和法兰西人民联盟都是爱答不理的态度。(这是必要的储备),他说:"现在是全国性的休耕期。"比内浪潮令人咋舌。

(我记录了米歇尔·德勃雷的伟大友谊)

4 月 3 日,将军与保罗·雷诺、莱昂·诺埃尔会面。"很好,他开始打个人算盘了。他更应该恭恭敬敬。"

9 日,孟戴斯·弗朗斯在总理府待了 1 小时 15 分,似乎很愉快,有意再次反击,支持泰让,反对比内。苏斯戴尔借对莫拉斯的文章辩论之机,重新出山。

由于将军遭遇的危机和苏斯戴尔的反应,几次活动都失败了。安东尼尼[2]充满智慧和善意。富歇[3]非常失望,对夏尔丧失了信心。我没能见到帕莱夫斯基,让我很不快……

设法弄到 4 日的《世界报》,上面有奥里奥尔致贝伊的信(他称呼

1　乔治·雅克·丹东(Georges Jacques Danton,1759—1794),法国政治家、法国大革命领袖。18 世纪法国大革命时期著名活动家,雅各宾派的主要领导人之一。——译者

2　朱尔·安东尼尼(Jules Antonini,1903—1987),综合理工学校毕业生,拉乌尔·当特里(Raoul Dantry)在工人国际法国支部的亲密同事,担任工人国际法国支部总书记(1958—1974),宪法委员会委员。

3　克里斯蒂昂·富歇,参阅 1951 年 9 月 24 日至 30 日谈话记录。

对方"我亲爱的朋友"！)。布尔吉巴写了五封引人注目的信。可怜
的法国。

1952 年 5 月 18 日

5 月 15 日，他与我谈到北非，谈话很愉快，与我分享了他对快速
衰退的见解。"从十八世纪中期已经开始了：之后发生了一些小暴
动。最近的一次是 1914 年的一战，这是我最后一次感到害怕，在恐
惧中，我写完了法国历史的最后几页……"

19 日，我与菲永[1]共进午餐，他对我拒绝担任集团七把手的决定
表示遗憾，宣布支持法国联盟。他对我大加赞赏，极力推动我进入私
营部门。有意思。

1952 年 5 月 19 日

我忘了记录将军关于快速衰退和自己无力弥补的一句话，"这是
我人生的一大悲剧"。[……]

1952 年 6 月 23 日

将军给我打电话，要我星期一去趟科隆贝。我和苏斯戴尔（带着
帕莱夫斯基的信）一同前往，但他拒绝泰勒努瓦尔的拜访。我们晚上
11 时左右抵达，凌晨 2 时离开（戴高乐夫人准备了肉汤和鹅肝酱！），
我们发现将军心情异常沉重，备受折磨，几乎陷入绝境。他需要陪伴
和建议。谈话进行了很长时间，令人惊讶。

最后他要我和苏斯戴尔说出我们内心深处的想法。他根据我们
的建议，决定留下来。保持距离，在苏斯戴尔的建议下，他准备采取
制裁措施，做好对付不同政见者的准备。

我记得当时的气氛——沮丧中透着人情味的一面。

1　勒内·菲永（René Fillon，1904—1978），拥有文学教师资格，战后担任罗斯柴尔德银行总
经理、苏丹参议员（1955—1958），是居伊·德·罗斯柴尔德的老师。

乔治·蓬皮杜致戴高乐将军函

将军：

　　我在南部的假期结束了，身心得到了充分的休息，现在感觉头脑比身体更加活跃。我准备在奥弗涅短暂停留，与家人团聚，9 月 10 日或 12 日返回巴黎，博纳瓦尔[1]和吉夏尔在我休假期间承担了我的工作。

　　在这段时间里，我对形势进行了反复思考。随信附上一份简短笔记[2]，这是我思考的成果。虽然没有新颖之处，却非常坦率。

　　我比任何人都更愿意"回家"，远离政治。然而，我的直觉告诉我，我没有权利任凭法国走向衰落，我们仅剩的有限手段足以重新振兴国家。我徒劳无功地在平庸而令人饱受折磨的政治和议会之外寻找出路。这样的举动是否太奇怪，毕竟议会代表着国家形象？

　　或许我在这次行动中，过于注重个人喜好，把人道和心理因素置于首位。但我相信，成功并不取决于事件，事件该怎样还怎样，虽然很严重，但不过是日常事件。成功也不取决于他人，人们都各干各的，只有在政治进程的逼迫下，他们才会与您站在一起，但是成功取决于您的亲信以及您与他们之间的关系。如果您信任他们中的优秀分子，明确地告诉他们可以做什么，他们一定会成功的，至少他们会意志坚定并忠心耿耿地试试运气。否则，他们连试都不试。在过去几个月里，雅克·苏斯戴尔无法接受在您身边恍若游离于悬崖边缘

1　加斯东·德·博纳瓦尔上校，参阅 1950 年 7 月 2 日谈话记录。
2　这份笔记未能找到。

的感觉；如果不是因为他知道您对他毫无保留地信任的话，早就让别人接替工作，自己去研究墨西哥人类学了。我是为您可以信赖的所有人说这些话的。

因此，将军，您在九月底的会面具有决定性作用。届时您应该告诉您的重要伙伴：是"集体退出"，还是"集体做最后一次努力"。

无论如何，您可以在必要的时候随时反对，但在开始时应该排除否定的想法，否则，会扼杀一切，让行动无疾而终。

将军，这就是我的想法。我的想法可能不对，但实在找不到其他办法，这出自我对国家利益和您个人的历史地位的双重考虑。

总而言之，请您相信无论是现在，还是将来，我对您始终忠诚不渝，充满敬意。

乔治·蓬皮杜

1952 年 9 月 1 日于泰乌勒

笔记

1952 年 9 月 10 日

[……]1952 年 9 月 10 日,我回到巴黎,发现气氛很压抑。将军决定留下来,但有些缩手缩脚。我没能说服他。

在多菲纳门举行的议会会议进展顺利。德勃雷表现突出,他的影响力很大。"重要的是,他在工作中变得很了不起。"可怜的帕莱夫斯基对管理委员会说:"由于德勃雷不在,还是给我们说说外交政策吧……"

9 月 24 日。我与苏斯戴尔、泰勒努瓦尔一起前往科隆贝,在那里与柯尼希会合。将军不同意由迪耶特尔姆或诺埃尔接替帕莱夫斯基在南斯拉夫的职位。长期驻外很吸引人。苏斯戴尔是十足的正统派。但面对攻击,柯尼希、我和泰勒努瓦尔都得到他的回复"我应该呼吸一些和解的空气"。将军承认会考虑支持或参与,但补充说:"我从心底不希望这变成事实。"不过声明还是被延迟到 10 月 7 日才公布,我不知道这一天是否会产生长远的影响。

苏斯戴尔同意接手报纸。尽管将军极力挽留,他还是放弃了主席职位。

接替苏斯戴尔的人选,有人力推莱昂·诺埃尔,柯尼希不同意。我在为帕莱夫斯基发起的反击撰写文章,事实上这是生死攸关的问题,矛头直指富歇,甚至博泽尔[1]!

1　让·里什蒙（Jean Richemond）,人称"阿兰·博泽尔",法兰西人民联盟司库（1947—1951）。

　　奥里奥尔召见了富歇，让他负责突尼斯事务，他对此欣喜若狂。

　　几个细节：若克斯[1]从莫斯科发回第一份报告，说斯大林接见他时问："戴高乐将军是否对苏法友好联盟感到满意？"他回答道："元帅阁下，我在这里代表的不是戴高乐将军，而是法兰西共和国。"

笔记

1952 年 10 月 13 日

　　[……]发生了大震荡，人们备受"折磨"，一个个来找我谈话。我成了传播乐观的人。

　　[……]比内采取强硬的外交政策，他力图成为国家领袖，这会让将军无用武之地。

1952 年 10 月 18 日

　　晚上七点，将军给我打电话，请我星期日去趟科隆贝，讨论对埃里奥[2]在波尔多激进党议会上反对欧洲防务的看法（埃里奥竟然拜会了沙邦！沙邦要在比约特家与比内、巴拉尚等人会面！！）。将军让我把一封信转交埃里奥。之后，他给我读了一章《回忆录》（6 月 5 日至 17 日），震撼人心！

―――――――

　　1　路易·若克斯（Louis Joxe），先在大学任教，之后当过记者和外交官，在戴高乐将军当临时政府秘书长时担任其内阁部长。

　　2　爱德华·埃里奥（Édouard Herriot），国民议会议长，坚决反对欧洲防务共同体（CED）。1954 年 8 月 30 日，他在欧洲防务计划决定性辩论中的演讲很大程度上导致了欧洲防务共同体计划的流产。

1952 年 10 月 19 日将军口述信函

总统先生：

我从报纸上得知您在波尔多发布的关于'欧洲防务'计划的意见，我想应该向您保证，我在这个重大问题上的想法和意见与您不谋而合。我还要补充一点，我对此毫不惊讶。因为我们虽然在政治和体制方面意见相左，但我相信事关法国的地位和独立性时，我们的想法从未有过根本上的区别。

内容和措辞尚未获得批准，条约就已签署，这在我看来是无法接受的，正如您所说的一样。现在这件事似乎已经开始谈判了。对于经历过艰苦岁月的我们这一代人来说，我们必须维护法国并且有能力捍卫法国在欧洲和非洲的地位。如果要终止这个条约，法国绝对不会没有同盟和友邦，这方面您本人深有体会。

总统先生，请接受我的崇高敬意和美好祝愿。

戴高乐

同时，将军给舍维涅[1]写了一封趣味横生的信，抗议把他列入担任过"战争部国务秘书的将军名录"中！

1952 年 10 月 24 日

将军向我介绍了外交史概况，强调了（法国）两次被抛弃：一是

　　1　皮埃尔·德·舍维涅（Pierre de Chevigné，1909—2004），抵抗运动者，荣获法国解放勋章。曾任下比利牛斯省人民共和运动议员（1945—1958）、马达加斯加高级专员（1948—1950）、战争部国务秘书（1951—1954）。

《伦敦协定》[1]无条件放宽了对德国的经济惩处,二是《大西洋条约》放宽了其他方面的惩处。美国在联合国投票支持讨论突尼斯和摩洛哥的事务。

1952 年 10 月 25 日至 11 月 15 日

会议(法兰西人民联盟)

会前:我把信交给皮杜尔(附后),与他待了一个多小时。他遗憾戴高乐过去没能更早明白"我的人是最好的牲口"。他说樊尚·奥里奥尔是"流浪的乞丐",比内是"伪君子",舒曼是"安抚人心的盟友"。他希望与社会党人联系,尤其是达尼埃尔·马耶尔,但不包括被虚荣心冲昏头的奈热朗。他说已经做好去科隆贝进行深入讨论的准备(过去没有准备好,现在可以了),尤其是讨论欧洲防务问题,这个问题已处在关键时刻。他任凭人们想象舒曼在联合国任期结束后会在鲜花中离开。泰让对阿莫里说过同样的话,并说人们希望外交部由激进派接掌过渡(勒内·马耶尔?)。

皮杜尔说:"我们要为日益减少的善行付出代价。"市议会卑鄙到令人难以置信。

我与将军有过几次谈话,相当深入,有时让人生气(故意进行错误地推理),有时令人感动(我希望自己年轻十岁或已经死亡)。

关于路易·罗兰[2]的葬礼,我印象中在 11 月 8 日(星期六)的一次长谈中,将军基本上决定出席,但联盟领导小组阻止了他。星期日和星期一我没有见到他,但他似乎心情很好。星期二他就冬季赛车场事件发表了精彩演讲,但回来后却说:"一切都毫无意义,都结束

1 1948 年的《伦敦协定》(*Accords de Londres*)确定了西德未来的政治地位。
2 路易·罗兰(Louis Rollin, 1879—1952),第三共和国前部长、塞纳省自由共和党议员,后成为独立议员(1946—1952)。

了",等等。

我认为激怒他的原因是皮杜尔没有再给他写信,以及莫阿蒂[1]成了市议会议长候选人。

13日的谈话给我留下很奇怪的印象:他在第一区不想推荐任何人,与联盟领导小组断绝联系,等等。我觉得,他是用虚无和傲慢隐藏自己的计谋。

1　勒内·莫阿蒂(René Moatti,1905—1996),抵抗运动者,1945年担任雅克·苏斯戴尔办公室主任,参与法兰西人民联盟的创立。阿尔及尔上诉法院律师,1951年担任塞纳省议员,后成为巴黎市议会议长(1952年11月17日)。1952年投票反对埃德加·富尔,1954年退出戴高乐派。

乔治·蓬皮杜致乔治·皮杜尔函

亲爱的主席：

上星期二，您在国民议会上就特赦计划和抵抗运动发表了演讲，我必须告诉您，在我看来，这篇演讲无论形式还是内容都无比恰当。

您谈到了问题的本质，这点非常英明："如何拯救国家？"国民议会如此被人诟病，四分五裂，如果能集中起来，像您那样就这个问题做出回答该有多好。

对于过去，原因不言自明。至于将来，我认为最重要的问题在于：抵抗运动是我们这个时代唯一的全国性重大胜利，但它现在只不过是一种怀旧情绪，或者能够超越衰退带来的分裂，创造出一种集努力与革新为一体的学派，缺少了这种精神，法国岂不是要消失？

亲爱的主席，请接受我对您忠诚不渝的感情。

1952 年 11 月 1 日

谈话记录

1952 年 11 月 20 日

　　将军对皮杜尔的沉默非常生气。我打电话给皮杜尔,好不容易才得到他的一封信,他对迟迟答复表示歉意。21 日,将军打电话给我,告诉我必须"有结果"。他让我去科隆贝。最后我没去成(达让利厄上将给我带来一封信)。

1952 年 11 月 20 日至 12 月 10 日

　　这段时间格外忙碌。

　　有几件大事。

　　事件一:

　　在接到皮杜尔的信之后,将军打电话让我去科隆贝,不过最终还是让达让利厄上将给我寄来一些所需资料。我与将军见了面,在他离开之前,为了让他了解我的想法,我告诉他自己担心发生类似比内就职或他离开这类危机的原因(他告诉过我他决定置身事外,他也是这么对苏斯戴尔说的),并且会予以斥责。星期一我又见到他,他给我留下很不好的印象(态度傲慢,拒绝承认政权的合法性等)。当我离开时,他就差和我说"我可怜您"。在接到消息后,我于星期二早上去见皮杜尔,负责安排星期六在科隆贝的会面。29 日(星期六),我早上八时到圣克鲁(Saint-Cloud)接皮杜尔,一起前往科隆贝……在科隆贝,我们受到了热情款待,11 时 45 分至 13 时谈话,午餐,三人散步,14 时 30 分至 16 时两人谈话,我利用空档时间阅读了将军的回忆录,16 时离开。

皮杜尔认为会面的氛围良好。他坚信得到了将军愿意给予支持的正式承诺。不过他对具体如何操作还有些疑惑,对接手比内有点担心。

我后来发现将军的态度恰恰相反,他对这次会面的印象很糟糕,他并不准备将自己的一时想法付诸行动,而且他从心底也不愿意看到自己人在别人的内阁里任职。

事件二:

我与菲永[1]共进午餐,我告诉他自己想要转到私营部门工作,我们谈到勒内·马耶尔[2]。菲永建议我与马耶尔建立联系,我表示同意。三天后,菲永告诉我马耶尔很高兴能与我在罗斯柴尔德集团见面,时间长短由我定。6 日(星期六)我打了电话,8 日(星期一)我在里尔街与马耶尔会面 1 个半小时,会面让我很失望。报酬很好(比内指责之处),但比皮杜尔更严重的毛病是马耶尔(极其)傲慢,易怒,摆出一副厚颜无耻和玩世不恭的架势。不过,会谈很顺利,让人抱有期望。但议员们能否像对集团主席一样地支持他,我对此表示怀疑。

事件三:

关于将军的眼睛。他告诉我(我记得是 2 日)视力正在减退。我很震惊。3 日,他准备见眼科医生吉约马。我问他能否告诉我结果,他回答说:"我不愿告诉您,不是因为不信任您,我完全信赖您,但是我宁愿只有医生和我知道。"但我感觉他放下心来,至少对于病情爆发的时限不再担心。

---

1 勒内·菲永,参阅 1952 年 5 月 18 日。
2 勒内·马耶尔在罗斯柴尔德银行担任重要职务。

事件四：

第一区夸尔[1]与奥利维耶[2]的选举结果令人沮丧,这对将军产生了恶劣影响,星期一我打电话时就意识到了这点。星期二,他很早就到了,交给博纳瓦尔一封信(命令他不要给任何人看,包括我在内),宣布联盟和议会之间的决裂。

我和他谈了五分钟,他告诉我他已经做出了决定,对我要说的话不感兴趣,于是我就出去了。

随后,泰勒努瓦尔(刚从联盟领导小组回来,准备去联盟政治局)表示持支持和参与的态度,以便联盟领导小组能够一致反对比内;但比内最终以 9 票微弱优势过关,因为承诺向阿尔及利亚提供 15 亿金额的无耻的包工合同。

泰勒努瓦尔像只狮子一样坚持了半小时,让将军有所动摇。接着苏斯戴尔用了一个半小时就"或走或留,只能二选一"进行了斗争。第二天,帕莱夫斯基认为我们的担心都是徒劳的,情况恰恰相反。将军召见了马尔罗。10 日(星期三)傍晚将军召见了我,讨论法兰西人民联盟解散的条件。我们谈了很长时间,谈得很精彩,但还是无法解决难题。他认为这一切对他而言已经结束了,但又不愿掩盖过去参与的事实,他绝不接受由中间人作为代表。

该怎么办? 我和苏斯戴尔谈过话,我们一致认为应该绞尽脑汁,避免灾难性的后果,找到解决办法。我与柯尼希的谈话未做记录,他从印度支那回来,对那里非常悲观。这无关紧要。

迪耶特尔姆[3]召见并询问我,他对将军的想法感到困扰。"经过

1　保罗·夸尔(Paul Coirre,1911—1989),实业家之子,1952—1958 年以独立共和与社会行动者的名义当选塞纳省议员。

2　阿尔贝·奥利维耶(Albert Ollivier,1888—1987),抵抗运动者、历史学家、记者。加入法兰西人民联盟,成为国民议会成员。领导《联盟》(Le Rassemblement)周刊,1959 年成为法国广播电视台(RTF)电视节目主任。

3　安德烈·迪耶特尔姆,参阅 1952 年 1 月 7 日至 12 日谈话记录。

深思熟虑，我认为没有戴高乐的话，什么事也做不成。"

将军写信给隆卡利[1]和费尔坦，对他们任期内所取得的成绩表示祝贺。

将军在以前的谈话中告诉过我，有两个人可以成为外交部部长：勒内·马耶尔和莱昂·诺埃尔。（他极力反对帕莱夫斯基。）

我对以前的笔记做了总结：比约特声称将军"总是在他的军事生涯上设置绊脚石"，将军则声称比约特只打过 8 天仗！

我还记下了 1947 年戴高乐夫人对克洛德·居伊说过的话："我比您更了解他，他只有胜算在握时才能获胜。"

克劳德·莫里亚克关于纪德的书的看法：纪德是自私的。他不喜欢人类，但他对人类有爱。他是在审视生活，而不是在生活。

1952 年 12 月 10 日至 23 日

我忘了引用马尔罗关于英美和梵蒂冈"秘密服务"的一句话，马尔罗的话应该会对夏尔有利。与夏尔谈话时，我还忘了引用一段对舒曼的相当出色的评论："每当法国外长的事业在国内受阻时，总能立即得到国际方面的支持，对他好评如潮，授予他荣誉博士学位。白里安、舒曼，还有所有对协议和大会抱有幻想的人都是如此。"

1952 年 12 月 25 日至 27 日

我前往夏多贡捷市，因危机爆发，26 日返回。苏斯戴尔接到奥里奥尔的任命。25 日夜间至 26 日，他前往科隆贝，之后接受了任命。我返回巴黎后，在拉美俱乐部[2]与他共进午餐。他决定要进行协商，但不打算去就职。

1　红衣主教安吉洛·朱塞佩·隆卡利（Cardinal Angelo Giuseppe Roncalli, 1881—1963），1945—1953 年，在巴黎担任教廷大使，1958 年当选教皇，即约翰二十三世。

2　拉美俱乐部餐厅（Maison de l'Amérique latine）。

事情进展得还不错。大规模的宣传,联盟领导小组和"活动分子"都很兴奋。27 日,将军做了白内障手术。我的出现表明"我们"对苏斯戴尔并不恼火。苏斯戴尔也完全没有被冲昏头脑。

愤怒的资深激进派借苏斯戴尔反对奥里奥尔。不过,埃里奥保持中立,密特朗对普利文展开攻击。

27 日晚,我与法莱兹[1]见面,为后续事宜做准备。

28 日(星期日),苏斯戴尔发表放弃声明,这篇声明基本是由我、柯尼希、沙邦和泰勒努瓦尔合作完成的。下午皮杜尔被任命,他与苏斯戴尔进行了一番长谈。之后,苏斯戴尔前往夏纳避风头。皮杜尔坚持了两天,但在拒绝了对他非常有利的法兰西人民联盟的议程后辞职了。接着是马耶尔。

轮到马耶尔,一切都发生了改变。他与法兰西人民联盟代表团的第一次会面非常糟糕。布特米[2]不愿离开。联盟领导小组的氛围也很差。星期六,面对明显的分裂趋势,大家决定全体投票。因此,马耶尔改变策略,试图迎合所有人。无论如何,布吕塞[3]和雅凯[4]过于招摇。另外,马耶尔单独召见了于尔韦[5]和沙邦。我给沙邦打电话,呼吁要抵制马耶尔,他应该反对马耶尔,但他却表示支持马耶尔。

这惹恼了一些人,柯尼希犯了错误,没有向这些人事先咨询!星期一,在苏斯戴尔的努力下,联盟领导小组的会议进展顺利。马耶尔在欧洲防务问题上做出了很大让步,但是态度有所保留,把帕莱夫斯

---

1 安德烈·法莱兹,参阅 1952 年 1 月 7 日至 12 日谈话记录。

2 安德烈·布特米(André Boutemy,1905—1959),财政部前官员,管理雇主基金(des fonds du patronat)。1953 年 1 月 8 日,担任马耶尔内阁的卫生和人口部部长,受共产主义运动影响,由于曾在维希政府从政的经历而被迫辞职。

3 马克思·布吕塞(Max Brusset,1909—1992),乔治·曼德尔前同事,滨海夏朗德省法兰西人民联盟议员(1946—1958)。

4 马克·雅凯(Marc Jacquet, 1913—1983),塞纳-马恩省法兰西人民联盟议员(1951—1955),后来担任公共工程部国务秘书和部长(1962—1966)。

5 亨利·于尔韦(Henri Ulver,1901—1962),塞纳省法兰西人民联盟议员(1951—1956),约瑟夫·拉涅尔内阁预算部国务秘书(1953—1954),孟戴斯-弗朗斯内阁部长(1954—1955)。

基排除在星期二的会议外,在会上人们决定对提名进行投票。柯尼希和苏斯戴尔投反对票,为的是隐藏自己。沙邦是谈判的领袖。迪耶特尔姆已经不堪重负,成为同谋。瓦隆加强了针对布吕塞和迪耶特尔姆等人的进攻,尽管无济于事。星期二晚上,我在蒙勒米[1]家共进晚餐,见到了雅克·多纳迪厄·德·瓦布莱斯[2],我给了他"几条"有关"共和社会行动"(Action républicaine et sociale)的指示。星期三,我在圆形广场的咖啡馆里遇到了多纳迪厄,给了他一些有关联系人的建议:政治方面,我建议与苏斯戴尔联系。实际上,星期五晚上,应勒内·马耶尔之邀,苏斯戴尔与勒内·马耶尔进行了长时间会晤。我密切跟踪了危机全过程,为避免发生悲剧,我比法兰西人民联盟的任何其他人的贡献都更大。本周其余时间都忙于安慰帕莱夫斯基和富歇。瓦隆支持海外独立!!! 这段时间里,只有柯尼希和我与将军见过面,星期一和星期四是柯尼希,星期三和星期五是我。将军很超脱,重新振作起精神,态度审慎,劝诫不要过度。

问题或多或少在于柯尼希和马耶尔之间。马耶尔拜访了将军。

我没有虚荣心,从来没有把政治看得很重,我想基本可以说我是戴高乐身边公认的最得力的智囊之一,但我已经厌倦了。

星期六拜访了马尔罗两个半小时,给我带来极大慰藉。

另一件事:有关比内。星期日(12 月 21 日),贝努维尔在危机前匆匆赶到科隆贝,告诉将军比内提出见面要求,并选择位于巴黎和科隆贝之间的巴斯德·瓦莱里-拉多[3]的一处地产作为见面地点。事实上,是雷米和他的一个表亲雅克·比内促成此事。克洛德·居伊后来设法参与进来,并告诉我有关情况。

---

1   菲利普·德·蒙勒米(Philippe de Montremy),财政总督察。
2   雅克·多纳迪厄·德·瓦布莱斯(Jacques Donnedieu de Vabres),勒内·马耶尔办公室主任,让·多纳迪厄·德·瓦布莱斯的兄弟。
3   路易·巴斯德·瓦莱里-拉多(Louis Pasteur Vallery-Radot,1886—1970),路易·巴斯德的外孙,抵抗运动者,1944 年当选法兰西学院院士,宪法委员会成员(1959—1965)。

我已经从吉夏尔那里知道了这些情况,吉夏尔 23 日去科隆贝寻求一份声明。我建议他在贝努维尔不在的情况下,与雅克·比内保持联系。

[……]这时贝努维尔回来了,我不知道他为什么对居伊知情感到愤怒。由于贝努维尔要返回罗马,于是他委托了阿兰·德·布瓦西厄[1],并说他信不过我!阿兰·德·布瓦西厄对将军说了此事,将军低声嘶吼,给雅克·比内写信,告诉他我才是负责人,派阿兰·德·布瓦西厄来找我,然后对我说,让我"召见"雅克·比内。戴高乐夫人也写信给博纳瓦尔,反对贝努维尔拜访科隆贝!!

于是我召见了雅克·比内。他是一个勇敢的人,渴望把事情做成功。

10 日(星期六),媒体终于充斥着"戴高乐做白内障手术"的消息,将军正好在这天返回科隆贝。

晚上,弗里奥尔[2]给我打电话,代表埃里奥总统询问将军的情况。

1953 年 1 月 10 日至 21 日

将军在科隆贝。

普利文在打听将军的消息。皮杜尔没有打听。我不得不坚持请法莱兹给将军写信,告诉将军是皮杜尔让打听他的消息!![3]

14 日(星期五)在拉美俱乐部的午餐令人难以忍受,沙邦夸夸其谈,自以为是上帝。瓦隆讲述海外殖民地的独立运动,搅得我不得安宁!我与雅克·比内碰了两次面,由此可知安托万(即比内)并不是

1　阿兰·德·布瓦西厄(Alain de Boissieu,1914—2006),获得法国解放勋章,戴高乐将军的女婿。

2　亨利·弗里奥尔(Henri Friol,1908—1965),爱德华·埃里奥的内阁总理。

3　将军当时刚刚做完白内障手术,抵抗运动时期与他一起并肩作战的政治家纷纷写信询问将军的情况,只有皮杜尔没有立即写信。蓬皮杜为了弥补这个失误,维护前抵抗者阵营的团结一致,特别做出了这个安排。

很着急。

……20 日,我与将军见面,他的想法没有改变,还是要与联盟领导小组决裂。他无论如何也不愿考虑由苏斯戴尔组阁。"苏斯戴尔组阁的话,他会支持反对我的政权。"但是,将军想去非洲,为此希望与马耶尔取得和解。

我见到柯尼希,苏斯戴尔……人人都有自己的小算盘。帕莱夫斯基很忧伤……莱昂·诺埃尔没能成为外交事务委员会主席。

1953 年 1 月 27 日(星期二)

[……]

我发现他[1]在反击普利文时情绪饱满(普利文关于国防的演讲平庸乏味,他只说会信守承诺,但他应该讲讲如何保卫国民,确保其他人也都信守承诺)。

将军还是决定不管议会的事。我觉得他对苏斯戴尔非常冷淡,这是要命的!他不能容忍自己人在议会获得成功。

我看到柯尼希一直在做社会党人的工作(塞加拉、皮诺、达尼埃尔·马耶尔、奈热朗,以及曾就眼疾写过信的莫克……)。

1953 年 2 月 3 日

朱安[2]来见将军:"你好,我亲爱的元帅,你最近可好?……"

一月的最后一周简直糟糕极了。将军完全不讲理,反对议会,从心底反感苏斯戴尔。

除了我和将军之间的一次谈话外,其余都没有太大意义。这次谈话解释了将军对欧洲防务充满敌意的原因:一是把无政府的军队

1　此处指戴高乐将军。
2　朱安元帅是戴高乐将军青年时代的朋友,是与戴高乐将军以"你"相称的极少数人之一。

交给美国,法国在非洲的主权会受到威胁。二是法德这杯鸡尾酒反而会对德国更加有利,德国对此更感兴趣,野心更大,实力更强。

我已经筋疲力尽,焦急地等待菲永能有些确切消息。

事实上,将军已经在很大程度上放弃了,并希望解散联盟领导小组。他准备召开新闻发布会,防止泰勒努瓦尔提议的国民议会成为现实!"我已经迫不及待想离开。"

1953 年 2 月 5 日

上午,我与马耶尔就突尼斯事务会面,他提到"法兰西人民联盟或前法兰西人民联盟"参议员说过的蠢话,我的回答是"激进党和法兰西人民联盟"。他笑着做了记录。

晚上我见到将军。他态度非常友好,告诉我他做了白内障手术。旅行已安排妥当,他坚持前往突尼斯:"我当然要见贝伊,但和贝伊在一起,我代表的是法国,这样才恰当。只有激进派政客认为我会在突尼斯说法国政府的坏话。"

他很重视新闻发布会!我们会面结束后,他见了比兰·戴·罗奇耶[1],后者给他留下很好的印象。在欧洲防务问题上,他与马耶尔之间仍然有着巨大鸿沟。

未来的任务繁重。

1953 年 3 月 27 日至 28 日

国民议会把危机推向顶点。

27 日,将军斥责了苏斯戴尔、卡皮唐和迪耶特尔姆。迪耶特尔姆(与沙邦)拜会了马耶尔,但没有人告诉将军,对此将军非常生气。这

1　艾蒂安·比兰·戴·罗奇耶(Étienne Burin des Roziers),国家行政学院讲师,戴高乐将军的亲信,先后担任法国驻华沙大使(1958)、爱丽舍宫秘书长(1962—1967)、法国驻罗马大使(1967—1992)、法国常驻欧盟委员会代表(1972—1975)。

件事的原因归结于沙邦过于圆滑,在事先未通知迪耶特尔姆的情况下安排好了一切,结果导致一场严重危机,每个人都深受其害。[……]此外,将军与我谈了二十分钟,解释他为何对法兰西人民联盟和联盟领导小组感到厌倦等,他已经厌倦在这个行将腐朽的国家继续开展政治活动,他已经产生厌倦,需要前往非洲寻找新的开始。然而,他希望在突尼斯见到的不仅仅是"俯首称臣的突尼斯人",还希望与民粹分子见面;我与富歇和刚从罗马回来的垂头丧气的布鲁耶共商此事。

[……]28 日(星期日),国民议会在和谐的氛围中结束会议。

将军似乎恢复状态。

我把将军的状态告诉柯尼希。

前往非洲。

非常友好的"告别"。

最后的意愿。

"这是全新的开始。"

1953 年 4 月 20 日

无事可记。旅行很顺利。将军从"自己的土地"归来,心情很激动,渴望重新开始,提出在搅动时局的同时,继续保持"距离"。

1953 年 5 月 19 日

[……]我与将军见了面:时长 1 个半小时。他希望让联盟处于休眠状态。把戴高乐派国民行动援助私营联盟(UPANG)[1]并入内阁。准备不再关心议会,以漠不关心的态度参入其中。"不可能既是

1　为戴高乐将军发动全国行动提供援助的私营联盟,机构负责人是雅克·福卡尔(Jacques Foccart),负责募款。

戴高乐派,又是议会派。戴高乐派说:议会一秒钟都不曾想过让戴高乐执政。"我问:"如果苏斯戴尔或帕莱夫斯基进入内阁,您会怎么做?""我不会阻止他们。如果他们对我说,阻止我吧,我会告诉他们:不会的,这是你们自己的事,事关你们和你们的良心。"我说:"然后呢?""然后,一切都结束了。也就是说,他们对我来说就成了皮杜尔之流。"

我想到当天早上,帕莱夫斯基问我他是否应该接受任命,他很犹豫,因为我告诉他,我认为这是决裂和背叛。

我告诉将军,感情因素很重要,苏斯戴尔是不会接受任命的。

1953 年 5 月 23 日

一个细节:丘吉尔夫人对戴高乐将军说了一些友好但无关紧要的话。我注意到戴高乐的回应中有两句话:"过河时如果发现河底全是淤泥的话,最好绕道而行"和"我对温斯顿·丘吉尔爵士的钦佩和友谊无可复加"。

他甚至跟我这样评论:"当我看到丘吉尔对法国发表的友好演讲时,我在想他在准备做什么坏事。"

1953 年 6 月 6 日

菲永通知,罗斯柴尔德集团决定雇用我。

我把自己的决定写信告诉将军(信函附后),6 月 14 日(星期日)信函寄出。

星期三将军对我说:"蓬皮杜,看来您是受够了……我理解您,我可以设身处地,换位思考。"

将军非常友好。他希望自己完全置身事外,全身心投入到《回忆录》的写作中。

然而,危机仍在继续。继保罗·雷诺、孟戴斯-弗朗斯(获得迪奥

梅德·卡特鲁[1]、帕莱夫斯基、富歇和贝努维尔的支持)失败后,皮杜
尔(1 票)、马利(得到希望掌管国防的帕莱夫斯基的支持,将军拒绝
与马利见面!)、苏斯戴尔同样不幸。最后,轮到比内。比内要求举行
听证会(在《回忆录》中,比内比贝努维尔更讨人喜欢),由于他被传
唤了,所以这件事暂时搁浅。6 月 18 日,孟戴斯-弗朗斯在总理府得
到接见(当天上午,贝努维尔请求将军接见孟戴斯,将军回答说"以
后"!!!)。

奥里奥尔已经被弄得头晕眼花,图尔努[2]向我证实了这一点,他
对我请其在一本书上签名感到非常高兴。

我一切都好,但莱昂·诺埃尔对我横加指责,包括我经常出入爱
丽舍宫!!!

1　迪奥梅德·卡特鲁(Diomède Catroux, 1916—2008),外交官,坚持欧洲一体化。曼恩-卢
瓦尔省议员(1951—1955),1954 年担任皮埃尔·孟戴斯-弗朗斯的内阁部长,1959 年支持戴高乐
将军重新执政。

2　雷蒙·图尔努(Raymond Tournoux),记者、历史学家、法兰西学会成员,著有关于戴高乐的
作品《贝当和戴高乐,将军的悲剧》(*Pétain et de Gaulle, La Tragédie duGénéral*)。

乔治·蓬皮杜致戴高乐将军函

请原谅我采取写信的方式，因为我无法当面顺畅地向您表达我的想法。

将军，我请求您允许我在未来某个时间"卸任"您办公室主任的职务。

这与我最初的想法是一致的。能在您办公室工作我感到非常高兴，但虚荣空虚和不负责任让工作变得沉闷。1946 年，当您宣布隐退时，我曾发誓不再从政。1948 年，您再次召唤我：我没有丝毫犹豫，因为我是作为您的亲密助手工作，这对我来说是一种莫大荣誉，也是一段激动人心的丰富经历。但是，与您并肩战斗的我感到精神紧张，我下决心等 1951 年大选结束后就请您换人。如果您在那次大选中获胜的话，而且您本应该获胜，我会请求您给我一个正式职位。但选举失败让这些计划变得无所适从，也让我无法就此"离开"。自那以后，情况一直如此，直到您最近发布声明。我想没有必要再对您说鼓励的话，因为我害怕会向自己厌恶的事情妥协，轻易地葬送法国的机遇以及您最忠实的伙伴的命运。

既然结果已定，我就可以告诉您，我也渴望远离这些游戏。

因此，您的决定给了我做出决定的动力。作为您的办公室主任，今后的职责何在？很长时间以来，我已经不再负责日常工作。法兰西人民联盟也不是我的职责所在。对于不可避免地与议员和政治家打交道，永远都在讨论那些一成不变的却无法解决的问题，到处寻找鼓励、安慰和心照不宣的缄默，我已经完全厌倦了这一切。除了与之决裂之外,没有其他出路。

这种决裂必须干脆彻底。如果我还留在议会,就不会有人相信这种决裂的真实性,而是以为我们在暗度陈仓。但如果我要在巴黎之外谋得一个职位的话,我就不得不听命于皮杜尔或马耶尔这些人。因此,我打算暂时进入私营部门工作,这也有助于我改善一下家庭的物质条件。

将军,这些都是我的心里话。当然,在您需要我的时候,我愿意随时为您效劳。而且,我打算继续担任基金会[1]司库,如果您认为合适的话,我可以负责您的《回忆录》的出版工作以及其他您认为可以委托我的事情。我并不急于离开,相反,我决定要在财务问题上比以前投入更多精力,以便您能高枕无忧地度过夏天,并确保十月份的财务状况良好。如果您同意的话,届时我将与继任者交接工作。

将军,如果情况能有所不同,我愿意为之付出所有。如果戴高乐主义者要为他们的梦想行动的话,请相信,我是值得您信赖的。

请接受我最深的敬意和情谊。

乔治·蓬皮杜

1953 年 6 月 12 日

1　指安娜·戴高乐基金会。

笔记

1953 年 7 月 3 日

[……]随信附上戴高乐夫人的信函,我向她重申了自己要离开将军的打算。

下面是 1953 年 7 月 3 日伊冯娜·戴高乐给乔治·蓬皮杜的回信摘抄。

[……]

祝您假期愉快,非常感谢您继续为基金会提供宝贵支持。亲爱的先生,请接受我对您及蓬皮杜夫人的真诚祝福。

伊冯娜·戴高乐

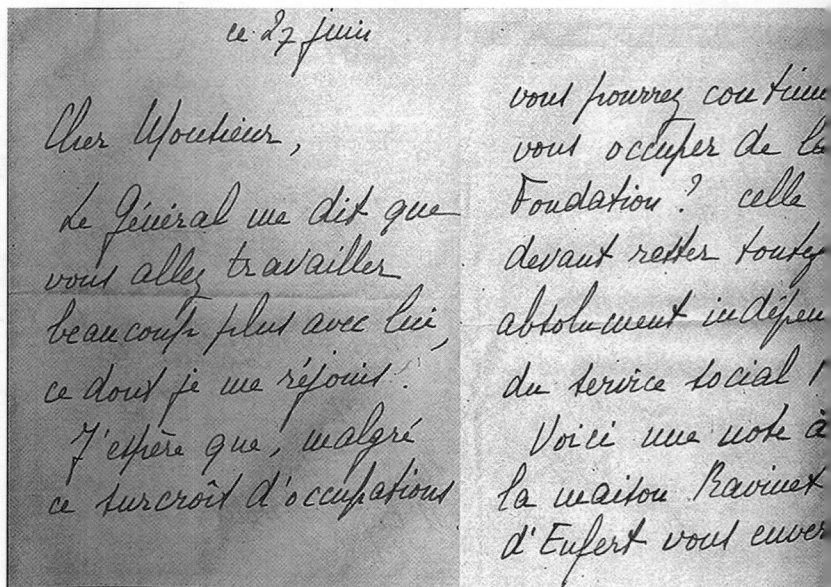

此前,戴高乐夫人关于安娜·戴高乐基金会的信函[1]

1　信函内容如下——

亲爱的先生:

将军告诉我您将与他一起更密切地工作,我对此非常高兴。

我希望您在繁重的公务之余,仍然能够继续管理基金会。基金会必须完全独立于共和国社会服务。有一笔款需要支付,巴维奈·德斐尔(Bavinek d'Eufert)公司将在一个月内寄给您一张大约 5 万法郎的发票(这是我为纪念安娜刚刚为教堂定制的祭品礼),镀金所需的黄金是由该公司的小型儿童连锁店提供的。

贝内特(Bennet)先生是谢弗勒兹(Chevreuse)的牙医,他询问如何支付他的工钱。

伊冯娜·戴高乐

6 月 27 日

un mois environ une
...re d'environ 50.000
...entoir pour la chapelle
je viens de commander
...souvenir d'Anne)
pour la dorure régle-
taire, étant fournie par
petite chaîne d'enfant.
Croyez, cher Monsieur,

à mes sentiments les
meilleurs et reconnaissants.

J. de Gaulle

M. Bennet, le dentiste
de Chevreuse, demande
comment il sera rétribué.

乔治·蓬皮杜致戴高乐将军函

在向您致以新年祝福的时候,我不无感慨地意识到,1953 年发生了许多深刻变化,至少看上去情况如此。当我们回首走过的路,回首我们对国家体制——乃至法国——所有这些可能不完美的平庸事物的深恶痛绝时,绝望的情绪开始蔓延。

对此,勒内·科蒂[1]不会有失望的感觉。

因此,将军,我希望您能保重身体,继续为历史,为法国人民完成您的《回忆录》。

过去这段并不遥远的时光,寄寓着我们可以期许的未来。

请接受我的祝福以及对您的敬意和忠诚,祝您身体健康,阖家幸福,请您转达我对戴高乐夫人的崇高敬意。

乔治·蓬皮杜

1953 年 12 月 31 日

---

[1]　勒内·科蒂(René Coty,1882—1946),律师,先后担任滨海塞纳省议员、重建和城市规划部部长、参议院副议长。1953 年,在第 13 轮投票中当选共和国总统。

笔记

1954 年 4 月 24 日

　　（4 月 22 日）将军在普隆[1]午餐时提到斯大林："他是一个伟人。我认为他具有基本品质：不搞阴谋，敢于直面风暴。"

1　乔治·蓬皮杜负责与普隆出版社联络《战争回忆录》的出版事项。

1954 年 10 月 19 日，戴高乐在《回忆录（第一卷）》上的题词[1]

1　题词内容为——"致乔治·蓬皮杜：以此纪念与他在风雨与共的日子里的精诚合作，同时表达我忠诚的友谊"。

乔治·蓬皮杜致安德烈·马尔罗函

亲爱的安德烈·马尔罗：

我在离开巴黎之前给您写下这封信。

如果照我自己的意思，我觉得过去几个月让我不再抱有幻想。随着我们的斗争越来越无望，我们更应该抛开一切平庸。

这也意味着对我来说我们之间的友谊尤其重要，我为此感到骄傲，备受鼓舞。

祝您和您的家人在新的一年里，身体健康，心情舒畅，快乐和荣耀始终陪伴在你们身边。

请继续写小说，并在您的朋友圈里为我留一席之地。

乔治·蓬皮杜

1954 年 12 月 22 日于巴黎

雅克·苏斯戴尔致乔治·蓬皮杜函

亲爱的乔治：

17 日来信收悉，非常感谢。

我到任刚刚四天，却有种已久居此地的感觉，绝不是因为无所事事，恰恰相反，我整日事务缠身。很多事情的错综复杂也是众所皆知的。我希望您能尽快来趟阿尔及尔。我会在夏宫给您准备房间。

请接受我对您夫人的敬意以及对您的忠诚友谊。

雅克·苏斯戴尔

阿尔及利亚总督

1955 年 2 月 19 日于阿尔及尔

手写便条

1955 年 11 月 8 日

最近的几条记录：

利普科夫斯基[1]的儿子乘专机到科隆贝与将军会面。他突然强行造访，自称是摩洛哥总领事（拉图尔将军）的信使。将军听完他的话后说道："您乘专机来到这里，踏在奥布河畔巴尔这块美国领地上，给我带来总领事的消息。好了，乘上您的专机回摩洛哥吧，把我的口信带给拉图尔将军。很难说他能为法国和摩洛哥做点什么事，但他如果是为了留在那里当总督，那就没什么可做的，永远没有。"

将军在圣莱热-昂伊夫林与本·尤塞夫[2]会面。会谈时间很长（1 个半小时）。马尔罗次日（即今天下午）见到将军，将军说："他问我，应该对宪法做点什么。我回答他：'首先，您得是苏丹。'"

将军对马尔罗说，他喜欢苏丹的做派。"这是穆斯林的传统。"马尔罗答道。

11 月 8 日，我与马尔罗饶有兴趣地谈论了十九世纪的艺术，德拉克洛瓦是文艺复兴传统的最后一人，他是终结，而不是开始，是最后

1　让·德·利普科夫斯基（Jean de Lipkowski，1920—1997），国会议员，先后出任戴高乐将军、乔治·蓬皮杜和雅克·希拉克的内阁部长。

2　穆罕默德·本·尤塞夫（Mohamed Ben Youssef，1909—1961），苏丹（1927—1953），1956 年摩洛哥独立后成为国王（1957—1961）。1944 年起，支持独立党运动，反对法国统治。1947 年，他在丹吉尔发表演讲，宣布法国统治结束。1953 年被法国当局逮捕，并被转移到马达加斯加等地，1955 年 11 月，在法国结束保护国地位的四个月前回到摩洛哥。

一位产生影响的人。

马奈的《奥林匹亚》(1863 年)带来一场革命,产生了更大的影响。

官方画家:作品写实,如同瞬间拍摄的彩色照片。

需要注意的是,马奈和卡巴内尔是当代画家,毕加索和布格罗也是当代画家,但他们是两种平行的艺术。伟大与渺小共处于同一艺术形式下。从马奈开始,艺术和非艺术之间失去关联。非艺术已经灭亡。奇怪。

有传言说,苏丹的长子要与巴黎伯爵的女儿结婚!!

手写便条

1956 年 2 月至 3 月

2 月 29 日,为了《回忆录(第二卷)》合同事宜,我与将军见面,并与普隆出版社代表一起共进午餐。

29 日,将军与德隆雷(巴黎伯爵)和迈雷(国家安全局长)会面。

3 月 1 日 11 时 30 分,将军在拉佩鲁斯咖啡馆与孟戴斯-弗朗斯会面(1 小时 20 分),会谈很顺利。皮埃尔·孟戴斯-弗朗斯向将军提议把居伊·摩勒拉下马,并提出一套行动方案,他会与拉科斯特和雅基诺[1](我想是他们)共同行动,迫使科蒂向将军求助。

前一晚,将军与我待了很长时间,谈论他的《回忆录》。他对合同和我都很满意。(他女儿告诉克洛德,我是为数不多的,可能也是他

1　路易·雅基诺(Louis Jacquinot,1898—1993),1932 年当选默兹省议员,抵抗运动者,阿尔及尔法国民族解放委员会成员,第四共和国时期继续担任这项职务。他为人谦和,多次担任海洋和海外部部长,1958 年后,在蓬皮杜内阁多次担任包括海外领地部等部门的部长级职务(1962—1966)。

唯一信任的人）。

将军谈到那些迫使他同意夺回政权的压力，并不为之所动。我们一致认为，困难的不是是否同意，而是如何实施："6 个月后，这些人就会让您走开。"我说。他回答说："6 个月？是 6 周！"

（梅尔韦耶·杜·维尼奥[1]谈到向戴高乐和布鲁耶求助。）

对法国人的意志感到悲观。

阿尔及利亚："征服已经消耗了十万人，我指牺牲的士兵。康斯坦丁，我们发动了三次突击，派出三支突击特遣队，三位上校全部阵亡。"

现在，特遣队由法共掌控，那些将军都是纸糊的，躲在马其诺防线里。我们保卫的是农场、邮局这些地方。我们不发动进攻；坐等敌人发动叛乱，然后我们保持一定的速度和距离追击他们。只要我们的脚没有踏在所有的岩钉上，我们就什么都做不成，就像以前在里夫山脉一样。

缺乏勇气，军队溃败，等等，这些都应归咎于国家的失败。"没有人敢相信法国。1914 年，政权刚刚驱逐了霞飞和克列孟梭，就立即放弃了鲁尔区，与中欧修好关系，结成联盟，1940 年也是如此。我把一切都交给了他们。但我刚走，他们就全都抛弃了：印度支那、印度、萨尔州、突尼斯、摩洛哥，将来还有阿尔及利亚，更不用说阿尔萨斯。"

他的话给我留下了深刻印象。"我内心备受折磨，但却无能为力。我尝试过，但失败了，必须接受……"

1　夏尔·梅尔韦耶·杜·维尼奥（Charles Merveilleux du Vignaux，1908—2006），勒内·科蒂时代爱丽舍宫的秘书长。

安德烈·马尔罗致乔治·蓬皮杜函

亲爱的朋友：

　　谢谢您的来信。我们都需要在博爱的环境下工作，我对缺乏博爱的历史嗤之以鼻。阿尔萨斯-洛林纵队[1]仍在我的记忆中，唯有友情的部分没有褪色——甚至更加生动。我在这里也有几位这样的好友，很高兴您就是其中之一。

安德烈·马尔罗
1957 年 9 月 24 日

❧

乔治·蓬皮杜致夏尔·弗拉帕尔[2]函

亲爱的朋友：

　　您问我对于"解决阿尔及利亚问题的要素"有何看法，这是您的

　　1　在 1945 年解放阿尔萨斯的战役中，马尔罗担任阿尔萨斯-洛林纵队总指挥。——译者

　　2　夏尔·弗拉帕尔（Charles Frappart），1956 年 2 月当罗贝尔·拉科斯特被居伊·摩勒任命为常驻阿尔及利亚外交代表时，他担任社会主义者罗贝尔·拉科斯特的民事办公室副主任，后担任法国国土整治和地区行动部际委员会（DATAR）副代表。

一帮朋友提出的,比耶科克[1]先生热心地转告了我。请相信我的回答始终如一,但请您不要对我的肤浅想法太过重视;别忘了,我对阿尔及利亚知之甚少,对于我不了解的事,我总是有些犹豫是否应该发表意见。

虽然这么说,但您对于官方政策严肃真诚的研究和批评,令我很受震动。不过,我觉得您似乎有点过于悲观。我认为,目前阿尔及利亚民族解放阵线的情况正在恶化,我们很难对合作伙伴做出选择,因为我们想建立的是长期对话关系,极端主义者以及他们的权威可能正在衰减。

然而,我对您的建议持保留态度:我感觉,不知是否正确,您的解决方案完全是一个"分割"方案,只是理论层面的总体原则。从您决定建立一个机制之日起,我从来不相信这一机制会按计划运转。

应该建立一个能够确保阿尔及利亚穆斯林在阿尔及利亚事务中扮演决定性作用的制度;应该依靠他们让阿尔及利亚人接受控制人口增长过快等基本政策,这点是肯定的。只有这样,阿尔及利亚政权才有可能与法国政权建立特别联盟;但根据现在的情况,考虑到条件和人的因素,并且还处于摸索阶段,我认为这样只会导致完全的机会主义政策。如果是政府提出这一政策的话,可以使之行之有效,否则的话,不要对此抱太大期望,因为至少应该保持政策的延续性。只要法国仍然面临危机,我相信,两个月后我们的对话者会另找他人谈判,因为任何事情都得不到保证,我们是否能维持威严,是否能延续让步,您希望我们如何实现这些目标?

我认为,十年以来,法国从未像现在这样更有可能解决海外问题和阿尔及利亚问题,只要法国的政治制度能够体现其经济和人口活

　1　皮埃尔·比耶科克(Pierre Billecocq, 1921—1987),高级官员、北方省议员(1968 年)、沙邦-戴尔马和梅斯梅尔内阁的国务秘书。

力。不幸的是,我们现在距离崛起还很遥远。在精诚团结的政客的合谋下,我们国家放弃了让一位在海外有着巨大威望和国际影响力的人物发挥作用,这让我感到困惑。

请原谅我的高谈阔论,我虽然做出放弃为国效劳的决定,但还是进行了深入的思考。

亲爱的朋友,顺致崇高敬意。

乔治·蓬皮杜

1957 年 10 月 28 日于巴黎

5

马提尼翁官，与将军在一起的日子

1958

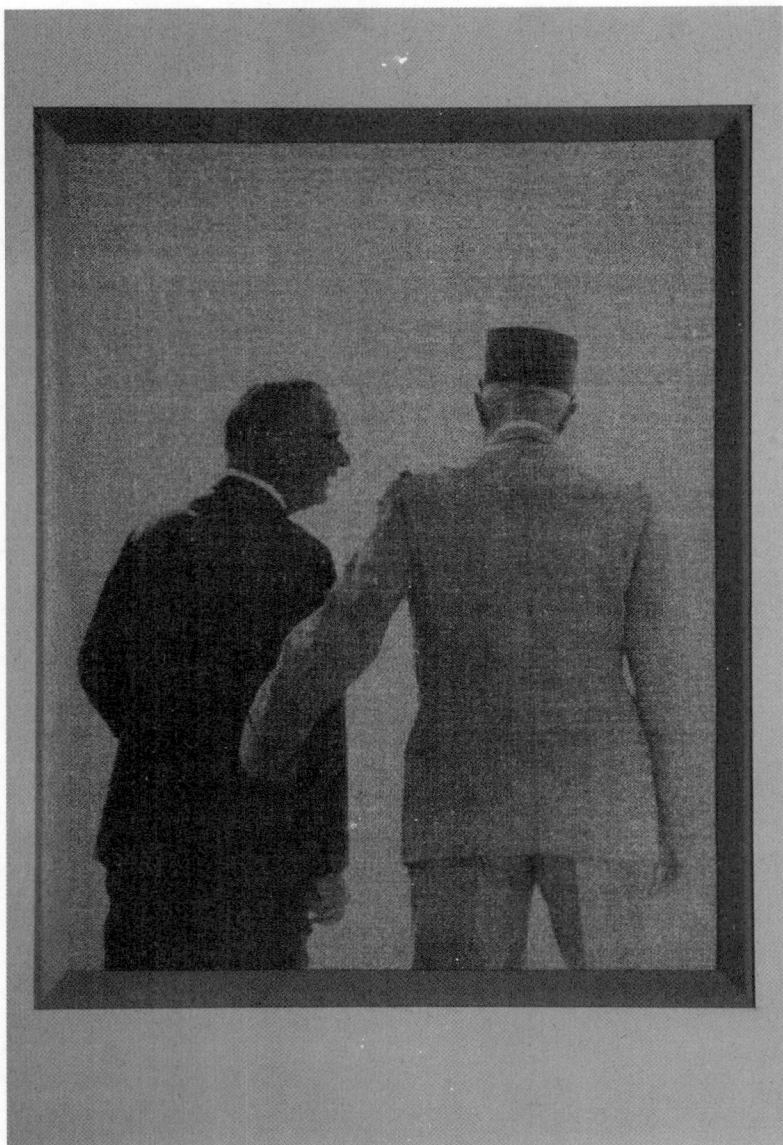

蓬皮杜家人习惯把这张将军拉他胳膊的照片称作"走吧,蓬皮杜!"

　　"1958 年下半年，乔治·蓬皮杜已经成为法国的主子"，罗贝尔·舒曼的前助手雅克·德·波旁-比塞说道。大银行家、拉扎德银行合伙人让·居约补充说："事实上，他已经在行使总理的职责，后来得到了正式任命。"历史学家们也证实了这些说法。[1] 乔治·蓬皮杜在戴高乐将军重掌政权的复杂运作过程中所起的作用越不重要，1958 年 6 月他出任新总理的办公室主任后留下的印记就越深刻。1959 年 1 月，当戴高乐将军成为共和国总统时，他也得到了正式任命：众所周知，戴高乐将军在就职仪式上，让蓬皮杜坐在自己身旁，乘车经香榭丽舍大街进入爱丽舍宫。蓬皮杜曾对记者说，这让他感到无上的荣耀。

　　在正式入主总理府之前，乔治·蓬皮杜曾受命秘密安排将军与议会、参议院议长之间的会面，这是一项非常棘手的任务，安德烈·勒特罗克和加斯东·莫内维尔很难对付。不久，蓬皮杜在政府组阁中同样发挥了重要作用：在他的斡旋下，安托万·比内受到重用，除了保有国务部部长的头衔，还担任了财政经济部部长。日常事务方面，蓬皮杜尽量避免将军和共和国总统勒内·科蒂之间发生严重冲突，后者十分嫉妒他的这种特权。在制定宪法方面，蓬皮杜退居二线，因为这是内阁总理和司法部部长米歇尔·德勃雷的权责，但他会

　　1　贝尔纳·拉雪兹、吉勒·勒贝盖克、弗雷德里克·蒂尔潘：《乔治·蓬皮杜，戴高乐将军的办公室主任（1958 年 6 月至 1959 年 1 月）》[*Georges Pomipidou, directeur de cabinet du général de Gaulle（juin 1958–janvier 1959）*]，PIE.-彼得·兰出版社（PIE-Peter Lang），2005 年。

对某些具体问题施加重要影响。我们可以从他写给列奥波尔德·塞达·桑戈尔的信函中找到证据,桑戈尔提出赋予过去处于法兰西帝国统治下的人民以自决权利的请求,蓬皮杜对这一请求予以支持。

　　然而,乔治·蓬皮杜还是在经济和财政领域的贡献更大。在经济学家雅克·吕夫主导的专家委员会的协助下,他强烈要求采取行之有效的措施,旨在重振已经非常脆弱的形势:货币贬值了17.55%,法郎汇率低迷,信贷减少,补贴被取消——制定配套社会政策,增加最低保障工资,公务员待遇和工资在一年内提高了4%。蓬皮杜使贸易自由化达到90%,有些人害怕《罗马条约》所带来的影响,但作为将军办公室主任的蓬皮杜对此却毫不担心,没有采取任何奇怪的行动。

　　1959年起,他所做的决定虽然有时不受欢迎,但已经开始显现成果:国库美元储备达到近100亿,黄金储备大幅增加,债务减少,对外贸易增长,购买力损益低至微乎其微的1%—2%,法国在欧洲的经济排名中表现相当不错。

埃里克·鲁塞尔

笔记(机密)

1958 年

1. 欧洲应该在政治、经济和文化方面基本一体化。

2. 秉承这一精神，欧洲将继续实施共同市场条约和欧洲原子能共同体条约。在现有基础上，可以在六国之外进一步扩展合作国家，同时要避免给任何国家造成严重困难。

3. 在处理全球性重大问题，如中东问题时，欧洲对外应该以一种声音发声。同样，在政治和经济问题上也应该合作。

4. 为了实现上述目标，有关国家应定期协商，这一磋商机制应逐渐机制化。

手写便条

1958 年 9 月 2 日

与将军的谈话：

我向他提到德费尔[1]，他同意见面谈谈阿尔及利亚问题。他希望公投后能说出真相。没有可靠的政治解决方案：融合政策未能奏效。独立的话，会加剧目前的惨状，阿尔及利亚的(教育、经济、农业、工业

1　加斯东·德费尔(Gaston Defferre)，与皮埃尔·孟戴斯–弗朗斯和弗朗索瓦·密特朗不同，他建议为公决投赞成票，希望戴高乐将军能找到解决阿尔及利亚问题的开明之策。

化)进步和生活水平的提高才是关键所在。

"我告诉纳赛尔和穆罕默德五世:这不是你们所能改变的。法国可以,但这是一项长期工作(需要为局部地区制定政策)。

"而且,这是一项大规模工程。苏联在非洲牟利,却没有为非洲谋任何福利,只提供武器,却不建造阿斯旺大坝。美国也同样不作为,只是随意散发一点美元而已。法国和欧洲才能真正有所作为,会比苏联甚至美国更强有力。但这需要时间。我们能够实现这一目标,我们的主要合作对象是德国,其次是意大利,此外还有比利时,将来还有西班牙等国家。这项工作对我来说十分繁重,我已经筋疲力尽。

"如果我再年轻点,我不会起草这份宪法。我会等待,任凭上校们肃清政敌,国家陷入无政府状态;然后,我轻松出手接管,也不必顾虑社会党和人民共和运动。但是,我太老了。"

需要注意的是,在此前一天,关于今后他对我说,不应该攻击科蒂。"也许我不该参选[1],科蒂应该参选。"我想他已经累了,不管怎么说,厌倦了。

手写便条

1958 年 9 月 11 日

与将军关于阿尔及利亚的对话:

"公投之前,我会对全国讲话,我会专门对穆斯林说:'是的,这意味着你们信任我。'

---

1   在宪法全民公投后,十二月将选举第五共和国第一任总统。

"我收到奥普诺[1]的一封信。赞成票占 98%。这什么都证明不了。从某种程度上说，穆斯林的投票人数会产生一定作用，但影响不大。军队什么都不懂，只知道必须带所有人去投票站，排成四列。不管怎样，这起码提供了一个对话基础。所以，我会去阿尔及利亚。发表演讲，不在阿尔及尔，可能会在康斯坦丁。[2] 我会对他们说：算了吧，一切都必须改变，必须消除。只有两件事情至关重要：人们的生存环境，以及阿尔及利亚与法国的关系。必须创造一个令人满意的生存环境，必须在博爱的基础上重建两国关系。除了法国，其他国家很少能做到。我不会问赫鲁晓夫在高加索的所作所为，不会问尼赫鲁在克什米尔的所作所为，不会问美国人对印度人的所作所为，他们干扰不到我。'我不把他们放在眼里。'这是我要对他们说的话。尽可能少用冠冕堂皇的辞藻，意思表达得会更清晰，人们都会赞同我的说法。'之后，我回法国后要做的事，包括必须与费尔哈特·阿巴斯[3]和卡里姆·贝尔卡西姆[4]这些人保持联系。但我不愿意直接或派代表与他们联系，我会指定一个委员会。可以把法雷斯[5]这些人，穆斯林和法国人纳入第一批成员。我会告诉他们：你们要去调查，与人们见面，讨论，研究。'他们与费尔哈特·阿巴斯、贝尔卡西姆和本·贝拉[6]见面，不需要我参与其中，由他们提出建议。

1　亨利·奥普诺(Henri Hoppenot, 1891—1977)，法国大使，8 月 8 日，担任委员会主席，监督阿尔及利亚全民公投的合法性。

2　1943 年，戴高乐曾在康斯坦丁发表演讲，对穆斯林承诺改善他们的政治和经济生活。

3　费尔哈特·阿巴斯(Ferhat Abbas, 1899—1985)，阿尔及利亚民族主义领袖，民族解放阵线成员，阿尔及利亚共和国临时政府总统(1958—1961)，被视作温和派。

4　卡里姆·贝尔卡西姆(Krim Belkacem, 1922—1970)，1958 年担任阿尔及利亚共和国临时政府国防部副部长，1962 年担任《埃维昂协议》谈判者。

5　阿布德拉赫曼·法雷斯(Abderrahmane Farès)，1962 年 3 月 18 日《埃维昂协议》生效后的临时代理总统。

6　民族解放阵线的领导人之一，独立后的阿尔及利亚共和国总统。本·贝拉是阿尔及利亚运动的历史性领袖，1956 年 10 月 22 日被关押在法国，他前往参加由突尼斯、摩洛哥、阿尔及利亚民族解放阵线和法国共同寻求妥协办法的会议途中，所乘坐的飞机被劫持。

　　"不过,我需要有人负责牵头此事,这个人必须是民间人士,知道如何成事,拥有人道情怀和政治敏锐性的商人,来自雪铁龙集团或雷诺集团。哎！如果让·莫内[1]没有误入歧途就好了,比约特也行,但他军方背景太强,他与妻子之间的关系也很糟糕,等等。"

1　让·莫内(Jean Monnet,1888—1979),与戴高乐将军之间的分歧众人皆知,但1945年将军让他担任国家第一个规划的专员,1958年,莫内支持将军重掌政权。通过雅克·沙邦-戴尔马,他很快获得欧洲条约将不会受到质疑的保证(参阅埃里克·鲁塞尔:《让·莫内》,法亚尔出版社,1996年)。由保罗·德卢弗里耶(1958—1960年,担任阿尔及利亚政府总代表,坚定的欧洲融合信徒,参与起草了《罗马条约》和由他担任副行长的欧洲投资银行的章程)负责两人之间的联系。

乔治·蓬皮杜致一位身份无法考证的人士函

主席先生：

戴高乐将军与您会谈之后，将军要我向您重申以下内容：

您向政府首脑提交的文件，结论并不成立，但其中的影射很重要。

此外，您再次向戴高乐将军表达了您对延长阿尔及利亚战争的悲痛之情和担忧。

将军答复您，他也希望尽早结束危及阿尔及利亚人民生活和未来的悲惨状况，并且这也有损法国社会的全面发展。但将军指出，他向敌对力量直接发出的郑重呼吁尚未得到响应，但在和解的心理攻势下，阿尔及利亚和大城市不断扩张的犯罪行为会被摧毁。

不过，戴高乐将军仍然愿意与前来商讨"停火"可能方式的密使接触。在此前提下，前来谈判的密使在物质、人身安全和自由进出法国领土方面将会得到充分保障。

请接受……

总理府办公室主任

1958 年 9 月 17 日

乔治·蓬皮杜致戴高乐将军函

将军：

　　当您看到这封信的时候，公投结果应该已经揭晓。您很可能大获全胜，并在不久之后，长期担负起国家元首的职责。

　　如果结果与此相反，如果您要离开政界的话，那我的这封信也就失去了存在的意义。假如是第一种结果，我想有必要向您回顾一下当时我无比荣耀地接到您的召唤，担任办公室主任时的情况。我曾对您说，经过私营部门四年的职业生涯，我已决心继续从事这份职业，它既能满足我的职业兴趣，又能让我享有自由的个人和家庭生活，任何公职都必然受到各种限制，这是我所不能忍受的，只有具有伟大使命的人才能负担。

　　因此，我曾对您说，我只能在一段时间内投身政界，根据我的情况，最多不能超过"几个月"，这点是无法让步的。从 6 月 1 日起，我开始全身心地投入工作。我热情高涨，但从未对自己的最初决定有过丝毫动摇，甚至为此还坦然拒绝了所有不在我职责范围内的事情；这样也让我得以保全自己的独立判断和灵魂自由，因为每个人都知道我无意于从政和搞行政工作。

　　星期日将标志着一段历史时期的结束，我会为不能待在您身边而感到内疚。我的时间已到，我不知道该何时向您提出离开的请求。

　　将军，您是知道的，我绝不想给您增添任何烦恼。而且，我可以比预定时间再延长几周。

　　因此，我请求您同意我继续留在您身边，直到您的现任政府结束使命时为止。

　　届时，毫无疑问，您的办公室将自行解散，我的离职也就名正言顺。当然，如果您希望的话，我可以就接替我的人选提出建议，我向您保证,这件事情绝不难办。

　　将军,我希望您能理解我离开的理由,请相信无论是现在,还是将来,我始终对您充满敬意,对您本人无限忠诚。

乔治·蓬皮杜

总理府办公室

1958 年 9 月 27 日

手写便条

1958 年 9 月 30 日

9 月 28 日,全民公投[1]。

29 日,他[2]看到我的信。

"我对您的想法知之甚久,我理解您的理由。

"鉴于受到公投结果的约束,我必须继续朝共和国总统的方向前进。

"未来的人员包括雷蒙·雅诺、奥利维耶·吉夏尔、雅克·福卡尔、皮埃尔·勒弗朗,让-马克·博埃涅[3],但吉夏尔的职位要变!

"他不合适这个职位的要求。我需要一个相识已久,并且行政经验丰富的人。"我在考虑若弗鲁瓦·德·库赛尔[4],但还要观察一下他的情况,他顾虑重重,为人和善。我需要一些对自己更有信心,能够采取行动的人。布鲁耶从来不想伤害任何人,但如果不造成痛苦的话,就无法行动。

第二天,在谈将来的时候,他说到了自己的年龄:"(宪法)文本早就过时,议会民主正在消亡,这是一场大规模运动,超越了我的能力。可悲的是,我老了十岁,这是一个大悲剧。人们可能会想,这场政权变革难道不就是嗅到战争气味后做出的反应,必须允许'某些法

1　在全民公投中,新宪法以 66.4% 的得票率获得通过。

2　戴高乐将军。

3　让-马克·博埃涅(Jean-Marc Boegner),牧师博埃涅之子,外交官,1959 年成为戴高乐将军的合作者,之前曾多次担任重要外交职位,包括曾在布鲁塞尔欧洲共同体任职。

4　若弗鲁瓦·德·库赛尔(Geoffroy de Courcel, 1912—1992),1940 年担任戴高乐将军的副官,后任外交官,1959 年担任爱丽舍宫秘书长。

国特色'继续存在。为此，必须分散（我们的军队和基地等），不要引火上身，尤其是在我们威慑力不够的情况下。

"所以，尽管苏联对我们态度恶劣，但不要对抗（我相信，苏联有朝一日会加入白色人种的阵营）。"

我建议："制定一项政策，可以概括为一个词——'中立主义'。"

"语言毫无用处。"他回答道。

不过，这是夹在两大阵营之间的欧洲的中立道路。设想一下，将军无论如何都将成为共和国总统："这些问题（阿尔及利亚和欧洲）就摆在面前，我不能漠不关心。"

笔记

1958 年 10 月

5 月 13 日阴谋。

关于 5 月 13 日事件和"阴谋"已经有很多著述和评论。

按照通常的角度，人们会从集团或个人，军队或阿尔及利亚"激进分子"所发挥的作用进行阐述。

还有一种假说，认为他们之间是相互捍卫的，一会儿要揭露这是一场法西斯阴谋，一会儿又颂扬这是一场民族复兴运动。

当然，我不想否认阿尔及利亚起义的偶然性影响，但必须否认它具有决定性的作用。没有这场起义，第四共和国可能会持续更长时间。但是，这并不意味着，如果没有爆发阿尔及利亚起义，政权就可以继续苟存。这是所有羸弱政权的通病，如果形势有利，如果世界和平、经济繁荣、粮食丰收，如果军队缄默，那么，在大多数人能够平静生活的时候，人民对这样的政权是可以接受或者说视而不见的。

但是世界刚刚经历过战争，形势完全不同。美苏对抗，亚洲民众的动荡，阿拉伯和黑人民族主义的觉醒，工业与科学的持续革命创造了一个不可抗拒的世界。在人类历史上旷古未有地出现了一种现象：在丛林法则之上，科学与政治哲学为政权提供了面具和手段，使之变得无比强大。以 1946 年宪法为基础的政权，已经无法让法国在这样的世界生存下去。

由于美国人愿意替它解决问题，第四共和国才得以生存下来：外部威胁有美军保护，经济危机有马歇尔计划的美元支持和"海外"订单。法国生存的条件是只要多一点灵活或胆量，让国家接受丧失主权的衰落，对外失去帝国地位。

阿尔及利亚战争爆发。这次，美国拒绝解决问题。失去了军事保护、货币援助、外交支持，第四共和国的政客们只得自己寻求解决办法。必须公正对待其中的一些人：他们做出过努力。虽然手法笨拙，相互矛盾，有时甚至招致重大损失，但确实努力过。他们派孟戴斯-弗朗斯到突尼斯，派军队到苏伊士，在阿尔及利亚招兵买马。但这个政权已经无法支撑下去，更不消说为之支付费用。在阿尔及利亚有 150 万法国人。军队怒气冲冲，人们无法要求他们参加有损荣誉的战斗，掩盖我们在后方的全国性撤退。无法放弃，哪怕只是伪装。因此，这个始终"在事件中风雨飘摇，如同大海泡沫般"的政权必然倒台。如果没有发生 5 月 13 日事件……当然，有可能不是 5 月 13 日，但一定会有一个阿尔及尔日，不论有没有马苏将军，有没有莱昂·德尔贝克[1]，有没有拉加亚尔德先生[2]，5 月 13 日或 6 月 15日，8 月 15 日或 9 月 20 日，事后一定会分析出一个日期，作为或是阴

1　莱昂·德尔贝克（Léon Delbecque，1919—1991），北方省工业大亨，抵抗运动者。戴高乐将军派驻阿尔及利亚的非官方代表，他在将 1958 年 5 月起义引向有利于自由法国前领导人的过程中起着决定性作用。

2　皮埃尔·拉加亚尔德（Pierre Lagaillarde），支持法国阿尔及利亚运动的领导人之一。

谋或是爱国主义计划的结果，但其实只不过是无法避免的期限。当第四共和国要独自面对巨大困难，而自身又无计可施之时，它就注定要崩溃。

但也不能否认个人在历史上所起的作用。如果戴高乐将军在1958年5月13日之前去世，法国的未来将被深刻改变。但无论如何，第四共和国都将无法继续存在。必定会有一个能够牵头的政权取而代之——也许是共产主义，也许是其他——只要国家不是滑向更大的深渊和彻底崩溃就行。

搬弄是非的调查人员努力揭露各种阴谋论，但他们唯独忘了一点，即国家阴谋。五月的一天，几千名示威者在阿尔及尔闹事，焚烧总督府文件。几位上校和一些政客交换意见，互通电话，这只是表象。实质是，面纱突然被扯下，真相显现出来——政府是共犯，陆军在暴动，空军在叛乱，海军在抗议，共和国治安部队拒绝出动，巴黎警方已经准备好痛击议员，他们已经开始摩拳擦掌；国家呈现出一派分崩离析的可怕场景。在远处，一个冷漠的民族正带着好奇和不耐烦的心情等待这个无法代表他们的政权崩溃。在过去十年中，戴高乐将军曾对我这样描述过他重新掌权时的情形：有朝一日，警察局局长会来求见。他会说："我们需要您回来。国家已不复存在，议会已不复存在，政府也已不复存在。国家机器已经空无一人。"

当然，事情并没有像将军描述的那样发生。但是，不可否认，如果没有共和国总统无可奈何的提议，如果没有戴高乐将军本人的默契合作，同意挽救濒死政权的颜面，向阴影下的议会要求权力和宣誓就职的话，局势基本就会照此发展。

第四共和国的灭亡，如同重见天日的木乃伊，外表完好，一接触空气就会灰飞烟灭。

真正的阴谋并非起源于1958年，而应当追溯到1946年，当时共产党、社会党和人民共和运动担心出现个人独裁,他们联手成立了一个政权,但地基不稳,毫无权威。1947年,同样是这三个政党,拒绝了法兰西人民联盟的呼吁,让戴高乐将军守着他的联盟,他们则争取马歇尔计划放宽期限,以缓和民众运动,而激进党还借机兴风作浪,从中牟利。1951年,选举法与温和派的背弃,坐实了激进党中胆小鬼的失败和撤退。尽管这个政权维持了十二年,但对于法国来说,却浪费了十二年。幸运的是,在为时不算太晚之际,我们国家发生了震动。我们谴责在这十二年的无政府状态下,这些政党本可以把绝对权力交给一位毫不利己,心中只有法国的人物,对他来说,伟大与自由是无法割裂的。

笔记（与戴高乐将军谈话之后）

1958 年 10 月 10 日

关于教皇更选:"一个老家伙为蒙蒂尼三四年后上任做准备[1]:这是一场战争,必须有一个伟大的教宗、一位精神领袖。"

手写便条

1958 年 10 月 22 日

23 日新闻发布会后与戴高乐将军关于阿尔及利亚的谈话。

1　暗讽红衣主教隆卡利在保罗十二世死后登上教皇宝座的选举。红衣主教蒙蒂尼是米兰大主教,1963 年在圣若望二十三世死后当选教宗,称为保罗六世。

阿尔及利亚民族解放阵线。

"他们已经输掉了这场战争,我为什么要给他们喘息的机会?"

"战争没有出路。"

"我不会侮辱人。绝不要侮辱穆斯林,即使是在砍他们脖子的时候。""如果是费尔哈特·阿巴斯及其幕僚出现的话,我会把他们送到埃利将军[1]那里! 但这个不能说。"

我答道:"他们还是会离开的。"

他答道:"是的,不过会是什么状况?"(笑!)

"苏斯戴尔[2]把事情做砸了。他不能当总理,这个人不识时务。"

德勃雷的形势有利。

塞里尼事件(摘自《阿尔及尔回声报》)

电报发回

《阿尔及尔回声报》——阿兰·德·塞里尼[3]社论(1958 年 11 月 7 日)

[……]

德·塞里尼先生对雅克·舍瓦耶先生[4]的观点进行了攻击,指出这是对"5.13 事件"参与者的"最堂皇的欺骗",他还写道:"戴高乐将

1　埃利将军取代了萨朗将军,1958 年担任陆军参谋长,1958 年 5 月辞职,在戴高乐将军重新执政后官复原职。

2　雅克·苏斯戴尔当时担任新闻部部长,因此,在广播和电视上策划宣传,引导民众在全民公决中投赞成票。

3　阿兰·德·塞里尼(Alain de Sérigny),《阿尔及尔回声报》经理(支持法属阿尔及利亚)。

4　雅克·舍瓦耶(Jacques Chevallier, 1911—1971),阿尔及尔市长(1953—1958),1955 年担任孟戴斯-弗朗斯内阁国防部部长,倡导在阿尔及利亚实行宽松政策。

军在演讲时说,我理解你们。我始终坚信,戴高乐将军对今日阿尔及利亚人的理解如同过去他对阿尔及利亚人的理解,他甚至对9月28日以来发生的事情也完全理解。不仅戴高乐将军本人,甚至他身边的助手都清楚。然而,他的助手们只去了解他们想理解的事情,他们的做法使人们不禁思忖是否这位'主子'的影响力有限。我们可以总结如下:现在对阿尔及利亚选举的组织工作有影响力,并在布鲁耶先生的帮助下能够洗牌的人物,名叫蓬皮杜。

"你们从来没听说过蓬皮杜先生?要知道,蓬皮杜先生是由罗斯柴尔德银行培养出来的,专门负责公共事务管理,现在在总理府办公室担任要职。人们可能会问,这又有何不可?当然。但不幸的是,蓬皮杜先生现在处理的是他完全不懂的'阿尔及利亚问题',他思路清晰,完全是他处理银行问题驾轻就熟的那套思路。

"以此为证:某天他在马提尼翁宫接见了一位穆斯林人士,此人的名字我们也很清楚,蓬皮杜先生竟然对他说出这样的话:'您知道我对融合的看法,我认为这是一个糟糕的玩笑。'优秀的蓬皮杜希望举行'自由选举',但必须在引导之下,为阿尔及尔提供一份量身定制的候选名单。

"不应由我来讨论'马提尼翁宫教父们'的功德,尤其是关于那些出色的教授。我应该提这样一个问题:那些与舍瓦耶先生保持良好关系的候选人是否会变成'5.13事件'的典范,他们是否会按照蓬皮杜与舍瓦耶这对搭档的想法行事。答案是显而易见的。

"因此,我相信在5月13日之前、当天和之后都有权利表达自己的想法,这些想法有可能会被注意到,我申明:1.在蓬皮杜先生和罗斯柴尔德家族的高贵人眼中,阿尔及利亚人民的革命还没有结束。2.因此,按照蓬皮杜的说法只能抛弃这些人。"

塞里尼先生随后用这句话总结道:"无论情况如何,我希望,这也是我的唯一心愿，尽管智库委员会（Comité des Sages）负责人目前空缺，但要尽快拟定一份联盟名单，这些人必须忠于我们的革命精神，'有能力，不容置辩'，意志坚定，此外，还要为融入这一神圣事业忠诚效力。我参与了这份名单的拟定，我会尽最大努力予以支持。"

乔治·蓬皮杜致雅克·苏斯戴尔函[1]

亲爱的雅克：

我以为您会和我谈谈塞里尼事件。无论如何，我还是想写写我的一些想法。

您可以猜到我对媒体报道并不在意。但如果谈论的人虽然我并不熟识，但他是您的朋友，并且您也公开表示支持的话，情况就会大不一样。

戴高乐将军的政策让德·塞里尼先生感到不悦，[2] 这是他的权利。但他出言攻击戴高乐身边履职尽责的工作人员，还用谎言和侮辱的方式，这种行为很不体面。我从来没有对马朗先生[3]说过什么，我不认识他。我也没有与任何穆斯林人士见面。我不是孟戴斯的朋友，从未与他有过交往，我们之间很少见面，从我进入总理府以来，我

1　雅克·苏斯戴尔于 1958 年 11 月 19 日回信——

　　亲爱的乔治：

　　　来信收悉。我是否有必要说，我非常理解您的痛苦。我已经对阿兰·德·塞里尼说过，他这样对您进行人身攻击是错误的，我知道您现在已经不是"银行职员"，正如我不再是"殖民者"一样。……塞里尼之所以如此深恶痛绝，是因为那些自称来自"马提尼翁官的人"排挤他，在我看来，他认为这些人在阿尔及利亚问题上起到了重要和有效的作用也是情理之中。这些措施是否得到同意，而您本人是否从中受到启发？我从经验判断，是"身边人员"行动不大注意。太多的人到处散布是您和奥利维尔的亲信。无论如何，我都对德·塞里尼的文章表示遗憾，这点我已经对他说明……我还没有告诉您，有一天晚上在您家里聚会，宾客很多，我无法与您单独谈话，我希望等选举结束后，我们能聊聊所有这些无法避免的不快，其中也包括这件事。亲爱的乔治，请相信我的友谊。

2　指 11 月 7 日《阿尔及尔回声报》经理发表的阿兰·德·塞里尼的文章，支持法国阿尔及利亚行动，参阅 235 页。

3　德·塞里尼的文章中曾提及此人。

从来没有碰到过他。

　　我不是"罗斯柴尔德的傀儡"。任何有荣誉感的人都不会相信，我在总理府所采取的任何行动，不论大小，受到过任何来自罗斯柴尔德银行及其家族的喜好、利益的影响。

　　因此，我认为阿兰·德·塞里尼的手段非常卑鄙。

　　我珍惜与您的友谊，所以告诉您我的想法。

乔治·蓬皮杜

1958 年 11 月 15 日

笔记

1958 年 12 月 8 日

7 日晚,将军从阿尔及尔返回。我去奥利机场迎接。

途中趣事:我谈到比内 [1] 事件和他的所作所为,勒特罗克 [2] 丑闻,与加齐耶 [3] 的故事——本·贝拉的律师,最后谈到几内亚,我做了一点记录。

第二天,8 日那一天,我与将军谈了一个半小时,在快结束的时候,我在几内亚问题上用两三句话占了上风。[4]

其余时间都在讨论爱丽舍宫的具体事项(库赛尔——博福尔 [5]——具体事项、典礼),比内担任议会议长事宜。将军不喜欢沙邦,他和苏斯戴尔、德勃雷见面,告诉他们这件事。

当天下午,我安排将军与比内会谈,从 16 时至 17 时 30 分,然后

---

1   1958 年 6 月,比内被任命为财政部部长。在此期间,他在个人信贷方面发挥了重要作用,采取的许多措施都有悖于他的初衷,他原来希望不增税,货币不贬值,控制通货膨胀和冻结物价;但是,他最终采取的措施却带来新增 3 亿税收、货币贬值 17.5%的影响。

2   安德烈·勒特罗克(André Le Troquer),议会议长,刚刚被丑闻闹得沸沸扬扬,他在沃克雷松的官邸成为"色情芭蕾"丑闻的发生场所。

3   阿尔贝·加齐耶(Albert Gazier, 1908—1997),历任塞纳省社会党议员(1945—1958),第四共和国副国务秘书和部长。

4   8 月上旬,戴高乐将军的非洲之旅非常成功,他为 9 月 28 日投票做准备,允许殖民地自行选择成为独立国家或是联邦地区。只有几内亚选择了独立,几内亚随即获得彻底独立,但没有得到任何援助……也没有得到法国的友谊。

5   居伊·德·博福尔(Général Guy de Beaufort),戴高乐将军的参谋长(1959—1960)。

是与吕埃夫委员会[1]的会谈，再到鲍姆加特纳[2]，以及格策。达成协议。我们 21 时离开。

关于戴高乐将军

插入一段内容。虽然应当持谨慎态度，但因为这是一位在过去十八余年中与法国命运紧密关联的人物，怎么能绕过这个话题？

很少有人能够经历这一切：从万人膜拜沦落到千夫所指的境地。他的对手可分为两类人。第一类对手是极左翼，对方与他作对只是因为他是将军，名叫戴高乐；因为从任何方面看他都与君主制、军事和天主教传统颇有渊源；因为他认同的是国家的概念。对于极左翼的一些领袖来说，法国的爱国主义只有与苏联的利益相一致才有意义，而苏联的利益代表的是全世界无产阶级的利益。但他们有时也是戴高乐主义者：1941—1944 年，由于他们的观点恰好与国家利益相一致，或者说他们认为戴高乐所带来的风险远比盎格鲁-撒克逊的宗主保护要小得多；1944—1946 年偶尔也是如此。

不过要注意的是，这种态度同样适用于其他阶层：广大工人群众出于本能，他们与戴高乐的关系远比与自己老板更亲近。

第二类对手是保守派，这一类型更加多样化。首先，对于他们来说，如果不从路易十四驾崩之日算起，也要从 1789 年算起，之后的法国不再辉煌，他们并不为君主制的消亡哀悼，而是为失去了充满田园诗魅力，在历史迷雾笼罩下的秩序和社会而哀伤。他们当中大部分

1　吕埃夫委员会（Comité Rueff），比内第二次贷款成功以后，一个月内增加了 3240 亿法郎，9 月 30 日，戴高乐将军成立委员会，专门研究势在必行的经济货币改革。委员会颁布了十二月法令。在这个委员会中，同时有高级行政人员和私营部门代表。成员包括：亚历山大，资深会计协会名誉会长；居约，拉扎尔银行合伙人；吉纽，法兰西学院管理者和院士；萨尔特，法兰西银行副行长；布拉萨尔，最高行政法院财政部主席；拉乌尔·德维特里，普基铝业公司总裁；洛兰，法国兴业银行行长；让纳内，政治经济学教授。政府代表包括：戴高乐将军的技术顾问格策、乔治·蓬皮杜。

2　威尔弗里德·鲍姆加特纳（Wilfrid Baumgartner，1902—1978），财政督察、法兰西银行行长（1949—1960）、财政部部长（1960—1962）。

人痛恨革命运动,希望在既定社会秩序中安居乐业,唯一担心的事情就是社会动荡。这类人几乎都是国家干部,尤其是民选干部。国会议员,包括政党领袖、雇主工会代表、工人、农民、退伍军人、专业人士、大学生、公职人员、文人墨客、中小型企业职员,以上所有干部,无论是民选还是聘用,都因担心发生变革而团结在一起。他们对戴高乐主义并不熟悉,因为他们只是在社会秩序濒于崩溃时短暂地团结在一起,包括 1944 年的解放战争,1947 年的对共产主义威胁的恐惧,[1] 1958 年 6 月担心"伞兵"团空降。他们凭直觉感到戴高乐与他们不在同一条战壕里。这些反对者中有很少一部分人,还把戴高乐视为叛徒,认为他在 1940 年逃离法国,后来是在外国军车的护佑下回国,他把法国拱手送给共产主义者、犹太人和英语国家联盟。

也许还有一小撮人——正是他们在折磨着我们的极左翼朋友——认为戴高乐是个"应激派",认为我们是以银行和国际信托为牟利手段的一群人。包括爱德华·埃里奥在内的一些人可能会假装相信将军仍然是一位"勇敢的将军",是一把"光荣的利剑",但是认为引领法国人民的事情应该交给那些头脑更聪明的人。这大概是最精明的反对戴高乐的方式,这种说法有时会引起那些认为戴高乐"过于诚实",在政治上只能被人牵着走的民众的共鸣,他们要求由更为阴险狡猾的人主政。

与这些国家干部内在或对外宣扬的敌意不同的是,法国民众对戴高乐有着本能的信任,坚定拥护他。一旦脱离了自私自利,摆脱了以利己主义为宗旨的机构,每个人都是戴高乐主义者。究竟是什么样的戴高乐主义者?简单说,就是相信戴高乐是目前法国自然而然且无可争议的领导人,他是最强大、最崇高、最独立、最无私、最清醒

　　1　1946 年后,冷战开始,美苏两大阵营形成。身处两大阵营对峙之中,法国民众对共产主义心存畏惧,这应结合当时的时代背景来理解。

的能够担任国家元首的人物。

实事求是地讲，我认为戴高乐将军性格复杂，他有两个基本特质，一是具有使命意识，二是才华横溢与务实精神，这两个特质有时是相互矛盾的。第一个特质与生俱来，可以解释他最重要的一些决定：1940 年离开法国；6 月 18 日发出号召；在同盟国内倔强地保持独立性；1946 年隐退；1947 年和 1952 年两次拒绝与其他政党联合执政。

这种信念并非后天习得，也不是局势造就或性格孤傲的结果，某种程度上说应当是与生俱来的。戴高乐将军完成《回忆录》第一卷后，把手稿交给了我和安德烈·马尔罗，之后召见我们征求意见，并询问我们这本书是否"值得出版"，从中可以看出他对于不属于自己核心使命的事务态度谦虚。

我记得我冒昧地提出了自己的看法：将军的转变或者说从戴高乐上校成长为"6 月 18 日英雄"，从一个临时旅长到成为保罗·雷诺内阁的副国务秘书，继而成为民族英雄，甚至法国的化身，我认为这种转变描写得不够清楚。夏尔·戴高乐是在哪个时刻得到的恩典？在哪个时刻清楚地意识到自己的使命？这就是我当时提出的问题，也许有点天真。他回答我时有点害羞："如果我说生来如此，这一定会让您非常震惊吧。"

这也是他行动突然的原因。1940 年 6 月出走、1958 年 5 月 15 日重返政坛，在这些决定性时刻，戴高乐将军总是毫不犹豫地承担起一切风险，仿佛受到一种超越自身强大力量的支配。

令人惊奇的是，他在几乎不假思索的行动中并不缺乏务实精神。这是戴高乐的天分在发挥作用，让他能够对事件从更深层、更综合、更远大的角度做出分析，他在这方面比我见过的任何人都强。1939 年起——可能要更早——他预言了德军的进攻，参谋部笼罩在失败论的气氛下，丧失了斗志，军队从战争第一天起就开始溃败；他还预言无论是苏联还是美国绝不会接受纳粹获胜，因此由希特勒领导的德意志国家取得的巨大努力最终会灰飞烟灭。他不仅预见了这一切，还做出了预测。从这个角度来看，这位当时还名不见经传，却深知自己必将在日后发挥重要作用的人物，1940年6月做出的出走决定显然是简单、自然和必要的。同样，1958年5月15日的决定亦是如此。每当戴高乐的政治天才和使命意识不谋而合时，他总能抓住机会，并取得胜利。这种非凡能力源自他所承担的历史角色：他不是国王，王位不是世袭而来；他不是独裁者，总是旗帜鲜明地反对独裁；他当然也不是政客，不属于任何政党，不参与任何议会把戏，不加入任何竞选阵营。

　　"人群当中存在这样的人，他对事件的自发反应如同孩子遇到危险时的条件反射。"（夏多布里昂《墓畔回忆录》）

　　我很幸运能与他并肩战斗，并荣幸地成为他的亲密助手。我还想补充一点：在任何情况下，不论是在他的辉煌岁月，还是在他冷清的隐退时期，我从未看到戴高乐将军对任何人或任何事做出的判断或决定是出于庸俗的动机。虽然他对人性从未抱有任何幻想，但仍然努力在朋友和敌人身上寻找闪光点。这是我从他那里得到的最大收获，并受益匪浅。

1958 年

6

间歇期

1959—1961

1959 年 1 月，乘公务车陪同戴高乐将军前往爱丽舍宫就职

1959—1961 年是乔治·蓬皮杜一生中被关注较少的一段时期。戴高乐将军入主爱丽舍宫,蓬皮杜也实现了几个月前的承诺,回到了罗斯柴尔德银行。当然他还在宪法委员会任职——不拿薪水,这是他在给国家元首的信中自己要求的,但他已经远离了政治中心,与1958 年下半年的情形完全不同。

本章收录的资料如果无法证明或反驳有关乔治·蓬皮杜是作为"共和国储备力量"退出,以便等待时机出任最高职位的说法,那么也足以看出他在私底下继续为将军发挥着重要作用。他一如既往,以过去七个月在马提尼翁宫权力核心所积累的经验,主动对政治时局发表看法,提出建议。1960 年 1 月 16 日,在他给当时戴高乐将军的亲密助手勒内·布鲁耶写的一封长信中有过精彩论述:他坚决拥护戴高乐制定的内政外交方面的方针政策,但同时也表达了个人观点,他特别强调在外交政策方面,必须有所区分,以免与安托万·比内等反对人士提出的观点发生冲突,他们最担心的是第四共和国制定的外交政策主线——大西洋主义和欧洲一体化——会逐步被削弱。乔治·蓬皮杜没有否定总理米歇尔·德勃雷的改革热情,但他提出采取行动时需考虑民意的警示。同年 10 月 11 日,他在写给将军本人的一封信中,表明自己在必要时会对将军开诚布公,并直言不讳。

显然,国家元首接受了他的建议。如果这番话出自他人之口,将军可能不会欣然接受。将军对蓬皮杜非常信任,委托他与阿尔及利亚民族解放阵线谈判就是最好的证明。这是一项绝密任务,当时局势艰难:双方第一次接触是在默伦,以失败告终;将军发起全民公投,要求法国人民批准在地中海另一侧的法属领地实现自决,这一倡议获得了民众支持。在随后几周内,安托万·比内在瑞士的朋友和法国驻罗马大使加斯东·帕莱夫斯基,纷纷以非官方身份,展开了一系列密集斡旋活动。阿尔及利亚人也表现出愿意与一位法兰西共和国总统充分信任的新特使会晤。总统立即想到乔治·蓬皮杜,蓬皮杜与自己关系亲密,而且此时不担任任何官职,且行事低调。在瑞士当局的协助下,双方很快对会晤进行了必要部署。会谈于 2 月 20 日在卢塞恩举行,法方的准备工作交由一位年轻外交官克洛德·沙耶负责。

乔治·蓬皮杜的谈判对象非常有谋略:塔耶布·布拉鲁夫是阿尔及利亚民族解放阵线资深活动家,曾在法国和德国参加过地下斗争,后担任阿尔及利亚共和国临时政府驻罗马非官方大使;艾哈迈德·布芒吉勒[1]是军队的巴黎律师,娶了一位法国姑娘,他是阿尔及利亚前代表团成员,时任阿尔及利亚民族解放阵线新闻部部长穆罕默德·耶齐德的第一副手。还有一个人在暗处发挥作用:萨德·达哈布,阿尔及利亚共和国临时政府外交部秘书长。谈判进行得相当艰难。阿尔及利亚人一开始就态度强硬,对法国发出强烈控诉。蓬皮杜一方按照事先收到的戴高乐将军的指令,坚决反对放弃撒哈拉地区,蓬皮杜对此做了记录。将军用了很长时间才承认,如果自己不在这个问题上做出让步的话,谈判不会取得任何成果。将军认为这个问题非常关键,因为这一地区的地缘战略非常重要。

3 月 5 日,乔治·蓬皮杜与阿尔及利亚民族解放阵线代表举行了

---

1   艾哈迈德·布芒吉勒(Ahmed Boumendjel,1908—1982),律师、阿尔及利亚民族解放阵线成员,1960 年参与在默伦举行的对法谈判以及之后的磋商。

第二次会谈。尽管戴高乐将军不再把停火作为最终谈判的先决条件,双方交锋仍旧异常激烈。不过,蓬皮杜还是开展了卓有成效的秘密谈判。自冲突开始以来,阿尔及利亚民族解放阵线领导人第一次感觉到,与他们面对面的谈判代表是法兰西共和国总统的真正代表。法国负责阿尔及利亚事务部部长路易·若克斯说道:"这项使命是一个转折点,阿尔及利亚共和国临时政府终于听到了戴高乐将军的声音。戴高乐将军前办公室主任的权威和真诚剥掉了他们的坚硬外壳。"1962 年 3 月,也就是谈判后一年,双方签署了《埃维昂协议》,和平终于实现了!

除了执行秘密使命,在罗斯柴尔德银行继续工作,乔治·蓬皮杜还耕耘了一个诗歌的秘密花园。1961 年,他的《法兰西诗选》出版,本章会略作回顾。

埃里克·鲁塞尔

论大学

职业和团体与公共利益是天然对立的，因此与目前由戴高乐将军所代表的公正的国家政权也是对立的。然而，唯有在大学里，大多数对立是它的成员以个体行为进行的。

要谨防一成不变的思潮，尽管我们认为政府的行动也是一成不变的。5 月 13 日第二天，大学发起了"保卫共和"罢工。我相信这是第一次，罢工日的号召没有得到响应。自然科学系随后复课的事实说明，包括巴黎大学校长在内的某些管理人员的漫不经心。这位大学校长是在政府的干预下才发现他还有许多教室未被占据。然而没有教师因此指责校长，而是继续谴责政府的无能。1959 年国民教育信贷虽然达到历史新高，但教师们却还是对经费不足进行了义愤填膺或恶语相向的斥责。科研机构进行了重组。在任命最高理事会成员的前几个星期，大学界谣言四起，我的一位老朋友也来找我，让我不要只任命综合理工学校的工程师。此时，我坐在办公桌前，面前是即将提交政府首脑的名单，这份名单是由多个部委及内阁经过长时间调查商定的。其中九成是大学学者，包括一些青年学者，人员的选择没有考虑任何政治因素。自然科学系那位找过我的德高望重的教授向我表达了他的惊讶和兴奋之情。名单公布后，没有人对政府心存感激。除了《快报》发表了祝贺学者战胜反动政府的文章，几乎无人谈论此事。

这种经年累月的分歧在"葡萄酒大厅（Halle-aux-Vins）事件"上达到顶点。说实话，这根本不应成为问题。随着法国科研的发展，只在巴黎建设大学院系已经无法满足需求,唯有在外省建立和发展大学院系才是真正的解决方案:然而,大多数教授希望留在巴黎,不愿推动此事。不过,米歇尔·德勃雷领导的政府还是冲破重重藩篱,解决了这个多年悬而未决的难题。可以想象,如果这是孟戴斯-弗朗斯政府的成果的话,一定会被大唱赞歌! 然而,这一丰功伟绩却几乎被完全忽略,自然科学系主任沉醉于自我欣赏中,认为这是由他和同事的光荣斗争取得的结果。此外,我们最伟大的作家之一还受命创建了前所未有的文化部,但我们不久之后可能会听到,在教育联盟眼中,安德烈·马尔罗就是蒙昧的化身。

工会也许并不希望进行教育改革,但这项改革绝非长期以来唯一一项已经完成却几乎被忽略的改革。

许多大学学者无意识地把社会各领域内的自由和无政府状态混为一谈。正直严肃的人热衷于对心灵自由的精神追求。《鸭鸣报》充分发挥了这种精神,它的幽默感也正是魅力所在。教师们长期与年轻人接触,习惯于占主导地位,有种优越感,不把权威和高高在上的人物放在眼里。他们无法忍受国家承认由某个人掌握政权以及享有至高无上的权力,无意识地认为这个世界到处都是坏学生,他们就只能容忍共和国政权由教师把控。但是,在法兰西国家元首身边的巴黎高师毕业生和拥有教师资格的人并不多!

我相信还有一个严重得多的原因,那就是虽然法国经历了洗心革面的变化和动荡,但是大学并未发生改变。在过去四十年里,以阿兰为代表的大学理念始终如初,而世界所发生的变化远远超过了1789—1914 年之间的变化。由于共和国对大学疼爱有加,大学在这个国家得到了应有的重视和地位,他们因此成为保守力量。他们似乎对此了然于心,愿意以 19 世纪 80 年代的眼光看待戴高乐,把戴高乐与布朗热将军相提并论。不过我的大学同学还是愿意倾听我的意

见。历史不会倒退,他们的想法只是自己的理想而已,已经过时,成
为进步的阻力。现代科学和经济的发展为国家提供了大量手段,使
得传统议会制的缺陷无法再与之融合……学界同人,我的朋友们,你
们受益匪浅……

1959 年

论媒体

　　政治道德和权力运作环境的改变导致媒体界的混乱,并非记者们执拗地为难新政权,他们中的大部分人只是在完成自己的工作。然而,政治新闻记者这个行业突然间改变了方向。过去十年,他们习惯于从国民议会的走廊或部委办公厅,甚至是部长办公室获取信息。他们在这些地方都有自己的渠道,有熟识的联系人,而这些人也非常愿意让记者们报道。此外,大家关心的问题无非是:能否组阁成功?如果组阁成功,能否成为多数派? 如果是多数派,能否维持下去? 危机是否会一触即发? 每个人都想为记者提供这些问题的答案。是的,议会正在审议。是的,议会已经决定投信任票(亲爱的朋友,这次真是多亏了我,希望总理以后还会记得此事),但少数派会不会态度强硬? 他们是否会弃权? 还是会投反对票? 每位议员都渴望被采访,借机说出自己的看法,并见诸报端。每届内阁都希望总理发言,不论情况如何,只要能发表"在某先生的坚持下,某项公共工程获得通过"。总之,有一个主题是永恒不变的,那就是要发生可能的、非常可能的和确定的内阁危机,当权者或发言人会主动披露有关信息。难以分析的微妙把戏,冉冉升起的政治新星,各种预言和评论,这一切信息都唾手可得且妙趣横生。

　　突然这一切都改变了。权力集中在一个稳定的政府手中。不再会发生确定的、非常可能的危机。不再有政治"新星"冒出来。议会走廊空无一人。部长及其幕僚在忙碌地工作,他们是绝对多数派,解决着出现的各种问题。政治新星不需再仰仗社会党和达拉第的态度,不需为激进党的温和派与激进派的龃龉而左右为难。头条新闻是宪法、共同体、司法改革、石油法、科研……

因此,媒体完全乱了阵脚,他们开始抱怨政府的沉默和对政策的保密。事实上,根本没有任何秘密。政府官员们研究问题,互相辩论,逐步找到解决问题的办法,只不过没有向记者通报事情的经过;这就如同学者不会把一项未完成的研究公告天下,作家在小说写到第四章时也不会要求出版。当然,媒体自身也有问题,他们照政治家的样子行事,政治家认为问题不存在,他们也就说说某个政党对政府的态度以及可能造成的影响,媒体已经丧失了刨根究底的习惯。突然间要求他们对正在制定的宪法的某个观点、机构改革、司法改革、教育改革的某个方面进行分析,不再盯着政党对内阁的态度不放,就算最称职勤奋的记者也会感到无所适从。毕竟在过去十年里,他们已经丧失了研究资料及其意义的习惯,只是在重复别人的想法。只有少数法学教授或多或少化身为记者,对这种变化感到欢欣鼓舞。职业记者则毫无章法,坚持维护他们所习惯的新闻环境,继续不顾一切地搜寻着政府地位受到威胁的线索。这也是在过去几个月内,媒体对赫赫有名的阿尔及利亚救国委员会(Comités de Salut public d'Algérie)的有关情况和行动很少报道的原因。当政府首脑把军人请出委员会时,军人们就像突然被扎破的气球,而记者们则看着过去几个月中被他们反复掂量过的以为微不足道的信息碎片,被惊得目瞪口呆,感觉自己不过是灌了风的空信封。

法国的政治道德有望逐步正常化。如果没有一个稳定的政府,缺乏一位享有权威和能够仲裁的政府首脑的话,在议会问题上,法国会重现过去的局面,即政府软弱分裂,议会强大混乱,只能起到摧毁作用,无法鼓励和支持一项持续的行动。但如果希望情况相反的话,法国的政治新闻业就必须完全改头换面,必须学会研究资料,对公众分析事件,解读政府制定的政策,必要时要予以批评,但必须了解前因后果。令人感到奇怪的是,许多大媒体,周报或晚报都在努力适应中,而那些在新形势下应运而生的早报和政治类媒体却做得不如它们。

无论如何,对于法国媒体来说,仍然需要付出巨大的努力,才能超越自我,引领大众的兴趣点,而不是被大众牵着鼻子走,极尽卑鄙之能事地谈论着政治人物及其丑闻。人们对社会的负面新闻总也说不够,导致媒体在提供信息的幌子下,总是捕捉公众人物的信息作为头条新闻。无论是政治人物的私人生活,还是教宗去世[1],或是自行车运动员的女儿发生事故,或是两家人因为孩子发生的争吵,记者、摄影师、电影人蜂拥而至,寻找独家材料和吸引眼球的照片,毫不顾及这种粗暴行为所造成的后果,还将此与职业能力混为一谈。然而在此之后,往往造成的是当事人的家庭破碎,他们再也没有幸福的可能,他们的孩子从报纸上看到全社会视他们为怪物……

可能还会发生更糟糕的情况。有记者自认为精神强大,有报纸自认为有批评政治和道德的资格。通常这都是些最不够格的人,他们的态度极其轻率,对丑闻和政治算计有着特别癖好,或是仅仅出于写篇漂亮文章的动机,就毫不犹豫地给那些台前人物,甚至那些无意于抛头露面的人编造出各种态度和行动:就我自己来说,虽然我所做的一切不是为了出风头,而是全身心并极尽所能地向戴高乐将军,即法兰西效劳,但我在报纸上看到的却是完全不同的看法,说我为了美国石油的利益牺牲掉撒哈拉,为了罗斯柴尔德银行的利益牺牲掉阿尔及利亚(!)。我在总理府度过的八个月,曾有一次并且只有一次在塞纳-马恩省打猎度"周末"。某自以为是的周报说我赴突尼斯执行秘密使命,与布尔吉巴先生或费尔哈特·阿巴斯会面(他对这点都拿

1　1958 年保罗十二世临终时,他的医生拍下照片并出售给媒体。

不准），竟然有胆量信口雌黄地肯定说这是总理府发出的消息。这份周报的经理明知信息不准确，却不承认，也不道歉。那他怎么知道这是假消息？因为我告诉了他真相。现在我要对此予以回击：他之所以相信我所说的话，是因为他很了解我。我不相信他写的东西，是因为我很了解他。虽然我的事情不重要，但显然说明他们这些人不会考虑荣誉这件事，他们自己的荣誉不能被人诽谤，而他们对他人的荣誉却随意诽谤。

　　我在新闻界有很多朋友，他们大多数是诚实和有良知的，许多人很有才华，热爱自己的职业。我希望以上的记者能建立自己的职业道德，执行并要求同行遵守一些行业规则：对待信息要谨慎小心，掌握分寸；批评要严肃认真，多加权衡，以人为本，尊重大众。媒体应该创造自己的道德标准，因为法国的法律和司法无法在审查和过于随意之间找到平衡的手段。

1959 年

乔治·蓬皮杜致罗贝尔·皮若尔函

亲爱的老兄：

[……]

我回到了银行，但没什么热情……一年前曾让我充满激情的工作，包括非洲工业化和我们为参与其中所做的努力，与过去七个月的经历相比，显得无足轻重和单调无聊。事实上——除了你，我没有和其他人说过——我所在位置所承担的工作，是与几乎无所不能的政府首脑共同研究重大问题，这使我成了真正意义上的总理。因为我不在台前——我自己也讨厌如此，所以可以更加便利地采取行动，这几个月的经历令我兴奋不已，能够与将军同乘一辆车，坐在他身旁一起经过香榭丽舍大街，这让我非常感动。

你可能会问，为什么不继续干下去？首先，我曾经承诺要回银行。其次，爱丽舍宫对我没有诱惑力，人情冷漠，许多工作只是象征性的，没有具体行动，这是我所不喜欢的：行动永远是政府的职责，是总理和国家元首两人的事情。当然，作为顾问也能够产生一定的影响……但这与我所经历过的相比微乎其微，虚荣的快乐对我没有诱惑力。另一方面，我不想离开将军，进内阁工作让人厌烦——我本来以为会因此得到一份"工作"，继续留在办公室。此外，我认为还是要享受生活，即使不为自己，至少要为家人这样做。过去七个月中，我一本书也没有读，一张唱片也没有听，没有去过剧院，没有看过一幅画，甚至连杂志也没有翻过，没有逛过街……我甚至没和阿兰见面，

1959 年，安娜贝尔·比费和贝尔纳·比费给友人蓬皮杜夫妇的便条[1]

1　便条内容为"最好能来，不能来的话，欢迎随时打电话"。此二人为法国画家。——译者

与克洛德也很少见面。在公众人物的生活中,媒体的曝光和诽谤最为可怕,于是我坚持最初的计划,要求退出。如果我能鼓足勇气的话,我准备写自己的回忆录。我又能与家人团聚,与我的书和唱片待在一起了(我迫不及待地买了你推荐的莫扎特奏鸣曲)。我在物质上也比较宽裕,我不吝啬金钱,现在有能力帮助周围的人,还能做点善事。说到这儿,我要告诉你的是,如果苏珊[1]还从事慈善事业,当她遇到情况悲惨需要救助的人时,我随时准备提供帮助。我挣的钱也要服务他人。我现在已经没有金钱方面的后顾之忧,而且我也不想再做任何不知道自己在干什么的"工作"。

[……]

祝好。

1959 年 1 月 29 日

乔治·蓬皮杜致戴高乐将军函

将军:

我阅读了宪法委员会有关文件,并得知如果委员会成员继续兼任另一职业的话,所得待遇应减半。

我希望完全放弃自己的薪酬。虽然只领取部分报酬,但与我的

---

1 罗贝尔·皮若尔的妻子。

个人薪酬加起来还是太多,会受到批评。

　　将军,我想您会同意我的想法,如果您准备对我有所任命的话,请允许我能完全以志愿者的身份履行职责。

　　将军,请接受我对您的崇高敬意。

乔治·蓬皮杜

1959 年 2 月 18 日

在爱丽舍宫关于阿登纳的谈话

"我的决心非常坚定。"

他不愿成为英国的卫星国。

他认为法国和德国必须和平相处,共同对抗苏联,以防止苏联拉拢或唆使一个,来反对另一个。

1959 年 7 月 5 日

乔治·蓬皮杜致罗贝尔·皮若尔函

亲爱的老兄：

[……]

我们的生活的确受到很大影响。你能想象得到，我在银行、宪法委员会和"边缘政治"之间穿梭游走会很忙，虽然我很喜欢这些工作，但也有点超负荷。巴黎的生活异常错综复杂，我们在一大堆无法拒绝的邀请中忙得不可开交。我们在贝修恩堤街安了家，为此花了一大笔钱，负了债，我们准备不再搬家（这是我唯一要住二十年的地方！）。我花了很多时间装修，这是最有趣的事情。我希望你们今年（复活节）能来参观我们的公寓，你们一定会觉得眼花缭乱的。哪儿的环境都比不上圣路易岛，我们是抱着长期居住的打算来布置房间的。我想这种举动是否有些疯狂，等公寓布置妥当的时候，我估计也该退休了，所以必须考虑"做减法"！走着看吧。在此期间，我们不想考虑太多。

[……]

另外，我和克洛德准备 1 月 16 日去美国，为期十五天。说真的，虽然我对这趟旅行丝毫不感兴趣，但我不能继续对美国一无所知。我们二月初返回，我希望此生再也不要踏入纽约（也许我们会兴致盎然地回来）。如果我们的财政状况允许，我打算明年夏天去趟希腊，作为补偿。

[……]

热情拥抱你。祝新年快乐！

乔治

1960 年 1 月 4 日

乔治·蓬皮杜致勒内·布鲁耶函

亲爱的勒内：

我在出发前无法抽身去看望你。我要在美国待上两周，我觉得应该把所见所闻都告诉你。请原谅我用圆珠笔给你写信，但我手头只有这支笔。

现在有很多文章和议论，说将军身边的人以及将军本人内心深处都有某种想法，即重复 1945—1946 年的经历。各党派和国家干部一旦躲过危险，秩序恢复，就会故态重现，重新摆出他们的一贯态度，首当其冲的就是在行政机关和立法机关之间、将军和党派之间引发冲突。只有两个解决方案：要么像 1946 年那样离开，要么（依据宪法第 16 条等）在一段时期内掌握绝对权力，最终实现较为长久的真正的总统制，但我猜想两至三年的绝对权力至关重要。

这只是我对形势的不准确的分析，至于现阶段内阁和将军的想法是否如此则不得而知。

除了困难"依旧"存在，1960 年与 1946 年之间毫无共同之处，不应以某些巧合宣传迷信思想，譬如，又是一月份，将军又是刚从南部回来[1]等。

1946 年各党派进行了重组。当时议会内部有众多党派和分支，工人国际法国支部和法共是绝对多数，他们是彻底的反戴高乐主义派。他们会根据时机推迟与将军决裂的时刻，但内心深处非常期盼这一时刻的到来。整个国家是站在将军一边的，而且只在将军这边。1 月 20 日，人们感觉将军的离开如同一场灾难，谁都不信任他的继任者（古安！）。1946 年秋，戴高乐将军没能胜利回归，原因在于受到议会代表比例的限制以及工人国际法国支部、法共两大强势党派的压制，戴高乐派无法成为议会多数派。法兰西人民联盟之所以失败，原因在于议会几乎一致反对它，并且这个议会一直维持到 1951 年，而那时联盟已经失去活力。

我们现在的形势恰恰相反。将军让大家选举出一个议会，他本应在 1947 年就拥有这样的议会，如果在法兰西人民联盟成立时就举行选举的话，他一定能赢得多数票。政府与议会的关系更加灵活和"礼节性"，由于宪法相当巧妙地规定了议会和政府的关系，德勃雷在议会中始终是多数派。保卫新共和联盟处于上升趋势，联盟主席不得不遵循反对党的万恶规则，其他党派分崩离析：法共无法重整旗鼓；工人国际法国支部溃败；独立党派本质上就是分散的，人民共和运动不过是补充力量，没有实力再次公开背叛。此外，工会正处于低谷。

那还有什么困难呢？

首先，政府面临一系列难题。阿尔及利亚问题最为严重，但对这个问题，全国对将军都无比信任。现在，民众担心并想知道这种局势究竟什么时候才能结束，但人们准备在将军需要时听从将军的指挥。

1　戴高乐将军夫妇年初在瓦尔度了几天假。

在经济和财政方面,民众是满意的(农民除外)。形势一片大好,并且会变得更好。生活水平不断提升,就业得到最大保障,工人和雇主团结一心,只要求一件事:这种势头能够继续下去,不要受到干预。如果不想夸大当前形势(造船厂事件之类)来制造麻烦,也不优先考虑那些目前无人问津的话题,我们只要做到以下两点,就能实现理想社会:改善公务员待遇(只需略微改善,但要比之前有改进);采取措施,为农业度过艰难转型期提供便利,因为农业人口的数量在未来十年将持续下降。千万不能干预自由主义:这是一年前建立起来的体制基础,重点在于开放我们的国境,使法国工业具有国际"竞争力"。在发展过程中,应该坚持既定政策。如果出现经济衰退(至少一年以后),那时可以考虑调整政策,但只有到那时才可以考虑。

最后,外交政策方面,毫无疑问还有些不适,但不应搞错原因。这既不是比内[1],也不是"让·莫内[2]及其同僚",更不是美国人和他们有意识或无意识的代理人造成的,而是因为人们感觉将军有意与美国保持距离,又不知道他会走向何方,害怕他太出格。法国刚刚经历过战争,认为需要美国保护并害怕失去保护的观点深入人心(在这点上各党派只是予以附和)。

这意味着,目前的危机并不在议会,而是国民的不安情绪。比内之所以毫不犹豫地直接出击,最终又犹豫是否坚持斗争到底,就是因为他感受到了民众的情绪,因此他敢于向将军提出质疑。他不是因为有反对者或各党派撑腰,而是以国民为后盾。

当然,如果明天将军向国民发问:"你们是否还要我执掌政权?"他必定会获得绝大多数的支持。如果他问:"你们是否要我任用比内先生?"他必定会获得更多支持。换句话说,舆论乐于有一个向导,一

1　安托万·比内。

2　让·莫内,在同意将军重新执政后,与他认为不够"欧洲"的外交政策保持距离。

个引擎般的向导,但同时也希望为引擎装上刹车装置,而目前的刹车装置就是比内。

况且,国民既不喜欢议员,也不喜欢官员。在民众的印象中,官员掌握着权力,对一切发号施令。民众希望能有平衡的力量。他们很高兴能够找到一个或几个熟悉的人,而且这些人似乎没有议会惯有的毛病。比内似乎可以担此重任或至少表面如此。

因此?

我认为最好还是在一段时间内逐渐削弱比内的影响。但即便如此,我们接下来该怎么办?

首先必须让民众遗忘比内。不要谈论他,也不要攻击他,尽量转移注意力,人们的想法是不断变化的。

其次必须安抚人心。过段时间将军应该在电视上发表讲话,要以"祖父"、智者和受人尊敬的领袖的口吻讲话。要让民众知道他们会受到保护,防止议会制逆袭和政党软弱的情况复苏,防止技术人员和官员专制。要确保对盟友的忠诚:强调只要求大西洋联盟做出调整,以便更加有效,并有助于与苏联保持和平。这方面,他邀请赫鲁晓夫访问法国恰到好处。他在讲话中谈到的由其政府带来的政治繁荣将惠及所有人。关于这一点,他说政府会特别关注农民的困境。

德勃雷应该在两方面做出改变。他应该给人以政治领袖的印象,在部长会议上做出的决议应该被视为政治决议,虽然内阁授权有限;在接见重要记者时,他不应教训他们或指派任务,而应该倾听他们的意见,向他们介绍他的政策方向,让他的政策得到理解,也更加人性化。

他跑遍全国各地,为的是让民众了解他,倾听民众的声音,与他们从容地交谈,如同负责了解民众疾苦的将军特使,而不是负责指控和追究责任的总督察。

此外,还应该突出他作为改革者的特质。他不必面面俱到,也无须一次改变全部。只要让部长们感觉到他们是部长,而不是接受敕令的部门负责人。

总之,他应该重新掌控舆论,重新掌控部长。

如果这些都做到了,并且为议会开幕做好充分准备,选择一个合适的辩论主题(譬如欧共体),让议员有机会发言,寻找时机参与讨论,为行动赋予历史意义,并得到国内和国际舆论的支持,那么四月的会议必定取得成功,为埋葬比内、开启新局面奠定基础。

然而,我可以满怀信心地向你保证:即便对反对派进行反驳,按逻辑的惯性思维,把马提尼翁宫评论为热衷机构调整的法学家参谋部——而且是对所有机构同时进行调整,不去顾及舆论,并让议会靠边休息的参谋部,将军的民意还是会占上风。不过这种胜利只能维持一段时间,也就几个月而已,最终在决定性的战斗中将会失败。

我知道德勃雷的性子很急,我明白将军也已不年轻,他希望在最短时间内取得最大成效;但是相信我,有时需要有张有弛,才能找到可持续的发展方式。

我之所以在临行前告诉你这些,因为我真的很担心是否能准备就绪。必须不惜一切代价弥补,包括宪法和德勃雷内阁。否则,一切都会付诸东流。

虽然草率地写下以上内容,篇幅还很长,如果你认为有价值的话,可以呈给将军。[1] 这完全出自一个戴高乐主义者的真心。

祝好!

乔治·蓬皮杜

1960 年 1 月 16 日

1　在这封信的原稿上,有戴高乐将军的手写批示:已阅。

乔治·蓬皮杜致雅克·苏斯戴尔函

亲爱的雅克：

　　一年前我曾力劝您留在政府，我不知道我是否应该为这一行为感到懊悔。不管怎样，我还是对事态的发展，以及将军与他相处最久的伙伴之间产生的裂痕[1]深感遗憾。请允许我在这封信里不谈论政治，我完全是从朋友的立场写给您，以表达我的悲伤，并向您致以我忠诚的友情。

乔治·蓬皮杜

1960 年 2 月 5 日

乔治·蓬皮杜致罗贝尔·皮若尔函

亲爱的老兄：

　　由于政治原因，我们不时会收到一些恐吓信，我门外负责保卫的安全人员又增添了这种不安情绪，这里的房东和房客们都有点担惊受怕。所幸，阿兰没有让我们操心，他的功课很好，是个乖孩子。我一切都好，并希望尽量能让身边人感到安心，有时候并不容易做到，现在我还不确定今年是否需要"再担任公职"。不过请相信，我是不会为促成此事而做任何努力的。总体而言，情况没有人们说的那么

1　雅克·苏斯戴尔不赞成戴高乐将军的阿尔及利亚政策。

糟糕。关于阿尔及利亚的协议似乎即将达成,我听说结果令人满意。每个人都心知肚明,各党派和工会大肆折腾,搞美洲国家组织的那套把戏,原因是他们坚信阿尔及利亚风波已经结束,必须考虑今后的立场。

1960 年 2 月 13 日

我的上封信没有写完,中间隔了一个星期才重新提笔。此间事态的发展完全在我的意料之中,我惊奇地关注着!! 未来一段日子我们可能会遭受一些冲击,但最终会风平浪静。我还在担心是否不得不改变现在的后备状态,这方面还没有确切消息,不过可能性很大,未来几周将非常关键。如果我接受的话,也不会感到兴奋,尤其想到克洛德会精神紧张,我就无法雄心勃勃。我想这一定会让很多人惊讶,不过……

[……]

你还有干劲吗? 如果有的话,可以想想下面这件事。我考虑今后诗选再版时,可以在书末增加一章"诗词片段",专门从一些整体一般甚至乏味的诗歌中,挑选出个别精彩诗句(一句、两句或三句,最多不超过四句),不论书中已经收录还是尚未收录过这位诗人的作品。如果你认为这个想法可行,平时阅读中帮我做些摘录。

拥抱你的孩子们,请接受我们对苏珊和你的诚挚友谊。

乔治·蓬皮杜
1960 年 2 月 20 日

乔治·蓬皮杜致列奥波尔德·塞达·桑戈尔函

　　我在希腊待了 15 天,过着完全与世隔绝的日子,今天刚回巴黎,所以之前没收到你的来信。当我看到你的信时,我就知道那封信的时效性已过。

　　这也是我没有写信向你表示祝贺的原因,但现在我要怀着极大的喜悦,甚至是骄傲的心情向你表示祝贺,你是我的朋友中第一个成为国家元首的人,希望我们当中能有更多人以你为榜样。

　　我不知道你是否很快会来巴黎;无论如何,如果你能以私人身份来看望我们,希望你一定要告诉我。当然我也会去达喀尔看你!

　　马里危机虽然在预料之中,但是我认为你有必要与非洲其他新兴国家结成友好联盟,我建议你与乌弗埃联络,他现在没有理由对塞内加尔不满。

1960 年 9 月 14 日

乔治·蓬皮杜致戴高乐将军函

将军:

　　尽管您对我亲切友好,这对我来说无比珍贵,但我还是对一周前您与我的谈话不十分满意。我对您充满敬意,然而您在辩论中总是处于上风,我无法充分地表达自己的想法,所以决定给您写信。

目前的政治局势如何？默伦会谈失败[1]之后，形势骤然恶化，各种问题大致可以归为两类：一类涉及政权分裂和重建权威，另一类涉及外交政策。强势反而成了不利因素：在阿尔及利亚实现和平再度延迟，让松审判[2]，政府对知识分子和公务员的对立态度。舆论对您的外交政策的某些方面有些担忧，尤其是与北大西洋公约组织和欧洲共同体关系的疏远。德国有所保留的态度，英国的敌意和美国的不安滋生了一场运动。借助政治界和经济界人士以及巴黎民众，通过媒体特别是《费加罗报》和《世界报》，对舆论产生影响。效果已经显现，甚至在外省都能感受到。面对这种不利形势，有必要予以回应。

我首先想到的是，您有放弃的念头。之所以这样说，是因为您曾经在我面前提到过。将军，您必须绝对排除这种想法，这是在为法国着想，法国终于在 1946 年走出无底深渊，有了呼吸的可能，不再遭受迫在眉睫的威胁。阿尔及利亚战争让您回归政坛，现在战争还在继续，您的离职必然会造成混乱，或许会引发内战，由左翼或右翼，或者两派轮流专政，造成局势混乱、对外依赖和国力持久衰退。

其次，这也是为您着想。1946 年，您揭露了当时存在的种种问题，您认为所能求助的手段已经不足以应对问题的严重性，事实证明您是正确的。现在您又回来了，您在过去两年半的时间里享有无限权力，这与您之前的处境大不相同。您所面对的内外挑战依然如故，包括法国在世界上的地位、内部的分裂，以及有影响力"人士"的恶

1　1960 年 6 月，正式会谈在默伦举行。6 月 25 日，宾耶希亚和布芒吉勒两位先生抵达，由他们负责商讨阿尔及利亚共和国临时政府总统费尔哈特·阿巴斯的行程安排。6 月 29 日，谈判破裂，停火是法国要求的绝对前提条件，但这也是阿尔及利亚人的唯一政治筹码。

2　弗朗西斯·让松（Francis Jeanson），大学教员和作家。1956 年起，他负责一个支持阿尔及利亚民族解放阵线的网站。1960 年 9 月至 10 月他被起诉，判决非常严厉，因他在瑞士，缺席审判。这起诉讼案引发法国本土的内战情绪。对这次审判，121 名知识分子签署了"有权不服从"的联名请愿书。该事件在审判过程中进一步发酵，但判决结果依然非常严厉：15 人被判处 10 年徒刑，3 人获刑较轻。

意。正因如此,要想管理一个如此难管的国家,就必须努力工作,不断尝试。您从一开始就不能忽略这些。如果您要放弃的话,就意味着失败,历史会让您承担由此引发的严重后果。伯里克利被监禁被遗弃,历史责怪的是雅典人,但如果他在伯罗奔尼撒战争期间主动放弃了雅典,那么历史会把责任归罪于他。

排除了这种可能性,还有其他理由吗?没有了,只能逆流而上。为此,首先必须知道过去可能出现过哪些失误。

默伦谈判中是否存在失误,我对此不得而知;但可以肯定的是,谈判破裂的第二天,最好应该向法国公众和国际舆论做出解释。我们的沉默会让对手得分,他们可能会把破裂的责任推卸给您和您的代表。与此相反,您9月份举行了新闻发布会,虽然时间距默伦谈判已有两个月之久,但在联合国会议之前。大家重新燃起了对您的希望,但之后又失望了。为什么要等到联合国会议结束之后再发表讲话?我不清楚。在广播上发表讲话(以避免误解),总结问题,或者提出新情况,摆出您那些明确且具体的建议,凡是头脑清醒的人都会对此满意。等联合国的“马戏团”一结束,势必会回到您的建议上去,而绝大多数法国人都会支持您,这样的一次讲话可以让公众保持三个月的耐心,还能重新影响舆论。

也许您能够消除媒体宣传的效果和左右翼故意搅动的浑浊气氛的不良影响。既不能对拒绝服从放任不管,也不能因此而增加诉讼。我认为增发严厉和限制性的文件是政府的错,即便出发点是好的,但效果不佳,特殊情况需要特殊对待。对在押阿尔及尔军人和在各种请愿书上签字的人予以特赦,这种特赦会被视作奥古斯都的宽大,而不是软弱。如果这次赦免了累犯,只给予他们严厉警告,一定能缓和气氛,让人们对您的权威更信服。民众需要相信您的权威,只从文字中寻求虚幻的抚慰造成了权威感的动摇,这是当前动荡的原因。为此,必须与德勃雷以及其他以总理为榜样的顺其自然倾向做斗争。

外交政策方面,应该把打击部队与之结合。将军,我从内心深处认可您制定的政策,在我眼里,这也是唯一正确的政策,但要避免两种危险。首先要避免同时面对所有障碍:因为您对柏林的抵制得罪了苏联;因为北约问题得罪了美国和德国;因为共同市场问题得罪了英国;因为您对欧洲领导权的坚持得罪了德国和意大利等国家;因为阿尔及利亚引发了"亚非"矛盾。同时面对如此多的敌人会困难重重,应该对他们加以区分。您的计划可以分阶段执行。

其次,大家总是看到您反对什么,很少看到您支持什么。您可以让议会和舆论同意建立一支打击部队,但放弃加入北约是徒劳无益的。如果阿尔及利亚战争结束,如果打击部队成立,即使加入了北约,有朝一日也可以轻而易举地将其摧毁。在此期间,有必要谈论北约的事吗? 同样,您谈到必须建立欧洲共同体,实现各国政府的协调一致,甚至建立一个中央政权,这样欧洲联盟就能建立。届时,欧洲煤钢共同体、欧洲原子能共同体和共同市场的官员们就会看到他们只有一个主人。我认为,让他们提前担心毫无必要。您提出的计划并不是要摧毁过去,而是开启一个被各方人士包括法国人认可的新阶段。

相反,您发表的讲话和评论只会让法国人感到被孤立的恐惧。1870 年以后,法国感觉不能再被孤立。1940 年以后,这种感觉更加强烈。应该考虑到他们的感受。

此外,如果您能在电台发表一次讲话,一定会裨益良多。无论是在公开场合,还是私下,人们对您在雷恩和尚贝里的讲话都议论颇多,媒体机构也故意扭曲,但这也在所难免。

只有真实的解读才能消除那些臆想的评论。

另一方面，必须承认政府的宣传做得不够好。这的确是个难题，我很清楚媒体其实远没有他们所表现出来得那么充满敌意：两年前，同样是这些人，那时他们报道出的新闻很平庸，但都是好话。我们无须改变《世界报》的咄咄逼人，但可以让它态度中肯，可以让这些媒体为我们所用。为此，必须做出新的尝试，而只有您能够发出这个信号。

为实现以上目标，我认为如果您发表一次广播讲话，一定会奏效的。我也相信，那些崇拜、爱戴和尊敬您的法国人，会更爱慕您。如果您对他们的困境能表示理解，并愿意克服困难，即便过程艰辛，而您意志坚定，对他们只有宽容，而不是嘲讽，您会发现他们都将聚集在您的身旁。

1960 年 10 月 11 日

乔治·蓬皮杜致特里谢夫人函

尊敬的夫人：

我之所以没有给您音讯，是因为从我们共同的朋友那里得知，您很累，内心充满不安和忧虑。不过我没有忘记我们的谈话，一直珍藏着您交给我的手稿，并随同这封信交还给您。

在阅读您丈夫[1]的诗作节选时,我被深深打动,也从作品中看到了他高尚的灵魂,他是一位真正的天才。

我很希望让他的才华为世人所知,如果您有计划,我可以助您一臂之力。我曾说过,我的诗选不大可能收录他的诗,因为他的作品尚未发表过。不过,我们可以请他的朋友以及所有了解、欣赏他的人帮忙,出版一部诗集。

无论如何,请相信我非常乐意帮助您完成这件事。

尊敬的夫人,请接受我诚挚的友情。

乔治·蓬皮杜

1960 年 12 月 14 日于巴黎

乔治·蓬皮杜致罗贝尔·皮若尔函

亲爱的老兄:

[……]

年末已至,我们还是忙作一团。首先,工作非常繁忙,有很多烦心的事和公务活动。尽管这些都已司空见惯,但我还是不能完全适应,有时也会厌倦。我很清楚这没有解决办法,经验证明,在平静的家庭生活和新工作所带来的无法回避的动荡生活之间没有平衡之道。

1　让·特里谢(Jean Trichet, 1911—1960),巴黎高师毕业生,乔治·蓬皮杜的朋友,诗人,让-克洛德·特里谢(Jean-Claude Trichet)的父亲。

[······]

你们一定明白,并非政治局势令我们变得不乐观。趋势只要朝着好的方向发展就行,我们也知道必须接受并不怎么喜欢的政策。让我们焦躁不安,陷入糟糕的情绪的原因是,所有因素的累加。桑戈尔当选国家元首这样的好消息都不能令我们雀跃起来。不过,你知道我是乐观的,坚信只要有耐心、韧性、怀有希望,就一定能克服各种困难。但是我已经开始对身边(非常亲密的)五十多岁的朋友说,我们最终只能以死亡来摆脱困境。不要因此就以为我成了悲观主义者或者以为我心情郁闷,这只是因为我年纪大了。

我们都会有这一天的,怎么办?但越是这样,我越发感受到除了亲密的家人和几个朋友,能够真正激起内心愉悦的只有艺术。我计划筹备几次旅行(希腊给我们留下了美好的回忆),收集一些唱片和书籍,为退休做准备——希望不会太远。我对现代主义推崇备至,计划(至今无果)攒钱买个小农场,在那里可以给鸡撒谷子,给奶牛喂干草,可以吃到不带鱼腥味的鸡蛋、不打激素的鸡肉、纯天然的黄油和牛奶,等等。以后要想像 1850 年的小农场主那样生活,都会是种奢侈!

1960 年 12 月 27 日

今天是 29 号,我接着把信写完。我能想到,你一定觉得我的体温低于 36 度。其实,除了身体有些(暂时)不适,我的精神状态很好。最近几天虽然有点沉闷疲倦,但只要晒晒太阳,等感冒好了,风湿病一痊愈,我就会恢复以往的乐观。

的确,我比预想中提前进入了蒙田的精神状态,开始对行动的有效性产生了怀疑。我在行动前会犹豫不决,为了逃避进入政府工作,我想彻底拒绝(但对未来几周也有些担心),虽然有时会有点遗憾,但我还是认为自己是正确的,毕竟离了我工作照样可以完成。种种花草,至少整理一下花园,为邻居帮帮忙也很重要。

好了,讲了太多道理。也许六周后我会当上部长,会为行动效力大唱赞歌……现在什么都不确定。

［……］

热情拥抱你们。

乔治

1960 年 12 月 29 日

《法兰西诗选》推介方案

"关于诗歌方面……一本诗选应受诸多限制。既要体现作者的意趣,也要对文学有总体认知。在大多数情况下,应该尽量引用完整的诗歌。当情况不允许时,要对入选诗歌进行更严格和个性化的选择。虽然这通常是一些独立诗歌或简短诗句,但把它们组合在一起应该构成作者的诗歌意境。这就是我追求的目标",我会选择那些在我脑海中回味悠长,最打动我的诗篇。

诗选难免会厚此薄彼。雨果虽然是位伟大的诗人,但从他的诗歌里却很难挑出代表作。《沉睡的博思》(*Booz en dormi*)是他的代表作之一,但我也只能从中摘录出两三句让我为之神往的诗句,而他的《世纪传奇》(*La Légende des siècles*)、《沉思》(*Contemplations*)和《惩罚》(*Châtiments*)这样的鸿篇巨制就更难挑选。维庸和拉·封丹亦如此。然而,拉辛和高乃依的作品妙语连珠。像莫尼姆这个人物本身就充满诗意。《熙德》和《贺拉斯》里有这样的描述:

> 阿尔巴[1]赋大任与你,我和你将割袍断义。
> 但我们依然是知己,这将会置我于死地。[2]

1　阿尔巴(Albe),位于罗马城东南方向。——译注
2　公元前七世纪,罗马城和临近的阿尔巴城为了结束它们之间的血腥战争,决定各派三名勇士进行决斗。罗马城选派了贺拉斯家族的三兄弟,阿尔巴城则指定了古里亚斯家族的三兄弟。然而这两个家族之间有着多重联姻关系:贺拉斯长子的妻子萨比娜是古里亚斯的妹妹,贺拉斯的妹妹卡米拉是古里亚斯家族老三的未婚妻。两个家族面临着国家利益和个人利益之间的冲突和选择。——译注

虽然这些诗句描述的内容与我的生活无关,但是打动了我。下面这句诗描述的则是我的生活:

> 吾二人,不离弃。[1]
>
> ——马拉美

也就是说,对内容的选择最能展现编者的想法。因此,这本书展现的正是我的想法。

《法兰西诗选》访谈设想

(下面这篇访谈是由乔治·蓬皮杜杜撰的,摘自他的笔记。)

您是《法兰西诗选》的作者。有人批评您过于传统,这本诗选到艾吕雅就戛然而止了。您对此有何回应? 如果让您继续这项工作的话,您会选择哪些诗人?

事实上,我的选择标准非常简单,那就是我只保留已故诗人的作品,这也是我(在艾吕雅)停下来的原因。这样做的好处是可以避免出错,能够做出比较确定的选择。

我想这可能是人们认为我传统的原因。就像摄影记者试图拍出新奇的照片,批评家希望在一本选集中发现新的刺激点,人们希望看到不知道或不了解的诗人,找到意想不到的韵脚;然而,这种概率非常小。所以,编辑诗选可以有两种方案:要么只收录最优秀的作品,要么梳理诗歌创作的整体发展情况,尽量在伟大诗人与其他诗人之间保持平衡。我选择第一种方案,但有四五处采用了第二种方案,对

---

[1] 乔治·蓬皮杜认为马拉美的这句诗准确地表达了他与妻子克洛德之间的深厚感情。——译注

此非常遗憾。如果我有时间重新编选这本书,我会减少诗人的数量,以便给他们保留更多篇幅,我可能会补充非常简短的"精品"摘录——有时就是几行独立的诗句——从诗人不知名的三流作品中引用一些精彩片段。

其实,我心目中的理想诗人并不多,其中有热拉尔·德·内瓦尔、维庸、龙萨、杜·贝莱、拉·封丹、拉辛、雨果、波德莱尔、魏尔伦、马拉美、瓦雷里、克洛岱尔和阿波利奈尔。第二梯队人选包括夏尔·多莱昂、拉马丁、缪塞和维尼(本来可以进入第一梯队,但《牧羊人之家》和《参孙的愤怒》有失水准)、佩吉和艾吕雅。我错在选择了图莱,既然做出了这个选择,我就应该把皮埃尔·勒韦迪也加上,这是我的唯一遗憾。

对于仍然在世的诗人,哎!选择太困难了。要选择的话,当然有勒内·沙尔和皮埃尔·让·茹夫,还有皮埃尔·埃马纽埃尔。我认为阿拉贡和圣-琼·佩斯是最伟大的两位诗人,这点毋庸置疑。

您只喜欢诗歌,还是对文学都感兴趣?

诗歌对我来说是最完美的艺术形式,也最能打动我。与其他文学体裁相比,它更便于记忆,可以随时引用。视觉艺术显然不能如此,散文也做不到。虽然音乐可以做到,不过我音乐细胞不足,离开了伴奏或唱片,我自己无法完整演绎一首音乐作品。但我认为,诗歌是一种艺术和表达形式,而且还有韵律、色彩,能够让人遐思和沉浸梦想。我们可以在每个字中发现诗意。

让我们回到文学。我当然不是一神论者,我属于能够读书写字的一代人。我读过很多书,对阅读非常着迷,现在依旧如此。我所阅读和谈论的作品,与我的日常工作诸如政治、经济、国际问题毫无关系。

您阅读什么书?

您是问我首选什么书吗?几乎所有在法国文学中占有一席之地的作品。我还阅读外国翻译作品,如果是希腊语和拉丁语作品,我会读原著,我还读一点德语和西班牙语原著。

　　如果让您去一座荒岛,您会带哪十本书?

　　您不该问这样荒谬的问题,感谢老天——这种事根本不可能发生。《克莱芙王妃》(*La Princesse de Clèves*)和拉罗什富科的《箴言集》(*Maximes*)是我的枕边书,普鲁斯特的作品也是,仅仅是《追忆逝水年华》就有好多卷。无法想象怎么能缩减到十本书?我选择的作家和书——不包括诗人——有蒙田,《克莱芙王妃》和《箴言集》,波舒哀的《死亡布道》和他的两三篇悼词,莫里哀,拉布吕耶尔(对他的作品兴趣一般),狄德罗的《拉摩的侄儿》和《宿命论者雅克》、《老实人》(*Candide*),卢梭的《忏悔录》,《危险关系》(*Les Liaisons dangereuses*),《阿道夫》(*Adolphe*),《墓畔回忆录》,巴尔扎克(全部作品),福楼拜的《情感教育》和《包法利夫人》。左拉的作品写得太糟糕,雨果的小说也不好,除了《悲惨世界》。莫泊桑的部分作品,克洛岱尔(如果愿意承认他的戏剧是散文的话)。普鲁斯特是巴尔扎克以来法国最伟大的小说家,当然还有塞利娜。在当前作家中,蒙泰朗(Montherlant)的风格令人钦佩,还有马尔罗[《阿尔滕堡的胡桃树》(*Les Noyers de l'Altenburg*)、《王家大道》(*La Voie royale*)]和阿拉贡(我最喜欢的诗人)。与作家莫里亚克相比,我更喜欢记者莫里亚克!最后,还有萨特,我只选择他的《恶心》(*La Nausée*)和《词语》(*Les Mots*)。还有西蒙娜·德·波伏娃,在我看来,她是位优秀的小说家,而且出道很早,我读过她的全部作品。

　　遗憾之处:雅里、拉迪盖、吉罗杜和科克托《骗子托马》(*Thomas l'imposteur*)。

　　最后,还有当代文学,首先是所谓的“新小说”,我非常喜欢。我认为玛格丽特·杜拉斯最伟大(鲜有人这样认为),还有罗布-格里耶,克洛德·西蒙,布托尔的《变》(*La Modification*)等。我不太喜欢纳塔莉·萨洛特(或许是我错了,我与主流观点不同)。

遗憾之处:萨冈以其优美的语言和伤感的幽默著称。还有许多人也在努力创作,成就了我们现在相当辉煌的文学事业。文学不仅仅是浪漫灵感,更多的是一份职业。莫里斯·德吕翁写了《宙斯回忆录》(*Les Mémoires de Zeus*)和《亚历山大大帝》,这让他成了小说家。玛格丽特·尤瑟纳尔同样如此——他们处于纯文学的边缘,这才是我要谈的。我心目中还有许多有前途的作家,其中包括帕特里克·莫迪亚诺[1]。

必须大刀阔斧地删减。我认为马丁·杜加尔和朱尔·罗曼在纪实和历史题材之外难有建树。我一直在琢磨圣埃克苏佩里,我对他这个人的喜爱程度超过了他的作品。还有许多作家我也应该提及,我读过他们的作品,的确值得一读,但我不想一一罗列。

外国作家呢?

您要知道我最早学的是古典文学——希腊和拉丁文学。从前我大量阅读并研究过希腊文学,现在还收藏着纪尧姆·比代选集,是原文译文对照本!非常优秀的作品!荷马、潘达尔、柏拉图以及三大悲剧作家:修昔底德、狄摩西尼和普卢塔克。当然还有其他作家,但我只列举最喜欢的。

我对拉丁文学持保留态度。我认为最重要的作家有卢克莱修、维吉尔、塔西佗,但他们缺乏蒂特-里夫和圣奥古斯丁的伟大气魄。虽然也不能忽视其他作家,但坦率地说,可以跳过西塞罗、塞内克、贺拉斯和阿希尔等。这会为我招来古典法兰西派的不满,不过还是应该说出自己的真实想法。

至于现代文学,因为我阅读的都是译著,所以不包括任何诗歌作品。

1961 年

1　帕特里克·莫迪亚诺(Patrick Modiano)显然是后加的,他于 1967 年才出版第一部小说《星形广场》(*La Place de l'Étoile*)。

向戴高乐将军提交的报告

遵照您 2 月 18 日指示,根据倡议此次接触的瑞士当局提供的有关信息,我和德·勒斯[1] 2 月 20 日在卢塞恩与阿尔及利亚民族解放阵线的两位特使会晤[2]。自默伦谈判之后,我们对布芒吉勒先生已经很熟悉,布拉鲁夫先生[3]经常住在罗马,据我们的瑞士联系人介绍,费尔哈特·阿巴斯和卡里姆·贝尔卡西姆对他非常信任,他比布芒吉勒更加直接坦诚,与军队的关系比与政治人物更近。总体而言,他的回答比布芒吉勒更加清晰,更具指导性。我还拿不准他们是否能够全权代表他们的委派人,他们的答复能否被看作阿尔及利亚民族解放阵线的最终态度和集体决定。

无论如何,在谈判过程中,他们的授权显然比我们小得多,在一些关键问题上也无法向我们做出清楚的解释。

受谈判形势和讨论问题的影响,整个会议气氛良好轻松。阿尔及利亚民族解放阵线特使对重启谈判感到满意,直到谈判前最后一刻,他们还在担心法国政府会取消谈判。谈判开始后,他们对我们愿意广泛交换意见的态度格外满意。他们对默伦谈判记忆犹新,担心我们将讨论仅局限在停火问题上,因为对他们来说,抛开政治局势单独讨论停火问题无异于投降。因此,当得知我们的使命只是传递信

1　布鲁诺·德·勒斯,1961—1962 年担任负责阿尔及利亚事务部门的政治事务与信息办主任。详见"阿兰·蓬皮杜见闻录。"

2　另两次会议分别于 2 月 28 日和 3 月 5 日举行,乔治·蓬皮杜未出席,克洛德·沙耶和布鲁诺·德·勒斯参加谈判。

3　塔耶布·布拉鲁夫(Taïeb Boulahrouf),阿尔及利亚民族解放阵线新成员,与费尔哈特·阿巴斯和卡里姆·贝尔卡西姆关系密切。

息并保守秘密,向他们传达国家元首对整个阿尔及利亚问题的意见,听取他们转述阿尔及利亚民族解放阵线领导人对阿尔及利亚未来的构想时,他们对此感到很满意。他们承认传递信息和保守秘密同样重要,表示他们会对谈判内容完全保密。他们还表示,他们的授权只限于讨论停火和"保障自决权"之间的关联,但不能做出承诺。后来又提出,应回避那些阿尔及利亚领导人尚存分歧的问题,因为他们没有权限做出明确答复。

由于阿尔及利亚民族解放阵线特使语意模糊、空话连篇,谈判记录有时会出现条理不清和结构松散的情况,主要观点如下:

一、自决权与停火问题之间的关联

我首先指出,法国已决定在阿尔及利亚实行自决政策。无论最终是否能与阿尔及利亚民族解放阵线达成协议,法国都要实施这一政策。法国将毫不保留地接受多数人的决定,如果这个决定导致阿尔及利亚与法国关系决裂,法国必须保护少数欧侨和穆斯林愿意继续作为法国公民的权利,并保障他们起码的人身安全。

特使表示,他们的组织从一开始就支持法国提出的自决建议,他们认为,自决必将推动阿尔及利亚独立。组织以外的人对此也深信不疑,他们在1959年9月即决定,出于对阿尔及利亚人民主权的尊重,一旦对全民公投的方式达成一致,自决问题就会迎刃而解。为了让自决权发挥意义,必须有相关保障配套,并且必须与停火问题挂钩。法国始终拒绝把这两个问题放在一起讨论。

这也是默伦谈判失败的原因所在。法国政府是否改变了立场?现在是否会接受对这两个问题"同步"谈判的原则?这是阿尔及利亚民族解放阵线向法国政府代表明确提出的问题。

他们得到答复,法国政府可以接受同时谈判,但不会接受同步完成。当枪击和谋杀仍在继续时,绝不可能进行任何政治谈判,不过可以召集双方代表正式讨论如何结束战斗和实现自决保障。停火问题仍然是谈判的首要议程;当第一议程达成协议,公之于众,战斗停止时,谈判将不中断,继续讨论第二议程(自决问题);进入第二议程后,如果再发生武力攻击,就是对双方共同权利的侵犯。这样的议程安排,要求双方全面休战,困难显而易见,而实施议程的先决条件是双方要有最起码的善意,并最终实现全面停火和无条件投降。我们的对话者没料到这个建议。他们感觉出乎意料,但显然很感兴趣,但他们只能表示,他们会对问题的方方面面进行自主深入的讨论,但他们对如何处罚武力攻击则一字未提。

二、关于实施自决原则的必要保障的定义

尽管他们不断提到这些保障,但阿尔及利亚民族解放阵线特使多次强调,他们没有被授权讨论这些问题。在我们的坚持下,他们终于同意以下几条应该得到保障:

> 法国军队在全民公投中的作用;
> 建立选民名册;
> 投票站数量和地点;
> 对选举前和选举过程实行监督;
> 允许国际监督;
> 活动的组织工作——法国政府所说的"阿尔及利亚各
> 种倾向"的具体含义指什么?

我根据事先收到的指令对这些问题做了解释,并向他们表明有些主张会使谈判彻底失效,法国在任何情况下都不会接受联合国或任何外国势力的控制。我阐明，观察员只能充当提供情报和记者的角色。我强调有各方意见代表参加的"监督"委员会要发挥作用，应该参与公投的准备和后期监督工作，军队本身不能干预投票活动，投票秩序由警察和宪兵维持。最后，我做了简要总结，提出在谈判结束后到公投咨询前的过渡时期，应成立一个临时机构。

三、尊重阿尔及利亚人民对国家未来的决定

布芒吉勒先生担心法国会不尊重阿尔及利亚人民多数人的决定。他害怕按照自己对 1959 年 9 月 16 日宣言的个人解读，国家会被"分区"，每个区分别对三个问题进行公投，这样有可能会获得多数支持。他认为这种情况要比实施 1961 年 1 月 8 日全民公决通过的法律更具威胁性，会导致阿尔及利亚建立联邦制，甚至可能会"巴尔干化"。法国政府是否仍然决意向阿尔及利亚人民提这三个问题？是否愿意尊重大多数民众的意愿？

我们做出答复，并指出这个问题的解决取决于有关各方，特别是阿尔及利亚民族解放阵线。如果能够就自决原则的实施和阿尔及利亚的未来达成一项协议的话，法国显然会考虑大多数阿尔及利亚人民的意愿。反之，如果无法达成协议，如果多数人的意见是决裂，那么法国有权力、有责任采取一切必要措施，保护少数族群的安全。这必然会导致领土的重新划分，如何划分也很容易想到，法国会划定一些区域，在这些区域内，不管情况如何，法国都会维护和保卫侨民、欧洲人和穆斯林。这不是最理想的解决方案，但如果是法国及其国民的利益所在，什么都无法阻挡方案的执行。

四、阿尔及利亚的未来蓝图

布芒吉勒先生表示，阿尔及利亚民族解放阵线所设想的未来是

在国家独立的框架之下,阿尔及利亚作为独立个体与法国开展合作。但在过去一百年中,彼此严重缺乏这种合作。布拉鲁夫先生强调,阿尔及利亚民族解放阵线不想以国家独立来"反对"法国,而是要与法国保持关系,这也是"地缘政治"的需要。我回答道,我们并不害怕"独立"这个字眼,我们也不觉得这个词有什么特殊含义。没有一个现代国家是完全独立的。每个国家都有注定的命运,在某种程度上,这取决于它的友邦和盟国。我们要知道的是阿尔及利亚是否希望与法国保持联盟的关系。事实上,"阿尔及利亚国家"和法国之间的未来关系取决于阿尔及利亚。如果阿尔及利亚希望两国关系决裂,那么法国会采取行动,如上所述,采取必要措施保护其侨民及其利益。反之,如果阿尔及利亚希望与法国保持联系,法国准备与其在经济、货币、文化和国防领域达成协议。我们的谈判对象表示同意这种观点。我们告诉他们,既然如此,我们需要提前了解阿尔及利亚军队首领关于以下问题的态度:

1. 少数欧洲侨民和希望保留法国国籍的穆斯林的国籍问题。

2. 对少数族群代表的保障及其方式。

3. 阿尔及利亚实现自决后法国驻军的地位。

4. 基地问题,特别是米尔斯克比尔(Mersel-Kébir),无论如何必须维持法国主权。

布芒吉勒先生予以回应,他相信对以上问题达成协议不会很困难。

1954 年 11 月 1 日的宣言已经指明,阿尔及利亚从"非殖民化"地位上升为独立国家,必须在保障多宗教和多种族的框架下完成。阿尔及利亚应该优先保持与法国的特殊关系,允许法国军队在短期内无须撤离阿尔及利亚,继续保留基地。但宣言有悖领土完整的原则,会激起人们对米尔斯克比尔的主权质疑,可能会引发争议。

关于基地问题,布拉鲁夫先生问我们是否也想保留撒哈拉基地。他得到的答复是撒哈拉不属此次谈话议题。

撒哈拉问题只是这样顺带被提出,但成了会谈结束前的主要内容。

阿尔及利亚民族解放阵线的两位特使竭尽全力以证明撒哈拉是阿尔及利亚不可分割的一部分。他们的语气越来越激昂,追溯历史根源,阐发利益诉求。自阿尔及利亚被法国征服之日起,撒哈拉和阿尔及利亚始终属于阿尔及利亚人民。我们拒绝讨论这个问题。法国已经在此建立主权,这点不容置疑。唯一可以讨论的是周边国家的参与问题,阿尔及利亚首当其冲,可以参与开发和分享利益。

布芒吉勒先生做了回应。阿尔及利亚是不发达国家,不能幻想由其独自发展一个更不发达的地区。但是,只有领土主权得到承认,才可能达成协议。

五、地点、日期、最终谈判的代表团成员

为了解决以上问题,举行磋商势在必行。阿尔及利亚民族解放阵线愿意尽快举行正式的全面会谈。

1. 地点:阿尔及利亚民族解放阵线希望选择一个中立地点。我们明确指出只能在法国领土会晤。布芒吉勒先生表示不会以此作为谈判条件,似乎也并不特别坚持在边境附近选择地点的想法,但布拉鲁夫先生似乎倾向于这个方案。

2. 地位：没有使用"全权代表"这个词。阿尔及利亚民族解放阵线希望其代表团能够得到应有的礼遇，在通讯和对外交往方面享有完全自由的权利，并表示并非专门特指媒体。他们得到的答复是，出于安全保卫等原因，应该留待休战前后的两次谈判后再对地位问题进行界定。

3. 人员：阿尔及利亚民族解放阵线代表团成员组成将根据法国代表团的成员组成确定。团长由一位"部长"担任。目前还不清楚是否为费尔哈特·阿巴斯。

4. 日期：阿尔及利亚民族解放阵线对日期建议持开放态度，但希望能尽快。

为明确第二次非正式秘密会谈时的各自立场，双方分别提出以下问题。

法方提出的问题：

1. 阿尔及利亚民族解放阵线对自决权的"保障"清单？

2. 阿尔及利亚民族解放阵线对"临时行政当局"有何看法？

3. 阿尔及利亚民族解放阵线对为达成自决条款必须解决的有关重大问题的立场：

少数欧洲侨民和希望保留法国国籍的穆斯林的国籍身份；

对少数族群的保障和利益体现；

阿尔及利亚法国驻军的处境；

基地问题，特别是维护法国在米尔斯克比尔的主权。

4. 对休战原则的态度。这是进行全面会谈的首要议程。

5. 对法国在撒哈拉保持主权的态度？

6. 对最终谈判的地点和日期选择，以及代表团人员构成的看法？

阿尔及利亚民族解放阵线方面提出的问题：

布芒吉勒和布拉鲁夫先生本来不打算提问题，尤其对事关法阿未来关系的原则提出的问题更少。当讨论到撒哈拉问题时，他们表现出兴趣，但对他们来说这个问题仍然面临诸多困难。他们的问题包括——

1. 戴高乐将军和费尔哈特·阿巴斯何时能够会面？

2. 本·贝拉[1]和他的朋友的处境会有何改变？法国是否准备在发布谈判消息后立即释放战俘，并暂缓执行死刑？

关于第二个问题，我们指出在双方达成休战协议后，他们将被释放，并且从休战之日起，他们可以列入阿尔及利亚民族解放阵线代表团成员。

布拉鲁夫先生坚持要知道能否在休战前释放人员，谈判者能否在谈判第一阶段与本·贝拉取得联系。

3. 法国关于撒哈拉主权的立场是否为最终态度？

4. 法国对最终谈判的地点和日期选择，以及代表团人员构成的看法？

1　费尔哈特·阿巴斯和本·贝拉，参阅 1958 年 9 月 18 日笔记。

对以上问题的答复和相关信息的补充,应在第二次非官方秘密会谈时提供。会谈定在较远日期举行,以便布芒吉勒先生和布拉鲁夫先生能够返回突尼斯向他们的委派人汇报,并获得对有关问题的指示。

此次交流有以下几点体会:

1. 阿尔及利亚民族解放阵线有谈判的意愿。虽然会谈中并未明确说明理由,但原因应该是多方面的。除了经常被提及的原因,还有对法国要实行以分割领土为前提的行政政治制度的担心。

2. 在达成协议的过程中,任何困难似乎都是可以克服的,唯有阿尔及利亚的领土完整问题可能会引发争议(米尔斯克比尔,尤其是撒哈拉)。

3. 把休战问题作为正式谈判的首要议程,这个提议让阿尔及利亚民族解放阵线特使大吃一惊。这个方案似乎能够让他们摆脱被迫投降的印象,我们也不必同意他们提出的同步讨论停火问题和自决保障的要求。

综上所述,从我们谈判对象的反应来看,有效的磋商前景已经开启。

最大的障碍显然是撒哈拉问题,必须审慎考虑。但要看阿尔及利亚民族解放阵线领导人是否与其特使的态度一致,我们才能真正做出各方都接受的解决问题的决定。我们感觉,过去他们态度非常固执的一个决定性因素是担心“受骗”,此次会谈有助于他们消除这方面的恐惧,我们成功地使他们相信,无论阿尔及利亚民族解放阵线态度如何,也不管将要承受多少来自内部和外部的压力,戴高乐将军都将态度坚定地实施自决，并承担一切后果。

　　毫无疑问，法方代表在下次会谈时须对基地主权、撒哈拉主权、国家元首和费尔哈特·阿巴斯之间的最终会晤这些问题有明确立场；对方可能会提出一些有关公投和自决的技术细节，选举前的阿尔及利亚临时政权（特别是阿尔及利亚民族解放阵线前领导人的地位），以及法国最终达成协议的条件：双重国籍，少数族群的组织和利益代表保障，维持驻军等。下次会面不能只是传递信息，而是要进行谈判，如果阿尔及利亚民族解放阵线能事先私底下对主要观点认同，谈判成功的机会将更大。我们认为，在正式谈判前如没有获得他们的任何保证就冒险为之的话，一旦谈判中断，在政治上对他们，要比对法国更有利。

1961 年

向戴高乐将军提交的报告

　　遵照您的指示，3 月 5 日，我们与阿尔及利亚民族解放阵线特使再次会面。自 2 月 20 日首次会面之后，布芒吉勒先生和布拉鲁夫先生的态度有了很大转变。两位特使彬彬有礼，但显然接到保持距离的命令，不做任何承诺，以赢得时间。他们对所提问题没有给出答复，仿佛第一次会面没有发生过，刻意重复着阿尔及利亚民族解放阵线一贯的论调，而我们在两周前对此已经驳斥过。在我们的坚持下，他们同意讨论实质性问题。我们注意到双方主要有两个关键分歧：休战问题和撒哈拉问题。

　　布芒吉勒接到在谈判中担任配角的命令后，显得泰然自若。布拉鲁夫则有些无所适从，他保持沉默寡言，但难以掩饰自己的烦躁和不安,也许还有些遗憾。

　　在开始会谈之前,布芒吉勒用尖刻的口吻询问我们有没有关于刚刚举行的巴黎和拉巴特会晤的消息,毫无疑问,会晤中应该会讨论,至少会涉及阿尔及利亚问题。我们的答复是,关于拉巴特会谈,他们应该比我们更了解情况,而巴黎会谈还处于泛泛而谈的阶段。在任何情况下,法国始终坚持与阿尔及利亚人讨论阿尔及利亚的实质性问题。

　　这样的开场白表明阿尔及利亚民族解放阵线对布尔吉巴提议的不满和对第三方调停者的不信任。

　　随后,布芒吉勒开始长篇阐述阿尔及利亚民族解放阵线的观点。从1954年11月1日说起,翻案历史,指出暴动不是农民起义,而是代表全体人民的起义。他歌颂叛军首领的建设性态度,强调他们不惜一切代价获得独立的意志。他指责法国偏袒保守派和反动派的方案,他反对阿尔及利亚人非但没有把法国人看作"世袭"敌人,反而希望与法国人合作,以度过战争和苦难的考验。

　　对最近发生的事件,布芒吉勒对法国主要领导人和非官方媒体经常发布自相矛盾的声明感到遗憾,他认为这会给人造成巴黎出尔反尔的印象。

　　这段长篇大论结束后,我向他指出,他完全没必要说这番话。我们在第一次会谈中已经对法国政府的立场做出了明确阐述,无须再重复。

　　由于布芒吉勒先生把该说的都说完了,所以也没有再做纠缠,他对我们第一次会谈时提出的问题逐一做出笼统答复。

1. 各派别的问题

阿尔及利亚民族解放阵线认为这是一个假命题。阿尔及利亚共和国临时政府是阿尔及利亚唯一合法代表；如果法国政府坚持自己的做法，与其他"派别"磋商：阿尔及利亚民族解放阵线对此不持异议，但前提是杜绝举行圆桌会议的可能性。

2. 临时机构

阿尔及利亚民族解放阵线要求，1月8日法令的实施不能牺牲阿尔及利亚的未来；临时机构的问题应该纳入谈判议题。

3. 技术条件的组织工作和公投监督

围绕这个议题的一系列问题应由谈判者解决，但似乎不会有太大的困难。

4. 选举体系如何措辞

这个问题很重要；布芒吉勒仍然对法国的真实企图感到担心。他害怕法国不尊重全体阿尔及利亚人民的意愿，根据部分地区的选举结果试图分裂阿尔及利亚。

5. 基地

阿尔及利亚民族解放阵线注意到法国关于保留基地，尤其是米尔斯克比尔基地的声明，认为这最终会将米尔斯克比尔变成阿尔及利亚的直布罗陀。阿尔及利亚民族解放阵线在谈判时将明确立场。目前，他们表示愿意考虑共同防御，并在此框架下制定米尔斯克比尔问题的解决方案。这是事关阿尔及利亚共和国未来主权的唯一问题。

6. 讨论阿尔及利亚的未来

布芒吉勒比上次会谈时有所让步。与他之前的说法相反,阿尔及利亚民族解放阵线不愿意在自决的框架下做出选择之前,现在就与法国共同商定阿尔及利亚的未来。在此期间,只能就少数族群的保障问题达成协议。至于经济、财政、文化和国防领域可能的合作方式,应仅限于交换意见。

7. 休战和停火

阿尔及利亚民族解放阵线原则上反对休战,认为这是一个错误的解决方案。阿尔及利亚问题是个整体,不能把军事问题和政治问题分开解决。谈判可以根据意愿安排军事问题和政治问题的讨论顺序,尽管阿尔及利亚民族解放阵线希望从政治问题着手,但不管怎样,最终应同时在这两个方面达成协议。任何解决方案,即使是临时方案,都不可能在政治问题达成协议之前先解决军事问题。

持这种态度的原因如下:

——阿尔及利亚民族解放阵线担心,如果关于自决保障的谈判久拖不决,而且只是一场"阴谋"的话,这会使他们丧失武装力量这张最大王牌。

——能否让民众完全服从并不确定;法国人的态度也同样不确定。

——阿尔及利亚民族解放阵线担心,一旦休战而谈判失败的话,他们再也无法重新动员军队投入战斗。

在这种情况下,为什么不能接受逐步将休战与其他行动结合起来?

8. 撒哈拉

阿尔及利亚民族解放阵线对这个问题的态度非常坚定。布芒吉勒坚决表示，在政治主权方面，阿尔及利亚共和国临时政府的立场已经确定，不会改变。没有任何让步可言：撒哈拉属于阿尔及利亚，是阿尔及利亚不可分割的一部分，只有阿尔及利亚共和国有权改变边界现状。在这个问题上，法国施展"小恩小惠"和所做的一切都无济于事。

在此前景下，对这一问题的解决必须排除任何国际调停方案，尤其是由周边邻国（摩洛哥、突尼斯、马里、利比亚、里奥德奥罗背后的西班牙、有投资资本的美国）以某种方式分享该地区政治主权的解决方案，因为这种解决方案最终会将撒哈拉变成加丹加和南越。同时也要承认，阿尔及利亚不会受撒哈拉问题的牵制而支持西方的核政策。

经济方面，阿尔及利亚民族解放阵线愿意考虑一切形式的合作，但是在相关方案中都不能在阿尔及利亚周围划出禁区，剥夺他们的行动自由。

总之，他们的疑惑在于法国为何拒绝放弃主权，有什么政治目的。布芒吉勒表示，他们绝不接受法国以任何方式抱有幻想，凌驾于阿尔及利亚之上，这就如同敦刻尔克和塔曼拉塞特都是法国不可分割的一部分一样。

我就以上问题向布芒吉勒做出答复，再次明确指出法国的立场。我坚称，阿尔及利亚民族解放阵线及其代表不应听取那些别有用心的人的建议，并被其左右，这样做是错误的。不应对报纸和新闻社的文章进行分析阐释，无论是《世界报》《快报》还是法新社，要知道法国的政策是由,并且只由国家元首和政府制定的。不存在"阴谋"或"陷阱"说。法国已经决定实施自决原则,并尊重阿尔及利亚人民的选择。法国只是为本国和本国侨民做出必要的决定,任何其他解释都是错误和有欺骗性的。

关于讨论的每个问题,我们的立场都很明确;我在第一次会谈已经指出,在此我愿意重申。

——派别。我们无意召开圆桌会议,但我们需要倾听各方面意见。我们会与阿尔及利亚民族解放阵线谈判,也会与代表阿尔及利亚意见的其他党派代表会谈。

——临时机构。法国目前推行行政改革。如果会谈重开,并很快达成协议的话,政治方面也不应延迟。

——公投的组织工作。只要双方各自怀有一点善意,有关问题将迎刃而解。唯一需要达成协议的是,有关问题必须由法国和阿尔及利亚单独解决,这事关法国和阿尔及利亚的尊严。布芒吉勒打断我,指出阿尔及利亚民族解放阵线尚未对这个问题表态,但法国的立场可以理解,在这方面不会有太大困难。

——措辞问题。如何措辞将是谈判的议题之一。但不应质疑法国政府尊重阿尔及利亚人民意愿的决心。如果在自决之前未能达成任何协议的话,法国政府为了履行保护少数族群的义务,将重新划分领土。

——休战和停火。我对这个问题做了完整详细的解释。我们接受全面谈判的原则,其中应包括:休战、自决保障、自决条件和停火。

我阐述了解决问题的建议程序,双方同意各自指定代表团成员,共同确定会谈的地点和时间,法国方面由一名部级官员带队。军事分委会的代表首先会谈,在保持现状的原则上确定休战条件,不对武装人员的前途做出裁定,不要求他们缴械投降。在短时间磋商后,宣布经双方协商一致将单方面停火。两个由指定人员组成的代表团随后会晤,立即对军事和政治问题进行研究,最后就停火方式以及自决保障和条件发表共同声明。

这一程序可以确保双方避开敏感领域,弥合双方关于以连续还是同步方式对政治和军事问题进行讨论的巨大分歧。

——撒哈拉。我指出,我们无意对撒哈拉地区进行条块切割,也无意在阿尔及利亚周边划出禁区,但我们认为,法国对撒哈拉的主权不容置疑,因此我们主张对阿尔及利亚和撒哈拉问题分开讨论,二者的性质有本质区别。阿尔及利亚是人道问题,我们会通过自决手段加以解决,这种解决方法不适用于没有人烟的沙漠地区。难道这就意味着我们拒绝谈论这个问题?绝非如此,我们认为如果要讨论这个问题,必须是在相关国家之间展开,应该等到阿尔及利亚共和国成立后再讨论。

双方随后展开了激烈讨论。布芒吉勒再次表示,他只接受基于承认阿尔及利亚主权的解决方案。我们则指出法国政府做出的重大让步:原则上不拒绝与未来的阿尔及利亚国家探讨这一问题。根据对这个问题的辩论,我们认为,必须避免阿尔及利亚民族解放阵线借撒哈拉问题作为谈判失败的理由。如果获得政府批准,我们同意在全面谈判结束后发表的声明中提及:双方对撒哈拉主权存在分歧,将在自决之后就这一问题展开研究,研究将在法国和自决产生的国家之间进行。

临近结束时,我们快速商讨了谈判地点的选择。我们建议选在埃维昂,以便阿尔及利亚民族解放阵线代表团每晚可以返回瑞士。虽然我们的谈判对象更愿意选在一个中立国家,但他们对这个建议表示满意。我们建议日期定在 3 月 20 日,布芒吉勒做了记录,未做评论,告诉我们将在 10—15 天后通过惯常渠道做出答复。

我最后指出,如果谈判能够大致确定协议内容,戴高乐将军可能会考虑与费尔哈特·阿巴斯先生会晤。

我们的谈判对象这次显然对谈判地点和人员构成问题兴趣不大,但在首次会谈时,他们希望我们对这些问题予以关注。

我们对此次会谈总体印象不佳。与首次会谈相比,我们的谈判对象的态度有了很大转变。他们在这次探路式会谈中,不但没有试图解决问题,缩小彼此分歧,反而寻找借口,始终自我封闭,逃避公开坦诚的讨论。

他们发生这种转变的原因何在?

　　——可能是因为阿尔及利亚民族解放阵线无法做出态度积极的决定并付诸实施,从停火问题的讨论可以看出这一点。难道阿尔及利亚民族解放阵线果真要采取下策?

　　——可能是因为阿尔及利亚民族解放阵线想提高谈判等级,不想在正式谈判之前,因公开其合法谈判对象的身份而丧失行动自由。

　　他们拒绝对提出的问题做出明确答复,对戴高乐将军和费尔哈特·阿巴斯之间举行会晤的问题兴趣索然,也恰恰可以证明这一点。

——受"被解放的奴隶"的情结驱使,阿尔及利亚民族解放阵线领导人担心随时会成为法国及其邻国阴谋的牺牲品。他们对停火和撒哈拉问题的态度显然证明了这一点。

——难道阿尔及利亚民族解放阵线领导人在寻找决裂的时机?这种可能性微乎其微,但也不能完全排除。他们为何要促成会谈?可以猜测是因为阿尔及利亚共和国临时政府的温和派代表出于自身利益的考虑,希望激起阿尔及利亚穆斯林通过谈判走向和平的愿望;而法国的要求和预设条件成为某些人不主张举行正式谈判的充分理由。这部分人确信这样做既可以免受叛军极端主义者的责难,又可以攫取胜利果实。戴高乐将军和我们的立场可能让他们感到手足无措,开始打退堂鼓。

此外,阿尔及利亚民族解放阵线在领土完整和国防问题上绝不向西方的核政策妥协,他们自诩非洲和平与荣誉的捍卫者。

他们影射了雷冈(Reggane)核爆炸,试图让我们谈撒哈拉问题,但未能如愿。布芒吉勒视"马格里布兄弟"为觊觎撒哈拉资源的"猛兽",对其充满愤怒和不信任。

尽管这次任务的目的纯粹是信息交换,无须从中得出结论,但我认为阿尔及利亚民族解放阵线在试图拖延事态,希望在不做出任何承诺的情况下,逐步得到对其合法地位的正式承认。但其目标也有可能是伺机决裂,只是在等待法国、阿尔及利亚和国际舆论变得对其有利。如果情况果真如此,最好让其自投罗网,迫使其决裂,这样的话,决裂的责任就在其自身。为此,在阿尔及利亚民族解放阵线做出答复之前,法国要避免发表任何官方或非官方声明,以免成为其决裂的借口,这一点很重要。如果延迟时间超过15天,我们就可以把双方秘密谈话的主要内容公之于众。

乔治·蓬皮杜致米歇尔·德勃雷函 [1]

亲爱的米歇尔：

您并非孤立无援，您有真正的朋友。在任何情况下，虽然我的力量和帮助微不足道，但请相信，我所做的一切都是出自我的真心和对您的勇气以及为国家奉献精神的钦佩。

说到爱丽舍宫，我知道……总统府和总理府之间总有点竞争关系的压力。

[……]

您可以信任勒弗朗，尤其是福卡尔 [2]。福卡尔非常忠诚可靠，办事效率高，是个好同志。

在富瓦耶事件 [3] 中，福卡尔针对的并非是您的那位部长朋友，的确是因为他们在撒哈拉以南的非洲和黑人关系方面的相关理念上有冲突——但我对福卡尔是完全信任的。我还是认为应该让富瓦耶负责司法部，雅基诺负责法兰西共同体，而让福卡尔与您并肩工作。

我会四处游说：1. 让勒内 [4] 振作起来，他十分爱戴您，如果重新起用他的话，一定可以有助于您。2. 说服库赛尔 [5]，让他明白某些事

1　这封信和本书其他与米歇尔·德勃雷的通信都未曾公开。其余通信由米歇尔·德勃雷整理印刊在《与乔治·蓬皮杜的谈话（1971—1974）》[*Conversations avec Georges Pompidou* (1971-1974)]一书中，阿尔班·米歇尔出版社，1996年。

2　雅克·福卡尔（Jacques Foccart, 1913—1977），抵抗运动者，1954年担任法兰西人民联盟秘书长，担任爱丽舍宫非洲和马达加斯加事务秘书长（1960—1974）。

3　这一事件未能澄清。

4　勒内·布鲁耶。

5　若弗鲁瓦·德·库赛尔。

情。3. 推动罗歇·弗赖担任保卫新共和联盟主席。目前,先由米什莱接替他,富瓦耶到司法部,雅基诺到法兰西共同体,把沙特内[1]留在内政部,把德卢弗里耶安排到国民教育部,让保卫新共和联盟的国务秘书留在您身旁。您安排一位亲密助手的要求不会被拒绝,而且弗雷离开了,也不会增加部长人数。

最后,可以考虑为克里斯蒂昂·富歇在建筑部之类谋个职位,只要他感到是您团队的一员,并且让他对未来抱有希望,他就会成为您的坚实依靠,且能对库赛尔发挥制约作用。在您的团队里,最好能有一位"没上场的戴高乐主义者"作为捣乱分子,但是又很容易被制服。

这就是我的想法。请相信我一直挂念着您。

乔治·蓬皮杜
1961 年 1 月 26 日

乔治·蓬皮杜致米歇尔·德勃雷函

亲爱的米歇尔:

我在出发度假前又给您写了这封信,希望不会打扰到您。

[……]

关于阿尔及利亚谈判,我认为对与布芒吉勒的会谈最好的总结是:

分割领土确实令阿尔及利亚民族解放阵线感到害怕。

在谈判中,这是一张重要王牌。

1　皮埃尔·沙特内(Pierre Chatenet, 1917—1997),内政部部长(1959—1961),宪法委员会成员。

另一方面,他们的态度很大程度上取决于"国际公众舆论"。如果我们的立场能被他们用来在公共舆论面前大做文章的话,他们是肯定不会放过机会的。反之,如果我们的立场被公众舆论接受的话,我们便可取得期待的结果。也就是说,我们在保障欧洲侨民和亲法穆斯林的问题上还大有文章可做。

关于维持驻军,如果我们从维护治安、避免无政府状态、杀戮、报复等角度提出这一问题,我们的处境便会有利得多。基地问题显然更加敏感,但我们或许可以模糊处理,等他们接受了无须撤离驻军后,基地归属阿尔及利亚的理由也随之消失,这样推理应该不会很突兀。米尔斯克比尔应另行商议,我认为,应当作为个案处理,与未来的阿尔及利亚问题分开,不要纳入防务协议。如果阿尔及利亚民族解放阵线无法控制阿尔及利亚,我们可以以防务协议为诱饵,日后回避这个问题。

在撒哈拉问题上,我仍然坚信,如果我们立场坚定,不把这个问题与自决权关联的话——由于那里几乎没有居民(除了有人烟的西北地区外),我们应该推迟讨论这个问题,并且讨论应该在有关国家之间进行,这不仅包括未来的阿尔及利亚国家,还包括摩洛哥、突尼斯等,我认为这样的立场在国际舆论看来是无可挑剔的,也会得到周边所有国家的支持。

以上是我的一些思考。事实上,我方代表团应该杜绝发表所有可能遭到对手公开指责的政策声明。"国际舆论"在阿尔及利亚民族解放阵线眼中是如此重要,以至于可以这样说,我们现在所进行的这一切,好像是在与联合国谈判。

就此搁笔，我马上要去度假，大概 4 月 7 日或 8 日返回，回来给您打电话。

乔治·蓬皮杜

1961 年 3 月 22 日于巴黎

❦

乔治·蓬皮杜致戴高乐将军函

将军：

自从您委托我的使命公开后，报纸上刊登了上千条失之偏颇、荒谬，甚至令人憎恶的评论，我并没有放在心上。

然而，最近几天报纸上刊登了一些源自突尼斯的消息，声称是我与阿尔及利亚民族解放阵线特使两次会晤时的谈话。今天报道的是阿尔及利亚民族解放运动或梅萨利[1]，明天甚至可能是本·贝拉等。我认为，这些消息是阿尔及利亚民族解放阵线方面放出的，他们伪造我以您的名义做出所谓声明，在舆论上对法国谈判者施压。

因此，将军，我要向您重申，我在任何时候都丝毫没有超越您给我的指令。所幸的是，您能够这么想，在您给我的指令框架下，我的表现极其谨慎，无可指摘。谈话的全部内容都记录在我向您呈交的报告中，我要以最严正的方式驳斥所有不实言论，不论对方是谁。

1　梅萨利·哈吉（Messali Hadj, 1898—1974），阿尔及利亚独立运动分子，阿尔及利亚民族解放运动（MNA）创始人，后被更为激进的阿尔及利亚民族解放阵线排挤。1958 年，支持戴高乐将军提出的自决建议。

也许没有必要专门给您写这封信做出解释,但我希望通过这件事表明我的心迹。

将军,请接受我对您的敬意和忠诚。

乔治·蓬皮杜

1961 年 4 月 7 日于巴黎

乔治·蓬皮杜致列奥波尔德·塞达·桑戈尔函

列奥波尔德·塞达·桑戈尔先生

塞内加尔共和国主席

亲爱的桑戈尔:

如果你的朋友阿尔芒·吉贝尔[1]说我赶走了他的话,那他就是个卑鄙小人。我在一周之前与他见了面。的确,他的来信虽然很客气,但措辞生硬。我的秘书给他打了好多次电话,但都没联系上他。最后,我们终于和他取得了联系,做了简短交流。

我觉得,他和其他称得上知识分子的人一样,只想验证自己的想法,并不想获取信息。

希望能很快与你见面。我和克洛德向你们致以最美好的友谊。

1961 年 5 月 23 日于巴黎

1　阿尔芒·吉贝尔(Armand Guibert),著有多部有关 L.S.桑戈尔的专著。

乔治·蓬皮杜致罗贝尔·皮若尔函

亲爱的老兄：

我要告诉你一个不幸的消息：玛丽昨天去世了。星期天我们去了奥维利埃。她当时感觉有点疲惫，但并未发现有何异常。星期二，她发生了心肌梗死。昨天医生说她的病情有所好转，这让我们又看到了希望，然而随后她很快就离开了人世，没有经过痛苦挣扎。她得的是血栓，医生给她做了活血通络治疗！

我们都很悲伤，我岳父尤其悲痛。

情况就是这样。你了解玛丽，如果有圣人的话，那她就是那个圣人。她心里总是想着他人，自己什么都不要。她一直因爱而生，并激发着他人的爱。

拥抱你和苏珊还有孩子们。

乔治

1961 年

乔治·蓬皮杜致罗贝尔·皮若尔函

亲爱的老兄：

我这封回信要告诉你的是：

1. 很遗憾你们放弃了希腊之旅，不过那里夏季气候炎热，也许你们的选择更加明智。我知道很多从那儿回来的人都抱怨高温天气和"梅尔特米"（一种当地的热风）。

2. 感谢你帮我搜集的诗人资料，你不用着急，我们回头再谈。我需要勒韦迪(也许可以与他见面)、科克托、布勒东、邦雅曼·佩雷(也许……)、阿拉贡、圣琼·佩斯和皮埃尔·埃马纽埃尔的资料,最多就是这些人。9月份,我到卡雅克把"资助"你买书的钱和劳动报酬给你!!!

3. 9月的第一个星期六,即9月2日我肯定会去卡雅克。我大概星期五就能到,4日(星期一)动身回巴黎。你最好按这个时间做安排,然后……我会视情况而定。

[……]

1961年7月30日

乔治·蓬皮杜致米歇尔·德勃雷函

亲爱的米歇尔:

很抱歉我让您失望了,还给您增添了麻烦,但我不能接受进政府工作的邀请。

我做出这个决定并非轻率。您对我说的话让我深受感动,甚至让我产生了动摇。但经过深思熟虑和仔细斟酌后,我认为过去让我远离公职的个人和家庭原因,现在显得更加强烈和迫切。我没有必要——对您来说也是微不足道的——逐一阐述这些原因,但请您相信,我的理由都是严肃认真的。

希望以您对我的了解,不会怀疑我这一决定的性质:我虽然感到遗憾,但不会改变决定。我希望以我们的友情,能让我不必因为这件事情再向将军汇报一次。如果哪天我的情况有了变化,我会告诉您的。在此之前,您随时可以委派我执行具体的临时任务,只要让我远离公职生活就行。我只能做到这样。

亲爱的米歇尔,原谅我给您平添烦恼,请接受我的诚挚友谊。

乔治·蓬皮杜

1961 年 7 月 31 日

另:我对自己的冒昧感到很抱歉,不过您应该知道我没有任何恶意。

乔治·蓬皮杜致罗贝尔·皮若尔函

亲爱的老兄:

不要奇怪我为何这么长时间杳无音信。你的来信我 6 月份就收到了,一直想着要给你回信。但是,1961 年的这个夏天阴郁乏味,我的情绪也很消沉。50 年代的往事的确不算什么。我心情沮丧,但也没任何具体原因,至少目前如此。总体而言,1961 年对我们的精神是种考验。

[……]

在这方面,"政治"上的麻烦接踵而至。4 月的焦虑不安,整体形势的困难,我个人方面的不确定,因为尽管我强烈要求置身事外,但还是不断接到请求。我对收到的恐吓信或电话不予理会,门外有三名警察一直保护着我。雪上加霜的是,人们"铆足了劲"为的是停止下来,虽然我使尽浑身解数,我们还是不得不与越来越多的人见面,忍受着令人厌烦的事物以及与其他圈子相比不好不坏的环境,但由于这个圈子的财富更多,因此也比其他圈子更加可憎。总之,我承受了两种职业的烦恼,却没有得到它们应该带来的好处。作为银行家,我固执地拒绝发财,三十年来始终满足于量入为出,尽量让钱花得物有所值,但在巴黎却流传着我拥有"巨大财富"的传闻,《鸭鸣报》说我在蓝色海岸购买了1.5万公顷土地(原话如此)。作为政治家,并非我所愿,我非但没能从行动和权力中感受到真正的快乐,反而饱受各种不便、攻击和怀疑,遑论那些认为我是在利用政治发更大财的抨击! 乐趣越来越少,我还要对自己成了"一个有钱人"(实际上并非如此)的身份,不断请求家人和朋友的原谅(如果我告诉你,我手头连一个法郎都没有,你相信吗)。这就是我态度消沉的原因,有段时间我感觉被压得喘不上气。

[……]

实际上,我最想念的还是你。人们都需要在精神和心灵层面有一个真正的"兄弟",我的家人无法做到这点,能维持二十多年的友谊也实属难得。我从你的来信中可以看到,当我有"前途"时,身边总会被一群势利和追逐利益的人所包围,在这种情况下就更需要你这样的朋友在身边提醒我。不幸的是,我对此束手无策。如果你能在九月初花几天时间与我们一起共度……考虑一下吧。我想象得到一定会有很多困难,但我相信,我们一定能积攒能量度过寒冬,并克服各种小困难。无论如何,不必漫谈过去或是后悔遗憾,毕竟过去的事情已经发生。此外,精神总是与身体状况相互配合,正如你所说,度假能让身体状况有所好转,精神状态也会随之好转。你要相信我对很多事情还是了解的。尤其是你在一所已经有些不正常的大学里的生活,我有时会产生让国民教育部把一切都摧毁重来的冲动。不过,我想只有超人才能完成这个任务。

[……]

七月底我找理由拒绝了去财政部任职。

[……]

祝一切顺利，再见。

1961 年 8 月 24 日

乔治·蓬皮杜致罗贝尔·皮若尔函

亲爱的老兄：

[……]

关于你对我的选择提出的意见，我认为：

波德莱尔——我只对是否选择《艺术家之死》(*La Mort des artistes*)这首诗有些犹豫；至于《午后之歌》(*Chanson d'après-midi*)，在我看来，里面蕴含着男性对爱的最美好表达。

> 在你的缎子鞋下，
> 在你如丝的脚下，
> 我放置我的欢乐，
> 我的天才，我的命运。

魏尔伦——我承认后三首诗略逊一筹，但要把所有关于壮年和老年的诗歌都删掉也很难；不过你说得对，我也后悔不该收入《明智》(*Sagesse*)的第一首诗；如果今后再出增订本，我会仔细考虑。

马拉美——我不能全部收入。

瓦雷里——我承认应该收入《年轻的命运女神》（*La JeuneParque*），删掉《纳尔西斯》（*Narcisse*）。

雨果——这是我最不满意的部分。你的选择可能是正确的,应该选入《沙丘之歌》（*Paroles sur la dune*）和《马匹》（*Le Cheval*）。事实上,雨果几乎所有的诗都让人失望,但每首诗中总有几句令人称绝。我也许应该更有胆识,对他的诗歌进行特殊处理,这样可以扩大挑选范围,摘录的诗句也可以更简短。此外,像《拿破仑二世》（*Napoléon II*）和《致奥林匹欧》（*Tristesse d'Olympio*）,显然应该放在一起。我没听你的意见,确实不该收入《光明》（*Lux*）。反之,《太空》（*Plein Ciel*）这首诗尤其是最后两节的诗句令人震惊,等到纪念加加林和季托夫的年份时可以派上用场! 这就是我的看法。

感谢你所做的宣传,再见。祝好!

1961 年 11 月 16 日于巴黎

在奥维利埃劈柴生火

7

从政

1962—1965

1964 年, 在利普餐厅, 与瓦莱里·吉斯卡尔·德斯坦在一起

戴高乐将军究竟是何时决定安排他的前办公室主任入主马提尼翁宫的？这个问题不太可能有确切答案。不过，从米歇尔·德勃雷1961年7月写给乔治·蓬皮杜的一封未公开信函中可以看到当时就有推测，考虑让蓬皮杜担任总理："深思熟虑后，我想说的是：一方面，我觉得将军内心认为我的时代已经结束。他对您暗示过我会离开或急流勇退，这已经非常明显。另一方面，爱丽舍宫的动荡和敌意，将军在部长会议上引起哗然的讲话，五六位部长的挑衅态度，使得人们对内阁改组无动于衷，而所有压力都叠加在我身上，我已经筋疲力尽，心力交瘁。从那时起我就想到了您。您可以跳过'里沃利这一站'[1]，直接入主马提尼翁宫，或者您现在先进入内阁，等埃维昂谈判之后接替我。您一定要好好考虑我这些话。这个周末我也要想想自己下一步该怎么办。不过我不想在自己已经变得没用了的情况下，还硬撑。"[2]

根据莱昂·诺埃尔的回忆，对于接替米歇尔·德勃雷的人选，戴高乐将军曾在乔治·蓬皮杜和路易·若克斯之间犹豫了很久。1962年3月《埃维昂协议》签署后，阿尔及利亚悲剧得以解决，着手研究经济问题和财政问题的任务最终压在了这位前文学教师的头上。众所周知，在开始阶段，他的处境非常困难，由于他是国家元首按照个人

1　指接替威尔弗里德·鲍姆加特纳(Wilfrid Baumgartner)担任财政部部长。
2　这是一封未发表过的信函，由阿兰·蓬皮杜保存。

意愿,从一家大型商业银行直接提拔起来的,议员们对这位新手并没有表现出太多温情。在最初几个月中,他还遇到了各种政治刁难。5 月,人民共和运动的几位部长因与戴高乐将军在欧洲构想方面的意见不合而离职,多数党派反对以公投的方式直接选举共和国总统,从而导致内阁在秋季倒台。我们可以从多份资料中发现,人们对乔治·蓬皮杜自上任伊始就表现出的独立精神其实知之不多。

作为总理,虽然他完全赞同爱丽舍宫制定的内政外交方面的大政方针,但他与戴高乐将军的秉性不同,这种差异很快就显现出来:对茹奥将军的特赦审查;对路易·勒库安命运的关注——这位无政府主义者、和平主义活动家绝食抗议,为的是使拒服兵役者的权利得到承认。同样,人们注意到 1962 年 6 月他所进行的干预,要求武装部部长减轻对综合理工学校闹事学生的惩罚。

乔治·蓬皮杜入主马提尼翁宫,为戴高乐主义增添了管理色彩。将军的注意力集中在国际事务方面,这也让总理拥有了充分自主权,两人之间的组合显得有点不寻常,然而,这个组合的一方最终在舆论恢复平静后赢得了支持,另一方在权威之外多了些仁慈。对于乔治·蓬皮杜来说,这无疑是段美好时光,他的能力得到了认可,政治家的形象也越发丰满,这为他未来大展宏图,推动法国现代化奠定了基础。在大好形势下,法国实现了约 6% 的经济年增长率,总理以此为契机,高度关注企业竞争力的提高。乔治·蓬皮杜认为,戴高乐将军制定的外交政策只有在法国拥有强大工业的保障下才能实现。

政治方面,虽然最初 6 个月有些动荡不安,但没有发生任何重大事件。唯一出乎意料的是,戴高乐将军未能在 1965 年底的首轮总统直接选举中赢得半数票。

埃里克·鲁塞尔

乔治·蓬皮杜致戴高乐将军函[1]

请原谅我的事后诸葛亮,但我觉得应该让您知道在与您谈话后我的一些想法。

您修改了原先的计划,决定立即举行全民公投,这使您组建起来的内阁难逃短命厄运。尽管我有万般不舍,但也只能服从。

我当时没能立即想到的是,需要在公投和选举之间进行内阁重组,也就是说内阁将在竞选过程中产生。我收到了一些令人担忧的消息。您可能已经注意到,由于消息泄露,媒体对我将入主马提尼翁宫大肆评论,而法共对此几乎完全沉默。我得到可靠消息,知道他们的沉默是有预谋的,法共准备充分利用这件事,在竞选时打出"罗斯柴尔德当权"的口号……

我从来没有隐瞒过自己的从政劣势,但这与要在议会遭受攻击,在竞选过程中整日面对传单和报纸上没完没了的含沙射影,还是截然不同的。

而且,我也没有能力回击,因为我不擅长站在台上对一个宏大主题发表演说。这对竞选和将来的影响是非常大的。法共会从中找到话题,左右翼各党派会受到牵连,或多或少都不得不与之唱和。等到竞选第二天,保卫新共和联盟也会来劝您:"拜托,换掉蓬皮杜吧。"我知道这也是各省省长的意见,尽管他们不敢告诉内政部部长。

此外,至少对我来说,还有个更麻烦的问题。因为我有完全的行

1　这封信是草稿,不知道是否寄出。

动自由,所以一直能与居伊·德·罗斯柴尔德保持着朋友关系,也能够说服他接受某些不情之请,但我没有权利在竞选中让他被我的对手利用。

因此,出于良知的考虑,在普选之后,我也不能接受总理一职。

后果如何?将军,您当然可以自由选择另外一个人,这也是我求之不得的。但如果您仍然坚持选择我的话,也应当是在选举之后。

我认为,届时有两种方案可供选择:一是您保留现任政府,宣布公投、选举和内阁更迭是协调一致的整体行动,淡化人们对未来总理人选的关注,您在同一天举行公投和首轮选举;等第二轮选举的次日,您再公布新总理的人选,并由您组建内阁。

或者您可以分开举行公投和选举。在此情况下,您可以向国民宣布事件进展,但在公投和选举之间,您可以选择保留现任政府,或者接受总理辞职,任命临时总理。

两种方案各有优势。对我而言,至少都可以让我置身竞选活动之外,我认为这是必要的,原因如上所述。

将军,很抱歉给您繁重的工作又添麻烦,尤其感到抱歉的是未能在星期二谈话结束后立即告诉您我的想法。但我相信不管怎样,从您的角度来看,这只是对一些必要细节做些修改,不会影响您行动的成功。最后,我再次向您表示,如果您有其他人选,您可以随时改变决定。这既不是推诿,也绝非自我标榜,只是希望您能按照心意自由选择。

1962 年 3 月 1 日

乔治·蓬皮杜致勒内·马耶尔函

亲爱的主席朋友：

感谢您的信任和鼓励。

我还清楚地记得我们去年秋天的那次谈话，但没想到当时谈到的事情如今成为现实[1]……

我会尽我所能。或许您愿意给我一些建议。

亲爱的主席朋友，请接受我最美好的祝愿。

乔治·蓬皮杜

1962 年 4 月 24 日于巴黎

1　1962 年 4 月 15 日，前议会主席勒内·马耶尔致信乔治·蓬皮杜，祝贺蓬皮杜被任命为总理，并回忆了 1961 年秋季两人的一次谈话。在那次谈话中，他对蓬皮杜说："可以拒绝财政部，但不能拒绝马提尼翁宫。"

Samedi 21 Avril
1962

Milly la Forêt
(S. et O.)

[Lettre manuscrite de Jean Cocteau]

1962 年,让·科克托写给乔治·蓬皮杜的信函[1]

1　让·科克托,作家、导演。信函内容如下——

　　总理先生,不知您是否允许我称呼您"亲爱的朋友"?

　　我想借此良机向您表示祝贺,并对您的赠书(《法兰西诗选》)表示感谢。

　　我之前因为患了感冒,且被工作所绊,一直没来得及阅读这本书。

　　这次终于利用复活节的短暂空暇阅读了这本书。我不禁感慨,一位如此懂得欣赏诗歌的人竟然毫不畏惧地承担起劳碌的政务。

　　您知道我对将军的行动怀有无比敬意,对他的睿智无比钦佩。

　　您在将军身边工作非常辛劳,需要极大的勇气,想起来我们的心就是温暖的。

　　您也许很快会读到一篇关于艺术家和税务问题的文章,我在文中提到了您。我知道在这个方方面面都困难重重的时期,我似乎更应该对这个话题保持沉默。但是请不要怪我,因为只有您能够给予我们帮助,并且理解我们的斗争。

　　总理先生,亲爱的朋友,请接受我对您的钦佩之情和充分信赖。

让·科克托

1962 年 4 月 21 日星期六

于米利森林小镇(Milly la forêt)

乔治·蓬皮杜手写便条

1962 年 4 月 27 日(星期五晚)

在议会做完报告后,将军非常亲切地向我表示祝贺。

我告诉他,我认为议会没有那么高尚。

"您有许多事情要做,但议会却没有其他事可做。"

我笑了笑。

"显然,议会里什么样的人都有。倘使我没当军人,我会成为议员,毋宁说,我为了不成为议员而当了军人。"

我回答:"他们看到您讲话不轻率,就会推断您不会轻率行动。"

戴高乐将军给乔治·蓬皮杜的便条

1962 年 5 月 25 日

我认为富瓦耶在处决茹奥的案件中似乎失去了理智。如果情况果真如此,我们必须立即停其职,找人临时代替。

乔治·蓬皮杜给戴高乐将军的信函草稿

将军:

请相信我对此事不抱任何幻想,我明白反对您根据第 16 条[1] 处

1　第 16 条适用于 1961 年将军们的叛乱。

理茹奥案件，令我失去了您的信任。

失去您的信任，我也就没有理由继续留守在这个我并不想要的职位上。

此外，发生的事情总是令您提出的宽容团结的政策没有用武之地，甚至微不足道。[1] 应该另找他人以适应新情况，此人还要有判断力。

我随时听候您的命令，在最合适的时候离开——您已经根据宪法第 16 条的规定进行了咨询，至于总理，您只需指定一个接替我的人即可。

我对自己的失败感到痛苦。

将军，请接受我的崇高敬意。

1962 年 5 月 26 日　星期六

乔治·蓬皮杜给戴高乐将军的便条草稿

我不想再谈茹奥案件，原因您很容易理解。

我也不会从人道的角度对过去说过的话再做任何补充。

但是，我有责任提醒您关注这一事件的重大政治意义。

枪决茹奥，与枪决皮舍 [2] 不同。这就像解放后，皮埃尔·拉瓦尔躲过了死刑，却枪毙了比舍洛纳 [3] 作为替罪羊。

1　5 月 15 日，国家元首举行新闻发布会，反对欧洲一体化支持者的观点，导致内阁中五位人民共和运动的部长辞职，这五人本来是总理执行开放政策的象征。

2　皮埃尔·皮舍（Pierre Pucheu），火十字团和多里奥特党（PPF）成员，被达尔朗先后任命为维希政府的工业生产部长和内政部长。他镇压过抵抗运动，并挑选人质加以处决。1944 年 3 月，他被审判并枪决。

3　让·比舍洛纳（Jean Bichelonne，1904—1944），法国技术专家和政治家，维希政府部长（1942—1944），支持与纳粹德国合作。1945 年 9 月 5 日接受最高法院审判，但他在审判前死去。

阿尔及利亚仍处在动荡中,刚刚承认《埃维昂协议》,如果此时枪毙茹奥,就意味着美洲国家组织的某些想要重新发动暴力和袭击的领导人,可以把责任推给您。这种暴力有可能会摧毁一切。

如果按照您所知道的那些文件枪毙茹奥,那无疑是对阿尔及利亚法国人,对您的子民,而且是最温顺的子民的严惩。

您是以和平为行动动力的,但如果枪毙了茹奥,会对您产生负面影响。

"枪毙茹奥"的口号不是民众喊出的,而是某些人的所作所为,他们既不考虑您的利益,也不顾及您的历史形象。

即便不考虑其他因素,我认为虽然萨兰判决的影响已经逐渐减弱,但这件事会给您造成毁灭性打击,让您犯下一个决定性的错误。

乔治·蓬皮杜
1962 年 6 月 4 日

给梅斯梅尔先生的便条

在综合理工学校学生发动了反对"圣西尔军校学生"的示威之后,您采取了一些处罚措施,我已经有所耳闻。

我认为您也许能做得更温和一些,今年夏天给这些男孩子放个小长假,他们当中的很多人并没有任何不良动机。

总之,我想告诉您动机纯良的人会觉得您有点"狠"。

乔治·蓬皮杜
1962 年 6 月 7 日于巴黎

乔治·蓬皮杜致尊敬的雷加梅神父[1]函

神父：

感谢您的来信和您寄来的关于库蒂里耶神父的书籍，我很感兴趣。

此外，您希望我能关注拒服兵役者的问题。事实上，这个问题已经在解决当中，内阁会议已要求武装部尽快拟定法案草案，用民事服务代替服兵役。我想民众的情绪会逐渐平复。

神父，请接受我对您的敬意和忠诚。

乔治·蓬皮杜
1962 年 6 月 14 日于巴黎

乔治·蓬皮杜致阿尔弗雷德·卡斯特勒[2]函

教授先生、尊敬的同志：

您代表部分巴黎高师毕业生写信给我，希望我关注一下勒库安先生[3]的处境，他正在以"绝食罢工"的方式抗议法国政府对拒服兵役者的处罚政策。

1　雷蒙·雷加梅神父（Père Raymond Régamey，1900—1996），多米尼加人，艺术史学家。著作颇丰，是非暴力倡导者，支持拒服兵役权。

2　阿尔弗雷德·卡斯特勒（Alfred Kastler），法兰西科学院院士。

3　路易·勒库安（Louis Lecoin，1888—1971），极端自由主义的和平主义活动家。曾加入法国和平联盟。1958 年发起维护拒服兵役者权利的运动，得到阿尔贝·加缪的支持。

请相信，即便没有外界的各种干预，无论是对这件事情，还是对勒库安先生本人，我都不会无动于衷的。我认为，您和其他人所做的努力都是非常有价值的。

事实上，我们已经做出了一些决策，在此我可以向您做个概要介绍。

首先，对于目前被依法拘留的拒服兵役者，政府决定可以从其未来的军事服役期中扣减，这样有 28 人可以立即释放。

其次，政府决定在本次议会会议结束前，向国民议会提交关于义务兵制的法律草案，兼顾法国年轻人的信念与他们不应逃避的义务，同时避免产生某种特权。目前草案已经完成，阿尔及利亚战争结束后，在平和的氛围下，草案提交和议会讨论会更便利。

政府的职权只限于此，要通过这项针对当前和未来义务兵制的法律，还需要议会的干预。我之所以要公开法律草案的提交日期，就是为了让那些持怀疑态度的人放心。

至于勒库安先生，我认为他的诉求应该可以从政府的上述举措中得到满足。他态度固执，我唯一能做的就是送他住院，为他提供最佳医疗服务。他的朋友应该劝说他，为了已经不存在的原因而让自己的生命处于危险之中，这种行为既徒劳无功，也很荒谬可笑。

教授先生、尊敬的同志，请接受我最崇高的敬意和祝福。

乔治·蓬皮杜
1962 年 6 月 21 日于巴黎

手写便条

1962 年 6 月 23 日（星期六）

星期六上午（在中非共和国达科离开之时），将军同我低声争吵，指责我"无视"他的指令。

我告诉比兰[1]，将军星期一要见我和富瓦耶[2]。

1962 年 6 月 25 日（星期一）

我单独与将军见面，向他表明至少有六位司法部部长对此感到困惑、担忧，并同意可以由若克斯取代富瓦耶。

将军的心情恢复平静。富瓦耶到了。

一切进展顺利。

1962 年 6 月 29 日（星期五）

将军冲我发脾气，他担心自己的行动会引起议会的不信任。"我们必须协调一致"，因为"我可以解散议会，但我不想那样做，我要发起战斗。我希望与您并肩作战，必要时也可以换成其他人。您是自由的，我想知道您的想法"。

我回答说（只要不是政变——第 16 条——我都愿意）。

1　艾蒂安·比兰·戴·罗奇耶，1967 年前一直担任爱丽舍宫秘书长。

2　让·富瓦耶，时任司法部部长，同样强烈反对执行死刑。

乔治·蓬皮杜接受电视采访

1962 年 8 月 1 日

[……]

阿尔及利亚问题仍然令人担忧。您领导的政府对阿尔及利亚的混乱局面有何看法？

阿尔及利亚问题迄今已经困扰了我们近八年，可以说，这个问题成了法国政府和民众政治生活中的拖累。我不想追溯过去，更不想谈那些我们应该做，或者应该已经做完，却没能完成的事情。1954 年阿尔及利亚爆发战争，局势恶化，我们为之战斗了七年。如您所知，在此期间法国投入了大量人力、物力和财力，这让法国几乎失去了国民的团结，并伤及灵魂。无论如何，当我被召入政府时，究竟情况如何？您知道，4 月 8 日，法国人民以压倒多数的赞成票批准了《埃维昂协议》，并对 1961 年 1 月 8 日公投通过的自决程序表示赞同。

《埃维昂协议》已经签署，确定了阿尔及利亚与法兰西共同体之间的合作政策，这是一个关于新阿尔及利亚和法国之间的合作政策。一旦自决的公投结果出来，而且公投结果能够预见，一个独立的阿尔及利亚国家就会诞生。

我领导的政府会采取什么政策？

执行《埃维昂协议》。这就是我们的政策，我们以持之以恒的精神和坚韧不拔的决心执行《埃维昂协议》。我相信正是这种持之以恒和坚韧不拔，让我们能够跨越某些坎坷。首先，在确定 7 月 1 日为阿尔及利亚投票日之后，为了确保投票如期举行，我们排除万难，终于迫使各派别,甚至反对组织都接受了这个安排,同意遵守法律秩序,使得 7 月 1 日在阿尔及利亚举行的投票得以平静完成,至少表面上达成了一致。在此之后,依旧困难重重。另一方面,我们建立的临时行政委员会的权威性尚存争议;我们有必要立即向该政府派遣大使,成立一个领事机构,负责法国公民事务,因为法国政府已不再管理阿尔及利亚事务。

尽管如此,法国政府仍然担负着道德义务,不应对阿尔及利亚弃之不顾,尤其不能对身陷混乱和无政府状态的法国公民坐视不管。我们至今没有看到一个负责任的机构与我们对话,而这是我们原本期望的。对临时行政委员会尚存争议,他们领导层内部四分五裂,分崩离析。我们有理由担心,阿尔及利亚有可能陷入完全无政府的状态。我们只能做到坚持执行《埃维昂协议》,并尽量使之成功;为此,我们应该加强对临时行政委员会的扶持,毕竟它是《埃维昂协议》的成果,是目前代表阿尔及利亚的合法政权。

必须指出的是,我们在这方面已经取得相当进展。目前,临时行政委员会的权威显著增强,得到各方承认,虽然存在分歧,并可能随时爆发危机,但各方都认可临时行政委员会的作用和职责。这点至关重要,对现在和未来都很关键。

另一方面,我们注意到,建立起真正政府的阿尔及利亚地区,会逐渐恢复平静,出现令人满意的局势。

凡是没有建立起真正政府的地区,恰恰是仍处于无政府状态的地区。这种无政府状态只限于某局部;而且地点并不固定,在不断变化中。我们感觉有一段时期局势有明显好转。目前,进展似乎已经放缓,至少在阿尔及尔的某些地方是如此。我们能做些什么? 在这种情况下,我们显然有责任与当局保持联系,不管当局态度如何,我们不应该参与其中,因为不应该由法国选择阿尔及利亚政府;我们只

是推动尽快成立一个合法政府,也就是说,根据《埃维昂协议》,尽快
进行选举。这也是为了在可能的最大范围内,保护我们的侨民和同
胞,使他们避免成为战争和不能容忍的罪行的受害者。但我希望大
家明白,这是一项艰难的任务,在七年战争中,留在阿尔及利亚的法
国人有五十万之多,而与我们的军队遭遇的对抗力量的人数并不多;
我们这么做的主要目的是为了保护法国侨民的生命安全。显然,我
们不能用过去七年的战争方式提供这种保护。我们不希望这样做,
因为无论对法国,对阿尔及利亚,还是对阿尔及利亚法侨而言,这都
将是一场灾难。

　　但是,这种情况下,阿尔及利亚溃败的后果之一是会有大批阿尔
及利亚法国人返回法国本土。这些返回人员如何融入国民经济生活
中? 这对于您的政府来说是否是一个棘手问题?

　　在回答这个问题之前,如果您愿意的话,我想对阿尔及利亚局势
做些补充。我们目前的主要考虑是,通过我们的力量和方式保护法
国同胞。只有动用所有的军事手段,集结法国侨民,让他们返回法国
本土,才能使行动变得高效彻底;这样做的结果是灾难性的,我们并
不愿看到,但在没有其他办法可行的情况下,我们不能坐视不管。不
言而喻,这个解决方案可能导致《埃维昂协议》的终止;法国和阿尔及
利亚之间的合作,关系到法兰西共同体的合作,关系到在阿尔及利亚
的法国侨民的人身安全,应该保证他们的正常生活和工作,在各领域
为未来的阿尔及利亚尽一份力。如果这些条件得不到满足,那么合
作就失去了意义,也不会发生。但是,尽管发生了一些令人遗憾的事
件,尽管发生了一些我们所反对和不能接受的行为,在必要时我们将
采取行动——我希望我们并非因为走投无路——尽管如此,我仍然
抱有希望。阿尔及利亚主要领导人的声明令人欣慰,虽然它在某些
方面还没有做到。

给梅斯梅尔先生的便条

事由:关于拒服兵役者

　　我重新考虑了拒服兵役者的问题。可以肯定的是,如果您指派目前关押的拒服兵役者承担以下任务之一,问题会暂时得到解决:

　　　　——为返回人员提供社工服务;

　　　　——为"哈基"(Harkis,阿尔及利亚战争中站在法国一边作战的法国穆斯林)的安置工作提供服务;

　　　　——在阿尔及利亚从事各种社会工作。

　　在这三项选择中,我认为,至少第三项既符合军事纪律的要求,也有可能解决这个问题。

　　如果您能对此事进行研究,并尽快让我知道结果的话,我将不胜感激。

乔治·蓬皮杜

1962 年 9 月 22 日于巴黎

乔治·蓬皮杜致米歇尔·德勃雷函

亲爱的米歇尔：

　　1962 年对您而言，是充满失望的一年，我的忧伤也与此相关。我想告诉您的是，我深深地祝福您在新的一年里，重新燃起希望并行动起来。您是最优秀的，至少是我们当中最优秀的，我们所有人——包括将军在内——都需要您。您的影响力、友谊、激情和见识都是我们所缺乏的。我相信，我对您的祝福同时也是我们所有人对您的祝福。

　　祝您和尼奈特[1]身体健康。祝您儿子学业进步。亲爱的米歇尔，"回归"对您来说至关重要。这是我对您诚挚的祝愿。

乔治·蓬皮杜

1962 年 12 月 28 日

1　即安妮-玛丽（Anne-Marie），米歇尔·德勃雷的妻子。

乔治·蓬皮杜致保罗·古永[1]大主教函[2]

大主教:

很高兴从您的来信得知,我在 141 团的老朋友担任了巴约纳的大主教。我记忆中的那位年轻的古永中尉使我相信,这个选择是您教区的幸事。

关于您谈到的保安部队官兵问题,我要告诉您的是,政府已经在其职权范围内采取了措施,现在还在继续努力,并将持续下去。

我们已经接收并在法国安置了两万余人,尽量为他们安排工作,但困难重重,因为大多数人都无法适应职业要求。我们承认他们拥有法国国籍及公民权利。

据我所知,在阿尔及利亚领土上发生了大量复仇行动,有的是因为战争期间受到法国部队和辅助部队打击的一些阿尔及利亚人的家属自发的复仇行为。

我们继续发出强烈抗议,并在某些情况下以武力介入。最近,我们得到了阿尔及利亚领导人的正式承诺,目前看来这些声明产生了

---

1   保罗·古永(Paul Gouyon,1910—2000),1940 年与乔治·蓬皮杜同在 141 团,1963 年被任命为雷恩助理大主教,一年后担任大主教。

2   保罗·古永大主教来函——

总理阁下:

如果我说的情况缺乏依据的话,您就权当我是为了博取您的好感吧。我想也许在 1940 年战争期间我们就已经相识,我们当时同在 141 团,我是二营的副官……但我不想再回忆更多细节,因为这只能减弱我的请求的影响力,我还是直奔主题。我从一个主教的良心出发,为留在阿尔及利亚领土的保安部队官兵的命运感到难过。我谴责过战争结束后在他们身上发生的种种暴行。我认为现在没有保持沉默的权利。法国必须尽一切可能帮助他们离开,他们是被我们的事业所牵连的,无论他们的行动出于何种动机。如果我们必须要从大家曾一起并肩作战的领土撤离的话,我们不只让他们为我们的利益服务,也要遵守不抛弃他们的神圣承诺。是的,我们应当采取一切诚信手段,让他们及其家人信赖我们,无论如何,如果他们愿意,法国应该接纳他们。总理阁下,您现在担负着代表法国荣誉和义务的重任。我心怀尊重和信任写信给您,希望能使您相信我所说的是普遍共识。法国政府应该向法国和全世界人民表明,我们面对责任正采取有效行动。总理阁下,请接受我对您的崇高敬意。

效果。直到今天,我们绝不会拒绝任何人向法国提出的庇护请求。

我并非说这可以避免所有的罪行,事实远非如此,仍然有许多让人痛心和令人发指的罪行发生。我们已经竭尽全力,但是七年战争造成的仇恨如此刻骨铭心,不幸的是,仁慈无法结束一切。

大主教,请允许我称呼您为敬爱的同志,请接受我的崇高敬意。

乔治·蓬皮杜
1963 年 1 月 11 日于巴黎

❧

乔治·蓬皮杜致罗贝尔·皮若尔函

亲爱的老朋友:

这次轮到我迟迟未回信了。希望你考虑到"我的重要职务"不要太生气。还有,我发现自己提笔写信越来越困难,我已经习惯口述,这成了我的后天本能,而且,"思考"的速度要比书写快——这样一来,手写成了又烦又累的事情。不过,我还是在尝试。说说你吧,我希望你的身体能好起来。在一所缺少良知、规则陈旧的大学里(这是你的原话!),我不明白,你已经紧张工作了 30 年,为何不根据自己的身体状况多出来走走。不过,我并不特别建议你去希腊。我想邀请你去洛特,我们九月份可能会去那里。我最多待一个星期,克洛德会待一个月。如果到时候,你的时间能与我的重合,我会非常高兴的。那是一个有益健康的好地方。海拔 400 米,气候干燥温和,很棒的地方。环境有点荒凉,不过生活设施很舒适,还有台唱片机!我为朋友们准备了房间,可以说,那里既有卡斯特斯酒店式的房间,还有很大的活动空间。克洛德和我都对家装充满热情,奥维利埃的房子已经没法改动,我们又找到了一处可以活动的地方。值得一提的是这里拥有阿卡迪亚般的阳光(没错!)。

至于其他方面,虽然生活中不乏乐趣,但我感觉过去的每一天都让我有种更受束缚和无法再回头的感觉。如果这样的生活继续下去,我最终会变得怎样? 你知道吗,在我三岁时,我曾祖父曾说过,"这个小家伙将来会统治法国!"不知道这是不是他给我设定的命运! 我还不习惯,也不相信能够处理人类事务的人本身居然不是超人。当把我与自己的前任以及候选继任者比较时,我还是感到欣慰。尽管如此,要找到问题的解决办法已经相当困难了,如果想把事情的前因后果都了解清楚,那就难上加难,需要耗费大量脑力。而且,我不是那种未卜先知的人,却总得考虑方方面面的事。有时,我会感觉大脑一片空白,需要呼吸新鲜空气。但我承认,在过去几个月里与大学校方领导以及索邦院长等人的接触中,我丝毫不觉得遗憾。接触下来,他们要么平淡无奇,要么离奇古怪,但大家都握有绝对真理,我不知道还有什么比这更让人恼火。

告诉你一件事,阿兰·佩尔菲特(新闻部长)出了一本关于乌尔姆街的书,我很高兴地给他写了篇简短序言[1]。我只有一本样书,没法寄给你。

[……]

祝好。

乔治
1963 年 1 月 27 日

---

1 序言见本书附录。

乔治·蓬皮杜致戴高乐将军函

将军：

我对您 11 月 5 日的来信格外关注，您在信中表达的担忧与我不谋而合。10 月 26 日我曾给财政部部长写信，随后我们还就此问题有过多次谈话，您只要看看我的那封信便可知晓。

鉴此，我和财政部部长可以在 11 月 26 日向您提交下一步行动计划。

不过，我希望先向您汇报一下我对目前货币和金融问题的看法。

首先，对金融体制进行深入和持续性的改革是一项长期任务，不然不但会影响金融体制的稳定，甚至无法取得成效。实际上，您现在的想法在 1958 年的专家报告中已经提出，并且在 1959 年、1960 年、1961 年和 1962 年得到了逐步实施。如果 1959—1961 年的预算赤字没有高于预期的话，实施过程会更加顺利。

从 1962 年年中开始，情况变得更加困难，有两个原因：一是阿尔及利亚法国人的返回，带来大量资本回流以及民族团结经费的大量支出，这些开销完全抑制了消费。二是由于组织得当，武装部和国民教育部能够迅速执行委托他们的各项计划，然而由于对新举措预算的延迟拨付，导致 1962 年底和 1963 年的国库压力陡增。

我想还有第三个原因，即心理因素：1960 年和 1961 年，我们在农业和公共部门领域做出了巨大努力，但仍有种处于 1959 年紧缩时期的强烈感觉，1962 年秋季到 1963 年夏季之间我们迎来了"社会年"，强烈反弹的要求迫使政府一再放宽预算，而且是过度宽松。

除了以上三个原因，还有第四个原因，自战争结束以来就一直存在，因为经济增长速度过快，劳动力出现严重短缺。这些原因叠加在一起，导致劳动力工资过度增长，预算支出显著上涨。国库开支的增加，再加上"提供融资"的义务，随着此前发行的国债快要到期，国库的融资机制难以快速改变。

尽管困难重重，但必须采取配套的预算和经济措施，恢复金融机制。我同意您的看法，我们必须完成这两项任务。1963年政府会在这方面做出更多努力，我们已经发行了总额达30亿法郎的两项长期国债，改变了国债发行方式，把数额降低到"标准线以下"，用长期储蓄即可全部偿付，实现收支平衡甚至有所结余，达到"标准线之上"。我已经要求财政部部长提出措施，我可以在月底前对您进行整体情况汇报，这既是向前迈进了一步，同时也是一项能够实现您愿望的行动计划。

但我想请您注意的是，技术措施在任何情况下都无法替代经济和财政措施，只有经济和财政措施才能建立稳定秩序。不言而喻，抽象来看，货币无法反映金融机制的运转方式，理论上肯定不会出现通货膨胀。但是这纯粹是学术假设。事实上，如果由于社会和政治原因，政府同意过度提高工资，国家的人力财力投资超过支付能力（到今年为止，这些实际需求从未避免），我们会重新陷入通货膨胀，传统金融机制会再次崩溃。

同样，设想如果我们能够通过这些机制压制通货膨胀，对货币实现管控，我们将会失去对经济活动的控制，从而放弃计划。

事实上，我们的目标就是以我们可以承受的速度实现法国经济的增长。但是，我们必须确保国民教育等优先领域。同时，在建设方面，我们不能优先考虑廉租房，因为目前不可能盈利，而且通过传统的融资方式也无法实施。另一方面，因为我们不是从零开始，是从一种无序状况出发，必须保持对经济的总体管控，所以我们不能完全依靠技术措施，技术手段的真正目的只是为了实现稳定。

我还想补充一点，政治仍然是最根本的问题。总而言之，我们发行国债不是因为要提高公共部门的工资和待遇,而是因为支出的增加,所以有必要发行国债。

因此,正如您所预见的那样,稳定计划的"出路"非常艰难,取决于政府处理民众诉求的能力,而非政府采取何种技术手段,如果政府无法在政治和社会领域有所建树,技术手段只会在通货膨胀的暴风骤雨下变成纸糊的壁垒。

我坚信完全有必要制定您所希望的政策,政府在六个月前已经开始行动,9月12日做了进一步完善,我会尽快完成这项任务。

请接受我……

乔治·蓬皮杜
1963 年 11 月

乔治·蓬皮杜致居伊·舍勒[1]函

亲爱的居伊:

我听说斯多克出版社交由你负责的让·特里谢诗集要推迟出版。

我很关心这件事,如果你能确保不会拖得太久,我会十分高兴。

再见。祝好!

乔治·蓬皮杜
1964 年 5 月 13 日于巴黎

1　居伊·舍勒于 1964 年担任口袋书部门经理。

乔治·蓬皮杜致克里斯蒂昂·富歇[1]函

亲爱的克里斯蒂昂：

我总是盯着您，请不要为此感到不快。虽然我对国民教育很关心，但并不是说我要控制这个领域，而是因为这个领域的改革极为重要，并且您所做的一系列决定显然已经造成了政治影响。

譬如，关于对学生人数不足 16 名的班级的决定，即便依据充分，也应该先报告我。有许多市长和议员盯着我，这件事的意义已经远远超出了国民教育管理的范畴。

关于 1965 年放假的法令也是如此，我对此并不反对，但这一法令会把我们置于或有可能置于政治风险之下，这种"走势"会造成经济影响，而这远远超出了您所关心的学校课程和假期安排的范畴。

我们应该形成定期见面的机制，以便您向我通报您的工作。此外，在改革事务方面，除了召集您咨询或成立的机构和委员会，我们还应该组织小范围的"内部协商"，成员包括您的代表、我的代表，以及将军的代表（如果不想在财政方面有麻烦的话，有时还应包括财政部代表），花几周时间来讨论有关问题。包括修订计划，一年级和毕业班的作息安排，中学毕业会考和安排指导，这些都是需要首先解决的问题，需要我们在做出决定前无论以何种形式先达成一致。

我希望您能同意我的看法，我们的改革能够取得进展，请相信我唯一的愿望就是帮助您获得成功。

祝工作顺利！

乔治·蓬皮杜

1964 年 9 月 10 日

1　1964 年，克里斯蒂昂·富歇担任国民教育部部长。

另：我没有看电视，但听说您在节目上的表现很不错。

乔治·蓬皮杜致弗朗索瓦·莫里亚克函

尊敬的大师：

非常感谢您寄给我和夫人的《戴高乐》[1]一书，我已经怀着浓厚兴趣开始阅读这本书了。最精彩的莫过于一位伟大作家来分析一位伟大人物，这种浓烈兴趣贯穿了我的阅读始末。希望今后能有机会与您谈谈我的读后感，我与戴高乐将军长期相处的经历，可以为您的著作予以佐证，不过，在某些方面与您的观察或许有所不同。不管怎样，再次感谢您赠书与我，更要感谢您写了这部著作。

尊敬的大师，请接受我对您的深深敬意和钦佩之情。

乔治·蓬皮杜

1964 年 11 月 5 日

1　《戴高乐》第一版，格拉塞出版社，1964 年。

乔治·蓬皮杜致戴高乐将军函

将军：

我赞同您的观点，应该突出政策的社会性。为此，我打算在应邀就计划的指导方针进行辩论时，特别强调这一点。

但应该清楚的是，在法国，人们总是不自觉地把社会政策和蛊惑人心的政策混为一谈。而且，法国在过去特别是自 1958 年以来，采取了各种各样的社会措施，数量远远超过其他国家，这些措施涉及老年福利、家庭补贴、社会保险和住房补贴。根据第五个国家计划的指导方针，我们会发现目前在地方采取的措施有可能超出我们的财政承受能力。

事实上，到近期为止，我们所执行的社会政策与稳定货币的政策是不相容的，至少从通货膨胀上就可以看出这种矛盾。受货币贬值的影响，经济活动又无节制地从已经分配的社会报酬中拿回很大一部分。尽管这种现象令人不快，但这就是经济领域的实际情况。

我比任何人都更加迫切地希望，必须改变主张金融改革的"右翼"倾向。毫无疑问，您对此已经有恰如其分的评价，扩大金融市场和增加生产投资只会进一步恶化经济形势。

我们能做些什么？您已经指明，应该走"联盟"的道路。

住房政策。我完全同意加大住房领域的工作力度。

我准备在介绍计划时，将其纳入重点发展领域之一。我已经要求在第四个计划时期，工作应加快发展速度。我计划提高"社会住房"在建设项目中的比重。但是必须看到，我们的瓶颈不在于资金不足，而是劳动力短缺。为此，我要求在中西部农业地区加强宣传，开展"建筑"类职业培训。我认为只有农民子弟有可能转行建筑业。

为此，我批评建筑商，要求他们提高工资以稳定队伍。您应该已经看到，这是我要对议会媒体做出解释的问题之一。

这种做法会影响我们打击土地投机的力度。我认为，建筑成本和土地成本是次要问题，这件事的政治意义大于经济意义。

然而，不能因此忽视其经济意义。必须承认的是，由于打击金融投机的税法未能取得预期成效，我们制定了建筑契约法，只要能够从建造和租赁中获利，就允许无偿征用土地。如果这部法律运转良好，这个问题就可以得到解决，土地价格就会降低。

我们也可以考虑土地的非"市镇化"，否则只会使城镇无端负债，而债务迟早还得由国家偿还。最终，国家承担了所有费用，而作为多数派与政权为敌的市镇当局却享有了权力和政治收益。我们应该制定一部限定土地价值的土地征用补偿法。我对这种想法一直无法释怀。

我准备立即开展一项研究，作为建筑契约法的补充，使这部法律对产权人更具吸引力，如果他们拒绝接受的话，就只能得到很少的补偿！

但必须明白，低估资产实际价值的法律文件违背了我们所追求的经济安全。随着人口增长和城市化进程的发展，城市和城镇化土地由于其稀缺性必定会大幅度增值。

实践证明，违背经济规律的改革必然失败。

在被占领时期，政府力图打击"黑市"，但未能成功。因为"黑市"价格符合供需要求，实际上，解放以后，官方价格的制定还在参考"黑市"。

尽管如此，我还是会按照您的要求，建议立即研究在这方面能够采取的措施。

至于"联盟"，必须承认我对此持怀疑态度。企业委员会无法永远满足人们的期望，实际上，劳资协议一方面赋予了雇员或其工会代表管理大量社会事务的权利，另一方面提高了雇员的工资，甚至使其增长速度过快。联盟会导致"劳资共管"，我坚信结果是灾难性的，因为这相当于把议会形式引入企业内部。经过多年思考，我认为唯一可行的办法就是不应该盈利分红——这是现在的通常做法，但收效甚微——而应该进行资本增值，从而实现资金自给。

这种改革只有在保证资金自给的情况下才有可能实现，过去四年一直在走下坡路。也就是说，必须首先设法遏制工资上涨——这点尚未做到——让企业家和股东产生投资兴趣。

我们不要忘记，货币稳定是投资的制动器，因为分期还款越来越难。我认为，一般性的"联盟"政策要等三四年后再做尝试。目前，如果政治上不能有所收益的话，对经济也会有害。

因此，我认为应该致力[……]"国家"层面的"联盟"，在制定经济政策时提高工会的参与度。这是您现在为1966年参议院和经济理事会改革制定的目标之一，我完全同意您的看法，而且必须对新参议院谨慎授权，因为工会的性质决定了他们除了口头说说外，不会支持任何稳定性的政策，反倒会以通货膨胀的政策为由，结成工人、公务员和农民联盟。经社理事会目前的行动充分证明了这一点。

将军，鉴于以上原因，我建议重新考虑土地价格问题，随着三项法律的相继出台，希望能比之前有所进展。此外，我认为应该适当增加参议院改革和联盟的经费，以适应参议院在政府经济政策框架下，在地方政府、职业责任和工会责任方面拓展新职能的需要。

乔治·蓬皮杜

1964 年 11 月 15 日

乔治·蓬皮杜致艾蒂安·比兰·戴·罗奇耶函

亲爱的艾蒂安：

我以个人名义给您写这封信，希望提请您注意爱丽舍宫秘书处和政府之间的关系。

当然，我完全理解您有与部长们直接对话的必要。但有两个条件：一是您和部长不能绕过我直接做决定，二是不能涉及我的职权范围。

与议会的关系是我工作的重要组成部分。召开议会会议是我的职责。国务秘书与我一起为之工作，但只是我的助手。

因此，我对上周五布瓦特罗先生[1]直接与迪马[2]联系，与其讨论提交议会文件的行动表示反对。周五下午，他与迪马先生再度会谈了近两个小时，迪马先生因此未能参加保卫新共和联盟的办公会议，这对我来说算是一次事故。两次会面不过是浪费时间，没有任何成果，迪马也仅限于拿出我给他的文本而已。他只对如何才能更好地让文本通过发表了意见，至于文本筛选无论如何也不是他能决定的。

所以，类似情况下应该找我而不是我的内阁。我也知道您确实是这么做的。

奥尔托利[3]已经把情况告知您。

增值税法的文本即将完成并提交。这是我推翻了弗赖的意见，不顾吉斯卡尔的反对，让大家星期天从早到晚加班工作的结果。终于完成了。我们为 26 号周三的内阁会议做好了准备。不过，让我感到生气的是，这个既是将军的愿望，同样也是我想要的结果，却似乎

1　雅克·布瓦特罗（Jacques Boitreaud），爱丽舍宫负责司法和宪法事务的技术顾问。

2　皮埃尔·迪马（Pierre Dumas），1962 年在总理身边负责处理与议会关系的国务秘书。

3　弗朗索瓦-格扎维埃·奥尔托利（François-Xavier Ortoli，1925—2007），财政督察，1962—1966 年担任乔治·蓬皮杜的办公室主任。

成了与此事毫不相关的布瓦特罗和迪马讨论和准备的结果。

关于农业"振兴",要告诉您的是,我已经指示准备有关文件,经财政部与农业部商讨后向我提交,之后我自然会呈报将军。不过,皮萨尼[1]那里还有点问题,我必须与您谈谈。

关于社会保障改革,我们无法在几周之内草率完成文件起草。我制定了总体原则,各种研究还要持续数月。这是一项重大改革,要等 1966 年春季再进行投票。不能因为 1966 年的财政困难而采取权宜之计,让对未来和 1970 年至关重要的改革为之妥协。我想补充一点,这项改革是正确合理的,国家计划一旦通过就会被采纳。

所以,我请您让您的助手们少安毋躁,考虑一下作为戴高乐将军总理的我的困难处境。现在的情况是,人人甚至内阁也一样,行动不考虑后果,所以现在较之前,无论是思考问题还是采取行动都更加举步维艰。

亲爱的艾蒂安,请接受我的忠诚友谊。

乔治·蓬皮杜

1965 年 5 月 17 日

1　埃德加·皮萨尼(Edgard Pisani),1918 年 10 月 9 日出生于突尼斯。抵抗运动者,他在解放巴黎警察总署行动中的作用使他成为全国抵抗委员会成员。1944 年,他成为法国最年轻的副省长,多次担任部长。1965 年,担任农业部部长,在制定共同农业政策中发挥了重要作用。

乔治·蓬皮杜致罗贝尔·皮若尔函

亲爱的老兄：

[……]

这一年异常困难，议会占据了我很多时间，我们做了许多工作，事情也有所进展。我想今年余下时间应该不必再经受大的考验，我的使命还会延续两三年。这也是我所盼望的。

[……]

克洛德会告诉你什么时候可以与她见面，她无法掌控我的生活，但我们对此也没有办法。布隆贝热的书这几天就要出版了，这本书有点滑稽（埃皮纳勒风格），我对它的主旨有点反感，不过并无大碍。正好更能凸显你的优点！

老兄，多说说你的情况。如果发现新书，记得告诉我。我向你推荐一本有趣的书，写的是毕加索和他前妻吉洛的故事（我忘了她的名字）。还有一本经典书，我没读过！科克托的《骗子托马斯》。

我阅读很少，你知道的！

好了，就此搁笔，希望很快能见面。

乔治

1965 年 7 月 7 日

乔治·蓬皮杜致弗朗索瓦·莫里亚克函

尊敬的大师：

　　今天是您的八十大寿。我猜想您可能会思考和回顾您的过往生活。您属于所有法国人，特别是那些了解您作品，追随您行动的法国人。因此，我把令我产生触动的一些看法写信告诉您似乎也很正常。

　　我的看法如下：您为法国文学贡献了一部浪漫的戏剧杰作，您用几周完成的日记体回忆录，给予我们难得的精神享受，使我们在赞叹一个人的人格的同时，还可以欣赏到他的风格。风格并不等同于人格，至少无法完全体现。一位作家能如此直接地表达自我，这是怎样的文笔！这就是蒙田、卢梭、夏多布里昂或莫里亚克，他们甚至超越了文学。

　　您在其他方面也是如此，多年来您参与了我们发起的政治斗争。您来到戴高乐将军身边并非出于偶然。您和戴高乐将军同样来自传统的资产阶级家庭，这为你们的经历打上烙印，你们深谙其道，但你们有时还会走在世人前面。你们是真正的创新者，真正的年轻人。这些优秀品质是刚刚成年的人所不具备的，同时也不是不可救药的保守者所能具备的。因此，我非常钦佩你们。

　　正因如此，我真诚地希望戴高乐将军能够继续担任国家元首（我有理由这样希望），我相信您会长期与我们并肩作战，为法兰西的荣誉和灵魂而战。

　　尊敬的大师，请接受我对您虔诚的生日祝福和崇高敬意。

乔治·蓬皮杜

1965 年 10 月 7 日

　　我想补充一点，我很感激您理解——并指出——卓越的梅里·

布隆贝热所描绘的形象与我丝毫不相干。我没有为他的写作设置障碍，甚至还为他的研究提供了便利，因为我知道无论怎样都会出版一本关于我的书，我希望作者能够怀有善意的动机，但突然看到这本令人并不愉快的"成品"时，我还是有些惊讶。

乔治·蓬皮杜致勒内·卡皮唐函

尊敬的部长朋友：

"有人"通报我，您本来准备在政治办公会议上强烈抗议，反对延期通过增值税法案，声称"我受到压力胁迫"，担心我要修改文本。

我要告诉您的是，如果没有我的特别关注和持之以恒的决心，就不可能起草这个文本。我原则上同意12月5日之后投票表决。因为联合委员会在19日之前似乎无法成立，如果联委会未能如期建立，我们就没有时间进行必要的补救。这样一来，政府在总统选举前会显得很失败，增值税法案也会受到质疑。当然，联委会应该能够成立，文本可以在20日之前投票通过，我对此并不反对，但谁能保证？

最后，我还要说，我对您提到的"压力"感到震惊和伤心。我本以为您对我相当了解，知道我从不屈服于压力。况且，大家都知道，在过去近四年的时间里，没有人敢任意为之，而且在任何情况下，我也从未让步。

请接受我对您的良好祝愿。

乔治·蓬皮杜

1965 年 11 月 16 日

8

走向考验
1966—1968

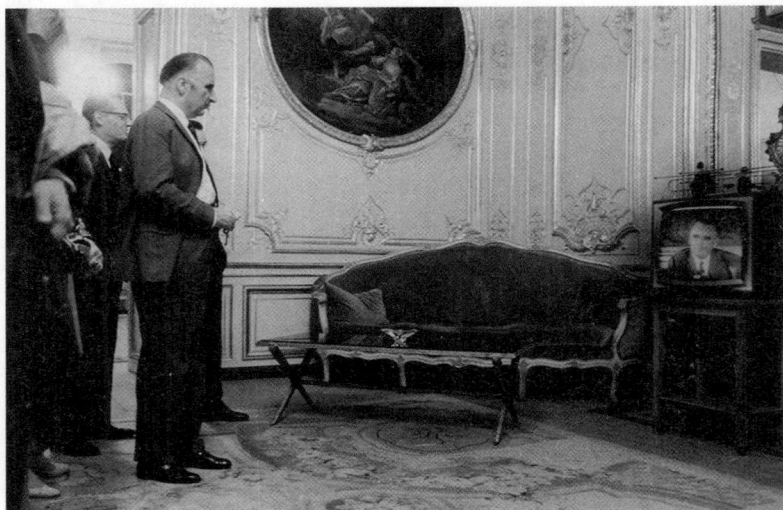

1968 年 5 月，从阿富汗返回，宣布重开索邦大学

1966 年初,总统选举刚刚结束,乔治·蓬皮杜再次被任命为总理,对内阁略做调整,由米歇尔·德勃雷取代瓦莱里·吉斯卡尔·德斯坦,担任经济和财政部部长。这段时期相当平静。这是多年来法国第一次不受外界干扰,仍然延续着三十年辉煌期的发展速度。尽管如此,在 1967 年的议会选举中,即将期满的多数派所占席位已寥寥无几。乔治·蓬皮杜面临双重困难。瓦莱里·吉斯卡尔·德斯坦离开了内阁,急于表现自己,不断向政府发难,不久之后他揭露"政府一意孤行"。由于总理越来越像未来的继承者,国家元首与总理之间的关系也变得更加错综复杂。"参与制"对于戴高乐将军来说非常重要,但在蓬皮杜看来,却是个模糊的概念,有可能因此而削弱企业管理层的权威。

1968 年春天,一场学生抗议运动不期而至。

作为戴高乐将军的总理,1968 年 3 月,乔治·蓬皮杜就察觉到"事件"令人不安。从 1 月开始,南泰尔大学校园爆发了局部骚乱。青年和体育部部长弗朗索瓦丝·米索夫与对现状不满的年轻人领袖达尼埃尔·科昂-本迪进行了激烈辩论,校园性自由是焦点问题。4 月,骚乱仍在继续,舆论普遍同情大学生。

5 月 2 日,乔治·蓬皮杜正式访问阿富汗,出访时间是很早以前就确定的。他离开的第二天,索邦大学就被造反的年轻人占领,原因是人们对部分学生被捕感到不满。当天晚上,巴黎发生了第一次夜间骚乱。此后，形势不断恶化。所有绥靖尝试均告失败。拉丁区发生冲突后索邦大学被关闭，法国学生联盟（UNEF）主要领袖之一雅克·索瓦热奥宣布，除非索邦大学重新开放，否则将被全天占领，戴高乐将军对此拒绝让步。10 日，矛盾升级，索邦大学周围开始设置路障。乔治·蓬皮杜在接到米歇尔·若贝尔的消息后，决定紧急返回巴黎。

一回到巴黎，总理立即评估了局势的严重性。在他出国期间，路易·若克斯临时负责马提尼翁宫事务。乔治·蓬皮杜已经从路易·若克斯那里得知，戴高乐将军态度坚决，誓不妥协。蓬皮杜判断，形势仍在掌控之中，但政府应该表现出善意。因此，5 月 11 日晚八时，他发表电视讲话，决定重新开放索邦大学。这项举措引起很大争议。雷蒙·阿隆在《快报》发表批评文章，蓬皮杜以个人名义予以回复，这封信发表在《恢复事实真相》一书中：

> 亲爱的朋友：
>
> 　　我认真读了您关于"五月危机"和大学问题的文章，我很欣赏。但是，您文章中提到了埃德加·富尔的演讲，为此，我不得不写信予以纠正，以免您对读者造成误导，我的这封信完全是封私人信件。您写道："乔治·蓬皮杜以安抚做赌注，但他输了。"
>
> 　　我要告诉您的是，您弄错了。我没有下过任何赌注。我认为 5 月 11 日的决定要想阻止事态发展，只有百分之一的可能。您认为呢？我所做的只是一个将军在无法坚守阵地时的不得已之举。我退守为防御姿态，我认为这是"主动"退守，既为了挽救局势，也为了平息舆论。[……]
>
> 　　您很清楚整个事件中舆论所发挥的作用；我把索邦大

学还给了学生，这样游行示威就失去了战略性目标，不能称其为骚乱，而只是示威了。重要的是，在满足舆论期待后，我还扭转了责任关系。过去认为是"大学生"的错，现在则归咎于一些挑事者，而且性质也不是无辜的人对政府和警察的挑衅自卫。我争取到更多时间……

您不要弄错，5 月 11 日晚我打赢了政治这一仗[……]。

乔治·蓬皮杜

乔治·蓬皮杜从阿富汗回国后，始终身处第一线。他和警察局局长莫里斯·格里莫最关心的是防止冲突转化成悲剧，他们在这方面的努力取得了成功，但是骚乱没有停止。工人的不满情绪逐渐与学生抗议相互叠加。5 月 18 日，戴高乐将军结束罗马尼亚之行，此时的法国几乎已经瘫痪。5 月 24 日，国家元首在广播讲话中宣布对"参与制"举行公投，但这一倡议最终流产。25 日，在位于格勒奈尔街的社会事务部举行谈判，各方代表与会，蓬皮杜主持会议。最低保障工资增加至每小时 3 法郎，提高了 35%。但是，法国总工会领袖与工人代表商量后，拒绝了这个协议。此后，虽然学生运动已经明显缓和，但局势开始失控。

29 日上午，戴高乐将军突然乘直升机离开，去向不明。后来大家才知道他去了巴登-巴登，与马絮将军见了面，下午晚些时候返回科隆贝双教堂村。这次没有事先通知的出走始终蒙着一层神秘的面纱，乔治·蓬皮杜产生了强烈的挫败感。他设法说服总统立即解散国民议会，并宣布放弃公投。他再次担任总理职务，并改组内阁。6 月 23 日和 30 日的议会选举中，戴高乐派大获全胜。但就在获得成功之后，戴高乐将军决定撤换总理，莫里斯·顾夫·德姆维尔被任命为政府总理。国家元首让乔治·蓬皮杜"为共和国做好准备"。乔治·蓬皮杜离开担任六年之久的职位时,看到自己在五月采取的行动获得广泛共识,他对此深感满意。7月16日,《新观察家》总编克洛德·克里夫写给他的一封信可以为证。

总理先生:

收到这封信,您也许会感到惊讶。无论是我所在的杂志,还是我本人,在过去几年,特别是过去几个月中,对您都极尽苛刻,尽管我一直在尽可能地忠诚于我坚信的真理。

我现在可以更加没有顾虑地告诉您,我多么尊重乔治·蓬皮杜和他的才华。在过去几周里,我一直在"观察他",虽然我并不赞同他的政治主张。如果之前我向您说这样推心置腹的话,可能会显得虚伪可笑,有阿谀奉承之嫌。在马提尼翁宫,您周边有太多记者"溜须拍马",以至于我根本没有往这方面想。

即便离任对您来说不是完全无所谓,但影响也许是微乎其微的。但当我身边的同事遭受权力的致命吸引而左右摇摆时,有可能也被迫放弃追随您时,您不应对此无动于衷。

总理先生,请接受我对您的崇高敬意。

埃里克·鲁塞尔

乔治·蓬皮杜致弗朗索瓦·莫里亚克函

尊敬的大师：

　　看了您回击对我们"戴高乐派"攻击的文章，我深感欣慰，但我没想到您会对菲利普·德·圣罗贝尔[1]对我的个人攻击也予以回击。我要对他表示感谢，正因为他的行为，我又得到了您的帮助。

　　我的牙齿不够整齐，这是事实，我在二十岁时曾为此苦恼，连微笑都受此影响。勒卡尼埃先生多幸福啊！但现在我很少想笑。当让我对将军向我发出的明确指令保持缄默，这简直是一种折磨。现在某些人制造的阴谋开始被披露曝光，在这种情况下人们被"压制"，根本不可能表达对戴高乐和他的部长们的任何不满。人们第一次发现，在这类事件中，包括《每时每刻》和《快报》在内，谁都不敢影射有哪位部长"涉及其中"。这种沉默令人感到不轻松。

　　如果我对那些轻率冒失但还算纯粹的攻击者，以及那些沉醉于炫耀辩论才能的人置之不理，这会对未来产生严重后果。戴高乐派都有些民族思想，我认为这是一种士气，许多人相信法国的伟大必须建立在种族和待遇平等的基础之上。但在我看来，很少有人具有国家责任感。他们会问内阁成员作为一个普通人的想法，而不是作为部长的想法。但作为部长，不应该有或者必须抑制个人的想法。我了解，左翼有个传统看法——公民反对政权——他们站在戴高乐主义的对立面，他们遵从于侮辱和诽谤的传统，在不知不觉间有时会为右翼提供支持。

　　1　菲利普·德·圣罗贝尔（Philippe de Saint-Robert），生于 1934 年。记者、作家、左翼戴高乐派机关报《我们的共和国》合作者、亨利·德·蒙泰朗的亲信，担任法语专员（1984—1987）。

我对您崇敬有加，而您对我也比较看重，所以我想坦诚相告，我在此事件中并无可诟病之处。

我补充一点，我所执行的只有戴高乐政策，没有其他政策。如果有朝一日我必须独自行动，我也只会从他的教诲中获取灵感。谢天谢地，这种假设并不存在！但是，关于我的议论实在是太多了。

尊敬的大师，请接受我的崇高敬意和感激之情。

乔治·蓬皮杜

1966 年 1 月 28 日

乔治·蓬皮杜致勒内·布鲁耶函

亲爱的勒内：

感谢你的来信[1]。

1　1967 年 3 月 28 日，勒内·布鲁耶写信支持他的老朋友让-马塞尔·让纳内继续留任内阁——

亲爱的乔治：

[……] 从报纸上看到一些小道消息，说一些内阁成员包括让-马塞尔·让纳内可能被撤换。你知道我和他以及他的家人之间的密切关系。他对去年被选中担任一个大部委的部长深怀感激，对你在过去 15 个月对他的信任深表谢意，对总理及其工作方式深怀敬意。他全身心地投入到与两个议会的沟通重任中。

这项任务非常艰难，为了达成良好结果，有时会不可避免地出现延误。目前，解决饥荒问题的初步成果开始显现，但是招来很多不满的声音，特别是来自公共卫生部的批评。

就这样仓促决断似乎有失公平，无论是对其工作能力的判断，还是对这个决定本身的依据来说都是如此。鉴于你在竞选期间所强调的要最大限度地保持内阁延续性，当务之急是留出足够的时间，以便对事态做出准确的评估。

我想补充一点，换个角度来看，我们的朋友在你的团队中代表了政府必不可少的那一类有用人才。虽说没有自我标榜，但这么说多少有点夸耀之嫌。作为左翼戴高乐派，他和他的手下绝对是真正意义上的左派。他的周边都是我们这些知识分子，尤其是巴黎高师法律系和政治经济系的学者——能获得他们的尊重和赞赏并不容易。他儿子身边都聚集着一群友好的年轻一代巴黎高师学生。对于这两个圈子来说，他的离任都会被视为戴高乐主义的衰退。[……]

亲爱的乔治，我很想念你，请接受我对你的情意。

勒内

我个人希望留任让纳内[1]。但奇怪的是，米歇尔·德勃雷对他在社会事务部的工作有些看法，希望他调动岗位。

无论如何，他都不会被调离政府。

顺致友谊。

乔治·蓬皮杜
1967 年 4 月 3 日

---

1 让-马塞尔·让纳内（Jean-Marcel Jeanneney, 1910—2010），曾担任社会事务部部长（1966—1968）。

乔治·蓬皮杜总理讲话摘录

[……]

我认为，现代人可能正处于有史以来最大的十字路口。我指的是，人们接受了传统教育和培训，正如我们所接受和传递的那样，然而知识和道德发生了巨变，而人们在没有准备的情况下却要面对这一切，面对这个与自己所了解的世界完全不同的世界。

因此，我认为波德莱尔在 19 世纪和 20 世纪都远远超越其同时代的人（因为无知、冷漠，还是天才？），他参与了现代世界第一次重大变革，以纯粹的眼光观察世界，我更喜欢说安静地观察世界，以理性和科学作为信仰。

波德莱尔思考摇摇欲坠的旧观念，发现道德和社会的形而上学的旧有框架在撕裂，因此拒绝接受科学乐观主义。所以，他对弥补过去和之后出现的空白感到遗憾，没有什么能够填补空白，他感到烦恼，对根本性的问题无法做出回答。

[……]

正因如此，波德莱尔在惴惴不安中被推往死亡的河岸，他只能在痛苦中探寻难以理解的前程。他回头是为了观察已经被无可挽回地摧毁掉的过去，人类已经走到了无法回头的地步。因此，从逻辑上讲，波德莱尔清楚地知道只能在绝望中死亡。

在我看来，这似乎正是我们今天的悲剧和我们所处的世界。在当今世界，一切都受到质疑，我们对任何问题都没有一个令人满意且理性的回答，怎样才能防止陷入谬误？如果说行动与梦想不是姊妹，怎样才能对行动充满信心？道德的坚实基础是什么？究竟是个人意识还是社会关系？

几千年来人类已经对这些问题做过回答。给出的答案各种各样，千差万别，但都是从集体的角度思考。

然而今天，在精英辈出、寻找答案的新世纪，每个人都是个体。

这正是波德莱尔一直以来的追求。因此，我认为他具有现实意义。（掌声）

1967 年 5 月 27 日于尼斯

乔治·蓬皮杜致米歇尔·德勃雷函

亲爱的米歇尔：

公务人员这件事让我很生气，我不想对您隐瞒我的态度。不管您与米什莱[1]之间有什么矛盾，都必须解决这个问题。

我补充一点，公务人员的工资和涨薪方式是政府的事情，无论如何，有关此事的两位部长必须达成一致意见。

因此，我应该并且有必要召开一次会议，对内阁会议上要通过的建议逐条研究。未来几天要完成这项工作。我诚恳地希望您能帮助我。

我希望您能仔细研究一下统一提高一般性治疗费用的问题，我认为这个问题在社会层面和政治层面都会产生令人满意的效果。就算米什莱没有要求仲裁，我也会提出这个问题。

我知道您的任务非常艰巨，我也一样。我们应当互帮互助。

顺致友谊。

乔治·蓬皮杜

1967 年 6 月 15 日

1　埃德蒙·米什莱（Edmond Michelet, 1899—1970）于 1967 年担任国务部部长，主管公职人员事务，当时米歇尔·德勃雷担任经济和财政部部长。

乔治·蓬皮杜致罗贝尔·皮若尔函

[……]

老兄,我想你对我的职业乐趣有种不准确的认识。要知道看似舒适的出访其实是你所能想象到的最痛苦、最可怕、最累人的事情。实际上,我对这份工作最满意的地方是能够将想法变为现实和做决定的成就感,争吵有时甚至是令人快慰的事情。但是旅行却是道伤口,在匆忙的行程中,与一群官员在一起,很难感受到乐趣。每当看到赏心悦目的事物时,就想以后自己再回来慢慢品味,不带那些可笑狂热的随从人员。

其实,如果从政能有 3 个月假期的话就太理想了。在这 3 个月中(紧急时期 2 个月也可以!)过过普通人的生活。过去基本如此,除了个别非常时期,但现在电视抹杀了这种可能性。

[……]

顺致祝福。

乔治

1967 年 7 月 30 日

乔治·蓬皮杜致安德烈·马尔罗函

亲爱的安德烈:

我贪婪地一口气读完了您的《反回忆录》,现在把书退还您——阅读这本书不同于阅读《亲爱的卡罗利娜》,完全可以用贪婪这个词来形容。我要告诉您的是,我很喜欢这本书,这一点您也能料到,但最让我兴奋的是在您的作品中总能看到您的影子,没有任何其他方式能更好地了解安德烈或者马尔罗。这是本好书。

如果您还要修改样书的话，我认为有几处重复的细节可以删减，还有一些印刷错误，可惜我没有记录下来。

感谢您带给我的阅读快乐。

乔治

1967 年 8 月 9 日

乔治·蓬皮杜致罗贝尔·皮若尔函

亲爱的老友：

谢谢你的来信和带来的消息，也感谢你所做的工作。我会带着你的来信和搁置在一边的计划去卡雅克，我和克洛德会在那共度一周假期。我不想对你隐瞒自己对清静和休息的渴望，最终还是稳定的生活压倒一切！而且，我还是少数人之一——可能是唯一能够完全抽身的人。当我与朋友在一起或度假时，我可以完全不想我的"事业"和各种问题：只有上帝知道它们的存在。尽管如此，最终还是会被工作填满，这真是个奇怪的职业，许多人公开地抛弃你，还有许多人在暗地里悄悄背弃！有时候，我真希望他们能成功！但是奥弗涅人的好胜心总是占上风。

［……］

顺致友谊。祝好。

1967 年 12 月 15 日

乔治·蓬皮杜致弗朗索瓦·莫里亚克函

亲爱的先生：

在您的《记事本》(*Bloc-Notes*)中有一句话深深触动了我,由于我的疏漏,未能给您写信表达我的感激之情。但您在《我们的共和国》[1]上的文章促使我写了这封信。

如您所言,这份报纸对我丝毫不留情面。报社人才济济,我对其中一些人抱有个人好感,但他们更愿意通过攻击将军的总理来证明他们虽然是戴高乐主义者,但更是左翼。

如果他们没有这个情结,如果他们和我一样坚信戴高乐主义和左翼之间,戴高乐与各种进步之间其实并不矛盾! 那样的话,他们的攻击目标一定会是那些自称左派的人,或是那些验明正身的保守派……不过这是另一回事。

无论如何,《我们的共和国》是依靠政府补贴生存的,我想这对任何人来说都不算是秘密。我想告诉您的是,我绝不会使用任何手段对其施压! 这也不是我的风格,我相信这在共和国历史上也是第一次,没有记者到马提尼翁宫来找靠山。

但是,请不要以为我对《我们的共和国》的大力支持是接到将军的命令。首先,在这种小事情上,我可以自己做主。其次,我承认对勒内·卡比唐的几篇文章(特别是他把我说成是资本主义代言人)非常恼火,将军告诉我,他已经开始厌烦这份报刊,"应该断绝经费"。我没有记录将军的这句话,因为我相信他以后会反悔,所以我准备找机会自行了断恩怨。什么都没有改变,也不会改变。

请不要以为我不想"做大"一份周报。不幸的是,我还没有找到

1　《我们的共和国》(*Notre République*),左翼戴高乐派周刊。

相信我要么能够支付数亿，要么能够为了满足自己的喜好"要求"资本家这么做的人。安德烈·弗罗萨尔是个天才，但他不适合"经营报纸"，所以他还是应该负责《观察家》而不是《快报》。不过最近我有了新发现—— 一个项目正在酝酿中。我委托两位毫无争议的"左翼"从事一项研究。目的何在？如果计划失败，错也不在我。但要做一份发行量在 10—15 万的周报并不容易，如果销售不畅的话，成本会很高。这与精心制作一份宣传单并免费分发 1500—2000 份大不相同。

[……]

请原谅我得明确告诉您，这封信及信中提到的事项希望只限您本人知晓，因为我想了解您的看法。

亲爱的先生，请接受我对您的敬意和钦佩之情。

乔治·蓬皮杜
1968 年 3 月 8 日

乔治·蓬皮杜致弗朗索瓦·莫里亚克函

亲爱的先生：

您对我的感想有何见解？

我有些后悔，不该因为《我们的共和国》上发表的一篇小文章就写信给您，这篇文章对我进行了错误的抨击，也抨击了您在电视节目中的对话者。

除了感激您在全体法国人面前为我辩解，我想告诉您星期一晚上您给我留下的深刻印象。我指的不是报纸上对您的那些评论、您的"青春活力"、回答问题时的才思敏捷和"极富感染力"的面容，而是您的卓尔不群和高贵气质……您的对话者与您根本不在一个层次，你们的精神世界完全不同。

为什么有些人并不愚蠢，也没有敌意，却不明白一个人只有钦佩那些真正值得钦佩的人，而不是故意贬低之，自己才能变得强大。在这次严肃的谈话中，记者们呼吁"要对谈话者不留情面"，同行间要"保持默契"，不忘相互赞美。先生，我非常钦佩您，如同我钦佩戴高乐将军一样，这种感情不会减弱。

感谢您让法国人享受了一个小时伟大精神的洗礼。

亲爱的先生，请接受我的崇高敬意。

乔治·蓬皮杜

1968 年 3 月 13 日

总理职责纪要

1968 年 7 月 [1]

　　该如何概述六年来我在政府的工作经历？我不准备回顾发生过的事件,解释某项政策,或对某项措施进行辩护或表达遗憾,我只想写下自己对总理职责的思考,包括我所承担和认为的职责。1962 年 4 月,我记得当我接受任命时,感觉非常复杂:既感到自豪,有大干一场的抱负;也有不堪重负的担心。当然,我在戴高乐将军身边已经工作过 18 年,对政务也相当了解。但是,我没有与议会打过交道,没有被公众人物的身份束缚过,也没有与报刊、广播、电视打交道的经验。尤其缺乏责任担当方面的经历:一方面要研究情况,提出意见,妥善解决;另一方面要做出决定,并为此承担相应的责任。

　　的确,第五共和国总理无须承担最高责任,这是国家元首的职责。总理应该有基本的驱动力,能够做出主要选择和最终仲裁。总理在同意执行一项政策时,就必然地承担了责任。但至关重要的是,要记住做最后决定的人不是总理。总理的权力是有限的,这也是其能保持心平气和的原因,尤其是当共和国总统是戴高乐将军时。

　　但总理的职责并不轻松。首先,要尽量不受束缚,保持问心无愧,绝不能在重大事项上与国家元首的意见有分歧。可以这么说,总理必须与共和国总统步调一致。必须确保所有部长行动协调配合,内阁团结协作,这种一致不仅限于行动,也包括观点和私下的想法。

　　1　莫里斯·顾夫·德姆维尔于 1968 年 7 月 10 日接替乔治·蓬皮杜出任总理。

必须领导好日趋艰难、职能不断拓展的行政机构,越来越多的难题等待着马提尼翁宫来解决。必须在议会面前为政策辩护,力排众议。总理有义务解释,为政府行动辩护,寻求和保持多数议员的支持,必要时还要不择手段。这些虽然不是最难的工作,却是耗费时间的日常工作,而且有的事情还上不了台面。总理要有耐心,要执着,无视各种攻击。还要学习登台演讲,召开公开会议和发表电视讲话,我在这方面付出的努力最多。

此外,不仅要了解和彻底掌握所有事情的进展,还应当顺应和感应形势,采取或提出最好的措施建议。有时会犯错,也会感到遗憾。因此,根据专家的意见,1963 年春季我决定征募未成年人,这是一个错误,我现在还在责备自己。我认为,重要的是,要意识到自己的错误,以后不再重蹈覆辙。

总体而言,回想过去六年的经历,我很惊讶自己居然能坚持下来,也没有遇到太多麻烦和危机。

当然,不可否认的是,我们的政局很稳定,但为此付出了多少代价!我们国家的稳定从来不过是反对力量的躁动和政府侥幸生存之间的一种危险平衡,就像进行一场障碍滑雪赛,有时感觉似乎接近了终点,然而在政治上,终点并不存在,甚至在我们以为前进的时候,反而离目标越来越远。只有坚持努力才是最重要的。

是否因此就得出令人气馁的结论? 显然不是。人们说权力是一种毒品,但对我而言并非如此。我对于权力所带来的权利、荣誉和随之而来的便利不感兴趣。我本来可以过另一种生活,我甚至想说,我更喜欢过另一种生活。但是,能够参与缔造历史的使命,能够在一位杰出人物的身边工作,并亲身参与前所未有的国家复兴事业,这是千金不换的机遇。只要想想 1958 年的法国:当时的国内外形势,法国在世界所处的地位,当时的精神、物质和政治状况,再看看戴高乐将军在过去十年中取得的成就,我就为自己这么多年中能够作为他的第一助手参与这项伟大的事业感到莫大荣幸。也许人们期待我在这里谈谈自己的个人行动、最感兴趣的领域,以及我占据了上风的观点。我承认,无论我在这些方面花费了多少时间,付出了多少精力,对我来说都不重要,尤其对于未来而言,更加不重要。为了让大家明白我的意思,我想说的是在我做出的所有决定中,包括那些不假思索的决定,同意于 1962 年 10 月就共和国总统由普选产生举行全民公投,并承担相应责任的决定,在我看来是最重要,也是最光荣的决定。光荣是因为这在当时显然有严峻的政治风险,现在人们已经淡忘。重要是因为法国以及共和国的未来取决于一个由国家元首领导的强有力的政权,这个政权必须得到人民信任,在任何情况下,能够以全体利益为重,捍卫由戴高乐将军所创造的无价财富——国家独立。

乔治·蓬皮杜致勒内·布鲁耶函[1]

亲爱的勒内：

如果有需要的话，我会甘于"回到原位"，将军对此无须怀疑，但我相信他是按照自己的想法做出的决定。无论出于何种原因，我都理应得到善待和尊重。至于将来如何，谁也说不准。让我们拭目以待。现在我解脱了。

祝好。

乔治

1968 年 7 月 20 日

1　勒内·布鲁耶来信——
　　亲爱的乔治：
　　　　请原谅我重提周六的谈话。我的理解是，你出于礼貌，对将军说选择权在他。我理解你由于劳累，产生了卸下重担的想法。但我认为，将军从未怀疑，你会随时待命，而且你也在等待他的召唤。任何人都会这样理解。你的任何其他选择无疑都是对周日胜利的背道而驰和损害。
　　　　顺颂友谊！

勒内

9

为共和国做好准备

1968—1969

1968 年 5 月,签署《格勒奈尔协议》,与雅克·希拉克、爱德华·巴拉迪尔的合影

　　1968 年秋,乔治·蓬皮杜的处境相当尴尬。随着 1968 年五月危机的结束,他看到自己主张的策略获得胜利:如他所愿,重新举行了议会选举,多数派共和国民主人士联盟(UDR)旗开得胜,观察家认为这是他在"风暴事件"中的分水岭。此后,他不再担任政府职务。作为康塔尔省议员,他只担任了共和国民主人士联盟的名誉主席。他与戴高乐将军的关系变得错综复杂,国家元首已经有 79 岁高龄,依然掌管着爱丽舍宫,但"五月风暴"对其权威造成了很大伤害。戴高乐将军第一次感觉到身边的这位政治家已经具备未来继承人的风范。

　　乔治·蓬皮杜卸任总理职务后就隐退了。他前往布列塔尼休假,在此期间出现了生病征兆,五年半后,疾病夺走了他的生命。在平静的生活中,他开始撰写国家刚刚经历的风暴引发的政治思考,这就是可以了解第五共和国第二位总统思想的重要著作《难以解开的结》,这本书对分析现代社会仍然具有参考意义。这些文章和论文是在 1974 年蓬皮杜逝世后才出版的。

　　前总理结束休假后,在拉图莫布大街的一个宽敞公寓里建立了自己的总部。他以前的重要助手米歇尔·若贝尔、爱德华·巴拉迪尔,玛丽-弗朗斯·加罗和皮埃尔·朱耶加入其中。他们谨慎地制定行动原则:乔治·蓬皮杜要继续"存在"于公众视线中,但不能影响莫里斯·顾夫·德姆维尔内阁和戴高乐将军。为此,蓬皮杜对国民教育部部长埃德加·富尔希望通过的大学指导法投了赞成票,尽管他对该法律持有强烈的保留意见。10月4日,戴高乐将军邀请蓬皮杜参加了在爱丽舍宫官邸举行的私人晚宴,这次会面的氛围令人满意。蓬皮杜私下对记者雷蒙·图尔努透露,将军对自己说过:"您要做好准备,还必须让大家看到。"

这时爆发了马尔科维奇事件。我们知道,乔治·蓬皮杜对于这种利用夫人打击自己的卑劣行径感到异常痛苦。特别是当他知道这是由一些不择手段且与在任政权有关联的人制造的阴谋时,感觉更受伤害,而期盼中的戴高乐的支持也迟迟未到。自此之后,他开始调整自己的行动,首要任务是回击针对他的阴谋诡计,同时保持自己在1968年五月危机中积累的人气。1969年1月,他前往罗马,与教皇和意大利政府会谈——此行得到国家元首的同意——他向记者透露他曾对巴黎记者说过"无数次"的话:"如果戴高乐将军隐退的话,我会成为继任者候选人[……]我相信,如果举行总统选举的话,我会作为候选人参加选举,这对任何人来说都不是秘密。"这些言论立即引起轩然大波。法新社驻当地记者罗贝尔·芒然把消息传回巴黎,各大报刊纷纷转载,《巴黎快报》经理皮埃尔·沙尔皮的态度尤其积极。几天后,戴高乐将军在部长会议上发表声明,作出回应:"我有履行总统职责的责任和意愿,直至任届期满。"乔治·蓬皮杜不久后在日内瓦重申了罗马言论,但这次却是有意为之。

乔治·蓬皮杜的声明之所以能够引发共鸣,是因为当时的政治环境所致。在戴高乐将军的坚持下,公投最终于1968年春天举行,定于4月27日投票。这个消息在坎佩尔公布。每个人都感觉到,国家元首将自己的命运与公投联系在一起。共和国总统的继承人问题被真正提上日程。

当公投宣传开始时,马尔科维奇事件正朝向新的同时也是让人痛苦的方向发展。弗朗索瓦·马尔康托尼是退出江湖的无赖,涉嫌谋杀斯蒂芬·马尔科维奇。曾是贝当元帅律师的雅克·伊索尔尼为弗朗索瓦·马尔康托尼辩护,他直接对蓬皮杜夫妇点名道姓。戴高乐将军作出回应,邀请蓬皮杜夫妇于三月初参加晚宴。这是将军和蓬皮杜之间的最后一次见面,晚宴的气氛非常沉闷。前总理强调自己在遭到恶意中伤时没能得到期待的支持。将军则不满他的这位前同僚在自己任职期间就明确表示要做共和国总统的候选人。

在接下来的日子里,乔治·蓬皮杜开始参加公投的宣传活动,他对获得成功并未抱幻想。4 月 27 日,反对票占多数;戴高乐将军立即辞职。29 日起,蓬皮杜成为最高职位的候选人。

1969 年 6 月 1 日,乔治·蓬皮杜在第二轮投票中战胜对手阿兰·波埃,当选为共和国总统。阿兰·波埃是参议院议长,在戴高乐将军辞职后担任代理总统。

埃里克·鲁塞尔

乔治·蓬皮杜致弗朗索瓦·莫里亚克函

亲爱的先生：

在读过您所写的《笔记》之后，我想给您写这封信。您在其中提到了《魔鬼附身的人》（*Les Possédés*）一书。的确，在我看来，这本书也许是浪漫派文学的传世之作。很久以来，我一直认为，这本书所描述的世界与我们在五月份所经历的事十分相似，这是最明显不过的。正如您所说的，如对事情的根源进行深入研究的话，我们就会看到，根源在于那些不信上帝的人感到惶恐、失望。

这就是说，解决问题并非易事，而且可能不是我们力所能及的。人们提出了要求，并举行了示威游行，表面看是荒唐的，但实际上却掩盖一场深刻的悲剧。我对此十分清楚，并且感觉到，那些声称要统治一个国家，而又不知自己究竟追求什么目标，也不能肯定这一目标是否符合人民愿望的人，他们的担子多么沉重。

这也就是说，如您所猜测的那样，在克服了这场危机并取得了竞选胜利之后，我不但没有感到欢欣鼓舞，反而心绪不宁；在经受风暴考验之后，我亟须离开一下，以便思考一些问题。在第二轮选举前，我就主动向将军谈了我的想法，后来又向他说过一次。然而，还有一个事实：那些人，也就是我曾与之谈过我的厌倦心情的人，他们给我施加了压力，有人还指责我"背叛"了那些信任我的人，这就促使我最后托人告诉将军——那是在 7 月 6 日（星期六）——如果需要，我准备继续担任总理。

将军通过别人给我回话说："太蠢了。"可是在前一天晚上，他已经要求顾夫·德姆维尔出任总理,而后者也接受了。

　　7月5日,顾夫·德姆维尔对我说,我应该留任。7月9日,我对他说,我最终同意这一意见。他那时对我说:"在这种情况下,一切都得重新安排了。"我回答道:"已经晚了,全都定下来了。"他没有再多说。

　　如何下结论呢? 这个人——顾夫·德姆维尔——并不卑劣,但他野心勃勃。他乐意去碰碰运气。我为什么要责怪他呢?

　　至于将军,很明显,我辞职的想法和他想独掌政权直至他自己引退之日的愿望是吻合的。对此,我没有什么要说的了。当然,我本来是希望他一开始就把话说清楚。然而,我对他是如此钦佩和了解,以致不可能不知道,也不可能不承认,他从未向任何人真正吐露过心迹。

　　所以,您所写的是有道理的,事情也正是如此。将军将独自撰写他执政的最后几年的历史。顾夫·德姆维尔将是一个忠实、聪明、灵活和称职的执行者。至于我,我所试图做的,并不是去理解我们的时代和我们的社会,而是思考各种可以满足这一代既有热情而又漠然的青年人的行动方式和目标,我认为我已本能地理解了。

　　恕我给您写这封信,并习惯把您当作我的知音。您写的关于我的那些话令我极为感动,也深感荣幸。我要竭力使自己受之无愧。

　　亲爱的先生,请接收我对您的崇高敬意。

乔治·蓬皮杜

1968 年 7 月 23 日

乔治·蓬皮杜向夫人致敬

在我的生命当中,我的夫人对我最为重要。很久以前的一个冬日,我和几个朋友一起去圣米歇尔电影院。我们进去时电影已经放映了,电影是循环播放的。当灯光亮起时,我看到右前方两三排的位置坐着一个金发女孩。我们的目光偶然相遇,立刻发生了化学反应。灯光熄灭,开始播放影片,然后灯光重新亮起。女孩起身离开。在走廊里,我们的目光再度相遇。

过了段时间(应该是两个星期),我在圣米歇尔大街遇到了这位年轻女子。她独自一人,步履匆匆,穿着一件驼色长大衣。我犹豫片刻,然后转身追上她,与她搭话。好不容易才得到她的联系方式,我得让她相信自己并非经常搭讪。我们对彼此有种特别的感觉。

我们就这样相识,结婚。此后,我们从未停止过相爱。大家对巴黎的风气都很了解,曾有一位很有魅力的年轻女子向我抱怨,我告诉她:"不要言过其实。我知道在巴黎有琴瑟和鸣的一对,那就是我和我夫人。"我们彼此信任,各自自由交友,因为我们之间的感情纯粹美好,坚不可摧。因此,她的声誉绝不能受损,这点对我来说极其重要。

1968 年秋

乔治·蓬皮杜致罗贝尔·皮若尔函

亲爱的老兄：

　　终于等到你的来信和消息，本想给你回封长信，但是你也能看出，这些日子我焦躁不安。我爸爸一直身体健康，上周日还像个年轻人，这周六上午突发严重心脏病。虽然他以惊人的毅力挺过了一关又一关，但他的身体越来越差，心脏衰竭，难以负荷身体器官。他并不痛苦，因为他已经失去了知觉。我和家人对这突如其来的意外都伤心欲绝。

　　其他事情也不顺利。等一切结束后，我会告诉你的。

　　你要尽量保护好自己，告诉自己最糟的情况和最惨的境遇有时坚持一下就过去了。

　　祝你们一切都好。

乔治

1969 年 1 月 31 日

《拓展》杂志罗歇·普里乌雷专访乔治·蓬皮杜

1969 年 2 月

《格勒奈尔协议》签订快一年了，依然对法国经济起着主导作用。我们代表《拓展》杂志的读者，请您回顾一下当时谈判的情况。

此前，当回顾 1968 年事件时，人们会对您 5 月 2 日从奥利机场前往伊朗和阿富汗访问的决定感到震惊。现在回过头来看，您出发的时候似乎心情很放松，并没有感觉被什么事情所羁绊。

我不想回顾 5 月发生的事情，也不想多说我在此期间的所作所为。

但我可以告诉您，我之前已经为南泰尔校园的事情忙碌了相当长一段时间，其他我就不多说了。我并不比其他人知道得更多，我没有料到会发生街垒战。

与此相反，我认为 1968 年春季时的社会矛盾相对比较突出。我在此之前对农民的要求高度重视，一定程度上可以证明这一点。从我当时所任职务的角度出发，应该避免工人和农民同时对政府产生不满，这是再正常不过的。

我对社会矛盾的担心有何根据？很大程度上是基于统计数据，数据并不准确，但失业人数非常准确。我认为我们的失业率已经达到临界点。

您知道，失业会造成两种完全相反的后果。一种后果是工人阶级人人自危，害怕失去工作，因而维持平静的状态；另一种后果恰恰相反，不满的情绪爆发，局面失控。我认为第二种可能性更大。事实上，失业率主要影响的是年轻人，卡昂、萨维姆（Saviem）和罗迪亚策塔(Rhodiaceta)发生的事件引起我们的注意：在没有工会的地方，青年人的运动基本上都会自动引发工人运动。

既然如此，为什么还要出访……要知道，对伊朗和阿富汗进行的国事访问，接待国需要事先做大量准备工作。如果只因为存在某些担心就取消访问，这样做是非常不得体的。

而且，我们的政体规定共和国总统拥有最高权力。戴高乐将军当时在国内，身边还有代总理。如果我认为在自己离开法国这么短时间内，就会造成权力真空的话，那也太自命不凡了。

学潮向其他领域蔓延虽然具有法国特色，但这种现象从来不是法国特有的，而是一种全球性的危机。法国的特别之处在于，学潮引发了工人运动和全国性罢工。

我认为大学问题在法国比其他地方更具政治意义，这是法国的独特之处，并且历来如此。大学是催化剂，影响远远超出其自身范围。回想一下十九世纪，大学生和精英学校的学生曾多次担当导火索的角色，不要忘记综合理工学校的学生在王政复辟时期的抗议活动。

第二个原因是这次学潮的领导人有明确的诉求。概括来说，这次全球浪潮针对的是资本主义消费社会，在法国尤其如此。此外，1958年建立的政治体制也是法国浪潮的目标。

正因如此，学生运动得到了反对派的响应，在政党中造成震荡。再加上法国的工会制度，大部分工会与有关政党联系密切。而当时的法国劳工民主联盟(CFDT)时而与联盟领导人有联系，时而与统一社会党(PSU)领导人走得很近。

因此，学潮蔓延到工人阶级的结果是可以预测到的。我认为这种趋势在运动初期并不确定，但是5月13日巴黎游行示威的成功起了决定性作用。工会领袖突然发现巴黎的社会舆论支持学生运动，而这有利于搅动政局。

我要提醒您，5 月 13 日的游行口号是："十年，够了！"我认为这起了推波助澜的作用，而青年工人充当了传输带。例如，在克莱翁工厂[1]和其他地方，工会领导人发现自己身不由己地陷入其中，在工人冲突的扩大化上甚至发挥了火上浇油的作用。

上个月我去了趟意大利。我发现，在米兰和都灵，全体民众对学生运动很冷漠，甚至充满强烈敌意。我的同事发现德国的舆论同样如此。在柏林，这种感受尤为强烈。在这些欧洲国家游历的人与当地居民感同身受，认为学潮不过是优越的资产阶级子女的示威。与此相反，在巴黎却出现了对学生的一致声援。我觉得外省的气氛与此截然不同，更接近我们的欧洲邻国。

的确如此，但我要强调的是拉丁区[2]具有的象征意义，发生在拉丁区与发生在世界任何其他大学所产生的意义大不相同。

起点就是 5 月 13 日示威游行的成功。按照您的看法，工会从中发现了可乘之机。但目的何在？

目的在于获得政府对社会事务的重大让步和政治妥协。

他们真的想两者兼得？

我相信他们是这么想的。在当时的形势下，他们预想了各种情况，但是还无法清晰地作出分析。只能等事后再作分析。

1　雷诺集团克莱翁工厂（Cléon）位于诺曼底，在 1968 年 5 月至 6 月的罢工和占领工厂运动扩大化中发挥了关键性作用。

2　拉丁区处于巴黎五区和六区之间，是巴黎著名的学府区。

当时您是否已经意识到这场运动会迅速发酵？

是的，当然。

我很清楚您将此归咎于工会领袖和政治家的企图。但他们获得了如此强烈的响应，该怎么做呢？

每个国家都有其历史性时刻，我相信 1953 年的罢工当属此列，这场社会运动是由政府的不合理法令引发的。运动在初期是非暴力的，主要是为了博取同情和解决保障匮乏。后来罢工者感觉有必要采取行动，希望能够得到更多好处。

工薪阶层是否对他们的收入与国外同行之间的差距感到不满？

某种程度上是这样的。尤其是在风暴前几个月，人们经常拿德国人的工资做比较，法国工人的工资毫无优势可言。此外，我们还被迫对社会保障略作缩减，这就造成了社会不满。

我想强调青年工人在这场运动中发挥的导火索作用。他们大多是刚刚拿到技术文凭的农村小伙子，远离家乡和亲人。他们在工作之初的待遇与所接受的培训不相称。他们的境遇与我所说的要"打破陈规"的大学生一样严峻。

您是否很早就发现，在那些空喊口号大话连篇的人，与那些遵守革命教条但并不认为已经到了革命时刻的人之间的差异？

我不可能对此毫无察觉。这并不需要有什么政治大智慧。他们势必要担任运动的领导人，以便对运动加以控制。

当其他抗议者在为争取别的利益而战的时候，他们还会将运动引向增加薪酬的诉求。

他们很清楚，如果能够切实并立即满足人们的物质诉求的话，他们可以掌控运动的走向。

最终还是达成了《格勒奈尔协议》。这个协议是何时且如何达成的？

5 月 23 日我们决定开会，原定日期为 27 日（星期一）。但到 24 日时，我发现形势没有好转，遂决定把会议提前到 5 月 25 日（星期六）下午三点举行。

总统和政府批准了这个决定，会议议题包括：

1. 我在社会事务部举行会议，为的是尽可能避免大家重提《马提尼翁协议》；

2. 由于在社会事务部开会，当然社会事务部部长和国务秘书都会参加，并且只有他们在场。我认为这个问题具有重大政治意义，因此不能仓促做决定，以免与国家经济财政政策相冲突。但我必须拥有完全的行动自由和决策自由。

当然，如果提出了过分的要求，我会在会议间隙征求米歇尔·德勃雷[1]的意见。会议经常中断，也可以中断。但我还是希望能够在现场自主彻底地做出决定。开会前，我完全无法预料会议的气氛。唯一可以肯定的是，这件事情最重要的是速战速决。

我要强调的是，共和国总统同意我的行动原则，允许我自由裁定。

星期六下午三点，当时社会事务部的情形如何？

我正式提出要尽量简化对我的礼遇，在我到达时不要安排礼仪官宣布"总理先生到"。我同其他人一样来到会场，找到自己的座位。

---

1   米歇尔·德勃雷时任经济和财政部部长。

参会人员已经到齐,当我步入会场时,全体人员起身致敬。我对他们的出席表示感谢,并请他们就座。

我对此非常满意,虽然这只是形式而已。但至少说明了一件事,那就是政府的权威并未受到多少质疑,绝非像媒体上所报道的和人们所认为的那样。

我首先发言,宣布谈判开始,明确了谈判的范围、目标及其重要性。您可以向任何一位参会人员求证:在整个会议过程中,即便是在谈判最为胶着的时刻,总理的权威也从未受到过挑战。可以说,大家都有这种感受。

谈判是从何开始的?

是从我的简短讲话开始的,我介绍了会议的重要性,加快议程的必要性,以及恢复经济秩序的责任感。同时强调应该把这次会议作为推动社会进步的重要步骤,而不应影响国家未来的经济发展。我提出了我关心的问题,这就是我的讲话内容。

难道没有从经济和财政的角度提出控制损失的程度吗?

这就如同您告诉我,有个人要去打仗,却完全忽略了是否能活着回来的道理一样,这是最基本的问题,是每时每刻都需考虑的问题。我补充一点,并且以后还会谈到,我认为格勒奈尔谈判并未深刻撼动法国经济。我讲完之后,大家讨论了议事日程,列出了事项清单,首当其冲的便是最低保障工资的问题。

就最低保障工资达成协议,对您来说算是意外之喜?

是的。我们以每月最低保障工资为 600 法郎为起点,又将每周工作 40 小时纳入其中。这样计算的话,每小时的最低保障工资相当高。

而法国劳工民主联盟的代表重新提出了这个问题,但他是以每周工作 48 小时来计算时薪的,提出每小时最低工资应为 3 法郎。全国雇主协会抓住机会,在会上立即表态同意。

当然,我可以反对,最低保障工资应该由政府制定,因此我完全可以对工会和雇主之间达成的每小时 3 法郎的最低工资提出异议。但是,我觉得这样做似乎无法想象,尤其是在谈判的开始阶段。

我个人的感觉是,增幅有点过度,不是因为数额大,而是因为速度太快。应该分阶段增至 3 法郎,我希望至少分两次完成。

请注意,在全国雇主协会代表团的十名成员中,有三位中小企业代表,他们对增加工资的决定感到非常为难。虽然他们很客气地提醒此事,但是没有做出比我更强烈的反对行为。

让我们回到最低保障工资的问题上。多年来,我始终赞成应该提高最低保障工资的增长速度。理论上讲,最低保障工资应该采用浮动制,与物价上涨挂钩。尽管如此,我还是三番五次地提高了最低保障工资,超过了法律底线。

我可以向您保证,在这一点上,虽然我有尽快增加最低保障工资的愿望,但我发现历任财政部部长都对此很不情愿。一方面是对最低保障工资的性质存在异议,另一方面对这种无节制的上涨感到忧虑。财政部的说法是,理论上,最低保障工资对广大工薪阶层来说并不重要,但实际上,它会对低收入人群产生影响。财政部希望最低保障工资的标准定得越低越好,最好没人领取最低保障工资,这样的话最低保障工资就失去了价值和意义,人们最好忘记它的存在。

我的另一个理论是,国家应该设置工资下限,收入处在线下的人,应该享有社会保障。对于我所坚持的这个理论,历任财长都表示,要想实现我的设想,必须把最低保障工资大幅上涨 8% 至 10%,才能达到比较合理的数额。这样的话,工资势必整体都要上涨。他们的主要观点是,每次增加最低保障工资的消息都会成为所有报纸的头条新闻,并且必然会引发连锁反应。

在部长会议上,财长总是强烈反对增加最低保障工资的议案。为了从 2 月 1 日起把最低保障工资提高 3%,而不用等到 3 月 1 日,我不得不请共和国总统出面仲裁。

劳动部是什么态度?

劳动部部长始终赞成提高最低保障工资。

历任劳动部部长的态度是否会有差别?

存在差别也很自然。格朗瓦尔先生[1]无条件支持提高最低保障工资,因为他在任时的失业率很低。让纳内先生[2]虽然看到失业率在不断攀升,提高最低保障工资会让中小企业陷入困境,但他还是对这一议案表示赞成,因为毕竟现实情况千差万别。总体而言,社会事务部部长制定的政策始终支持提高最低保障工资。

我们研究了工资地区类别的问题。在开始格勒奈尔谈判时,当时工资地区不止两个类别,我们决定干脆取消分类。

讲到这里,我想再略作回顾。1962 年 4 月,我发表了第一份部级声明,我当然希望讲话内容全部是我自己的想法。但经济方面的内容参考了财政部提供的材料,我在辩论发言时,参照的也是他们的资料。我可以肯定地说,财政部在 1962 年时赞成取消工资地区分类,我也做过承诺。

1962 年 12 月,在推动将其纳入立法的过程中,我又重申了这一

1　吉尔贝·格朗瓦尔(Gilbert Granval),曾任劳动部部长(1962—1966)。

2　让-马塞尔·让纳内时任社会事务部部长。

承诺。

后来，我感觉迫于地方的要求，这个决定的执行进展很缓慢，直到 1967 年选举时还未能完成。人们批评我没有兑现诺言，的确如此。但我要说的是，格勒奈尔谈判只不过让之前的承诺和决定提前实现了半年左右。

您难道不担心突然提高最低保障工资会带来负面影响？

会有间接影响。举个例子，在通过这个决定后，财政部最担心的是，由于工资大幅提高，中小企业会陷入困境，影响他们的资产负债表。因此，财政部在信贷方面向中小企业提供了许多便利。货币的大量增加与 11 月爆发的金融危机不能说毫不相干。

在关于最低保障工资的谈判之后呢？

有些人表示他们更感兴趣的是企业的组织机构，而不是待遇问题，这部分我不想多说。

除了最低保障工资之外，关于工资增长率的决定是如何达成的？最开始向您提出的要求是怎样的？

最初的要求是由劳工总联盟提出的，他们的依据是 1936 年《马提尼翁协议》，当时有些部门的工资增长了 15%，他们表示如果这次的增长幅度低于 12% 就免谈。

关于这一点，有些人又回到了原来的话题，始终大谈特谈机构设置和社会关系。对此，其他人提醒我们应当回到主题，即工资的问题上。我们休会几小时，与全国雇主协会和工会代表在走廊磋商。最后，劳工总联盟和劳工民主联盟采取了中立态度。我们的意见差距不大，最后决定于 1968 年 6 月 1 日起上调工资 7%，其中包含当年 1

月 1 日起已经上调的 3%，从 10 月 1 日起再上调 3%。

这是一个如何评估的问题，可以看到我们做出了重大让步。就我个人而言，我认为这些数字偏高，但并不荒谬，也不会危害经济。

首先计算一下 1968 年工资增长 7%究竟意味着什么，6 月 1 日起只需要增长一部分，其余部分要等到 10 月 1 日。这两次增长是全体人员工资的提高，平均下来不超过 6%，显然这会与 1967 年采取的措施产生叠加效应。

这些措施的影响也许会持续到 1969 年，恰好可以实现错峰，有利于确保经济承受力。

年增长率通常为 6%。

哦！如果考虑到工资增长的实际情况，这个数字其实只是最低值，经常被突破。我认为，劳动部的统计数字低估了增长总额，因为 5%个人所得税有时等于甚至高于增长总额，这方面可以参考 1964 年的数据。

坦率地说，对于最低保障工资的协议我始终不放心，感觉这个协议出台速度太快，也太突然。与此相反，我认为提高工资的协议并不会损害经济的健康发展。现在我的想法依然如此。

工资的问题解决了是否意味着谈判也就结束了？

当然不是，还有许多其他问题，中间还穿插着一些特别诉求。虽然公共部门和国有部门没有直接参与，但我们也讨论了他们的问题。我答应星期二与公职人员代表见面。我心里清楚，对待公共部门和国有部门，要与对待私营部门一样，必须一碗水端平。最低保障工资的问题不算严重，因为实际上没有人的工资低于最低保障工资，但国家的财政负担势必会加重。

让我们再说说格勒奈尔谈判，会议是周一上午结束的，谈判时间很长，当时的气氛如何？

气氛还是相当缓和的，倒是我显得有些急躁，我觉得有人想拖延谈判。星期六晚上到星期天凌晨的这段时间里，我已经很清楚，我们在星期日上午无法达成协议。因此，过了凌晨四点，我们决定星期日下午继续开会。

此外，雇主和工会会员还成立了研究小组，讨论企业内部的社会关系。

这方面您是否有所介入？

我只参与了讨论的尾声，表明政府将提交一份法律草案，维护企业主权威，促进工会的行动自由，保护工会代表的人身安全。秉承这种精神，1966 年起，政府致力并最终使拓展企业委员会职能的法律得以通过。

关于与工会的关系和工资提高 10% 的决定，您有没有受到来自全国雇主协会的阻力？

这个问题要分开回答。关于在企业建立工会的必要性方面，我没有感受到很大阻力。阻力主要来自于工会经费的负担，以及对企业常设宣传鼓动机构的担心。雇主不愿意为工会代表履行工会职责的工作支付报酬。他们要求工会给企业主发送工会公报时，还应该发给人事部门。关于这点，工会代表持保留意见。雇主们还担心董事会的权威是否会受到挑战，我完全理解他们的担忧。

代表们在这次谈判中的态度立场也不尽一致。

星期一上午谈判结束后，您是否认为工人会复工？

星期日中午过后，我已经感觉到谈判有进展。但是，我也察觉有些人并不急于达成协议，不希望在星期日晚上到星期一之前结束谈判。

不过，星期天晚上后半夜，一位重要的工会领导人宣布，我们已经达成"富有成果的"协议。那些急于结束谈判的代表和希望争取时间的代表之间显然存在分歧。谈判结束时，当我们发布《格勒奈尔协议》文本时，法国劳工民主联盟还要求给他们思考时间，但其他代表大声反对："不行！已经结束了！"

您认为法国劳工民主联盟有什么不可告人的想法？
可能他们当时还没有政治纲领。

星期一上午，您个人认为即将复工。大家是否都这么想？
我认为大家的想法是一致的。我相信，劳工总联盟的领导人是真诚的，他们并不想欺骗政府。当然，他们还是那套老话："我们会把协议提交给工人。"不过，他们其实相信协议获得批准的可能性很大。虽然我们知道接下来几个小时不会立即复工，但是所有人都相信，这一页已经翻过去了。

但是，罢工还在继续。
的确如此，在比扬古市还发生了占领行动。

您认为工资最后提高了多少？
如果把缩短工作时间计算在内的话，提高了将近14%。
当时对经济的考虑完全不同，格勒奈尔谈判时已经达到了当时的增长极限。但谈判结束后发生的事情，让这个极限很快被突破了。

与公共部门的会议进行得怎样？

他们的语气略微尖锐些。公务员工会的代表与政府官员谈判时，总是表现出强烈的自尊心，以彰显他们的言论自由。

我甚至一反常态，两度发脾气。但是除了根据《格勒奈尔协议》给公职人员涨工资，谈判没什么进展。

接下来几天的谈判我没有亲自参加，公职部部长布兰先生代表我主持了谈判。公共部门普遍要求提高最低工资的增长幅度，提出必须比高管的增长幅度大。

但是《格勒奈尔协议》中没有这样的条款，工资增长 10% 的规定适用于所有员工，包括高管。

是的，他们因此对我横加指责。的确，在与法国劳工民主联盟谈判时，他们代表私营部门曾私下提出过这个问题，直接得到劳工总联盟支持的高管总联盟立即强烈的抗议。雇主代表从未考虑过法国劳工民主联盟的这一提案。我要说的是，在这一点上，由于法国劳工民主联盟的克制，才得以在最低保障工资问题上很快达成一致意见。

您没有参加国有企业的谈判？

我没有参加，谈判是由国企主管部门的部长们负责的。

谈判刚刚结束，选举就开始了。您还没来得及面对《格勒奈尔协议》及其后续工作对经济和财政造成的压力。

选举前我对内阁进行了重组。我请总统批准由顾夫·德姆维尔先生担任财长。我认为，如果我不再担任总理职务，他将是接替我的人选。财政是政府未来面临的最大难题。

　　所以您没来得及参与经济和财政的决策，而这些方面必须要跟上社会的巨大变革？

　　情况并非如此，我在这方面有自己的看法，但有些决策必须等选举获胜后才能做出，不过这已经不是我的事情了。

　　我可以告诉您，《格勒奈尔协议》之所以重要，有以下三个原因：

　　首先，国家和企业因此背负了沉重的经济负担。

　　其次，大多数选民也有这种感觉。我在选举期间曾指出罢工时间过长，我相信这也说出了很多工人的想法。在北方省和加来海峡省这些传统的工人阶级地区，我认为之所以能够扭转选举结果，主要应该归功于民众对罢工时间持续过长感到厌倦。如果在比扬古会议上，劳工总联盟能够让协议通过，并且及时复工的话，我相信法共会在选举中获胜。劳工总联盟必须维护其左翼立场，但是事态发展逐渐失控，他们害怕丧失对运动的控制权，需要继续鼓动发起新的骚乱，安排由罢工者组成的强行停工纠察队，这些举措让一部分工人阶级非常愤怒，因此左翼丢掉了很多选票。

　　最后，延长罢工造成的经济损失难以弥补，更确切地说，我们只能通过大量贷款的方式刺激经济，但这样会进一步恶化货币环境。

　　的确如此。此外，去国外旅行时可以感觉到，由于延长罢工，法国供应商多年来树立的恪守信用的声誉受到了损害。

　　这也是事实。总之，我认为《格勒奈尔协议》造成的最大难题，并非是经济和财政方面的困难。我相信如果因极端分子导致协议失败，这才会造成灾难性的结果。这就是协议的使命所在。

乔治·蓬皮杜致塞勒斯·莱昂·苏兹贝格函

塞勒斯·莱昂·苏兹贝格先生
《纽约时报》
科马丹街 37 号,巴黎

亲爱的朋友:

　　显而易见,这不过又是作者的凭空想象,戴高乐将军对我从来不以乔治相称。

　　亲爱的朋友,请转达我对苏兹贝格太太的敬意,顺致友情。

乔治·蓬皮杜

1969 年 2 月 7 日

乔治·蓬皮杜致罗贝尔·皮若尔函

亲爱的老兄:

　　生命如斯,或者说死亡不过如此。上上个周日,父亲在奥利维埃的家里还是那么生气勃勃、幸福快乐的样子,上周二上午却突然心肌梗死……如果没有先进的医学技术,他会在两个小时内死亡。在医生的帮助下,他又坚持了八天,他的意志非常顽强,但心脏已经停止工作。他没有遭受太多痛苦。上周日晚上我和他告别,对他说:"好好休息吧。"他回答道:"你也要好好休息。"星期一,他就失去了知觉,星期二凌晨2点,去世了。你的信让我非常感动。谢谢你的来信。

拥抱你。

乔治
1969 年 2 月 8 日

弗朗索瓦·莫里亚克致乔治·蓬皮杜函

尊敬的先生,亲爱的朋友:

我不久将步入被人悼念的行列,我能够体会儿子失去父亲的那种痛苦。

您的出身如此高贵,教师是世间最高尚的职业。

我的心与您同在。

弗朗索瓦·莫里亚克
1969 年 2 月 10 日

乔治·蓬皮杜致弗朗索瓦·莫里亚克函

尊敬的先生:

我写信想告诉您的是,您的挂念令我深受感动。儿子失去父亲确实是切肤之痛。

希望您的家人能够越晚经历这一切越好，而他们对此也大可放心。让我们共同为法兰西祈福吧。

请接受我对您的敬意和钦佩之情。

乔治·蓬皮杜

1969 年 2 月 14 日

乔治·蓬皮杜致弗朗索瓦·莫里亚克函

先生：

我已经拜读了您的小说[1]。感谢您把小说寄给我们，尤其是您写给我们的那些话，令我和克洛德深受感动。

看到这本书，我不像其他人那样，单纯倾倒于您永不枯竭的才思。歌德、毕加索、阿拉贡、雨果、马蒂斯都早已证明才思可以永续，而读者对您的这一点早已熟稔于心。因此，看到《泰蕾兹·德斯盖鲁》（*Thérèse Desqueyroux*，又译《寂寞的心灵》）和《蛇结》（*Nœud de vipères*）的作者重新回归，我并不感到惊讶。

我想告诉您，结尾深深打动了我，我几乎热泪盈眶，虽然我没有亲身经历过阿兰的各种烦恼。我对朗德省不太了解，也没机会接触继承的问题，不曾体验过书中少年面对性爱的犹豫不决，我从不认为

1　1969 年出版的《一个昔日的少年》（*Un adolescent d'autrefois*）。

婚前性行为是罪恶的。

　　我从来不是按照教理来看待世界的，即便是在我的信仰未动摇之前。我对母亲的爱毫无保留，我知道，如果我告诉她"我爱上了一个女孩，我要和她结婚"，她会回答我："我希望她能使你幸福。"

　　我的意思是，小说家真正实践了斯特奇的话"疯子才相信我不是你"，否则，阿兰的悲剧不会令我为之动容。

　　因此，我要向您的才华致敬。

　　不过，我还是在您的书中找到了我的共同点，那就是坚持传统的道德观念！或许我理解错了？现在的年轻人难道又成了彻底的反基督徒？当阿兰在绝望的边缘徘徊时，他至少应该知道，他的死亡是有意义的。

　　如果真假好坏不分，谁来拯救我们的孩子？我的这些想法让您见笑了。我没有其他目的，只是想向您表达，一个真正有才华的人能够带给我们的行动力量。

　　先生，请接受我对您的崇高敬意和钦佩之情。

乔治·蓬皮杜

1969 年 3 月 21 日

乔治·蓬皮杜在"争取进步青年联盟"全国会议上的讲话

今天的会议结束后,明天你们就应该投身于为赞成票而战的政治行动中。既然大家都认为实现大区化和参议院改革很有必要,并且意见一致,难道还会有其他选择吗?

当然,每个人可能对如何接受和实施改革的方式有不同看法,这些可以在过程中随时根据需要进行修正。然而,如果反对票获胜的话,大区化改革就无法得到足够重视,参议院也会继续式微下去。

因此,那些支持投反对票的人,如果没有充分理由,就是有其他政治动机。我们重新分析了在 1962 年对总统以普选方式产生的全民公投中持反对意见的社团,认为他们的反对票针对的不是法案本身,而是全民公投原则和第五共和国的机构,以及戴高乐将军本人。所以,这就是我们应该投赞成票的原因。当然,由于我们的年龄不同,动机也会有所不同。对于我们这一代来说,特别是我自己,与那些只经历过第五共和国的人相比,忠诚度要更高;但是对我们所有人来说,保持延续性至关重要。我们希望继续让人民直接参与国家重大事务的决策和政府的日常管理。在国家元首的领导和推动下,继续建设一个自由与权威相协调,秩序与进步相融合的政府机构。因为,对于我们大家来说,我们不应该今天支持戴高乐主义,明天却做出有损戴高乐主义原则完整性的行为。

谁会支持这种保守立场?你们年轻人容易被反对意见所吸引,有必要提醒你们的是,戴高乐将军曾经是最著名的抗议者:他在 1939 年之前抗议过时的军事教条,1940 年抗议国家放弃抵抗,1946—1958

年抗议破坏性的政治体制、抗议老殖民主义、抗议不合理的社会制度。

但是，只有那些能够提出新建议和更好建议，以取代应该抛弃的旧有模式的抗议，才是有价值和富有成效的。

这种抗议正是我们对你们的期盼。你们尽可以批评，但前提是能够提出解决办法，而且要切合实际。托马斯·曼说过："年轻人的勇气，在于将死亡和新生融合在一起。"我们摧毁的目的是为了重建，并且清楚重建的方向，知道这一切值得我们为之努力。否则，等待我们的只会是否定和失望。

作为信仰戴高乐主义的青年人，你们要牢记，戴高乐主义不只是一种政治理论，更是一种精神。它拒绝屈辱，强调荣誉。作为法国人，我们应该为此感到光荣，要自觉维护法国的荣誉，尤其是在许多人嘲讽国家理念的时刻。作为欧洲人，我们应该为此感到光荣，要有逐步实现欧洲一体化的意愿。我之所以这样讲，特别是在斯特拉斯堡宣扬这个观点，就是要提醒大家，现在太多人把目光都投向了海外和极权帝国。

最后，当许多人认为未来属于机器人的时候，我们应该为自己是人类而感到光荣。因为我们能够与他人精诚团结，并且主宰自己的命运。

事实上，每个人的荣誉感都不尽相同，只要对得起自己的灵魂就好。只有从自己的良知出发，才能在集体行动中实现自己的价值和目标，否则只能为此付出代价。

1969 年 4 月 12 日于斯特拉斯堡

乔治·蓬皮杜致弗朗索瓦·莫里亚克函

先生：

得知您受伤[1]并因此饱受痛苦的消息，我感到非常难过。希望您的身体能很快康复，这不仅仅是为了您和您的家人，也是为了我们的国家。

不知是命运还是天意，您由于机缘巧合没能去投票，而法国人在这次投票中背弃了将军！这件事会让人产生想法，您可以这么说。我感到非常悲伤，心乱如麻！将军已秘密同意并希望由我来继承他的事业（除了我和夫人，这件事只有您知道），但我对未来要承担的责任感到不堪重负。

幸好不论发生什么事，我都能够接受现实，并不断调整自己以适应形势。我能成功吗？时间会做出回答。无论《震旦报》和埃尔韦·巴赞会说些什么，除了行事风格，我绝不会做出任何让步。

先生，再次衷心祝愿您早日康复，请接受我对您最深的敬意。

乔治·蓬皮杜

1969 年 5 月 2 日

1　4 月 27 日，弗朗索瓦·莫里亚克重重地摔了一跤，这让他的身体变得更差。

乔治·蓬皮杜致让-克洛德·瓦茹[1]

尊敬的先生：

《战斗报》反对我参加竞选，我悉听尊便。尽管我在电视演讲和东部巡回宣讲时，不断强调自己对戴高乐主义的忠诚，并且得到了戴高乐主义活动家的热烈拥护，然而报纸的标题是我要终结戴高乐主义，这令我非常气愤。

此外，文章里都说了些什么？

莱茵与罗讷之间的关系：我和财政部部长至少向戴高乐将军建议过十次，在这方面不能做出太多让步。

支持中产阶级：我当总理时说过不下二十次。

增值税改革：必须给小企业制定统一税率，顾夫·德姆维尔先生领导的政府正在研究。

医保改革：有一项"舒曼法律草案"。

取消附加税：我们已经承诺过十次，并且已经将附加税从18%降至6%。

逐步实现欧洲政治一体化的行动：老天知道将军这话至少说过二十遍。富歇计划是什么？

参议院权力：我只说过我承认公投的价值，对此我不会再做评论。

1　让-克洛德·瓦茹(Jean-Claude Vajou)，《战斗报》(Combat)内政版记者。

作为一份独立真诚的报纸,这种报道是可悲的。

顺致敬意。

乔治·蓬皮杜

1969 年 5 月 19 日于巴黎

另:我希望您把我的信交给泰松[1]。

---

1   菲利普·泰松(Philippe Tesson),《战斗报》经理。

10

权力的孤独

1969—1972

1963 年

乔治·蓬皮杜当选总统的第二天,就任命雅克·沙邦-戴尔马为总理。后者与他的性格互补,并拥有重要的影响力。

雅克·沙邦-戴尔马曾是英勇的抵抗者,在第四共和国担任过财政督查,游走于激进主义和戴高乐主义之间。他处事灵活,富有魅力,二战后担任过波尔多市长,与戴高乐派之外的人士保持着良好关系。正是这个原因,1958 年他当选国民议会议长(戴高乐将军更希望保罗·雷诺当选),担任此职衔直到 1969 年。在戴高乐将军落败后,乔治·蓬皮杜希望争取多数派和中间派的支持,沙邦-戴尔马似乎是理想人选,他不仅是战争年代的戴高乐主义者,而且身上还有某种传奇色彩。

蓬皮杜—沙邦组合的合作从一开始就不顺利。在马提尼翁宫,雅克·沙邦-戴尔马身边聚集了一批优秀的改革派顾问,包括当时最负盛名的高级官员之一西蒙·诺拉以及雅克·德洛尔。众人皆知,由于雅克·沙邦-戴尔马 1954 年担任过前总理皮埃尔·孟戴斯-弗朗斯的内阁部长,因此这位总理的身边总是云集着第四共和国前总理的亲信。在他们的建议下,雅克·沙邦-戴尔马制定了一项名为"新社会"的改革计划。但是,蓬皮杜阵营对此持不同意见。几个月后,乔治·蓬皮杜在写《难以解开的结》一书时(但当时几乎没有人知道这本书的存在),对这项计划做出了与总理完全不同的解读。他认为,科技、技术变革和自动化缔造了现代社会,公民非常需要国家的引领。只要不反对社会进步,就没有必要改变企业内部的人事关系。此外,乔治·蓬皮杜对宪法的解读也加大了与雅克·沙邦-戴尔马之间的矛盾。蓬皮杜致力捍卫 1958 年宪法,他认为在戴高乐将军离开后,国家元首应该更直接地介入公共事务。

1969 年 9 月,雅克·沙邦-戴尔马在国民议会上陈述了自己的计划(人称"新社会"的演讲),矛盾爆发了。此后两人之间的裂痕不断加深,事端频发。但这并不影响新总统推行具有自己特色的内政外交政策。外交方面的连续性主要表现为坚决反对政治集团,要求对美保持独立,对苏联保持戒心。巴黎方面通过向利比亚输送幻影战斗机,重申了法国对阿拉伯的政策。1971 年 12 月,在与尼克松总统举行的亚速尔群岛会议上,由于调整美元兑换率的决定瓦解了国际货币体系,乔治·蓬皮杜成了美国总统最重视的谈判对象。然而这次专门讨论美元霸权地位的会议表明,尽管美国做出了重大让步,欧洲国家也只有共同行动,才能与之抗衡。

在此背景下,乔治·蓬皮杜不再反对英国进入共同市场,为这一变化开辟了道路。对于总统来说,旧大陆必须更加团结一致,彼此之间必须开展政府间合作。

内政方面,乔治·蓬皮杜也留下了鲜明的个人烙印。他高度重视工业政策、产业扩张和国土整治。从本章收录的资料可以看出,他作为总统,还有一个不为人知的担忧,即环境问题。

1972 年春天,关于欧洲扩大化的全民公决结束后(虽然"赞成票"赢得了 67.70% 的选票,但投票人数仅为 36.11%,总统对此很失望),乔治·蓬皮杜认为必须彻底告别 1969 年翻开的那一页。他与雅克·沙邦-戴尔马相处并不融洽,决定把总理的位置交给别人。沙邦为争取时间,要求国民议会对其进行信任投票(这违背了国家元首的意见）。但是，在总统的要求下，他于 7 月 5 日离开了马提尼翁宫，接替他的是戴高乐将军前武装部部长皮埃尔·梅斯梅尔。

埃里克·鲁塞尔

乔治·蓬皮杜致阿兰·佩尔菲特函

亲爱的朋友:

我不了解您发言时的具体情况,但我认为您的讲话合情合理,与我的想法完全一致。但是媒体却解读成您对布兰[1]的批评,我对此无能为力。然而,如果您此时对媒体做出反应,这也是不恰当的。所有来自保卫新共和联盟对政府的批评都会受到大肆追捧。既然您给我写了信,我也就坦率相告。

至于过去的事情[2],就让它过去吧。您肯定遇到了困难,最大的

---

[1] 1969 年 9 月,罗贝尔·布兰(Robert Boulin)担任公共卫生和社会保障部部长。从 1958 年起到 1979 年不幸去世前,他一直担任利布尔讷(Libourne)保卫新共和联盟议员。

[2] 阿兰·佩尔菲特在 9 月 4 日的信中提到,1968 年 5 月在其担任国民教育部部长时遇到的困难:

[……]我还想借此机会告诉您一个秘密(也许我不该等到现在才说出来)。我不想影响另一位政府官员的威信,因为在我担任国民教育部部长时,我的威信曾受到过损害。您当时建议我与秘书长和睦相处——说他是"部里唯一可靠的人",我照办了。这是您给我下过的唯一一条硬性指令,后来再次强调过。

这名高级官员强调大学要实现集权,把信息权和决定权集中在自己手里,这种想法得到了爱丽舍宫、马提尼翁宫和财政部这个圈子的强有力支持,国民教育部几乎没用武之地。1967 年 6 月,由于我对他既不提出问题,也不解决问题的工作方式无法苟同,也不愿意充当无所事事的傀儡,于是决定召集董事、校长和院长开会。此后,尊重的面纱被撕去,破坏也越来越赤裸裸,进而发展成一场系统的诽谤运动。这个圈子的成员自视为监督委员会成员,不但不明辨是非,甚至还助纣为虐。

我的每一项倡议几乎被这个圈子所否定。反之,他们想让我为他们制定的大学城指导文件、遴选标准和规章制度背书,我认为自己完全无法接受。(我所希望的,只是对中学教育进行改革指导,规范对教职员工的管理,在高校中实现自主招聘,在各年级实施教学改革。我和我的助手不顾秘书长的反对而予以实施,因为我坚信,这些都是可行的措施。)

然而,在过去六个月里,从 1967 年秋至 1968 年春,我提议的各项人事任命都被冻结。董事、校长和院长听到别人以挖苦的口气谈论他们的部长。我感觉周围的技术官僚对我的怀疑甚嚣尘上(达到了最高级别)。他们强力推进空洞的司法解决方案,完全没有人道主义关怀,但他们反而因为谨慎小心得到了上级的信任和真正的权力。这已是众所周知的事情,人们对此有过很多评论。我得承认,在信息研究部工作五年,我的权力让人会有些嫉妒,这让我习惯于大权在握。也许我该修正自己的专制倾向,我对自己的权威被颠覆感到非常遗憾。

这一页已经翻过去了,现在我已经可以超脱地谈论……

麻烦制造者可能就是洛朗[1]，而且您运气不佳。悲剧中，总会有无辜的受害者。请相信，对我而言，一切误解已经消除，我希望您今后能够在议会或政府任职，我相信您一定能够胜任。

　　亲爱的朋友，请接受我的美好祝福。

乔治·蓬皮杜
1969 年 9 月 6 日

---

[1]　皮埃尔·洛朗(Pierre Laurent)，国民教育部秘书长。

笔记

欧洲事务
· · · ·
　　——我高度重视法兰西和德意志联邦共和国之间的关系，尤其重视与德意志联邦共和国总理[1]之间的私人关系。我认为无论是直接还是私下交换意见都只会有益无害。

　　——关于海牙问题，我希望德国能在金融监管方面提供支持。法国愿与其合作伙伴——德国首当其冲——就有效管理和引导生产力发展，避免生产过剩和经济负担过重进行磋商。法国不接受任何预设上限，因为这有悖于共同体原则。

　　——关于欧洲扩大化问题，我们认为不应将此与政权问题相关联。我们愿意开启谈判，引导他们善意地共同捍卫共同体和法国的利益。谈判日期尚不能确定，因为这要求共同体六国需要首先对谈判达成共识，但我们绝不拖延时间。

　　——我本人建议共同体六国应在经济和货币领域密切合作，我考虑建立共同储备基金的可能性。在制定具体计划之前，最好由我和德国总理先行讨论。

　　——我赞同西德总理为缓和与东德关系所做的努力。法国在与苏联的交往中，不断向苏联领导层传递其对德意志联邦共和国抱有和平意愿的信心。我希望能及时直接地获悉德国总理与东方各国的谈判细节。

1969 年 11 月 28 日

1　威利·勃兰特（Willy Brandt）。

乔治·蓬皮杜致埃德蒙·米什莱[1]函

尊敬的部长：

　　继 12 月 11 日部长会议关于在波布尔建造一座现代艺术综合建筑的决定之后，我认为应该告诉您我对这个项目的一些设想。

　　我认为，首先应该立即要求巴黎市长无偿出让这块土地，由国家承担开发和建设的全部费用。双方可能要签订协议，并对这座建筑的未来设计和开发不做限制。当然，在取得法律许可之前不应开始施工，初始协议应只涉及土地使用权。

　　在与巴黎市政府磋商的同时，您应该着手考虑设计大赛的筹备工作。我希望比赛的条件能够尽可能宽松，也就是说不要对建筑预先设限，应该由建筑师根据建筑的功能来设计图纸，无须让他们一开始就受到建筑高度等特别规定的束缚，这应该是第二阶段考虑的事情。我们可以在选出的设计图中，按照审美要求和现代艺术中心的实际需要，解决建筑高度的问题。

　　此次大赛应该向所有有才华的建筑师开放，包括年轻人和缺少经济来源的人。参赛条件中应明确规定，所有入选方案的参赛者，可以报销其设计和相关费用，具体方式待定。

　　您应该让人编制财务预算，以便经济和财政部部长拨付所需资金，这笔钱不应纳入常规预算。

　　1　埃德蒙·米什莱(Edmond Michelet)，文化事务国务秘书。

　　这个综合建筑既是一个绘画和雕塑的大型博物馆，也是一个汇集音乐、唱片、电影和戏剧研究的专业场所，最好再有一个收藏有关艺术及其最新发展的所有书籍的图书馆。

　　有两个问题我需要听听您的意见：

　　　　——是否允许外国建筑师参加比赛？
　　　　——评委会成员该如何组成？

　　关于第二个问题，我认为评委会应该邀请一些享有国际声誉的外国建筑师，以及这座建筑的"客户"，包括现代艺术馆馆长和一位伟大音乐家等参加评审。

　　尊敬的部长，您知道我个人对这个项目很感兴趣。您也曾向我表达过您的浓厚兴趣。鉴于时间所限，必须尽快行动起来，立即着手开展前期调研。我对您和您的工作充满信心。

　　顺致崇高敬意。

乔治·蓬皮杜

1969 年 12 月 13 日于巴黎

乔治·蓬皮杜致罗贝尔·皮若尔函

亲爱的老兄：

　　我在准备明天电视讲话，总算找到一点空隙时间给你写信。

[……]

我们现在的生活非常疲累，这点无须多说。国家元首的生活简直就是囚犯的生活，总是受到各种约束。理论上，克洛德比我受到的约束少，情况应该略好。但实际上，我因为工作繁忙，顾不上考虑自己被剥夺的自由，反而没有她那么烦恼。我已经不去剧场和影院了。几乎不再阅读。不去餐馆了。也几乎无法与朋友聚会，即便相聚，气氛也很客套。我们尽了最大努力改善环境，但效果不佳，虽然从礼宾的角度来看已经是非常大的突破……

另外，我们今年还有很多烦心事，只有托马的出生给我们带来了莫大的快乐，他很健康。

[……]

祝好！

乔治

1969 年 12 月 14 日于奥利维埃

笔记

环境问题

消除污染:不要忘记 1958—1971 年间取得的成效——烟尘污染和取暖设施排放出的硫化物减少了一半。

汽车问题:汽车达到 200 多万辆!

噪音:凌晨 5 点,一个骑摩托车的人穿越巴黎能吵醒 30 万人!

公众教育和纪律:例如遵守交通规则。

绿地:增加绿地(例如,改造中央市场),森林征用。

松树跑马场(Haras du Pin)、圣克鲁公园跑马场、拉塞勒圣克鲁公园(50 公顷)。

公众教育。

构建新城市:创造有活力的城市中心;设立体育、文化和休闲设施;城市应该以人为本,而不是把人封闭在设置好的空间里。

结论:

已经完成了大量工作,但还有很多工作要做。

不存在巴黎与外省的较量;只有一个法兰西,而巴黎是首都。

巴黎在欧洲乃至全世界都是法国的一张王牌;巴黎变得更友好、更宜居、更有活力、更负盛名,有助于提高整个法兰西的声誉;巴黎并不只属于巴黎人,它属于全体法国人。

1970 年

乔治·蓬皮杜致弗朗索瓦·莫里亚克函

尊敬的先生：

请原谅我对您迟到的祝福！希望能得到您的谅解。

祝愿您在 1970 年恢复健康的体魄，能够心随所愿。先生，为了您的家人和我们大家，您一定要健康长寿。我想告诉您的是，您对我的信任，我不胜感激。我也深感自己的一言一行所担负的重大责任。

我虽然禀性顽强，这点很幸运，但还是无法承受作为国家元首突然间带来的寂寞。

请代我向弗朗索瓦·莫里亚克夫人致敬。请接受我夫人对您的美好回忆以及我对您的无限钦佩之情。

乔治·蓬皮杜

1970 年 1 月 12 日

乔治·蓬皮杜致弗朗索瓦·莫里亚克函

先生：

看到您又开始撰写《笔记》，并且从您儿子克洛德那里得知您的健康状况，我就放心了。今天的《费加罗报·文学版》(Le Figarolittéraire)让我再度感受到，有您的理解和支持，是多么快乐和荣耀的事情。这对我来说是最为弥足珍贵的，正如我曾经说过的那样。

　　谨此致谢,并祝您身体永远健康,请接受我对您无限忠诚的钦佩之情。

乔治·蓬皮杜
1970 年 3 月 16 日

⚜

乔治·蓬皮杜致雅克·沙邦-戴尔马函

尊敬的总理:

　　我非常偶然地看到一份装备部公路与道路交通局发出的通知,我已将此通知转发您。

　　这份通知虽然还是草案,但实际上已经传达至负责执行的很多官员手中,我就是从他们那里得知这个草案的。

　　我有两点看法:第一,当内阁会议在研究是否为部分公务员增加 3.5 法郎补偿金这类事情的时候,有个部门已经绕开政府做出了如此重大的决定。

　　第二,当我在内阁会议上表示要保护"各处"的树木时,这个通知却完全无视总统的意见,以道路安全为由要求砍掉公路两旁的树木。由于有关主管部门的反对,我们对如何移动法国电力公司的电线杆和邮电杆做了大量谨慎细致的研究。但是,除了我,没有人关心这些树木,好像这是无足轻重的事情。

　　法国不应该只为驾车人提供方便。无论交通和道路安全有多重要,都不能因此而改变法国的模样。我们可以通过对驾驶员的宣传教育,制定适应道路状况的简单交规,来减少交通事故。重要的不是减速慢行,而是道路和汽车的设计要能够保证驾驶速度。由于各种交通标志设计得随心所欲,过于复杂,让驾驶员感到费解,无法做出及时反应,导致了事故的增加。另一方面,政府对饮酒驾驶的管制过于宽松,酒精往往是造成重大事故的根源。我们不能把这些归咎于树木,以此掩盖工作的失误。

我想到了南部有梧桐树荫的道路是如此美好。我们要保留道路两旁的树木,这对于营造美丽法国,保护自然和人类生存环境都至关重要。公路局的政策是违法的,根本不是解决方法:树木无法补种,现在砍掉的树木,需要几十年才能恢复。这方面我们有前车之鉴:为了缓解交通压力,拓宽高速公路,昂斯省的自由城[1]道路就被牺牲了。我要求你们拒绝执行并立即搁置这份路桥通知。此外,我要求你们向装备部发出明确指令,要求其不得以各种理由,包括树木老化、市政府没有审美意识、养护树木和修剪枯叶的经费问题等,为了追求表面的政绩,继续我们早该摒弃的做法。

我们应该把保护法国的景观作为一项长期重要的任务来抓。

生活在混凝土、沥青和霓虹灯下的现代人有时需要逃离,遁入大自然和美景之中。高速公路的功能只是连接一个地点和另一个地点;而道路则应该归还驾驶者,到了 20 世纪末,道路上应该既可以步行,也可以骑自行车,人们可以不慌不忙地在路上闲庭信步,欣赏法国。

我们应该手下留情,保留法国的美丽景致,不要一点一滴地摧毁这份美感。

乔治·蓬皮杜

1970 年 7 月 20 日

1　指的是罗纳省的索恩河畔自由城(Villefranche-sur-Saône)。

乔治·蓬皮杜致弗朗索瓦·莫里亚克夫人函[1]

夫人：

几天以来，我和许多人一样，远远地分担着您的焦虑。现在我完全能够体会您的痛苦。在此谨向您致以我由衷的关切。

众所周知，您丈夫是一位伟大的作家。他也是公认的法兰西良心和基督教良心的化身。我曾多次给他写信，像是在对神父忏悔。在我需要的时候，他总是对我恩重如山，对此我会永远铭刻在心。

夫人，我和妻子对您与家人所遭遇的不幸深表同情。对于全体法国人来说，您丈夫的逝世是一个巨大损失，人们不会忘记他的。

夫人，请接受我和妻子对您先生的哀悼之情，以及我们对您的崇高敬意。

乔治·蓬皮杜

1970 年 9 月 1 日

1　1970 年 10 月，弗朗索瓦·莫里亚克夫人回复——

总统先生：

我们昨天还在波尔多，今天是恢复平静后的第一天，所以直到现在我才向您表达感激之情。

政府已经授予我丈夫两项无上荣誉。我们万万没想到悼念仪式办得如此庄严隆重。

总统先生，我对您在我丈夫逝世当天就发来的问候深表谢意。您谈到了对弗朗索瓦·莫里亚克的信任。我知道您与他之间曾有书信往来，我很感激您提到此事时所说的话……我也不会忘记在克洛德家的那次晚宴，我们当时是六个人。请向政府转达我们的感激之情，非常感谢蓬皮杜夫人能来出席葬礼。

总统先生，我和孩子们都非常感动，请接受我们的无限感激之情。

乔治·蓬皮杜致安德烈·费米吉耶函(《新观察家》)

先生：

　　尽管您显然对政府和我本人毫无好感，但我还是会读您的文章，您的文章经常能引起我的兴趣。

　　我可以非常坦然地告诉您，关于您认为我对建筑没有发言权的评论并没有给您脸上增光。

　　首先副标题就有问题。您似乎在陈述一个事实，但实际只能让读者感觉您在暗示我是一名开发商。我知道您对此会如何回应我，但我更清楚自己的想法。

　　此外，您还歪曲我的意思，并以引号和斜体字证明引用的是我的原话，譬如："我希望凯旋门周围是一片森林。"实际上，我的原话是："我认为，如果凯旋门周围是一片森林的话会更好，最糟糕的莫过于在它周围矗立着五六栋高楼。"

　　两者之间有重大差别，这也是区分费米吉耶先生是否诚信的一道鸿沟。请对我的言行如实报道，对此我将非常感谢。

　　先生，请接受我的问候。

乔治·蓬皮杜

1970 年 10 月 23 日于巴黎

乔治·蓬皮杜致阿兰·罗布-格里耶函

亲爱的先生：

　　读完您的新小说后，我心情非常愉快，并对您的才华钦佩不已。关于您"荐书"后记的主题思想，我想说的是：

　　我赞同您文明都将灭亡的看法，但是"游戏文明"难道是解决之道？不要忘记死亡并非游戏？

　　　　疾病和死亡将一切燃烧成灰
　　　　灼灼火焰将我们照亮

　　（我相信波德莱尔之所以加上"疾病"，是因为"衰老"不适合于诗句，但他始终思考这个问题。）我认为小说创作无法绕开这个主题。一种文明里不可能只有青春，特别是在一个越来越老龄化的社会里，在我们对死亡越来越恐惧的世界里。

　　您是我所欣赏的作家，以上是我个人的一些想法。

　　顺致敬意。

乔治·蓬皮杜

1970 年 11 月 30 日

乔治·蓬皮杜致罗贝尔·皮若尔函

亲爱的老兄：

　　看到我的回信地址你一定会很惊讶。你的来信混杂在爱丽舍宫收到的雪片般的圣诞信件中，到我手里时已经过了很久。我一直没有时间静下心来提笔给你写信。我刚刚抵达毛里塔尼亚，惊奇地发现我的日程表上居然有段"空闲"时间。在房间里，我独自一人，好像全世界都认为大人物理应如此，克洛德的房间距离我有 25 米远。所以，我可以充分利用这段时间。

　　[……]

　　该怎么向你描述我们的生活呢？我工作繁忙，没有时间享受生活的幸福和乐趣，家庭是唯一的避风港湾。当我晚上离开办公室，穿过 100 米的长廊，回到我们的公寓时，我感觉自己像个囚徒。虽然公寓是按照我们的要求装修的，但依然是爱丽舍宫风格。有时会有一些朋友来做客，但他们很难忘记自己是在总统官邸。星期三晚上对我们来说是最幸福的时光。我们会回到贝修恩堤街的家里，与阿兰和索菲一起轻松地共享晚餐。星期六我们去奥利维埃，与卡斯泰一家，有时还与多梅尔一家相聚。乌塞舅妈（舅舅已经去世）上了年纪，身体经不起折腾，我们尽量不去打扰。托马带给我们无限希望，他是个可爱的孩子，进步很快，由他的母亲全身心照顾着。他还不到 15个月，已经快会说话了。他有自己的语言，都是单音节词，但音节很丰富。我们对他非常溺爱，随身带着他的照片。克洛德有一半时间属于自己，有时候会感到心情压抑，她比我见托马的次数多，这对她来说是巨大的慰藉。

　　我在信的开头提到过，我现在正展开非洲之旅。你知道我非常厌烦旅行，但这是必要之举。后天我与桑戈尔见面，他对此显得比我更正式，也许他不这么认为。总而言之，他非常讲究礼仪，我有 48 小时必须一直穿着各式礼服！而在爱丽舍宫，在这方面，我要求尽量简化。

你所说的有关法语教学的问题，我并不感到惊讶。我和你一样，对那些热衷于新词的诗人毫无敬意。我要求吉夏尔[1]在这方面必须适度，他答应（马上）会发一个通知。追求现代时髦没错，但必须打好基础。

[……]

希望我的信不会让你觉得我不开心，我生活在幸福的边际。我领导着法国，这个无法改变的事实激励着我，让我忘记其他一切。我无须自己买烟，一切应有尽有，我感觉自己不再有任何需求。我的主要乐趣就在于满足别人的需求，我也有办法使之实现。如果你有什么需要的话，一定要告诉我。

老兄，不知道什么时候你才能收到这封信。感谢你的来信，尽量多给我写信。向苏珊和孩子们问好。热情拥抱你。

乔治·蓬皮杜
1971 年 2 月 3 日于努瓦克肖特
（毛里塔尼亚）

1　奥利维耶·吉夏尔于 1969 年 6 月至 1972 年 7 月担任国民教育部部长。

乔治·蓬皮杜致克里斯蒂昂·富歇函

［……］

我饶有兴趣地拜读了您的著作[1]，深有同感。唯一感到遗憾的是，您在下面这段话当中（第250页）没有提及我5月11日的决定："现在回想'街垒之夜'，人们可以清楚地看到，对于当时所采取行动的批评是多么空洞。"您是否忘了5月11日傍晚，您在马提尼翁宫也是赞同这些决策的？

不过，我与您一样，对这场共同经历过的斗争记忆犹新，这是关键。

亲爱的朋友，顺致友好情谊。

乔治·蓬皮杜

1971年2月19日于巴黎

1　克里斯蒂昂·富歇:《效命于戴高乐将军》(*Au service du général de Gaulle*)，普隆出版社，1971年。

高中形势纪要

面对不断恶化的形势和可能引发的严重后果,我们有必要深度调整措施,但是以为单纯依靠政府就能解决问题的想法是不切实际的。政府的干预必不可少,但只能对长期行动起到抛砖引玉的作用。

——关于校长问题

凡是有一位好校长或好领头人的高中总能运转良好。

因此,我们要高度重视校长的任命,必须说服那些软弱怯懦和容易焦虑的人放弃这一职位。他们可以从事教学工作,也可以从事无须直接决策的管理岗位,甚至可以休个特殊假(我准备让财政部部长予以支持。这个标准也同样适用于大学校长)。

另一方面,必须增加物质投入和精神支持,强化校长权威,修改有关规定,在管理委员会中赋予校长更多自主权,尤其是关于纪律管理方面。

——关于教学问题

无论其政治信仰如何,绝大多数教师普遍处于被嘲笑、侮辱、奚落、无法从事有效教学的状态。

校长掌握权力之后,可以成为教师强有力的后盾。经过长期调查,我得出一个结论:只要把"个案"提交给家长和学生共同参与的班级委员会或者其他机构讨论的话,结果总是一无所获。这个问题必须仔细研究。譬如,对于参与个案讨论的家长只能在全体一致或者 2/3 人数通过的情况下,他们的决定才算有效,否则教师有权予以否决。

对工会煽动性的诉求不能屈服,如增加班级和实践课程等。教师需要的是安静的环境,教 35 个学生比教 25 个捣乱的学生容易得多。

必须禁止校外无关人员进入学校。

要对惹是生非的教师进行审查。教师的态度会引发骚乱,这事关国民教育部的权威。肇事教师必须立即查处,如有必要,可以修改有关规定,予以停职停薪的处分。年轻教师一至三年内禁止重新执教,并且可以随时被解雇。这些措施都是行之有效的,同时还要对一些公然违纪案例予以通报和传达,争取舆论对国民教育部的支持。

——关于学生问题

必须重申纪律,但一味追求严厉会犯严重错误。

纪律要严明,但也要恰如其分:对屡教不改的来自富裕家庭的学生,已经造成重大损失的"破坏分子"小团体,必须研究惩处办法。

另一方面,应差别执行纪律管理办法。一年级必须严格遵守纪律,二年级可以"参与",毕业班和预备班的学生可以享有更大的自由,把纪律与课业学习结合起来。此外,如果条件允许,应该尽量让他们在学校里分开活动,但做到这些还远远不够。

高中校园气氛紧张有两个原因:一是政治意识;二是课业过重和作息时间安排不合理。

关于第一点,根据 1968 年 12 月的通知,高中校园必须远离政治,只有预备班学生可以接触政治。此外,必须严格审查哲学和经济入门必修课的内容,经济入门课过去的教材就非常离谱。

经济入门课应该侧重于学习具体事例和实操,而不是理论。二年级的学生对于那些不理解的知识是无法吸收消化的。

哲学课的范围应该扩大。哲学几乎成了到处被嘲讽的对象。必须根据课程的时间安排,制定精确详细的教学方案,内容要涉及各个方面。

此外,中学毕业会考的科目应慎重选择。考察内容应当涉及方方面面。对于好学生来说,不论课程如何安排,他们都会利用全学年的时间重读马克思和马克思主义的,以便运用其智慧、推理和表述通过考试。

以上工作并不容易,但都是必要和有效的。

——关于课业繁重和作息时间不合理的问题

这个问题也非常重要。绝不能以开发智力为由,开设各类选修课程;绝不能以保护文学和科学进步为由,增加学生的课时和学习内容。必须果断采取措施,大幅削减课程,取消各类不必要的实践课,重新调整教学计划:技术类的学生只需大致掌握文化知识,会法语,有一定的历史基础,学习一门外语——主要侧重于交流而非书面写作,会简单的数学。当文学类和科学类分科时,普通学生应该掌握科学知识,优秀学生可以增加一至两小时选修课。应该减少历史课,法国史应该进行小班教学。古代史应该只保留一些基本知识,选修拉丁文和希腊文的学生除外。世界史中除近代史外也应该缩减,只保留主要内容。对于 1940 年之后的历史,应该留到毕业班学习,教学过程中应该格外小心,等等。这只是一些想法,可能还有其他方面。我支持教师们的选择,从二年级开始分科是至关重要的,有必要调整作息时间:不管专家如何呼吁,每天的上课时间不应超过 5 小时,包括会考班在内。工会想着给那些占着位置、目标混沌的高校毕业生创造就业岗位,因此,绝不能让步。

以上计划只能逐步实施,但必须立即展开行动。我认为最直接可行的就是提高校长的权威和素质,按比例挑选几个典型进行公开惩处,减少上课时间。削减课程必须与具体学习目标相配合进行,学生要学会论述和表达。

因此,法语教学必须采取经检验行之有效的方法,不应追随某种年轻人学语言的模式,好像他们是在贝立兹学校学习一门外语,这点非常重要。

1971 年 3 月

乔治·蓬皮杜致热拉尔·蒙洛希亚函

神父：

感谢您的来信，得知并非所有人都变得疯狂，这让我倍感欣慰。的确如此，总有些强国希望替法国做主，意将法国置于其控制之下。我们的确向某些国家出售武器，这些国家向我们购买武器，为的是摆脱强国的控制。我们通过军备帮助其他国家，也使自己避免成为某个大帝国的卫星国。如果这些帝国裁减军备，我们一定会追随效仿！这种迷惑人心的说法会层出不穷。我向您表示祝贺，感谢您没有受到蛊惑。

顺致敬意。

乔治·蓬皮杜

1971 年 3 月 9 日

乔治·蓬皮杜致雅克·沙邦-戴尔马函

总理先生：

随信附上我对高中校园情况的一些看法，[1] 您是此信的唯一知情人。

我的助手根据这些想法列出一张措施清单。这张清单并不详

---

1   1971 年 3 月纪要。

尽,也不算全面,只是一些明确的建议,并标明落实措施所需的最短时间。我希望您能认真考虑一下这些想法和措施,并把您的想法反馈给我。之后,在确定采取哪些措施后,您要与国民教育部部长共同研究实施的顺序和时间表。

请接受[……]

乔治·蓬皮杜
1971 年 4 月 8 日

乔治·蓬皮杜致罗歇·伊科尔函

亲爱的朋友:

感谢你在信中告诉我你的想法。

你害怕权力的个性化或者说总统意志化会产生风险,我对此毫不担心。如果有朝一日我要对极其复杂的有关规定进行改革的话,我准备对总统任期做出限制,最多任满两个七年。

我不赞同总统任期五年的建议,这样会不可避免地造成总统选举和立法选举的重叠,从而导致绝对的总统制或者重新回到议会制。

我们以后还可以再讨论这个问题。

祝好! 假日愉快!

乔治·蓬皮杜
1971 年 7 月 19 日于巴黎

乔治·蓬皮杜致洛朗·阿米约函(《快报》)

先生：

您的来信让我深受感动，这封信可以为证。

您作为一名年轻记者，我建议不要轻信同行的论断。如果您能遵循笛卡尔的格言，永远"不接受任何自己不相信的真理"，即便有时您对时事的反应略微滞后，但您很快就能具备分辨虚假世界的能力。

顺致问候。

1971 年 9 月 28 日

乔治·蓬皮杜致莫里斯·顾夫·德姆维尔函

尊敬的主席：

我收到并饶有兴味地拜读了由您撰写的有关《一项外交政策(1958—1969)》一书。在我的建议下，戴高乐将军把外交事务委托给您，后来也是在我的建议下，他又让您负责起财政事务，以便为我的隐退做好准备。在整个过程中，我见证了您忠实且真诚地执行了国家政策，虽然您曾多次告诉我，您对某些方式并不赞同。您在书中准确无误地指出，这是法国自己的政策，而人们也从那时起相信，法国应该制定而且能够制定自己的政策。

尊敬的主席，请接受我对您的敬意。

乔治·蓬皮杜

1971 年 10 月 8 日

乔治·蓬皮杜致罗贝尔·皮若尔函

亲爱的老兄：

［……］

你应该从广播里已经获悉，我家里新添了一名成员"罗曼"（选择这个名字没有任何特殊含义!!）。阿兰会给你写信的。小宝宝很可爱，也很安静，这点与托马不一样。托马非常早熟，天生性情急躁，这让我很头疼。他是个相貌漂亮的孩子，性格友善，很活跃，两岁时说的话和讲的道理就像五六岁的孩子。这让我有点担心。这既有天赋的原因，也有父母不该向他灌输那么多对世界的认识和知识的过错！我提醒过他们，但他们不认可祖父辈的意见。我想你也会遇到同样的问题。

［……］

至于其他方面，我们依然公务缠身，克洛德对不热衷的事情也不再推辞，她充满热情地投入到社会活动中，获得了很大成功。她自己已经筹集近十亿法郎！（当然是旧法郎!）

我则献身于某项使命中，不知道应该称之为法国的使命还是历史的使命……不知道 2000 年的历史课本上会如何评价，如果那时候还有教材和教师的话！我努力让自己保持头脑清醒，希望能做到。

得知你家里的消息我很高兴。弗朗索瓦兹[1]有音乐天赋，她应该从事这方面的工作。

［……］

请接受我和克洛德的深情厚谊。

1972 年 1 月 22 日

1　弗朗索瓦兹·皮若尔（Françoise Pujol），才华横溢的钢琴家，继承了父亲的音乐热情。

乔治·蓬皮杜致克洛德·布尔代[1]函

先生：

您的来信和寄来的书表明我对您说过的话还是有些作用的，对此我很高兴。

的确，我是针对周报所刊登的文章说的那番话。我无意影响此书的发行，但我要告诉您的是，您有失偏颇的观点对法国人产生的影响会比完善周全的观点的影响更大，您对此难辞其咎。

我不想过分扩大化我们的对话，但我认为您的理解有误。现实生活无非是两害相权取其轻而已。对我而言，我的首要目标是让法国成为一个强大和经济繁荣的国家，经济繁荣是国家独立和社会进步的保障。对于那些反对"有品质生活"的人，我的回应是，与其他人一样，我崇尚有品质的生活，而且首选这样的生活。可以去问问选民，他们是会首先想到给孩子买块牛排，给妻子买台洗衣机，还是首先想到要减少污染？

这就关系到社会组织的问题。我不得不指出，我们生活在一个半资本主义社会，贫富差距悬殊。我完全赞同缩小差距，并为之付出最大努力。我只能在两者之间做出选择，要么逐步改善现有体制，要么彻底推翻一切。如果发动一场革命，首先势必会导致社会退步，甚至会出现更糟糕的结果。以什么取而代之？人们总是对"布拉格之春"抱有幻想……

先生，我相信，我与您的通信说明我们都很真诚，这点已经弥足珍贵。但是，在我们所生活的世界里，现实与梦想总是不相符。我认

1　克洛德·布尔代（Claude Bourdet，1909—1996），剧作家爱德华·布尔代之子、抵抗运动者、《战斗报》组织者、解放勋章获得者。作家、记者、评论家、社会主义左翼联盟和统一社会党的政治活动家、《战斗报》总编和政治专栏部主任、《新观察家》创始人和共同管理人、裁军和自由运动主席。

为只能耐心且富有成效地逐渐加以改变。

顺致诚挚情谊。

乔治·蓬皮杜

1972 年 2 月 2 日

❦

乔治·蓬皮杜致让·莫里亚克函

尊敬的先生：

您的《戴高乐将军之死》一书收悉。

将军对我的意义远远超越了您书中提到的那些趣闻轶事。即便您书中提到的确有其事（但有时并不准确），并且您的报道态度虔诚，我想以上这点也无须坦言。

我和夫人向您致以衷心的问候。

我对准确度的意见并非针对您的作品，而是针对那些对您的不实报道。

乔治·蓬皮杜

1972 年 5 月 27 日于巴黎

与海军上将菲利普·戴高乐的会谈记录

（菲利普·戴高乐）介绍了 6 月 18 日纪念活动的组织工作，一切顺利。

我们的话题随即转入政治。

他希望 6 月 18 日之后，他与家人能够不再被过度关注（暗示由于健康原因，这将是他的母亲最后一次公开露面）。

他讲了很长时间自己为平息那些或出于好意或有不良意图的人们所做的抚慰工作，并提了一些问题。他不赞成旺德鲁叔叔[1]的做法。他提醒我要警惕多数派向所有人敞开大门所带来的风险。索朗热·特鲁瓦西耶[2]之所以在萨塞勒市落败，就是因为她的名单太宽泛！（我回答说不知道她的名单。）

不要只考虑政治。

他希望我对他完全放心。

他提到爱丽舍宫在将军逝世当天所保持的沉默，他无法相信情报部门事发当晚并没有通知我，我把真实情况告诉了他。

1972 年 6 月 13 日

---

1   雅克·旺德鲁（Jacques Vendroux，1897—1988），加莱海峡省议员，戴高乐将军的妹夫，1969 年开始疏离乔治·蓬皮杜。

2   索朗热·特鲁瓦西耶（Solange Troisier，1919—2008），狱医，瓦勒德瓦兹省议员（1968—1973）。1972 年，由于取消了前一次的投票结果，在萨塞勒市政选举中落败。

乔治·蓬皮杜致德·贝努维尔[1]将军函[2]

亲爱的朋友：

我想告诉您的是，雅克·苏斯戴尔的来信[3]让我深感欣慰。虽然我们有过严重的政治分歧，但我对他怀有四十年的友谊和尊重。我对那些说他可能以某种方式，主动或被动地参与了暗杀戴高乐将军的阴谋传言感到愤慨和难过。我很高兴他能直截了当地做出解释。无法确定往往才是最糟糕的情况。

请您向他转达我的话。

亲爱的朋友，顺致亲切问候。

乔治·蓬皮杜

1972 年 7 月 6 日

1　皮埃尔·德·贝努维尔，参阅 1952 年 12 月 25 日至 27 日谈话记录。

2　1972 年 5 月，德·贝努维尔将军致乔治·蓬皮杜函——

　　总统先生、亲爱的朋友：

　　　　在我们结束谈话之后，我见到了雅克·苏斯戴尔。他让我向您转交一封信，随信附上。事实上，我认为您不应对他心存怀疑。总统先生，我完全效忠于您。

3　1972 年 5 月 24 日，雅克·苏斯戴尔致乔治·蓬皮杜函——

　　总统先生：

　　　　我的朋友皮埃尔·德·贝努维尔把你们最近的一次谈话内容告诉了我，我委托他向您转交这封信。您可能收到了关于我在流亡期间参与行动的虚假"情报"，能够向您直接驳斥那些子虚乌有和卑鄙的谣言，我深感荣幸。1961 年起，由于意识形态上存在的深刻分歧，我离开了戴高乐将军，但我从来没有想过以刺杀作为政治行动的手段，这难道还需要做出声明？此外，虽然我认为阿尔及利亚的政策有误，未予支持，我写的书可以为证，但我始终忠于过去的自由法国和抵抗运动。我怎么可能与他们向您指控的事情有任何关联？我声明，我是从新闻报道和广播里得知戴高乐将军遇刺事件的。况且，我一个人孤零零的，生活贫困，还遭人起诉，如何能够参与这类阴谋的组织工作？当我从广播里得知发生在佩蒂特-卡拉玛的刺杀事件时，我正生活在蒂罗尔这个小村庄，与世人隔绝。在此期间，皮埃尔·德·贝努维尔几乎是我与法国的唯一纽带，他比任何人都清楚我的生活处境，以及那些对我的指控是多么荒谬可笑。我已经做好了准备，直接面对任何人提出的关于我参与过此类行动的指控证据。

　　　　顺致崇高敬意。

乔治·蓬皮杜致罗贝尔·皮若尔函

亲爱的老兄:

　　[……]

　　我本来很想邀请你到布雷冈松来,但又觉得你可能不会感兴趣。房子和景色都很好,能够看到大海,可以享受密史脱拉风!我洗了海水浴,皮肤晒成了古铜色,船上的人都惊呆了。我们身边总有很多人,房子的面积是个问题。阿兰和他妻子不喜欢南方,我们总是邀请一些固定客人,里面有你认识的人,我想你可能更愿意独处。我们见面的办法只有你来趟巴黎,我们在奥利维埃的家里共度周末。

　　我这边的消息:我在尽可能地与年龄对抗,克服偶尔出现的倦怠和烦躁。与过去相比,克洛德已经能更好地适应自己的生活:她对自己的"事业"[1]充满热情,取得了令人惊讶的成就。她虽然得了感冒,但大海和阳光让她心旷神怡。她要比我年轻 10 岁!阿兰和妻儿们待在卡雅克,他们都病了(好像感染了当地的一种病毒),不过不严重。我很想立刻见到他们。

　　[……]

　　阿兰已经取得医学教师资格,我想他会找到一份工作,明年就能得到任命,他的成功超出了我的期待。

　　我自己非常热衷于行动,对此我很满意,这点你可以想象得到。法国人对公投的反应令我震惊。但能怎么办呢? 不会有什么改变的。我和你的想法不同,我认为多数派议员在下次选举中不会溃败。他们会有些损失,这是显然的,但我怀疑人们是否真的希望左翼联合起来。相比之下,你提到的"蛊惑人心"已经微不足道。要格外小心

　　1　1970 年专为老人和残疾儿童创立的"克洛德·蓬皮杜基金会"。

马歇和密特朗，他们可不仅仅是煽动者，煽动人心不过是其手段而已，这两个人是猛兽，为了获得和操控权力会不择手段！那些以为他们之后会相亲相爱的人大错特错了……

　　祝好。

乔治

1972 年 8 月 22 日

　　我在国民教育部为你安排了一位很优秀的部长，丰塔内[1]是个坚定、理智、冷静、富有洞察力的人。我希望他能恢复某些秩序，让我们的中学教育不古板、合理化，并且能够适应新形势的发展。

乔治·蓬皮杜致菲利普·德·圣罗贝尔[2]函

　　我们曾谈到蒙泰朗……但现在一切都结束了。[3] 我很后悔自己事先没能察觉他的行为。我感到非常难过，一位语言大师就这样离开了我们。

　　顺致友谊。

乔治·蓬皮杜

1972 年 9 月 25 日于巴黎

　　1　约瑟夫·丰塔内（Joseph Fontanet, 1921—1980），人民共和运动秘书长。1956 年当选为萨瓦省议员，1959 年多次担任米歇尔·德勃雷内阁部长，1962 年担任乔治·蓬皮杜的内阁部长，1969—1972 年担任沙邦-戴尔马内阁的劳工、就业和人口部部长，1972—1974 年担任梅斯梅尔内阁的国民教育部部长。1980 年 2 月 1 日遇刺身亡，详细情况不明。

　　2　菲利普·德·圣罗贝尔，参阅 1966 年 1 月 28 日信函。

　　3　指的是 1972 年 9 月 21 日亨利·德·蒙泰朗的自杀事件。

乔治·蓬皮杜致弗朗索瓦丝·吉鲁函

夫人：

　　不久前我们曾一起共进午餐，我想告诉您的是，这封信完全是为了向您提供信息（并且绝无更正！）。

　　您写到顾夫·德姆维尔先生让皮埃尔·拉扎雷夫（我非常欣赏他的大度慷慨、讲故事的天才和对人性的了解）通知我，我不再担任总理的职务。您竟然会相信这种传言？我已经着手写作，或许将来会公布事实真相。但您想象中的我与戴高乐将军的关系难道就是如此？实际上，我们之间是直接对话的，并不需要任何中间人。

　　令我震惊的是，这一虚假消息恰恰反映出人们对我与戴高乐将军关系的庸俗看法。您对政治活动的观点可以与我不同，但是您不觉得有些人的所作所为已经超出了一般意义上的卑鄙低劣吗？我想您应该会相信将军的，但我本以为您也会相信我说的话。

　　夫人，请接受我对您的敬意。

乔治·蓬皮杜

1972 年 10 月 12 日于巴黎

乔治·蓬皮杜致乔治·叙费尔[1]函

我不想在其他人面前提起我们在午餐时提出的问题。但是,我想告诉您和《观点》的其他主管,埃莱娜·德莫里亚纳[2]夫人撰写的《蓬皮杜风格?》一文引发了我的思考。这个主题触动了我,我知道杂志本无恶意,但我想应该让更合适的人来写。

唉!采用的信息错误,对行政程序一无所知,更严重的是,作者还不懂心理学(缺乏礼貌)。

——信息错误。随便举几个例子:我没有收藏过贝尔默的作品(我有一幅他的画作),也没有收藏过哈同的作品(他送给我一幅画作),罗贝尔·德劳内的作品更是一幅都没有。我指的是我拥有的画作,而不是那些我从博物馆借来装点爱丽舍宫的作品。

在保兰设计的公寓里,根本没有"斯塔尔"的作品,只有两幅库普卡和一幅罗贝尔·德劳内的作品,都是从现代艺术博物馆借来的,还有一幅康定斯基的作品,是由康定斯基夫人赠送的,当然是赠予爱丽舍宫的。

还说我把装修的事情全权交给了库拉尔先生!同时,我本人独自从未与皮埃尔·保兰会过面。事实上,我和我夫人曾与皮埃尔·保兰多次见面,两次邀请他共进晚餐。我们共同讨论了设计方案,我和夫人做了很多修改和补充,包括增加一个图书馆,一台白色烤漆的钢琴(不仅是为了弹奏,而且可以把走廊和其他像肺泡一样的客房分开),我们把自己的家具摆放进来,挑选了餐桌的材质(不同于原来的设计建议),还有对其他细节和装饰物的诸多修改,画作和艺术品更是由我们自己挑选的。

---

1 乔治·叙费尔(Georges Suffert),记者、1972 年《观点》联合创始人。

2 埃莱娜·德莫里亚纳(Hélène Demoriane),《观点》记者。

——对行政程序一无所知。建筑许可证不是由我来颁发的。我对科学院高楼的事情并不知悉,直到某天我回贝修恩堤街的家时,偶然发现了正在施工的高楼,这让我感到非常失望。我不认为应该责成主管部长向我提交建筑许可证。人们会怎么说! 我只关心大型项目:右岸的高速公路;左岸未来的高速公路;拉德芳斯,我在施工前后多次查看阿约的设计图纸;很快我会要求给我看中央集市的图纸;当然还有贝西村和影视之家。

但最严重的是,文章所反映出的误解。怎能想象我让人改造了爱丽舍宫的四个房间,却没有与负责施工的人(阿加姆、库拉尔、波林)进行长时间的沟通,把我看作什么人了? 人们相信我会做出这样的事情吗? 我对此很伤心。

1972 年 10 月 24 日于巴黎

乔治·蓬皮杜致阿尔芒·拉努[1]函

先生:

您的来信和一系列其他反馈令我感到高兴,这证明我的声明至少在引起关注和展开讨论方面起到了作用。

我可以告诉您的是,您对我的品位认知有误,请相信我是兼容并蓄的。瓦萨勒利是一位我敬重的艺术家,但我认为他无法代表当代艺术。他所代表的是数学和机器应用艺术,就像布莱[2]和泽纳基斯[3]

1　阿尔芒·拉努(Armand Lanoux),作家、龚古尔学院成员。

2　皮埃尔·布莱(Pierre Boulez),作曲家和指挥家,是音乐圈和当代知识分子中有影响力的人物。

3　亚尼斯·泽纳基斯(Lannis Xenakis ,1922—2001),当代作曲家、建筑师和工程师。

在音乐中的地位一样。我相信自己曾说过艺术家也是匠人的话,我的意思是我们不应该以蔑视物质的头脑,抹杀掉科技成果背后的人格和完美手工艺的作用(我的风格的确很差!)。我对瓦萨勒利[1]最感兴趣的是他对颜色和几何图形的完美结合(阿加姆[2]也是如此),而不是他采用的手法。此外,莱昂纳多·达·芬奇既是一位科学家,也是一位画家!维梅尔的瓷砖地板和其他荷兰画家已经能够很好地把几何作为艺术元素加以运用。我可以告诉您,出于对艺术的热爱,我在过去四十年购买的艺术品中,最喜欢的是罗丹的四幅水彩画,您就会明白我并不像人们所说的那样。要与时俱进,能够不断探寻和冒险是件令人兴奋的事,即便不会带来任何收益,而且情况往往如此。看到法国人,包括所谓的精英,在挖掘莫奈和雷诺阿,却没有吸收塞尚的精华,我就会感到遗憾。毕加索给他们留下了深刻印象,因为毕加索一直创作不息,是个共产主义者,有才华横溢的头脑;但他们其实什么都不懂。这就是现实,我想让人们睁开眼睛或帮助他们看清楚,至少年轻人应该如此。

您可能会说,高楼大厦已经不合时宜了。这种说法既对也错。帝国大厦过时了,我们的建筑师坚持抄袭的联合国大厦过时了,曲线建筑再度引领时尚潮流,芝加哥有两三座新建的高层建筑很有美感。说到建筑的装饰面,除了法国都兰的白石,阿尔比和图卢兹的砖石,罗马和阿格里真托的赭石也很美。

谢天谢地,您质疑的只是高楼大厦的问题。我对您所提到的情况都是知悉的。我认为科斯蒂亚尔区[3]的设计并不理想,在里面很容易迷路,有住在洞穴的感觉,但这可能只是我的个人感觉。我很欣赏

1　维克多·瓦萨勒利(Victor Vasarely,1908—1997),造型艺术家,光艺术之父。

2　亚科夫·阿加姆(Yaakov Agam),艺术评论重要人物。

3　马德里的街区。

普永[1]和尼古拉·舍费尔[2]，还有巴拉迪尔[3]，虽然我觉得拉格朗德莫特(La Grande-Motte)显得有点"廉价"。我说的独创性并不局限于建筑独有的内在特点。拉德芳斯不是我设计的，我不仅想物尽其用，还会考虑很多方面。不管人们怎么想，我并非权力无边。我已经批准了普永规划的利梅[4]项目，这个项目没有完成的原因不在我。我非常喜欢市政的悬空设计以及立体式交通，并且到处推广。在法国，想做成一件事总是困难重重，人人都不能得罪，不论是开发商、议员，还是公务员，更遑论客户。

这封信有点长，但说明我对您的话题很感兴趣。

先生，顺致崇高敬意。

乔治·蓬皮杜
1972 年 10 月 26 日

1　费尔南·普永(Fernand Pouillon, 1912—1986)，先锋派建筑师、作家、编辑。

2　尼古拉·舍费尔(Nicolas Shöffer, 1912—1992)，匈牙利裔雕塑家和造型艺术家。

3　让·巴拉迪尔(Jean Balladur, 1924—2002)，法国建筑师，拉格朗德莫特市和卡玛格港口的设计师和建造者，爱德华·巴拉迪尔的表亲。

4　利梅布勒瓦纳市(Limeil-Brévannes)。

朗布依埃狩猎笔记

高速公路大堵车。

波尼亚托夫斯基迟到了很长时间。

"总统阁下，非常抱歉，我被堵上了。"

"——被什么堵上了？"

大家哄笑。

庞斯随后赶到。

"总统阁下，非常抱歉，我被交通堵塞堵上了。"

大家哄笑。

波尼亚托夫斯基说："他用对了词。"

1972 年 10 月 28 日

关于比费-邦当案件[1]的记录<small>（克莱尔沃）</small>

接见律师。

邦当的辩护律师：

1　1971 年 9 月 21 日，关押在克莱尔沃监狱的两名犯罪分子克洛德·比费和罗歇·邦当，在监狱医院劫持了几名人质。9 月 22 日，在警察发起攻势后，他们杀害了两名人质。1972 年 6 月 26 日至 29 日，奥布省刑事法庭举行审判，两人都被判处死刑。邦当虽然没有亲手杀死人质，但他的主动协助行为使他难逃死刑，他随后独自提出上诉。比费只求速死，拒绝签署上诉书。1972 年 11 月，比费的辩护律师蒂埃里·莱维和雷米·克洛斯特，邦当的辩护律师罗贝尔·巴丹戴尔和菲利普·勒迈尔得到乔治·蓬皮杜接见。虽然乔治·蓬皮杜自 1969 年入主爱丽舍宫以来，从未签署过死刑令，但这次他拒绝赦免两名罪犯。

勒迈尔[1]和巴丹戴尔。

勒迈尔的态度非常中立,他是律师工会会长之子,他父亲曾向伊索尔尼[2]通报过信息,而后者每周将马尔科维奇案件的进展情况通报给《每时每刻》的科昂:"注意!不要对媒体夸大事实。我们都在向媒体传递信息,但你应该小心,否则会让我陷入尴尬境地,不得不进行干预。你要谨慎行事。"

巴丹戴尔,他谈到我时用"混蛋"代称。他很会甜言蜜语,懂得尊重他人,面带微笑,为人十分精明,热衷社交,总是出言不逊。总之他身上有某种天然吸引力,尤其在某些特定场合。

比费的辩护律师:

年轻的莱维[3]留着长发,统一社会党派,看我的目光带着明显的仇恨和讥讽。他流畅地做了陈述,强调了比费案件中的不同寻常之处,他给了我一个学生作业本,里面是比费写的一些诗和宗教思考,结尾的总结是,不过度的哲学情感观点。他是为比费的死刑辩护,但如果我让人处死了比费,他也乐见舆论拥护他。

——克洛斯特公平正义,没有偏见,做事认真,聪明机智,他在真正试图挽救比费,提出比费患有精神病的论据,但莱维对此并不认可。他富有同情心,记忆力超群,以自己的全部才能做出最大努力,我认为他很实在。

最触动我的是所有人都反对死刑(虽然巴丹戴尔为了捍卫邦当,

1　菲利普·勒迈尔(Philippe Lemaire,1934—2011),刑法律师,坚决倡议废除死刑。父亲让·勒迈尔(Jean Lemaire,1904—1986)是律师工会会长,1945 年曾担任贝当元帅的辩护律师之一。

2　雅克·伊索尔尼(Jacques Isorni,1911—1995),律师,贝当元帅的辩护律师,弗朗索瓦·马尔康托尼的前代表和辩护律师,马尔科维奇案件的主要办案人员之一。

3　蒂埃里·莱维(Thierry Lévy),1945 年出生,刑法律师。受法院任命,与雷米·克洛斯特共同为克洛德·比费辩护。

似乎愿意把比费尽快处理掉,毫无遭受良心责备的迹象)。但他们的根据是错误的,他们认为邦当没有直接杀人,因此不应承担相关责任;当适用减轻量刑的条款,甚至可以说他是无辜的。也就是说,死刑必须与凶手的犯罪事实、预谋、暴行、杀人意愿以及采取的手段相关联。在这一制度中,死刑是以牙还牙的报复。一个有理智的人凶狠地杀了人,不但应该处以极刑,而且还应该饱受折磨!

我的观点与此不同,我告诉了他们。当然,如果本案中没有人丧命,也就不会遇到这个问题(尽管从他们的角度来看,处死两人就是以牙还牙,但即使没有受害者,他们也不应适用减刑条款)。处死他们并非为了以牙还牙,而是因为死刑具有威慑作用,是对社会和潜在受害者的必要预防和保护措施。对杀人犯不能颁布特赦令。如果一个精神健全的人绑架了一名儿童,我们为了挽救罪犯的生命而不得不释放他,那他获释后有可能会杀掉他认识的证明他有罪的证人。如果他知道这样做面临的是死刑(为此死刑必须存在,有时还要执行),如果他知道只要孩子活着,他将接受与之相应的惩罚的话,结果可能会不一样。我认为我们不应该支持没有威慑力的法律。

此外,还有预防作用。我告诉他:如果我们把比费当作精神病人关在一个岛上,想象一下那个场面,只是为了防止他逃跑,我们就要派多少医生和护士去看护他?他的罪行已经证明监狱不是稳妥的预防措施。所以我们要彻底改革,每个比费至少需要三四个看守、一两个心理医生、四五个护士和社会工作者!另外,我们被告知不能让他和其他人接触。那要把他一辈子单独囚禁在一个笼子里吗?

最后,这还是个形而上学的问题。有人告诉我,只有上帝有权利杀戮,人没有这个权利(你不能杀人),但是难道是上帝让比费拿起武器,却又禁止我们将其处死?如果一个人不相信上帝,我认为有三种可能:

——卢梭提出的自然乐观的无政府状态,我想没有人认为这种状态可以存在并持续。

——贵族独裁,为了玩乐,他们的一切行为皆被许可(萨德)。

——政党、政治和暴君专政,为了维护自我塑造的形象和对权力的渴望,他们的一切行为皆被许可。

如果人们还有"其他"信仰的话,死刑便是其中之一,是一种应被赞赏的世俗政策,可以让上帝略作休息。

但是,必须有信仰。我的信仰是什么?

正如陀思妥耶夫斯基小说中恰托夫[1]所说:"我相信上帝。"这就是我最真实的回答。

乔治·蓬皮杜

1972 年 11 月 16 日

1　恰托夫(Chatov),陀思妥耶夫斯基的小说《群魔》(*Possédés*)中的人物。

乔治·蓬皮杜致托雷尔神父[1]函

神父先生：

　　您的见解和祷告于我格外珍贵,谨向您致以谢意。

　　您认为我的决定造成的个人悲剧,不仅影响到两个当事人,也意味着维持了死刑。

　　我认为,无论什么罪行,这都不算是以牙还牙的报复。对那些精神健全却冷酷无情的罪犯来说,这样的决定有其威慑作用。

　　请接受……

乔治·蓬皮杜
1972 年 11 月 30 日

乔治·蓬皮杜致克洛德·布尔代函

先生：

　　鉴于您在抵抗运动中的名声和功绩,我很重视您的来信。从您的信中可以看出,您认为我是以经营银行的方式在管理国家。

　　我正式成为公务员已经 20 年,在政府部门效力 34 年。我在私营部门仅工作了 7 年,其中有 5 年是我在 45 岁后重返银行工作。

　　您为什么会认为我过去的主业是银行业？您与其问我,是否在

1　玛德莱娜教堂神甫。

国家管理中引入了银行业的工作思维？不如问我，在银行工作期间，是否总在考虑不要违背整体利益和国家利益？无论如何，这才是您应该提出的问题。

　　先生，顺致崇高敬意。

乔治·蓬皮杜

1972 年 12 月 15 日

乔治·蓬皮杜致罗贝尔·皮若尔函

亲爱的老兄：

　　这次我是躺在床上收到你的来信的。十一月底非洲之旅结束后，我在圣诞节乘坐"总统"专列前往卡雅克，车厢的暖气出了故障，我步了你的后尘，患上了感冒和支气管炎，到现在感冒还不断复发，支气管炎也很严重。于是我立即返回巴黎，为了确保 1 月 1 日及随后的各项活动，我吃了大剂量的抗生素……目前从理论上说，"从医学角度看"我已经痊愈，但服用的药物令我苦不堪言。我在贝蒂纳河畔的家里休养了四天，这段时间让我非常留恋能够在自己家里安静地等待身体康复。但事与愿违，我还得上电视节目，遵守一个荒谬的习惯，用两天时间接受和交换新年祝福，还要召开新闻发布会，然后是出访苏联、吉布提、埃塞俄比亚，与德国人会晤。之后还有选举，光是想到这些我就感觉快疯了。

　　说到选举和你来信聊到的事，我想我们最终会赢得选举，我也可以继续执政。如果情况相反,那将是法国的遗憾! 当他们发现法郎贬值,失业蔓延,他们只能抱怨说"这不是我们所希望的样子"。我经历过 1968 年 5 月,我知道除了某些人的哗众取宠,某些人的阴谋计划之外,只有那些心存善意的行动才是真正的政治;某些人可以随时动员至少 10 万人走上巴黎街头,他们可以中断法国电力公司、法国燃气公司、法国国营铁路公司的网络,让港口和许多地方瘫痪。

　　我对这次选举信心十足,但会小心谨慎。密特朗已经不是社会党人,而是独立者与农民国家党[1]人。我很遗憾,在他的带领下,这个政党只是一个傀儡联盟,目标就是帮他成为 1976 年的总统候选人。

　　你说自己的人生不够精彩。你想要什么呢? 我的生活可能更充实些,但是说到底,我们都已经六十多岁了。我承认,衰老真不是件让人高兴的事,身体也不再健康。你知道我是多么怀念过去的那些时光,那些只得些小病,有自己的房间,还有两周假期的日子!

　　[……]

　　我们俩或许在 1973 年能见见面,能见到你我会很高兴。祝新年快乐! 尽力而为即可,不要过分要求有所进展。世上没有不透风的墙,即便是贝蒂纳河畔 24 号的舒适公寓亦如此! 这是句玩笑话。

　　向苏珊和孩子们问好。我和克洛德热情拥抱你。

1972 年 12 月 31 日

1　独立者与农民国家党,安托万·比内称之为右翼政治联盟。

11

面对命运

1973—1974

1963 年,与克洛德·蓬皮杜一起在卡雅克的石灰岩山地上

1973 年春天,距离乔治·蓬皮杜去世还剩一年时间,他的健康状况开始成为人们关注和猜测的话题。在新年致辞时,人们注意到他长时间坐着发言。他的反复感冒也引起了周围人的注意。1973 年 6 月对冰岛雷克雅未克进行访问时,他显得非常痛苦。媒体开始回应那些令人不安的传言。虽然当时乔治·蓬皮杜不知道自己究竟被什么病折磨[1],但他对自己的身体状况还是有所察觉的。他利用三四月份的空闲时间,写了几则人物印象,这也说明他预感到自己没有时间撰写回忆录,原本他是有这个打算的。

他的每一篇文字也都体现出这种紧迫感。正如本章所收录的第一份记录中所说的那样,乔治·蓬皮杜不再顾忌他人,在对曾与其合作过的当代大人物的评价中,他说出了真实看法。可以看出,他无所顾忌地对戴高乐、密特朗、阿兰·波埃和雅克·沙邦-戴尔马做出评述,对埃德加·富尔的评述更加随性。他对两位外国政要理查德·尼克松和爱德华·希斯则表示出更多的理解。

尼克松成为美国副总统后,与艾森豪威尔并肩作战,他所展示出的能力给乔治·蓬皮杜留下了深刻的印象。1968 年尼克松借助传统势力当选总统,他对于乔治·蓬皮杜来说,可不是一个容易打交道的合作伙伴。乔治·蓬皮杜始终担心尼克松会与苏联建立某种联盟关系,出卖欧洲利益,尤其是法国利益。1971 年 12 月在亚速尔群岛,乔

1　参阅本书"阿兰·蓬皮杜见闻录"。

治·蓬皮杜发现他的对手非常顽固,关于货币问题的谈判异常艰难,但他没有落入会议的圈套:他注意到美元贬值率不固定,法国不得不对扩大浮动幅度的原则做出让步。他对米歇尔·若贝尔说,"尽量不要让媒体高调宣传我们的胜利,表面看我们是胜利了,但实际上什么也没有改变"。总之,尼克松给他留下了良好的印象,这不仅仅因为乔治·蓬皮杜在发表有关中东的讲话引发芝加哥犹太人社区的抗议时,尼克松亲自前往纽约出席了为其举行的盛大欢迎晚宴,试图抚平法国客人受到的伤害。与富兰克林·罗斯福和非殖民化律师肯尼迪这些民主党人士相比,戴高乐更喜欢共和党人,虽然他们有时很难打交道,但在戴高乐看来,共和党人更容易解读,意识形态痕迹少。关于这一点,乔治·蓬皮杜走出了自己的道路。

爱德华·希斯是另一位吸引乔治·蓬皮杜的外国领导人。正如他在人物印象中所写的那样,爱德华·希斯在许多方面都独树一帜。在英国保守党历史上,他是第一位非贵族和上层中产阶级家庭出身的首相。他的政策与前任有很大的不同,特别是在外交政策方面。在此之前,英美联盟从未有过质疑,伦敦与华盛顿保持立场一致是规则。爱德华·希斯是一位坚定的欧洲信仰者,他坚信英国的未来在很大程度上取决于与旧大陆国家的关系。因此,他极力推动英国进入欧洲共同市场,他与乔治·蓬皮杜之间也建立了良好的关系,1971年欧洲共同体向英国敞开了大门。

毫无疑问,本章所收录的其他资料从一定程度上反映出乔治·蓬皮杜的悲观情绪,这点完全可以理解,也可以看出他把精力集中在重要事情上。在1973年春天的议会选举中,当时的戴高乐派政党法国民主共和联盟党(UDR)获胜,要求国家元首要特别关注外交政策。由于人们担心美苏结盟共管欧洲和中东,这些地区的矛盾一触即发,形势越来越严峻。秋天爆发了赎罪日战争。同时,叙利亚和埃及从西奈半岛和戈兰高地突袭以色列。这种冲突最终以以色列击退对手告终，但给西方国家带来无法估量的影响。石油生产国组织突然做出石油价格上涨 70% 并减少石油产量的决定。正如乔治·蓬皮杜一直以来所担心的那样，过度扩张时代结束了，三十年辉煌期也画下了句点。他对形势发展感到忧心忡忡，把精力集中于国际事务。尽管疾病令他日益憔悴，他仍然热情不减地工作着，去世前一晚还在做着批示，留下了大量手迹档案。他于 1974 年 4 月 2 日傍晚去世，在此之前，只有对外公务活动的安排因病情有所影响。

埃里克·鲁塞尔

人物印象

我不知道是否能坚持到写我的回忆录的时候。1973 年选举期间,政府行动放缓,政治活动成了马提尼翁宫的主要事务,我利用这段空闲,写下了我对一些政治人物的看法。

如果有朝一日这些文字被发表的话,应该需要了解的是,这只是初稿,还有待修改,所以大家不要挑我文字表述的毛病。

我的评论非常坦诚,我愿意为此承担责任。人们会觉得评论过于严厉,但这不正是它们存在的意义吗? 我评论中涉及的每个人都懂得如何彰显各自的优点,因此我也没有必要再重复。

此外,必须指出的是,当一个人成为国家元首以后,他会对辅佐他的人的缺点和弱点特别敏感,也会对那些与他作对,或可能继承他的人格外关注。

乔治·蓬皮杜

1973 年

戴高乐

对于 1940 年之前的戴高乐将军，除了他的著作，我一无所知。他曾经对我说过的一句话可以表明他的心迹："如果我没有从军，一定会从政，政坛是个大杂烩。"1940—1944 年这段时间，我对他的了解仅限于他的宣言、公开行动和回忆录。

但从 1944 年起，至少从 1948 年起直至他逝世，可以说除了他的家人，没有人比我与他的关系更加亲近，没有人比我更了解他的想法，没有人能像我那样对作为个体和政治家的他进行观察，甚至可以毫不夸张地说，他对我的信任无人可比，我还很荣幸地成为保管他遗愿的人。1969 年 4 月之后，我曾几次说过有点过激的话（真是大错特错），被媒体大肆报道，但他没有因此而彻底抹杀对我的信任。我还能列举出许多其他表现，包括 1954 年 6 月，他正处于为法国而战的最黑暗的时刻之一时，他曾送给我一张照片，并在上面亲笔题词："赠予乔治·蓬皮杜：与我并肩十年的助手、战友和永远的朋友。"因此，我深知要恰当且公正地评述这样一位非凡人物，是一件困难的事。

正如高乃依所说："他从我们身上看出与众不同的灵魂，这让我们突破常规而大放异彩。"

时势造英雄。如果戴高乐没有担任保罗·雷诺的国务秘书，如果阵亡沙场或在索姆省被俘这种不幸的事发生在他的身上，他就无法发出 6 月 18 日宣言。然而，命运的轨迹不会改变，戴高乐生来就是要完成伟大冒险的。当他完成了《战争回忆录（第一卷）》后，他把书稿给了我和马尔罗，让我们阅读。然后，他把我们找去，问道："这本书是否值得出版？"我请马尔罗回答这个问题，随后我冒昧地提出："我觉得在记述出走伦敦和发出宣言的文字中，感觉不到戴高乐将军是从何时发生转变，成为 6 月 18 日英雄的。文字只记录了事件。但是，将军，您究竟何时发生变化，或感受到您就是法兰西的化身？"将军回答道："实话实说吧，这种感觉与生俱来。"有些人会认为这句话充分体现了他的傲慢，但我认为这正是他宿命的征兆。

　　人们认为戴高乐难以相处，传言说他会"严厉斥责"他的副官和部长们，但他对我始终彬彬有礼。在 1944—1947 年的最初时期，我与他很少见面，后来我们经常见面。也许他发现我工作出色，或是他认为我不是一个任人随意贬低的人，我对这一点并不清楚。但在 20 年的亲密合作中，他从未在我面前对我发过脾气。不过，当我成为总理后，他的态度发生了改变。在此之前，我与他步调完全一致，他与我谈话可以毫无顾忌。从我就任总理的那一刻起，我有了自己的存在感，有时会对将军有所保留，有技巧地以谎言来了解真相，用试探的方式观其反应，隐藏起一些个人的想法。总之，在 1968 年 6 月之前，我们彼此完全信任。我知道他器重我，他知道我对他的无限忠诚。对茹奥将军的处决案是我们之间的唯一一次危机。在萨朗被判处终身监禁后，我发现将军终日脸色阴沉，目光冷酷。猎物跑了，他需要一个替罪羊。尽管掌玺部长殚精竭虑提出了法律依据，我很赞同，并且这些依据对我也有一定帮助，但是分量还不够。最后，将军把我单独留下，对我说：

　　"我要处决茹奥。"

　　"将军，我不能同意，我不会签署法令。"

　　"如果这样的话，我必须免除您的职务。"

　　"好的，将军。"

　　我们的对话到此结束。但是，看到将军的诧异，我明白自己赢了。他后来告诉我：

　　"在免除您的职务和赦免茹奥这两件事情当中，我只能两害相权取其轻。"他当时可能对我很怨恨,但我想这件事并没有损害他对我的印象,也没有对当时的政局造成影响。

我们之间有过无数次谈话,我的感觉是:首先,他待人非常严厉,也许显得有些蔑视他人,但实际并非如此。令人惊讶的是,他在《回忆录》中却格外宽容。事实上,他的这种态度不过是骄傲的假面。他用人不会出错,他所用的人都有可取之处。他任命埃德加·富尔为国民教育部部长时对其赞誉有加,但在 1969 年 1 月,却对我"大讲其坏话",并决意要将其赶走。他的内心是否存有温情?答案是肯定的,他对戴高乐夫人的敬重和情义,对子孙后辈的深厚情感,在这方面甚至表现得有些脆弱;众所周知,他与小女儿安娜的关系。我注意到他对青年时代的朋友十分忠诚,有的人其实受之有愧。我可以理解这种情感,我自己也是如此,认为永远不应该忘记帮助他们,即便后来有些人背弃了我或令我失望。将军对保罗·雷诺就是如此。此外,他对周围人的关心是那么自然而然,无论是科隆贝的邻居,还是他的内阁成员。

以上是他积极的一面。他也有消极的一面,深信人只为利益所驱动,当他们不再与自己密切相关时,就必须与他们保持距离。他相信政治家必须强硬,这是不变法则。他曾多次叮嘱我:"蓬皮杜,强硬些。"因此,他给很多人的印象是缺乏同情心。在马尔科维奇案件中,他对我夫人的态度验证了这种看法。我认为随着年龄的增长,他以自我为中心的意识越来越强,拒绝任何情感流露。

我从未见过像他这样能力非凡的人。当然有时他也会犯错,但他在预见未来和高瞻远瞩方面的确是天才,处理事情的应激反应更是无人能及,这种能力充分展现在外交事务上。他偶尔会失误,虽然深知既要虚张声势,又要口风严密的外交原则,但有时他会被那些精心算计的故意泄密所误导,如在所谓的索姆斯事件[1]中,虽然他比任何人都更加警惕,但还是中了"英国奸计"。他经常与丘吉尔打交道,丘吉尔是位伟人,他们就像亚当和麦克米伦一样,都是绅士。他对哈罗德·威尔逊这样阴险狡猾的政客就无法理解。回顾戴高乐的政治生涯,我认为他在重大场合赢得了胜利,并与除罗斯福之外的其他伟大人物都保持着良好的关系。但每当他遭遇平庸之辈的挑衅时,他却总是败下阵来。1945—1946年的社会党人士,之后是激进派,1969年4月的参众两院议员,他都因为苦于没有适当的武器,只好用大炮打蚊子,但结果自己就像格列佛那样被捆绑起来。

最后说点重大问题,他的生活态度如何?他是否相信上帝?对他来说,毫无疑问的是,活着就是要创造历史。他相信历史,希望留下一段传奇。除此之外呢?曾与他长期关系亲密的副官克洛德·盖伊在自己失势后,气愤地对我说:"这个人不信仰上帝。"但戴高乐参加宗教活动的行动驳斥了这种说法,而且其日常行为表明,他的任何行动都不是纯粹为了个人利益。

他的伟大登峰造极,是法国历史和人类历史上最伟大的人物之一。他智力超群,个性鲜明,对祖国充满深情,几乎在任何情况下都保持着高度敏锐的反应。他使法国拥有的大国地位,超越了国家当时的能力和所拥有的资源,无论是在战争期间、解放时期,还是从1958年到1968年的十年间。拿他与路易十四或拿破仑相比并不恰当,毕竟后两位在位时的法国国家富裕,人口众多,军事实力也最为强大。从某种意义上说,罗斯福将他与圣女贞德相比较,也不是完全荒谬的。最初他们都没有任何权力,主要甚至唯一的支撑就是精神的力量和对未来的预见,这使他们最终得以光复法国。

1　指英国驻巴黎大使克里斯托夫·索姆斯向戴高乐将军透露的话。克里斯托弗·索姆斯认为,戴高乐将军有意取消对英国加入共同市场的否决,爱丽舍宫遂对这种说法予以驳斥。

　　在结束本文之前，必须提到的是戴高乐将军对我的影响，他唤醒了我的智慧。从 1940 年 6 月—1968 年，我几乎总是以他的思维方式行动和思考。诚然，我在当总理时，需要经常未经与他商量就对各类问题做出决定，但我确信我们的想法是一致的。是他让我变得敢于行动，是他激发了我潜在的可能性，是他教会我逐步提高辩论能力，绝不在口才上甘拜下风。当然，我的方式与他不同，既没有那么生硬，也没有那么宏大。但我知道自己从未玩忽职守，我已把全部身心都奉献给了这个国家。这就是我从戴高乐将军那里得到的智慧，归根结底，我的一切都拜他所赐。

密特朗

　　该如何刻画一个我所不了解的人呢？我只能从他的言谈举止和参与的政治活动来描述他留给我的印象。

　　这个人相当聪明，工于算计。我感觉他热衷于冒险，善于演说，尤其长于进攻，但发挥不甚稳定。毫无疑问，他精力充沛，从不气馁，从不懈怠地修复着自己受损的形象。他先后经历了泄密案、1958 年第五共和国的成立、"天文台事件"和 1968 年"五月风暴"，他在这些事件中的出色表现证明了这一点。1965 年，当他与戴高乐将军直接对决时，这让他产生了某种宿命感和希望。毫无疑问，落败之后的他长期无缘那些他完全可以胜任的重要职位。他选择的道路令我感到惊讶，只要看他一眼，就知道他绝不是个社会党人。他渴望权力，我担心他追求的是不受限的权力，以实现"右翼独裁"。因此，他那些矫揉造作的长篇大论给观察家留下了不可靠的印象。如果命运注定他能够达成目标，领导法兰西的话，他会怎么做？他会充当政党的傀儡，做一个只有象征意义的总统？在对外政策方面，他是否会为了捍卫法国的根本利益而否定荒谬的"共同纲领"？他是非殖民化的最早倡议者之一，曾毫不犹豫地投入到阿尔及利亚战争中，人们有理由对他有所期待。他似乎对佛罗伦萨和美第奇家族的历史很感兴趣，但我认为他似乎应该对波吉亚家族的历史更感兴趣，而且他应该阅读了很多马基雅维利 [1] 的作品。也许因为读的太多，他最终将失败。

1973 年 2 月

1　意大利政治家，主张为达到目的而不择手段。——译者

沙邦-戴尔马

在我写这篇文章的时候,雅克·沙邦-戴尔马的职业生涯可能还远未结束。二十六七年的议会生活毫不妨碍他比我更年轻、更有活力,他或许会成为我的继任者,但我对他其实知之甚少。我们多年来经常见面,但都是为了政治活动,我们之间的关系并不亲密。但是,这种关系恰恰说明我们的性格即便不是截然相反,也存在很大差异。

雅克·沙邦-戴尔马希望自己保持年轻帅气、富有魅力和身材健美的形象。他拒绝变老,很注意体育锻炼,最喜爱的运动是网球,也打高尔夫球。他喜欢女人,对女性总是充满激情,不过总是喜新厌旧。他很少工作,不看文件,起草文件更是少之又少。他更愿意与下属讨论,工作主要依靠他精心挑选的熟悉公共事务的助手完成。政治方面,他最害怕被划为右翼,他总是想讨好每个人,希望得到拥护,对自己获得的成功也感到惊讶。他以总理身份前往图卢兹,得到了热情接待,这一成功令他十分陶醉,他对同车陪同的杜埃伊省长说:"这个沙邦太逗了,太有趣了!"这种幼稚的举止言行会令人产生亲近感,但也显得有些轻浮。有时,他会在履行政府职责时流露出这种轻浮,这会造成严重的后果。他总是与那位曾轰炸过萨基耶[1]的布尔热斯-莫努里在一起。后者曾担任国防部长,与巴伐利亚人斯特劳斯部长谈判,签订了一项核协议,戴高乐将军上台后立即将其废止。他作为总理,却与我心存芥蒂,从来不会采取任何冒险行动,除非是在某些与他有关联的领域里半秘密地进行。他不顾我的意愿,把做决定的事情都推给我,只关心经营好自己的"品牌形象",发表一些由卡纳克和德洛尔撰写的措辞华丽的演讲,并有专门接待记者的固定场所。为了对今后做好准备,他与新任年轻妻子总是给人一种完美夫

1　突尼斯地名。——译者

妻的印象，一视同仁地对待之前婚姻留下的孩子。在媒体的渲染下，他的一切都显得魅力十足，深受舆论欢迎。

　　我担心的不是他纯熟的政治手腕，而是戴高乐将军所说的他那种"佛罗伦萨人"的狡诈。我感觉他这个人只在乎自己的政治生涯，并不会真正关心所做的事业。我不否认雅克·沙邦-戴尔马在抵抗运动中的功绩以及他曾冒过的风险，也不否认他始终忠于戴高乐将军和戴高乐主义的事实。但我总是无法摆脱一个念头，那就是这一切都不是不求回报的。这个人的冒险是出于个人目的，而非国家。在需要时，他会因政治利益和怀疑主义而轻举妄动，这点我们已经见识过，这甚至会对法国利益造成损害。他与所有人交好，总是寻求妥协之道，迎合各种人，以便把他们团结在自己的身边。如果有朝一日他掌握了至高无上的权力，他是否能够顶住压力，不再一团和气，在必要时敢于得罪人？他只考虑自己，恰似他常说的高尔夫球术语"路径"，这点在有关电视台的问题上表露无遗。他让德斯格罗普斯及其团队负责管理电视一台的新闻部，这个决定让我们在长达三年的时间里，比以往任何时候引起的舆论反感和变革愿望都更强烈。

　　我为什么会免去他的职务？我已经公开给出过正当确切的理由，但还有其他原因。我本不想让他感到被羞辱，阻止他在国民议会举行信任投票，因为我已经决心在本届议会会议结束后立即更换总理，原因我已经做出解释，当然还有私人方面的考虑。

　　我不知道，也不想知道这个决定会带来多大的影响。我借机免去了雅克·沙邦-戴尔马的总理职务，因此没有对他做出最终评价，这已经造成了许多麻烦。

　　如果有一天他成为国家最高职位的候选人，我希望他不会因此而丧失掉自己的好名声，因为他的竞争对手肯定不会心慈手软，首当其冲的就是吉斯卡尔·德斯坦先生,会指控他在德加[1]事件中进行过个人干预。如果他能当选,实现了自己至少梦想了 15 年的目标,我希望他能够摆脱这些亲密却不恰当的关系,他不再只关注自我,而是要考虑他所承担的国家责任,认真、坚定、充满信心地履行职责。遗憾的是,这些政客(我认识的这类人不多)只关心那十几位记者的每周社论,记者们受到如此重视当然高兴,我从来没有这么做过,所以记者们对我总是抱怨不断。

1　爱德华·德加(Édouard Dega),1971 年因逃税被判入狱。乔治·德加(George Dega)和他的弟弟与雅克·沙邦-戴尔马有过联系。

米歇尔·德勃雷

　　到现在为止,米歇尔·德勃雷始终是我的软肋。他聪明睿智,洞察世事,怀有为国家和民族效力的热情,这些都是不容置疑的。他性情狂躁,有时会难以自控,但在与人辩论的过程中,他很容易平静下来,并改变自己的想法。这个弱点导致他在很多方面总是受到周围人的影响,他身边多是这种类型的人,非但对他没有帮助,还会让他的这个弱点更加突出。

　　他知道自己的优势所在,对那些阻碍自己的人怀恨在心,包括吉斯卡尔·德斯坦以及除他自己之外的任何一位总理。他似乎接受了我更具优势的现实。他以为1959年是我自己要求被任命为总理的,其实不然。他以为我想避开解决阿尔及利亚的问题,这也不然。他无法容忍任何其他权威——戴高乐将军当然除外,我的头等难题是需要提醒他沙邦-戴尔马和梅斯梅尔的职权所在,他在做决定时不能将他们拒之门外,更不应直接找我予以批准。他在电视节目上的表现对他的政治生涯有负面影响:首先他语音单调,说话像传教士;其次他的形象不适合荧屏,完全不上镜。他对此心知肚明,很受刺激,只能借助文字不停地写,但毫无效果,只是为他的对手提供了更多武器。因为除了专家和部分追随者之外,没有人会强求自己阅读他写的文章,更不用说其他人为他写的那些文章。由于数量太多,都被公众冷落在一旁。

　　我担心他既无法达到自己的期望值,也无法履行他应尽的职责。

　　他对我一定心存怨恨。当我在为马尔科维奇案件而战时,他表现得漠不关心,就好像他没有听说过这件事,或是以他超级敏感的神经却认为这件事根本不值得生气。他那时是否又重新燃起希望?他远比看上去的要更为复杂。总体而言,虽然有这么多外在缺点,他仍然是我最敬重的戴高乐派政治家,但这也无法拯救他。

奥利维耶·吉夏尔

他是我最早认识并保持良好关系的朋友之一。1951 年选举之后，我认为法兰西人民联盟已经前途黯淡，将军也被迫退出了政治舞台。我觉得自己留在将军身边的意义不大，遂决定效仿将军隐退。但是将军仍然需要一个助手，帮他处理日常事务，与外界保持联络。我选择了法兰西人民联盟的大区议员奥利维耶·吉夏尔。我们之间从那时起一直保持着密切的关系。我事先并不知悉 1958 年 5 月 13 日活动的准备情况，但我知道奥利维耶·吉夏尔是筹备法国这一重大事件的核心人物之一。

阿兰·波埃

　　我不知道这个人将来会怎样，但在我见过的人当中，很少有人像他这样有城府，拐弯抹角，贪图权势，并会想尽办法得到他想要的一切。

　　他为人虚伪，在 1969 年担任代总统期间，行为十分卑鄙。虽然从开始就打定主意当代总统，但还是摆出一副善良人想过平静生活，只是勉为其难才接受使命的样子。以他的厚颜无耻，应该非常清楚舆论最容易被表象所蒙骗。他像个圣父，对鸡毛蒜皮的小事和政客间的妥协不以为意，掩盖着自己的真正利益所在和目标明确的野心。

　　他把每个月拨给爱丽舍宫的资金大张旗鼓地转交给红十字会，却忘了这笔经费本应由他自己支付。作为参议院议长，他收入丰厚，不用交税，却忘了这笔经费的目的是为了保障爱丽舍宫的正常运转，而不是给总统的补贴。当有人当面批评时，他会表现出俯首帖耳的样子，也就没有人再说什么。1973 年 1 月 1 日，我在参议院办公室接见他。我听到他宣称，1972 年有两件大事：英国加入欧洲共同体；政府与参议院之间的不和谐关系。

　　我在答复中告诉他，他把法兰西忘记了，1972 年法国发生了很大的变化。他既未表示反对，也未予以回应。

　　后来，人们看到在 1973 年立法选举期间，他窥探着投票活动的进展，急不可耐地等着我辞职，并且已经开始为担任代总统和参加总统竞选做准备。"我希望做一名仲裁人。"这必须是有能力者才能担当的，并非有过一次总统竞选失败经验的人就能晋级成为国家仲裁人。他后来试图做些弥补，但从未改变这一企图心。

　　他多么形象地诠释了伪君子的角色！

埃德加·富尔

　　说我与埃德加·富尔先生之间关系多么融洽,这有些夸张。我们私下见面时,能够感受到两人智力上的一种默契:我们很容易理解对方,因为在我看来,两人都有种幽默感,但我们之间的分歧并不因此而减少。我不喜欢他的地方是,他过于谨小慎微(“我需要考虑!”),这点他也承认,他总是太以自我为中心,完全缺乏信心,这与他自视极端聪明的个性又相互矛盾。这种自视高明也许与他对消费社会的无条件接受和满足感和解了。他的行为和言谈很少一致,除了在国民教育部任职期间,由于当时受大学形势所迫,同时也有一些压力的影响。他的女儿是位心理医生,是他的掌上明珠,这个我不太确定,但他的妻子肯定是他的挚爱。但我必须说,埃德加·富尔夫人不符合我对女人的审美。她那种知识分子的傲慢、僵硬的表情、蔑视他人的态度,以及极左翼的附庸风雅,我都极不喜欢。她知道我对她的看法,也以同样的态度回敬于我。

　　她丈夫容忍和敬畏她,对她充满钦佩。他尽量丢开自己的兴趣爱好,专注于追求事业的成功。因此,他总是在有事件发生时,千方百计地让人找他发表评论,他确实大获成功,记者们对他的语言和思维能力颇感震撼,他给所有人留下的印象是:文化涵养深、反应敏捷、智商一流。

　　然而,在我看来,除非有不可预见的情况发生,否则他没有什么前途。首先,他年事已高,不论是实际年龄,还是外在形象。虽然他工作量不大,但也没能让他显得更年轻。其次,太过机敏的名声反而于他不利。人们在遇到棘手难题的时候会想到他,认为他能提供“解决办法”。但实践证明,耍小聪明从来无法帮助法国度过危机。在严峻的时刻,只有坚毅的性格和迅速果断的决策才是解决之道。法国必须求助于那些褒贬不一的人物,这些人总能以各种方式得到民众的支持,而非专家的赏识。总之,埃德加·富尔虽然可以靠手段如鱼得水,但是在命运面前,只靠手段是不可能获胜的。

尼克松

　　他是通过努力和坚持实现政治抱负的绝好典型,我想他妻子应该也是同类型的人。他先是在艾森豪威尔身边工作,经历过一系列的竞选失败,包括在加利福尼亚的落败。但是他决定东山再起,花费数月时间完善自己,重塑个人形象,在党内积极工作,努力把自己打造成一个国际人物。他访问法国,与戴高乐见了面,对法国的政策有了更深入的了解,最令他印象深刻的是将军秘而不宣且引人注目的行动策略。他把肯尼迪的部分民主党顾问包括基辛格在内拉拢过来,从电视节目中吸取经验教训。他的妻子同样意志坚定。他成功地把自己塑造为敢于挑战知识分子,挑战记者和挑战一切的化身,他对这一形象非常看重。他自己或是在顾问的协助下设定了宏伟的目标:结束越南战争,与苏联达成协议,与中国接触,他认为这些目标从长远看都更为重要。因此,不单是欧洲和日本的顺从,而是要在全局中寻找支点:远东有日本;在欧洲首先是德国,其次是法国。勃兰特的新东方政策令他感到担心,英国仍是优先盟国,但归根结底,只被视作卫星国家。我相信,我们的会谈推动了发展进程,他对我有了信任和尊重。据说,我在1973年赢得多数派的消息令他感到欢欣鼓舞。他对周围人非常信任,对基辛格尤其如此,当他被水门事件缠身时,基辛格的地位显得尤为重要。这是因为基辛格身上,有点诺查丹玛斯(法国籍犹太裔预言家)的味道。此人智力超群,与智囊的角色有点格格不入。尼克松能否坚持到底? 在美国独立200周年时他是否依然担任总统之职? 他发自内心地希望如此,也会为此而努力。如果果真如此的话,这个被美国知识分子和东部贵族视作平庸之辈的人,将成为继罗斯福以来美国历史和世界历史上最伟大的总统,虽然他与罗斯福截然不同。我承认,让知识分子气馁是件困难的事,但如果他撰写个人回忆录的话,我建议书名定为"自信心的正确用途"。

（注:本文完成于 1974 年理查德·尼克松因水门事件进一步发酵被迫辞职之前。）

希斯

　　威尔逊是一位个性鲜明、机智狡猾的政客，与加斯东·德费尔有点类似。然而希斯属于另一个阶层，他并非贵族出身，他所属的政党极不情愿地承认了他的领导权。他有两个重要特质：相信自己；相信自己的国家。他选择融入欧洲，坚信英国能够排除政治上的障碍。他为此准备做些小牺牲，甚至用些手段：他知道我对食物很在意，于是在契克斯以盛宴款待；他在布鲁塞尔看出我对法语的热爱，于是要求手下官员学习法语。但重要的是他绝不退缩，从政治秘书处的选址上足以体现：坚持巴黎不能成为欧洲的政治首都。由于也不可能是伦敦，因此只能是布鲁塞尔。在这个问题上他可谓做足工作，尽量让英国占据优势，期望欧洲议会能够移至伦敦。这样，英语也就逐渐占据上风。

　　多么平静和彬彬有礼的民族主义！苏美之间的协议的确使得英国感到，未来必须与法国更加紧密地结盟，才能对抗德国。

　　在希斯先生当选前我们见了面。虽然很多人并不看好他，但他信心十足，认为自己必胜。我与他就英国加入欧洲共同体的问题进行了谈判，他很有信心，表示英国会做出让步。我在契克斯与他再次会面时，他信心十足，波澜不惊，并最终成功当选。我们在巴黎再度会面，他仍然信心十足，尽管英镑的浮动让他心烦意乱。他设定目标后，总是有必胜的决心。他工作起来固执、友善，对事情了解透彻，对国家饱含深情。我认为，这个国家能够拥有这样一位处处愿意为国家着想的领导人是件幸事。他能够坚持到底吗？我不知道。但是，他善于在自己的目标框架下审时度势。我们经常发生冲撞，这是必然的，但这并不影响他成为我所认识的领袖中最令我尊敬的一位。

列奥波尔德·塞达·桑戈尔

1929 年我在路易大帝中学文科预备班与列奥波尔德·塞达·桑戈尔结识。他说我的眉毛让我在白人同学中很容易被人注意到。当然,他在我们当中也很容易被注意到。但是,我并不是因为异国情调而对他和范维谦产生好奇心的。也许是因为在巴黎人中有种孤独感,于是我们结成小团体。当然,无论是在法国文化中,还是在希腊拉丁文化中,都有尊重远方来的客人的风俗。而且,我认为他身上的善良和淳朴的眼神激发了我对殖民地人民自然而然的同情心。

多年来我们始终保持着密切联系。我不知道自己是否对他产生了影响?不过,我确实对他有过帮助,让他作为黑人能够生活在一个种族主义矛盾相对缓和的环境中,但有时某个冒失鬼还是会让他感受到自己的差别。甚至当他有时向我讽刺黑人文化传统时,我也总是努力让他感觉到,在一个有人道主义关怀精神和基督教信仰的法国人眼中,并不会因自己的祖先是高卢人而感到自卑。

因此,他虽然与欧洲和法国文化一脉相承,但始终为自己的民族和国家感到骄傲。而且,他已经感觉到自己对塞内加尔兄弟和黑人的责任感,这点令我对他产生尊重之情。

虽然我们后来各自过着精彩生活,但这并未改变当初使我们走到一起的感情。在我当总理、他当总统的时候,我们之间仍然是以青年时期的伙伴口吻相互通信,就像我在这篇文章中的口吻一样。虽然我们在政治上的想法并不总是绝对一致,无论是对于法国的政策还是法国与塞内加尔之间的关系;但这无关紧要。塞内加尔走上了命运正轨,桑戈尔是推动者。桑戈尔极度渴望独立,但他对法国怀有深厚友谊,相信我们国家可以在改善西方世界和第三世界之间的关系,消除种族主义和不发达方面发挥独特作用。我认为,法国可以对此感到骄傲。非洲的非殖民化，不但没有使我们变贫穷，反而使我们变得更加丰富，让我们与他们变成了朋友。我们应该将此归功于戴高乐将军，以及包括桑戈尔在内的人们。他们与我们共同承担起自己和民族的命运，而不是与我们背道而驰。[1]

　　　　　　　　　　　　　　　　　　　　1969 年 2 月 10 日

1　这句话来自列奥波尔德·塞达·桑戈尔的传记序言(米尔森著)。

乔治·蓬皮杜致菲利普·德·圣罗贝尔函

尊敬的先生：

　　每个人都在与我谈论法国，而我每时每刻想的也都是法国。但是您相信这是所有法国人最关心的事情吗？

　　可以肯定的是，人们爱戴过戴高乐，因为他的到来意味着被占领时期的结束。但仔细回顾一下最近发生的事情，1958—1962年，大批民众之所以愿意追随将军，并不是由于他们对非殖民化有兴趣，而是希望重新过上和平安宁的生活。对总统选举方式进行投票的意义毕竟有限，民众希望能够以同样的方式选举大区议会主席，如果可以的话，社保部门和地区税务部门负责人最好也能选举产生。我们经历了1965年那令人感到羞愧的总统选举，首轮投票中无一候选人的得票数超过半数，我对此事还未做过回顾；我们也经历了1967年乏善可陈的选举以及1968年的信心选举。当人们为戴高乐顶住了英美压力而感到高兴时，当人们认为我在亚速尔群岛大获全胜时，这不过是怀念法国辉煌的沙文主义思想在作祟。实际上，这些对法国人产生的影响都是间接的。以1972年公投为例，主题是人们希望我所代表的法国在国际上所占的分量要比欧洲更重。投票结果如何？德国基督教民主联盟（CDU）相信他们在生活成本问题上打败了勃朗特，德国人投票赞同建立大德国。对法国来说，人们关心的是电话费、生活成本、手工艺人和商人的退休待遇，以及牛奶价格。

　　因此，我仍然坚信梦想是领导者的特权，我首当其冲，法国人期望能看到行动，使他们无须费力就能够生活得更便利。我们在1940

年遭受的苦难,让我们丧失了包括苏联和中国在内的大国所仰仗依赖的民族热情。我必须首先重建强大的法国,否则无法恢复这种热情。您说到阶级政治,但是如果告诉您投票支持我们的并非有钱人,您是否会感到惊讶。

　　顺致敬意。

乔治·蓬皮杜

1973 年 3 月 9 日于巴黎

乔治·蓬皮杜致让·科[1]函

　　说我的友谊经历过很多波折,其中不乏令人费解之处,这种说法有属实的部分,但也有些夸大。也许将来某一天我们可以谈谈这个话题。我可能与您的想法一样,人们对梦想的渴望并没有他们所说的那样强烈,梦想会枯萎,但行动不会。问题是该如何行动。

1973 年 3 月 16 日

乔治·蓬皮杜致米歇尔·德勃雷[2]函

亲爱的米歇尔:

　　我们之间的谈话是我敬重您的最有力表示,不论您的想法如何,也不论讨论结果怎样。如果您不相信这点的话,那您就大错特错了。我不曾而且将来也不会随便与人进行这样的谈话。

1　让·科(Jean Cau, 1925—1993),作家、记者、让-保罗·萨特前秘书,后转向右翼。
2　1973 年,米歇尔·德勃雷担任国防部部长。

　　几个月来,特别是自从梅斯梅尔组阁以来,我觉得您似乎始终被两件事所困扰:一是您到处宣讲各种戴高乐主义真理,这种"辩护"毫无益处。现在您的助手对我的政策表示拥护,我在想他们这么做是否只是为了服从您的指令。您作为国防最高领导人,我很钦佩您所做的工作,并在部长会议上表明了我的态度,我允许您在任何场合,对任何事务畅所欲言。在部长会议上,这么做会让总理感到尴尬,但是大家都接受了,因为是您。

　　让我们正视一下现实。1959 年,我并不认为您应该当总理,我相信将军也是别无选择。

　　1966 年,他本想让您当个没有实权的国务部部长,还是我安排您当了财政部部长,虽然这引发了某些问题,但我从来没有后悔过自己的决定。1968 年,我把财政部部长的位置给了顾夫,因为我知道将军要任命他当总理,必须让他接触当时的核心问题。

　　1969 年,出于竞选需要,我除沙邦之外,别无选择。我深信,无论是出于需要,还是从整体利益和您的个人利益考虑,您都应该有所退让。谁都无法主宰未来,如果您认为可以通过不断地写文章或讲话来证明自己,那您反而会错过未来。如果哪天人们"愤怒"了(这也不是不可能),也就到了米歇尔·德勃雷要"客气"的时候。但是,我希望不会发生这种情况,要避免使米歇尔·德勃雷成为迁怒的对象,您要当心不要被贴上"标签"。

　　当我回想 1944 年的情景,让我像个长辈似的或是自己好像拥有特权地与您说话,我会觉得不好意思。但是命运如此,我深知如果处在您的位置我会怎么做,我还是决定把我的想法告诉您。

　　米歇尔,请接受我的友谊。

乔治·蓬皮杜

1973 年 3 月 30 日于巴黎

　　另:您谈到您的朋友和儿子。您说我针对您的朋友。拉马莱纳的职位难道不是我提议的?

至于您的儿子,我一直想着给他找一个好选区。他竞选很成功,这是他应得的结果,他是您的儿子,这本身就是很大的优势。

乔治·蓬皮杜致梅纳热主教[1]函

主教阁下:

巴黎枢机大主教和库瓦西耶先生[2]让人交给我一份已经公布的文件,是关于军火贸易的思考。

我知道您所在的委员会对待这份文件的态度很审慎。我觉得有必要写信给您,告诉您我对此事的一些个人看法。

主教阁下,顺致崇高敬意。

乔治·蓬皮杜

1973 年 5 月 8 日于巴黎

乔治·蓬皮杜关于军火贸易的意见[3]

"神父,道理我明白,但国家利益使然。"(维克多·雨果)

1. 这种说法有点出人意料,但我认为它有一定价值。在世界现

1　莫城主教。

2　法国新教联合会会长。

3　针对 1973 年 4 月 13 日法国主教团和新教联合会谴责军火贸易的答复。

有国家中,我认为至少有四种信仰:天主教、新教、犹太教和马克思主义。有的国家信仰新教,有的国家信仰马克思主义,犹太教国家拥有强大的武装力量。是否要阻止武装最薄弱的天主教国家稍作改善的努力？教会应该修正自己的错误。教会禁止考虑自身利益,正是出于这个崇高的理由,在长达数世纪的时间里,包括西班牙和葡萄牙在内的天主教国家,蒙受了巨大苦难,而法国也在很长一段时期内无法得到发展。我很惊讶这个问题居然没有引起注意。

2. 法国完全支持裁军。然而裁军会议的态度却很可笑:裁军,只能是裁减那些拥有武器的国家,而不是保持现状,维护个别强国的既得利益。如果其他国家销毁了本国的核武器,法国将同意完全放弃所有核武器,虽然这会给法国带来严重危险。否则,难道我们应该在大国面前束手就擒,却不能为和平做出任何贡献?

3. 认为法国出售武器是出于经济原因,降低制造成本或保持贸易平衡的想法是完全错误的。持这种想法的人是从企业家和金融家的角度出发,但从政治角度观察,这并不是具有决定意义的因素。如果只有经济方面的考虑,法国一定会停止军售,承担相应损失。

4. 事实证明,所有国家无一例外都希望能确保最低限度的自卫能力。他们与强国打交道时间越久,就越希望能与既对他们不构成威胁,也不压迫他们的国家建立联系。这样的国家往往愿意支付更多金钱购买法国武器,仅仅是为了不再依赖其强大的邻国。我们在对自己并不十分有利的条件下向他们出售武器,是为了帮助他们获得最低限度的独立。因此,我们应该有同情心,虽然这会给我们带来一些麻烦。难道这样的目标很低微或卑劣吗?

5. 总之,在某些情况下,理论上的理想主义仅仅是蛮力的胜利。

这难道是真正的目标所在？难道我们应该对穷人宣扬谦卑，对弱者宣扬非暴力？诚然，法国并非世界末日的野兽。

乔治·蓬皮杜致拉乌尔·奥迪贝尔[1]函

　　[……]

　　最近我的医学知识有很大进步。如果不是因为我得了病，我是不会关心的。怎么办？我去明斯克没戴围巾和帽子，不但周围人埋怨我，许多人还来信责怪我不小心。我是在抵达冰岛时才被告知天气非常寒冷。每个人都对此品头论足。

　　无论如何，我还是尽量让自己减少负担，我们之间就不讲究那些令人烦心的仪式了。鸡尾酒会和沙龙统统取消！我唯一感到遗憾的是没能参加车展，其实我很感兴趣！七月下旬我要去布列塔尼，之后是布雷冈松和卡雅克。

　　[……]

1973 年 6 月

1　拉乌尔·奥迪贝尔（Raoul Audibert），乔治·蓬皮杜在亨利四世中学时的同事。

乔治·蓬皮杜致让-克洛德·瓦茹函 [1]

尊敬的先生：

我认为您恰恰是一位真正的记者。

借此机会，我谨对您女儿在法国学生竞赛中所取得的成绩向您表示祝贺，请代我转告她。

顺致敬意。

乔治·蓬皮杜

1973 年 6 月 13 日于巴黎

乔治·蓬皮杜致罗贝尔·皮若尔函

亲爱的老兄：

[……]

我们的时间凑不到一起。明天我得从早忙到晚，晚上还要与官员们共进晚餐，晚宴之后立即动身，前往布列塔尼，几天后回来"转机"（出席部长会议），而你离开的日期正是我的返回之日。

我应该会在 8 月 5 日至 15 日或 18 日之间待在布雷冈松。如果届时你在德拉吉尼昂的话，我们也许可以在梅乌纳见面，卡斯泰在岛上买了一座小房子。我会派车接送你。我担心如果出访中国的话就

去不了卡雅克了(我更想去卡雅克)。

我想做的任何事情都没那么简单。有时我就是个包裹,无可奈何地被人搬来搬去,有时也是最通常的情况下,我累得筋疲力尽。想不到我会对自己的命运感到遗憾,这种想法有点荒谬。我很想中场休息一下,可这是不可能的。克洛德的承受力远不及我,她为记者们对我的攻击感到痛苦,而我可以做到无动于衷。我一有空就会涂涂写写,把自己的想法记录在《回忆录》里。如果以后出版的话,它一定会引起轩然大波。

[……]

阿兰又当父亲了,6 月 28 日生了第三个儿子,取名雅尼克(据说在布列塔尼,这名字现在很流行!)。

[……]

克洛德和我向你问好。

乔治

1973 年 7 月 12 日

致雅克·吕夫[1]函草稿

尊敬的大师:

感谢您把自己撰写的关于国际货币体系改革的小册子寄给我。

1　雅克·吕夫(Jacques Rueff,1896—1978),高级官员、经济学家。1958 年戴高乐将军重掌政权后,他领导的委员会负责改善公共财政状况,继"吕夫-阿尔曼计划"后,又推出"比内-吕夫计划",反对凯恩斯主义。1944 年当选道德与政治科学院院士,1964 年当选法兰西学院院士。

我想告诉您的是，我们之间——只限于我们两人知道——对这个问题的看法没有根本性的差异。

您说应该重新评估黄金，我也这么认为，我甚至会比您更关注自由市场的价格走势。

您说任何国家的货币都不应该成为储备货币，中央银行只应该根据需要储备货币，我也同意这个观点。

您说美元必须可兑换，我对此持相同意见。

您还说美元结余巩固了对美贷款，称作"反向马歇尔计划"，我对这种表述方法持保留意见，但从根本上同意您的看法。

关于这个问题，您在第 39 页写道，只要要求进行实际回报兑换的是少数银行就可以。我认为这是矛盾的，如果很多中央银行持有大量美元，但这种储备与当前需求无关的话，这必将引发美元官价被高估的风波。

我与您有两点不同意见，并且两点互为因果。

您拒绝 DTS [1] 原则，但我认为您的主张很难被接受。DTS 客观存在，我同意您要求严格限制发行 DTS 的主张，但也不可能彻底将其取消。货币体系不会单为法国进行改革。此外，我认为 DTS 可以定期合理地增加国际现金流通量，而无须受限于黄金价格年度评估，这既能激发投资，也能刺激储蓄。

显然，特别提款权不仅不应当受到限制，还应当免受国家强权政治的控制。

其次，关于控制短期资本流动的问题，我不同意您的观点。我不赞同控制。但当大公司的财务主管掌握巨额资本，根据自己对货币的预测进行投资时，当石油生产国出于政治或外交的原因，或是根据货币体系确定的原则，擅自改变贸易格局时，如何才能保持不干预，

---

1   特别提款权。

单纯依靠市场机制做出反应？我们的确对欧洲美元的反应机制知之不多，但我们了解这一机制的根源。我不知道国际管制能否结束资本的非正常流动，但我认为我们无法避免这种情况。

尊敬的大师，请接受我最美好的祝愿。

乔治·蓬皮杜

1973 年 10 月

乔治·蓬皮杜致莱昂·诺埃尔函

尊敬的大使：

感谢您寄来的关于戴高乐主义未来的著作。我一如既往，兴致勃勃地拜读了。

如您所知，在总统任期的问题上，我不同意您的看法。当法国人为戴高乐将军投票的时候，他们是在为 6 月 18 日的伟人投票，基本上在那些投将军票的人心目中，将军已经终身当选。但是，无论是现在，还是将来，我们都不会再有如此特殊的情况。不过，我的经验证明，对于变幻莫测的法国舆论来说，要想对长久以来确定的计划和目标进行修改，是件多么困难的事情。正因如此，法国人对公投很难产生兴趣，这种情况我们已经经历过。他们对总统选举更感兴趣，并赋予选举以最大的政治意义。从这个角度来看，我认为五年任期的要求是正常的，并且时间已经足够。不仅可以加强总统的权力，而且可以防止总统丧失议会解散权和不信任提案权。

坦率地说，请不要批评我触动了第五共和国的体制，因为关于总统任期的规定是在一百年前确定的。我要强调的是，戴高乐将军之所以没有要求改变，是因为他与法国之间的关系并不基于此。

尊敬的大使，请接受我最美好的祝愿。

乔治·蓬皮杜

1973 年 10 月 5 日于巴黎

乔治·蓬皮杜致阿兰·蓬皮杜函

阿兰：

你最好不要在去学院的路上顺便来看我，因为有人在"观察"。如果他们看到你来的过于频繁，会认为是你在给我"看病"，到时候他们就会盯着你，打扰你，甚至跟踪你。

如果我需要你的话，我会给你打电话。

另外，如果方便的话，你让人告诉维尼卢[1]，请他今天下午或明天方便时过来一趟，只是为了被"看到"。

今晚见。

爸爸

1974 年 2 月 8 日   星期五

1　让·维尼卢（Jean Vignalou），教授、乔治·蓬皮杜的主治医生。

附　录

附录1

人为产生的高师人

阿兰·佩尔菲特《乌尔姆街,高师人的生活记录》[1]序言

　　在所有"恶作剧"中,人们不禁要问,最成功且经过精心设计并广为流传的不正是精英学校的存在吗?众所周知,法国各地都有师范学校,各地都有高等院校,这点毋庸置疑,随意就能举出十几个学校。那么,如何相信这样的学校只有一间呢?

　　高师人有存在感吗?谁见过,怎样叫见过?每个星期三,圣米歇尔大街的人行道上都会站满身穿制服,头戴两角帽,提着小皮箱的神秘人物。他们与工程师、经理和总裁会面,与其就自己关心的问题逐条交换意见。社会学家因此可以肯定地得出结论:综合理工学校的学生有存在感。但高师人在哪里?

　　如果您对这项调查感兴趣的话,您应该有种早期基督教信徒在罗马人群中寻找佩戴十字标志的秘密教友的信仰。那些声称"当我准备巴黎高师入学考试时"或"我们一起在巴黎高师学校里"的人绝对不属此列,因为只有没考上的人才喜欢这样说,是出于对错过这座殿堂的遗憾,或是徒劳地给自己罩上一道含糊其辞的光环。这足以说明他们不属于这群天之骄子。

　　真正的高师人则无须质疑。他们是嫡亲王子,外表并无特殊之处,虽然他们彬彬有礼,甚至有些谦逊,但还是可以看出和感觉到他

　　1　本书法文名为 *Rue d'Ulm, chroniques de la vie normalienne*,法亚尔出版社(Fayard),1963 年。

们的与众不同。我可以再列出更多特点，正如宇宙是分层次的。当一个文学专业的高师人与一位科学家以"你"相称，在公共场合与其以亲近的口吻交谈，不必误会，这只是他社交精神的体现。因为他们在跨学科的环境下成长，受到良好教育，与帝国的贵族阶层平起平坐。但是现实情况则完全不同[1]，对此谁也无能为力。

这种品质是与生俱来的，后天无法习得，高师人是天生的，如同骑士是天生的一般。考试只不过是授予仪式，典礼有仪式习俗。他们被授予骑士称号前夕的不眠之夜总是在守护圣路易、亨利四世和路易大帝这些国王灵柩的地方度过。圣杯的守护者会借评审委员会之名，找出这些年轻的同行，把他们召唤到自己身边。

虽然如此，但人们并不能想象出命中注定的高师人的优秀品质。大部分高校是通向未来的大门，然而高师则不同，这方面的例外恰恰证明了多数定律。巴别塔的每一层都会有某个高师人被随机选中，不过高师人必居于中游，这是其使命使然。

事实上，当今世界并非高师人的王国。自高师人的王国诞生之日起，如吉罗杜所说，它属于一个影子社会，与荷马、柏拉图、维吉尔、笛卡尔、拉辛、波德莱尔之间有着千丝万缕的联系，却毫无功利用途。在属于他们的封闭世界里，他们之间没有轻视，因为他们属于同一类人；他们之间没有嫉妒，因为他们都不是天才。他们的世界安逸至极，这种平静创造了一种优越的环境，在其中，他们可以自由发展，受到庇护，偶尔只会为伏尔泰和卢梭之间的不和感到小小的失望。

刚踏入社会生活的高师人，往往会显得格格不入。他们对现代社会缺乏经验，这让他们感到无所适从。在这个注重表象的世界里，他们为自己的笨拙和不灵活感到懊恼，只能用讽刺或傲慢的方式自

1　据我所知，这种情况已经发生了改变。如果情况属实的话，"quantum mutatus ab illo！"（乔治·蓬皮杜原话），意思是"我们已经发生了改变"。

我保护，有时甚至会变得玩世不恭。不过他们毫不偏激。他们相信
一切，并且态度热忱。他们会以对帕斯卡尔的崇敬之情信仰上帝，他
们会以雷南的率真信仰科学，他们会像高乃依一样信仰荣誉，他们会
像拉辛一样信仰爱情，他们会像米什莱一样信仰祖国和人性，他们会
像伏尔泰一样信仰自由，他们会像卢梭一样信仰平等，他们信仰传统
与进步，信仰贤人共和国与人民政府。最重要的是，他们信仰思想的
真实。高师人是柏拉图式的哲学家，这种狂热的激情几乎会让思想
主导一切，幸而他们对宽容抱有同样的热情，两者相互抵消。他们总
是提醒世人，自己是宇宙观的坚守者，他们心中的真正殿堂是先贤祠。

　　虽然他们对这个让苏格拉底死亡、阿里斯蒂德流亡、布鲁图斯自
杀、伽利略遭受审判、圣朱斯特被处决、《恶之花》被起诉的社会积怨
已深，但他们最终总是能给予谅解。

　　他们需要警惕的风险在于，避免重复错误。偶有失手，必然招致
迂腐的批评。在他们看来，这也进一步证明了世间的虚荣，人们以传
福音的热情炫耀着博学，大学教授成了基督使徒。

　　只要他们从老师那里继承了最宝贵的品质，不自以为是，他们在
多数情况下能避免这种风险。高师人恪守传统：对他们来说，自我是
可憎的；我不知道他们为何对人类怀有强烈的赤子之心，他们认为自
以为自己的行动、情感和想法对宇宙至关重要的想法是滑稽可笑的。
巴黎高师大概是这个世界上最不映射现实的地方，即使偶尔在那里
听到人们谈论时事，也是为了让他人对现实的理解迅速回到更加积
极的方面。正如安德烈·马尔罗所说，"人类最有效的武器，就是把
自己的戏份减到最少"，如果情况果真如此，那么，与表象相反，高师
人并非赤手空拳。

乔治·蓬皮杜

1963 年 8 月

　　附:如果有人认为我是在吹嘘高师人的话,那请他把这篇文章看作是我对思想的看法。尽管思想的化身有时并不完美,但思想却真实存在。

附录 2

关于伊波利特·泰纳的《现代法国的起源》

乔治·蓬皮杜所作序言

沃布多勒插图本(阿歇特出版社,1947 年)

背景和总体特征

——1870 年前,泰纳对历史只是偶尔表现出兴趣。他当时还沉浸在哲学研究中,出版了《论智慧》(*De l'Intelligence*),并计划再写一本"论意志"之类的书。

然而 1870 年法国的溃败,以及随后巴黎公社的失败,让他将目光转向了历史。

这部历史著作表达了泰纳的爱国之情:他希望从历史的角度找到法国失败的原因,为振兴法国做出自己的贡献。

但这部著作的观念保守:巴黎公社让泰纳感到震惊,使他联想到 1848 年 6 月的那段历史,回顾十九世纪法国陆续爆发的各种革命,他反对人们对革命造成的灾难一贯表现出的仁慈。

这部著作(阿歇特版本)共计十一卷(附索引卷),分为三部分:旧制度(两卷)、大革命(六卷)、新秩序(三卷),最后一部分未完成。

著作本质

——泰纳采用他的惯常方法研究历史,从"精心挑选的小事件"出发,至少他自己是这么认为的。但如何选择,这要做出判断。泰纳可能事先不知不觉就完成了这种判断,他的判断基于资产阶级的保守精神。他在巴黎高师学习的时候,萨尔塞就把他归入"所谓反动派之列"，我们在附件中摘录了他写给普雷沃–帕拉多尔的一封信，从中可以看出他的立场从未改变，尽管《现代法国的起源》一书让许多"左翼"知识分子大为惊讶，因为这些人原本把泰纳看作是他们的一分子。

泰纳对大革命和拿破仑政权都持批判态度。他认为，大革命是野蛮政权，拿破仑政权是军队政权。他对事件的选择也深受这种观念的影响。整部著作犹如一份控诉书，书中的论据是对现代法国的指控。

这是否意味着泰纳更赞成古代法国的制度？并非如此，因为旧制度未曾经过认真研究。他批评路易十四的中央集权、专制，反对否认贵族制发挥过的历史作用而将其废除。

泰纳心目中的理想制度是英国体系：贵族自由主义，在保留传统的基础上有所发展，实行权力下放。他发现，在高度中央集权的法国，因为社会不平等和完全平均主义的存在，社会不是拒绝任何发展，就是要彻底摧毁传统；这导致国家要么是长期死水一潭，要么就是陷入周期性革命的混乱中，使这种理想模式无法实现。

泰纳的著作表现出深刻的政治悲观情绪，这源于他对人性的悲观态度——在文明的面具下，掩藏着一个"凶猛贪婪的大猩猩"。这让人想到塔西佗，一个读过达尔文理论的塔西佗。

著作价值

泰纳著作中的信息广泛且深入，尤其是在他写作的时候，他肯定希望能做到公正不偏袒。"我写这部书时，就像我曾经写关于佛罗伦萨和雅典革命的主题那样。我写的是历史，仅此而已，而且我非常敬重历史学家的职业，我会把自己隐藏起来。"他可以为自己所相信的真理牺牲一切，在关于拿破仑的章节发表后，他失去了马蒂尔德公主的友谊。

　　然而,他与现代历史学家的历史观有很大不同。他坚持自己的方法论,对那些鲜有人问津的话题也会心平气和,不带偏见地深入研究。他对革命充满仇恨,与蒙田和帕斯卡尔一脉相承,对他们来说,即使最差的政府也比突变要好得多,即使秩序不公也比混乱要强得多。他对民主和现代国家持批判意见,是历史学家和"右翼"政治的宗师,他的衣钵继承者有巴雷斯、班维尔……他的著作与米什莱相互呼应,两者构成对法国政治思考的对话。

　　这是否意味着这部著作对于那些与作者观点不同的人毫无意义? 显然不是。

　　能够提供如此翔实观点的著作少之又少,阅读这部著作可以引发人们对法国历史的思考,学习如何质疑和权衡许多已知史实,让人们审视自己的良心,这也许有些过于严厉和令人气馁,却是必要之举,而且大有裨益。

　　这部杰出的著作文采飞扬,构思严谨有趣。强大的历史召唤和鲜明的人物形象。内容或许有些刻板,但由于文风优雅,笔法多样,作者的叙事能力很强,却也显得格外生动。

附录 3

泰纳生平

乔治·蓬皮杜所作序言

沃布多勒插图本（阿歇特出版社，1953 年）

　　伊波利特·阿道夫·泰纳于 1828 年 4 月 21 日在阿登省武济耶的一个外省中产阶级家庭出生。受家庭和早期接受的教育的影响，他酷爱学习，对科学和哲学产生了兴趣。他很早就开始学习英语，沉溺于音乐。他的父亲于 1840 年去世后，为了让已经显示出非凡智力的儿子更好地接受教育，他的母亲把他带到巴黎定居。他读中学时恰逢马泰学院（Institution Mathé）获胜，学生们可以在波旁学院听课。1848 年，他以年级第一的成绩考入巴黎高等师范学院，那一届学生非常出色（包括埃德蒙·阿布和法兰西斯科·萨尔西）。同年，巴黎爆发革命，夺去了十八年前另一场巴黎革命送给路易-菲利普的王冠。年轻的泰纳进入乌尔姆街的巴黎高师时，当时的社会气氛十分激荡（1848 年 6 月）。

　　他在学校待了三年，老师们都认为他出类拔萃。他的信笺，尤其是与普雷沃-帕拉多尔的通信，展现出其过人的智商和个性，虽然他的个性还在不断发展中，后来也有些许不同，但总体而言变化不大。从哲学和政治学角度来看，21 岁的泰纳已经长成日后的样子。1851年，他未通过哲学教师资格考试，这让他的同学和老师都大吃一惊。他与评审委员会似乎在哲学的方向上发生了冲突，评审委员会意在借此打击他的理论和他所接受的巴黎高师的教育。

　　对于这个既信仰秩序与传统，又热衷自由与科学进步的中产阶级青年来说,不幸才刚刚开始。他在高中当过几次实习教师,与学校负责人总是矛盾不断,这些促使他最终放弃了在一个自己的观点总是被人质疑的环境中工作,人们称他是"科学唯物主义"者。他定居巴黎,索邦大学没有通过他"论感觉"的论文,于是他又迅速提交了一篇"论拉·封丹寓言"的论文,1853 年他因这篇论文获得文学博士学位。

1853—1856 年,泰纳的生活十分拮据。他把大部分时间用于科学研究,尤其是生理学研究。他工作得十分辛苦,为了生存不得不教授一些课程,1855 年他向法兰西学院提交了论文《论蒂特-里夫》(*Essai sur Tite-Live*),但未能获奖,这让他大失所望。他没有足够的财力遵从医生建议进行温泉疗养,多亏阿歇特出版社与他联系并委托他撰写《比利牛斯山水域指南》(*Guide aux Eaux des Pyrénées*),他才得以顺便进行温泉疗养。他发表了许多评论和哲学文章,1857 年 1月出版了《十九世纪法国哲学》(*Les Philosophes français du XIXe siècle*),这部著作让他获得成功。各种评论铺天盖地,圣伯夫专门发表了两篇文章,向公众介绍了青年泰纳的所有作品。而在此之前,《论蒂特-里夫》也终于获得了法兰西学院大奖。

由于身体透支,他过了几年的半休息状态的生活,后来才重新开始投入工作,完成了《英国文学史》(*Histoire de la littérature anglaise*)。此时的泰纳在巴黎已是名人。爱德华·贝尔坦、基佐和马蒂尔德公主(拿破仑三世的堂妹)的沙龙都向他敞开。他参加了由圣伯夫在马尼餐厅举办的著名的周二晚宴。他喜欢观察巴黎人的生活,公立大学也终于向他敞开大门。他先后担任过圣西尔巡视员,1864 年担任美术学院的美学和艺术史教授。尽管由于德·法卢先生和杜邦洛主教的反对,他的《英国文学史》一书未能获得法兰西学院大奖,但是维克多·迪吕伊对选择泰纳当教授的决定毫不后悔,因为泰纳开设的课程一开始就获得巨大成功。1868 年 6 月,泰纳与一位巴黎中产阶级家庭出身的年轻女子结婚。1870 年 4 月,经过长期酝酿的《论智慧》一书终于出版。

1870 年的战争开启了泰纳生命的一个新阶段。他对德国哲学非常钦佩。1870 年,他与雷南联名写信给《论辩杂志》(*Journal des Débats*),要求为黑格尔立一座雕像。1869 年和 1870 年,他前往德国旅行,战争爆发后他才返回法国。这场战争以及法国的失败让他倍感痛苦。此外,巴黎革命和公社起义,让这个蹈常袭故的人感到恐惧,这种害怕甚至超过了残酷镇压带给他的恐惧感。从此之后,他的一生主要致力对现代法国的思考,并完成了《现代法国的起源》一书。

1872 年,他对朋友布特米先生发出声援,这对后者成立政治科学自由学校很有帮助。1874 年在卡罗和梅济耶尔先生的支持下,1878 年在亨利·马丁的支持下,1878 年 11 月 14 日,他终于成功当选法兰西学院院士。《法国大革命》第一卷出版后所造成的争议使得他的成功姗姗来迟。

1880 年,泰纳的母亲去世,享年 80 岁,这令他陷入巨大的悲伤之中。在随后的日子里,他主要住在萨瓦省的宅邸,接待布特米等密友,以及雷南和贝特洛等名人,在那里撰写他的历史鸿篇巨制的最后一卷。1892 年他身患疾病,被送往巴黎治病,1893 年 3 月 5 日去世。

这就是泰纳的一生,几乎没有故事可言。正如巴黎高师的教授所预测的那样,他是一个真正的本笃会修士,在寻求真理的道路上取得了惊人的博学。他的这种独特信仰对整整一代人都产生了重大影响。除了受到法国政治阶段性动荡的影响之外,泰纳经历过的事件在其历史著作中都有所反映。

泰纳的著作

　　泰纳著作等身,对他的作品按照哲学、评论和历史进行分类非常困难。但为了便于研究,可以分为四类。

泰纳的理论

　　这种分类方法是相当武断的。他的著作中有一以贯之的方法和理论,应用于其哲学、评论和历史著作中。

　　泰纳赞成严谨的科学决定论。他借用实证科学理论,通过"精心挑选的小事件"来剖析人类灵魂、作家作品和法国历史。他以研究动植物的自然学科态度对待每个民族、每个人和每位作家。这种方法是强大且有条理的,它将一切还原到事实本身,以感性剖析心理,以种族、环境与时代解释人类和民族。这种方法看似内容丰富,却忽略了艺术当中无法解释的部分。这种方法成为一种适用于一切的系统,但也扭曲了判断的准确性。

泰纳的艺术魅力

　　泰纳作为思想家,有抽象思维方面的天赋;作为作家,他追求形象化和隐喻的手法,力求通过感性表达思想。他语言雄辩,文笔出色,充满力量和律动感。"我以法语和拉丁语的思维方式来进行思考:按规则对各种观点进行分类,并有所延伸……简而言之就是要具有说服力",他自己如是说。

泰纳的影响力

　　泰纳在 1860—1865 年间有着强大的影响力,这种势头一直保持到 20 世纪上半叶,然而这种影响力在各个时代的表现也不尽相同。

现在,他的著作对人们的最大影响在于其史实部分,这与泰纳早期的弟子门生的看法完全不同。泰纳在《现代法国的起源》中对法国的进展所做的悲观分析,对诸如莫拉斯和班维尔等所谓右翼历史学家和政治家们始终发挥着影响力。然而,对于 1870—1900 年的人们来说,作为思想家、哲学家和批评家的泰纳对他们的影响最深。

大多数伟大学者都以他为宗师,是他引导法国哲学走向了科学决定主义的道路,只有柏格森算是一次重大突破;而文学家,尤其是自然主义学派,遑论最近的布尔热和巴雷斯这些小说家,尽管他们想做出反抗,但仍然深受其影响。

几乎所有的批评家,包括布吕内蒂埃、法盖和朗松在内,都是他的追随者,只不过对他的方法加以完善而已。

随着 20 世纪人们对科学幻想和理性主义的抵抗,泰纳的影响力开始有所下降。虽然他的作品有些过时,但其充满活力的思想、缜密的方法论和表达方式仍值得研究。我们可以批评泰纳,但绝不能忽视他的存在。

附录4

安德烈·马尔罗生平

乔治·蓬皮杜所作序言

沃布多勒插图本(阿歇特出版社,1955年)

　　安德烈·马尔罗于1901年11月3日在巴黎出生。他的祖上来自弗朗德勒地区,曾在长达三个世纪的时间里,在敦刻尔克从事船舶租赁生意,直到某天暴风雨吞没了他祖父的船队为止,他们没有为船舶上保险。由于与教皇观点相左,其祖父在二十多年中虽然做弥撒,却拒绝进入教堂。马尔罗在《阿滕堡的胡桃树》中回忆了这段往事,并描述了1915年父亲的自杀,这是他生命中的第一个悲剧。他对童年只字不提,除了在《阿滕堡的胡桃树》中描写的孚日山森林会让人联想到他是在有意回避弗朗德勒大海。我们知道他曾在孔多塞就读,学习过东方语言,成长于战争环境下,之后受到1917—1922年间席卷全世界的革命浪潮的震撼。二十岁时,他发表了几篇奇幻作品。1923年,他前往亚洲,在中国和印度从事考古学研究,并投身革命。他先是与蒋介石领导的国民党,之后又与共产党并肩战斗。1927年,他返回法国,开始系列小说的伟大创作,包括1928年的《征服者》,1930年的《王家大道》和1933年的《人类的命运》。他是一位敢于思想和技术创新的作家,荣获龚古尔文学奖,并得到巴黎人的认可,读者非常广泛。

　　为了寻找萨巴女王的首都,他与科尼利昂-莫利尼耶经历了一次短暂而危险的空中冒险……之后投入政治斗争,参加了反抗法西斯主义和纳粹主义的行动,出版了《轻蔑的时代》。1936年,他参加了西班牙战争,组织外国空军部队保卫共和政府,他们在战争初期的行动牵制了佛朗哥将军的胜利进程。马尔罗在战争中多次受伤,在他的电影和小说《希望》中有相关回忆。

他在战争爆发前夕回到法国,应征入伍,被敌人俘虏,尔后逃出来,加入了抵抗组织,在西南游击队中发挥了重要作用。他在战争中受了伤,被德军逮捕,先后关在阿尔比和图卢兹,解放后获救。

获救后,他没有回到所属的运动参谋部,而是随即加入了游击队,在解放阿尔萨斯的战斗中,他担任阿尔萨斯-洛林纵队总指挥,随军一直打到纽伦堡。

战争期间,安德烈·马尔罗化名为伯格上校,抛下第二任妻子和两个兄弟。他的朋友先后在中国、西班牙,游击队战斗和阿尔萨斯战场上牺牲。现在他恢复了本名,开始了一段新生活。他与玛德莱娜·马尔罗结婚,生活中充满温情、美好和音乐。他遇到了戴高乐将军,于是开始投身政治。戴高乐将军希望振奋民众精神,唤起他们的内心激情,1945 年的一天,他把安德烈·马尔罗找来,任命他担任新闻部部长。在雅克·沙邦-戴尔马和雷蒙·阿隆的协助下,马尔罗制定了许多宏伟计划,希望借助影像(书籍、彩色印刷品、电影和电视)来改变教学模式和信息传播方式,弘扬文化。然而,1946 年,戴高乐将军下野,马尔罗只得以其他方式继续推行他的计划。他为一项大型艺术研究项目"无墙的博物馆"收集资料,并出版了两本著作:《沉默之声》(*Les Voix du silence*)和《无墙的博物馆——世界雕刻》(*Le Musée imaginaire de la sculpture*)。

1947 年,戴高乐将军创建法兰西人民联盟,马尔罗随之重新投入政治活动。他是指导委员会成员,负责宣传,为联盟在 1947—1948 年所取得的辉煌成就立下汗马功劳,但联盟后来的发展令人失望。1951 年马尔罗拒绝参选。他与戴高乐将军始终保持着忠诚和高尚的友谊,这种关系把两位伟大的人物维系在一起。他暂时放弃了一切公共活动,投身艺术哲学的写作,完成一部"期待已久的"小说。

53 岁的马尔罗像多活了几辈子一样,他对同时代的人们产生了深刻影响:第一次是通过他撰写的中国和西班牙的革命小说;第二次是通过参加抵抗运动、二战和加入戴高乐主义阵营;第三次则是通过他撰写的艺术著作。难道他的影响仅限于此? 在位于布洛涅的家中,他与妻儿过着与世隔绝的生活,但这只是外界的猜想,他们实际上非常舒适逍遥。每次友人登门造访时,总会被他的思想洪流和形形色色的计划宏图所震撼。他聪明绝顶,文学艺术修养无人可及,尤其在语言方面天赋异禀;他崇尚荣誉,热衷行动,看重同志友情。这一切都表明马尔罗必定会再度一鸣惊人。

马尔罗的作品与生活是相互映射的,这点令人印象最为深刻。因此,无论人们是出于批评还是为了赞誉,总是把他归入"对当代问题采取行动的"作家之列。这类作家的作品与本人的经历、生活和时代不可分割,在他们的作品中,可以看到作家的观点、性格及其局限性。但我们认为这种归类太过笼统。事实上,马尔罗不是一个书房作家,他从自己的个人经历中汲取素材,使用的是时下词汇。人们之所以对他这样定义,或是因为他的气质、选用的文献,或写作语气使然,但是这并非是其作品的意义所在。他用当下词汇所讲述的那些问题并不应时,只是模式与当下吻合。他从自己的经历中汲取素材,以中国人的经历讲述《人类的命运》,以西班牙人的经历讲述《希望》,虽然中国和西班牙是小说的框架背景,但这只是小说的表面而已。马尔罗既不描绘社会和人物,也不描述自己。他哀叹和歌颂人类的命运。他不属于维克多·雨果、巴尔扎克和司汤达之流,而是属于莎士比亚、帕斯卡和陀思妥耶夫斯基之列。"在我看来,现代小说是表达人类悲剧的特定方式,不是服务于个人的手段。"因此,最重要的是探索浪漫主义作品中焦虑情绪的意义和起源,这有助于了解作品的情节和人物。

马尔罗的焦虑感与生俱来,这可以从他无法再从基督教义中获得真理之日算起。他从不妥协的才智和精神需求,使他一旦失去了最初的基督教信仰,就必须重新寻找新的信仰,以填补基督教徒所能获得的满足感。人类有这样的需求:在能够感觉到与同伴精诚团结的同时,又置身于一场超越人性的戏剧中,在超越的过程中发现自身的意义。

因此,人们把马尔罗的经历称之为"冒险",但这个词并不准确,因为马尔罗不是去冒险,而是去探索。他首先去了亚洲,在那里用佛教和人民革命的方式进行思考,在对中国和西班牙的支援战斗中,在抵抗运动中,在戴高乐主义和艺术中,他拨开形形色色的表象,探索着始终如一的内在:博爱(这个词在他的笔下不断出现,他的描述可谓浪漫主义作品的最好呈现:《人类的命运》关于氰化物的情节,《希望》关于下山的描写……),以及人类的终极问题,即人类为何会生存和死亡。

因此,马尔罗书中的英雄多会死去,这说明他有足够的勇气尖锐地向自己提出这个问题:既然生命至高无上,为何人类还会甘愿冒险?但如果不敢冒生命之险的话,那人类的尊严何在?找到宗教之外可以帮助人类超越自我的方式,并重新回归不可知论这一神圣的理念,就是马尔罗追求的目标——正如曾经的尼采一样——他现在在艺术研究中继续着自己的探索。他过去参加革命和抵抗运动,并不是出于为了行动而行动的目的,现在也不是为了美学而投身艺术研究,他这么做是因为自己崇尚行动,喜欢艺术,只是实现的方式具有"意外性"。概括来说,马尔罗是一出形而上学的戏剧。他的作品表达了不信仰上帝的人的痛苦，比如帕斯卡这个人物，努力主宰和自我辩护，在尊严的基础上创造自己的命运，完成一场与命运的斗争。

他的作品同时也是艺术品，那些绵延起伏的场景和画面描写光芒四射。

小说结构看似随意，或是采取叙事形式，或是呈现出一系列画面——这是受到电影手法的影响，画面以并列或连续的方式呈现，千变万化，给人以真实和丰富多彩的感觉，最高程度地应用了对比艺术和层次艺术。

他对人物的刻画也采用了同样的方法，他的小说中没有或者几乎没有传统小说的"人物"，而是以轮廓和侧影的方式呈现，展现出人性的某一部分，但他们都不是马尔罗本人（也许《征服者》的加林除外），只不过每个人物都有马尔罗的影子，他们整体所迸发出的精神光芒超越了个体，创造出一个完整的世界。这些人物都遵循着命中注定的风险法则，这种法则同样存在于莎士比亚戏剧、陀思妥耶夫斯基小说和戈雅画作当中，他们走上舞台，稍作停留，转身离去，返回舞台，尔后消失，在身后留给人们模糊却难忘的印象。

情景小说往往比情节小说更注重对人物行动和反应的描述，而不是对灵魂状态的分析，情景小说的气氛往往受形而上的影响，绝非随意自由，作家不会——或者几乎不会——为了作品流畅而妥协。文笔支离跳跃，加上大量图片和表格，这种风格给人以有意凌乱的感觉：以马尔罗所熟知的武器领域作比，这种风格既不是仔细瞄准后的步枪射击节奏，也不是经过计算后框定并摧毁目标的大炮节奏，而是机关枪扫射的节奏，虽然许多子弹都未打中目标，但这也是对被摧毁目标的一种解释和证明。

附录 5

共和国总统府秘书长爱德华·巴拉迪尔先生的会议纪要

1974 年 3 月 27 日

部长会议

[……](他)对每个议题都发表了两三句评论,但没有按照部长会议的议程顺序。

我觉得现在的身体状况和精神状况都不太好,虽然我不怎么看报,但我有强烈的直觉,很多事情我都知道。

如果什么都不说的话,人们会说:"太安静了吧!"如果做些评论的话,人们又会说:"什么狗屁评论!"现在的情况就是这么可笑。

我以《快报》为例:苏联人建议访问皮聪大,这是勃列日涅夫在朗布耶向我提议的。我并没有要求推迟访问苏联,是苏联人三番五次改变主意。他们在耍手腕[……]。

我想告诉各位部长,我的情况时好时坏,这没什么大不了的,一切都会好起来的。如果有人问,不要回答"总统很健康",就说没有事情需要隐瞒。

我回贝蒂纳河畔的住所,不是为了休息,是为了做些安排,我儿子可以在身边照顾我,我不必待在爱丽舍宫,这里毕竟是对外场所。爱丽舍宫的公寓设计得很奇怪,要从卧室进,从餐厅出,在里面待着没法不生病,病了又得住院治疗。

我在贝蒂纳河畔的家里休息,阅读文件,接见助手,履行职责,尽可能地出席对外活动。我现在只保持与外界的必要联系。

我们对法德关系很感兴趣,要确定日期进行讨论,双方都应摘下面具。

应该明白现实并非人们所希望的那样。我对现实并不过于乐观。我会选择以某种方式说出实情,但是希望不必在这方面说太多。

大家请放心,我已经好多了,如果我再休息几天,就不会再……

我们走着瞧吧,我信心很足,但还要麻烦你们大家。

致　谢

　　我们首先要感谢莱奥内罗·布朗多里尼(Leonello Brandolini)和妮科尔·拉泰(Nicole Lattès),没有他们这本书就无法完成。感谢马尔西·奥扎纳(Malcy Ozannat),他的聪明才智使这本书得以出版。

　　感谢资料员米里耶勒·布隆多(Murielle Blondeau)和波勒·米歇尔-康帕涅(Paule Michel-Campagne)对手稿投入的大量心力,感谢弗朗索瓦·维耶曼(François Vuillemin)长期以来管理本书收录的有关文献。特别感谢乔治·蓬皮杜的妹夫兼助手亨利·多梅尔,以及他的同事——总统办公室的贝尔纳·埃桑贝尔(Bernard Esambert)和乔治·蓬皮杜协会会长让-弗朗索瓦·萨利奥(Jean-François Saglio)为本书所做出的宝贵贡献,还要感谢让-皮埃尔·泰西耶(Jean-Pierre Teyssier)。

　　本书所使用的文献原件存放于国家档案馆。

　　最后,我们要向让·多纳迪厄·德·瓦布莱斯女士、弗朗索瓦兹·皮若尔(Françoise Pujol)和阿兰·布鲁耶(Alain Brouillet)致谢,他们为我们提供了乔治·蓬皮杜的大量书信。

阿兰·蓬皮杜

埃里克·鲁塞尔

译后记

　　对于多数中国人，尤其是经历过二十世纪七十年代的中国人来说，乔治·蓬皮杜这个名字并不陌生。他是第一位访问中国的西欧国家元首，与中国结下了不解之缘。

　　乔治·蓬皮杜是法兰西历史上第十九任总统。他曾先后担任中学教师、特派员、旅游事务助理专员、巴黎政治学院副教授、最高行政法院审案官、罗斯柴尔德银行经理、总理、议员和总统。他担任国家元首五年、内阁总理六年多的从政纪录，直到今天，在法国也无人打破。

　　除此之外呢？我们了解真实的乔治·蓬皮杜吗？

　　作为一位政治家，他总是与对手正面激烈交锋，为了捍卫真理从不妥协，看到令他不悦的评论文章，会对撰文的记者做出猛烈回击。作为一个热爱社交的知识分子，他非常重视友情，交友广泛，还与政见不同者来往密切。作为一个艺术爱好者，正如埃里克·鲁塞尔所说："他的艺术嗜好、独特的诗歌品位，与众多文化艺术界人士的交往，使他与以往法国政治精英给人留下的刻板印象完全不同。他自由逍遥、充满魅力的个性，使他成为 1969 年以来独一无二的另类总统。"

　　本书收录了乔治·蓬皮杜总统在不同时期的书信、笔记和评述，绝大多数资料取自他家人保存的私人档案,呈现出"一位令人惊叹,也被人误解的乔治·蓬皮杜"。我们可以看到他复杂而神秘的性格,以及他的主张和行动。"他处理政务的态度开放包容,但尊重传统;对大胆新颖的观点充满好奇心,但憎恶放纵主义;主张在高等教育面前人人平等,同时又很欣赏传统的教育方式;等等。"

　　乔治·蓬皮杜生前未曾出版过任何自传或回忆录。在他逝世后,他的夫人克洛德·蓬皮杜将他留下的笔记和文件汇编成书,于1982年出版,该书的中文版《恢复事实真相——蓬皮杜回忆录》于1984年出版。后来,他的儿子阿兰·蓬皮杜教授在历史传记作家埃里克·鲁塞尔的协助下,汇集整理了乔治·蓬皮杜与友人、同事往来的大量珍贵书信,并收集了他生前留下的手稿和资料——这些文献之前从未披露过——于2012年在巴黎出版了 *Georges Pompidou：Lettres，notes et portraits/*1928–1974。

　　这本书对研究法兰西第四共和国和第五共和国历史,特别是对了解乔治·蓬皮杜的成长经历,他在决策重大事件时的心路历程,以及回顾法国当时的政治生态均有重要参考价值。

　　2013年,受当时的中国驻法大使委托,我应约前往阿兰·蓬皮杜教授家,请他在刚刚出版的书上题词,这也是我与此书结缘的开始。

　　阿兰·蓬皮杜的家位于巴黎拉丁区,家里的布置充满艺术气息。书房里堆满了书籍,公寓狭长走廊的储物柜里也装满了书籍和各类文献资料。每本书都贴着各色标签。他打开其中的两扇柜门,从中找出一本书并翻至其中的一页,这正是他父亲乔治·蓬皮杜1973年9月访华的照片和文字记录。

　　阿兰·蓬皮杜是巴黎第五大学医学院名誉教授,作为前总统之子,他既是一位科学家,也是一位政治家,曾担任欧洲议会议员、欧洲专利局局长、法国技术科学院院长,并在多个国家机构、欧洲地区和国际组织的科学咨询委员会任职,长期致力中法友好合作。从这一点可以看出,乔治·蓬皮杜总统的对华情缘也传递给了他的家庭成员,并延续至今。

本书译文难免有疏误粗拙之处,尚盼读者批评指正。

史利平

2016 年 10 月

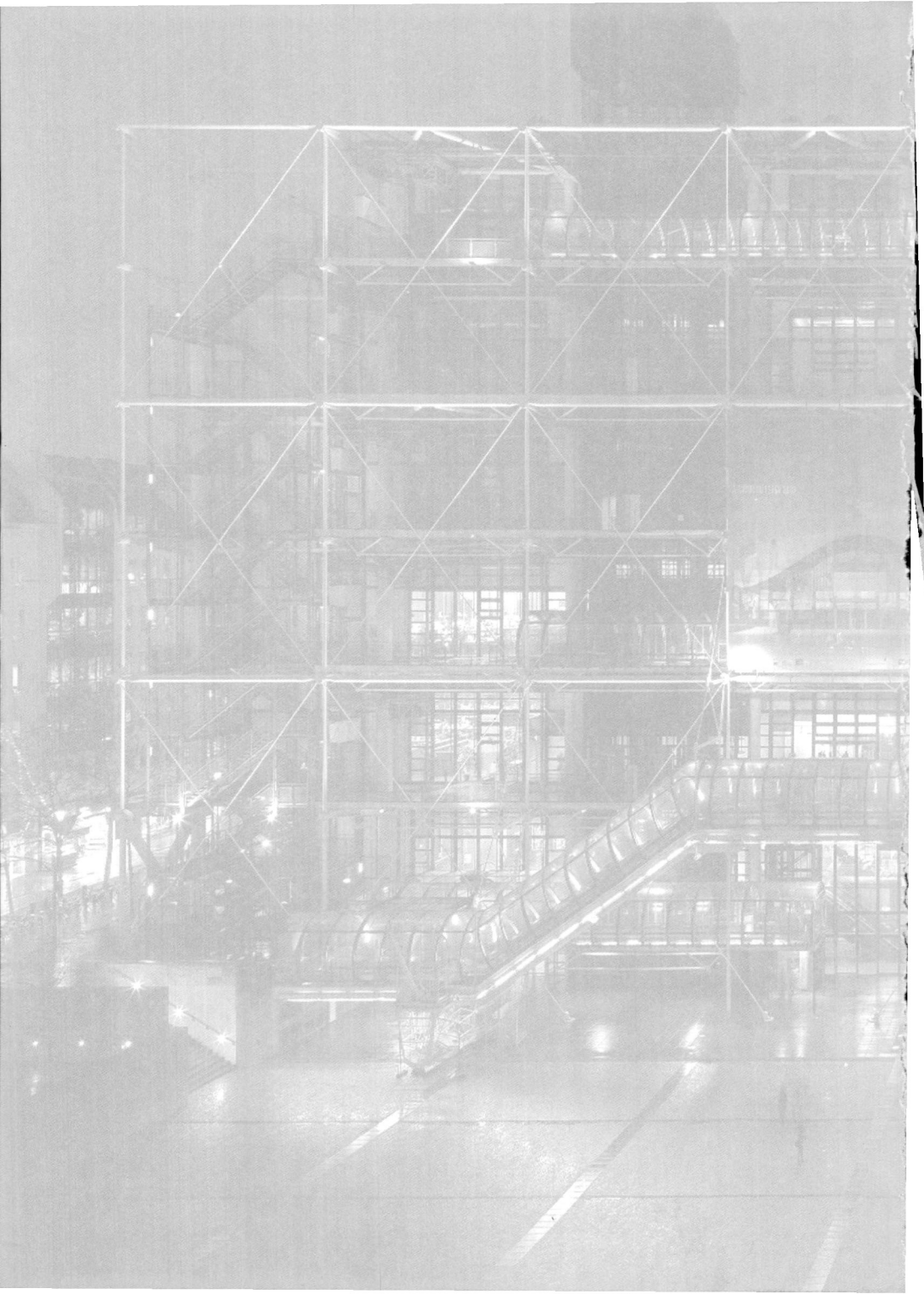